Der siebte Fall für Zorn und Schröder

Nach seiner schweren Verletzung im Einsatz arbeitet Hauptkommissar Claudius Zorn vorübergehend im Innendienst. Verändert hat sich aber wenig – sein Kollege und Vorgesetzter Schröder macht die Arbeit, Zorn raucht.
Eines Abends erwischt Zorn bei einem Spaziergang einen jugendlichen Brandstifter auf frischer Tat. Ignaz Stein, genannt Fascho, hat nicht das erste Mal gezündelt. Und obwohl er behauptet, die Tat zu bereuen, durchschaut Staatsanwältin Frieda Borck ihn sofort. Er ist vom Feuer fasziniert und wird es wieder tun. Frieda schickt Fascho zu einem Psychologen, der ihm anbietet, sich einer offenen Therapiegruppe anzuschließen. Aber nur kurz nach dem ersten Gruppentreffen, an dem Fascho teilgenommen hat, ist eines der Gruppenmitglieder tot. Lisbeth Bley ist aus dem Fenster im 14. Stock gestürzt. Selbstmord? Oder steckt etwas anderes dahinter? Als weitere Gruppenteilnehmer bedroht werden, nimmt Schröder undercover an den Sitzungen teil, um herauszufinden, was vor sich geht. Doch bald ist auch Schröder nicht mehr sicher, Frieda verschwunden, und Zorn muss blitzschnell handeln …

Stephan Ludwig arbeitete als Theatertechniker, Musiker und Rundfunkproduzent. Er hat drei Töchter, einen Sohn und keine Katze. Zum Schreiben kam er durch eine zufällige Verkettung ungeplanter Umstände. Er lebt und raucht in Halle.

Außerdem bei FISCHER Taschenbuch erschienen:
»Zorn – Tod und Regen«, »Zorn – Vom Lieben und Sterben«, »Zorn – Wo kein Licht«, »Zorn – Kalter Rauch«, »Zorn – Wie du mir«
Alle Bände der Zorn-Reihe sind mit Stephan Luca und Axel Ranisch in den Hauptrollen fürs Fernsehen verfilmt.

Weitere Informationen finden Sie auf www.fischerverlage.de
Claudius Zorn ist auch auf Facebook.

Stephan Ludwig

ZORN

Lodernder Hass

THRILLER

FISCHER Taschenbuch

MIX
Papier aus verantwortungsvollen Quellen
FSC® C083411
FSC
www.fsc.org

Originalausgabe

Erschienen bei FISCHER Taschenbuch
Frankfurt am Main, November 2017

Satz: Fotosatz Amann, Memmingen
Druck und Bindung: CPI books GmbH, Leck
Printed in Germany
ISBN 978-3-596-29775-7

Den Wahn erkennt natürlich niemals, wer ihn selbst noch teilt.
Sigmund Freud

Die erste Voraussetzung der Rache ist die Kunst der Verstellung. Unverhohlener Hass ist ohnmächtig.
Honoré de Balzac

Eins

Das ist also das Ende, denkt der kleine Mann.

Er weint nicht. Jammert nicht. Bettelt nicht um sein Leben. Das hat er auch nicht vor. Der kleine, übergewichtige Mann mit der sanften Stimme und dem rosigen Gesicht wirkt unscheinbar, harmlos, doch nur die wenigsten wissen, dass sich hinter dieser Fassade ein eiserner Wille verbirgt, gepaart mit einem messerscharfen Verstand. Der Mann ist klug. Klug genug, um zu wissen, wenn etwas sinnlos ist. Nein, er wird nicht um sein Leben betteln. Jetzt, wo er weiß, mit wem er es zu tun hat. Wozu der andere fähig ist.

Er sieht hinauf in den Nachthimmel. Die Wolken hängen tief über ihm, schmutzig, grau, wie rußgeschwärzt. Ein großer schwarzer Vogel fliegt nach Westen.

Der kleine Mann hat keine Angst. Im Laufe seines gut vierzigjährigen Lebens hat er gelernt, die Dinge so zu nehmen, wie sie kommen. Den Tod seiner Familie. Die Einsamkeit. Den Spott der Menschen, die ihn nicht ernst nehmen, Menschen, die nur auf Äußerlichkeiten bedacht sind. Sie belächeln seine Kleidung, seine Frisur, verwechseln Höflichkeit mit Unsicherheit, machen sich nicht einmal die Mühe, ihn beim Vornamen zu nennen.

Sein Puls geht ruhig, sein Atem flach. Er atmet gepresst durch die Nase, die Lippen fest zusammengekniffen. Reglos liegt er auf dem Rücken, die Beine ausgestreckt, die Hände über dem Kugelbauch gefaltet, den Blick starr nach oben gerichtet. Im ersten Moment könnte man meinen, er meditiere, ein Mann, der am Fluss nach Ruhe und Einkehr sucht, auf einem abgelegenen, verwilderten Uferstreifen hundert Meter unterhalb des Wehrs an der alten

Papiermühle. Doch die ungewöhnliche Stellung des kleinen Mannes – Kopf und Oberkörper liegen im seichten Uferwasser, Hüfte und Beine auf der flachen Böschung – passt nicht dazu. Und bei näherem Betrachten bemerkt man, dass sämtliche Farbe aus seinem Gesicht gewichen ist. Sieht die vor Kälte blauen Lippen. Das Klebeband, das sich um seine Handgelenke schlingt. Die rostigen Enden der Eisenstäbe, die links und rechts dicht neben seinem Hals aus dem trüben Wasser ragen, offensichtlich tief in das sandige Flussbett getrieben. Und man erkennt die Gestalt am Ufer, die scheinbar unbeteiligt im Schatten einer knorrigen Trauerweide auf einem umgestürzten Baumstamm hockt, in der Hand einen Ast, mit dem spitzen Ende Muster in den feuchten Sand malend.

Das, wiederholt der kleine Mann in Gedanken, ist also das Ende. Es kommt ein bisschen früh. Ich hätte noch eine Menge zu erledigen gehabt.

Der Schlag mit dem Pistolengriff war hart, doch die Wunde schmerzt kaum. Das muss am Wasser liegen, es ist kalt, Kopf und Oberkörper sind bereits taub. Selbst an den Füßen friert er, was komisch ist, schließlich sind seine Beine trocken. Ansonsten spürt er keine Schmerzen, jedenfalls nicht, wenn er still liegen bleibt. Sein Geist ist klar, er konzentriert sich allein auf das Luftholen. Einatmen. Ausatmen, den Mund gespitzt wie ein Fisch. Der Blick der himmelblauen Augen ist leer, wie nach innen gerichtet.

Keine Angst. Keine Panik. Aber er ärgert sich. Wie ein Dummkopf hat er sich übertölpeln lassen. All die Toten, wie viele waren es? Vier? Fünf? Sie könnten noch am Leben sein. Das Leid, er hätte es verhindern können, wenn er die Zusammenhänge nur früher erkannt hätte.

Der Fluss schiebt sich träge nach Norden, umspült sein Kinn, den Hals. Ohren, Mund und Nase ragen knapp aus dem Wasser. Sein Haar, dünne rötliche Strähnen, hat sich von der Glatze gelöst, treibt neben seinem Kopf in der Strömung wie rostfarbene Algen.

Einatmen. Ausatmen.

Aus den Augenwinkeln registriert er eine Bewegung, die Gestalt unter der Trauerweide steht auf. Ein Knie knackt, Schritte knirschen im Sand, verstummen. Dann hört der kleine Mann die Stimme. Diese Stimme, die so anders klingt, als er sie in Erinnerung hat. Kühl klingt sie, sachlich, als sie feststellt, dass die Situation eindeutig sei, unangenehm zwar, aber eindeutig. Dass der kleine Mann nun sterben müsse, habe nichts mit persönlicher Abneigung zu tun, im Gegenteil, doch angesichts der Tatsachen sei sein Tod eine zwar unschöne, aber logische Konsequenz.

Das weiß ich, denkt der kleine Mann. Erzähl mir was, das ich nicht weiß.

Das tut die Stimme, denn als sie sagt, dass das, was zwischen den Eisenstäben links und rechts von seinem Kopf gespannt ist, ein Sägeblatt ist, strafft sich der kleine Mann. Er hat mit einem dünnen Draht gerechnet, einer Klaviersaite vielleicht, dicht unter der Wasseroberfläche quer über seinen Hals verlaufend, direkt unter dem Kinn. Er spürt es kaum. Nicht, wenn er still liegen bleibt. Versucht er allerdings, den Kopf zu heben, schneidet ihm das Metall sofort in die weiche Haut über dem Kehlkopf.

Ruhig bleiben. Einatmen. Ausatmen.

Schreien, erklärt die Stimme, sei sinnlos. Auch das ist dem kleinen Mann bewusst, sie befinden sich außerhalb der Stadt, in unbewohntem, waldigem Gebiet. Kein zufällig vorbeikommender Spaziergänger kann ihn vom Ufer aus sehen, und wenn der kleine Mann um Hilfe riefe, würde das Tosen des Wehres seine Schreie übertönen.

Kleidung raschelt, die Gestalt am Ufer bückt sich, hebt etwas auf. Glucksend landet ein Stein im Wasser, nur wenige Zentimeter vom Kopf des kleinen Mannes entfernt. Erschrocken kneift er die Augen zusammen, versteift sich. Seine Hacken graben sich in den weichen Ufersand, er hebt den Kopf. Sofort presst sich der gezackte Draht gegen seine Kehle, reflexartig will er die Arme heben, um nach seinem Hals zu greifen. Erfolglos, das Klebeband um seine Handgelenke ist mehrfach um die Gürtelschlaufen seiner zerbeulten Cordhose geschlungen, die Hände sind fest auf dem Bauch fixiert.

Er sinkt zurück. Schließt die Augen. Ignoriert den brennenden Schmerz an der Kehle. Die Kälte. Fühlt das Wasser, das an seinem Kopf entlangströmt, über den Hals, den Mund. Spürt den bitteren, schlammigen Geschmack, eklig und unangenehm, ebenso wie den Blick des anderen. Kalt, belustigt, erbarmungslos sieht er auf ihn hinab.

Der kleine Mann presst die Lippen aufeinander, atmet wieder durch die Nase. Ein. Aus. Wieder ein. Nicht betteln. Ruhig bleiben. Konzentrieren.

Das, erklärt ihm derweil der Mann am Ufer, sei ein kleiner Vorgeschmack. Der Wasserspiegel steige seit ein paar Tagen und würde es weiter tun wie jedes Jahr um diese Zeit. Wie lange es im Endeffekt dauern würde, könne niemand genau sagen. Minuten vielleicht. Oder ein paar Stunden. Länger wahrscheinlich nicht, der kleine Mann habe ja bereits bemerkt, welche Auswirkungen eine winzige Erschütterung habe. Ein paar Zentimeter würden reichen.

Und dann, denkt der kleine Mann, werde ich ertrinken.

Wie gesagt, fährt die Gestalt am Ufer in lockerem Plauderton fort, das alles sei nicht persönlich gemeint. Obwohl es weiß Gott Gründe gäbe, schließlich habe der kleine Mann mit gezinkten Karten gespielt, sich für jemand anderen ausgegeben. Aber das sei verständlich. Irgendwie.

Du hast nur deine Arbeit gemacht, Herr Hauptkommissar.

Keine Antwort. Scheinbar teilnahmslos liegt der kleine Mann im Wasser, bewegt vorsichtig die Schultern. Keine Chance, sich zu befreien. Oberhalb des Halses ist sein Kopf fixiert wie in einem Schraubstock. Unter ihm das Flussbett, sandig, aber fest. Seitlich verhindern die Eisenstäbe neben seinem Hals jede kleinste Bewegung. Das zwischen die Stäbe gespannte Sägeblatt ist dünn, ein paar Millimeter nur, doch die winzigen Zähne sind nadelspitz, dazu geschaffen, Metall zu zerschneiden. Jeder Versuch, den Kopf zu heben, ist tödlich.

Er lauscht dem Plätschern des Wassers und der Stimme, die jetzt über das Wesen des Menschen spricht, darüber, dass es hier nicht um Gefühle gehe, sondern um Instinkte, um die wahre Natur des Menschen. Dieser sei nun mal ein Tier, und als solches denke er zuerst an sich selbst.

Selbsterhaltungstrieb. Ich muss mich schützen.

Ein Windstoß kräuselt das Wasser, Wellen schwappen ans Ufer. Winzig, kaum wahrnehmbar, doch es reicht, die Ohren des kleinen Mannes kurz unter der Wasseroberfläche verschwinden zu lassen. Er hält die Luft an, dann ist es wieder vorbei.

Ich, sagt der Mann am Ufer, habe keine Wahl. Im Gegensatz zu dir. Du kannst selbst entscheiden, wie du stirbst.

Ja, denkt der kleine Mann, ich habe zwei Möglichkeiten. Zum einen kann ich abwarten. Einfach liegen bleiben, bis ich elend ertrinke. Dann bliebe mir ein wenig Zeit. Aber wofür? Zum Nachdenken? Dazu habe ich keine Lust. Um Hoffnung zu schöpfen? Dass er seine Meinung womöglich ändert? Mich am Leben lässt? Nein, das ist Quatsch. Er blufft nicht. Er will meinen Tod. Er will dabei zusehen. Er will es genießen.

Oder du machst es kurz, erklärt der Mann am Ufer, als habe er die Gedanken des kleinen Polizisten gehört. Das Sägeblatt über deinem Hals ist neu, sagt er. Zwanzig Zentimeter gehärteter Stahl, vier Millimeter dick. Gewellte Zähne, mit Molybdän verstärkt. Ein Ruck, eine heftige Bewegung mit dem Kopf, und du kannst es selbst zu Ende bringen.

Kurz, fügt die Stimme mit einem leisen Lachen hinzu. Schmerzlos wahrscheinlich nicht.

Wieder Schritte. Zwei. Drei. Sie kommen näher, der kleine Mann spürt die Erschütterung im weichen Boden. Er könnte den

Kopf ein wenig heben, ein klein wenig Spielraum hat er, bis er den gezackten Draht an seiner Kehle fühlt. Dann würde er den Mann am Ufer direkt vor seinen Füßen stehen sehen. Er tut es nicht. Seine Augen bleiben geschlossen.

Ich habe niemanden getötet.

Der Mann am Ufer hebt die Stimme. Nicht nur, um das Rauschen des Wehrs zu übertönen, es scheint ihm wichtig zu sein.

Ich habe die Dinge gesteuert, das ja, sagt er, aber selbst umgebracht habe ich niemanden. Auch dich werde ich nicht eigenhändig töten. Entweder der Fluss tut es. Oder du machst es selbst.

Stumm liegt der kleine Mann da, Kopf und Oberkörper im brackigen Wasser, von der Hüfte abwärts im Trockenen auf dem leicht ansteigenden Ufer, die gefesselten Hände über dem dicken Bauch gefaltet. Wie zum Begräbnis aufgebahrt.

Noch, denkt der kleine Polizist, bin ich nicht tot.

Die Zeit vergeht. Fünf Minuten, vielleicht auch zehn. Unwichtig.

Etwas kitzelt an seinem Ohr. Wasser schwappt über sein Gesicht, dringt in die Nase. Er wehrt sich gegen den Würgereiz. Kämpft gegen den Drang, den Kopf zu heben. Ruhig bleiben. Atmen.

Oh, sagt die Stimme, das Lächeln ist unüberhörbar. Es geht schneller, als ich dachte.

Irgendwo bellt ein Hund.

Dein Tod, fährt die Stimme fort, ist übrigens erst der Anfang. Es ist noch nicht vorbei.

Der Mann am Ufer sieht auf seine Armbanduhr. Sein Blick wandert über die reglos zu seinen Füßen ausgestreckte Gestalt, weiter über den Fluss, verharrt am anderen Ufer, schweift über die steinige Böschung, das dornige Gestrüpp, die kümmerlichen Bäume, deren Äste wie gebleichte Knochen über dem im Mondlicht vorbeiziehenden Wasser hängen. Seine Lippen bewegen sich, er beginnt, leise zu zählen. Rückwärts.

Zehn. Neun. Acht.

Der kleine Mann schluckt. Sein Adamsapfel hebt sich nur ein wenig, doch es reicht, dass sich die winzigen Zacken des Laubsägeblatts in seinen Kehlkopf pressen.

Sieben. Sechs. Fünf.

Der Mann am Ufer stellt sich auf die Zehenspitzen und dreht sich einmal um die eigene Achse, eine elegante, tänzelnde Pirouette.

Vier. Drei.

Er hebt die Arme wie ein Dirigent, der sein Orchester auffordert, sich zum Spiel bereit zu machen.

Zwei. Eins. Und …

Die Arme senken sich ruckartig.

… bitte.

Die Explosion erfolgt wie auf Kommando. Das Timing ist perfekt. Ein tiefes, fernes Dröhnen, flussaufwärts, irgendwo im Zentrum der Neustadt. Kilometerweit entfernt, doch auch hier ist die Erschütterung zu spüren, der Boden vibriert wie bei einem leichten Erdbeben.

Eigentlich, sagt der Mann am Ufer und nickt zufrieden, fängt es gerade erst an.

Vielleicht, denkt der kleine Polizist, dessen Vornamen kaum ein Mensch kennt, wäre es besser, wenn ich schon tot wäre.

Schröder nennen sie ihn. Den *dicken Schröder.* Weil er dick ist. Und weil die meisten Menschen sich kaum für ihn interessieren, auch nicht für seinen Vornamen.

Der Mond verschwindet hinter den Wolken.

Ein Käuzchen schreit.

Das Wehr rauscht. Das Wasser steigt.

ERSTER TEIL

Knapp zwei Wochen zuvor.

Zwei

Sonntag.

Der Abend war schön. Unzählige Sterne funkelten. Der Mond eine hauchdünne Sichel auf nachtschwarzem Samt. Vom Stadtrand aus, da, wo es dunkel war, konnte man die Milchstraße erkennen, ein schimmerndes Band über den Dächern der Stadt.

Der Mann, der unter der Hochstraße in Richtung Süden lief, bemerkte davon nichts. Sein Blick war stur auf die abgewetzten Spitzen seiner Stiefel gerichtet, die Hände, tief in den Jackentaschen vergraben, beulten das Leder über dem Bauch.

Claudius Zorn ging spazieren. Nicht etwa, weil er es mochte. Nein, im Gegenteil, er *hasste* Spaziergänge. Aber er hatte keine Wahl. Er brauche Bewegung, hatten die Ärzte schon vor Monaten gesagt, am besten sei Sport, und wenn es auf dieser Welt etwas gab, das Hauptkommissar Zorn am meisten verabscheute, war es Sport – abgesehen von einer langen Liste diverser anderer Dinge, die von nassen Füßen über die *BILD*-Zeitung bis zu sämtlichen Quizsendungen mit Eckart von Hirschhausen reichte.

Die Fußgängerampel am Kreisverkehr stand auf Rot. Er hielt inne, warf einen kurzen Blick auf die hell erleuchtete Fassade des historischen Waisenhauses gegenüber und lief dann weiter, ohne nach links oder rechts zu sehen. Tagsüber staute sich hier der Verkehr, jetzt, kurz nach elf, lag der Platz unter der Hochstraße wie ausgestorben unter dem nächtlichen Himmel.

Er lief weiter nach Süden, durch eine enge, von Gründerzeithäusern begrenzte Geschäftsstraße, vorbei an Apotheken, Optikern, Reisebüros. Seine Schritte hallten zwischen den Hauswänden wider, der linke Fuß ein wenig lauter als der rechte.

klack KLACK klack KLACK klack KLACK

Das rechte Bein war gut verheilt, trotzdem zog Zorn den Fuß noch ein wenig nach. Zum einen aus Gewohnheit, zum anderen, weil das gelegentliche Stechen im Knöchel äußerst unschöne Erinnerungen weckte, angefangen von einer Explosion, die er nur knapp überlebt hatte, bis zu einer monatelangen, schmerzhaften Therapie in einem Rehabilitationszentrum am Stadtwald.

Gemächlich schlurfte Claudius Zorn durch die Nacht und hing seinen Gedanken nach, die ebenso unschön waren wie die Erinnerungen an die letzten sechs Monate. Mit der linken Hand fischte er seine Zigaretten aus der Innentasche. Ich bin ein Krüppel, dachte er dabei, ein hinkender, verunstalteter Quasimodo. Auch das war natürlich heillos übertrieben und Zorns Hang zu einer gewissen Melodramatik und seiner selbstmitleidigen Natur geschuldet. Ein Charakterzug, der ihm durchaus bewusst war, und den er nach außen hin durch besonders schroffes und mürrisches Auftreten zu verbergen suchte.

Die Straße führte leicht bergauf und mündete nach einem halben Kilometer in einer sanften Kurve in einen weiteren Kreisverkehr. Dort, so war Zorns Plan, würde er nach rechts abbiegen und zurück nach Hause in Richtung Neustadt laufen. Die Nacht war mild, der Duft des nahenden Sommers verdrängte den Gestank der Mülltonnen, die sich auf dem Bürgersteig reihten, und während Zorn gemächlich an den dunklen Schaufenstern eines Kinderbuchladens vorbeischlich, musste er sich widerwillig eingestehen, dass die Stadt durchaus so etwas wie Charme hatte – zumindest nachts, fügte er ein wenig trotzig in Gedanken hinzu.

Irgendwo über ihm wurde ein Fenster geöffnet. Stimmengewirr drang heraus, unterlegt mit Schlagermusik. *Du hast mich tausendmal belogen*, jammerte eine Frauenstimme, begleitet von billigen Keyboardklängen und einem schleppenden blechernen Beat. Zorn stieß den Rauch durch die Nase und verzog das Gesicht.

Ich bin mit dir so hoch geflogen!

Doch der Himmel war besetzt.

Er hatte keine Ahnung, wie die Sängerin hieß, aber sie gehörte definitiv auf die Liste mit den Dingen, die er am meisten verabscheute.

Du warst der Wind in meinen Flügeln!

Hab so oft mit dir gelacht.

Und zwar, dachte Zorn und beschleunigte seinen Schritt, auf einen der vorderen Plätze, irgendwo zwischen kalte Thunfischpizza und das Quietschen feuchter Kreide auf einer Wandtafel.

Eine Straßenbahn rauschte in seinem Rücken heran. Zorn blieb stehen und beobachtete, wie die Bahn in der Kurve verschwand. Er blinzelte und blies sein Haar aus dem Gesicht, das ihm in dunklen Strähnen fast hinab bis zum Kinn hing. Er hatte es seit Ewigkeiten nicht schneiden lassen, nicht etwa, weil er Friseure hasste – denn auch das tat Claudius Zorn, und zwar aus tiefstem Herzen –, sondern aus einem anderen Grund.

Die Wunden im Gesicht waren gut verheilt, doch die Narben würden bleiben. Ein weißer, gezackter Strich zog sich vom rechten Augenwinkel über die Wange bis hinab zum Hals, umgeben von einem Netz feiner Linien. Auf den ersten Blick nicht sonderlich auffällig, doch Zorn vermied auch jetzt, über ein halbes Jahr nach der Explosion, jeglichen Kontakt mit seinem Spiegelbild. Er kam sich vor wie ein Aussätziger, und obwohl die Blicke der Menschen nur in seiner Einbildung existierten, lief er meist mit gesenktem Kopf durch die Gegend, das Haar wie eine Gardine vor dem Gesicht hängend.

Die Musik aus dem geöffneten Fenster verstummte. Eine Frau schrie in breitestem Sächsisch, dass sie keinen Bock habe, die verfickte Mülltonne

(verfiggde Milldonne)

rauszustellen. Eine tiefe Männerstimme antwortete grummelnd und wurde abrupt vom Knall des zufallenden Fensters unterbrochen, der durch die enge Straßenschlucht hallte.

Mein Gesicht, dachte Zorn und schlurfte weiter, sieht aus wie 'ne Tüte Gehacktes. Ich bin ein Krüppel, ich …

»Haste ma Feuer?«

Die Gestalt, die sich aus dem Schatten eines Hauseingangs löste, war einen halben Kopf kleiner als Zorn. Der Mann trug einen fleckigen Regenmantel, graues, fettiges Haar lugte unter einem umgedrehten Basecap hervor.

»Nee«, brummte Zorn, ohne anzuhalten. Vor ihm leuchtete das rote Schild einer Sparkasse, dahinter wurde die Straße von der Dunkelheit verschluckt. Schritte erklangen hinter ihm, kamen näher.

»Aber du rauchst doch!«

Der Mann klang entrüstet.

»Jetzt«, knurrte Zorn und spuckte die Zigarette aus, »nicht mehr.«

Funkensprühend landete die Kippe zu seinen Füßen und verschwand in einem Gully. Zorn hatte die Hände noch immer tief in den Jackentaschen vergraben, dort ließ er sie auch.

»Was ist mit Kleingeld?« Finger schlossen sich um Zorns Oberarm. »Hast du vielleicht 'nen Euro? Oder fuffzich Cent?«

Zorn blieb stehen. Der Mann sah zu ihm auf, ein falsches, unterwürfiges Lächeln auf den rissigen Lippen. Sein Gesicht leuchtete im blutroten Schein des Sparkassenschildes, als habe er Sonnenbrand.

»Nee«, wiederholte Zorn.

»Ich hab seit Tagen nix gegessen.«

Aber getrunken, dachte Zorn. Man riecht's meilenweit gegen den Wind.

Und noch etwas anderes nahm Zorn wahr, einen stechenden, unangenehmen Gestank nach verbranntem Plastik.

»Komm schon, Kumpel.«

Der Mann war abstoßend. Schmutzig, unsympathisch. Ein Lügner mit schiefen, verfärbten Zähnen, unrasiert und tagelang nicht gewaschen. Trotzdem hätte Zorn ihm Feuer gegeben, auch etwas Kleingeld hätte er ihm zugesteckt, mürrisch zwar, doch er hätte es getan. Früher, als er noch gesund war. Jetzt tat er's nicht, denn dazu musste er die Hände aus den Taschen nehmen, die linke war okay, doch die rechte, die war definitiv nicht okay, dieses verkrümmte, krallenartige Ding mit den fehlenden Fingern.

Zorn lief weiter, der Mann folgte ihm. Der Geruch nach verbranntem Plastik wurde stärker, doch Zorn registrierte jetzt, dass der Gestank eine andere Ursache haben musste. Nebelschwaden hingen über der Straße, dahinter flackerte etwas, spiegelte sich auf den Straßenbahnschienen, den Fenstern der links und rechts aufragenden Häuser.

»Dann gib mir 'ne Kippe.« Zorns neuer Begleiter erwies sich als äußerst hartnäckig. »Du hast doch noch welche, oder?«

Zorn antwortete nicht. Sein Blick war nach vorn gerichtet, aufgeregte Stimmen wurden hinter der Kurve laut. Der Rauch wurde dichter, der Geruch stärker.

»Ich weiß, dass du noch welche hast. Erzähl mir nicht, dass das deine letzte war, ich hab 'n Auge für so was. Und außerdem …«

Der Mann verstummte.

Sie hatten die Kurve erreicht. Zorn kniff die Augen hinter der Brille zusammen. Das, was er zunächst für Nebel gehalten hatte, war Rauch. Dicke Schwaden trieben über dem Kreisverkehr, es dauerte einen Moment, bis er die Ursache erkannte, die Flammen, die wie Fackeln auf dem Platz und den sternförmig abzweigenden Straßen loderten. Der Gestank war infernalisch. Schemenhafte Gestalten rannten gestikulierend umher, Zorn sah eine Frau, die stolpernd einen brennenden Kinderwagen über die Straßenbahngleise schob. Funken flogen, glimmende Papierfetzen trieben torkelnd über den Platz wie glühende Schneeflocken. Ein Bild wie von Hieronymus Bosch gemalt.

»Du wolltest doch Feuer«, sagte Zorn, den Blick auf das stinkende Inferno gerichtet. »Da vorn ist mehr als genug.«

Drei

Ignaz, genannt Fascho.

Geil. Einfach nur geil.

Die Augen des schmächtigen Jungen glänzen. Sein Gesicht glüht vor Erregung. Und von der Hitze der Flammen, deren Widerschein über seine pickligen Wangen zuckt. Er hätte längst abhauen müssen, doch er kann nicht, noch nicht, er muss einfach hierbleiben, zusehen und das Werk betrachten.

Sein Werk.

Es ist besser, als er es sich jemals vorgestellt hätte. Er steht zwischen den Gaffern, sieht die Flammen. Die zuckenden Blaulichter. Hört die aufgeregten Stimmen, die ängstlichen Schreie. Und der Geruch erst, der toppt alles.

Scheiße, denkt Fascho, wie geil ist das denn?

Eigentlich heißt er Ignaz. Früher, an der Grundschule, haben sie ihn Nazi genannt, irgendwann kam ein Witzbold auf die Idee, ihn Fascho zu rufen. Ein dämlicher Spitzname, Ignaz ist kein Faschist. Trotzdem gefällt es ihm. Irgendwie. Es klingt gefährlich. Und gefährlich ist er, es weiß bloß niemand.

Es steckt in ihm drin, schon immer. Er kann sich nicht dagegen wehren, ebenso wenig wie gegen das Schwitzen. Sein Körper produziert einfach zu viel Talg, da kann er sich waschen, sooft er will. Er riecht, nein, er *stinkt* immer nach Schweiß, sein Haar ist ständig fettig.

Er schließt die Augen, bläht die Nasenlöcher wie ein Hund, der Witterung aufnimmt. Inhaliert den Gestank wie Rosenduft. Nickt zufrieden, der Platz ist gut gewählt. Groß, rund, wie eine Freilichtbühne. Er hat das alles sorgfältig geplant, seit Wochen schon. Sonntagabend rollen die Idioten ihre Mülltonnen auf den Bürgersteig rund um den Kreisverkehr und verziehen sich wieder in ihren spießigen Wohnungen. Der Platz ist in den letzten Monaten saniert worden, Straßenbahnschienen, Asphalt, Haltestelle, alles nagelneu. Die Laternen auch, aber die sind wieder abgebaut worden, weil die Baufirma angeblich *minderwertiges Material* verwendet hat, so stand's jedenfalls in der Zeitung. Seit Wochen läuft der Prozess, es gab sogar eine Sondersitzung im Stadtrat. Das alles interessiert Fascho einen feuchten Dreck, wichtig ist nur, dass der Platz seit Ewigkeiten nachts dunkel bleibt. Fascho ist nicht blöd, niemand soll ihn entdecken. Aber das Feuer, das sollen alle sehen. Alle.

Es war einfach. Zwei Runden um den Platz. Die erste in aller Ruhe, im Schutz der Dunkelheit. Mülltonne auf, ein paar Spritzer Brennspiritus rein. Die zweite Runde dann schneller, wie im Rausch ist er mit dem brennenden Feuerzeug von Tonne zu Tonne gerannt, zweiundvierzig hat er gezählt, fein säuberlich in einem großen Kreis aufgestellt.

Scheiße, er liebt dieses Geräusch, dieses *WUSCH!,* wenn der Spiritus sich entzündet. Zweiundvierzigmal hat er es gehört. Besser als alles auf der Welt. Geiler als Sex. Glaubt er zumindest, bisher hatte er noch keinen. Mädchen gucken ihn nicht mit dem Arsch an, kein Wunder, so, wie er aussieht. Ein pickliger Penner, der nichts auf die Reihe kriegt. Das glauben die zumindest, aber die haben keine Ahnung, was er draufhat. Null Ahnung haben die. Dämliche Fotzen.

Er steht vor dem Eingang eines Wettbüros. Eigentlich müsste er schon längst weg sein, das war zumindest sein Plan, einfach im Schutz der Dunkelheit in einer der sternförmig abzweigenden Straßen verschwinden. Aber er kann einfach nicht weg. Es ist wie ein Magnet, er *muss* hinsehen. Der Feuerkreis um den Platz, die züngelnden Flammen. Die Menschen, die mit offenem Mund vor ihren Häusern stehen.

»Gott, ist das furchtbar«, sagt eine Frau direkt neben ihm. Die Alte ist mindestens sechzig, sie trägt einen Bademantel und gelbe Hausschuhe, wahrscheinlich wohnt sie direkt über dem Wettbüro.

»Ja«, nickt Fascho. »Furchtbar.«

Er senkt den Kopf, damit sie sein Grinsen nicht sieht. Rauch hängt über dem Platz wie eine Glocke. Überall Gaffer, auf dem Bürgersteig, an den Fenstern. Schräg gegenüber glotzt ein fetter Typ in weißem Unterhemd aus dem zweiten Stock, er hat sich sogar ein Kissen geholt, damit er's bequemer hat. Aus dem griechischen Restaurant kommt eine Gruppe laut diskutierender Teenager, einige filmen mit ihren Handys. Sirenen heulen auf, kommen näher. Ein großer, langhaariger Kerl in Lederjacke zieht einen unrasierten Penner in Regenmantel und Basecap von der Straße, um Platz für die Feuerwehr zu machen, die mit ohrenbetäubendem Lärm herangerast kommt. Staub wirbelt auf, Blaulicht flackert über den Platz.

Alles wegen mir, denkt Fascho. Ich hab das gemacht.

Ich. Ich. Ich.

Er wehrt sich gegen das Kichern, hält sich sogar die Hand vor den Mund. Aber er kann es nicht unterdrücken, es ist wie ein Schluckauf, ein Niesen. Das Gefühl ist unglaublich, er fühlt sich leicht, frei, irgendwie *hibbelig*, am liebsten würde er laut losschreien, ich hab das gemacht! Ich! Aber das geht natürlich nicht, er kann's niemandem erzählen. Das ist scheiße, aber damit muss er leben. Die Zeitungen werden bestimmt drüber schreiben, vielleicht kommt sogar was im Fernsehen.

Geil, einfach nur geil.

Er spürt die Erektion unter den Jeans, heiß, pochend. Seine Finger krallen sich in das Plastik der Spiritusflasche, die er unter dem Kapuzenshirt verbirgt. Er hat sie im Supermarkt gekauft, eins neunundneunzig pro Flasche, ein bisschen ist noch übrig. Er hätte sie längst wegschmeißen sollen, das wird er auf dem Rückweg tun.

Gleich, nicht sofort. Ein bisschen wird er noch zugucken, bis die Bullen kommen. Dann wird er abhauen, aber vorher muss er es so lang wie möglich genießen. Er stellt sich auf die Zehenspitzen, sieht, wie die Penner von der Feuerwehr aus ihrem Auto springen.

Die Mülltonnen sind längst geschmolzen, aber die Feuer, die brennen immer noch. Wieder muss er kichern, lauter jetzt, es ist einfach *zu* geil, es …

»Wohnst du hier?«

Fascho fährt herum. Der Typ ist direkt hinter ihm, der Langhaarige mit der Lederjacke, den er vorhin schon gesehen hat. Keine Ahnung, wie lange der schon hier steht. Auch nicht, wie er hierhergekommen ist.

»Klar.«

Cool bleiben. Der Kerl sieht nicht aus wie'n Bulle.

»Wo?«

»Da drüben.«

Fascho deutet irgendwo durch den dichten Qualm über den Platz.

»Hast du'n Ausweis?«

»Nee. Jedenfalls nicht hier.«

Fascho wird wütend. Die ganze Euphorie ist weg. Verpufft. Wie Luft aus einem kaputten Reifen. Scheiße, was will der Kerl? Fascho ist einer von vielen, er ist doch nicht aufgefallen unter den ganzen Gaffern, er …

»Dann hol ihn.«

Nee, der Typ sieht wirklich nicht aus wie'n Bulle. Die Haare sind viel zu lang, wie ein Hippie sieht der aus in seiner zerkratzten Lederjacke. Irgendwas stimmt nicht mit dem Gesicht, die eine Hälfte ist ziemlich vernarbt.

»Kann ja nicht so schwer sein, wenn du hier wohnst, oder?«

Fascho blinzelt. Scheiße, er hätte sofort abhauen müssen. Zu spät, aber er kann den Kerl immer noch abwimmeln. Erst mal cool bleiben, zum Gegenangriff übergehen.

»Wieso?«, fragt Fascho. »Bist du'n Bulle?«

Keine Antwort. Der Typ verzieht keine Miene. Der blinzelt nicht mal, lässt Fascho nicht aus den Augen. Keine Sekunde. Steht einfach nur da und guckt. Irgendwie gelangweilt und gleichzeitig wach. Seine Hände stecken tief in den Jackentaschen, als würde er was verbergen.

»Okay«, sagt Fascho. »Ich hol ihn.«

Er muss weg hier. Der erste Streifenwagen steht schon auf dem Platz, ein zweiter kommt gerade um die Ecke. Fascho zuckt die Achseln, wendet sich ab. Sein Herz klopft bis zum Hals, aber er lässt sich nichts anmerken. Betont lässig schlendert er davon, jetzt bloß keine Eile. Zwei Schritte, dann legt sich eine Hand auf seinen Arm.

»Warte«, sagt der Typ. »Was ist mit deinen Augenbrauen?«

Scheiße, denkt Fascho. Scheiße, Scheiße, Scheiße. Ich hab mir die Augenbrauen versengt. Wahrscheinlich bin ich total schwarz im Gesicht. Fuck, warum bin ich nicht sofort abgehauen?

»Du hast mir überhaupt nix zu sagen!« Faschos Stimme überschlägt sich. In zwei Wochen wird er achtzehn, trotzdem klingt er, als sei er gerade erst in den Stimmbruch gekommen. »Lass mich los, du Wichser!«

Das Arschloch denkt nicht dran. Seine Finger krallen sich fest in Faschos Oberarm, die rechte Hand steckt noch immer in der Jackentasche. Er verzieht keine Miene. Oder doch? Grinst er?

»Ich hab gesagt …« Fascho will sich losmachen, »du sollst loslassen!«

Er zerrt noch einmal, nimmt alle Kraft zusammen. Keine Chance. Etwas entgleitet seinen Fingern, fällt klappernd zu Boden. Der Typ sieht nach unten, dann wieder in Faschos weitaufgerissene, panische Augen. Falls er bisher nicht gegrinst hat, tut er es jetzt. Unübersehbar.

»Was haben wir denn da?«

Die Spiritusflasche.

Scheiße.

Fascho fängt an zu weinen.

Vier

Montag.

»Melde mich gehorsamst zum Innendienst, Chef.«

Zorn deutete eine Verbeugung an, während Schröder sich mit einem knappen Brummen begnügte, ohne von der Akte aufzusehen, die er gerade durchblätterte.

»Ich hoffe«, Zorn hängte die Jacke auf, »du hast gut geschlafen?«

»Aber sicher doch. Ein wenig kurz vielleicht.«

»Ach.« Zorn sank in seinen Bürostuhl. »Hast du schlecht geträumt?«

»Nein. Ich wurde geweckt. Von meinem Handy.«

»Du Armer.«

»Ich bin mitten in der Nacht angerufen und ins Präsidium gebeten worden, weil am späten Abend ein siebzehnjähriger mutmaßlicher Brandstifter festgenommen wurde«, sagte Schröder. »Und zwar auf Betreiben eines äußerst aufmerksamen Bürgers, der den jungen Mann laut Bericht an zwei Kollegen von der Streife übergeben hat. Der Name dieses aufmerksamen Bürgers ist«, Schröder blätterte zurück, fuhr mit dem dicken Zeigefinger über ein eng beschriebenes Formular, »Claudius Zorn.«

»Echt?«

»So steht's hier.« Schröder sah kurz auf. »Das scheint ein äußerst bescheidener Mensch zu sein, er wollte den Kollegen zuerst nicht sagen, wie er heißt. Erst nach mehrmaligem Drängen hat er ihnen seine Personalien gegeben.«

»Sachen gibt's …« Zorn schüttelte den Kopf. »Und dann?«

»Dann hat er ihnen meine Handynummer gegeben und gesagt, dass sie sich an mich wenden sollen.«

»Und dann?

»Ist er verschwunden.«

»Einfach so?«

»Ja«, nickte Schröder. »Einfach so.«

Er verschränkte die kurzen Arme vor der Brust und sah Zorn ausdruckslos an.

»Vielleicht«, sagte Zorn, »hatte er ja was Wichtiges zu tun, dieser, äh …«

»Zorn«, half Schröder. »Claudius Zorn.«

»Genau.«

»Oder«, Schröder deutete mit dem Doppelkinn auf die Akte, »er hatte einfach keine Lust auf den Schreibkram.«

Ein paar Sekunden vergingen. Schröder hatte sich frisch rasiert, seine Wangen glänzten rosig, doch der Blick, mit dem er Zorn musterte, war kühl. Schließlich war es Zorn, der das Schweigen brach.

»Nun spiel' hier nicht die beleidigte Leberwurst.«

»Mach ich nicht.«

»Ich wollte mich heute früh drum kümmern.«

Keine Antwort.

»Und außerdem«, Zorn fuchtelte mit der gesunden Hand durch die warme Büroluft, »ich konnte nix machen. Echt nicht.«

Schröder hob stumm die Brauen.

»Ich wollte ja.« Zorn senkte die Stimme. »Aber ich *durfte* nicht.«

»Warum, wenn man fragen darf?«

Zorn klopfte mit dem linken Zeigefinger auf die Tischplatte, unter der seine verstümmelte Hand auf dem Oberschenkel ruhte.

»Ich hab Innendienst.«

»Das«, nickte Schröder, »ist mir bekannt.«

»Und wer Innendienst hat, darf draußen nicht arbeiten.«

»Wer sagt das?«

»Die … äh …, die Vorschrift. Deshalb heißt's ja Innendienst. Sonst müsste es Draußendienst heißen. Ich weiß, wie doof das ist«, seufzte Zorn, »aber ich darf leider nur innerhalb geschlossener Räume arbeiten, Schröder. Wir wollen ja beide nicht, dass ich mich strafbar mache, ich meine …«

»Sei bitte so gut«, unterbrach Schröder, »und sag mir, was genau passiert ist, ja?«

Es geschah selten, doch selbst Claudius Zorn hörte den leicht gereizten Unterton heraus. Er räusperte sich, wurde ernst und erzählte, allerdings blieb er nicht ganz bei den Tatsachen. Die Begegnung mit dem unrasierten Schnorrer zum Beispiel erwähnte Zorn nicht, und aus dem abendlichen Spaziergang wurde in seinen Worten ein spätes, knallhartes Jogging (du weißt schon, um wieder in Form zu kommen, Schröder). Erst, als es um das eigentliche Thema ging, kehrte er zur Wahrheit zurück.

»Das war Zufall. Ich weiß nicht, wie viele Leute dort waren, vielleicht fünfzig. Alle waren total schockiert, und dann steht da einer dazwischen und lacht. Ich meine, überall ist Chaos, es brennt, es stinkt. Und diese halbe Portion guckt sich das an und grinst wie'n Honigkuchenpferd.«

»Er ist dir also aufgefallen.«

»*Yes*«, nickte Zorn. »Der war völlig aufgedreht. Sein Gesicht war total verrußt. Und er hat nach Spiritus gestunken wie'n Wiedehopf.«

»Und das alles hast du mitgekriegt?«

»Klar. Der Kerl war verdächtig, also hab ich ihn mir näher angeguckt.«

»Sehr gute Beobachtungsgabe.« Schröder schob anerkennend die Unterlippe vor. »Das war hervorragende Arbeit.«

»Manchmal«, Zorn senkte bescheiden den Blick, »kann ich mich einfach nicht dagegen wehren. Du kennst das ja, einmal Bulle, immer Bulle.«

»Stimmt, das kenn ich.« Schröder stemmte sich aus seinem Stuhl, kam um den Schreibtisch herum und baute sich vor Zorn auf. »Da wären allerdings zwei Dinge, die ich mit dir klären muss.«

»Ach.«

Schröder sah ernst auf Zorn hinab.

»Du hast also einen Verdächtigen bemerkt, hast ihn zur Rede gestellt und dafür gesorgt, dass er in Gewahrsam kommt. Richtig?«

Zorn blinzelte verwirrt. Er hatte keine Ahnung, worauf Schröder hinauswollte. Aber es war definitiv nichts Gutes.

»Als dein Vorgesetzter«, fuhr Schröder fort, »bin ich verpflichtet, die Fakten zu betrachten und danach zu handeln. Und nach Lage der Dinge …«

Scheiße, dachte Zorn. Er hat mich am Arsch.

»… hast du gestern Abend einen eklatanten Verstoß gegen die Vorschriften begangen.«

Schröder musterte Zorn aus zusammengekniffenen Augen.

»Moment, Schröder, ich …«

»Du hast gearbeitet, obwohl du Innendienst hast!«

»Aber nur ganz kurz!«

»Außerhalb geschlossener Räume!«

»Aber nicht mit Absicht!«

»Das kann jeder behaupten!«

Ein letzter, äußerst ernster Blick, dann ging Schröder zum Fenster. Dort stand er eine Weile mit auf dem Rücken gefalteten Händen, wippte auf den Zehenspitzen vor und zurück. Zorn lauschte dem leisen Knarren seiner altmodischen Ledersandalen. »Weißt du, was ich die ganze Zeit überlege?«, fragte Schröder schließlich. Die Morgensonne spiegelte sich auf seiner Glatze.

»Ob du mich vom Dienst suspendierst?«

»Nee, für heute belasse ich's bei einer mündlichen Rüge.«

»*Gracias*, Schröder.«

»*De nada.*« Schröder wandte sich um, lehnte sich an die Heizung und fuhr mit der flachen Hand nachdenklich über den kahlen Schädel. »Ich frage mich was anderes.«

»Das wäre?«

»Was ist eigentlich der Plural von Wiedehopf?«

»Keine Ahnung.« Zorn zuckte die Achseln. »Wiedehopfe?«

»Oder Wiede*höpfe*?«

»Keine Ahnung«, wiederholte Zorn. »Und es ist mir auch scheißegal. Wenn ich mich recht erinnere, habe ich gesagt, dass der Verdächtige gestunken habe wie *ein* Wiedehopf. Singular.«

»Richtig. Jedenfalls, was die Behauptung betrifft, der Wiedehopf stinke. Das liegt am Feindverhalten. Wenn der Vogel angegriffen wird, sondert er ein übelriechendes Sekret aus der Bürzeldrüse ab, um den Angreifer zu vertreiben. Eindeutig *falsch* hingegen ist die Behauptung, der Wiedehopf stinke nach Spiritus, das kann der gar nicht, selbst wenn er wollte. Es sei denn, er hätte eine Tankstelle überfallen oder …«

»Okay«, seufzte Zorn, »ich hab's verstanden.«

Er langte über den Tisch nach der Akte, schlug sie auf.

»Ignaz Stein«, las er. »Wo ist der Typ jetzt?«

»Er hat alles zugegeben. Das Jugendamt war da. Im Moment redet die Staatsanwaltschaft mit ihm.«

»Wer genau übernimmt … ich meine …«

Zorn schluckte, stellte die Frage dann doch nicht. Das war auch nicht nötig. Schröder, der trotzdem wusste, was gemeint war, nickte stumm.

Ach, dachte Zorn, du fehlst mir, Frieda. Du fehlst mir sehr.

*

»Du bist minderjährig, Ignaz. Du musst nicht mit mir reden, wenn du nicht willst.«

Die Alte sah gut aus, fand Fascho. Relativ jung für eine Staatsanwältin, höchstens dreißig. Die Titten vielleicht ein bisschen zu klein, aber ansonsten ziemlich geil.

»Betrachte es einfach als Gespräch. Ich will mir ein Bild von dir machen. Du bist nicht verpflichtet, es zu führen.«

F. Borck stand auf dem Messingschild an der Bürotür. *Staatsanwaltschaft.* Fascho fragte sich, wofür das F wohl stand. Franziska?

»Ist schon okay«, sagte Fascho.

»Entschuldige das Chaos.« Die Staatsanwältin deutete auf einen Stapel Umzugskartons, das halbleere Regal hinter ihrem Schreibtisch. »Ich bin beim Ausräumen. Du bist sozusagen mein letzter Fall.«

Fascho saß auf der vordersten Kante des Stuhls, die Hände auf den Knien gefaltet. Der Rücken leicht gekrümmt wie ein reumütiger Teenager, der Mist gebaut hat. Fascho hoffte zumindest, dass es so wirkte.

»Ich darf dich doch duzen?«, fragte die Staatsanwältin.

»Klar.«

Du darfst alles. Du darfst mir sogar den Schwanz lutschen.

»Du wohnst bei deiner Mutter?«

»Ja. Ich … ich hab vorhin mit ihr telefoniert. Sie holt mich nachher ab.« Fascho sprach leise, stockend, den Blick auf die Hände gerichtet. Seine Stimme zitterte, aber nur ein bisschen. Nicht übertreiben. »Ich … ich weiß selbst nicht, warum ich das gemacht habe.«

»Aber das solltest du.«

Sie lehnte am Schreibtisch, sah auf ihn hinab. Kühl, aufmerksam. Die spielt definitiv in der Oberliga, dachte Fascho und stellte sich vor, wie sie ohne diesen dämlichen Hosenanzug aussehen würde.

»Was hast du dir dabei gedacht?«

Schweigen. Dann ein kurzes Nagen an der Unterlippe.

»Ich …«, ein ratloses Kopfschütteln, »das war dämlich.«

»Du hättest die halbe Stadt abfackeln können.«

Fascho sah es vor sich. Brennende Dächer, rauchende Trümmer. Er dachte an die Hitze, roch den Qualm. Senkte den Kopf, damit sie sein Grinsen nicht sah.

»Es ist ein Glück, dass niemand verletzt wurde.«

»Ja«, hauchte Fascho. »Ein Glück.«

Sie wandte sich um, blätterte in einer Akte auf ihrem Schreibtisch. Sein Blick wanderte an ihrem Rücken nach unten. Geiler Arsch. Klein und fest. Die Umrisse des Schlüpfers zeichneten sich unter dem dünnen Hosenstoff ab. Er stellte sich vor, wie er mit einer heißen Nadel hineinstach. Brennendes Kerzenwachs, das auf ihren Hintern tropfte. Ein Feuerzeug, mit dem er über ihre Oberschenkel strich, die feinen Härchen versengte, das fand die bestimmt geil, obwohl sie so cool tat. Sie würde ihn anbetteln, dass er weitermachte, *anflehen* würde sie ihn, los, tu mir weh, ich brauch das, ich …

»Hast du verstanden, was ich gesagt habe?«

Er tauchte wieder auf, sie stand vor ihm, sah ihm direkt in die Augen. Der Puls dröhnte in seinen Ohren. Sie hatte irgendwas von Anklageerhebung gefaselt, Verhandlung, Jugendstrafrecht.

Wieder murmelte Fascho, dass es ihm leidtue. Dass es nie wieder vorkommen würde, nie, nie wieder. Er wusste genau, wie er auf andere wirkte, er war hässlich, da musste man sich nichts vormachen, hässlich wie die Nacht mit dem spitzen Vogelgesicht, den engstehenden Augen, dem Überbiss und dem schmalen, verkniffenen Mund. Oft genug wurde er deswegen gehänselt, doch jetzt konnte das von Vorteil sein, bei Erwachsenen zumindest. Die meisten hatten Mitleid mit dem kleinen, rattenköpfigen Außenseiter, dem man sofort ansah, dass er nicht gemocht wurde, nicht gemocht werden *konnte*. Niemand ahnte, dass es Fascho egal war. Völlig egal, doch er hatte gelernt, dieses Wissen zu nutzen, so wie er's bei dem Penner vom Jugendamt gemacht hatte, den sie ihm geschickt hatten. Naiv wirken, ein bisschen zurückgeblieben, trotzdem harmlos. Es hatte geklappt, er hatte den Kerl um den Finger gewickelt, und genau das würde er auch mit dieser Staatsanwältin tun. Die machte hier einen auf obercool, aber in Wahrheit wollte die einfach mal ordentlich durchgevögelt werden, so richtig, mit allem Drum und Dran. Fascho schluckte, der Gedanke war einfach *zu* geil, aber er musste sich konzentrieren. Im Moment war nur wichtig, dass er schnell aus dieser Sache rauskam.

»Ich …«, er knetete die Hände im Schoß, versuchte, seiner Stimme einen kindlichen Ausdruck zu verleihen, »ich werde für den Schaden aufkommen.«

Scheiße, wenn er nur nicht so schwitzen würde. Wie ein Schwein.

»Das wirst du, Ignaz. Aber wenn du glaubst, die Sache hätte sich mit ein paar Sozialstunden erledigt, dann hast du dich geschnitten.«

»Es tut mir leid.«

»Das sagtest du bereits.«

Fascho runzelte die Stirn. Irgendwas lief hier schief. Und zwar gewaltig.

»Weißt du was? Ich kauf dir das nicht ab.« Ihre Augen verengten sich. »Du ziehst hier 'ne Nummer ab, aber damit lass ich dich nicht durchkommen. Das war keine Kurzschlusshandlung, kein Dumme-Jungen-Streich.«

Natürlich nicht. Aber was, dachte Fascho, soll der ganze Aufriss? Wegen ein paar verkohlten Mülltonnen und 'nem angekokelten Kinderwagen? Spiel dich hier nicht so auf. Dämliche Kuh.

Sie kam näher. Er roch ihr Parfum. Irgendwas Teures, Exotisches.

»Du hast das alles geplant«, sagte sie ruhig. »Hast dir den Brennspiritus besorgt. Warum bist du nicht abgehauen? Du wolltest es so lange wie möglich genießen, kann das sein?«

Er sah zu ihr auf. Sie erwiderte seinen Blick. Kühl, sachlich.

»Ich bin noch nicht sicher, welche Strafe ich für dich beantragen werde. Aber Fakt ist eins: Du brauchst Hilfe, Ignaz.«

»Ich weiß nicht, was Sie damit …«

»Professionelle Hilfe.«

Eine Viertelstunde später verließ Ignaz Stein, genannt Fascho, das Büro mit hängenden Schultern. Diesmal war seine Verzweiflung nicht gespielt, und als die Tür hinter ihm ins Schloss fiel, streifte sein Blick noch einmal das polierte Messingschild: *F. Borck. Staatsanwaltschaft.*

Sein Gesicht verzog sich zu einer Grimasse.

Er wusste jetzt, wofür das F stand.

Fotze.

*

»Hallo Frieda«, sagte er, ohne die Augen zu öffnen.

Zorn wusste, dass sie es war, noch bevor er ihr Gewicht neben sich auf der Bank spürte. Vielleicht lag es am Klang ihrer Schritte, vielleicht an ihrem Geruch, einer Mischung aus frischgeschnittenen Blumen und duftender Seife. Egal, er wusste es einfach.

»Hi«, sagte sie.

Es war kurz nach Mittag. Die Sonne stand hoch am wolkenlosen Himmel, spiegelte sich dutzendfach auf der verglasten Rückseite des Präsidiums wie in einem gesplitterten Spiegel.

»Hast du alles gepackt?«, fragte er.

Noch immer blieben seine Augen geschlossen. Er hatte die Arme auf der Lehne ausgestreckt, hielt das Gesicht in die Sonne.

»Fast.« Sie seufzte leise. »Ist ja nicht viel. Und es sind ja noch ein paar Tage Zeit.«

»Gibst du eigentlich 'ne Party?«

»Warum?«

»Zum Ausstand. Ich meine«, er streckte die Beine, die Hacken seiner Stiefel scharrten über den Kies, »macht man das nicht so, bevor man 'ne neue Stelle antritt? Eine kleine Abschiedsfeier unter Kollegen? Mit Sekt und Schnittchen und so?«

Er warf ihr einen kurzen Blick zu. Sie saß neben ihm, den Rücken kerzengerade, die Hände auf dem Schoß gefaltet.

»Bist du immer noch sauer?«, fragte sie. »Ich dachte, wir hätten lange genug darüber gesprochen.«

Das hatten sie. Und anfangs war Zorn tatsächlich sauer gewesen, allerdings nur kurz. Bis er eingesehen hatte, dass er nicht das Recht dazu hatte. Es war ihre Entscheidung, eine Stelle bei der Generalstaatsanwaltschaft anzutreten, und er wusste, dass sie sich diese Entscheidung nicht leichtgemacht hatte. Er selbst war viel zu feige, sich zu einem Neuanfang aufzuraffen, und sah auch keinen Grund dazu, seine kleine, bequeme Welt zu verlassen. Nur die Tatsache, dass sie ihn nie gefragt hatte, ob er mitkommen wolle, nagte noch immer an ihm, obwohl er es sich nicht eingestehen wollte.

Die Landeshauptstadt war nicht einmal hundert Kilometer entfernt, eigentlich ein Katzensprung, doch Zorn fragte sich immer wieder, wie (ob?) es mit ihnen weitergehen sollte. Viele Menschen führten eine Fernbeziehung, das war nichts Außergewöhnliches, doch Claudius Zorn war ja kaum in der Lage, aus der Nähe eine zu führen.

Sie schwiegen eine Weile.

»Dieser Junge«, sagte sie schließlich, »der Brandstifter, den du letzte Nacht festgenommen hast, er …«

»Ich hab ihn nicht festgenommen«, unterbrach Zorn. »Ich hab ihn«, er dehnte die Stimme, *»den zuständigen Organen übergeben.«*

»Ich mein's ernst, Claudius.« Das hätte sie nicht aussprechen müssen, ihr Blick sagte mehr als genug. »Der wollte nicht einfach nur rumkokeln, da steckt mehr dahinter. Er ist nicht strafmündig, hat einen festen Wohnsitz. Also mussten wir ihn erst mal gehen lassen. Ich hab ihn dazu verdonnert, den psychologischen Bereitschaftsdienst anzurufen.«

Zorn hob eine Augenbraue.

»Darfst du das?«

»Nee.« Sie schüttelte den Kopf. »Aber es wird 'ne Weile dauern, bis es zur Verhandlung kommt. Ich will nicht, dass er noch mal Mist baut. Vielleicht hilft's ihm, wenn er mit jemandem redet. Irgendwas stimmt nicht mit dem. Aber vielleicht bilde ich mir das auch nur ein.«

»Schröder wird sich drum kümmern.«

»Wie immer.«

»Ja«, nickte Zorn. »Wie immer.«

Er blinzelte in den stahlblauen Himmel. Der Wind rauschte im Gebüsch hinter ihm, ein Zweig streifte seinen Nacken. Frieda sah auf die Uhr.

»Ich muss wieder ins Büro.«

Sie trug ihr Haar anders. Heller, das natürliche Rotbraun durch eine Tönung verstärkt, die wilden, widerspenstigen Locken im Nacken kurz geschnitten. Sie sah schön aus, fand Zorn, etwas seriöser vielleicht. Aber schön. Wunderschön.

»Bleib noch ein bisschen, Frieda.«

»Ich hab noch 'ne Menge zu erledigen. Und ich muss meine Klamotten packen, ich …«

»Lass uns über was anderes reden.«

»Worüber?«

»Keine Ahnung.« Er zuckte die Achseln. »Was Schönes.«

»Okay«, nickte sie. »Dann reden wir über was Schönes.«

Ihre Blicke trafen sich.

»Mir fällt grade nichts ein«, sagte sie. »Hast du 'ne Idee?«

Nein. Die hatte Zorn nicht.

Fünf

»Das ist alles?«

»Ja«, nickte Fascho. »Mehr war da nicht.«

Der Typ sah definitiv nicht aus wie ein Psychologe, fand Fascho. Jeans, weiße Turnschuhe, hellblaues *Abercrombie & Fitch*-T-Shirt. Dreißig, höchstens Mitte dreißig. Dichtes, lockiges Haar, Dreitagebart. Er hatte sich als Marek vorgestellt, nicht als *Dipl.-Psych.*

Marek Schleef, wie auf dem Schild am Eingang unter der Aufschrift *Freies Therapiezentrum Neustadt – Psychologische Praxis* zu lesen war. Die Begrüßung war knapp gewesen, ein kurzer, fester Händedruck, dann war Fascho mit einem Kopfnicken aufgefordert worden, auf einem der beiden cordbezogenen Sessel Platz zu nehmen.

»Du bist also dabei erwischt worden, wie du aus Langeweile ein paar Mülltonnen angezündet hast«, sagte Marek Schleef. »Die Polizei hat dich eine Nacht festgehalten, dann wurdest du unter der Auflage freigelassen, dass du dich beim Bereitschaftsdienst meldest. Und die wiederum haben dich zu mir geschickt.«

Wieder nickte Fascho. Er hatte keine Mühe gehabt, die Adresse zu finden. Drei langgestreckte, zweigeschossige Betonflachbauten bildeten so etwas wie das Zentrum der Neustadt, boten Platz für zwei Apotheken, diverse Imbisse, ein Nagelstudio, eine kleine Postfiliale und ein halbes Dutzend Secondhand-Läden. Die Praxis befand sich im Obergeschoss des mittleren Flachbaus über einem verlassenen Küchenstudio, dessen Fenster mit Spanplatten vernagelt waren. Fascho kannte die Gegend wie seine Westentasche. Früher hatte er ständig hier rumgehangen, auf der bröckelnden Skaterbahn neben dem verwahrlosten Spielplatz im grauen Schatten der Hochhäuser.

»Ich sollte dir ein paar Dinge erklären.« Schleef schob eine dünne Nickelbrille auf der Nase zurecht. Das einzige Detail, das zum Bild eines Psychologen passte. »Die Praxis ist fünf Tage pro Woche geöffnet, trotzdem ist es schwer, einen Termin bei mir zu bekommen. Einmal in der Woche habe ich abends Bereitschaft, da sieht's anders aus. Meist passiert nicht viel, ich hänge hier rum, erledige irgendwelchen Kram und langweile mich. Insofern bin ich dir dankbar für die Abwechslung. Das ist die eine Sache. Die andere ist, dass du nicht hättest herkommen müssen.«

Fascho sah überrascht auf.

»Wenn ich das richtig sehe, wird es irgendwann zur Verhandlung kommen.« Schleef saß ihm gegenüber, die Beine übereinandergeschlagen, der linke Turnschuh wippte auf und ab. »Niemand kann dich zu einer Therapie zwingen, es sei denn, es gibt einen Gerichtsbeschluss.«

»Dann …« Fascho runzelte die picklige Stirn. »Dann hat mich diese …«

Fotze

»… Staatsanwältin also verarscht.«

»So weit würde ich nicht gehen. Ich kenne die Dame nicht, aber sie wird ihre Gründe gehabt haben. Allerdings ist das nebensächlich, ich arbeite grundsätzlich weder mit der Polizei noch mit irgendwelchen Gerichten zusammen. Es geht mir um die Leute. Alles, was hier gesprochen wird, bleibt in diesem Raum. Mir ist scheißegal, ob jemand Ärger mit dem Gesetz hat, es geht darum, zu helfen.«

»Ich brauche keine Hilfe«, murmelte Fascho.

»Okay.«

Schleef zuckte die Achseln, stemmte sich aus dem Sessel, streckte den Rücken und unterdrückte ein Gähnen. Der kräftige Oberkörper zeichnete sich unter dem T-Shirt ab. Nein, er sah definitiv nicht aus wie ein sesselfurzender Seelenklempner. Eher wie ein Fußballer. Oder ein Rockmusiker.

»Dann kann ich gehen?«, fragte Fascho.

»Sicher doch.«

Schleef hatte sich hinter seinen Schreibtisch gesetzt, wandte sich einem Stapel Briefe zu. Fascho sah sich unschlüssig in dem schmucklosen Büro um. Graue Auslegware, passend zu den beiden Sesseln. Vergilbte Gipskartondecke mit viereckigen eingelassenen Neonlampen. Keine Pflanzen, kein Schmuck, bis auf das schwarzweiße Motörhead-Plakat neben dem Ikea-Regal. Ansonsten nur ein weißer Kleiderschrank und ein Waschbecken neben der Tür, darüber ein kleiner, ungerahmter Spiegel.

»Es turnt dich an, oder?«

Schleef klang beiläufig. Er hatte einen der Briefe geöffnet, studierte eine Rechnung.

»Was?«

»Das Feuer, Ignaz.« Ein kurzer Blick aus dunklen, fast schwarzen Augen über den Brillenrand. »Es macht dich geil.«

»Bullshit!«

»Die Narben an deinen Händen«, fuhr Schleef seelenruhig fort und öffnete den nächsten Brief, »und die am Hals. Das sind Brandwunden, oder? Du machst das schon, seit du klein bist.« Er überflog eine weitere Rechnung, schürzte die Lippen und schob sie beiseite. »Das kann Hertha erledigen. Meine Sekretärin«, fügte Schleef hinzu, als habe Fascho nachgefragt. »Sie hat Urlaub. Normalerweise krieg ich gar nicht mit, was sie den lieben langen Tag so macht, aber wenn ich mir das so ansehe«, seufzend betrachtete er den Stapel mit den restlichen Briefen, »sollte ich ihr 'ne Gehaltserhöhung geben.«

Er sah Fascho an, als erwarte er eine Antwort. Dieser hockte wie festgenagelt in seinem Sessel, hektische Röte überzog seine pickligen Wangen.

»Ach komm, Ignaz.« Ein feines Lächeln teilte die Lippen von Marek Schleef, begleitet von einem kaum merklichen Kopfschütteln. »Ich erkenne, wenn jemand lügt. Das gehört zu meinem Job. Ich hab dich beobachtet, als du vorhin erzählt hast. Man nennt das Körpersprache. Blickrichtung, Augenkontakt, Stimmlage, ich will dich jetzt nicht mit Kleinkram nerven, aber …«

»Ich muss mir diese Scheiße nicht anhören!«

Fascho sprang so heftig auf, dass der Sessel fast umkippte.

»Nee, musst du nicht.«

Schleef hob entschuldigend die Hände, wandte sich wieder seinem Schreibtisch zu. Die kleinen Augen des Jungen blitzten vor Wut, seine Hände ballten sich in den Taschen des Kapuzenshirts. Er sah zur Tür. Wollte weg. Raus hier. Einfach nur raus.

»Eins würde ich dir gerne noch sagen, Ignaz. Wenn ich darf.«

Etwas in Schleefs Stimme ließ Fascho innehalten.

»Du musst dir keine Vorwürfe machen. Jeder Mensch hat seine Eigenheiten. Was abartig ist, bestimmst du selbst. Nicht die Gesellschaft.«

Schleef saß zurückgelehnt an seinem Schreibtisch, spielte mit einem Kugelschreiber. Hinter ihm fiel die Abendsonne schräg durchs Fenster. Draußen wurden Stimmen laut, zwei Betrunkene stritten um ein Bier.

»Manche lassen sich gern schlagen, manche führen 'ne glückliche Beziehung mit 'nem Staubsauger. Ich zum Beispiel steh auf Füße. Brüste oder Hintern sind mir egal, ich bin«, er tippte sich an die Schläfe, »halt anders konditioniert.«

Ein Bild tauchte vor Faschos Augen auf, er sah den Psychologen nackt an einem Frauenzeh lutschen, schob es schnell wieder weg.

»Du findest das eklig, aber es ist mir egal. Es ist *meine* Sache, solange ich niemandem schade. Verstehst du, was ich meine?«

Das tat Fascho irgendwie, aber irgendwie auch nicht.

»Du kokelst gern«, fuhr Schleef fort. »Na und? Es gibt einen Fachbegriff dafür, Pyromanie. Das klingt wie 'ne Krankheit, aber du bist nicht krank oder bekloppt. Du bist anders. Feuer hat die Menschheit verändert, hat sie zu dem gemacht, was sie heute ist. Die meisten haben das vergessen. Du nicht. Du bist was Besonderes.«

Was *Besonderes*?, dachte Fascho. Ich?

»Hättest du Lust, ein paar Leute kennenzulernen? Sie sind bei mir in Behandlung, aber sie mögen es nicht, wenn man sie als *Patienten* bezeichnet. Du musst nicht sofort antworten«, unterbrach Schleef, als Fascho den Mund öffnete. »Wir treffen uns regelmäßig hier. Einfach so, zum Reden. Ab und zu unternehmen wir was zusammen, machen Ausflüge und so. Ein paar von ihnen nennen's die *Freakshow*. Dämlicher Name, ich weiß, aber er ist nicht von mir.« Schleefs Grinsen wirkte wie das eines Teenagers.

»Komm einfach vorbei, wenn du Lust hast. Du kannst dich in die Ecke setzen und zuhören. Wenn du nicht willst, erfahren die anderen nicht mal deinen vollen Namen. Es läuft ein bisschen ab wie bei den Anonymen Alkoholikern, niemand muss reden, wenn er nicht will. Wenn du's doof findest, haust du wieder ab. Aber ich denke, es könnte dir gefallen.«

*

Als Ignaz Stein wenig später im hereinbrechenden Abend durch die Betonwüste der Neustadt nach Hause schlurfte, gingen ihm drei Dinge durch den Kopf. Der erste Gedanke galt seiner Mutter, mit der er in einer winzigen Zweizimmerwohnung an der Magistrale lebte und deren nervendes Gebrabbel er jetzt mindestens zwei Stunden lang würde über sich ergehen lassen müssen, genauer gesagt bis Viertel nach acht. Erst dann würde sie Ruhe geben, eine Tüte Chips aus der uralten Anbauwand holen, ihren fetten Hintern auf das zerschlissene Sofa hieven und die nächste Zeit vor der x-ten Wiederholung von *Grey's Anotomy* verbringen wie ein gestrandeter Pottwal. Faschos zweiter Gedanke galt Schleef (Marek? Sollte er den Typen wirklich *Marek* nennen?), der gesagt hatte, er sei was *Besonderes*. Das war neu für Fascho, eine irritierende, gleichzeitig faszinierende Vorstellung für jemanden, dessen einziges nennenswertes Erfolgserlebnis aus einem zweiten Platz in der Matheolympiade bestand; kurz nach der Einschulung, ein paar Jahre, nachdem sein Vater die Familie wegen einer rumänischen Prostituierten verlassen hatte. (Was auch verständlich war. Scheiße, wer wollte sein Leben schon mit einem sprechenden Fleischkloß verbringen?)

Schleef war Psychologe, aber er hatte ihn nicht behandelt wie einen Patienten. Klar, der Typ war mit allen Wassern gewaschen, und die Behauptung, er würde auf *Füße* stehen (Fascho verzog das Gesicht, die Vorstellung war wirklich verdammt eklig), war bestimmt nur eine Masche gewesen, um Fascho zu manipulieren. Trotzdem, er hatte ihn ernst genommen, auf Augenhöhe behandelt, und das war irgendwie … schmeichelhaft.

Das war Faschos zweiter Gedanke, und auch der dritte drehte sich um Marek Schleef, beziehungsweise um das, was dieser zum Abschied gesagt hatte.

Akzeptier dich, wie du bist. Hauptsache, du schadest niemandem.

Er trug es in sich, seit er denken konnte. Nein, die stundenlangen Spiele, die hatten niemandem geschadet, damals, als er klein gewesen war, allein mit einer Kerze in seinem muffigen Zimmer, unbeobachtet von seiner Mutter, die nebenan vor der Glotze gehockt hatte. Das alles war harmlos gewesen. Auch später, als er angefangen hatte, im Internet nach Filmen zu suchen, Pornos, in denen nackte Frauen mit Kerzenwachs und heißem Öl traktiert wurden, auch da hatte er definitiv niemandem geschadet, er hatte einfach nur dagesessen, stundenlang, eine Hand auf der Computermaus, die andere an seinem pochenden Schwanz.

Er erreichte die Magistrale, bog nach links ab und lief stadtauswärts. Über ihm flackerten Laternen auf, er näherte sich dem Eingang zu seinem Wohnblock, einem von Dutzenden, äußerlich kaum zu unterscheidenden Eingängen entlang der vierspurigen, von Straßenbahnschienen geteilten Schnellstraße, und während der Verkehr an ihm vorbeirauschte, dachte Fascho, dass jetzt alles anders war. Nicht etwa wegen letzter Nacht. Die Aktion mit den Mülltonnen war cool gewesen, keine Frage. Aber nichts, absolut nichts im Vergleich zu der Sache vor einem Monat.

Die Plakate hingen immer noch an den Laternenmasten. Ein paar jedenfalls, von der Sonne gebleicht, an den Rändern zerfetzt. Grobkörnige Schwarzweiß-Kopien mit dem Foto eines Hundewelpen, der aus großen, feuchten Augen in die Kamera glotzte. *WER HAT UNSEREN BALDUIN GESEHEN?* war in fetten Buchstaben unter dem Foto zu lesen. Darunter stand eine Telefonnummer und der Hinweis auf eine Belohnung.

Nun, Fascho wusste, wo der kleine Köter war, doch die Belohnung – immerhin fünfzig Euro – würde er sich nicht holen können. Aber das machte nichts. Kein Geld der Welt wog das auf, was Fascho erlebt hatte, nachdem er den Hund mit einem Wurstbrot in den Wäschekeller gelockt hatte.

Er hatte sich Zeit gelassen. Und er hatte alles abgespeichert, jede Einzelheit. Den Geruch des brennenden Fells. Das Jaulen. Das Strampeln im Todeskampf.

Das, was er dazu benutzt hatte, lag sicher versteckt im Wäschekeller in einer Umhängetasche hinter den Heizungsrohren. Lötlampen. Brennspiritus. Feuerzeuge. Nadeln, Zangen und Scheren, die Spitzen schwarz und verrußt, nachdem sie über dem Feuer geglüht hatten.

Fascho erreichte den Eingang zu seinem Block. Auf der anderen Straßenseite schräg gegenüber erhob sich die hell erleuchtete Fassade des Multiplexkinos wie ein riesiges Raumschiff. Vor den Mülltonnen blieb Fascho stehen.

Akzeptier dich, wie du bist, hatte der Psychologe gesagt.

Das tat Fascho. Die Frage war, wo es enden würde. Sicherlich, letzte Nacht war gut gewesen. Definitiv gut. Aber es waren nur Mülltonnen. Ein Test. Ein Vergleich. Er wusste jetzt, was besser war. Noch geiler war es, wenn das, was da brannte, sich bewegte.

Atmete.

Wie würde es sein, wenn es nicht bellte, sondern um Hilfe rief?

*

Der folgende Tag verlief ruhig. Claudius Zorn verbrachte ihn in gewohnter Manier (mehr oder weniger gelangweilt vor dem Computer sitzend), Schröder kümmerte sich um den Rest der Arbeit (was zugegebenermaßen nicht viel war), während Frieda Borck für ihren Nachfolger die Anklage gegen Ignaz Stein wegen vorsätzlicher Brandstiftung vorbereitete. Nach Feierabend trafen sich die drei, holten Edgar, Zorns mittlerweile knapp dreijährigen Sohn, aus dem Kindergarten ab und fuhren zu Schröders kleinem Haus am Rand des Stadtwalds. Edgar verbrachte den größten Teil des Nachmittags auf einer blauen Plastikschaukel, die Schröder ihm in den Zweigen einer Kiefer aufgehängt hatte, Zorn und Frieda saßen auf der Terrasse unter einem gelben Sonnenschirm, aßen Schröders selbstgebackenen Pflaumenkuchen und unterhielten sich über Nebensächlichkeiten, während Schröder mit Unkrautzupfen beschäftigt war. Zorn war nicht ganz bei der Sache, seine Aufmerksamkeit galt seinem schaukelnden Sohn. (Schröder war ein guter Handwerker, klar, er hatte die Schaukel sicher stabil befestigt, und rausfallen konnte Edgar auch nicht, aber der Baum war alt, was war, wenn der verdammte Ast brach?) Gleichzeitig drehten sich seine Gedanken um die frustrierende Frage, warum um alles in der Welt niemand die Zeit anhalten konnte, das musste doch irgendwann mal möglich sein.

Am Abend begann es zu nieseln. Als Zorn später in seiner Wohnung im vierzehnten Stock eine Tiefkühlpizza in den Ofen schob, brachte Ignaz Stein, genannt Fascho, kaum einen Kilometer Luftlinie entfernt endlich den Müll runter, nachdem ihn seine Mutter stundenlang genervt hatte, doch wenigstens *ein bisschen* im Haushalt zu helfen.

Der Regen wurde stärker. Missmutig stopfte Fascho den Müllbeutel in die Tonne, rümpfte die Nase wegen des Gestanks. Er wollte eilig zurück, hielt noch einmal inne, den Blick auf die grauen, schief stehenden Tonnen gerichtet. Die Stelle, an der er vor ein paar Wochen den verkohlten Hundekadaver im Gebüsch verscharrt hatte, war kaum noch zu erkennen. Fascho zog die Kapuze über den Kopf und dachte an die letzten Worte des Psychologen.

Hauptsache, du schadest niemandem.

Tja. Hier lag der Hund begraben.

Im wahrsten Sinne des Wortes.

Sechs

Mittwoch.

»Melde mich gehorsamst zum ...«

»Auch dir«, unterbrach Schröder, »einen schönen guten Morgen, Chef.«

»... Innendienst«, vollendete Zorn.

Schröder sprang auf, half dem verwunderten Zorn aus der Jacke, führte ihn zum Schreibtisch und drückte ihn sanft in den Bürostuhl.

»Ich hab nachgedacht«, sagte er.

»Ach«, brummte Zorn. »Hast du das?«

Er ahnte, nein, er *wusste*, dass Schröder etwas im Schilde führte. Aber was? Misstrauisch beäugte er über den Rand seiner Brille, wie Schröder gemächlich zu seinem Platz ging, die Hände auf dem Tisch faltete und einen Moment mit gesenktem Kopf verharrte.

»Wir kennen uns jetzt schon sehr lange«, begann Schröder schließlich. »Als dein Vorgesetzter und als Freund weiß ich, wie wichtig dir deine Arbeit ist.«

Ach du Scheiße. Es ging um die Arbeit.

»Du hast eine schwere Reha hinter dir«, fuhr Schröder mit salbungsvoller Stimme fort. »Du hast hart und tapfer an dir gearbeitet. Sehr hart, und das rechne ich dir hoch an.«

Das war eindeutig übertrieben, aber ein Fünkchen Wahrheit enthielten Schröders Worte dennoch. Die Reha war definitiv schmerzhaft gewesen, Zorn hatte sich gequält, um wieder auf die Beine zu kommen. Allerdings nicht, weil er seinen Job so unendlich liebte, sondern weil er einen Deal mit Schröder gemacht hatte. Wenn Zorn sich Mühe gebe, hatte Schröder angeboten, würde er den Schnauzbart abnehmen, den er sich vor ein paar

Monaten hatte wachsen lassen. Allein das war ein Grund gewesen, sich anzustrengen. Nicht der Hauptgrund, aber der dämliche Schnäuzer war weg. Und jedes Mal, wenn Zorn in Schröders glattrasiertes, rosiges Gesicht blickte, empfand er eine diebische Freude ob dieses Triumphes über seinen ehemaligen Untergebenen, der jetzt sein Vorgesetzter war.

»Ich habe dich in den letzten Wochen beobachtet«, sagte Schröder ernst. »Und ich merke, wie du dich quälst. Wie sehr dich dieses Nichtstun belastet.«

Okay, dachte Zorn, du willst mich mal wieder verarschen. Dann spielen wir eben ein Spielchen, du kleiner moppliger Scheißer.

»Das stimmt«, sagte er und senkte traurig den Kopf. »Dieses ständige Rumsitzen ist wirklich schlimm. Ich würde mich so gern stärker einbringen, dir mehr helfen, aber was soll ich machen? Dieser verdammte Innendienst.«

»Herrje«, nickte Schröder, »das verstehe ich. Und wir wollen ja beide nicht, dass du dich strafbar machst. Aber ich kann einfach nicht mehr mit ansehen, wie sehr du dich zermürbst. Wir sollten etwas dagegen unternehmen, findest du nicht?«

»Ach«, winkte Zorn ab, »ich komm schon klar. Ich muss ja.«

Er kratzte sich unbehaglich die vernarbte Wange, gleichzeitig versuchte er, ein lässiges Grinsen aufzusetzen. Es gelang ihm nicht. Natürlich nicht.

»Ich muss jetzt zur Dienstplanbesprechung.« Schröder sah auf die Uhr. »Wir reden heute Nachmittag weiter, ja?«

»Klar doch«, murmelte Zorn.

Mist, dachte er. Was hast du vor, du mieser Gartenzwerg?

*

Der Raum war voll. Ein halbes Dutzend Augenpaare richtete sich auf den mageren Jungen, der nach einem kurzen, vorsichtigen Klopfen eingetreten war und jetzt in der Tür stand, als sei er gegen seinen Willen von einem Windstoß hereingetrieben worden.

»Schön, dass du da bist!« Schleef reagierte sofort. »Komm rein!«

Er schien ehrlich erfreut, sprang auf, ging um den Stuhlkreis, legte Fascho einen Arm um die Schultern und führte den widerstrebenden Jungen zu einem Stuhl, den er offensichtlich von vornherein freigehalten hatte.

»Das«, sagte Schleef in die Runde, »ist Ignaz, ich hab euch von ihm erzählt. Wir haben schon angefangen«, fuhr er, an Fascho gewandt, fort und nahm wieder Platz. »Ich hoffe, das ist okay für dich?«

Das klang wie eine Frage, konnte aber auch als Feststellung gemeint sein. Fascho war zu nervös, um den Unterschied zu erkennen. Er wusste nicht genau, warum er hergekommen war. Neugierde vielleicht? Vor allem aus Langeweile, und zu verlieren hatte er sowieso nichts. Jetzt bereute er seine Entscheidung, er fühlte sich wie auf dem sprichwörtlichen Präsentierteller, den neugierigen Blicken wildfremder Menschen ausgesetzt wie ein Affe im Zoo.

Schleef hatte die grauen Cordsessel an die Wand gerückt, um Platz für den Stuhlkreis zu schaffen. Sechs Personen hatten sich versammelt, fünf Männer und eine Frau. Schleef stellte sie Fascho vor, Diethardt, Ben, Simon, Hagen, die Namen zogen an Fascho vorbei. Er sah nicht in die dazugehörigen Gesichter, nur als die Frau erwähnt wurde – Lisbeth – horchte er kurz auf. Eine ziemlich scharfe Braut, fand Fascho. Blond, lange Beine, ein bisschen spießig angezogen. Braune Bundfaltenhose, Hackenschuhe. Aber die Titten unter der geblümten Bluse waren groß. Riesig. Vielleicht war es doch nicht sinnlos, hergekommen zu sein.

»Ich erklär noch mal kurz die Regeln.« Schleef schlug die Beine übereinander. »Nummer eins: Nichts, was hier gesprochen wird, verlässt diesen Raum.«

»*Nichts*«, wiederholte die Gruppe im Chor, »*verlässt diesen Raum*.«

Wo bin ich hier?, dachte Fascho. Im Kindergarten? Die sind alle mindestens zehn Jahre älter als ich. Was soll der Quatsch?

»Regel Nummer zwei«, fuhr Schleef fort. »Wir nehmen uns ernst. Und wir hören einander zu.«

Wir nehmen uns ernst. Wir hören einander zu.

Die Gruppe hockte mit geschlossenen Augen im Kreis und wiederholte die Worte des Psychologen. Die Blondine saß Fascho direkt gegenüber, rechts neben ihr ein rothaariger, sommersprossiger Typ mit Stirnglatze in hellblauem Hemd über einem unübersehbaren Schwabbelbauch, links ein dünnes Männchen, das trotz der stickigen Wärme einen dünnen Stoffmantel trug, auf dem Kopf thronte ein altmodischer breitkrempiger Filzhut.

Wir sind anders, aber nicht krank.

Fascho fiel auf, dass die Lippen des Männchens sich nicht bewegten. Plötzlich hob er den Kopf. Wässrige Glubschaugen fixierten Fascho unter der Hutkrempe, bohrten sich regelrecht in seinen Blick. Fascho sah ertappt zur Seite.

»Wir sind auf der Suche.« Auch Schleefs Augen waren hinter der dünnen Nickelbrille geschlossen. »Und wir werden unseren Weg finden.«

Ein letztes, gemurmeltes Echo. Dann straffte sich Schleef, sah lächelnd in die Runde und verfiel wieder in den unverfänglichen Plauderton, mit dem er Fascho begrüßt hatte.

»Das klang jetzt wahrscheinlich ziemlich bekloppt, Ignaz.« Ein jungenhaftes Grinsen, begleitet von einem kurzen, verschwörerischen Zwinkern. »Aber es hilft uns, aufeinander einzugehen. Willkommen in der Freakshow.«

Willkommen, echote die Gruppe.

Wieder richteten sich alle Augen auf Fascho. Er spürte, wie ihm die Röte ins Gesicht schoss, doch Schleef half ihm aus der Verlegenheit.

»Lisbeth«, er wandte sich an die Blondine, »du bist unterbrochen worden. Willst du weitermachen?«

»Klar.« Lisbeth räusperte sich. Senkte den Kopf, als wolle sie sich sammeln. Als sie aufsah, blickte sie Fascho direkt ins Gesicht. »Ich hab Prosopagnosie. Das heißt, ich kann keine Gesichter unterscheiden. Ich erkenne die Menschen an der Stimme, an ihren Bewegungen. Aber ein Gesicht besteht für mich nur aus Einzelteilen. Augen, Nase, Mund. Ich kann keinen Zusammenhang herstellen.«

»Das wissen wir ja«, murmelte der Mann neben Fascho, ein hünenhafter Kerl mit breitem Kreuz und dunklem Vollbart.

»Aber *ihm* muss ich's erklären, Simon!« Ihre Stimme wurde schrill. Sie deutete auf Fascho, der sich unbehaglich auf seinem Stuhl wand. »Er muss ja verstehen, warum ich ein Problem habe!«

»Okay.« Der Mann, der offensichtlich Simon hieß, hob die Hände, jede davon groß wie eine Bratpfanne. »Entschuldige.« Seine Stimme erinnerte an ein Donnergrollen.

»Ich nehme deine Entschuldigung an, Simon.«

Lisbeth klang förmlich, auch das schien zum Ritual der Gruppe zu gehören. Sie atmete durch, um sich zu beruhigen. Der dünne Blusenstoff spannte über ihrem BH. Fascho versuchte, den Blick abzuwenden, es gelang ihm nur mit Mühe. Sie sah einfach *zu* gut aus. Die grünen Augen. Die kleine, leicht nach oben gebogene Nase. Der Schmollmund. Wie ein Model.

»Ich bin vergewaltigt worden«, sagte sie. »Von drei Männern. Es hat genau siebenundvierzig Minuten gedauert, bis es vorbei war. Das weiß ich, weil einer von ihnen eine Armbanduhr trug, eine Quarzuhr von Casio mit verchromtem Armband. Sie haben mir den Mund verbunden, aber die Augen nicht. Ich habe ihre Gesichter gesehen, aber ich konnte sie nicht beschreiben. Ich konnte der Polizei nur sagen, dass sie zu dritt waren.« Ihre Augen waren von einem intensiven Grün, gleichzeitig auf Fascho und in weite Ferne gerichtet. »Drei Männer. Sie haben nicht viel gesagt, aber ich konnte mich an jedes Wort erinnern. Ich wusste, wie sie rie- chen, jeder Einzelne von ihnen. Das weiß ich immer noch. Nach Bockbier. Sie waren betrunken.«

Sie fuhr sich mit einer fahrigen Handbewegung über die Augen, dann tastete sie nach dem Oberschenkel des Rothaarigen. Seine kräftige Hand schloss sich um ihre zitternden Finger, drückte sie. Fascho spürte einen dumpfen Stich der Eifersucht, als er die Ehe- ringe bemerkte.

»Ben hat mich gefunden«, sagte sie. »Er hat mich ins Kranken- haus gebracht. Das ist jetzt siebenhundertzweiunddreißig Tage her. Seit sechshundertzwölf Tagen sind wir verheiratet. Er hilft mir, darüber hinwegzukommen. Und das werden wir.« Sie schniefte, nickte dann, um ihre eigenen Worte zu bestätigen. »Ja, das werden wir. Wir haben eine wunderschöne Wohnung. Zwei Etagen, ganz oben im vierzehnten Stock. Ben verdient gut, wir müssen uns keine Sorgen machen. Irgendwann werden wir Kin- der haben.«

»Das werden wir«, murmelte Ben und drückte ihre Hand. Er hatte ein gutmütiges, offenes Gesicht. »Wir werden eine Familie sein.«

»Eine Familie«, nickte Lisbeth. »Wir werden eine richtige Fami- lie sein.«

»Wir sind auf einem guten Weg«, sagte Ben.

»Das sind wir. Auf einem guten Weg.«

Das alles klang irgendwie mechanisch. Wie auswendig gelernt. Ein Dialog, schon tausendmal geführt. Irgendwo rechts von Fascho räusperte sich jemand, sein Gesicht wurde durch den hünenhaf- ten Simon verdeckt. Lisbeth strich sich das blonde Haar aus der Stirn, Fascho bemerkte die weißen Striche auf ihren Unterarmen. Narben, kurz unter den Handgelenken.

»Ich habe große Fortschritte gemacht.«

»Das hast du, Lilly«, bestätigte Ben.

»Ich kann das Haus wieder verlassen. Ich kann einkaufen gehen. Und ich koche, wie eine richtige Hausfrau. Das alles«, wieder drückte sie die Hand ihres Mannes, »habe ich Ben zu verdanken. Und dir, Marek.«

Schleef erwiderte ihr Lächeln. Er saß zurückgelehnt in seinem Stuhl und spielte mit der Nickelbrille, die er am Bügel zwischen Daumen und Zeigefinger hielt.

»Unsere Gespräche sind so *wichtig*«, fuhr Lisbeth fort. »Ich weiß, dass ich noch längst nicht am Ziel bin, *wir*«, verbesserte sie sich mit einem Blick auf Ben, »sind noch nicht am Ziel, aber ich spüre, wie ich vorankomme. Ich habe ein wirklich gutes Gefühl.«

Sie nickte Schleef zu zum Zeichen, dass sie geendet habe. Dieser wartete einen Moment, als wolle er ihre Worte nachwirken lassen.

»Danke, Lisbeth«, sagte er dann. »Hab vielen Dank für deine Worte. Wir alle wissen, welche Überwindung dich das kostet. Welche Kraft, das alles auszusprechen.«

Simon, der riesenhafte Mann mit dem Vollbart rechts neben Fascho, murmelte etwas. Fascho konnte es nicht genau verstehen, aber es klang wie *Wir haben's jetzt oft genug gehört.*

»Das mag ja sein, Simon.« Auch Lisbeth hatte die Worte mitbekommen. Ihre Augen verengten sich, ihr Ton wurde schneidend. »Aber *ich* bin es, die sich ihren Ängsten stellen muss! Und das tue ich, sonst würde ich kaum hier sitzen, zwischen euch … *Männern*!« Das letzte Wort spie sie heraus wie ein altes Kaugummi.

»Ich …«, der große Mann suchte unbeholfen nach den richtigen Worten, »es tut mir …«

»Ja, es tut dir leid, und ich nehme deine Entschuldigung an, Simon! Du bist hier, weil du deine Familie verloren hast, genauso wie Hagen!« Sie deutete auf den Mann rechts neben Schleef, einen zirka fünfzigjährigen Glatzkopf, der bisher still und in sich gekehrt auf seinem Stuhl gesessen hatte. »Er gibt sich die Schuld an ihrem Tod, obwohl er …«

»Bitte, Lisbeth.« Der Glatzköpfige richtete sich auf. Fascho bemerkte die Krücke, die hinter ihm an seinem Stuhl lehnte. »Ich möchte jetzt wirklich nicht …«

»Das musst du auch nicht, Hagen.« Lisbeth schüttelte den Kopf. »Uns allen ist klar, dass du nicht darüber reden willst, noch nicht. Aber du«, sie wandte sich wieder an Simon, und ihre Augen blitzten vor Wut, »hast nicht das Recht auf abfällige Bemerkungen! Ich finde, du solltest dich ein bisschen besser unter Kontrolle haben, denn das ist es doch, weswegen du hier bist, oder? *Du* bist es, der von seiner Familie verlassen wurde, weil er die Beherrschung verloren hat, nicht ich! Du bist es, der seine Frau verprügelt hat!«

Simon wurde bleich, sank in sich zusammen, als hätte er einen Schlag in den Magen bekommen. Es wurde still im Raum. Dann erklang Schleefs ruhige Stimme.

»Möchtest du darüber reden, Simon?«

»Nein. Jetzt nicht, bitte.«

»Es … es tut mir leid, Simon.« Lisbeth holte tief Luft. »Ich … ich wollte dir nicht zu nahetreten. Aber wir haben alle viel durchgemacht.«

Simon sah auf seine Hände, nickte dann schweigend. Ben reichte Lisbeth ein Taschentuch, sie tupfte sich vorsichtig die Wimpern ab.

»Aus psychologischer Sicht«, eine neue Stimme meldete sich zu Wort, »ist das alles durchaus förderlich.« Fascho konnte den Mann nicht sehen, er wurde noch immer von Simons massiger Gestalt verdeckt. »Lisbeth ist traumatisiert, sie muss sich dem Erlebten stellen. Eine Vergewaltigung zu verarbeiten kostet Kraft, in Verbindung mit der diagnostizierten Prosopagnosie als Folge dieses traumatischen Erlebnisses halte ich das für eine gewaltige Aufgabe. Schließlich hatte die Patientin als assoziative Prosopagnostikerin keinerlei Möglichkeit, die Täter zur Verantwortung zu ziehen.«

Aus den Augenwinkeln sah Fascho, wie der Mann die Beine übereinanderschlug. Er war offensichtlich sorgfältig gekleidet, trug eine schwarze Anzughose und gewienerte Lackschuhe. Er klang, als würde er einen akademischen Vortrag halten, sprach mit sonorer, etwas leiernder Stimme.

»Ich stimme mit dem Kollegen Schleef überein, dass es durchaus im Sinne einer erfolgreichen Therapie sein kann, ein Vergewaltigungsopfer und einen Gewalttäter direkt miteinander zu konfrontieren. Hiermit, meine Damen und Herren«, eine gepflegte Hand zupfte eine unsichtbare Fussel von der frischgebügelten Hose, »sind meine Ausführungen beendet. Ich muss noch zu einem Kongress in Simbabwe. Mein Name ist Diethardt von Strauch, ich danke für Ihre Aufmerksamkeit.«

»*Wir* haben zu danken«, erwiderte Schleef, ohne eine Miene zu verziehen. »Danke für deine Worte, Diethardt.«

Danke für deine Worte, echote die Gruppe.

Okay, dachte Fascho. Der eine hält sich für einen Psychologen. Der andere hat seine Familie verloren, der dritte verkloppt seine Frau, und die Braut erkennt keine Gesichter. Aber was ist mit dem Kerl gegenüber?

Der Glubschäugige mit dem Filzhut und dem zugeknöpften Mantel hatte bisher kein Wort gesagt. Er saß kerzengerade auf seinem Stuhl. Ab und zu fasste er sich an den Kragen, mit unvermittelten, fahrigen Bewegungen. Sein Kopf zuckte auf dem dünnen Hals hin und her wie ein Vogel, der jeden Moment aus dem Zimmer flattert.

»Ich weiß ja, wie schwer es mit mir ist.« Lisbeth zerknüllte das Taschentuch in der Hand, mit der anderen griff sie wieder nach der ihres Mannes. »Aber ich mache Fortschritte, das spüre ich. Und Ben ist so … verständnisvoll. So geduldig.« Ihre Finger pressten sich so fest um die Hand ihres Mannes, dass die Knöchel weiß hervortraten. »Er … er ist ja ein gesunder Mann. Ihr wisst ja, was ich meine. Er hat seine Bedürfnisse, und ich …«

»Ist gut, Lilly«, unterbrach Ben, der puterrot wurde.

Krass, dachte Fascho, die sind seit Ewigkeiten verheiratet. Und der hat sie noch nicht mal *gefickt*?

Er wusste, dass er so nicht denken sollte. Nicht denken *durfte*. Die Frau gegenüber hatte eben noch über ihre Vergewaltigung gesprochen, ein gequälter, traumatisierter Geist, dem es nur mit Mühe gelang, die Fassade aufrecht zu halten. Es war pervers, abartig, jetzt an Sex zu denken, aber Fascho konnte nicht anders. Er konnte nicht.

Es war Schleef, der das aufkommende unbehagliche Schweigen durchbrach. Er sah auf die Uhr, hob die Hände zu einer entschuldigenden Geste.

Kinder, wie die Zeit vergeht.

»Danke, dass ihr gekommen seid. Danke für eure Zeit. Und dir«, er wandte sich an Lisbeth, »danke ich für deine offenen Worte.«

Sie lächelte, offensichtlich erfreut über das Lob. Ein hauchzartes Rosa überzog ihr hübsches Gesicht.

»Wir kommen voran«, sagte Schleef. »Jeden Tag ein kleines Stück. Wir alle wissen, wie schwer es ist, darüber haben wir in den Einzelgesprächen oft geredet. Ein Schritt nach dem anderen.«

Ein Schritt nach dem anderen, wiederholte die Gruppe.

»Auch wenn er klein ist«, fuhr Schleef fort. »Vielleicht sogar unbedeutend erscheint, aber wir nähern uns dem Ziel. Lasst uns zum Schluss noch einmal über den nächsten Schritt reden. Wer beginnt?«

Auch das schien Teil des geregelten Ablaufs zu sein. Schleefs Blick, freundlich und fragend, wanderte von einem zum anderen und blieb schließlich bei Simon hängen.

»Ich …«, der bärenhafte Mann kratzte sich stirnrunzelnd den Bart, »ich denke, ich werde sie heute Abend anrufen.«

»Und was«, fragte Schleef sanft, »wirst du ihr sagen?«

»Dass ich an mir arbeite.«

»Danke, Simon.« Schleef wandte sich an seinen Nachbarn. »Was ist mit dir, Hagen?«

Der Glatzköpfige schreckte hoch, es war ihm offensichtlich unangenehm, direkt angesprochen zu werden. Haltsuchend griff er nach der Krücke, kaute einen Moment auf der Unterlippe.

»Ich … ich werde das Grab aufsuchen«, sagte er leise. »Ich war seit der Beerdigung nicht dort. Das ist anderthalb Jahre her, und ich denke, es wird langsam Zeit, dass ich sie besuche. Eventuell sollte ich ihnen Blumen bringen. Lilien vielleicht, die hat Charlotte besonders gemocht.«

»Das«, flüsterte Lisbeth, »ist eine gute Idee, Hagen.«

Sie nickte dem Glatzköpfigen mitfühlend zu. Ihre Augen wurden feucht, sie griff nach dem Taschentuch, schnäuzte sich leise. Dann bemerkte sie Schleefs nachsichtigen, fragenden Blick, registrierte, dass sie jetzt selbst an der Reihe war. Ein paar Sekunden vergingen, dann hellte sich ihr Gesicht auf.

»Lasagne!« Ihr schlanker Körper straffte sich, sie wandte sich an ihren Mann. »Was meinst du, Ben? Soll ich uns nachher Lasagne machen?«

»Das ist eine großartige Idee, Lilly.«

Sie lächelten sich zu. Ihr Kopf sank an Bens Schulter, er legte den Arm um sie.

»Ja«, sagte sie. »Ich mach uns eine tolle Lasagne.«

Ich würde was anderes mit dir machen als dieser rothaarige, fette Spast, dachte Fascho. Eine ganze Menge würde ich mit dir anstellen, das kannst du mir glauben. Aber *Essen* wär das Letzte, das ich mit dir tun würde, ich würde dich nach Strich und Faden …

»Ich unterbreche äußerst ungern, meine Damen und Herren«, erklang es rechts von Fascho. Der Mann neben Simon (Diethardt, erinnerte sich Fascho) meldete sich mit schnarrender Stimme zu Wort. »Aber meine Zeit ist äußerst knapp bemessen. Ich darf daran erinnern, dass ich ein wichtiges Referat vorzubereiten habe.«

Sieben

»Was ist das?«

Zorn überflog die Zeilen eines engbeschriebenen Formulars, das Schröder ihm über den Tisch gereicht hatte, nachdem er stundenlang irgendwo im Präsidium unterwegs gewesen war. Den ganzen Tag hatte Zorn wie auf Kohlen verbracht, doch bisher hatte er versucht, sich seine Unruhe nicht anmerken zu lassen.

»Ich musste meine sämtlichen Beziehungen spielen lassen«, erklärte Schröder. »Der nächste Kurs ist eigentlich erst in drei Wochen, aber ich …«

»Das«, unterbrach Zorn heftig, »ist eine Anmeldung zum *Schießtraining*!« Das Papier zitterte in seinen Fingern, er betrachtete es, als würde es jeden Moment explodieren. »Mit abschließendem …«, er wurde bleich, »Test?«

»Und wenn du den bestehst«, lächelte Schröder, »darfst du wieder ganz normal Dienst machen. Ist das nicht toll?«

»Ich muss dich jetzt mal was fragen, Schröder.«

Schröder hob unschuldig die Brauen, während Zorn sich mit aller Kraft mühte, nicht die Beherrschung zu verlieren. Ein Versuch, der von vornherein zum Scheitern verurteilt war.

»Spinnst du?« Zorn richtete sich auf. »Du weißt genau, wie sehr ich diese verdammte Mistknarre hasse, dieses dämliche, bekloppte Scheißding! Ich krieg Pickel, wenn ich an dieses verfickte Teil nur denke, dieses blöde …«, er verhedderte sich in einem Sammelsurium äußerst einfallsloser Schimpfwörter, »bescheuerte Mistkackteil! Und du hast nichts Besseres zu tun, als mich zum Training anzumelden? Hast du sie noch alle?«

»Aber Chef.« Schröder schüttelte traurig den Kopf. »Ich dachte, du freust dich. Du hast selbst gesagt, wie sehr dich dieses ständige Däumchendrehen belastet.«

»Däumchendrehen?«, rief Zorn. »Vielleicht ist es dir entgangen, aber zum Däumchendrehen braucht man *zwei* Daumen! Zwei, Schröder! Einen«, er hob die linke, gesunde Hand und wedelte mit den Fingern, »hab ich, aber fällt dir was auf?« Wutschnaubend streckte er seinem Vorgesetzten die verstümmelte Hand entgegen. »Na?«

»Da fehlt einer«, stellte Schröder nüchtern fest.

»Richtig«, schnaubte Zorn. »Da fehlt der Daumen. Selbst wenn ich wollte, ich kann gar nicht *Däumchen drehen*! Und schießen kann ich auch nicht! Weil man da nämlich einen Zeigefinger braucht! Zum Abdrücken! Und der fehlt auch!«

Zorn bedachte Schröder mit einem vernichtenden Blick. Dieser senkte schuldbewusst den Kopf.

»Ich wollte deine Gefühle wirklich nicht verletzen …«

»Das hast du aber!«

»… trotzdem wäre da noch eine Kleinigkeit.«

Zorn wusste, dass das Thema für Schröder nicht erledigt war. Noch lange nicht.

»Ach! Und welche?«, fragte er.

»Du bist Linkshänder.«

»Klar bin ich …« Schlagartig wechselte Zorns Gesichtsfarbe. »Das«, stammelte er, »steht nicht in meiner Personalakte. Keine Sau weiß das.«

»Stimmt.« Schröder tippte sich an die Schläfe. »Außer mir.«

»Du hast mich doch nicht etwa …«

»… verpfiffen?« Schröder riss unschuldig die Augen auf. »Das würde ich nie tun! Aber als dein unmittelbarer Vorgesetzter bin ich verpflichtet, die Lage sachlich einzuschätzen. Und die ist eindeutig. Du bist voll einsatzfähig.«

Zorn sprang auf, der Sessel krachte hinter ihm gegen die Wand.

»Du kannst mich nicht einfach zu diesem … Mist anmelden!«

Schröder bedachte ihn mit einem leisen Lächeln.

»Das muss ich mir nicht bieten lassen!« Zorn rannte zur Tür, dann fiel ihm noch etwas ein. »Und was ist«, er verzog hämisch das Gesicht, »wenn ich den Test nicht bestehe? Wenn ich danebenschieße? Was machst du dann, hm? Lässt du dir dann deinen dämlichen Schnäuzer wieder wachsen?«

»Na ja«, brummte Schröder und strich sich grübelnd über die Oberlippe. »Vielleicht sollte ich das tun. Aber ich bin überzeugt, dass du den Test bestehen wirst.«

»Da wär ich mir nicht so sicher!«

»Ich habe keine Ahnung, wie deine Pläne für die Zukunft aussehen«, sagte Schröder ruhig. Sein Tonfall hatte sich nur unmerklich verändert, doch Zorn wusste, dass es ihm ernst war. Sehr ernst. »Du weißt, wie viel du mir bedeutest. Und dir ist auch klar, wie gern ich dich in meiner Nähe habe. Es gibt niemanden auf der Welt, der mehr über mich weiß als du. Aber eins muss dir bewusst sein: Ich habe nicht vor, die nächsten zwanzig Jahre mit jemandem zusammenzuarbeiten, der so tut, als wäre er ein leidender Invalide.«

Schröder hatte recht, natürlich. Doch Claudius Zorn trug seinen Nachnamen nicht zu Unrecht, er stieß ein beleidigtes Grunzen aus und angelte seine Zigaretten aus der Jacke.

»Ich geh eine rauchen«, knurrte er und wandte sich zur Tür.

»Chef?«

»Was?«, blaffte Zorn.

Schröder sah lächelnd zu ihm auf.

»Hör auf zu hinken«, sagte er sanft.

»Mach ich gar nicht.«

»Machst du doch.«

»Ich hab aber Schmerzen!«

»Dann verkneif sie dir.«

Sie sahen sich an.

»Pff!«, machte Zorn und verließ das Büro.

*

»Ignaz? Hast du noch ’nen Moment?«

Die gläserne Eingangstür des niedrigen Plattenbaus fiel hinter Marek Schleef ins Schloss. Der Glatzkopf stand gebeugt neben ihm, auf seine Krücke gestützt. Der Typ war um die fünfzig (in Faschos Augen also schon mit einem Bein im Grab), und so bewegte er sich auch, wie ein Tattergreis. Schleef griff seinen Ellbogen und half ihm die Betontreppe hinab, fürsorglich wie ein Krankenpfleger, sprach dabei leise auf ihn ein.

Fascho wartete auf einer Metallbank zwischen den parallel verlaufenden Betonflachbauten. Das Erdgeschoss der gegenüberliegenden Baracke wurde von einem Discounter eingenommen, die obere Etage stand leer, die Fenster waren staubig, teilweise mit alten Brettern vernagelt.

Schleef gab dem Glatzkopf zum Abschied einen aufmunternden Klaps auf die Schulter, dann kam er mit federnden Schritten näher. Ein kleiner Lederrucksack baumelte an seiner Schulter.

»War’s okay für dich?«

Der Glatzkopf schlurfte im Zeitlupentempo davon, weiter hinten gingen Lisbeth und Ben auf einen silberfarbenen Audi zu, Ben hatte den Arm um ihre Hüfte gelegt. Ihre Stöckelschuhe klackerten auf den rissigen Gehwegplatten.

»Klar«, sagte Fascho achselzuckend.

Die zerkratzte Glastür wurde aufgestoßen. Ein schlaksiger Mann in Anzug und getönter Brille erschien. In seiner Hand baumelte eine weiße Plastiktüte, ein seltsamer Kontrast zu seiner gepflegten Erscheinung. Einen Moment stand er unsicher da, dann fiel sein Blick auf Fascho und Schleef.

»Auf ein Wort, Kollege!«, rief er und kam eilig die Treppe herunter. Das musste Diethardt sein, Fascho erkannte die glänzenden Lackschuhe.

»Ich wurde aufgehalten«, erklärte Diethardt im Näherkommen. »Ich musste urinieren.«

Schleef bedachte ihn mit einem nachsichtigen Lächeln.

»Das war ein sehr erhellendes Meeting«, fuhr Diethardt fort. »Äußerst erhellend.«

»Das freut mich«, erwiderte Schleef ernst. »Ich würde vorschlagen, wir besprechen das morgen weiter. Wenn ich mich recht entsinne, sind wir um fünfzehn Uhr verabredet?«

»Das«, Diethardt ordnete das aschblonde, streng nach hinten gekämmte Haar, »müsste ich noch mit meiner Sekretärin besprechen. Sie wissen, wie eng mein Terminplan ist, ich bin zeitlich extrem gebunden.«

»Natürlich«, nickte Schleef.

»Ich nehme an«, Diethardt deutete auf Fascho, ohne ihn eines Blickes zu würdigen, »ein neuer Patient von Ihnen?«

»Ein Bekannter«, korrigierte Schleef freundlich.

»Aha. Ach so.« Diethardt nestelte an seinem Schlips. »Von Strauch mein Name«, erklärte er förmlich. »Diethardt von Strauch.«

Fascho bemerkte den leicht zerknitterten Hemdkragen, den kleinen Fettfleck am Revers. Und die feuchte Stelle im Schritt der Anzughose.

Von wegen *urinieren*, dachte er. Eingepisst hast du dich.

»Interessant. Wirklich interessant.« Diethardt verschränkte die Hände hinter dem Rücken, musterte Fascho von oben bis unten. »Sie sollten etwas gegen Ihre Akne tun, junger Mann. Am besten«, er griff in sein Jackett und drückte dem verblüfften Fascho eine zerknitterte Visitenkarte in die Hand, »Sie melden sich in meiner Praxis. Ich verschreibe Ihnen etwas Cortison.«

AUTOMOBIL-STANCIK, las Fascho auf der Visitenkarte. *WIR KAUFEN IHREN GEBRAUCHTEN. FAIRE PREISE. BARBEZALUNG GARANTIRT.*

Eine Hupe dröhnte, vielfach zurückgeworfen von den Fassaden der Hochhäuser. Ein Taxi hielt auf dem Parkplatz, eine Frau in weinrotem Kostüm stieg aus, winkte zu ihnen hinüber.

»Ich muss los. Meine Sekretärin wartet.« Diethardt machte auf dem Absatz kehrt, hielt inne, drehte sich noch einmal um. »Also. Dann. Weitermachen.« Ein letztes, zackiges Kopfnicken, dann ging er mit schnellen Schritten auf das Taxi zu, die Plastiktüte schwang an seiner Seite.

»Seine Schwester.« Schleef deutete auf die Frau im roten Kostüm. »Sie kümmert sich um ihn. Du hältst ihn wahrscheinlich für krank.«

Aber so was von, dachte Fascho und beobachtete, wie die Frau Diethardt in den Wagen half. Der Typ hat definitiv einen an der Waffel.

Die Tür des Taxis schloss sich mit einem Knall. Die Frau winkte Schleef zu, hielt die Hand mit gestrecktem Daumen und abgespreiztem kleinen Finger ans Ohr zum Zeichen, dass sie anrufen werde, und verschwand auf dem Fahrersitz.

»Diethardt hat eine schizoide Persönlichkeitsstörung. Meine«, Schleef malte mit den Fingern ein paar Anführungszeichen in die Luft, »*Kollegen* bezeichnen das als Krankheit, aber es nutzt ihm nichts, wenn man ihn *krank* nennt. Was das betrifft, habe ich eine eigene Meinung. Zugegeben, damit stehe ich ziemlich allein da. Aber ich begegne den Menschen, die sich an mich wenden, auf Augenhöhe.«

Das Taxi brauste davon.

»Willst du wiederkommen, Ignaz?«

Darüber hatte Fascho noch nicht nachgedacht. Die Vorstellung, zwischen all diesen Freaks zu sitzen und sich *zu öffnen*, all diesen Bekloppten sein Herz auszuschütten, war absurd. Andererseits verlangte das auch niemand. Ein wenig verwundert stellte Fascho fest, dass er neugierig war, welche Macke der Glubschäugige mit dem Filzhut hatte. Der Typ hatte kein Wort gesagt, aber es interessierte Fascho irgendwie. Und dann war da noch Lisbeth. Klar, die lief ebenfalls nicht rund, genau wie die anderen (ausgenommen ihr Mann, Ben, das war ein gutmütiger Depp, der seiner Frau auf Schritt und Tritt hinterhertrottete). Aber allein die war's wert, wiederzukommen. Einmal hatte sie sich so weit vorgebeugt, dass er den Ansatz ihrer Brustwarze hatte sehen können. Und als ihre Knie sich kurz berührt hatten, war es wie ein elektrischer Schlag gewesen.

»Ich will dich zu nichts überreden.« Schleef nahm Faschos Arm und ging mit ihm auf einen Fahrradständer zu. »Und dir muss klar sein, dass du nicht *mir* einen Gefallen tust, sondern dir.«

»Was hab ich davon, wenn ich mich mit irgendwelchen Bescheuerten unterhalte und ...«

»Darum geht's nicht«, unterbrach Schleef und stellte seinen Rucksack ab. »Ich hab dir gesagt, dass ich nicht mit den Behörden zusammenarbeite. Weder mit den Bullen noch mit der Staatsanwaltschaft.«

Bullen, dachte Fascho. Er hat tatsächlich *Bullen* gesagt.

»Aber es kann dir nicht schaden, wenn du dich freiwillig in Behandlung begibst. Was dabei rauskommt«, Schleef kniete vor einem weißen Rennrad und öffnete ein dickes Metallschloss, »bleibt unter uns. Aber ich kann dir eine Bestätigung schreiben, das dürfte sich positiv auf dein Urteil auswirken.«

»Das bedeutet ...«

»... Einzelgespräche, Ignaz. Nur du und ich.«

Schleef schlang das Schloss um seine schmalen Hüften. Sein Grinsen erinnerte ein bisschen an einen dieser amerikanischen Schauspieler, Fascho fiel der Name nicht ein. Aber die Filme mochte er. In den meisten wurde viel geschossen. Und es knallte unablässig, halbe Städte wurden abgefackelt. Geil.

»Morgen um elf ist ein Termin frei. Denk drüber nach, okay?«

Marek Schleef wartete Faschos Antwort nicht ab. Er schnappte den Rucksack, schwang sich auf das Rennrad und radelte davon.

Acht

Als Claudius Zorn an diesem Abend rauchend an seinem Küchenfenster stand und beobachtete, wie sich die Nacht über die Stadt senkte, war seine Wut längst verflogen. Falls er denn überhaupt wütend auf Schröder gewesen war, nein, eingeschnappt war er gewesen wie ein Zwölfjähriger, der Bauchschmerzen vortäuscht, weil er keine Lust auf die Mathearbeit hat und trotzdem von seiner Mutter in die Schule geschickt wird.

Der Blick von hier oben war atemberaubend. Die Türme der Marktkirche reckten sich aus dem Häusermeer in die Höhe, die Spitzen glühten tiefrot im letzten Licht der untergehenden Sonne. Zorn sah es, ohne weiter davon Notiz zu nehmen. Es war die Ruhe, weswegen er diesen Koloss aus Beton und Stahl an der Grenze zwischen Altstadt und Neustadt zum Leben ausgesucht hatte, nicht die Aussicht.

Ich habe keine Ahnung, wie deine Pläne für die Zukunft aussehen, hatte Schröder gesagt. Nun, dachte Zorn, da bist du nicht der Einzige, Schröder. Ich hab nämlich keine. Jedenfalls hab ich noch nie drüber nachgedacht. Zwanzig Jahre Polizeidienst liegen noch vor mir, und wenn die genauso schnell vergehen wie die letzten zwanzig, dann stehe ich eines Morgens hier am Fenster, rauche meine erste Zigarette und stelle fest, dass ich keinen Grund habe, dieses Haus zu verlassen. Weil ich auf einmal Rentner bin. Und dann? Was mach ich dann?

Simulant, hatte Schröder ihn genannt. Das war natürlich übertrieben (obwohl sich's reimte), aber Claudius Zorn war kein Drückeberger im eigentlichen Sinn des Wortes, denn dies setzte bewusstes Handeln voraus, einen Plan eben.

Irgendwann wird Edgar Fragen stellen. Er wird wissen wollen, was ich mein ganzes Leben gemacht habe. Was sage ich ihm dann?

Büroklammern geradebiegen? Die Wand anstarren? Warten, dass Schröder eine Entscheidung für mich trifft? Ich muss Edgar ein Vorbild sein.

Zorn verzog das Gesicht. *Vorbild* klang dämlich, gespreizt, abgegriffen.

Trotzdem, ich muss ihm ein Beispiel geben. Aber keins, wie man's *nicht* macht.

Er schnippte die Kippe aus dem Fenster, sah zu, wie die Zigarette in die Tiefe segelte, bis sie ein paar Stockwerke weiter unten in der Dämmerung verschwand. Sein Blick wanderte über den Parkplatz, die winzigen, streichholzschachtelgroßen Autos, vorbei an den Mülltonnen und schließlich an der Fassade des gegenüberliegenden Hauses empor, einem identischen, ebenso gesichtslosen Koloss wie der, in dem Zorn lebte. Die meisten Fenster waren dunkel, hinter einigen flimmerten die allgegenwärtigen Fernseher. Nur eine Wohnung im obersten Stockwerk war hell erleuchtet. Eine blonde Frau stand in der Küche und rührte in einem dampfenden Topf, sie kostete, dann verschwand sie, tauchte im Nebenzimmer auf. Zorn sah einen gedeckten Tisch, die Frau – sie war groß und sehr schlank – zündete eine Kerze an, ordnete Blumen in einer Vase. Plötzlich hob sie lauschend den Kopf, rannte ins nächste Zimmer – das Bad –, ordnete hastig vor dem Spiegel ihr Haar und erschien wieder im Wohnzimmer, wo jetzt ein breitschultriger, rothaariger Mann stand und sie mit ausgebreiteten Armen empfing.

Die haben's gut, dachte Zorn ein wenig eifersüchtig, wandte den Blick von dem engumschlungenen Pärchen ab und zündete sich eine neue Zigarette an.

*

»Endlich bist du da.«

»Ich war doch nur ein paar Stunden weg, Lilly.«

Ben vergrub das Gesicht in ihrem Haar, während sie sich an ihn presste wie ein Kind, das nach Jahren nach Hause gekommen ist. Er wiegte sie sacht in den Armen, bis sie sich schließlich mit einem Ruck von ihm losmachte.

»Essen ist fertig.« Ihre Wangen waren gerötet, die grünen Augen strahlten. »Lasagne, wie wir besprochen haben.«

Sie nahm seine Hand, deutete stolz auf den gedeckten Tisch.

»Sieht toll aus. Und«, er atmete tief durch die Nase ein, »es riecht wunderbar.«

»Hast du überhaupt Hunger?«

»*Hunger*?« Ben streifte den Mantel ab, stellte die Aktentasche unter die Garderobe. »Ich könnte ein ganzes Pferd verputzen!«

Er setzte sich an den Tisch, hörte, wie sie nebenan in der Küche hantierte. Das Wohnzimmer war blitzblank gewienert, der Teppich frisch gesaugt. Lisbeth hatte eine gute Phase, war voller Energie. Es gab Tage, an denen das Gegenteil der Fall war, Tage, an denen er abends aus dem Büro nach Hause kam und Lisbeth auf dem Sofa vorfand, mit leerem Blick, umgeben von einem Chaos aus Müll und zerwühlten Sachen. Tage, an denen sie sich stundenlang nicht von der Stelle rührte. Nächte, in denen sie schreiend neben ihm aufwachte. Schlimme Nächte, in denen sie ihn nicht erkannte, sich stundenlang im Bad einschloss, weil er ein Mann war, einer von denen, die ihr all diese Dinge angetan hatten. Doch auch dann, wenn sie geiferte, tobte, spuckte, wenn sie auf ihn einschlug, ihm das Gesicht zerkratzte, auch dann liebte er sie genauso wie jetzt.

In guten und in schlechten Tagen.

Heute war ein guter Tag.

Sie brachte das Essen. Die Lasagne war fürchterlich, wahrscheinlich hatte sie die falsche Temperatur im Backofen eingestellt. Außen verbrannt, innen ein lauwarmer Matsch aus rohem Hackfleisch, mehliger Tomatensoße und knochentrockenem Nudelteig. Ben lobte jeden einzelnen Bissen, er wusste, dass sie sein Lächeln zwar wahrnahm, doch sie hatte Schwierigkeiten, seinen Gesichtsausdruck zu deuten.

»Wie war's im Büro?«, fragte sie.

»Gut«, erwiderte er kauend und hielt ihr seinen leeren Teller entgegen. »Kann ich noch was haben?«

Sofort sprang Lisbeth auf, nahm seinen Teller und verschwand wieder in der Küche. Sie selbst hatte ihr Essen kaum angerührt.

»Machst du den Rotwein auf, Schatz?«

Das tat Ben. So, wie er alles tat, was sie sagte, seit er sie damals gefunden hatte. Ein blutendes Bündel, achtlos zurückgelassen in einem Hinterhof zwischen Mülltonnen und stinkendem Abfall. Geh weg, hatte sie im Krankenhaus zu ihm gesagt, nachdem sie zu sich gekommen war, ich will niemanden sehen, verschwinde. Auch das hatte er getan, doch er war wiedergekommen, hatte ihr Blumen gebracht, immer und immer wieder, bis die Wunden verheilt waren. Die äußerlichen jedenfalls, denn ein Teil ihres Gehirns, hatten die Ärzte ihm irgendwann erklärt, der *Gyrus fusiformis*, war geschädigt, eine Folge der Schläge, die sie auf den Kopf erhalten hatte. Sie würde nie wieder ein Gesicht erkennen können, doch das, hatte Ben irgendwann im Stillen festgestellt, hatte auch sein Gutes. Lisbeth gehörte an die Seite eines erfolgreichen Mannes, nie im Leben hätte sie sich mit einem Durchschnittstypen wie ihm abgegeben, einem kleinen Versicherungsangestellten mit Allerweltsgesicht, Bauchansatz und durchschnittlichem Einkommen.

»Bitte, mein Schatz.« Lisbeth stellte den Teller vor ihm ab. »Wer viel arbeitet, muss auch ordentlich …« Sie stutzte, rannte in die Küche und kam mit einem Lappen zurück, wischte mit hektischen Bewegungen einen Soßenfleck von seinem Platz. »An deinen Tischmanieren«, sie fuhr ihm mit der freien Hand über das schüttere rötliche Haar, »müssen wir allerdings noch arbeiten.«

Ein strenger, liebevoller Blick, dann nahm sie wieder Platz. Ben reichte ihr das Glas, sie prosteten sich zu.

»Auf uns.«

»Ja«, nickte sie ernst. »Auf uns.«

Wie schön sie ist, dachte er.

»Ich liebe dich, Lilly.«

»Und ich liebe *dich*.«

Er wandte sich seinem Essen zu, betrachtete die undefinierbare Mischung auf seinem Teller. Der Käse war zu einer schwärzlichen Kruste geronnen, knackte zwischen seinen Zähnen wie altes Plastik. Doch Ben aß alles bis zum letzten Bissen, fragte seine Frau ein zweites Mal, ob noch etwas da sei, und als sie verneinte, ging er in die Küche, nahm einen großen Löffel und kratzte die Auflaufform aus. Und während Lisbeth mit verschränkten Armen in der Tür lehnte und ihm zusah, ein nachsichtiges, mütterliches Lächeln auf den Lippen, da war er glücklich, denn er liebte seine Frau.

O ja, das tat er. Mehr als alles andere auf der Welt.

*

Mit der Dunkelheit war es kühler geworden. Zorn hob fröstelnd die Schultern, betrachtete die Kippe, die in den letzten Minuten bis auf den Filter heruntergebrannt war.

Er würde den Test machen, hatte er beschlossen. Aber *nur* den Test, das dämliche Schießtraining konnte Schröder sich abschminken. Ändern würde sich im Grunde nichts, wenn er wieder normal Dienst machen würde (er konnte sich schließlich genauso gut auch *vor* dem Präsidium langweilen), und die Spielchen, die Zorn anfangs noch lustig gefunden hatte – ich mach mich strafbar, wenn ich außerhalb geschlossener Räume ermittle, haha, wie witzig –, die wurden selbst ihm allmählich langweilig.

Das Pärchen im Haus gegenüber stand jetzt am Fenster. Obwohl Zorn nur ihre Silhouetten vor dem hell erleuchteten Wohnzimmer erkannte und die beiden mindestens fünfzig Meter entfernt waren, hatte er plötzlich den Eindruck, dass sie direkt zu ihm hinübersahen. Ein ungutes Gefühl war das, er fühlte sich beobachtet, ein ertappter Einsiedler, gestört in seinem Refugium hoch über der Stadt.

Zorn schloss das Fenster. Als er sich zwei Stunden später die Zähne putzte, sah er noch einmal hinaus, doch da war die Wohnung gegenüber dunkel.

Neun

Lisbeth.

Der Morgen dämmert, als sie die Augen aufschlägt. Von einem Moment zum anderen ist sie wach. Hellwach, als wäre das Licht in ihrem Kopf angeknipst worden. Sie hat geträumt. Was genau, weiß sie nicht. Das ist gut. Denn ihre Träume sind schlecht. Immer.

Ben liegt auf der Seite, sie spürt seinen Atem im Nacken. Es gibt Tage, an denen sie nicht einmal das erträgt, dieses kaum wahrnehmbare Kitzeln am Hals. Heute ist es anders. Kein Ekel, kein Brechreiz. Gut so.

Die Digitaluhr neben dem Bett steht auf kurz vor halb sechs. Sie hat noch Zeit, Ben muss um sieben aufstehen. Dann wird sie ihn wecken, mit frischem Kaffee, er liebt den Geruch. Sie wird Brötchen aufbacken und ein Ei kochen. Weich, fast flüssig. So, wie er's mag.

Sie setzt sich vorsichtig auf, tastet mit den nackten Füßen nach ihren Pantoffeln. Graue, plüschige Dinger mit Hasenohren, Ben hat sie ihr letztes Jahr zum achtundzwanzigsten Geburtstag geschenkt, zusammen mit dem hellblauen Seidenpyjama, den sie jetzt ebenfalls trägt. Leichtfüßig schleicht sie ins Wohnzimmer, schaltet das Licht ein. Sie kneift geblendet die Augen zusammen, geht zu dem kleinen Biedermeiertisch neben dem Fernseher, drückt den Startknopf ihres silbernen Macbooks und läuft ins Bad. Während sie pinkelt, erwacht der Rechner mit einem melodiösen *Pling* zum Leben. Sie wäscht die Hände, wirft dabei einen Blick in den Spiegel. Überlegt, ob sie die Lippen nachziehen soll, entscheidet sich schließlich dagegen und geht wieder nach nebenan zu ihrem Laptop.

Es ist noch Zeit bis zum Frühstück, also wird sie sehen, was es Neues gibt. Sie startet Safari, tippt den Namen der Webseite ein, *opferhilfe-online.net.* Herr Schleef hat ihr die Seite empfohlen. (*Marek*, verbessert sie sich in Gedanken, sie soll ihn beim Vornamen nennen, doch das fällt ihr manchmal schwer. Er ist ihr Therapeut, eine Respektsperson, wie kann sie ihn dann duzen?). Du brauchst jemanden, mit dem du dich austauschen kannst, hat er gesagt. Jemanden, dem das Gleiche widerfahren ist wie dir, mit dem du reden kannst.

Aus dem Schlafzimmer dringt Bens leises Schnarchen. Die Tür ist angelehnt, sie bemerkt die rosafarbene Decke am Fußende des Bettes, springt leichtfüßig auf und deckt ihn zu, behutsam wie eine Mutter ihr schlafendes Kind. Dann geht sie wieder nach nebenan.

Sie ruft das Forum auf, loggt sich unter ihrem Nutzernamen (*lillyfee_84*) ein. Schleef *(Marek!)* hat recht gehabt, seit sie sich vor ein paar Monaten hier angemeldet hat, geht es ihr besser. Es tut gut, sich mit den Mädels (wie Lisbeth sie im Stillen nennt) auszutauschen, über Nebensächlichkeiten zu reden, immer in dem Wissen, dass den anderen etwas Ähnliches widerfahren ist, dass man einander versteht. Sie geben einander Kraft, stützen sich gegenseitig, geschützt von der Anonymität.

Mal sehen, ob ich ein paar von den Mädels aufmuntern kann, denkt Lisbeth. Es geht mir gut, warum soll ich sie nicht daran teilhaben lassen?

Die grauumrandete Startseite des Forums baut sich auf, die Kästchen mit den Themen reihen sich untereinander. Es geht um

Albträume, innere Leere, Selbstzweifel, Panikattacken. Dinge, mit denen Lisbeth sich auskennt, sehr gut sogar. Dazwischen Schminktipps, Rezeptideen, Fragen nach Blumenpflege oder der letzten CD von Justin Bieber, Themen, die einen Anschein von Normalität geben, Anlässe zum Plaudern, um wenigstens für ein paar Minuten abgelenkt zu sein. Die meisten hat Lisbeth schon kommentiert, sie scrollt nach unten, stutzt, als ihr Blick auf den stilisierten Brief mit der rot eingekreisten Eins am rechten unteren Bildrand fällt. Bisher hat sie noch nie eine private Nachricht erhalten, neugierig klickt sie auf das Symbol. Die Nachricht ist von *Chatty24*, bisher ist ihr der Name im Forum noch nicht begegnet. Kein Wunder, denkt Lisbeth, als sie das Anmeldedatum unter dem Benutzernamen liest. *Chatty24* ist erst seit gestern Mitglied. Bereits die Anrede macht Lisbeth stutzig.

Hallo Lisbeth. Ich hoffe, dir geht's gut.

Sie runzelt die Stirn. Woher kennt die ihren Namen?

Ich glaube nämlich, dass es dir nicht mehr lange gutgehen wird. Es gibt da ein paar Dinge, über die du dir klarwerden solltest. Du bezeichnest dich als Opfer, aber das ist Schwachsinn. Soll ich dir sagen, warum?

»Nein«, murmelt Lisbeth.

Ich muss dich wohl daran erinnern, wie du damals rumgelaufen bist. Hast du einen BH getragen? Nein, hast du nicht. Weil du's geil fandest, wenn dir auf die Titten gestarrt wurde. Deine Röcke konnten nicht kurz genug sein, du hast dich herausgeputzt wie eine Hure. Du hast sie genossen, die Blicke, mit denen dich die Männer regelrecht ausgezogen haben.

Lisbeth starrt leichenblass auf den Monitor.
»Aufhören«, flüstert sie. »Hör auf, bitte.«

Du hast es provoziert. Du hast es verdient. Du bist selbst schuld. Also hör auf mit dem Gejammer. Hör auf, die anderen zu nerven. Mach Schluss. Niemand wird dich vermissen. Auch Ben nicht.

Ben? Woher weiß die von Ben? Die Schrift verschwimmt vor Lisbeths Augen, sie reibt mit zitternden Fingern über das tränennasse Gesicht. Jedes dieser Worte ist wie ein Peitschenhieb.

Er ist nur aus Mitleid bei dir. Oder merkst du nicht, wie er dich ansieht? Weißt du, was er tut, wenn er unterwegs ist? Er holt sich das, was er von dir nicht bekommt. ER FICKT ANDERE FRAUEN. Weil er mit dir nichts anfangen kann. Weil du ihm nicht gibst, was er braucht. Das klingt hart, aber du musst der Wahrheit ins Auge sehen, Lisbeth. Ben ist viel zu nett, um es dir zu sagen. Er quält sich mit dir. Du glaubst mir nicht?

»Nein«, murmelt Lisbeth. »Nein. Nein.«

Klick auf das Foto, Lisbeth.

Das tut sie. Das Bild ist durch ein halbgeöffnetes Fenster aufgenommen worden. Ein Zimmer, vielleicht in einem Hotel. Lisbeth erkennt ein Bett. Eine Frau, nackt auf den Laken kniend. Hinter ihr ein Mann, ebenfalls nackt. Ein flüchtiger Blick genügt, um zu erkennen, was die beiden da treiben. Und wer der Mann ist, auch wenn sein Gesicht nur im Profil zu sehen ist.
»Ben«, weint Lisbeth. »Herrgott, es ist Ben.«

Tu ihm einen Gefallen. Tu DIR einen Gefallen. Mach das, was du schon lange vorhast. Mach Schluss. Du hast es schon oft versucht, wir beide wissen, woher die Narben an deinen Handgelenken stammen. Das waren halbherzige, stümperhafte Versuche. Soll ich dir sagen, wie man's richtig macht?

Lisbeth stößt ein gequältes Schluchzen aus. Nein, sie will nicht weiterlesen, aber sie kann den Blick nicht von ihrem Rechner wenden. Es ist wie ein Magnet, ein giftiger, stinkender Sog, der sie immer tiefer zieht.

Sie liest weiter. Bis zur letzten Zeile.

Zehn

Donnerstag.

Ungefähr zu der Zeit, als Lisbeth Bley ihren Rechner startete, klingelte Zorns Wecker. Schlaftrunken drehte er sich auf die andere Seite, um noch ein paar Minuten zu dösen. Dann fiel ihm ein, warum er den Wecker eine Stunde früher als üblich gestellt hatte, er stemmte sich aus dem Bett und tapste müde aufs Klo. Beim Zähneputzen fiel sein Blick in den Spiegel, er wandte missmutig den Kopf ab, als er sein vernarbtes Gesicht sah, zog sich hastig an und verließ die Wohnung, ohne den üblichen Kaffee zu kochen.

Im Aufzug besserte sich seine Laune ein wenig, als ihm einfiel, dass Edgar am Wochenende bei ihm übernachten würde. Er verließ das Haus, zündete sich eine Zigarette an, und während er gierig den ersten Zug inhalierte, überlegte er kurz, wo er den Volvo abgestellt hatte. Sein Blick wanderte über den Parkplatz, strich über die in der Morgensonne blitzenden Frontscheiben, einmal hin, einmal her, schließlich entdeckte er den Wagen, halbverdeckt hinter einem grauen VW-Bus, nur die Schnauze lugte hervor.

Zorn rückte die Brille zurecht und machte sich auf den Weg. Die Kippe wippte in seinem Mundwinkel, während er sich zwischen den Autos quer über den Parkplatz auf den gegenüberliegenden Wohnblock zuschlängelte. Der Schatten des monströsen Betonbaus teilte den Parkplatz in zwei Hälften, Zorn tastete nach seinem Autoschlüssel, stellte sich Schröders verdutztes Gesicht vor, wenn er ihn so zeitig an seinem Schreibtisch vorfinden würde, und drückte im Gehen die Fernbedienung. Die Blinker des Volvos flackerten auf, doch das typische Piepsen, mit dem sich die Zentralverriegelung öffnete, blieb aus.

Stattdessen ertönte ein ohrenbetäubendes Krachen.

Zorn blieb wie angewurzelt stehen. Das, was da wie eine Bombe urplötzlich in einen Glascontainer gekracht war, keine drei Meter von Zorn entfernt, war nicht sonderlich groß, doch der Lärm, vielfach verstärkt von den Fassaden der umstehenden Wohnblocks, nahm ihm buchstäblich den Atem. Ein Splittern, Plastik flog umher, Zorn bemerkte die frische Beule im rostigen Blech des Containers, etwas landete direkt zu seinen Füßen, ein viereckiges silbernes Metallstück.

Was zur Hölle soll …

Zorn kam nicht dazu, die Frage zu Ende zu denken. Er sah das Logo auf dem gesplitterten Metallstück, einen angebissenen Apfel, doch bevor sein Hirn die logische Verknüpfung zu einem Laptop herstellen konnte, ertönte ein Sausen von oben. Ein Teil seines Instinktes (Neugier) drängte ihn, nach oben zu sehen, ein anderer (Selbsterhaltungstrieb) dazu, einen Schritt beiseitezuspringen. Claudius Zorn entschied sich innerhalb von Sekundenbruchteilen für Letzteres. Was richtig war, denn das, was dem silberfarbenen Macbook folgte und zwei Sekunden später nur Zentimeter entfernt von Claudius Zorn mit einem dumpfen Klatschen auf dem Asphalt aufschlug, war nicht nur wesentlich schwerer als ein tragbarer Computer, sondern auch größer.

Ein Müllsack, dachte er im allerersten Moment. Irgendein Idiot schmeißt seine Abfälle aus dem Fenster. Nein, kein Müllsack, das ist …

Ein dümmliches, fragendes Grunzen drang aus Zorns offenem Mund. Das war keine Plastikfolie, sondern ein hellblauer Seidenpyjama, der sich zunehmend dunkel verfärbte. Eine heiße Welle der Übelkeit durchflutete ihn, als er den nackten Fuß bemerkte, der unerklärlicherweise noch halb in einem albernen Plüschpantoffel mit Hasenohren steckte, doch kurz bevor sich Zorn übergeben musste, verweigerte sein gemartertes Hirn den Dienst, kappte die Sicherungen, und Claudius Zorn versank in Dunkelheit.

*

»Aufstehen, Herzblatt!«

Fascho drehte sich zur Wand, zog die Decke über den Kopf. Er hörte, wie seine Mutter durchs Zimmer tippelte, die Gardine wurde mit einem energischen Ruck aufgerissen.

»Morgenstund hat Gold im Mund, mein Schatz!«

Reste des Traumes waberten noch durch seinen Kopf. Die Frau war nackt gewesen, sie saß auf einem Holzstuhl. Ein Feuer brannte unter ihr, die Flammen züngelten zwischen ihren gespreizten Beinen empor. Sie hatte ihn angesehen, komm, setz dich zu mir, gelächelt hatte sie, selbst dann noch, als ihre Augenbrauen in Flammen gestanden hatten, das Feuer hatte sich in ihren Pupillen gespiegelt, komm her, hatte sie gesagt, ich …

»Na los, Ignaz.«

Sie setzte sich zu ihm. Das Bett ächzte unter ihrem Gewicht. In der Küche plärrte das alte Kofferradio. Es würde ein toller Tag werden, schrie Mirko, der *Wettermän*, ein richtig, richtig supigeiler Tag, keine Wolke am Himmel, Sonne satt, bis zu achtundzwanzig Grad. ACHTUNDZWANZIG GRAD, LEUTE! DER HAMMER!

»Oder muss ich dir die Decke wegziehen?«

DER AB-SO-LU-TE OOOOOBERHAMMER, FREUNDE!

Fascho tat das, was sie von ihm erwartete. Ein bisschen betteln. Wie früher, als er ein Kind gewesen war.

»Ach Mama, lass mich noch ein bisschen …«

»Nichts da, raus aus den Federn.«

Er drehte sich auf den Rücken, damit sie ihm den obligatorischen Kuss auf den Mund geben konnte.

»Du hast viel zu tun, Honigtopf.« Sie strich ihm zärtlich über die Wange. »Eine Lehrstelle fliegt einem nicht einfach so zu, da muss man sich kümmern.«

Sie stinkt wie ein alter Müllsack, dachte Fascho und erwiderte ihr Lächeln. Das hab ich von ihr, dieses ewige Schwitzen. Und die kleinen, ständig geröteten Schweinsaugen, die hat sie mir auch vererbt, vielen Dank auch. Hauptsache, ich werde nicht so fett wie sie.

»Ich hab gestern Abend noch mal geguckt, Mama. Im Internet. Ich kann mich bei den Stadtwerken bewerben, die bilden Systemelektroniker aus.«

»Echt?« Ihre Augen wurden groß. »Das klingt doch gut!«

Sie hat keine Ahnung, was das bedeutet, dachte Fascho. Sie ist dermaßen leicht zu verarschen, so unglaublich dämlich. *Das* zumindest hat sie mir nicht vererbt.

Er gähnte übertrieben, wartete auf ihren nächsten Satz, der auch prompt kam.

»Ich hab Kaffee gemacht. Mit Milch und Zucker, so, wie du's magst.«

»Toll, Mama.«

Fascho hasste Kaffee. Früher war es ihr Kakao gewesen. Die Haut, die sich auf der lauwarmen Milch gebildet hatte, es gab nichts, was ihm mehr zuwider gewesen war.

Draußen erklang fernes Sirenengeheul. Sie horchte kurz auf, dann fiel ihr noch etwas ein.

»Diese Sache neulich«, sagte sie streng. »Das kommt nie wieder vor. Schluss mit der Kokelei. Ich habe keine Lust, meinen Sohn noch einmal von der Polizei abzuholen.«

»Ja, Mama.« Er senkte schuldbewusst den Blick. »Das war ein Ausrutscher. Ich hab's dir jetzt oft genug versprochen.«

Sie drohte ihm spielerisch mit dem Zeigefinger.

»Versprochen ist versprochen, und wird nicht gebrochen!«

»Die Staatsanwältin ist nett«, log Fascho. »Sie sagte, es wäre ein …«, er suchte einen Moment nach dem richtigen Wort, »Bagatelldelikt. Sie will die Sache auf sich beruhen lassen.«

»Wirklich?« Faschos Mutter klang erfreut. »Keine Verhandlung?«

»Nein.«

Keine Ahnung, warum er ihr diesen Quatsch auftischte. Er war müde, wollte seine Ruhe. Egal, es war nur eine Lüge von vielen.

»Du hast keine Ahnung, wie froh ich bin.« Sie strich ihm das verschwitzte Haar aus der Stirn und wurde ernst. »Ich will mir gar nicht vorstellen, dass mein einziger Sohn vor Gericht kommt. Vielleicht sogar ins Gefängnis muss. Ich weiß nicht, was ich dann tun würde.«

Das Sirenengeheul kam näher. Sie watschelte zum Fenster, riss es auf und sah hinaus auf die Magistrale. Der Lärm wurde ohrenbetäubend.

»Da ist bestimmt was passiert!«, rief sie.

Er setzte sich auf, rieb sich verschlafen das Gesicht.

»Vielleicht brennt's ja irgendwo.«

»Ich seh nur Krankenwagen.« Sie reckte den Hals, beugte sich weiter aus dem Fenster. »Und Polizei, mindestens fünf Autos. Aber keine Feuerwehr.«

»Dann brennt's wahrscheinlich doch nicht«, murmelte Fascho.

Schade, fügte er in Gedanken hinzu. Wirklich schade.

*

»Ich bin tatsächlich aus den Latschen gekippt.«

Zorn lehnte an der Motorhaube eines Streifenwagens. Seine Stimme klang dumpf, ein dünner Schweißfilm glänzte auf seiner bleichen Stirn.

»Kein Wunder«, sagte Schröder.

Er hatte den Parkplatz absperren lassen. Uniformierte liefen umher, hielten die Gaffer zurück. Zwei Krankenwagen standen mit laufendem Motor neben dem Glascontainer, Blaulicht huschte über die Fassade des Wohnblocks. Fast sämtliche Fenster waren geöffnet, Dutzende Menschen starrten mit gereckten Hälsen nach unten.

»Du versaust ihnen die Show«, sagte Zorn, deutete zuerst nach oben und dann auf die Plane, die Schröder über der Leiche hatte spannen lassen.

»Da müssen sie durch.«

Ein Lieferwagen mit dem roten Logo des örtlichen TV-Senders bog um die Ecke. Zorn verzog das Gesicht, ungute Erinnerungen wurden wach. Vor ein paar Jahren war er schon einmal in Ohnmacht gefallen, bei einem Interview, damals war die stickige Luft im Fernsehstudio schuld gewesen. Diesmal gab es einen anderen Grund.

»Bist du okay?«, fragte Schröder.

»Klar.«

Ein paar Zentimeter nach links, dachte Zorn, dann würde ich jetzt auch dort liegen. Entweder mausetot oder mit gebrochenem Rückgrat.

»Sie hieß Lisbeth Bley«, sagte Schröder. »Im Moment sieht's nach Suizid aus. Oder hast du irgendwas gehört? Schreie? Kampfgeräusche?«

»Nee.«

Nur dieses Sausen, kurz bevor sie aufgeprallt war. Nicht mal eine Sekunde lang, doch Zorn würde das Geräusch nie wieder vergessen.

WUUUUUSCH!

Wie ein Windstoß aus der Hölle.

Dämliches Geschwafel, dachte Zorn, es ist albern, solch einen Blödsinn zu denken. Doch seine Nackenhärchen hatten sich aufgerichtet.

Zorns Blick wanderte an der Fassade hinauf, Stockwerk für Stockwerk, vorbei an den gaffenden Menschen, blieb oben hängen. Das Fenster war geöffnet, zwei Männer sicherten die Spuren, winzig kleine Gestalten, die in ihren weißen Schutzanzügen wie Marsmännchen aussahen.

»Sie hat den Laptop rausgeschmissen und ist dann einfach hinterhergesprungen«, murmelte Zorn.

»So sieht's aus«, nickte Schröder. »Ihr Mann ist in der Wohnung. Ich rede mit ihm.«

»Lass mich das machen«, bat Zorn.

Schröder, der sich bereits zum Gehen gewandt hatte, sah Zorn verwundert an.

»Ich denke, du solltest heute lieber freinehmen.«

»Ich will mit dem Mann reden.«

»Warum?«

Zorn überlegte einen Moment.

»Weil's mein Job ist?«

»Du hast Innen...«

»...dienst, ja, ja«, unterbrach Zorn genervt. »Lass uns mit diesem Quatsch aufhören, okay?«

Schröder musterte Zorn prüfend. Schließlich kam er zu dem Entschluss, dass es Zorn ernst war, er ordnete das Haar über der Glatze, nickte dann.

»Dann kümmere ich mich um den Abtransport der Leiche.«

»Ich muss noch mal kurz hoch in meine Wohnung.«

»Warum?«, fragte Schröder.

»Ich sollte mich umziehen.«

Zorn deutete nach unten. Seine Stiefelspitzen waren feucht,

auch auf den Hosenbeinen waren dunkle Spritzer zu erkennen. Als wäre er durch Matsch gelaufen.

Aber Matsch war es definitiv nicht.

*

»Ich hab geschlafen. Tief und fest hab ich geschlafen.«

Ben sagte es jetzt zum dritten Mal, kopfschüttelnd, als könne er seinen eigenen Worten nicht glauben. Er saß am Wohnzimmertisch, mit dem Rücken zum Fenster. Zorn hatte die Männer der Spurensicherung hinausgeschickt, das Einzige, was sie hinterlassen hatten, waren die grauen Graphitspuren auf dem Fensterrahmen.

»Hat jemand ...« Ben hob den Kopf. Die Sonne schien hinter ihm ins Zimmer, es sah aus, als stünde sein schütteres Haar in Flammen. »Ich meine, gibt es ...«

»Zeugen?«, fragte Zorn.

Ein unmerkliches Nicken.

»Bisher nicht«, sagte Zorn. »Aber wir haben noch nicht alle befragt.«

Er war nicht sicher, ob das eine Lüge war. Ein Zeuge war jemand, der etwas beobachtet hatte, und das war – was ihn selbst betraf – nun definitiv nicht der Fall, denn *gesehen* hatte Claudius Zorn absolut nichts. Und was würde es diesem Mann nützen, wenn er ihm erzählte, dass ihm seine Frau buchstäblich vor die Füße gefallen war?

»Momentan gehen wir von Selbstmord aus. Ich muss Ihnen eine Frage stellen, Herr ...«, Zorn zögerte, dann fiel ihm der Name ein, den er auf dem bunten, aus Plastilin gekneteten Klingelschild gelesen hatte, »Bley. Können Sie mir sagen, ob Ihre Frau ...«

»... suizidgefährdet war?«

Jetzt war es an Zorn, zu nicken.

»Lisbeth, sie ...« Bens Stimme versagte. »Sie ... sie hat von einem normalen Leben geträumt. Wir wollten Kinder, eine Familie sein. Jeden Tag haben wir darüber gesprochen, obwohl wir beide wussten, dass das nie passieren würde. Dass wir uns was vormachen. Dass das, was in ihr … kaputtgegangen war, nicht heilen würde.« Ben sprach vorsichtig, tastend, hangelte sich an den Worten entlang wie ein Seiltänzer über den Abgrund. »Ich wusste, wie's um sie steht, ich wollte ihr helfen. Manchmal hat das sogar geklappt, dann konnte ich sie ein bisschen aufmuntern. Aber es war, als würde sie die ganze Zeit über dünnes Eis gehen. Ich bin ihr gefolgt, hab sie gehalten. Trotzdem ist sie eingebrochen.«

Zorn hatte Mühe, die Worte zu verstehen. Sowohl akustisch als auch inhaltlich, also begnügte er sich mit einem vagen Nicken. Es gab Fragen, eine Menge Fragen, doch er wusste nicht, wie er sie stellen sollte. Also wartete er, dass der Mann gegenüber weitersprach. Das tat Ben auch, nachdem er eine Weile stumm auf seine Hände gestarrt hatte. Große Hände, bemerkte Zorn, mit kräftigen Fingern und Sommersprossen auf den Handrücken.

»Ich wollte ihr Halt geben. Marek meinte, ich wäre ihr Anker. Aber die Kette ist gerissen. Ich hab versagt.«

»Marek?«, fragte Zorn.

»Marek Schleef, ihr Therapeut. *Unser* Therapeut«, verbesserte sich Ben. »Ich war fast immer dabei, bis auf ein paar Einzelgespräche. Lisbeth wollte es so.«

»Haben Sie seine Telefonnummer?«

»Natürlich.«

»Es tut mir leid, was mit Ihrer Frau geschehen ist«, sagte Zorn. Es war ihm ernst. »Ich würde Ihnen raten, das Haus in den nächsten Stunden nicht zu verlassen.«

Zorn dachte an die Gaffer. Und an die Reporter, die unten warteten wie ein Schwarm Hornissen. Doch das war nicht alles. Die Leiche war zwar abtransportiert worden, es musste eine Weile gedauert haben, bis sie alles eingesammelt hatten. Aber die Stelle war noch gut zu erkennen, obwohl sie den Asphalt und die Wand des Glascontainers mit einem Schlauch abgespritzt hatten. Wahrscheinlich, dachte Zorn, war ein nicht unwesentlicher Teil von Lisbeth Bley in den Gully gespült worden, er sah ihren zerschmetterten Körper vor sich, die Gliedmaßen in groteskem Winkel verrenkt, das Gesicht (Gott sei Dank) unter dem blonden Haar verborgen. Doch das, was sich neben dem, was früher ihr Kopf gewesen war, ausbreitete, das war schlimm gewesen, diese Lache, dickflüssig, als wäre ein Glas Himbeerkonfitüre geplatzt und …

»Ist alles in Ordnung?«

Es dauerte einen Moment, bis Zorn in die Realität zurückkehrte. Der Mann gegenüber sah ihn fragend an, wahrscheinlich schon seit einer Weile.

Moment, dachte Zorn, diese Frage müsste *ich* eigentlich stellen.

Er spürte, wie ihm der Schweiß unter den Achseln an den Armen entlanglief, schluckte, um den pochenden Klumpen in seiner Kehle zurück in den Magen zu befördern.

»Ich … ich war kurz abgelenkt«, murmelte er. »Entschuldigung.«

Er gab sich einen Ruck, stand auf.

»Ich kenne Sie irgendwoher«, sagte Ben.

»Ich wohne gegenüber.«

Zorn deutete aus dem Fenster. Es war komisch, die Wohnung aus dieser Perspektive zu sehen. Die weißen Ikea-Hängeschränke in der Küche, nebenan im Wohnzimmer das Regal mit den Schallplatten, selbst die Deckenlampe konnte Zorn erkennen.

Da drüben steh ich also immer und rauche, dachte er. Ich sollte Gardinen aufhängen, das ist ja der reinste Präsentierteller.

»Soll ich Ihnen jemanden vorbeischicken?«, fragte er.

»Nein.« Ben schüttelte den Kopf. »Ich komme klar.«

Das müssen wir alle, dachte Zorn.

Er sah noch einmal hinüber zu seiner Wohnung.

Ich sollte aufhören, mich für was Besonderes zu halten. Ich bin wie alle anderen, lebe zwischen ihnen in einem anonymen Bunker, bin Teil dieser grauen Masse, die sich in ihren Löchern verschanzt wie Ameisen in ihrem Bau. Das Einzige, was mich von ihnen unterscheidet, sind die Narben in meinem Gesicht und die Tatsache, dass ich nur acht Finger habe. Und die Kleinigkeit, dass ich vor ein paar Minuten um ein Haar vom Körper einer jungen Frau erschlagen worden wäre.

Zorn suchte nach tröstenden Worten zum Abschied. Er fand keine, nur leere, nichtssagende Hülsen. Also nickte er Benjamin Bley zu, reichte ihm eine zerknitterte Visitenkarte, schlug den Jackenkragen hoch und ging.

Elf

Als Fascho kurz vor elf den niedrigen Plattenbau betrat, hatte er keinen konkreten Plan, was genau er Marek Schleef erzählen würde. Den brauchte er auch nicht, es ging ihm ausschließlich darum, den bevorstehenden *Prozess* (ein ätzendes Wort, fand Fascho) zu beeinflussen, wenn Schleef ihm bestätigte, dass er in psychologischer Behandlung war. Schleef war okay, fand Fascho, er glaubte zwar nicht, dass er ihm helfen konnte (abgesehen davon war Fascho nicht wirklich sicher, ob er tatsächlich Hilfe benötigte). Schaden konnte ein solches Gespräch jedenfalls nicht. Schließlich lag es an Fascho selbst, was er von sich preisgab, und gegen seinen Willen – davon war er überzeugt – würde hier überhaupt nichts laufen.

Die Glastür fiel klappernd hinter ihm ins Schloss, er stapfte hinauf in die zweite Etage. Die Stahltreppe vibrierte, seine Schritte hallten von den weißgetünchten Betonwänden wider. Das Therapiezentrum war in einer ehemaligen Versicherungsagentur untergebracht, die meisten Räume standen leer. Auch der Empfangstresen in der oberen Etage war verwaist; Hertha, Schleefs Sekretärin, hatte noch Urlaub, erinnerte sich Fascho. Er lief über den engen Flur auf Schleefs Büro zu. Die Tür war angelehnt, irgendwo hinter ihm klingelte ein Telefon, als er eintrat.

»Bist du so lieb und machst die Tür zu?«

Marek Schleef schien weder überrascht noch sonderlich erfreut. Er begnügte sich mit einem knappen Lächeln, deutete auf einen der Sessel vor seinem Schreibtisch und wartete, bis Fascho Platz genommen hatte.

Eine Weile musterte er ihn über den Rand seiner Brille, spielte dabei mit einem silbernen Füller. Er trug ein weißes Hemd, der Kragen war offen, die Ärmel bis zu den Ellbogen hochgekrempelt. Sein Sessel wippte vor und zurück, die ausgestreckten Beine ragten unter dem Schreibtisch hervor. Die Hacken der schneeweißen, knöchelhohen Turnschuhe gruben sich in den dünnen Teppich. Das Schweigen war Fascho unangenehm, er wand sich unbehaglich in seinem Sessel.

»Ist das neu?«, fragte Schleef schließlich.

Fascho verstand kein Wort.

»Was?«

»Dein T-Shirt.«

»Ich … ja, gestern gekauft.«

»Sieht schick aus.« Schleef legte den Füller beiseite. »Genauso eins hab ich auch angehabt, als wir uns das erste Mal getroffen haben. Ein hellblaues *Abercrombie & Fitch*-Shirt.«

»Echt?« Fascho zuckte die Achseln. »Kann sein.«

»Du imitierst mich, Ignaz. Das muss dir nicht peinlich sein«, unterbrach Schleef, als Fascho widersprechen wollte. »Im Gegenteil, das ist ein gutes Zeichen. Es ist dir nicht bewusst, aber du betrachtest mich als eine Art … Vorbild. Du nimmst mich ernst. Eine gute Basis, wenn wir zusammenarbeiten wollen.«

Wieder klingelte das Telefon draußen am Empfang, diesmal gedämpft durch die geschlossene Tür. Schleef ignorierte es.

»Bevor wir anfangen, noch eine Bitte.« Er faltete die Hände auf dem Tisch. »Ich hab dir gesagt, dass du nicht reden musst. Dazu stehe ich. Aber fang nicht an, mich zu verarschen. Erzähl mir nicht irgendwelchen Quatsch, weil du denkst, ich will ihn hören. Mir ist lieber, du hältst die Klappe, anstatt zu lügen. Abgemacht?«

»Okay.«

»Dann haben wir jetzt einen Deal.«

Schleef lehnte sich mit verschränkten Armen zurück. Das Hemd spannte über seinem kräftigen Brustkorb, ein Büschel schwarzer Haare lugte aus dem Kragen. Ein paar Sekunden vergingen.

»Was hast du letzte Nacht geträumt?«, fragte er dann.

Sofort waren die Bilder da. Kein Wunder, schließlich erschienen sie Fascho ständig. In letzter Zeit sogar, wenn er wach war. Die brennende Frau. Die glühenden Messer. Die Nadeln. Die Schreie. Der Geruch nach verbranntem Fleisch.

»Nichts Besonderes.« Fascho tat, als denke er angestrengt nach. »Irgendwas mit 'ner Wiese«, sagte er dann aufs Geratewohl. »Und Blumen, glaub ich. Dann war da noch 'ne Frau in weißem Kleid, sie sah ein bisschen aus wie …«

»Ignaz«, unterbrach Schleef sanft, »wir hatten einen Deal.«

Falls er wütend war, ließ er es sich nicht anmerken. Im Gegensatz zu Fascho, der wurde allmählich wütend, *sehr* wütend sogar, dieser Kinderkram ging ihm auf die Nerven.

»Ich hab dir schon mal gesagt, dass ich erkenne, wenn man mich belügt«, sagte Schleef. »Es gibt viele Anzeichen, und du, mein Lieber, präsentierst hier eins nach dem anderen, wie aus dem Lehrbuch. Erhöhte Stimmlage, Hände reiben, an die Nase fassen, Lippen lecken. Deine Füße weisen in Richtung Tür, du willst so schnell wie möglich raus hier, außerdem …«

»Leck mich am Arsch!«

Ihre Blicke kreuzten sich über dem Schreibtisch.

»Etwas vulgär, aber zumindest ehrlich«, stellte Schleef ruhig fest.

»Ich will nicht über irgendwelche verschissenen Träume reden!«

»Okay.« Schleef hob die Hände. »Worüber dann?«

Fascho kam nicht dazu, eine Antwort zu geben. Die Tür wurde hinter ihm aufgerissen, er spürte den Luftzug im Genick, sah sich allerdings nicht um. Er war immer noch wütend. Scheiße, er *kochte* vor Wut.

»Ich will zu Marek Schleef«, sagte eine Stimme hinter ihm.

»Das bin ich. Wenn Sie einen Termin ausmachen wollen, dann …«

»Ich will keinen Termin.«

Fascho kannte den Typen, der da sprach. Ein kurzer Blick über die Schulter genügte, und er wusste Bescheid. Der Langhaarige mit der Lederjacke. Die Narbenfresse. Das Arschloch, das ihn geschnappt hatte. Offensichtlich ein Bulle, jedenfalls dem Ausweis nach zu urteilen, den er Schleef mit gelangweilter Miene entgegenhielt.

»Es geht um eine Ihrer Patientinnen, ich …«

»Erstens«, unterbrach Schleef und richtete sich auf, »gibt es in diesem Haus keine *Patienten*.«

»Sondern?«

»Menschen, die wie jeder andere auch ein paar Probleme haben.«

»Und zweitens?«

Der Typ klang genervt. Fascho war froh, mit dem Rücken zur Tür zu sitzen, er hatte keinen Bock auf dämliche Fragen. Abgesehen davon schien er Luft für Narbenfresse zu sein. Der Arsch war voll und ganz auf Schleef konzentriert.

»Zweitens«, sagte dieser, »bin ich beschäftigt.«

»Pass mal auf, ich bin nicht zum Spaß hier.«

»*Ich* auch nicht.« Schleef hatte die Stimme nur ein wenig erhoben, ansonsten wirkte er entspannt wie zuvor. »Ich führe hier ein Gespräch, und dieses Gespräch«, er sah auf die Uhr, »wird in genau zweiundvierzig Minuten beendet sein. Bis dahin können Sie gern draußen Platz nehmen. Oder Sie holen sich einen Döner. Um die Ecke ist ein Imbiss, direkt neben der Post.«

Er lächelte über Faschos Schulter hinweg in Richtung Tür. Fascho starrte grinsend auf seine Hände, er sah direkt vor sich, wie dem Wichser hinter ihm die vernarbte Fresse entgleiste.

»Es sei denn«, Schleefs Lächeln wurde breiter, »Sie haben 'ne richterliche Verfügung. Oder einen Durchsuchungsbeschluss. Irgendwas Amtliches, Sie wissen schon.«

Ein wütendes Schnauben. Zwei Sekunden vergingen, dann krachte die Tür hinter Fascho ins Schloss. Diesmal spürte er den Luftzug wesentlich stärker, selbst die Fenster klapperten in ihren Rahmen.

»Ich hasse solche Menschen«, seufzte Schleef kopfschüttelnd, den Blick noch immer zur Tür gerichtet. »Damit wir uns nicht falsch verstehen«, er wandte sich an Fascho, »ich habe nichts gegen die Polizei. Nur gegen Typen, die nicht anklopfen und anderen vorschreiben, was sie zu tun haben.«

Ein weiteres, dumpfes Krachen ertönte, unten wurde die Eingangstür heftig zugeworfen. Diesmal vibrierten nicht nur die Fenster, sondern auch der Fußboden.

»Da scheint jemand ziemlich sauer zu sein«, erklärte Schleef achselzuckend. Seine Miene blieb ernst, nur seine Augen funkelten ein wenig hinter den Brillengläsern.

»Was ist?«, fragte er, als er Faschos Grinsen bemerkte.

»Das war 'ne astreine Vorstellung.«

»Findest du?« Schleef verschränkte die Hände im Nacken und bewegte den Kopf, als wolle er die Muskeln lockern. »Also gut«, sagte er dann. »Wo waren wir stehengeblieben? Bei unseren Träumen, richtig?«

Fascho nickte.

»Wollen wir uns vielleicht doch ein bisschen drüber unterhalten?«

»Nee.«

»Worüber dann, Ignaz?«

»Das mit den Füßen. Ich meine … das war doch Quatsch, oder? Dass Sie auf *Füße* stehen? Das haben Sie …«

»*Du*«, verbesserte Schleef.

»… das hast du nur gesagt, damit ich dir vertraue. Du wolltest mich knacken.«

Schleef dachte einen Moment nach.

»Stimmt«, nickte er dann. »Bisher ist es mir noch nicht gelungen, dich zu… *knacken.* Aber ich arbeite dran«, fügte er mit einem Lächeln hinzu. »Das ist schließlich mein Job.«

*

Zorn saß vor dem Therapiezentrum im Schatten einer kümmerlichen Birke auf einer Bank und wartete. Er mochte die Neustadt nicht, diese seelenlose Betonwüste, vor gut einem halben Jahrhundert aus dem Dreck gestampft. Alles war eckig, scharfkantig, einförmig und farblos, wie mit einem Schleier überzogen. Überall Grau in allen erdenklichen Variationen: Staub. Zement. Asche. Schmutz. Die Bäume wirkten wie Fremdkörper, selbst der Himmel schien hier blasser, als wäre die Farbe herausgewaschen worden.

Zunächst war Zorn wütend gewesen. Dieser milchgesichtige Seelenklempner hatte ihn abtreten lassen wie einen Pizzaboten, doch nachdem Zorn zweimal um den Block gelaufen war und die zweite Zigarette geraucht hatte, war ihm klargeworden, dass es sinnlos war, sich aufzuregen. Er war in Schleefs Büro getrampelt wie ein Nashorn, kein Wunder, dass dieser ihn hatte abblitzen lassen.

Selbstkritik kam äußerst selten vor bei Claudius Zorn (und ja, er war auch ein wenig stolz darauf). Vielleicht, dachte er, lag das ja am Schock, schließlich war ihm vor ein paar Stunden ein Mensch buchstäblich aus heiterem Himmel vor die Füße gefallen.

Was wollte mir der liebe Gott damit sagen? Das Leben ist kurz? Ja, überlegte Zorn weiter, wahrscheinlich wollte mir dieses selbstgerechte Arschloch da oben mal wieder zeigen, wo der Hammer hängt. Dass ich mich am Riemen reißen soll, bevor es zu spät ist.

Er beschloss, Frieda anzurufen. Morgen war ihr letzter Arbeitstag, danach hatte sie zwei Wochen Urlaub. Vielleicht sollten sie ein paar Tage wegfahren? Ein Wochenende Venedig? Die Ostsee? Ein verlockender Gedanke, fand Zorn. Und ich sollte ihr anbieten, beim Umzug zu helfen, zeigen, dass ich sie unterstütze.

Er kramte sein Handy aus der Jacke. Auf dem Display sah er, dass es schon kurz nach zwölf war, also verschob er den Anruf auf später, verstaute das Telefon wieder und bemerkte, dass Marek Schleef die Baracke bereits verlassen hatte und mit federnden Schritten auf ihn zulief.

»Ich sollte mich wohl bei Ihnen entschuldigen«, sagte er im Näherkommen und nahm neben Zorn Platz. »Mein Auftreten war womöglich ein wenig rabiat, Herr Kommissar.«

»*Haupt*kommissar«, verbesserte Zorn mürrisch.

Im Innendienst, fügte er in Gedanken hinzu. Aber nicht mehr lange.

»Ich war mitten in einer Sitzung«, fuhr Schleef fort. »Es ist nicht einfach, Vertrauen zu meinen Patienten aufzubauen, vor allem, wenn sie neu bei mir sind und …«

»Ich dachte«, unterbrach Zorn, »Sie haben keine … *Patienten*?«

»Das ist Teil der Therapie. Ich vermittle den Leuten das Gefühl, nicht krank zu sein. Behandle sie wie normale Menschen.«

Die Glastür des Therapiezentrums öffnete sich, ein schlaksiger Teenager in ausgebeulten Jeans erschien, stand einen Moment mit zusammengekniffenen Augen in der Sonne. Zorn erkannte ihn sofort: Das kleine Rattengesicht, die dünnen, fettigen Haare, die engstehenden Augen. Der Typ, den er vor ein paar Tagen beim Kokeln erwischt hatte. Ignaz Stein.

Ignaz versteifte sich, als sein Blick auf Zorn fiel. Im ersten Moment schien es, als wolle er wieder zurück, er langte instinktiv hinter sich nach der Klinke. Nach kurzem Zögern entschied er sich anders. Er zeigte Zorn den Mittelfinger und ging die Treppen hinunter. Dann vergrub er die Hände in den Hosentaschen, schlurfte betont langsam davon und verschwand schließlich hinter einem gelben Imbisswagen, in dem eine rotgesichtige Frau mit weißem Käppi erfolglos versuchte, gegrillte Hähnchen an den Mann zu bringen.

»Sie kennen Ignaz?«, fragte Schleef.

»Ich hab ihn geschnappt.«

»Dann wundert es mich nicht, dass er ein gestörtes Verhältnis zu den Justizbehörden hat.« Schleef gestattete sich ein feines Lächeln. »Wahrscheinlich sollte ich mich für Ihren Auftritt bedanken. Sie haben mir geholfen, mit ihm ins Gespräch zu kommen.«

»Gern geschehen«, knurrte Zorn und schlug die Beine übereinander. »Er kann froh sein, dass ich ihn vorhin nicht erkannt habe.«

Es ist schon ein komischer Zufall, dass mir der kleine Scheißer ausgerechnet hier über den Weg läuft, dachte er. Andererseits sollte mich das nicht weiter wundern. Nach allem, was mir heute passiert ist.

»Falls Sie wegen Ignaz hier sind, muss ich Sie enttäuschen«, sagte Schleef. »Ich werde Ihnen kein Wort von dem verraten, was er mir erzählt hat. Selbst, wenn Sie mich in Handschellen abführen.«

»Es geht nicht um ihn.«

Noch nicht, dachte Zorn als ihm einfiel, was Frieda über den Jungen gesagt hatte: Ihr solltet ihn im Auge behalten.

»Ich drängle nur ungern«, sagte Schleef. »Aber es wäre nett, wenn Sie mir verraten würden, warum Sie hier sind.«

Das tat Zorn, allerdings ohne auf Einzelheiten einzugehen. Auch die Tatsache, dass er Zeuge des Todes von Lisbeth Bley gewesen war, ließ er wohlweislich aus.

»Die Untersuchung wird noch eine Weile dauern«, sagte er schließlich. »Aber alles deutet auf Suizid.«

Marek Schleef war zunehmend bleicher geworden. Schweigend starrte er zwischen seinen Händen auf den Boden. Zorn betrachtete die sehnigen, gebräunten Unterarme und fragte sich, ob Schleef womöglich ins Solarium ging.

»Lisbeth«, murmelte Schleef. »So eine verdammte Scheiße.«

Er nahm die Brille ab, fuhr sich mit einer fahrigen Bewegung über die Augen. Ein wenig erinnerte er Zorn an den jungen Cat Stevens, das lockige rabenschwarze Haar, die markante Nase, die Jeans, das weiße Hemd.

Oh, baby baby, it's a wild world.

Nur die dämlichen Turnschuhe störten. Wie hält der die Dinger so sauber?, fragte sich Zorn. Wäscht er die jeden Tag? Oder kauft er ständig neue?

»Lisbeth Bley war bei Ihnen in Behandlung«, sagte Zorn. »Sie wird Ihnen eine Menge erzählt haben. Ihr Selbstmord, kam der für Sie …«

»… überraschend?«

Zorn nickte stumm.

»Nein.« Marek Schleef schloss einen Moment die Augen. »Im Gegenteil. Man könnte sich fragen, warum sie so lange durchgehalten hat. Nach allem, was sie erlebt hat.«

»Ich brauche ihre Patientenakte«, sagte Zorn.

Darüber dachte Schleef einen Moment nach.

»Okay«, sagte er dann. »Entschuldigen Sie, ich …«, er sah in die Sonne, zwinkerte, als habe er etwas im Auge, »ich … ich habe Lisbeth sehr gemocht.«

Zorn war sich nicht sicher.

Weinte er?

Zwölf

»Worüber sollt ihr sonst geredet haben?«

Fascho spie die Worte regelrecht heraus. Er lief über einen verwahrlosten Spielplatz, das Handy wütend ans Ohr gepresst. Schleefs ruhige Stimme drang blechern aus dem Telefon.

»Bleib locker, Ignaz.«

»Das Arschloch ist *Bulle*! Der hat mich geschnappt! Sie haben mit dem gesprochen! Von wegen, Sie reden nicht mit der Polizei! Scheiße, du hast mich verarscht!« Vor Wut wechselte Fascho vom Sie zum Du und wieder zurück. »Du hast gesagt, dass ich alles erzählen kann! Alles!«

Das hatte Fascho natürlich nicht getan, er war schließlich nicht blöd. Die Sache mit dem Hund würde für immer sein Geheimnis bleiben, niemand würde jemals davon erfahren. Ein bisschen allerdings hatte Fascho erzählt, den Traum zum Beispiel. Das waren Vorstellungen, Hirngespinste, nichts, was er *getan* hatte. Niemand konnte ihn dafür verantwortlich machen. Trotzdem, Fascho war stinksauer. Er hatte Schleef vertraut.

»Du hast versprochen, dass niemand was erfährt!«

»Das ist auch nicht passiert, Ignaz.«

»Warum sollte der Wichser sonst da gewesen sein? Wenn nicht wegen mir?«

»Das erklär ich dir später.«

»Ich glaub dir kein Wort, ich …«

»Jetzt atme erst mal durch.«

Fascho blieb stehen, kickte einen Stein beiseite. Schweiß glänzte auf seiner Stirn, bildete dunkle Flecken auf dem T-Shirt. Der Wetterheini im Radio hatte nicht zu viel versprochen, die Sonne knallte vom Himmel, es war heiß, verflucht heiß, und diese Hitze ging Fascho auf den Sack, hinderte ihn am klaren Denken.

»Es ist was Schlimmes passiert«, sagte Schleef. »Es hat nichts mit dir zu tun.«

»*Was* ist passiert?«

»Nicht am Telefon.« Schleefs Atem drang durch den Hörer, es klang wie ein Seufzen. »Wir besprechen das morgen in der Gruppe, alle zusammen.«

Eine Frau in pinkfarbenem Jogginganzug saß neben dem schiefen Klettergerüst auf einer Bank und starrte rauchend ins Leere, weiter hinten kickte ein höchstens siebenjähriger Junge in kurzen Hosen einen Ball gegen eine Garagenwand.

»Okay, Ignaz?«

»Okay.«

Fascho verstaute das Handy in der Gesäßtasche seiner Jeans. Das Telefon, ein Samsung Galaxy S4, war ein Geschenk seiner Mutter. So ziemlich das einzig Vernünftige, was er jemals von ihr bekommen hatte.

Einen Moment stand er unschlüssig da, dann schlenderte er auf den Jungen zu. Der Ball prallte gegen die Wand, sprang wieder zurück. Fascho hob ihn auf.

»Cooles Teil.«

»Hab ich von meinem Papa«, erklärte der Kleine stolz und wischte sich den Rotz von der Nase. »Spielst du'n bisschen mit?«

»Klar doch.«

Fascho wog den Ball in der Hand. Dann warf er ihn in die Höhe und schoss ihn über die Garagen, wo er irgendwo hinter den Dächern verschwand.

»Spinnst du?!«

Der Junge fing an zu plärren.

»Halt's Maul«, knurrte Fascho und ging davon.

*

Leere. Einfach nur Leere.

Das war alles, was Benjamin Bley fühlte. Mehr war da nicht, nur ein großes schwarzes Loch. Er wusste nicht, wie lange er schon am Wohnzimmertisch saß, es mussten Stunden vergangen sein, seit der Kommissar gegangen war. Das Licht war anders, die Sonne weitergezogen, es war Nachmittag.

Sein Handy vibrierte. Die Nummer des Anrufers – *MAREK PRIVAT* – erschien auf dem Display. Ben neigte den Kopf und sah zu, wie sich das Telefon brummend auf dem Tisch bewegte und schließlich verstummte. Sekunden später hatte er den Anruf vergessen.

Lisbeth. Tot.

Zwei Worte, die unablässig in seinem Kopf rotierten wie Kugeln auf einem Billardtisch.

Sicherlich, die Gefahr hatte immer bestanden, aber da war auch Hoffnung gewesen. Manchmal nur ein kleiner Schimmer, aber gerade gestern noch hatte er sie gespürt, die Hoffnung. Stärker denn je.

Die Tür zur Küche war angelehnt, er hörte das Tropfen des Wasserhahns. Die Lasagneform stand noch in der Spüle. Die Teller, das Besteck. Daneben die Weinflasche, sie war noch halbvoll.

Der Abwasch, ich muss das Geschirr in die Spülmaschine räumen, dachte Ben. Und ich sollte im Büro anrufen. Erklären, warum ich nicht bei der Arbeit erschienen bin. Und ich muss die Beerdigung planen.

Pinkeln musste er auch.

Es war doch gut gewesen gestern Abend. Er fuhr mit dem Finger über die Tischplatte, der kreisrunde Abdruck des Weinglases war deutlich zu erkennen. Sie war so optimistisch gewesen, regelrecht *gestrahlt* hatte sie, als sie ihm die fürchterliche Lasagne serviert hatte. Ja, ihre Stimmungen hatten geschwankt, Lisbeth war unberechenbar gewesen wie ein Blatt im Wind, von einem Moment auf den anderen war die Dunkelheit über sie gekommen, doch immer hatte es einen Grund gegeben, einen Auslöser. Das Wetter. Ein sentimentales Lied im Radio. Ein Zeitungsartikel.

Was war es dieses Mal gewesen?

Sie waren ins Bett gegangen, Lisbeth hatte sich an ihn gekuschelt und gesagt, dass sie ihn liebe, dann hatte sie sich zur Seite gedreht und war eingeschlafen. Sie war zufrieden gewesen, das wusste Ben genau. Was war geschehen? Ein Traum? War das der Grund, weswegen sie in aller Herrgottsfrühe aufgestanden und aus dem Fenster gesprungen war, während er seelenruhig geschlafen hatte? Hatte sie einfach nur schlecht geträumt? Möglich. Aber warum hatte sie ihren gottverdammten Rechner aus dem Fenster geworfen?

Das Handy leuchtete auf. Schwerfällig beugte Ben sich vor, rief die Mailbox auf, schaltete auf Lautsprecher.

Ben, hier ist Marek. Es passiert mir wirklich selten, aber ich weiß nicht, was ich sagen soll.

»Dann sag auch nichts«, murmelte Ben.

Lisbeth hat mir viel bedeutet, und ich …

Es klingelte an der Tür.

… würde dir gern helfen.

Ein weiteres Klingeln. Wahrscheinlich zum zehnten Mal heute, Ben hatte längst aufgehört zu zählen. Vielleicht einer der Reporter, oder jemand aus dem Haus. Oder ein Arbeitskollege. Egal, Ben wollte niemanden sehen.

Wenn ich irgendwas tun kann, dann melde dich bitte.

Die Klingel dröhnte ein letztes Mal durch die Wohnung, verstummte.

Ich bin immer für dich da, Ben.

Ben vergrub das Gesicht in den Händen.

»Lass mich in Ruhe.«

Das Display des Handys erlosch.

*

»Noch Kaffee, Chef?«

»Nee«, sagte Zorn. »Danke.«

Sie saßen unter dem Sonnenschirm auf Schröders Terrasse. Ein leichter Wind strich durch die Zweige der Kiefern, der See schimmerte zwischen den Stämmen wie flüssiges Metall. Zorn rückte seinen Korbstuhl in den Schatten des Sonnenschirms, legte den Kopf in den Nacken und schloss die Augen.

»Wie im Urlaub.«

»Ja«, nickte Schröder. »Aber wir haben keinen.«

»Stimmt«, murmelte Zorn. »Leider.«

Kurz nach Mittag war Schröder mit dem vorläufigen Befund der Spurensicherung ins Büro gekommen. Laut Bericht gab es *momentan keinerlei Anzeichen für Fremdeinwirkung*. Die Leiche von Elisabeth Bley würde morgen obduziert werden, mit ersten Ergebnissen war frühestens in zwei Tagen zu rechnen. Vorerst, hatte Schröder zu Zorn gesagt, gäbe es also nicht viel zu tun, und das, was es zu besprechen galt, könnten sie genauso gut bei ihm daheim in der Sonne bereden. Ein Vorschlag, der Claudius Zorn natürlich sehr, sehr gut gefallen hatte, er hatte genickt und seinem *höchst verehrten Herrn Vorgesetzten* angeboten, ihn persönlich zu seinem Domizil am Stadtrand zu kutschieren, allerdings unter der Bedingung, dass ihm Kaffee (komplett) und Kuchen (mit Schlagsahne) kredenzt werde. Das war – natürlich – nicht ernst gemeint gewesen, schließlich aß Schröder wegen seiner Diabetes keinen Kuchen, und wenn er welchen backte, dann tat er dies nur zu besonderen Anlässen. Sein Angebot, Zorn ein leckeres Käsebrot mit Gurke und selbstgemachter Mayonnaise zu schmieren, hatte dieser dankend abgelehnt.

»Was ist mit dem Laptop?«, fragte Zorn.

»*Nothing*.« Schröder griff nach den Kaffeetassen. »Der ist komplett hinüber. Kein Wunder, wenn man bedenkt, aus welcher Höhe er gefallen ist. Die Festplatte ist auch Schrott, da finden wir nichts mehr.«

Er trat durch die große Glastür in den Schatten des Hauses. Zorn sah ihm über die Schulter zu, wie er das Geschirr auf dem holzgetäfelten Tresen der Wohnküche neben dem Kamin abstellte und die Treppe hinauf ins Obergeschoss lief. Zorn verspürte einen leichten Stich des Neides, das Haus war schön, wunderschön, das Erdgeschoss ein großer verglaster Raum mit Blick auf den See. Keine Nachbarn, links Wald, rechts Wald, vorn das Wasser.

Nein, Zorn kratzte sich schläfrig im Nacken, neidisch sollte er nun wirklich nicht werden. Wenn es jemanden gab, der so etwas Schönes verdiente, dann war es Schröder.

Er legte die Füße auf den Tisch und verschränkte die Hände auf dem Bauch. Mücken tanzten im Licht der tiefstehenden Sonne, ein Eichhörnchen erschien in den Zweigen einer Kiefer, hüpfte von Ast zu Ast und verschwand hinter dem mit Efeu überwucherten Zaun. Im Haus erklangen Schritte, Schröder kam die Treppe herunter.

»Lisbeth Bley ist vor zwei Jahren vergewaltigt worden«, sagte er. »Ich habe die Akte gelesen. Sie konnte sich zunächst an nichts erinnern, und wenn das Krankenhaus nicht die Polizei informiert hätte, wäre es nicht mal zur Anzeige gekommen. Sie ist damals fast verblutet, die Kerle sind wie die Tiere über sie hergefallen. Aber sie war nicht in der Lage, eine Beschreibung abzugeben. Ihre Patientenakte liest sich wie ein wildes Sammelsurium aller erdenklichen psychischen Störungen.«

Auch Zorn hatte Schleefs Akte gelesen. Nun ja, *überflogen* traf es besser, es war von manisch-depressiven Zügen die Rede, unbewältigten Traumata und teilweiser Amnesie. Vor allem die Sache mit der Prosopagnosie hatte Zorn nicht verstanden, sosehr er sich auch bemühte. Entweder, man sah ein Gesicht oder man sah es nicht. Dass man die Einzelheiten nicht in Zusammenhang bringen konnte, war für ihn schlicht unvorstellbar.

»Sie hat in einer komplett anonymen Welt gelebt, als wäre sie von Robotern umgeben.« Schröder erschien wieder in der Tür, blinzelte in die Sonne. »Jedes Gesicht sieht gleich aus, ein Puzzle aus Augen, Nase, Mund, doch man ist nicht in der Lage, es zusammenzusetzen.«

Er hatte sich umgezogen. Auf dem Kopf trug er einen breitkrempigen Strohhut, die Cordhose hatte er durch eine dreiviertellange Leinenhose ersetzt. Anstatt des karierten Hemdes wölbte sich ein gestreiftes Poloshirt über dem Kugelbauch. Zorn fühlte sich an ein übergewichtiges Streifenhörnchen erinnert, verkniff sich aber eine spöttische Bemerkung.

»Lisbeth Bley hatte also ’ne Menge Gründe, sich umzubringen«, sagte er stattdessen.

»Die Frage ist, warum sie es ausgerechnet heute Morgen getan hat.« Schröder nahm wieder Platz, der Korbstuhl knackte unter seinem Gewicht. »Zumal es ihr in letzter Zeit besser ging.«

»Sagt zumindest ihr Mann.«

»Glaubst du ihm?«

Zorn dachte einen Moment nach.

»Ja. Aber eine Erklärung hat er auch nicht.«

»Vielleicht«, überlegte Schröder, »hat es etwas mit ihrem Computer zu tun.«

»Kann sein. Aber das werden wir wohl nie rauskriegen.« Zorn schüttelte seufzend den Kopf. »Das ist schon ganz schön komisch.«

»Ein Mensch springt in aller Herrgottsfrühe aus dem Fenster, ohne einen Abschiedsbrief zu hinterlassen.« Schröder sah Zorn an, seine Augen blitzten im Schatten des Strohhuts. Die Sonne schien durch die Krempe, Lichtpunkte tanzten auf seinem Gesicht. »Das ist nicht komisch. Das ist traurig.«

Darauf wusste Zorn keine Antwort. Also schwieg er eine Weile, lauschte dem leisen Rauschen des Windes. Vom anderen Ufer des Sees drang entferntes Lachen herüber, das Waldbad hatte seit ein paar Tagen geöffnet.

»Hast du’n Bier, Schröder?«

»Hab ich.«

Schröder machte keine Anstalten, aufzustehen.

»Und?«, fragte Zorn.

»Erst die Arbeit, dann das Vergnügen.«

»Was«, Zorn senkte misstrauisch die Stimme, »willst du mir damit sagen?«

»Ich weiß, dass dir das Thema unangenehm ist.« Schröder schob den Hut in den Nacken. »Aber wir müssen noch einmal auf den Innendienst zu sprechen kommen. Als Staatsdiener bist du verpflichtet, dich an die Vorschriften zu halten, und es liegt mir fern, dich während der Dienstzeit zur Arbeit außerhalb geschlossener Räume zu zwingen. Aber wir haben seit zwanzig Minuten Feierabend, und niemand kann dir verbieten, in deiner Freizeit körperlichen Tätigkeiten nachzugehen, auch wenn sie im Freien stattfinden und …«

»Ich werde diesen verdammten Schießtest machen«, unterbrach Zorn, der höchstens ein Drittel von Schröders Worten verstanden hatte.

»Oha.«

Schröder schien ehrlich überrascht.

»Aber das Training«, erklärte Zorn, »kannst du dir abschminken.«

»Das meinte ich doch gar …«

»Du wirst es nicht glauben, aber dieses Rumgesitze geht selbst *mir* auf die Nerven. Und ich hab keinen Bock mehr, mich ständig von dir auf den Arm nehmen zu lassen. O doch«, Zorn hob die Stimme, um Schröders Protest zu unterbinden, »genau das tust du! Ich mach diesen Test, bestehe ihn, und der ganze Quatsch mit dem Innendienst hört auf. Basta.«

Wieder öffnete Schröder den Mund, Zorn kam ihm abermals zuvor.

»Nein«, sagte er, »es hat nichts damit zu tun, dass ich heute früh fast erschlagen worden wäre. Das war kein«, er suchte einen Moment nach den richtigen Worten, »*heilsamer Schock*. Oder ein Erweckungserlebnis, weil mir die Arbeit buchstäblich auf die Füße gefallen ist. Kann sein, dass der alte Blödmann«, Zorn deutete nach oben, »mir ein Zeichen geben wollte, aber weißte was? Das ist mir scheißegal. Ich hatte das vorher schon beschlossen. Beim Zähneputzen, um genau zu sein.«

Nun, ganz sicher war Claudius Zorn da nicht. Es war wohl eine Mischung aus allem, aber das musste er Schröder ja nicht auf die Nase binden.

»Und bleibende Schäden werde ich auch nicht haben, Schröder. Klar, ich hätte mir vor Schreck fast in die Hose geschissen, aber ich komm damit zurecht.«

Das hoffte Zorn zumindest. Die Bilder hatte er bisher erfolgreich verdrängen können, doch das Geräusch, dieses

WUUUUUSCH!

mit dem Lisbeth Bley durch die Luft geflogen war, dieses Sausen, das würde Claudius Zorn so schnell nicht aus dem Kopf bekommen. Seine Nackenhärchen richteten sich auf, er schluckte, während Schröder ihn über den Tisch hinweg musterte. Eine Hummel brummte durch die flirrende Luft, Zorn scheuchte sie mit einer Handbewegung beiseite, erleichtert über die Ablenkung.

»Du wirst also den Schießtest machen«, stellte Schröder fest.

»Ja.«

»Und du willst dich wieder voll dienstfähig schreiben lassen.«

»Ja.«

»Fein.«

Ein bisschen mehr Enthusiasmus hätte ich schon erwartet, dachte Zorn.

»Dann hätten wir das ja geklärt. Und jetzt«, er verschränkte die Arme vor der Brust und sah Schröder herausfordernd an, »bring mir gefälligst mein Bier.«

Wieder machte Schröder keine Anstalten, seinen Stuhl zu verlassen. Im Gegenteil, er lehnte sich zurück und sah in die allmählich untergehende Sonne.

»Wie gesagt, das ist alles sehr löblich. Aber es ging mir um was anderes.«

»Um was, wenn man fragen darf?«

»Mit *Arbeit* meinte ich nicht das Präsidium.«

»Sondern?«

»Das Haus.« Schröder rieb sich seufzend den Nacken. »Du ahnst gar nicht, was man hier alles zu tun hat. Ich dachte, du machst dich ein bisschen nützlich.«

»Ach! Soll ich vielleicht den Fußboden bohnern?«

»Nicht doch«, erwiderte Schröder ernst. »Es geht um den Garten. Genauer gesagt um den Knöterich.« Er deutete mit dem Kinn auf den Zaun, der von dichtem Gestrüpp überwuchert war. »Das Zeug wächst unglaublich. Man muss das Übel an der Wurzel packen. Aber ich fürchte, ich krieg das allein nicht hin.«

»Ich soll dir helfen, irgendwelchen *Mist* auszubuddeln?«

»Keinen Mist. Sondern einen nelkenartigen Bedecktsamer.«

»Pass mal auf, Freundchen.« Zorn atmete tief durch. »Ich hab gesagt, dass ich meinen Job machen will. Und dazu stehe ich.«

»Das ist toll.«

»Ich bin Bulle, kein Florist!«

»Das ist mir nicht entgangen. Aber es wär doch ein toller Anfang, oder?« Schröder sah verträumt in den Himmel. »Du hilfst mir ein Stündchen, danach mach ich uns Abendessen. Ich hab Steaks im Kühlschrank. Frisches Baguette ist auch da. Und dazu gibt's Tomatensalat.«

»Das ...«, Zorn schluckte, das Wasser lief ihm im Munde zusammen, »das ist ...«

»Und ein Bier gibt's natürlich auch.«

»... Erpressung!«

»Ich muss doch sehr bitten, Chef.«

Schröder warf Zorn einen empörten Blick zu.

Irgendwo quakte ein Frosch. Vielleicht auch eine Ente, Zorn wusste es nicht genau.

»Na gut«, brummte er nach einer Weile.

»Fein!« Schröder sprang sofort auf.

»Aber nur, wenn du dich umziehst.«

»Warum?« Schröder hob die Arme. »Das sind meine Arbeitssachen, was gibt's daran auszusetzen?«

Zorn musterte ihn von Kopf bis Fuß.

»Querstreifen«, er deutete auf Schröders T-Shirt, »sind bei deiner Statur nicht unbedingt empfehlenswert.«

»Mir«, erwiderte Schröder achselzuckend, »gefällt's.«

»Du siehst aus wie'n adipöses Zebra.«

Schröders Augen weiteten sich.

»Wie meinen?«

»Adipös«, wiederholte Zorn, jede Silbe genüsslich betonend. »Da brauchst du gar nicht so zu gucken. Du bist hier nämlich nicht der Einzige, der mit Fremdwörtern um sich werfen kann.«

»Das T-Shirt bleibt trotzdem an.«

Ihre Blicke trafen sich. Ein stummes, erbittertes Duell, das Claudius Zorn natürlich nach wenigen Sekunden verlor. Er zwinkerte, nahm seine Brille ab, hauchte in die Gläser und begann, sie ausgiebig zu putzen. Schröder wippte auf den Zehenspitzen vor und zurück und ließ ihn einen Moment gewähren.

»Können wir dann?«, sagte er schließlich. »Der Knöterich wartet.«

Zorn setzte die Brille wieder auf die Nase.

»Sicher doch«, knurrte er. »Ganz, wie du befiehlst, Chef.«

Dreizehn

Simon Olytsch.

Sechs Uhr abends.

Die Schläge der Turmuhr hallen über den Markt. Die Sonne steht tief zwischen den Türmen der majestätischen Kirche, blitzt in den Fenstern des neuen Kaufhauses. Unten auf dem Platz schließen die Verkaufsstände, Obstkisten werden verpackt, Kleintransporter fahren im Schritttempo davon. Straßenbahnen rauschen im Minutentakt heran, Menschen strömen hinaus, hinein, verschwinden in den engen Seitenstraßen.

Die Gitter vor dem Schaufenster eines unscheinbaren Elektronikgeschäfts, eingezwängt zwischen einem Optiker und einem leerstehenden Juwelierladen am südlichen Ende des Marktplatzes, fahren rasselnd herunter. Die Tür unter dem Schild *FERNSEHKLINIK OLYTSCH – TV- UND HIFI-BEDARF* öffnet sich, ein großer, vollbärtiger Mann erscheint und schließt sorgfältig hinter sich ab. Simon Olytsch, der am Tag zuvor neben Fascho in der Therapiegruppe gesessen hat, sieht sich nicht um. Mit großen Schritten läuft er über den Markt, den Blick zu Boden gerichtet, vorbei an Eisständen, überquellenden Papierkörben, Müttern mit quengelnden Kindern. Der letzte Schlag des Glockenspiels vibriert noch in der warmen Abendluft, er achtet weder auf die beiden Obdachlosen, die rauchend neben ihren Habseligkeiten auf den Stufen des Rathauses hocken, noch auf den Straßenmusiker, der im Schatten des Denkmals eine jämmerliche Version von *Blowin' in the Wind* zum Besten (oder eher zum Schlechten) gibt. Hinter dem italienischen Restaurant biegt er in eine schmale Gasse ein, läuft ein paar Meter und erreicht dann ein Fachwerkhaus, in dessen Erdgeschoss ein Fotogeschäft untergebracht ist. Er öffnet die schwere, verwitterte Holztür, ohne die Auslage des

Fotografen eines Blickes zu würdigen, und geht die Treppe hinauf. Die uralten Stufen ächzen unter seinem Gewicht. Sein Gesicht ist gerötet, als er das zweite Stockwerk erreicht, er schließt die Wohnung auf.

Es ist genau drei Minuten nach sechs, die Dämmerung senkt sich allmählich über die Stadt. Und während Schröder (noch immer im gestreiften Poloshirt) am anderen Ende der Stadt auf der Terrasse am See die Steaks auf dem Grill wendet und Zorn zufrieden an seinem Bier nuckelt, streift Simon Olytsch die Schuhe von den Füßen und stellt sie schnaufend neben den Abtreter unter die Garderobe.

»Bin da!«, ruft er in die leere Wohnung. Sein kräftiger Bass dröhnt durch den Flur. »Wer noch?«

Keine Antwort, natürlich nicht. Er stellt die Frage trotzdem, sie ist Teil eines jahrelangen Rituals. Ebenso, wie er jeden Tag genau zwei Minuten vor sechs den Lötkolben in der winzigen Werkstatt im Hinterzimmer des Ladens beiseitelegt, den blauen Kittel an den Nagel neben der Werkbank hängt und die Tür pünktlich beim ersten Glockenschlag abschließt. Abend für Abend, Wochentag für Wochentag, immer der gleiche Ablauf, derselbe dreiminütige Nachhauseweg über den Markt, der schwerfällige Gang die steilen Treppen hinauf und diese Frage aus einer alten Fernsehserie, nachdem er die Wohnung betreten hat. Früher, als noch alles gut war, da ist ihm geantwortet worden, Saskia ist mit wehenden Zöpfen auf ihn zugeflitzt, *Ich!,* hat sie mit ihrer hellen Kinderstimme gekräht, *Ich bin da, Papa!* und ist in seine ausgebreiteten Arme gesprungen, während Heidrun, seine Frau, in der Küchentür gestanden und ihnen lächelnd zugesehen hat.

Jetzt ist alles anders. Sie sind weg, alle beide. Und es gibt Gründe, o ja, die gibt es, mehr als genug. Die Frage ist nicht, *warum* sie gegangen sind, nein, darum geht es nicht. Das war ihm schon lange bewusst gewesen, undeutlich zwar, doch er hat immer geahnt, wie es um ihn steht. Es geht darum, wieso sie es so lange ausgehalten haben mit ihm, Simon Olytsch, dreiundvierzig Jahre alt, eine ein Meter fünfundneunzig große, über hundert Kilo schwere, ständig tickende Zeitbombe.

Tick Tack.

Weil sie ihn lieben. Und das tun sie immer noch. Der einzige Trost, der ihm geblieben ist.

Er weiß es, seit er bei Marek Schleef in Behandlung ist. Schleef war es, der ihm Halt gegeben hat, kurz, nachdem sie ihn verlassen haben, weil er Heidrun, die Frau, die er aus ganzem Herzen liebt, geschlagen hatte. Heidrun, die stille, zurückhaltende Mutter seiner Tochter, zart, zierlich, nicht mal halb so schwer wie Simon, der ein seelisches Wrack gewesen ist, ständig betrunken, immer kurz davor, zu explodieren.

Tick Tack.

Er läuft durch den Flur, vorbei am Bad. Die Tür ist abgeschlossen, trotzdem drückt er im Vorbeigehen die Klinke, um sicherzugehen. Das tut er immer, obwohl er weiß, dass es eine Zwangshandlung ist. Simon Olytsch ist auf dem Weg der Besserung, doch am Ziel ist er noch lange nicht.

Die Tür zum Kinderzimmer ist angelehnt. Saskias Poster hängen noch an den Wänden, das Bett ist gemacht, damit sie jederzeit zurückkommen kann.

Die Küche ist blitzblank gewienert. Er schaltet den Herd an, schlägt drei Eier in die Pfanne. Überlegt, tut ein viertes hinzu. Öffnet den Kühlschrank und holt eine Flasche Mineralwasser heraus.

Als er die Flasche absetzt, ist sie zur Hälfte leer, sie verschwindet fast in seiner riesigen Pranke.

Seit sechs Monaten und vier Tagen ist Simon Olytsch jetzt trocken. Er ist zum Alkoholiker geworden wie Hunderte, Tausende, Millionen anderer Menschen auch, ein jahrelanger, schleichender Prozess, der in der absoluten, endgültigen Abhängigkeit endete. *Warum* er allerdings getrunken hat, das hat er nie jemandem erzählt, selbst Heidrun nicht. Schließlich wusste er, wie verrückt das ist.

Was hätte er ihr auch sagen sollen?

Ich bin nicht allein, Heidrun. Hinter den Spiegeln wohnt jemand. Er spricht mit mir. Ich kenne ihn, seit ich zwölf bin. Er hat sogar einen Namen. Carlos. Ich weiß nicht, ob er ein Geist ist oder ein Dämon. Ich weiß nur, dass er böse ist. *Abgrundtief* böse. Er sagt Sachen, die mir Angst machen. Er will, dass ich Dinge tue, unaussprechliche Dinge. Und er spricht manchmal in Reimen. Das ist das Schlimmste, Heidrun. Er redet wie ein Dichter. Er wird älter, genau wie ich. Er ist immer da. Immer. Er wartet auf mich. *Lauert.* Deshalb habe ich den Spiegel aus dem Schlafzimmer geräumt. Deshalb schließe ich immer das Bad ab, weil ich den Spiegel dort nicht abhängen kann, du würdest dich beschweren, eine Frau braucht einen Spiegel im Bad.

Deshalb trinke ich, Heidrun. Um ihn zu vergessen. Carlos. Ein gesichtsloses Monster, das mich seit meiner Kindheit begleitet.

Hätte er ihr *das* sagen sollen?

Das Brutzeln der Pfanne reißt ihn aus seinen Gedanken. Er schneidet Brot ab, zwei dicke Scheiben. Geht mit dem Teller in der einen und der Mineralwasserflasche in der anderen Hand ins Wohnzimmer. In der Tür zieht er den Kopf ein, um sich nicht am Rahmen zu stoßen. Er schaltet den Fernseher ein, der Ton bleibt stumm. Dann beginnt er zu essen.

Er hatte den Krankenwagen gerufen, obwohl die Verletzung nicht schlimm gewesen war. Eine Platzwunde auf der Stirn, direkt über Heidruns rechtem Auge. Simon weiß nicht genau, wie es passiert ist, alles verschwindet im Nebel. Kein Wunder, er hatte fast drei Flaschen Wein intus. Dazu kam das Bier, das er tagsüber trank, gegen das Zittern, wenn er mit dem Lötkolben arbeitete. Er weiß nur, dass er wütend war, wahnsinnig wütend. Auf sich, auf Heidrun, auf die ganze Welt, er hatte Heidrun gestoßen, nicht viel mehr als ein Schubs, aber sie war durch das Wohnzimmer geflogen wie eine Flipperkugel. Nicht weiter erstaunlich, wenn ein zwei Zentner schwerer, sturzbetrunkener Mann eine zierliche Frau attackiert.

Simon kaut bedächtig, etwas Ei klebt in seinem Bart. Im Fernsehen laufen die Nachrichten des Lokalsenders, er registriert die flimmernden Bilder nicht, denkt an Heidrun. Dort, direkt neben dem niedrigen Couchtisch hat sie auf dem Teppich gelegen, umgeben von den Scherben der blauen Blumenvase, die er ihr zum siebten Hochzeitstag geschenkt hat. Sie hat kein Wort gesagt, doch ihr Blick reichte, um ihn schlagartig nüchtern werden zu lassen.

Am nächsten Morgen war sie gegangen. Zusammen mit Saskia, die zum Glück von alldem nichts mitbekommen hatte, sie hatte tief und fest geschlafen. Simon hatte sie ziehen lassen, er wusste, dass nichts auf der Welt sie aufhalten würde. Am Abend hatte Heidrun ihn angerufen und mit leiser Stimme erklärt, dass sie mit Saskia bei ihrem Bruder bleibe. Dass sie keine Anzeige erstatten würde. Und dass Simon eine Therapie machen müsse.

Er legt das Besteck beiseite, stemmt sich schwerfällig aus dem Sofa, geht zu dem Telefon auf dem gestickten Deckchen neben dem Fernseher und prüft, ob der Hörer richtig aufgelegt ist. Ein altmodischer Apparat mit Anrufbeantworter und Spiralkabel, Heidrun könnte sich auch im Laden melden oder auf Simons Handy, doch sie ruft immer zu Hause an. Einmal, manchmal zweimal pro Woche fragt sie, wie es ihm geht. Es sind vorsichtige, tastende Gespräche, er genießt jedes ihrer Worte, jede Silbe, jeden Atemzug.

Sie geben ihm Halt, ebenso wie die Sitzungen bei Marek Schleef. Zunächst hat Simon nur von seinen Alkoholproblemen gesprochen, Schleef hat ihn reden lassen, ohne selbst viel zu sagen. Aber er hat *zugehört*, aufmerksam, ruhig, er hat ihn ernst genommen. Irgendwann, es war in der dritten Sitzung, da hat Simon schließlich die Wahrheit erzählt, über das Ding hinter den Spiegeln, Carlos, das Monster, das ihn seit seiner Kindheit verfolgt. Er hat sich selbst reden hören und dabei überlegt, was er hier für einen Irrsinn von sich gab, er hat fest damit gerechnet, ausgelacht oder zumindest in die Klapsmühle eingewiesen zu werden. Doch Marek Schleef war ernst geblieben, er hatte eine Weile geschwiegen und nachgedacht.

Dein Bewusstsein ist gespalten, hatte er dann gesagt. Du verdrängst deine Ängste, verlagerst sie nach außen. Diese Ängste machen sich selbständig. Du musst die Kontrolle behalten. Du selbst bist es, der da spricht. Akzeptiere es, setz dich damit auseinander. Carlos ist nicht real. Er ist Teil deines Ichs, deines Bewusstseins.

Aber er spricht in *Reimen*!, hatte Simon protestiert. Ich bin ein einfacher Mann, ich repariere Fernseher!

Nun, hatte Marek Schleef gelächelt, dann solltest du stolz sein. In dir steckt ein Dichter, Simon. Irgendwo tief in dir drin. Vielleicht sollten wir ihn irgendwann ausgraben, was meinst du?

Im Fernseher flimmern Bilder der Neustadt. Die Kamera schwenkt über eines der Hochhäuser an der Grenze zur Altstadt, fährt an der Fassade nach oben, dann ein ruckelnder Zoom auf eines der oberen Fenster. Am unteren Bildrand wird ein Laufband eingeblendet: HORRORMELDUNG AUS DER NEUSTADT! FRAU STÜRZT AUS DEM VIERZEHNTEN STOCKWERK!

Simon schenkt den Bildern keine Beachtung. Er nimmt wieder Platz, das Sofa ächzt, die Polster biegen sich unter seinem Gewicht. Nachdenklich greift er zum Brot, tunkt flüssiges Eigelb vom Teller.

Er wird nicht um Verzeihung bitten. Das hat er einmal getan, aber er weiß, dass Worte nicht genügen. Er wird ihnen *zeigen*, dass sie keine Angst vor ihm haben müssen. Nie wieder. Er wird Heidrun beweisen, dass sie sich nicht in ihm geirrt hat, damals, als sie ihn kennenlernte, einen schweigsamen Riesen mit sanften Augen und geschickten Händen, der alles reparierte, was ihm in die Finger kam. Und irgendwann, das hat er mit Marek Schleef ausgemacht, da wird er ihr erzählen, warum er sich mehr und mehr zurückgezogen hat. Warum er immer mehr trank, so lange, bis er die Kontrolle verlor.

Simon betrachtet die Wasserflasche. Perlen steigen auf, platzen an der Oberfläche. Seit Monaten trinkt er nichts anderes, Mineralwasser und Tee. Es war nicht einfach, bei Gott, das ist es noch immer nicht, er sehnt sich nach diesem Brennen in der Kehle, *lechzt* förmlich danach, dem warmen Gefühl im Magen, dem leichten Schwindel im Kopf. Einmal Alkoholiker, immer Alkoholiker. Aber Simon hat einen starken Willen. Er hat es bisher geschafft, und er weiß jetzt, dass er auch ohne den Alkohol mit seinem Dämon zurechtkommt. Im Gegenteil, er braucht einen klaren Kopf, um gegen ihn zu kämpfen. Manchmal hört er ihn noch, weit hinten zwar, doch deutlich zu verstehen. Aber Schleef hat ihm gezeigt, wie man Carlos zum Schweigen bringt.

Du bist nicht real, Carlos. Du bist ein Teil von mir, und ich bestimme über mich selbst. Also halt gefälligst deine verdammte Klappe!

Es funktioniert. Simon macht Fortschritte. Lass dich nicht einschüchtern, hat Schleef gesagt. Versteck dich nicht. Geh zum Angriff über. Es ist sinnlos, die Spiegel von der Wand zu nehmen. Häng sie wieder auf.

Das hat Simon getan. Sicherlich, er vermeidet den Blick in den Spiegel, ist nur so lange wie unbedingt nötig im Bad, und wenn er es verlässt, schließt er hinter sich ab. Zweimal. Auch das wird irgendwann nicht mehr nötig sein.

Das Telefon klingelt, ein altmodisches, analoges Läuten. Simon springt auf. Er stößt mit den Knien gegen den Couchtisch, die Wasserflasche schwankt bedenklich, das Messer fällt zu Boden, er beachtet es nicht. Heidrun. Sie ruft an. Sein Herz schlägt bis zum Hals, er rennt zum Telefon, greift nach dem Hörer, hält inne. Atmet tief durch, stopft das Hemd in die Hose, streicht das Haar aus der Stirn, glättet mit den Fingern den Bart, obwohl er weiß, wie sinnlos das ist. Dann nimmt er ab.

Ich bin's! Carlos, dein Kumpel! Rumpeldipumpel!

Simon erstarrt.

Hab dich vermisst, du alte Sau! Wie geht's? Wie steht's mit deiner Frau?

Die Stimme, nicht viel mehr als ein heiseres, tonloses Krächzen.

Wird Zeit, mal einen draufzumachen! Los, wir lassen's richtig krachen!

Lockend, plötzlich lauter werdend.

Saufen! Ficken! Weiber schlagen! In die Fresse, in den Magen!

Du existierst nicht, denkt Simon Olytsch. Er öffnet den Mund, um es auszusprechen. Kein Ton dringt heraus, es ist, als würden sich eiskalte Finger um seine Kehle schließen.

Keine Gnade! Kein Pardon!

Hör auf. Sei still. Bitte.

Ich von hinten, du von vorn!

Die Welt dreht sich. Simon wankt, stolpert rückwärts gegen die Schrankwand. Sammeltassen klappern im Regal, ein gedrechselter Kerzenständer fällt zu Boden, rollt in einem eleganten Bogen über den Teppich und verschwindet unter dem Couchtisch.

Hat's dir die Sprache verschlagen? Hast du was Doofes im Magen?

»Du … bist nicht …« Simon schluckt. Nimmt alle Kraft zusammen und setzt noch einmal an. »Du bist nicht real.«

Natürlich bin ich das! Lass dir gefälligst nicht so einen SCHEISS EINREDEN!

Ein Schnauben dringt aus dem Hörer. Bisher war Carlos nur eine Stimme in Simons Kopf, jetzt taucht ein Gesicht vor ihm auf. Schwarze, weitaufgerissene Augen. Buschiges, wirr vom Schädel abstehendes Haar. Unnatürlich rote Lippen, verzogen zu einem schiefen, irrsinnigen Grinsen. Spitze, bräunlich verfärbte Zähne.

DU HÖRST MICH DOCH, DU ALTES LOCH!

Ein Clown. Ein irrer Clown.

»Du … du existierst nur in meinem …«

… Kopf? Scheißkackmist, hör auf mit diesem SCHWACHSINN! Ich bin echt! Ich KANN gar nicht in deinem Kopf sein, ich weiß Dinge, von denen du keine Ahnung hast! Ich kann Französisch, mon ami! Du nicht! Je suis toujours à côté de toi! Kennst du die Quadratwurzel aus siebzehn? Nein! Aber ich! Vier Komma eins zwei drei eins null fünf sechs zwei fünf ….

Simon nimmt den Hörer vom Ohr. Betrachtet ihn. Graues Plastik, winzige Löcher. Die Stimme dringt weiter heraus. Leiser, blechern. Aber immer noch zu verstehen.

ICH BIN NICHT IN DEINEM KOPF! ICH BIN ECHT! ICH SCHWITZE! ICH STINKE! ICH KACKE UND ICH FURZE! ICH SAUFE UND FICKE! ICH BIN DEIN KUMPEL! WIR SIND EIN TEAM!

»Lass mich in Ruhe.«

Was sagst du? Ich verstehe dich nicht!

Wie in Trance hebt Simon den Hörer wieder ans Ohr.

»Du sollst mich in Ruhe lassen.«

Ach komm, Kumpel.

Nein, sie stammt nicht aus seinem Kopf, diese Stimme. Sie kommt aus dem Hörer in seiner schweißnassen Hand. Drängend jetzt. Gleichzeitig nörgelnd wie ein bettelndes Kind.

Ich will wieder mit dir einen draufmachen, wie früher. Saufen. Weiber ficken. Wie alt ist deine Tochter eigentlich? Elf? Die ist doch schon längst so weit. Die wartet doch nur drauf, das kleine Saskia-Luder!

Übelkeit steigt in Simon auf. Eine Hand presst den Hörer ans Ohr, die andere legt sich vor den Mund.

Kleine süße Fotze lecken! Das wird sicher lecker schmecken!

Ein Schlürfen dringt aus dem Hörer.

Mhmmmm! Leckerschmecker ZUCKERBÄCKER!

Simon kämpft gegen den Brechreiz. Seine Augen treten aus

den Höhlen, leere, vor Entsetzen geweitete Murmeln. Er hört das Kichern. Klirrend, wie rostige Messer.

Ich hab ein Geschenk für dich! Ein PRÄÄÄÄÄ-SENT!

Pause. Nur statisches Rauschen. Und der keuchende Atem in der Leitung.

Wir sehen uns, Kumpel. Au revoir.

Ein Klicken. Dann das Freizeichen. Plötzlich ein Klopfen an der Wohnungstür. Ebenso real wie das Freizeichen. Der Hörer entgleitet Simons Hand, er wankt durch den Flur, stützt sich dabei an der Wand ab. Er verfehlt die Klinke, erst beim zweiten Versuch gelingt es ihm, die Wohnungstür zu öffnen. Als er erkennt, was auf dem Abtreter direkt vor der Tür steht, verlässt ihn die Kraft. Die Beine geben unter ihm nach, er plumpst auf die Schwelle. Die Dielung vibriert unter seinem massigen Hintern. Eine Weile sitzt er breitbeinig da, die Augen dümmlich glotzend auf die Schnapsflasche gerichtet.

Sein Blick wandert über die rosafarbene Schleife um den Flaschenhals. Russischer Wodka, das erkennt er sofort, obwohl die kyrillische Schrift auf dem blauen Etikett durch ein grellgelbes Post-it verdeckt wird. Er liest die Botschaft darauf, geschrieben mit einem dicken Edding.

PROST ☺

Seine Zunge fährt über die Lippen. Blut klebt in seinem Bart, verkrustet allmählich. Irgendwann muss er sich auf die Zunge gebissen haben, er hat es nicht gespürt.

»Mein Gott«, murmelt Simon Olytsch.

Die Bombe, sie tickt wieder. Wahrscheinlich hat sie nie aufgehört.

Tick Tack.

Vierzehn

»Du bist noch im *Büro*?«

»Ja«, sagte Frieda.

Zorn drehte die Freisprechanlage lauter.

»Es ist halb neun. Abends«, fügte er mit einem Blick auf das Armaturenbrett hinzu.

»Das ist mir bewusst, Claudius.«

Zorn fuhr auf der Magistrale Richtung Altstadt. Nun, *fahren* war übertrieben, er quälte sich in seinem Volvo von Ampel zu Ampel. Er hasste die vierspurige Straße, die sich wie mit dem Messer gezogen durch die Neustadt zog, regelrecht mit Ampeln gespickt. Alle hundert Meter musste er bremsen, denn diese verflixten Dinger standen *immer* auf Rot. Jedenfalls, wenn Claudius Zorn dort unterwegs war.

»Sehen wir uns heute noch?«, fragte er.

»Gern.« Eine winzige Pause entstand. Kaum merklich, doch Zorn spürte ihr Zögern. Als suche sie nach einer Ausrede. »Aber ich hab hier noch 'ne Weile zu tun.«

Er bremste an einer Ampel. Der sechsten, wenn er richtig gezählt hatte.

»Dann will ich dich nicht weiter aufhalten, Frieda.«

»Ach komm«, sagte sie sanft, »nun sei nicht gleich wieder beleidigt.«

»Bin ich nicht.«

War er doch. Obwohl er's nicht wollte, schließlich hatte er absolut keinen Grund dazu.

»Wir sehen uns morgen«, sagte sie. Papierrascheln drang aus den Lautsprechern. »Auf meiner Abschiedsparty.«

Ihr letzter Arbeitstag. Morgen schon. Scheiße.

»Okay, so machen wir's.«

Der Volvo tuckerte im Leerlauf. Zorn beugte sich über das Lenkrad, sah hinauf zur Ampel. Immer noch rot. Natürlich.

»Soll ich dir irgendwas helfen?«, fragte er. »Schnittchen schmieren vielleicht?«

»Nee, musst du nicht.«

Zorn musste aufstoßen. Er hatte zwei Steaks und ein Stück Hühnerbrust verputzt, das Fleisch lag ihm schwer im Magen. Schröder hatte ihm angeboten, im Gästezimmer zu schlafen. Zorn hatte dankend abgelehnt, schließlich hatte er sich noch mit Frieda treffen wollen. Nun ja, ein Trugschluss.

»Ich hab Edgar am Wochenende.« Zorn puhlte einen Fleischrest zwischen den Zähnen hervor. »Wir könnten uns draußen bei Schröder treffen.«

»Ich …« Wieder dieses Zögern. »Das besprechen wir morgen, okay?«

Die Ampel sprang um. Zorn legte den Gang ein, das Getriebe reagierte mit einem mürrischen Krächzen. Der Volvo zuckelte los.

»Edgar würde sich freuen, Frieda.«

Es gab viele Menschen, die Edgar wichtig waren. Zunächst natürlich Zorn und Malina, klar, sie waren die Eltern. Dann war da noch Rufus, der mit Malina zusammenlebte und seinen Job ganz ordentlich machte, fand Zorn. Auch Frieda zählte zu diesem erlauchten Kreis, Edgar hatte sie wie selbstverständlich in sein knapp dreijähriges kleines Herz geschlossen, doch niemand, das wusste Zorn, würde jemals Schröders Platz einnehmen. Schröder *(Ögi, mein Ögi!)* war Edgars Lieblingsmensch. Zorn hatte längst aufgegeben, dieses spezielle, irgendwie metaphysische Band zwischen den beiden verstehen zu wollen. Es war halt so. Basta.

»Am Sonntag könnte ich dir ein bisschen beim Packen helfen.« Zorn bremste an der nächsten Ampel, einem Fußgängerüberweg vor dem riesigen Komplex mit dem Multiplexkino und dem Einkaufszentrum. Ein haushohes Plakat hing über dem Eingang, Johnny Depp in Dreadlocks und kajalumrandeten Augen machte

Werbung für seinen neuesten Piratenfilm. »Danach können wir ins Kino gehen, da läuft *Fluch der Karibik,* ist wahrscheinlich nix Besonderes, aber ...«

Zorn stockte. Betrachtete die Gestalt, die direkt vor seiner Kühlerhaube über den Zebrastreifen schlich.

»Krass«, murmelte Zorn.

»Was ist *krass*?«

»Der läuft mir heute schon zum zweiten Mal über den Weg.«

»Wer? Johnny Depp?«

»Nee. Unser gemeinsamer Freund.«

»Keine Ahnung«, Frieda klang ein wenig ungeduldig, »wovon du sprichst.«

»Der kleine Brandstifter. Dieser«, Zorn überlegte einen Moment, »Igor.«

»Ignaz«, korrigierte Frieda. »Ignaz Stein.«

Zorn schob die Brille zurecht und beobachtete, wie der Junge in seinen tiefhängenden Jeans gemächlich vorbeischlurfte, eine unangezündete Zigarette klebte im Mundwinkel.

»Das«, sagte Frieda, »ist wirklich krass. Ich bereite gerade die Anklage vor.«

»Echt? Ich dachte, du ...«

»Ich will das noch zu Ende bringen, bevor ich verschwinde. Jedenfalls die Anklageschrift. Irgendwie hab ich das Gefühl, dass man das nicht schleifen lassen darf.«

Klasse, dachte Zorn und sah zu, wie Ignaz das Kino betrat. Wegen dir ist Frieda also noch am Schreibtisch. Du sammelst immer mehr Pluspunkte, Freundchen.

Ein grelles Blitzen im Rückspiegel riss ihn aus seinen Gedanken. Er sah auf, die Ampel stand auf Grün. Ein Kleinbus wartete hinter ihm, wieder flammte die Lichthupe auf.

»Fick dich ins Knie«, knurrte Zorn und legte den Gang ein.

»Das«, erwiderte Frieda trocken, »macht sich im Moment ganz, ganz schlecht.«

Zorn entschuldigte sich umständlich für die verbale Entgleisung, fuhr ruckelnd an und erklärte, dass natürlich nicht Frieda, sondern sein Hintermann, dieser grenzdebile Vollpfosten, gemeint gewesen sei, welcher in diesem Moment mit heruntergelassener Seitenscheibe und ausgestrecktem Mittelfinger auf der rechten Fahrspur an Zorn vorbeibrauste und sich als schnauzbärtiger Fahrer eines rostigen Großraumtaxis erwies. Zorns erster Impuls war natürlich, den freundlichen Gruß des Taxifahrers auf dieselbe Art zu erwidern, ein Blick auf seine bereits halberhobene rechte Hand erinnerte ihn allerdings daran, dass ihm dazu das entscheidende Körperteil fehlte, und so begnügte er sich damit, dem Heck des Taxis noch schnell die Zunge herauszustrecken, bevor es hinter einem Milchlaster verschwand. Nachdem das erledigt war, berichtete er Frieda von seinem Gang zu Marek Schleef, dem zufälligen Treffen mit Ignaz Stein und schloss mit der Bemerkung, dass er den Psychologen für einen ziemlich eingebildeten Schnösel halte.

Das wundere sie nicht, erwiderte Frieda am Telefon.

»Warum?«, fragte Zorn.

»Du hältst alle, die etwas tun, das du nicht verstehst, entweder für Angeber oder für Spinner.«

»Echt?« Zorn schaltete einen Gang hoch. »Tu ich das?«

Links tauchten die Umrisse der leerstehenden Wohntürme auf. Fünf gigantische, seit Jahrzehnten dahinrottende Monsterbauten, achtzehn Stockwerke hoch. An der Stirnseite des mittleren hing ein Plakat, das sich über vier Etagen erstreckte. ZU VERKAUFEN! war in meterhohen, im Laufe der Jahre verblassten Großbuchstaben zu lesen.

»Ja«, sagte Frieda. »Du hast mich regelrecht *gehasst,* als wir uns kennengelernt haben.«

»Das«, erwiderte er, »ist ein bisschen übertrieben. Ich hab dich für 'ne karrieregeile Streberin gehalten, ansonsten fand ich dich … na ja, ein bisschen komisch. Aber das war früher, jetzt …«

»… magst du mich.«

Mehr. Viel mehr als das, dachte Zorn.

Er vermisste Frieda, das tat er wirklich. Und jetzt, wo er darüber nachdachte, da fiel ihm auf, dass sie sich in letzter Zeit immer seltener gesehen hatten. Was war das? Ein schleichender Abschied? Ein Abgang auf Raten? Nein, sie hatte einfach zu viel zu tun, sie nahm ihre Arbeit ernst, wollte alles richtig machen.

Zorn blinkte, fuhr auf die Abbiegespur, blieb vor der nächsten Ampel stehen. Links von ihm reckte sich die futuristische Glasfassade eines Autohauses in den dunklen Himmel, daneben stand sein Wohnblock, ein kolossales Ungetüm aus Stahl, Beton und Glas.

Der Motor brummte. Der Blinker tickte. Aus der Freisprechanlage drang Friedas ruhiger Atem, im Hintergrund lief leise Klaviermusik. Zu Hause hörte sie wesentlich härtere Sachen, Metallica und anderes Zeug, das selbst Zorn zu heftig war.

»Frieda?«, fragte er.

»Ja?«

»Ist alles okay?«

»Natürlich.«

Er hörte, wie sie etwas umblätterte. Wahrscheinlich die Akte von Ignaz Stein.

»Mit uns, meine ich.«

»Klar doch.«

Frieda klang abwesend. Nein, eigentlich wie immer. Oder?

Sie beendeten das Gespräch, wünschten sich eine gute Nacht und schöne Träume. Irgendwie hatte Claudius Zorn das Gefühl, dass etwas nicht stimmte. Was genau, konnte er nicht sagen, schließlich war er, was *Gefühle* betraf, ziemlich unbedarft, womöglich irrte er sich auch. Als er zwei Minuten später auf den Parkplatz einbog, beschloss er, nicht weiter darüber nachzudenken. Vorerst jedenfalls.

*

»Es ist gut, dass du angerufen hast, Simon.« Marek Schleef saß hinter dem Schreibtisch, das Handy lag vor ihm, er hatte den Lautsprecher eingeschaltet. »Wir werden gemeinsam überlegen, was zu tun ist.«

»Ich …« Simon Olytschs Stimme drang dünn aus dem Telefon. »Ich hab mir das nicht eingebildet. Ich hab den Laden abgeschlossen und bin wie immer nach Hause gegangen. Dann … dann kam dieser … Anruf.« Ein Schluchzen. »Diese Stimme, die war *echt.*«

»Hör mir zu, Simon.« Schleef beugte sich über das Handy. Es war dunkel im Büro, sein Gesicht leuchtete fahl im geisterhaften Schein des Displays. »Das war ein Rückschlag, keine Frage. Aber wir werden daran arbeiten, wir …«

»Es war *real*, verstehst du nicht?!«, schrie Simon. So laut, dass das Telefon auf dem Schreibtisch vibrierte. »Der Anruf! Das Klopfen an der Tür! Die Flasche! Er hat eine Schleife drumgewickelt, wie um ein Geschenk, Herrgott, ich …«

Simon Olytsch begann zu weinen.

»Hör mir zu«, sagte Schleef. Leise, beruhigend, wie zu einem Kind. »Du hattest einen Blackout. Das ist völlig normal, du …«

»Nichts ist hier normal! Nichts!«

»Du wirst das schaffen, Simon.«

»Nein, ich …«

»Hast du den Schnaps angerührt?«

Ein Wimmern.

»Simon?«

»Nein«, schniefte Simon. »Aber ich weiß nicht, wie ich …«

»Denk an Heidrun. Denk an deine Tochter. Du wirst stark sein. Für dich. Für die beiden. Hast du mich verstanden?«

Keine Antwort. Nur ein hilfloses Stöhnen.

»Simon?«

»Ja.«

»Du wirst stark sein.«

»Ja.«

»Sag es.«

»Ich … ich werde stark sein.«

Schleef nickte zufrieden, den Blick noch immer auf das Telefon gerichtet.

»Ich bin heute Abend beschäftigt«, sagte er. »Im Moment kann ich nichts weiter für dich tun, aber morgen früh kommst du zu mir, bevor du den Laden aufmachst. Dann besprechen wir alles. Einverstanden?«

»Okay.«

»Du rührst die Flasche nicht an. Wirst du das schaffen, Simon?«

»Ja.« Ein zitternder Atemzug drang aus dem Handy. »Ich … ich hab sie in den Ausguss gekippt.«

»Gut so. Bis morgen.«

Schleef beendete das Gespräch. Eine Weile saß er noch da, nur die Muskeln über den Wangenknochen bewegten sich. Das Handy spiegelte sich in den Gläsern seiner Brille. Dann erlosch das Display.

Es wurde dunkel.

*

Die Zeit stand still.

Benjamin Bley starrte reglos ins Leere, aus hellblauen, trüben Augen, die Hände vor sich auf dem Wohnzimmertisch gefaltet. Der Tag war längst in die Nacht übergegangen, er hatte es nicht bemerkt.

Irgendwo rauschte eine Wasserleitung. Aus der Küche ein Knacken, der Kühlschrank sprang an. Die Wanduhr tickte, es war halb elf. Schwerfällig stand er auf, ging ins Bad. Pinkelte. Bemerkte das blinkende Lämpchen an der Waschmaschine, öffnete sie und holte die Wäsche heraus. Die Sachen waren verknittert, lagen schon seit gestern in der Trommel. Lisbeth musste es vergessen haben, es war oft vorgekommen, dass sie die Dinge einfach liegenließ.

Er hängte die Wäsche auf den Trockner, langsam, bedächtig wie ein alter Mann. Lisbeths Strümpfe, hellblau mit weißer Spitze an den Bünden. Ihr türkisfarbenes Seidenhemd. Das grüne Kleid mit dem Blumenmuster. Einen Waschlappen. Vier Schlüpfer. Drei seidene Unterhemden.

Eine Wäscheklammer entglitt seinen Fingern, er bückte sich, klaubte sie von den Fliesen. Als er sich wieder aufrichtete, fiel sein Blick in den Spiegel über dem Waschbecken. Benjamin Bley war zweiunddreißig Jahre alt, doch der, der ihm im Spiegel aus müden Augen entgegensah, war ein alter Mann: Schlaffe, unrasierte Wangen über einem zusammengekniffenen Mund. Rötliche Bartstoppeln, dünnes, wie zerzauste Federn vom Kopf abstehendes Haar.

Ihr Schminkzeug stand wie immer auf dem Brettchen über dem Waschbecken. Lippenstift, Eyeliner, Wimperntusche. Parfümfläschchen. Ihr Deo. Daneben ihre Zahnbürste. Ein einzelner Ohrring.

Lisbeths Morgenmantel war vom Haken gerutscht. Er hob ihn auf, ging wieder ins Wohnzimmer. Langsam, als würde er unter Wasser laufen. Der Mantel schleifte neben ihm über den Teppich. Am Fenster blieb er stehen. Sein Blick wanderte über die Fassade des gegenüberliegenden Hauses. Fernseher flimmerten. Eine junge Frau stand im Bad vor dem Spiegel und drückte einen Pickel aus. In der Wohnung darüber saß ein alter Herr in Bademantel auf dem Sofa und sprach mit einer Katze. Im Fenster daneben stand ein Mann auf einem Stuhl und versuchte, eine Stoffdecke an der Gardinenstange zu befestigen, vielleicht auch ein Bettlaken. Er war groß und schlank, langhaarig. Eine Zigarette klemmte in seinem Mundwinkel. Irgendwie kam er Benjamin bekannt vor. Der Polizist, der heute Morgen bei ihm gewesen war.

Ein Schluchzen.

Er vergrub das Gesicht in ihrem Morgenmantel. Als er den Kopf wieder hob, waren seine Augen trocken. Doch der rosafarbene Frotteestoff war feucht.

»Wie soll ich das nur schaffen?«, murmelte Ben.

Es klingelte. Zunächst reagierte er nicht, dann ging er zur Wohnungstür. Seine Hausschuhe schlurften über den Teppich, als habe er Bleigewichte an den Füßen.

Der Hausflur war leer. Ein kühler Luftzug schlug Ben entgegen, er spürte den charakteristischen Geruch des Hauses. Feuchter Beton, Bohnerwachs und schimmelndes Gemüse. Weit unten hallten Schritte das Treppenhaus herauf, jemand lief hastig hinunter.

Ben bemerkte den Briefumschlag auf dem Abtreter. Braun, darauf ein paar Worte in Großbuchstaben, mit schwarzem Edding geschrieben:

ACHTUNG, GEHEIM! ENTHÄLT WICHTIGE INFORMATIONEN FÜR BEN!

Darunter ein Smiley.

☺

Fünfzehn

Freitag.

Es war kurz nach acht, als ein verschlafener Claudius Zorn die Eingangstür seines Wohnblocks mit der Schulter aufstieß, blinzelnd in den Schein der Morgensonne trat, einen Müllsack auf den Betonplatten abstellte und die bereits im Mundwinkel klemmende Zigarette anzündete. Ein tiefes, gieriges Einatmen, es war die erste heute. Normalerweise rauchte Zorn am Küchenfenster, wenn er seinen Morgenkaffee schlürfte. Er hatte darauf verzichtet, aus Angst, dass das Bettlaken, das er am Abend zuvor mit ein paar Wäscheklammern provisorisch an der Gardinenstange befestigt hatte, herunterfiel. Schön sah das nicht aus, doch es war besser als dieses dämliche Gefühl, beobachtet zu werden.

Er streckte sich, langte nach dem Müllbeutel und stakste ein wenig steifbeinig über den Parkplatz. Etwas pikste in seinem Rücken, kurz oberhalb des Steißbeins (Scheiß-Gartenarbeit, Scheiß-Knöterich), ein leichtes Sodbrennen (wahrscheinlich ein Steak zu viel) grummelte in seinem Magen. Er näherte sich dem gegenüberliegenden Haus, zögerte und lief dann in einem weiten Bogen auf die Mülltonnen zu, ein Reflex, ausgelöst durch ein dumpfes Warnsignal im Hirn des müden Hauptkommissars, das ein paar verschlafene Synapsen in Erinnerung an den gestrigen Vorfall ausgesandt hatten. Die Wahrscheinlichkeit, dass ihm innerhalb von vierundzwanzig Stunden zum zweiten Mal ein menschlicher Körper direkt vor die Füße fiel, mochte noch so gering sein, und auch die Tatsache, dass Zorn den gestrigen Vorfall bisher tapfer verdrängt hatte, änderte nichts daran, dass sich die schockierenden Umstände des Selbstmordes von Lisbeth Bley tief in seinem Unterbewusstsein verankert, regelrecht festgefressen hatten.

Der Müllbeutel baumelte in seiner linken Hand. Aus einem Riss tropfte eine übelriechende Mischung aus alter Nudelsuppe und den Resten einer Rotweinflasche, eine dünne Spur auf dem rissigen Beton hinterlassend. Zorn bemerkte es nicht, auch die Gestalt, die plötzlich hinter einem rostigen Lieferwagen auftauchte, registrierte er erst, als er angesprochen wurde.

»Guten Morgen.«

Benjamin Bley stand mit dem Rücken zur tiefstehenden Sonne. Zorn schirmte die Augen mit der Hand ab, unschlüssig, was er erwidern solle. Er fuhr mit der Zunge über die Lippen, spürte den süßlichen Geschmack von Zahnpasta, ein Rest klebte noch im Mundwinkel.

»Guten Morgen«, murmelte er dann.

Der Mann hatte vor ein paar Stunden seine Frau verloren. Was sonst sollte er schon sagen?

Gut geschlafen, Herr Nachbar? Alles fit im Schritt?

Bley kam näher. Er sah blass aus, übernächtigt, Zorn bemerkte die Ringe unter den geröteten Augen. Das Hemd war schief geknöpft, hing über dem Hosenbund.

»Das mit Ihrer Frau tut mir leid«, sagte Zorn. »Im Moment wissen wir noch nicht viel mehr, wir ...«

»Ich habe auf Sie gewartet, Herr Kommissar.«

Säuerlicher Atem schlug Zorn entgegen. Bley stand dicht vor ihm, Zorn musste sich zwingen, den Kopf nicht abzuwenden.

»Momentan kann ich Ihnen nicht viel sagen, Herr Bley. Außer, dass es mir leidtut.«

Das stimmte. Bley verströmte eine geradezu mit Händen greifbare Aura der Trauer. Eine vom Schicksal gebeugte, tragische Gestalt, übergewichtig, verquollen, doch dahinter verbarg sich etwas anderes. Benjamin Bley hatte Kraft, er war stark, war es zumindest früher gewesen. Etwas, das man erst auf den zweiten Blick bemerkte, wie bei einem ehemaligen, aus dem Leim gegangenen Boxer.

»Es tut Ihnen leid?«

Zorn nickte stumm.

»Nun«, Bley nickte ebenfalls, »das glaube ich Ihnen.« Sein Blick wanderte über Zorns Schulter hinauf zu seiner Wohnung. Dann wandte er sich wieder an Zorn. »Aber wissen Sie was?«

Zorn ahnte, dass etwas nicht stimmte. Der undichte Müllsack pendelte an seiner Seite, er spürte etwas Feuchtes am Hosenbein.

»Das ist so ziemlich das Einzige, was ich Ihnen glaube, Herr Kommissar.«

»Ich verstehe nicht, was Sie damit ...«

Etwas blitzte direkt vor Zorns Augen auf. Später sollte ihm klarwerden, dass es Bleys Ehering war, kurz bevor die Faust ihn etwas rechts von der Nasenwurzel traf. Zorns Brille ging zu Bruch, ein Feuerwerk explodierte in seinem Schädel. Der Müllsack entglitt seinen Fingern, er taumelte zurück, stolperte über die eigenen Füße und prallte mit dem Hintern gegen die Motorhaube eines

Opel Corsa. Die Brille fiel zu Boden, er tastete nach seinem Gesicht, Blut tropfte zwischen seinen Fingern hindurch. So stand er eine Weile da, versunken in einem Nebel aus grellen, pulsierenden Schmerzen, und als er schließlich begriff, was vorgefallen war und den Kopf hob, da war Benjamin Bley verschwunden.

Sechzehn

»Ich kann euch gar nicht sagen, wie leid mir das alles tut. Uns allen hier«, Marek Schleef schob die Brille in die Stirn, rieb sich die Augen, »hat Lisbeth sehr viel bedeutet.«

Sie hatten sich im Stuhlkreis versammelt. Jeder saß da, wo er beim letzten Mal Platz genommen hatte. Rechts neben Fascho der bärenhafte Kerl mit dem Vollbart, er hieß Simon, wenn Fascho sich richtig erinnerte. Daneben der dürre Spinner im Anzug, der sich für einen Arzt oder was auch immer hielt. Die nächsten beiden Stühle waren leer, logisch, dort hatten Lisbeth und Ben, ihr verweichlichter Mann mit der Stirnglatze, gesessen. Direkt Fascho gegenüber hockte das Männchen mit den Glubschaugen, auch heute in Mantel und Filzhut. Daneben Hagen, der hinkende Typ mit der Glatze und der Krücke, der jetzt auch das Wort ergriff.

»Was ist mit Ben?«, fragte er. »Wir wissen doch alle, wie sehr er Lisbeth geliebt hat. Er braucht doch bestimmt Hilfe, jetzt, wo seine Frau …«

»Ich habe gestern mit ihm telefoniert«, unterbrach Schleef. »Benjamin will jetzt lieber allein sein. Wir sollten das akzeptieren.«

Er legte dem Glatzkopf eine Hand auf das Knie. Sein Name war Hagen, erinnerte sich Fascho. Er hatte seine Familie bei einem Unfall verloren.

»Normalerweise«, sagte Schleef, »höre ich hier nur zu und rede nicht viel. Heute allerdings will, nein, *muss* ich eine Ausnahme machen.« Er nahm die Brille ab, sein Blick wanderte von einem zum anderen. »Ihr sollt wissen, dass ich mich schuldig fühle. Ich weiß nicht, ob ich ihren Selbstmord hätte verhindern können, aber ich habe die Lage falsch eingeschätzt.«

»Im Nachhinein betrachtet«, schnarrte der Spinner rechts neben Fascho, »war dieser Suizid aus medizinischer Sicht durchaus vorhersehbar. Andererseits würde ich dem Kollegen Schleef keine Vorwürfe machen. Ich bin sicher, dass er die Therapie nach bestem Wissen und Gewissen durchgeführt hat.«

Schleef setzte die Brille wieder auf.

»Danke für deine Worte, Diethardt«, sagte er ernst.

Danke für deine Worte, echote die Gruppe.

»Gern geschehen, meine Damen und Herren.« Aus dem Augenwinkel sah Fascho, wie Diethardt die Beine übereinanderschlug und den Schlips geraderückte. »Ich würde vorschlagen, wir kommen zum nächsten Punkt auf der Tagesordnung. Meine Zeit ist knapp bemessen, ich muss noch ein dringendes Schreiben an die Verteidigungsministerin verfassen. Ich habe Hinweise auf eine extraterrestrische Bedrohung globalen Ausmaßes. Näheres dazu kann ich hier leider nicht ausführen. Mein Name ist Diethardt von Strauch, ich danke für Ihre Aufmerksamkeit.«

Was für ein Vollidiot, dachte Fascho und unterdrückte ein Gähnen.

Die Nacht war beschissen gewesen. Er hatte wieder geträumt, von Feuer, von Hitze, von Flammen. Es wurde schlimmer, immer *realer*. Die brennende Frau war ihm wieder erschienen, los, hatte sie gesagt, zünde mich an, tu es endlich! Das war geil, keine Frage, aber es hatte auch etwas Bedrohliches. Auch der Film gestern Abend war scheiße gewesen, *Fluch der Karibik*, warum hatte er sich diesen Mist nur angesehen? Der vierte Teil war schon bekloppt gewesen, aber der fünfte war der blanke Dünnschiss. Ganz zu schweigen von seiner Mutter, die ihn Punkt sieben geweckt hatte, mit Müsli und lauwarmem Kaffee. Lange würde er das nicht mehr durchhalten.

»Ich will ehrlich zu euch sein.« Marek Schleef stützte die Ellbogen auf den Oberschenkeln ab, sah auf seine Hände. »Schließlich seid auch ihr immer ehrlich zu mir gewesen.« Ein kurzer Blick zu Fascho, ein kaum wahrnehmbares Lächeln. »Na ja, *fast* immer.«

Fascho war kurz davor, aufzuspringen und Schleefs Büro zu verlassen. Er rief sich in Erinnerung, warum er hier war. Es gab Schlimmeres, als sich diesen ganzen Blödsinn anzuhören. Jugendknast zum Beispiel. Nein, er würde durchhalten, bis Schleef ihm dieses Schreiben für das Gericht gab.

»Lisbeth ist zu mir gekommen, weil sie Hilfe brauchte«, seufzte Schleef. »Sie hat mir vertraut, genau wie ihr. Ich habe die Signale falsch gedeutet, es ist mein verdammter *Job*, so etwas zu erkennen, ich …«

»Hör auf, dir Vorwürfe zu machen«, unterbrach Simon Olytsch. »Du bist ein guter Therapeut, Marek.«

Sein kräftiger Bass klang belegt. Und er stank, fand Fascho. Wie ein Penner.

»Gestern Abend«, Simon wandte sich an die Runde, »hatte ich einen Rückfall. Einen schlimmen Rückfall. Ich hab mit Marek telefoniert, und heute Morgen haben wir lange gesprochen. Er hat mir geholfen. Ich weiß nicht, zum wievielten Mal.«

Schleef sah auf.

»Danke, Simon. Das bedeutet mir viel.«

Hagen, der Glatzkopf, bückte sich und griff nach einer Rose, die neben seinem Stuhl auf dem Boden lag. Dann stand er schwerfällig auf, griff mit schmerzverzerrtem Gesicht nach dem Oberschenkel und hielt sich an der Stuhllehne fest. Ein weißes Hemd spannte über seinem Bauch, die braune Leinenhose hing ihm tief auf den Hüften.

»Wir alle haben sie gemocht«, sagte er, trat unsicher in die Mitte und legte die Blume auf Lisbeths leeren Stuhl. Einen Moment blieb er stehen, den Kopf gesenkt, die Hände vor dem Bauch gefaltet, wie auf einer Beerdigung.

»Du wirst uns fehlen.«

Hagen ging zurück zu seinem Platz. Schleef nickte ihm zu, griff seinen Ellbogen und half ihm, sich wieder zu setzen.

Schweigend sahen die Versammelten zu Boden. Glubschauge rutschte unruhig auf seinem Stuhl hin und her, sein Blick irrte unter der Hutkrempe durch den Raum, landete immer wieder auf Fascho. Durchdringend, misstrauisch. Das gefiel Fascho nicht. Überhaupt nicht.

Scheiße, dachte er, was mache ich eigentlich hier?

*

»Ein äußerst präziser Schlag.« Schröder hatte Zorns Stuhl zum Bürofenster gedreht, stand gebeugt über ihm und studierte fachmännisch das verquollene Gesicht seines ehemaligen Vorgesetzten. »Sieht nach einer geraden Rechten aus. Das ist gar nicht so einfach, man verlagert das Gewicht auf das vordere Standbein und drückt den Körper nach vorn, gleichzeitig muss man auf die Deckung achten, weil …«

»Sei so gut«, unterbrach Zorn verschnupft, »und halt die Klappe, ja?«

Seine Nase war zugeschwollen, ein purpurfarbener, pulsierender Knubbel, dessen Form an eine zerkochte Frühkartoffel erinnerte. Ein Bluterguss prangte auf seiner Wange, sein Schädel dröhnte, als würde eine vierspurige Schnellstraße direkt durch seinen Kopf verlaufen. Zunächst hatte er mit dem Gedanken gespielt, den Tag zu Hause im Bett zu verbringen, war dann aber doch zum Präsidium gefahren und hatte sich auf Umwegen hinauf ins Büro geschlichen, wo ihm zum Glück niemand begegnet war.

»Willst du Anzeige erstatten?«, fragte Schröder.

»Wegen Beamtenbeleidigung?«, näselte Zorn. »Oder wie heißt das noch mal? Tätlicher Angriff auf einen … Aua!«

Schröder, der Zorns Nase abgetastet hatte, hob entschuldigend die Hände.

»Gebrochen ist sie jedenfalls nicht.«

»Toll.«

Die Sonne schien Zorn direkt ins Gesicht, er kniff die Augen zusammen. Eines zumindest, das andere war zu einem blutunterlaufenen Schlitz mutiert.

»Der Mann ist völlig fertig, total neben der Spur«, nuschelte Zorn. »Kein Wunder, nach dem, was passiert ist.«

Nein, Anzeige gegen Benjamin Bley würde er nicht erstatten. Das war was für uniformierte Korinthenkacker, frustrierte Idioten, die Strafzettel verteilten und nur darauf warteten, sich wichtigmachen zu können.

»Was ist?«, fragte Zorn, als er Schröders skeptischen Blick bemerkte.

»Na ja.« Schröder kratzte sich am kahlen Schädel. »Ich wundere mich über deine Gelassenheit, Chef. Jemand schlägt dich zusammen, und du reagierst mit Verständnis. So kenne ich dich gar nicht.«

»Menschen ändern sich.« Zorn tastete vorsichtig mit Daumen und Zeigefinger über die Nasenwurzel. »Man wird sich doch wohl noch 'n bisschen weiterentwickeln dürfen.«

Schröder hatte natürlich recht. Zorn selbst wunderte sich ebenfalls über seine Gelassenheit. Er hatte höllische Schmerzen, doch wütend war er nicht, er spürte etwas anderes, so etwas wie Verständnis vielleicht. Egal, was passiert war, Benjamin Bley tat ihm leid. Eine relativ neue Erfahrung für Claudius Zorn. Vielleicht, dachte er ein wenig erschrocken, liegt's ja am Alter.

Ächzend stemmte er sich hoch, versuchte, die stechenden Kopfschmerzen zu ignorieren, und klaubte seine Brille aus der Jackentasche. Diese war säuberlich in zwei Teile gebrochen, er drückte

Schröder erst den einen, dann den anderen in die Hand, ohne ein Wort der Erklärung. Das war auch nicht nötig, sie kannten sich lange genug.

»Bei allem Verständnis für Bleys Situation«, Schröder ging zum Schreibtisch, öffnete eine Schublade, »muss es einen Grund geben. Niemand schlägt einfach nur zu.«

Darüber hatte Zorn noch nicht nachgedacht.

Schröder kramte eine Rolle Tesafilm und eine Schere hervor, legte alles auf den Schreibtisch und betrachtete stirnrunzelnd die Überreste der Brille. Dann wandte er sich an Zorn.

»Es *muss* einen Grund geben«, wiederholte er.

»Ich hab Benjamin Bley keinen Anlass gegeben, mir eine reinzuhauen. Auch gestern nicht, als ich ihn vernommen habe. Ich war nett zu ihm. Jedenfalls«, fügte Zorn sicherheitshalber hinzu, »im Rahmen meiner Möglichkeiten.«

»Weshalb hat er dich dann verprügelt?«

»Er meinte, er hätte auf mich gewartet.«

»Warum?«

Zorn hob stumm die Achseln.

»Das gefällt mir nicht«, murmelte Schröder und griff nach der Schere.

»*Was* gefällt dir nicht? Meine kaputte Brille oder die Sache mit Benjamin Bley?«

»Beides.« Schröder hielt Zorn eine Hälfte der Brille am Bügel entgegen. »Eine Sache ist jedenfalls klar. Du brauchst definitiv 'ne neue.«

»Brille?«

»*Yes.*«

Zorn kratzte mit dem Fingernagel etwas geronnenes Blut von der Nasenwurzel.

»Ich hasse Optiker.«

»Ach.« Schröder hob überrascht die Brauen. »Und warum?«

»Einfach so.«

»Aha.«

Zorn puhlte ein Stück Schorf unter dem Fingernagel hervor, betrachtete es nachdenklich und schnippte es dann beiseite.

»Das wusste ich noch gar nicht«, sagte Schröder. »Ich kenne ja deine Abneigung gegen Friseure. Und gegen Fisch allgemein, Sushi im Speziellen und ...«

»Schlechte Schlagermusik«, ergänzte Zorn ernst. »Helene Fischer zum Beispiel, die kann ich auch nicht leiden.«

»Ist die Optikerin?«

»Helene Fischer?« Zorn überlegte. »Nicht, dass ich wüsste.«

Schröder bedachte Zorn mit einem langen, prüfenden Blick. Die halbe Brille pendelte in seinen Fingern.

»Wir sollten deinen Kopf röntgen lassen«, erklärte er schließlich. »Womöglich hat deine plötzliche Aversion gegen Optiker organische Ursachen. Eine Gehirnerschütterung zum Beispiel, das passiert oft nach einem heftigen Schlag. Oder ein Haarriss im Schädel, vielleicht auch eine Läsion am Schläfenlappen. Wir sollten das nicht unterschätzen, vielleicht ...«

»Quatsch hier nicht rum«, unterbrach Zorn knapp, »und reparier meine Brille.«

Das tat Schröder dann auch.

*

Die Gruppe war in Schweigen versunken. Ein Schweigen, das Fascho unangenehm war. Simon Olytsch knetete seine riesigen Hände im Schoß. Diethardt, der Spinner, räusperte sich und sah auf die Armbanduhr, ein rosafarbenes Plastikmodell für Kinder. Glatzkopf griff nach seiner Krücke, während der glubschäugige Kerl auf dem Stuhl gegenüber offensichtlich nichts anderes zu tun hatte, als Fascho anzuglotzen, mit einer Penetranz, die Fascho mittlerweile gehörig auf die Nerven ging. Und zwar gewaltig.

»Lasst uns für heute Schluss machen. Oder möchte noch jemand etwas sagen?« Schleef sah einen nach dem anderen an. »Du vielleicht, Ignaz?«

Fascho schreckte zusammen, alle Augen waren auf ihn gerichtet.

»Nee«, murmelte er und spürte, wie ihm heiß wurde.

»Stimmt das?«, fragte Glubschauge.

Es war das erste Mal, dass er überhaupt etwas sagte. Seine Stimme war kräftig, ein sonorer Bariton, der in seltsamem Kontrast zu seinem Erscheinungsbild stand: ein dürrer, schlechtrasierter Hänfling mit dunklem, an den Schläfen ergrautem Haar. Er wirkte wie aus der Zeit gefallen mit dem schmuddeligen, bis zum Hals zugeknöpften Regenmantel und dem speckigen Filzhut, ein wenig erinnerte er an Humphrey Bogart. Wässrige Augen unter dichten Brauen bohrten sich regelrecht in Faschos Gesicht. Er sprach schleppend, stockte immer wieder, als taste er sich von Silbe zu Silbe. Die Pausen zwischen den Worten erinnerten an die maschinenartige Stimme eines schlechtprogrammierten Navigationsgeräts.

»Ist. Dies. Deine. Richtige. Bezeichnung?«

»Keine Ahnung«, Fascho schüttelte den Kopf, »was du meinst.«

»Er meint deinen Namen«, brummte Simon Olytsch. »Er will wissen, ob du wirklich Ignaz heißt.«

»Warum sagt er's dann nicht?«, entfuhr es Fascho.

»Kuno spricht kein A aus.«

Aha, dachte Fascho. Glubschauge hat also einen Namen. Kuno. Und er spricht kein A aus.

Fascho hatte keine Ahnung, was das bedeutete, versuchte auch gar nicht erst, es zu verstehen. Das war einfach *zu* durchgeknallt. Im ersten Moment erwartete er, dass die Runde in brüllendes Gelächter ausbrach, doch alle blieben ernst. Hagen, der Krüppel mit der Glatze, bedachte Glubschauge sogar mit einem verständnisvollen Nicken. Wie hatte Schleef die Gruppe bezeichnet? Als Freakshow. Das passte. Hervorragend sogar.

»Ein äußerst interessantes medizinisches Problem«, meldete sich Diethardt, der Spinner, zu Wort. »Kunos Zwangsstörung ist nicht eindeutig zu klassifizieren, ich selbst schwanke bei meiner Diagnose zwischen anankastischer Neurose und leichter Schizophasie. Möglicherweise handelt es sich auch um eine bisher noch nicht dokumentierte Form der Koprolalie. Ich persönlich«, fuhr Diethardt in leierndem Singsang fort, als stünde er auf dem Podium eines medizinischen Fachkongresses, »würde in Anbetracht der Nebenwirkungen dringend von Neuroleptika oder anderen medikamentösen Behandlungsformen abraten, zumal mir die Einschränkungen eher harmlos erscheinen. Schließlich handelt es sich ausschließlich um das Vokabular des Patienten, eine Beeinträchtigung, die ich ...«

»Ruhe«, unterbrach Kuno.

»Aber sicher doch.«

Diethardt gehorchte augenblicklich. Kunos Glubschaugen blieben auf Fascho gerichtet. Er spitzte die Lippen wie ein Fisch, fuhr mit der Zunge über die Schneidezähne.

»Wieso. Bist. Du. Hier?«

Das geht dich einen Dreck an, dachte Fascho. Einen verdammten Dreck.

Niemand sagte etwas, auch Schleef nicht. Er hatte die Beine übereinandergeschlagen und kaute auf seinem Brillenbügel, sein Blick wanderte abwartend zwischen Fascho und Glubschauge hin und her. Sein Schweigen machte Fascho wütend. Warum, verdammt nochmal, sagte Schleef nichts? Was sollte diese Scheiße? Wieso musste er sich von diesem Penner zum Affen machen lassen?

»Du. Bist. Schlecht.«

Wieder schoss Kunos Zunge hervor. Wie ein Blutegel.

»Du kannst mich mal«, knurrte Fascho. »Du laberst mich voll, weil du meinen Namen blöd findest? Was ist mit ihm?« Er deutete auf Schleef. »Er heißt Marek! Maaa-rek!«, wiederholte er gedehnt. »Ist der jetzt auch ein *schlechter Mensch*, weil er ’n A im Namen hat? Und der da«, Fascho zeigte auf den Glatzkopf, »heißt Hagen, du Spinner! Haaaagen!«

»Schlecht«, nickte Kuno. »Sehr. Schlechtes. Wort.« Er tippte sich an die Schläfe. »Doch. Du. Denkst. Schlechte. Dinge.«

»Ach! Und du bist natürlich völlig normal in der Rübe!«

»Ich. Erkenne. Dich. Und. Folge. Dir.«

»Wisst ihr was?« Fascho sprang auf, der Stuhl polterte hinter ihm zu Boden. »Ihr könnt mich mal, ihr Freaks!«

Hagen hob beschwichtigend die Hände, während Schleef Fascho nur stumm ansah. Grinste er? Fascho war nicht sicher, aber es schien tatsächlich, als umspiele ein feines Lächeln seine Lippen.

»Mir scheint«, schnatterte Diethard, »dass die Situation ein wenig aus dem Ruder geraten ist. Angesichts der aggressiven Grundstimmung schlage ich eine gemeinsame Atemübung zur allgemeinen Stressreduktion vor, die progressive Relaxation nach Jacobson ist ein bewährtes Mittel zur …«

»HALT’S MAUL!«, schäumte Fascho.

»Sehr wohl«, nickte Diethardt ernst. »Gestatten Sie mir nur noch den Hinweis, dass meine Zeit drängt. Ich habe eine äußerst wichtige Nachricht erhalten und muss eine Predigt vorbereiten. Mein Name ist Diethardt von Strauch, ich danke für Ihre Aufmerksam…«

»Fickt euch! Fickt euch alle!«

Die Tür krachte hinter Fascho ins Schloss.

*

Woher genau ich diese Informationen habe, lasse ich im Dunkeln. Ebenso, wie ich meine Identität nicht preisgeben kann. Ich bin ehemaliger Polizist, mehr werden Sie nicht über mich erfahren.

Benjamin Bley saß am Küchentisch und las den Brief, den er am Vortag auf seinem Abtreter gefunden hatte. Das Blatt war an den Rändern geknickt vom mehrfachen Lesen, Fettflecken glänzten auf dem Papier.

Ich habe vom Selbstmord Ihrer Frau in der Zeitung gelesen. Sie müssen wissen, dass ich damals NICHT an den Ermittlungen nach ihrer Vergewaltigung beteiligt war, aber ich kenne die Akten. Da ist eine Menge vertuscht worden. Es gab Gründe, nicht nach den Tätern zu suchen, und ich habe Beweise. Sie könnten jetzt natürlich einen Anwalt einschalten, Beschwerden führen etc., aber das wird nichts bringen. Die stecken alle unter einer Decke, schützen sich gegenseitig. Wenn ich Ihnen meine Beweise präsentiere, werden Sie verstehen, warum das so ist. Ich bin kein Spinner, ich habe handfeste Motive: Vor ein paar Monaten bin ich gezwungen worden, den Dienst zu quittieren, von denselben Polizisten, die für den Tod Ihrer Frau verantwortlich sind (ich gehe davon aus, dass die Ursachen ihres Selbstmordes bei der nie aufgeklärten Vergewaltigung liegen).
Wir sitzen also in einem Boot, Herr Bley, wenn auch aus unterschiedlichen Gründen. Leider kann ich hier nicht den barmherzigen Samariter spielen, ich bin arbeitslos und gezwungen, auf jeden Cent zu achten. Was meinen Sie, halten Sie eine kleine Aufwandsentschädigung für angemessen? Sagen wir 1000 Euro? Wenn ja, kontaktieren Sie mich.

Bley starrte auf die Telefonnummer auf dem engbeschriebenen Computerausdruck. Geistesabwesend rieb er die Faust, mit der er Claudius Zorn am Morgen ins Gesicht geschlagen hatte.

Es ist ein Prepaidhandy (falls Ihnen das nichts sagt: Die Nummer kann nicht nachverfolgt werden). Ich möchte nicht angerufen werden, eine einfache SMS genügt. Ich melde mich dann. Lassen Sie sich Zeit, denken Sie in Ruhe nach. Sie werden jetzt wütend sein, aber falls ich Ihnen einen Tipp geben darf: Handeln Sie nicht überstürzt.

»Dazu«, murmelte Benjamin Bley, »ist es zu spät.«

Siebzehn

»Du bist mein erster Gast«, sagte Frieda Borck. »Schön, dass du da bist.«

»Aus meinem Garten.« Schröder drückte ihr lächelnd einen Blumenstrauß in die Hand. »Selbstgepflückt.«

Die Kantine des Präsidiums, ein schmuckloser Raum mit dem Charme einer verlassenen Bahnhofsgaststätte, bot Platz für über hundert Menschen. Bisher waren Frieda und Schröder die Einzigen hier, abgesehen von den beiden Kellnern, die das kalte Büfett anrichteten, und einem blassen Zivilfahnder, den Frieda als DJ engagiert hatte. Er stand vor der Essensausgabe zwischen zwei Lautsprecherboxen und war damit beschäftigt, seine Plattenspieler zu verkabeln.

»Ganz schön armselig, oder?« Sie hielt ein Sektglas in der Hand, deutete damit in die Runde. »Ich hätte ein paar Wimpel aufhängen sollen. Oder Luftballons.«

»Es wird auch so ganz nett.«

Schröder hatte sich umgezogen. Er trug einen braunen Anzug, das obligatorische karierte Hemd hatte er angelassen. Das Haar klebte wie eh und je quer über der Glatze, die frischrasierten Wangen glänzten.

»Ich sollte 'ne Rede halten.« Frieda spielte nervös an ihrer Halskette. »Von wegen letzter Arbeitstag und so. Mich bei den Kollegen bedanken.«

Sie nippte an ihrem Sekt, ihr Blick wanderte über den Rand des Glases zur Eingangstür der Kantine.

»Er wird nicht kommen«, sagte Schröder ruhig.

»Ich weiß«, seufzte sie. »Er hat mir 'ne SMS geschickt.«

»Ich nehme ihn wirklich ungern in Schutz, aber diesmal hat er tatsächlich einen triftigen Grund.«

»Ach, hat er den?« Sie leerte ihr Glas in einem Zug. »Mein Büro ist zwei Etagen über eurem. Was hat ihn gehindert, in den Fahrstuhl zu steigen und mir die«, sie stieß ein freudloses Lachen aus, »tolle Nachricht persönlich zu überbringen? Er weiß genau, wie ich mich fühle. Wenigstens ein paar Minuten hätte er hier auftauchen können, oder etwa nicht?«

Schröder nahm ihr zuerst den Blumenstrauß, dann das Sektglas aus der Hand, stellte beides auf einen Tisch.

»Er hat sich nicht getraut. Jemand hat ihn heute früh zusammengeschlagen.«

Friedas Augen weiteten sich.

»Wer hat ihn … «

»Der Mann heißt Benjamin Bley. Der Witwer der Frau, die sich gestern aus dem Fenster gestürzt hat. Zorn sagt, dass er keine Ahnung hat, warum er auf ihn losgegangen ist. Ich weiß noch nicht, was genau dahintersteckt, aber das krieg ich noch raus. Er hat ein blaues Auge. Und er hat Glück, dass seine Nase nicht gebrochen ist. Er will einfach nicht, dass du ihn so siehst.«

»Davon«, murmelte Frieda, »hat er kein Wort gesagt.«

»Es ist ihm peinlich, er traut sich einfach nicht in die Öffentlichkeit. Ehrlich gesagt, hat er auch allen Grund dazu.«

Ein ohrenbetäubendes Pfeifen drang aus den Lautsprechern. Der DJ stieß einen Fluch aus, zog hektisch ein paar Kabel. Die Rückkopplung brach abrupt ab.

»Wann ziehst du um?«, fragte Schröder.

»Mitte nächster Woche.« Frieda nestelte am Kragen ihrer blauen Seidenbluse. »Ich hab noch zwei Wochen Urlaub. Claudius hat vorgeschlagen, dass wir ein paar Tage wegfahren, aber ich … ich bin nicht sicher. Er redet kaum.«

»Das«, lächelte Schröder, »tut er immer.«

»Er hat nie gesagt, dass ich bleiben soll.«

»Hast du ihn gefragt, ob er mitkommt?«

Sie schüttelte stumm den Kopf.

Der DJ drückte ein paar Knöpfe, Scheinwerfer flammten auf. Bonbonfarbenes Licht zuckte in die aufkommende Dämmerung, flackerte über die Fenster, spiegelte sich in den gefüllten Gläsern.

»Ich weiß nicht, ob das alles richtig ist.« Die Staatsanwältin schüttelte den Kopf, langte hinter sich und griff nach einem weiteren Sektglas. »Ein neuer Job. Eine andere Stadt. Es ist so … endgültig«, murmelte sie in ihr Glas. »Vielleicht sollte ich 'ne Weile allein sein. Ich brauch ein bisschen Abstand.«

Schröder streichelte sacht ihren Oberarm.

»Du siehst nicht sehr glücklich aus.«

»Bin ich auch nicht.«

Stimmengewirr wurde laut. Die ersten Gäste strömten herein, ein paar Männer in mehr oder weniger sorgfältig geschnittenen Anzügen, begleitet von Frauen in hochgeschlossenen Blusen und Stöckelschuhen. Frieda straffte sich, setzte ein gezwungenes Lächeln auf.

»Ich sollte mich um meine Gäste kümmern.«

Ein Knacken drang aus den Boxen. Musik erklang, die ersten Takte eines alten Hits von Robbie Williams.

»Tanzt du nachher mit mir?«, fragte Frieda Borck.

»Sicher doch«, lächelte Schröder.

Ihre Blicke trafen sich.

»Ich werd dich vermissen«, sagte sie leise. Schröder musste die Worte von ihren Lippen ablesen, die Musik wurde lauter. *Let me entertain you!,* schrie Robbie Williams.

Sie leerte ihr Glas in einem Zug, gab es Schröder in die Hand und unterdrückte ein Aufstoßen. Dann ging sie, um ihre Gäste zu begrüßen.

Schröder sah ihr nach, bis ihre zierliche Gestalt hinter einer Säule verschwand.

»Ich werd dich auch vermissen«, murmelte er. »Das tu ich jetzt schon.«

*

Die Sonne ging unter. Marek Schleef beugte sich im schwindenden Tageslicht über einen Laptop, tippte mit geübten Fingern in die Tastatur:

> Ergebnis Gruppensitzung durchwachsen. Therapieziele nur partiell erreicht. Ignaz S. weiterhin verschlossen, keine Anzeichen von Selbstreflexion. Simon O. nach Rückfall in paranoide Wahnvorstellungen auf dem Weg der Besserung (Hypnose u. holotrope Atemübungen offensichtl. erfolgreich). Zustand von Kuno G. unverändert: eingeschränkter Wortschatz, kaum Kommunikationsansätze. Gegenüber Ignaz S. extrem feindseliges Auftreten (womögl. Anzeichen einer schizophrenen Psychose?). Hagen heute auffallend kommunikativ, erste Fortschritte nach der Familie (hat Besuch am Grab angekündigt). Starke Hüftschmerzen (Analgetikum empfehlen?). Diethardt v. Str. weiterhin instabil, Realitätsverlust, unverändert ausgeprägte schizoide Charakterstruktur. Mit Pflegeperson (Schwester) telefoniert, womögl. temporäre stationäre Einweisung nötig.
> Versuch, Selbstmord Lisbeth B. im Rahmen der Gruppe zu thematisieren, nur tlw. geglückt, Aufarbeitung eher stockend. Womöglich

Schleef hielt inne, den Blick zweifelnd auf den Monitor mit dem blinkenden Cursor gerichtet.

»Sinnlos.«

Ein Seufzen. Dann löschte er den letzten Absatz, drückte eine Tastenkombination und sank in den Sessel zurück. Der Drucker erwachte mit einem mürrischen Knattern zum Leben. Schleef gähnte, schob die Finger unter die Brille und rieb die geröteten Augen, während der Drucker ein einzelnes Papierblatt ausspuckte und wieder verstummte.

Schleef schaltete eine verchromte Schreibtischlampe neben dem Laptop ein, lehnte sich wieder zurück und verschränkte die Hände im Nacken. Schweißflecken glänzten unter den Achseln des weißen Hemdes. Müde wanderte sein Blick durch das Büro, über die leeren Stühle, die noch immer im Kreis aufgestellt waren, den schäbigen Teppich, die schmucklosen Wände. Schließlich erwachte er aus seiner Versunkenheit, roch an seinen Achseln, verzog das Gesicht, stand auf und öffnete einen Schrank neben dem hohen Aktenregal. Porzellantassen, ein Päckchen Kaffee, Filtertüten, ein Stapel Druckerpapier, frische Socken verteilten sich neben anderem Krimskrams in den Fächern. Auf dem Boden stand ein nagelneues Paar weißer Turnschuhe, darüber hing ein halbes Dutzend Kleiderbügel mit frischgebügelten Hemden.

Schleef streifte das verschwitzte Hemd ab, warf es achtlos beiseite. Die Muskeln bewegten sich unter dem drahtigen Brustkorb, den kräftigen, gebräunten Oberarmen. Als er sich umdrehte, um ein neues Hemd aus dem Schrank zu holen, fiel das Licht der Schreibtischlampe auf seinen Rücken.

Tiefe Narben bedeckten die Haut. Dunkle Krater klafften zwischen den Schulterblättern, blutrote Wülste schlängelten sich wie schuppige Würmer vom Nacken bis hinab zum Gürtel. Ein blasiges Geflecht aus vernarbten Wundmalen, teilweise bedeckt von pergamentartiger, ledriger Haut über rohem, rissigem Fleisch, das ebenso plötzlich, wie es zum Vorschein gekommen war, wieder verschwand, als Schleef das frische Hemd überstreifte.

Er krempelte die Ärmel hoch, öffnete den Gürtel, stopfte den Saum in die Jeans. Die Schranktür schwang leise knarrend in den Angeln. Plötzlich verharrte Schleef, die Augen auf ein Foto gerichtet, das mit Reißzwecken an der Innenseite befestigt war.

Das Bild war alt, die Farben verblasst. Ein harmloser Familienschnappschuss, bei einem Wochenendausflug aufgenommen. Drei Menschen gruppierten sich um einen etwa dreijährigen Jungen, der lachend in einem altmodischen Kinderwagen saß. Die Ähnlichkeit mit Marek Schleef war unverkennbar: dunkle, fast schwarze Augen, lockiges, nach allen Seiten vom Kopf abstehendes Haar. Neben ihm kniete ein junger Mann, er hatte den Arm in einer liebevollen, väterlichen Geste um den Jungen gelegt und sah aus intensiv blauen Augen in die Kamera. Sein anderer Arm umfasste die Hüfte einer schlanken Frau in grünem Seidenkleid und blondem, zu einem Zopf gebundenen Haar. Der Vierte im Bunde war ein pausbäckiger, leicht übergewichtiger Teenager mit kurzem, ebenso blondem Haar wie die junge Frau, der etwas abseits neben einem Mountainbike stand und mürrisch zu Boden sah.

Abwesend, ein trauriges Lächeln auf den Lippen, betrachtete Schleef das Foto. Knicke überzogen das Papier, die Ränder waren rissig, als wäre es jahrelang in einer Brieftasche aufbewahrt worden.

»Es tut mir leid.«

Schleef schloss die Augen. Sein Kinn sank auf die Brust, er schwankte, stützte sich mit der Hand an der Tür ab.

»Ich kann doch nichts dafür.«

Ein ersticktes Schluchzen. Plötzlich ein Krachen, als Schleefs geballte Faust mit voller Wucht gegen die Wand neben dem Schrank schlug. Einmal. Zweimal. Noch einmal. Als er den Kopf wieder hob, glänzten seine dunklen Augen feucht hinter den Brillengläsern. Die Haut über den Knöcheln war aufgerissen, etwas Blut lief an den Fingern hinab.

Die Schranktür schloss sich mit einem Knall.

PENG.

Achtzehn

Diethardt von Strauch.

Die Nacht ist klar.

Der Vollmond taucht die schlafende Stadt in flüssiges Silber. Die Luft hat sich abgekühlt, Nebel hängt über dem Fluss, driftet in dünnen Schwaden über die Wiesen am Ufer.

Die Kirche, die seit dem Mittelalter einen knappen Kilometer weiter östlich auf einer Anhöhe über dem Stadtpark steht, wirkt verlassen. Ein geduckter, aus Bruchsteinen errichteter Bau, der mit seinen dicken Mauern, dem romanischen Glockenturm und den schmalen, schießschartenähnlichen Fenstern an eine alte Festung erinnert. Ein mit Kopfsteinen gepflasterter Weg führt über einen kleinen Friedhof zu der wuchtigen Tür aus uralter Eiche, vorbei an verwitterten Grabsteinen, deren verschnörkelte Inschriften kaum noch zu entziffern sind. Knorrige, mit Efeu umrankte Eichen recken ihre Äste in den nächtlichen Himmel.

Die Kirche ist leer. Nur eine Gestalt in schwarzem Talar sitzt still auf einem Stuhl in der ersten Reihe, offensichtlich in tiefe Andacht versunken. Diffuses Licht dringt durch die Fenster, mischt sich mit den flackernden Kerzen auf dem Altar zu einem unwirklichen, geisterhaften Schein.

Die Turmglocke schlägt. Einmal. Zweimal. Ein drittes Mal.

Drei Uhr morgens.

Der Mann tritt in den Mittelgang, rafft die schwarze Robe und geht mit hallenden Schritten nach vorn, streicht im Vorbeigehen mit den Fingern über einen uralten Taufstein und betritt ein verborgenes Türchen hinter dem Altar. Die hölzernen Stufen einer Wendeltreppe knarren, dann erscheint er auf der barocken Kanzel über dem Altarraum. Dort sammelt er sich einen Moment, sein Blick wandert zu der mit Stuck und Blattgold geschmückten Empore gegenüber, weiter über die reichverzierte Orgel, die bronzenen Lampen, die leeren Stuhlreihen.

»Ich bin froh«, beginnt er, »dass ihr meinem Ruf gefolgt seid, liebe Brüder und Schwestern. Es ist schön, euch so zahlreich zu sehen. Das ist nicht selbstverständlich in diesen schweren Zeiten.« Seine Worte hallen durch die leere Kirche, vielfach zurückgeworfen von der gewölbten Decke. »Und schwer sind diese Zeiten, liebe Gemeinde. Sehr schwer sogar.«

Der Mann im Talar sieht auf seine Armbanduhr, ein klobiges

Ding aus rosafarbenem Plastik. Dann wendet er sich wieder an seine imaginären Zuhörer.

»Ich bin verspottet worden«, fährt er mit lauter Stimme fort. »Man hat mich verlacht, behauptet, ich sei ein Phantast, ein Spinner. Und warum? Weil ich die Wahrheit gesagt habe, und die Wahrheit, Brüder und Schwestern, ist oft schmerzhaft! Aber es ist an der Zeit, sich den Tatsachen zu stellen!«

Eine lange, bedeutungsvolle Pause. Der Mann auf der Kanzel lockert die weiße Priesterbinde am Hals, die sich bei näherem Hinsehen als eine zu einem dünnen Streifen gefaltete Papierserviette erweist. Auch der Talar ist nicht echt, er besteht aus einem schwarzen Bettlaken, in dessen Mitte ein Loch für den Kopf geschnitten wurde.

»Ich sehe viele neue Gesichter.« Er beugt sich über die Kanzel, ein wohlwollendes, väterliches Lächeln spielt um seine schmalen Lippen. »Und ich erblicke Fragen in diesen Gesichtern. Für die, die mich noch nicht kennen: Ich bin Diethardt von Strauch und ich bin hier, um endlich Antworten auf eure Fragen zu geben. Die Situation hat sich grundlegend geändert, Brüder und Schwestern. Bisher hatte ich nur Vermutungen, gestützt auf umfangreiche wissenschaftliche Studien. Doch jetzt«, er hebt die Stimme, »habe ich endlich den *Beweis*!«

Hochaufgerichtet steht Diethardt auf der Kanzel. Kerzenlicht flackert auf seinem bleichen Gesicht, spiegelt sich in den goldenen Verzierungen des Lesepults. Er greift unter das Bettlaken, hält einen gefalteten Brief in die Höhe.

»Hier!«, ruft er. »Dies, Brüder und Schwestern, ist ein Schreiben, das ich heute vom Verteidigungsministerium erhalten habe. An mich adressiert, geschrieben auf offiziellem Briefpapier, unterzeichnet von der Ministerin *persönlich*!«

Diethardt legt den Brief vor sich auf das Lesepult, glättet das vom dutzendfachen Lesen zerknitterte Papier mit der Hand. Er sammelt sich kurz, dann liest er vor:

»Sehr geehrter Herr von Strauch, bezugnehmend auf Ihr Schreiben teile ich Ihnen mit, dass meine Behörde die von Ihnen beschriebenen Vorgänge nach eingehender Prüfung vollumfänglich bestätigt hat. Die Kontaktaufnahme mit den Außerirdischen ist für die nächsten Tage geplant, die Bundeswehr wurde in höchste Alarmstufe versetzt. Ich teile Ihre Ansicht über den Ernst der Lage, ebenso wie Sie gehe ich davon aus, dass die Besucher vom Aldebaran womöglich kriegerische Ziele verfolgen. Die Bundeskanzlerin«, Diethardt sieht auf, rezitiert aus dem Gedächtnis weiter, »ist in die Vorgänge eingeweiht und bittet um Ihre Diskretion, um Massenpaniken zu vermeiden.«

Stille senkt sich über die leere Kirche. Diethardt breitet die Arme aus.

»Versteht ihr, was das bedeutet?«

Er greift nach dem Brief.

»Versteht ihr das, Brüder und Schwestern?«

Lauschend senkt Diethardt das Kinn. Schüttelt dann den Kopf, als habe er eine Antwort erhalten.

»Nein!«, donnert er. »Es bedeutet *nicht*, dass ich recht habe! Das ist unwichtig! Egal, womit ich mich in meiner Arbeit beschäftigt habe, ob Psychologie, angewandte Neurologie oder Astrophysik, es ging mir nie um persönlichen Triumph. Nie! Ich habe mein Wohl immer hinter das der Allgemeinheit gestellt, Brüder und Schwestern. Dieses Schreiben«, er deutet mit zitterndem Zeigefinger auf das Papier, »beweist, dass die Invasion begonnen hat! Sie sind unter uns, die Vorboten der Apokalypse! Ja«, Diethardts Arm schießt nach vorn, »auch unter euch!«

Schweißtropfen erscheinen auf seiner kahlen Stirn, seine Augen glänzen fiebrig. Wieder wandert sein Blick über die leeren Stuhlreihen, als wolle er sich jedes einzelne der unsichtbaren Gesichter einprägen.

»Ich spüre eure Unsicherheit, Brüder und Schwestern.« Diethardt senkt theatralisch die Stimme. »Und ich sehe den Zweifel in euren Augen. Doch die Fakten, die mir die Verteidigungsministerin anvertraut hat, sind eindeutig. Die Invasion hat begonnen, und enden wird sie hier«, Diethardt klopft auf das Pult, »in dieser Stadt! Hier werden die Raumschiffe landen, die Vorbereitungen sind so gut wie abgeschlossen! Hier steht«, er hält den Brief in die Höhe, »wo genau diese Landung stattfinden wird!«

Diethardt hält erschöpft inne. Der Brief zittert in seinen schweißnassen Händen, er verstaut ihn wieder in den Falten des schwarzen Bettlakens.

»Ich verstehe, dass ihr Angst habt«, seufzt er. »Es ist mir nicht erlaubt, sämtliche Einzelheiten preiszugeben, doch ich bin hier, um euch Trost zu spenden. Ich wurde von höchster Stelle gebeten, diese furchtbare Bedrohung aufzuhalten, und das, Brüder und Schwestern, werde ich tun. Der genaue Termin dieser Invasion steht nicht fest, die Ministerin wird mich umgehend kontaktieren, sobald die Gefahr akut wird. Ich werde vorsichtig sein, Brüder und Schwestern. Ich werde Geduld haben, und wenn der Zeitpunkt gekommen ist«, er reckt den hageren Körper, »dann werde ich das Übel an der Wurzel packen und vom Antlitz der Erde tilgen!«

Diethardt stampft im Takt seiner Worte mit dem Fuß auf. Staub rieselt von der Kanzel hinab auf den Altar. Irgendwo knarrt eine uralte Diele.

»Seid ohne Furcht! Wahrlich, ich sage euch, dass …«

»Darf man fragen, was Sie hier machen?« Eine Gestalt tritt aus dem Schatten unter der Empore. »Was soll dieser Unsinn?«

Der tiefe, volltönende Bariton eines älteren Herrn.

»Sie stören meine Predigt«, erklärt Diethardt gespreizt.

»Ihre… *Predigt*«, erwidert der Mann ruhig, »war bis rüber ins Gemeindehaus zu hören. Ich bin der Pastor dieser Gemeinde. Und ich würde gern wissen, warum Sie in meine Kirche eingedrungen sind, mitten in der Nacht.«

Blaulicht flackert durch die Fenster, zuckt über die stuckverzierte Empore, spiegelt sich in Diethardts weitaufgerissenen Augen.

»Das ist geheim«, zischt er.

Eine Minute später wird Diethardt von Strauch von zwei übernächtigten Uniformierten in einen Streifenwagen verfrachtet. Er leistet keinen Widerstand. In der Faust hält er den zu einem Klumpen zerknüllten Brief, den er sich auf der Fahrt ins Präsidium heimlich in den Mund steckt, und während er kauend aus dem Fenster sieht, spielt ein verzerrtes, entschlossenes Grinsen um seine schmalen Lippen.

Draußen dämmert der Morgen.

Neunzehn

Sonntag.

»Langsam, Edgar!«

Zorn schirmte die Augen mit der Hand gegen die Sonne ab und beobachtete, wie sein Sohn wie ein kleiner Derwisch barfuß durch Schröders Garten tobte. Der Kleine trug eine blaue Badehose mit Haifischmuster, dazu giftgrüne Schwimmflügel, die Schröder aus dem Schuppen geholt hatte. Edgar hatte unbedingt im See baden wollen, was Zorn mit dem Hinweis verboten hatte, dass das Wasser noch viel zu kalt sei. Nach kurzer Diskussion hatten sie sich schließlich darauf geeinigt, dass Edgar zumindest seine Badesachen anziehen dürfe.

»Es passiert ihm schon nichts«, sagte Schröder.

»Das sagst du immer«, murrte Zorn. »Langsam könntest du mal 'ne andere Platte auflegen.«

»Warum sollte ich?« Schröder schob den Strohhut aus der Stirn. »Wenn ich doch recht habe?«

»Ich hab keinen Bock, mit dir zu streiten. Heute ist Sonntag, da will ich gefälligst meine Ruhe.«

Zorn trank einen Schluck Cola und sank zurück in seinen Korbstuhl. Der See blitzte zwischen den Kiefern wie geschmolzenes Blei, Mücken tanzten um die Baumstämme.

»Schade, dass Frieda nicht hier ist«, sagte Schröder.

Zorn brummte etwas, das als Zustimmung gelten konnte. Sie hatten gestern telefoniert, er hatte gefragt, wie ihre Party gewesen sei. Nett, hatte sie gesagt, wirklich nett, es sei schade, dass Zorn nicht gekommen sei. Dann hatte sie ihn gefragt, wie es ihm gehe, Schröder habe ihr von der Schlägerei erzählt. Ach, hatte Zorn abgewiegelt, das alles sei nicht der Rede wert, ein unbedeutender Zusammenstoß mit einem Spinner, worauf Frieda das Gespräch mit dem Hinweis beendet hatte, dass sie noch ein wenig schlafen wolle, sie habe einen leichten Kater. Zorn war noch immer nicht sicher, ob sie sauer auf ihn war, auf jeden Fall schien sie ihm äußerst kurzangebunden gewesen zu sein, und so hatte er beschlossen, sie in der nächsten Zeit in Ruhe zu lassen. Das hatte natürlich auch damit zu tun, dass Claudius Zorn weiß Gott nicht so aussah, als habe er vor zwei Tagen nur einen *unbedeutenden Zusammenstoß* gehabt, sein Gesicht erinnerte ihn noch immer an das eines filetierten Pandas, obwohl er seine Augen – zumindest tagsüber – hinter einer großen Sonnenbrille verbarg.

»Und?«, fragte Zorn, um das Thema zu wechseln, »was hast du heute so gemacht?«

»Ich war im Präsidium«, erwiderte Schröder.

»Ach. An deinem freien Tag?«

»*Yes.*«

»Warum?«

»Weil ich …«

Schröder wurde unterbrochen, Edgar kam mit fliegenden Haaren herbeigeflitzt.

»Mimja go!«, krähte er, hüpfte auf Schröders Schoß, schnappte ein Saftglas und begann, gierig an einem Strohhalm zu nuckeln.

Zorn deutete auf die Schwimmflügel.

»Wollen wir die nicht lieber abmachen?«

Edgar schüttelte stumm den Kopf, der Strohhalm hinderte ihn am Sprechen.

»Was ist mit deinem T-Shirt? Willst du's anziehen?«

Ein weiteres Kopfschütteln. Schröder stützte Edgar mit der einen Hand an der Hüfte, mit der anderen strich er ihm das blonde, schweißnasse Haar aus der Stirn. Keuchend stellte Edgar das leere Glas wieder ab, sprang von Schröders Schoß und wollte wieder davonflitzen. Zorn hielt ihn im letzten Moment am Arm zurück.

»Schuhe an«, befahl er ernst.

»Nee.«

»Ich sagte«, Zorn nahm die Sonnenbrille ab und versuchte, einen strengen Blick aufzusetzen, »Schuhe an, Kumpel.«

Edgar sah ihn stirnrunzelnd an.

»Papa verletzt.«

»Ja«, nickte Zorn. »Ist aber nicht so schlimm.«

»Sieht seise aus.«

»Scheiße sagt man nicht.«

Statt einer Antwort schnappte Edgar den Strohhalm und begann, wild durch die Gegend zu fuchteln, wie Harry Potter mit seinem Zauberstab.

»Mimja go!«

»Sicher doch«, erwiderte Zorn, obwohl er keinen Schimmer hatte, was der Kleine meinte. »Und jetzt ziehen wir die …«

»Mimja!«, krähte Edgar, den Strohhalm drohend auf seinen Vater gerichtet. Zorn warf Schröder einen hilfesuchenden Blick zu.

Würdest du vielleicht auch mal was sagen?

»Na los, komm her, Ede.«

Edgar gehorchte sofort. Schröder hob ihn noch einmal auf seinen Schoß und flüsterte ihm etwas ins Ohr.

»Eure Heimlichtuerei geht mir langsam auf die Nerven«, murmelte Zorn.

Schröder stellte Edgar auf die Füße und zog ihm die Badehose hoch.

»Okay, Ede?«

»Okay, Ögi.«

Breitbeinig stakste Edgar mit gezücktem Strohhalm auf ein kleines Indianerzelt zu, das Schröder ihm vor der Terrasse aufgestellt hatte.

»Was hast du ihm gesagt?«, fragte Zorn.

»Dass er vorsichtig sein soll.«

»Mimja!«, rief Edgar, die Ärmchen mit den Schwimmflügeln abgespreizt wie ein Ringer.

»Er sollte auf seinen Vater hören«, sagte Zorn.

»Das tut er doch.« Schröder verschränkte die Hände über dem Kugelbauch. »Manchmal zumindest.«

Sie beobachteten, wie Edgar vor seinem Zelt Aufstellung nahm und den Strohhalm drohend auf eine junge Birke richtete.

»Mimja! Mimja go!«

»Keine Ahnung, was er meint«, seufzte Zorn.

Schröder warf ihm einen mitleidigen Blick zu.

»Mimja!« rief Edgar. »Rüüüün! Feuerwert!«

»Er ist ein grüner Ninja«, erklärte Schröder. »Mit einem Feuerschwert.«

»Logisch.«

»Man muss nur richtig zuhören. Dann kann man sich's an einer Hand abzählen.«

»Damit«, Zorn hob die rechte Hand und wedelte mit den verbliebenen Fingern, »bin ich ein wenig eingeschränkt.«

»Apropos, was macht eigentlich der Schießtest?«

»Ist in Arbeit.«

Das entsprach zwar nicht ganz der Wahrheit, war allerdings auch keine glatte Lüge. Zorn hatte sich vorgenommen, den Test irgendwann in der nächsten Woche hinter sich zu bringen. Zunächst würde er sich erst einmal anmelden. Morgen vielleicht. Oder übermorgen. Spätestens. Wahrscheinlich.

»Peng! Peng! Puff!«

Edgar war in die Hocke gegangen, schoss ein paar unsichtbare Salven aus dem Strohhalm ab. Nickte zufrieden, nachdem er die Birke offensichtlich zur Strecke gebracht hatte, und verschwand in seinem Tipi.

»Wenn's weiter so warm bleibt«, Zorn nippte an seiner Cola, »können wir nächste Woche mit ihm baden gehen.«

Schröder nickte stumm.

Zorn unterdrückte ein Gähnen, griff nach seinen Zigaretten. Betrachtete das Bild auf der Schachtel, eine blutige, offene Lunge. Verzog das Gesicht und legte die Schachtel wieder auf den Tisch.

»Ich mag kein Wasser«, sagte Schröder. »Ich guck's mir gern an«, fügte er hinzu, als er Zorns verwunderten Blick bemerkte. »Sonst würde ich wohl kaum hier leben. Aber ich gehe nicht gern rein.«

Schröder sah hinaus auf den See. Sein Gesicht lag noch immer im Schatten der Krempe, doch etwas war anders. Ein leiser, melancholischer Unterton schwang in seiner Stimme mit.

Zorn kannte Schröder lange genug, um zu wissen, dass dieser keine Antwort erwartete. Abgesehen davon wäre ihm keine passende eingefallen, und im Laufe der Jahre hatte er gelernt, wann es besser war, die Klappe zu halten.

So saßen sie eine Weile schweigend unter dem Sonnenschirm, nippten ab und zu an ihren Gläsern und lauschten Edgars heller Stimme, die gedämpft aus dem Zelt zu ihnen herüberdrang.

»Ich wollte dir noch erzählen, warum ich heute Morgen im Präsidium war«, sagte Schröder schließlich.

»Das können wir auch morgen besprechen.«

»Vorgestern Nacht ist jemand verhaftet worden.« Schröder überhörte Zorns Bemerkung. »Eigentlich nichts Besonderes, wegen nächtlicher Ruhestörung und Hausfriedensbruch. Ein Mann ist in die Kirche am Bartholomäusberg eingedrungen, er war ziemlich verwirrt, wollte mit niemandem reden. Schließlich hat er den Kollegen einen Namen genannt, sie haben den Mann geholt. Er ist der Psychologe des Verhafteten, sagte, dass er sich um ihn kümmern werde, und versicherte, dass er harmlos sei. Also hat man die beiden gehen lassen.«

»Deshalb bist du ins Präsidium gefahren?«

»Der Name des Psychologen ist Marek Schleef.«

»Ach.«

Zorn kratzte sich etwas Schorf von der Nase.

»Ich hab im Rechner geguckt«, sagte Schröder. »Wir haben absolut nichts über Marek Schleef, keine Vorstrafen, nichts. Aber ich frage mich, warum sein Name in den letzten Tagen immer wieder aufgetaucht ist.« Schröder begann, an den Fingern abzuzählen: »Ignaz Stein, der Brandstifter. Elisabeth Bley, die Selbstmörderin. Jetzt dieser verwirrte Eindringling. Alle bei Marek Schleef in Behandlung.«

»Das kann …«

»… Zufall sein, das stimmt.«

»Aber du glaubst nicht dran.«

»Ich bin nicht sicher«, seufzte Schröder. »Aber ich würds gern rauskriegen.«

Edgar kam aus dem Zelt gekrabbelt. Er hatte den Strohhalm gegen einen gebogenen Kiefernzweig getauscht und sah sich mit zusammengekniffenen Augen um, offensichtlich auf der Suche nach einem neuen Gegner.

»Vielleicht«, murmelte Zorn, »sollte ich mir diesen Benjamin Bley mal vornehmen, den Mann von Lisbeth. Er kennt Marek Schleef ebenfalls, war mit ihr bei irgendwelchen Gruppensitzungen. Womöglich gibt es doch einen konkreten Grund, warum er mir eine reingehauen hat.«

»Hast du keine Angst, dass er dich noch mal schlägt?«

»Ich?« Zorn stieß geräuschvoll die Luft aus. »Ich hab doch keinen Schiss vor dem. Ich hab nur nicht zurückgeschlagen, weil er mir leidgetan hat. Du kennst mich, ich bin 'n knallharter Hund.«

»Sicher doch«, lächelte Schröder.

Edgar schlich gebückt am Zaun entlang, den Kiefernzweig wie einen Degen in der ausgestreckten Hand haltend.

»Wenn er in 'ne Glasscherbe tritt, bist du schuld«, sagte Zorn.

Schröder wischte die Bemerkung mit einer Handbewegung weg.

»Du hast mit Schleef gesprochen«, sagte er. »Was hältst du von ihm?«

»Ein bisschen eingebildet vielleicht.« Zorn zuckte die Achseln. »Andererseits ... er ist Seelenklempner. Haben die nicht alle 'nen Knall?«

»Du weißt, dass das Blödsinn ist.«

Das wusste Zorn natürlich.

»Trotzdem«, sagte er. »Ich glaube, du siehst hier irgendwelche Flöhe husten.«

»Wenn, dann *höre* ich sie. Husten, meine ich. Es ist dir wahrscheinlich nicht bewusst, aber ich verfüge über ein äußerst feines Gehör.«

»Was willst du machen? Willst du gegen Schleef ermitteln?«

Schröder antwortete nicht sofort. Edgar pirschte sich derweil an eine Klappleiter heran, die neben dem kleinen Tor mit dem Zugang zum See am Zaun lehnte, zückte den Kiefernzweig und nahm die Leiter unter ein unsichtbares, aber äußerst lautstarkes Dauerfeuer.

»Ich bin ein neugieriger Mensch«, sagte Schröder. »Ich werde mir diesen Psychologen einfach mal ein bisschen näher angucken.«

»Du willst, dass wir ihn befragen?«

»*Ich* werde das tun.«

»Warum nicht ich?«

»Weil er mich nicht kennt.«

Schröder bedachte Zorn mit einem vielsagenden Blick.

»Du ...« Es dauerte einen Moment, bis Zorn begriff, was Schröder vorhatte. »Du willst dich bei Schleef einschleichen?«

Ein Krachen ertönte, Edgar hatte der Leiter einen Tritt versetzt. Diese kippte um, der Junge stemmte die kurzen Arme in die Hüften und stieß einen triumphierenden Schrei aus.

»Heimlich?«, hakte Zorn nach. »Ohne zu sagen, dass du Bulle bist?«

»*Yep*.«

»In flagranti?«

»Undercover«, korrigierte Schröder.

»Krass«, murmelte Zorn.

»Mimja!«, krähte Edgar. »Mimja go!«

Zwanzig

Montag.

»Aufstehen.«

Fascho spürte sofort, dass etwas nicht stimmte. Seine Mutter hatte ihn aus dem Tiefschlaf gerissen, doch der Klang ihrer Stimme ließ ihn schlagartig wach werden. Hellwach.

Er blinzelte unter der Bettdecke hervor, sah, wie sie zum Fenster watschelte und den Vorhang aufzog. Tageslicht drang in das enge, stickige Zimmer, er zog die Decke über den Kopf. Keinen Bock auf diese Scheiße. Egal, was es war.

»Los, Ignaz. Komm hoch.«

Die Alte war sauer. Stinksauer.

Fascho wollte nicht wissen, warum. Er drehte sich auf die andere Seite, hörte ihre Schritte auf dem dünnen Teppich. Sie kam zum Bett, rüttelte ihn an der Schulter.

»Es ist fast neun.«

Er wehrte sich gegen den Impuls, ihre Hand wegzuschlagen. Wälzte sich herum, gähnte übertrieben, sah sie an. Lächelte.

»Krieg ich einen Kakao, Mama?«

Das zog immer.

»Du sollst aufstehen.«

Diesmal nicht.

Sie sah auf ihn hinab, aus diesen engstehenden Schweinsaugen, die er von ihr geerbt hatte. Ihr Mund war verkniffen, ein farbloser Strich, umgeben von welkem, faltigem Fleisch. Der fleckige Morgenmantel spannte über ihrem mächtigen Busen.

Die ist noch nicht mal vierzig, dachte Fascho, doch sie sieht aus, als würde sie jeden Moment in die Kiste springen. Scheiße, wie kann ein Mensch nur so hässlich sein? Sein Lächeln wurde breiter.

»Ach, Mama.« Ein weiteres, kindliches Gähnen. »Was ist denn los?«

»Der Briefträger war hier.« Erst jetzt bemerkte er den gelben Umschlag in ihrer Hand. »Ein Einschreiben.«

Sie warf den Brief aufs Bett. Er war geöffnet.

»Ich hab dich großgezogen.« Ihre Stimme bebte. »Ich hab alles versucht, um einen anständigen Menschen aus dir zu machen. Obwohl ich immer geahnt habe, dass etwas mit dir nicht stimmt. Ich hab mir eingeredet, dass es vorbeigeht.«

Scheiße, jetzt fing sie auch noch an zu flennen.

»Ich kann dir nicht mehr helfen, Ignaz.« Sie straffte sich. »Ich will nicht mehr.«

Fascho kannte seine Mutter als naiven, gutmütigen Menschen, den er nach Belieben manipuliert hatte, seit er denken konnte. Die Frau, die da vor ihm stand, war wütend. Nicht auf den Staat, nicht auf die Nachbarn, nicht auf das Fernsehprogramm. Das hatte Fascho oft genug erlebt, nein, sie war wütend auf *ihn*, ihr Herzblatt, ihr Goldstück, ihren vergötterten Augenstern.

»Ich hab dich in Schutz genommen«, sagte sie. »Immer und immer wieder. Ich hab dich bei der Polizei abgeholt, und ich hab dir geglaubt, dass die Sache mit der Brandstiftung erledigt ist. Es reicht jetzt, du wirst mich nie wieder belügen. Ich verstehe nicht alles, was da drinsteht, aber vielleicht«, sie deutete auf den Brief, »ist es besser, wenn du ins Gefängnis kommst. Vielleicht änderst du dich ja dann.«

Sie ging zur Tür, sah sich noch einmal um.

»Ich will, dass du ausziehst.« Ihr Blick war entschlossen, kalt. »Pack deine Sachen, Ignaz. In einer halben Stunde bist du hier verschwunden.«

*

»Ich hab denen versichert, dass du harmlos bist, Diethardt. Die Polizei hat dich gehen lassen, weil *ich* die Verantwortung übernommen habe.«

Marek Schleef saß hinter seinem Schreibtisch, die Augen ernst auf Diethardt gerichtet. Dieser hockte kerzengerade auf seinem Stuhl, seine Hände umklammerten die weiße Plastiktüte. Darunter lag sein Mantel, den er sorgfältig quer über dem Schoß gefaltet hatte.

»Man bricht nicht ohne Grund in eine Kirche ein«, fuhr Schleef fort. »Sagst du mir, warum du das getan hast?«

Keine Antwort.

»Diethardt?«

Diethardt bewegte lautlos die Lippen. Sein Blick irrte durch Schleefs Büro, ohne etwas davon wahrzunehmen. Schleef nahm einen Kugelschreiber, schrieb etwas auf einen Notizblock.

Zustand unverändert.

»Vertraust du mir?«, fragte er.

Diethardts Blick wurde klar, er sah Schleef erstaunt an.

»Aber sicher doch. Wir sind Kollegen.«

Schleef kritzelte ein Wort auf das Papier.

Einweisung?

Die Geschwindigkeit, mit der Diethardt von Strauch sich veränderte, war verblüffend. Sein hagerer Körper straffte sich, er schlug die Beine übereinander, lockerte die Krawatte, glättete mit den flachen Händen das aschblonde Haar über den Schläfen und mutierte von einer Sekunde auf die andere zum selbstbewussten, eloquenten Intellektuellen.

»Ich habe noch einmal über die letzte Gruppensitzung nachgedacht«, begann er. »Mir scheint, wir stecken ein wenig fest. Unser neuer Patient, dieser …«

»… Ignaz«, half Schleef.

»Der junge Mann scheint mir schwerer gestört, als ich anfangs dachte, womöglich ein Kindheitstrauma. Wir sollten unseren Therapieansatz noch einmal überdenken. Es wäre sinnvoll …«

Diethardt verstummte plötzlich. Sein Kinn sank auf die Brust, er verharrte einen Moment, lauschte in sich hinein. Als er den Kopf wieder hob, flackerten seine Augen.

»Ich muss mich bereithalten«, murmelte er. »Sie vertraut mir, ich darf sie nicht enttäuschen.«

»*Wen* darfst du nicht enttäuschen, Diethardt?«

»Die … die Ministerin. Sie hat mir geschrieben.«

»Einen Brief?«

»Ja.«

Schleef legte den Stift beiseite.

»Was ist das für ein Brief?«

»Ein *geheimer* Brief«, erwiderte Diethardt. Das Lächeln, mit dem er Marek Schleef ansah, war hilflos, fast kindlich. »Ich … ich darf nicht darüber sprechen. Es geht um die nationale Sicherheit.«

»Warst du deshalb in der Kirche? Wegen dieses Briefs?«

Keine Antwort, nur ein ratloses Kopfschütteln. Diethardt zwinkerte, kratzte sich heftig an der Nase. Plötzlich versteifte er sich, richtete sich kerzengerade auf.

»Wo waren wir stehengeblieben, Kollege?«

Wieder die schnarrende, dozierende Stimme.

»Bei unseren Gruppensitzungen«, sagte Marek Schleef.

»Richtig«, nickte Diethardt. »Ich hatte wohl kurz den Faden verloren.«

Schleef lächelte ihm aufmunternd zu. Diethardt ordnete mit wichtiger Miene sein Jackett.

»Insgesamt«, erklärte er ernst, »hat die Gruppe durchaus Fortschritte gemacht. Nehmen wir Simon Olytsch. Er ist sich seiner Aggressivität bewusst, ebenso, dass er den Alkoholkonsum unter Kontrolle haben muss. Auch Hagen«, Diethardt massierte sich nachdenklich die Stirn, »kommt gut voran, der Verlust seiner Familie ist natürlich ein traumatisches Erlebnis, aber was ihn betrifft, bin ich optimistisch. Die Entscheidung, auf herkömmliche Psychopharmaka zu verzichten, war definitiv richtig. Sorgen mache ich mir allerdings um Benjamin, obwohl ich ihn nach dem Tod seiner Frau noch nicht persönlich sprechen konnte. Vielleicht«, Diethardt strich die Anzughose glatt, »sollten wir einen Hausbesuch vornehmen.«

»Das«, nickte Marek Schleef ernst, »ist eine gute Idee, Kollege.«

»Dann«, Diethardt erhob sich ruckartig, »sind wir wohl fertig für heute. Eine äußerst erhellende Konversation, ich danke für Ihre Aufmerksamkeit.«

Sein Mantel glitt zu Boden. Er achtete nicht darauf, klemmte die Plastiktüte unter die Achsel, vollführte eine halbe Drehung in Richtung Tür. Erstarrte plötzlich mitten in der Bewegung und blieb reglos stehen.

Ein paar Sekunden vergingen.

»Diethardt?«

Marek Schleefs Stimme klang sanft.

Langsam, wie in Zeitlupe, wandte Diethardt sich wieder um. Als er Schleef ansah, waren seine Augen leer. Ebenso schnell, wie er in die Rolle des Arztes geschlüpft war, hatte er sie wieder abgestreift wie ein altes Kleidungsstück.

»Erinnerst du dich, was in der Kirche passiert ist?«, fragte Schleef.

»Aber ja«, hauchte Diethardt.

»Weißt du auch, warum du festgenommen wurdest?«

Plastik raschelte, Diethardts Finger verkrallten sich in der Tüte.

»Ich … ich habe Informationen«, murmelte er verträumt.

»Welche?«

»Ich hab sie aufgegessen.« Diethardt tippte sich an die Schläfe. »Aber sie sind hier drin.«

»Kannst du mir sagen, was das für Informationen sind?«

Diethardt dachte angestrengt nach. Seine Schultern sackten nach vorn, ebenso wie seine Haltung hatte sich seine Stimme verändert. Er klang leise, ernst, ein wenig traurig.

»Nein«, murmelte er kopfschüttelnd. »Aber ich bin der Einzige, der es verhindern kann.«

Schleef kam hinter seinem Schreibtisch hervor.

»Du hast gesagt, dass du mir vertraust.«

»Ich … ich muss auf weitere Anweisungen warten.« Diethardt wich Schleefs Blick aus, schluckte, fuhr sich mit der Zunge über die Lippen. Speichelfäden glänzten zwischen seinen Zähnen. »Die … die Welt ist in Gefahr.«

Schleef öffnete den Mund, doch er kam nicht dazu, etwas zu sagen. Die Tür wurde aufgerissen, Fascho platzte wutschnaubend herein.

»Ich muss dich sprechen.«

»Jetzt nicht.«

»Aber ich …«

»Jetzt«, Schleef hob die Stimme, »nicht!«

Faschos Atem ging hektisch, das Haar hing ihm verschwitzt in die Stirn. Das T-Shirt klebte an seinem mageren Körper, er schien gerannt zu sein. Schleef deutete zur Tür.

»Warte draußen.«

Fascho war unentschlossen.

»Kuno hatte recht«, sagte Diethardt plötzlich. »Du bist tatsächlich böse.«

Bisher war er Luft für Fascho gewesen. Diethardts Augen hatten sich zu schmalen Schlitzen verengt, er trat einen Schritt vor.

»Du bist einer von ihnen«, zischte Diethardt, das spitze Kinn vorgereckt wie ein angriffslustiger Habicht. »Du bist …«

Fascho stieß Diethardt so heftig beiseite, dass dieser zwei Schritte zurücktaumelte. Dann rannte er hinaus.

*

»Du kannst nicht einfach so in mein Büro platzen.«

»Ich geh nicht in den Knast!«, wiederholte Fascho zum dritten Mal.

Sie saßen auf der Bank vor dem Therapiezentrum. Die Sonne strahlte vom Himmel, vom Spielplatz hinter der Baracke wehte Kindergeschrei herüber. Aus der geöffneten Tür eines Dönerladens drang der Geruch von Schweiß, schalem Bier und gebratenem Fleisch.

»Jetzt beruhige dich erst mal«, sagte Schleef. »Dann sehen wir weiter.«

Fascho zündete sich eine Zigarette an und beobachtete mit zusammengekniffenen Augen, wie Diethardt weiter hinten in ein Taxi stieg. Eine Frau in weinrotem Kostüm hielt ihm die Tür auf, Fascho hatte sie schon einmal gesehen. Diethardts Schwester, die sich um ihn kümmerte. Er selbst hielt sie für seine Sekretärin.

»Was für'n Vollhonk«, knurrte Fascho.

»Diethardt ist einer der intelligentesten Menschen, die ich jemals kennengelernt habe«, sagte Schleef ruhig. »Er hat ein paar Semester Medizin studiert, danach Rechtswissenschaften, hatte eine eigene Kanzlei. Sein IQ ist wahrscheinlich doppelt so hoch wie meiner, sein Verstand arbeitet mit der Geschwindigkeit einer Hochleistungsturbine, und genau das«, seufzend schob Schleef die Nickelbrille zurecht, »ist sein Problem. Er ist einfach *zu* klug. Es ist das Denken, es hat ihn durcheinandergebracht.«

Das, dachte Fascho, ist mir so was von egal. Scheißegal. Ich hab genug Probleme an der Backe.

»Ich gehe nicht in diesen verdammten …«

»Das hast du jetzt oft genug gesagt, Ignaz.«

»Du … du hast versprochen, dass du mir hilfst!«

»Das versuche ich die ganze Zeit. Du hast ein Problem, und diesem Problem musst du dich stellen. Pyromanie ist nichts, wofür du dich schämen musst. Aber du hast andere Menschen in Gefahr gebracht. Du musst lernen, damit umzugehen. Es gibt Schlimmeres, das kannst du mir …«

»*Schlimmeres?!*« Fascho sprang auf, spuckte vor Schleef auf den Boden, verfehlte dabei nur knapp die schneeweißen Turnschuhe. »Ich bin zu Hause rausgeflogen!«

Drei Teenager, die mit Bierdosen in den Händen gelangweilt auf den Stufen vor der Dönerbude hockten, erwachten aus ihrer Lethargie und sahen zu ihnen hinüber.

»Du kannst bei mir schlafen«, sagte Marek Schleef. »Bis du was gefunden hast.«

»Klar doch!« Fascho lachte auf. »Damit du mir an die Wäsche gehen kannst!«

Schleef nahm die Brille ab.

»Setz dich.«

»Du kannst mich mal!«

»Na los.«

Schleef klopfte mit der flachen Hand neben sich auf die Bank, sah ruhig zu Fascho auf. Dieser versuchte, den Blick abzuwenden, doch Schleefs dunkle, fast schwarze Augen wirkten wie Magnete. Widerstrebend nahm Fascho wieder Platz.

»Du hast Scheiße gebaut«, sagte Schleef, nachdem sie eine Weile geschwiegen hatten. »Du bist dabei erwischt worden, und jetzt kommt's zur Anklage. Das heißt aber noch lange nicht, dass du eingesperrt wirst.«

Fascho starrte stumm zu Boden. Seine Spucke trocknete allmählich auf den bröckelnden Betonplatten, Unkraut wucherte zwischen den Ritzen empor. Schleef krempelte die Ärmel seines weißen Hemdes hoch, lehnte sich zurück und blinzelte in die Sonne.

»Wann ist die Verhandlung?«

Fascho tastete nach seiner Hosentasche, der Brief knisterte unter dem groben Jeansstoff.

»In drei Wochen.«

»Ich mach dir einen Vorschlag, Ignaz. Du hältst dich an unsere Vereinbarung, kommst wieder zu den Terminen. Morgen Nachmittag ist unser Gruppenausflug geplant. Wär schön, wenn du kommst. Und dich ein bisschen einbringst, dich ein wenig öffnest, sowohl mir gegenüber als auch der Gruppe. Ich weiß, wie schwer dir das fällt, aber du könntest dich zumindest bemühen. Im Gegenzug kriegst du von mir die Bestätigung, dass du dich freiwillig in Behandlung begeben hast.«

»Kann man das nicht einfach so …«

»Kann man nicht. Ich hab dir gesagt, dass ich nur ungern mit den Behörden zusammenarbeite, und das stimmt. Tut mir leid«, Schleef schüttelte den Kopf, »aber lügen werde ich ebenfalls nicht.«

»Das ist Erpressung«, murmelte Fascho.

Schleef sah ihn an.

»Stimmt.« Ein Grinsen. »Aber du musst nicht drauf eingehen.«

Ein Mann erschien zwischen den Flachbauten, lief an den Fenstern des Discounters entlang und blieb vor der Reihe mit den Einkaufswagen stehen. Er war klein und ziemlich dick, regelrecht *fett*, fand Fascho, das karierte Baumwollhemd schien kurz davor, über dem Kugelbauch zu platzen. Eine zerbeulte Cordhose hing tief über den breiten Hüften. Als der Kleine den Platz überquerte und auf das Therapiezentrum zuging, baumelte eine abgewetzte Aktentasche an seiner Seite.

»Ich glaube«, auch Schleef hatte den Kleinen bemerkt, »mein nächster Termin ist da.«

Er stand auf, während der kleine Mann schräg hinter ihm an der geschlossenen Glastür rüttelte, stutzte und stirnrunzelnd das Messingschild neben dem Eingang studierte, offensichtlich auf der Suche nach einem Klingelknopf. Ein komischer Zwerg in albernen Klamotten, seine Frisur – schütteres rostfarbenes Haar klebte in dünnen Strähnen quer über dem kahlen Schädel – setzte dem Ganzen die Krone auf. Der Typ, überlegte Fascho, passte perfekt zu den anderen Bekloppten, mit denen Marek Schleef ständig zu tun hatte.

»Denk drüber nach, Ignaz.«

Ein knappes Nicken zum Abschied. Schleef ging mit großen Schritten davon, das dünne Hemd flatterte um seinen sehnigen Oberkörper.

Fascho lehnte sich seufzend zurück. Wolken zogen heran, es sah nach Regen aus.

Scheiße, dachte er. Wo soll ich heute Nacht schlafen?

*

»Ich werde Sie nicht anzeigen«, sagte Zorn. »Ich will nur wissen, warum Sie das getan haben.«

Benjamin Bley hatte die Wohnungstür nur halb geöffnet, er starrte Zorn aus geröteten Augen entgegen. Es hatte eine Weile gedauert, bis er reagiert hatte, erst, als Zorn Sturm geklingelt hatte, war er zur Tür gekommen.

»Kommen Sie schon.« Zorn hob die Arme. »Irgend 'nen Grund muss es geben.«

Ein strenger, muffiger Geruch drang aus der Wohnung. Bley schien geschlafen zu haben, das lichte rotblonde Haar stand in alle Richtungen von seinem Kopf ab. Er trug ein zerknittertes Hemd, das er nicht zugeknöpft hatte, sein bleicher, mit rötlichem Flaum bedeckter Bauch hing über einem ausgeleierten Schlüpfer.

Zorn wartete vergeblich auf eine Antwort. Als er weitersprach, duzte er Blei.

»Ich bin nicht sauer auf dich.«

Das stimmte. Komischerweise.

»Aber du solltest wissen, dass ich selten ein paar auf die Fresse kriege. Es hat weh getan, und du siehst ja«, Zorn deutete auf sein Auge, das noch immer geschwollen war wie eine geplatzte Pflaume, »was du angerichtet hast. Mein kleiner Sohn ist schreiend vor mir weggelaufen. Seitdem renne ich den ganzen Tag mit 'ner Sonnenbrille rum.«

Das Hauslicht erlosch. Zorn fand den Schalter, die Neonröhren flammten wieder auf. Bley schloss geblendet die Augen, öffnete sie wieder und sah Zorn an, ohne ein Wort zu sagen. Seine rechte Hand umklammerte die Klinke, mit der anderen stützte er sich am Türrahmen ab, als würde er jeden Moment das Gleichgewicht verlieren.

»Eigentlich«, fuhr Zorn fort, »wollte ich dich in Ruhe lassen. Du hast deine Frau verloren, ich war der Erste, mit dem du darüber sprechen musstest. Ist *das* vielleicht der Grund? Ich meine …«

»Halt's Maul.«

Benjamin Bley war betrunken, das Lallen war unüberhörbar. Er beugte sich vor, die Klinke noch immer fest umklammert, und hielt Zorn die geballte Faust entgegen.

»Was ist?«, fragte Zorn. »Willst du mir noch eine reinhauen? Aber diesmal«, er deutete auf seine vernarbte Wange, »die andere Seite, wenn ich bitten darf. Die ist sowieso schon im Arsch.«

Bley schüttelte den massigen Schädel, als wolle er den Kopf klarbekommen.

»Sie … sie könnte noch am Leben sein«, murmelte er. Speichel glänzte auf seinem Kinn. »Diese … diese Schweine haben Lisbeth vergewaltigt, aber ihr habt euch einen Dreck darum geschert.«

Es war schwer, Benjamin Bleys Gestammel zu folgen.

»Sie ist tot«, lallte Bley. Er rieb sich über die unrasierten Wangen. »Und ihr seid SCHULD!«

Seine Stimme hallte durch den leeren Flur, das letzte Wort hatte er aus vollem Hals geschrien. Die Wohnungstür neben dem Fahrstuhl öffnete sich, eine Frau in mittlerem Alter erschien und sah sich neugierig um. Offensichtlich kam sie gerade aus der Dusche, sie raffte einen rosafarbenen Bademantel vor der Brust, ein ebensolches Handtuch schlang sich um ihren Kopf.

»Verpiss dich!«, schrie Bley.

Das tat die Frau umgehend.

Zorn war nicht sicher, ob er Benjamin Bley richtig verstanden hatte, einen von Trauer zerfressenen Witwer, der noch dazu betrunken war.

»Noch mal ganz langsam.« Unwillkürlich kehrte er zum förmlichen *Sie* zurück. »Sie geben der Polizei die Schuld am Tod Ihrer Frau?«

»Genau das«, knurrte Bley, »tue ich.«

»Weil sie damals die Vergewaltigung nicht aufklären konnte?«

»Nein. Weil sie's nicht *wollte*.«

Hass blitzte in Bleys glasigen Augen. Schaler Alkoholgeruch schlug Zorn entgegen, er musste sich zwingen, die nächsten Fragen zu stellen.

»Woher wollen Sie das wissen? Ich meine, das alles ist ein paar Jahre her. Selbst wenn dieser Schwachsinn stimmen sollte, wieso haben Sie sich nicht schon damals beschwert? Wieso erst jetzt?«

»Weil ich's erst jetzt erfahren habe!«

Ein übelriechender Speichelregen schoss Zorn entgegen.

»Herr Bley«, sagte er und mühte sich, ruhig zu bleiben, »ich habe keine Ahnung, wo Sie diesen Quatsch aufgeschnappt haben, aber …«

»ICH *WEISS* ES!«

Die Wohnungstür wurde mit solcher Gewalt zugeworfen, dass feiner Staub aus dem Rahmen auf den Fußabtreter rieselte. *WILLKOMMEN* war in verblichenen Buchstaben auf dem groben Gewebe zu lesen.

Zorn stand einen Moment unschlüssig im Flur. Überlegte, ob er noch einmal klingeln solle, entschied sich dann kopfschüttelnd dagegen.

»Na dann«, murmelte er, »schönen Abend noch.«

Und ging.

Einundzwanzig

Ignaz, genannt Fascho.

Kurz nach Mitternacht.

Wolken sind aufgezogen. Nieselregen fällt. Lautlos, in dünnen, silbrig flimmernden Fäden. Die schnurgeraden, wie mit dem Lineal gezogenen Straßen der Neustadt glänzen im fahlen Schein der Laternen. Wasser strömt leise gurgelnd in die Gullys, rinnt über die Fassaden der Wohnblocks, tropft von den Balkonen. Pfützen blitzen zwischen den ausgetretenen Betonplatten der Fußwege.

Die gewaltigen, seit Jahrzehnten verlassenen Wohnblocks an der Magistrale schimmern im nächtlichen Dunst. Schemenhaft, bedrohlich. Fünf gigantische Monster, achtzehn Stockwerke hoch, im Abstand von hundert Metern aus dem lehmigen Boden gestampft. Tausende, vielleicht Millionen Kubikmeter rostiger Stahl und bröckelnder Beton, früher bewohnt von Hunderten Menschen, jetzt leerstehend. Nutzlose, nach Unrat stinkende Ruinen.

Das riesige Plakat an der Stirnseite des mittleren Kolosses ist durchnässt. Die verblassten, meterhohen Druckbuchstaben – ZU VERKAUFEN – sind kaum mehr zu entziffern.

Im Inneren gespenstische Ruhe. Nur das leise Tröpfeln des Wassers. Ab und zu ein Rascheln, Ratten flitzen über die verlassenen Flure, zerzauste Tauben dösen vor den gesplitterten Fenstern. Unwirkliches, geisterhaftes Zwielicht.

Nur in einer Wohnung im siebzehnten Stock flackert eine Kerze.

Fascho hockt auf einer fleckigen Matratze, starrt in die Flamme. Sein Rucksack lehnt neben der gesplitterten, schief in den Angeln hängenden Tür. Der Fußboden ist übersät mit einer stinkenden Schicht aus Taubendreck, faulenden Lumpen und Zeitungsresten. Glasscherben funkeln auf dem Fensterbrett, darunter stapeln sich die Überreste einer Anbauwand aus den siebziger Jahren des vergangenen Jahrhunderts. In einer Ecke liegt ein verrosteter Heizkörper, daneben eine halbverweste Ratte.

Es war kein Problem, hier einzudringen. Fascho weiß, wo die Bretter vor den Fenstern im Erdgeschoss nur lose befestigt sind. Als Kind war er öfter hier, damals aus Neugierde, um die Langeweile zu vertreiben.

Jetzt ist es anders. Er weiß nicht, wohin er soll.

Nachdem er bei Schleef war, ist er noch einmal nach Hause gegangen. Als seine Mutter die Tür öffnete, hat er sie mit großen Augen angesehen, das Kindergesicht aufgesetzt, hat es sogar geschafft, ein bisschen zu heulen. Es hat nicht geklappt. Wortlos hat sie ihm einen Rucksack mit ein paar Klamotten in die Hand gedrückt, dann hat sie die Tür wieder geschlossen.

Fröstelnd hebt er die Schultern. Sein spitzes Rattengesicht schimmert fahl im Schein der Kerze, hinter ihm tanzt sein grotesk verzerrter Schatten über die Wand. Tapetenreste hängen in schimmelnden Fetzen herunter.

Er hat Hunger. Normalerweise würde er jetzt in seinem Bett liegen, mit einer Fertigpizza im Bauch oder Nudeln aus dem Discounter. Seine Mutter kocht nicht gut, das fade Essen ging ihm immer auf die Nerven.

Fascho sieht sie vor sich. Die feuchten Triefaugen, den nervenden, liebevollen Hundeblick. Die teigigen, hängenden Wangen. Den BH, der unter der Nylonschürze tief in das wabbelnde Fleisch unter den Achseln schneidet. Die Krampfadern auf den fetten Beinen. Er denkt an ihren Geruch nach Schweiß und billiger Seife, spürt ihre feuchten, klebrigen Hände, wenn sie ihrem Herzblatt fürsorglich das Haar aus der Stirn strich. Sie hat ihn genervt, seit er denken kann.

Fascho spürt ein Stechen im Bauch und registriert verwundert, dass er Heimweh hat. Er vermisst sie.

Nein, denkt er und kaut trotzig auf der Unterlippe, ich werde nicht betteln. Soll sie bleiben, wo der Pfeffer wächst, ich gehe nicht zurück. Scheiß drauf, ich …

Er horcht auf.

Das Geräusch ist schwer zu definieren. Dumpf, weit unter ihm, irgendwo in der Tiefe des Hauses. Es könnte sonst was sein. Der Wind, eine streunende Katze, ein aufgeschreckter Taubenschwarm. Nichts, wovor er sich fürchten muss. Trotzdem lauscht Fascho mit gerecktem Kinn, die Augen alarmiert geweitet.

Es ist nur eine Ahnung. Am Nachmittag, da ist er lange durch die Gegend gelaufen, ziellos, verwirrt, doch er hatte das Gefühl, beobachtet zu werden. Später, als er sich schließlich entschlossen hatte, hier Unterschlupf zu suchen, da ist dieses Gefühl stärker geworden, er hat sich immer wieder umgesehen, doch da war – natürlich – niemand gewesen, auch nicht, als er sich hier eingeschlichen hat.

Eine halbe Minute vergeht.

Blödsinn, sagt sich Fascho schließlich. Es gibt keinen Verfolger. Hör auf, dir irgendwelche Scheiße einzureden. Denk lieber nach, wie's jetzt weitergehen soll.

Das stimmt.

Er kann nicht nach Hause. Zu Schleef kann er auch nicht. Der Typ hat ihn verarscht, hat ihn mit seinem Gelaber eingewickelt. Fascho ist froh, dass er ihm nicht alles erzählt hat, längst nicht alles. Der Kerl hat keine Ahnung, was wirklich mit Fascho los ist. Gut so.

Den ganzen Nachmittag hat Fascho überlegt, ob er den Schwachsinn mit den Therapiestunden weiter mitmachen soll. Noch immer ist er unschlüssig, vor allem der Gedanke an die Gruppensitzungen geht ihm gewaltig auf die Nerven. Schleef erwartet, dass er sich diesen Idioten *öffnet*, dass er bei diesem hirnrissigen Spiel mitmacht. Andererseits braucht er Schleefs Schreiben für das Gericht. Fascho hat keine Ahnung, was auf ihn zukommt, aber die Tatsache, dass er angeklagt wird, dass irgendwelche geschniegelten Idioten über sein Schicksal entscheiden, ihn womöglich einsperren, erfüllt Fascho mit einer unbändigen Wut. Und mit Angst.

Ein kalter Luftzug weht durch das geborstene Fenster, treibt feinen Nieselregen herein. Die Kerze flackert, Fascho streicht mit dem Zeigefinger durch die Flamme. Von links nach rechts, wieder zurück, verharrt schließlich in der Mitte. Augenblicklich kommt der Schmerz. Fascho beginnt zu zählen.

Eins. Zwei. Drei.

Die Flamme züngelt um seinen Finger. Ruß steigt auf.

Vier. Fünf.

Er beißt die Zähne zusammen.

Sechs.

Es ist, als wäre der Finger in kochende Säure getaucht. Der Schmerz schießt durch seinen Arm wie unzählige vergiftete Pfeile.

Sieben.

Fascho stöhnt auf. Tränen rinnen über sein Gesicht.

Acht.

Er beugt sich vor, umklammert das Handgelenk.

Neun.

Ein gequälter, langgezogener Schrei.

Zehn.

Fascho springt auf, das Handgelenk noch immer umklammert. Glas knirscht unter seinen Turnschuhen. Er betrachtet den malträtierten Finger, die Blasen auf der Haut. Blutrot, an den Rändern geschwärzt. Eine milchige Flüssigkeit tropft aus der Wunde. Der Gestank von verbranntem Fleisch mischt sich mit dem Geruch des verlassenen Hauses nach Urin, Schimmel und feuchtem Beton.

Ein gequältes, ersticktes Stöhnen.

»Scheiße.«

Fascho sinkt zurück auf die Matratze. Sein Kopf sackt auf die Brust, seine Schultern beben. Fascho beginnt zu weinen.

Er hat es schon oft getan. Früher hat es geholfen, den Drang zu bekämpfen, die Schmerzen hatten etwas Reinigendes. Die Unruhe, dieses quälende Jucken, das er ständig spürte, war für eine Weile verschwunden. Ein Gefühl, peinigend, aber erleichternd, als würde Druck aus einem demnächst explodierenden Kessel abgelassen werden.

»Sinnlos«, murmelt Fascho.

Er schüttelt den gesenkten Kopf. Das Haar bewegt sich wie eine fettige Gardine vor dem schweißüberströmten Gesicht.

Es war ein Versuch, ein instinktives Aufbäumen gegen das Monster, das schon immer in Fascho geschlummert hat. Ein Teil seines Verstandes – der rationale, klar denkende Teil – hat es lange geschafft, dieses Monster unter Kontrolle zu halten, doch jetzt, allein in einem riesigen, verlassenen Haus, hungrig, frierend, ängstlich wie ein verlorenes Kind, streicht dieser Teil die Segel und überlässt dem Monster das Ruder.

Es hilft nicht mehr, wenn Fascho sich selbst Schmerzen zufügt.

Es ist besser, wenn andere leiden.

Wie damals der Hund.

Aber auch der Hund reicht längst nicht mehr aus, um das Monster zu füttern.

Fascho holt den Brief aus der Hosentasche. Das Papier ist zerknittert, er faltet es auseinander, beugt sich über die Kerze und überfliegt die engbeschriebenen, amtlichen Zeilen. *Ermittlungsverfahren abgeschlossen, hinreichender Tatverdacht, Angeschuldigter in einem Strafverfahren, Eröffnung des Hauptverfahrens, Rechtsanwalt benennen* – all das klingt bedrohlich. Endgültig. Unausweichlich.

Eine Welle der Wut lodert empor, heißer als jemals zuvor. Irgendwo weit hinten in Faschos Verstand ertönt eine dünne Stimme. Es ist sinnlos, sagt sie, deine Wut auf andere Menschen zu projizieren, du selbst bist für deine Taten verantwortlich, du musst die Schuld zunächst bei dir selbst suchen. Worte, die Marek Schleef irgendwann zu ihm gesagt hat.

Fick dich, denkt Fascho.

Er hält den Brief über die Kerze. Rauch steigt auf, Flammen züngeln empor und während das Papier allmählich verbrennt, verzerrt sich Faschos Gesicht zu einer Grimasse. Er nimmt den Brief aus der Flamme, kurz, bevor er vollständig verbrannt ist, betrachtet den Rest, ein verkohlter, an den Rändern glühender Fetzen.

»Du bist schuld«, knurrt er.

Seine Pupillen funkeln im Kerzenlicht.

»Du hast mir diese Scheiße eingebrockt.«

Er streicht mit dem verletzten Finger über das Papier. Hält es dicht vor die Augen, als wolle er sich jeden einzelnen Buchstaben einprägen, der dort noch zu lesen ist. Es ist der Name, mit dem der Brief unterschrieben ist.

Frieda Borck.

Zweiundzwanzig

Dienstag.

»Bley war rotzbesoffen«, sagte Zorn. »Ich bin nicht sicher, ob man sein Geschwafel ernst nehmen kann.«

»Das sollten wir.« Schröder wandte den Blick von seinem Rechner und sah Zorn über den Schreibtisch hinweg an. »Vorerst jedenfalls.«

Kurz vor Morgengrauen hatte der Regen aufgehört, der Himmel klarte allmählich auf. Der Tag würde schön werden.

»Er gibt uns die Schuld am Tod seiner Frau«, sagte Zorn. »Deshalb ist er ausgerastet. Er behauptet, dass die Vergewaltigung absichtlich nicht aufgeklärt wurde.«

»Falls da was dran sein sollte, kriegen wir's raus. Wir nehmen uns die Ermittlungsakten von damals noch mal vor.«

»Ich frage mich, woher er diesen Blödsinn hat.«

»Auch das«, erwiderte Schröder, »kriegen wir raus.«

Zorns Miene verdüsterte sich. Das bedeutete Arbeit. Papierkram, Akten wälzen, endlose Telefonate.

»Deine Füße«, sagte Schröder.

»Was ist mit denen?«

»Nimm sie runter.« Schröder deutete lächelnd auf den Schreibtisch. »Bitte.«

Zorn, der mit hinter dem Kopf verschränkten Armen und hochgelegten Füßen mehr gelegen als in seinem Stuhl gesessen hatte, gehorchte. Allerdings erst, nachdem er ein missmutiges Grunzen von sich gegeben hatte.

»Und?«, fragte er und langte nach seiner fleckigen Kaffeetasse, »Wie war dein … Undercover-Einsatz gestern?«

»Na ja.« Schröder hob die Hand, wedelte mit den gespreizten Fingern. *»Comme ci, comme ça.«*

»Rede gefälligst deutsch mit mir, du Angeber.«

»Sicher doch.« Schröder ordnete den Scheitel. »Marek Schleef ist ein ziemlich guter Psychologe. Mehr kann ich im Moment noch nicht sagen. Es war ja nur ein erstes, relativ kurzes Gespräch. Ich musste ein paar Fragebögen ausfüllen, dann haben wir einen weiteren Termin vereinbart. «

»Hat er dir deine Geschichte abgekauft?«

»Ich hab ihm keine erzählt.«

»Sondern?«

»Die Wahrheit.«

»Ach.«

Zorn nippte an seinem Kaffee, verzog das Gesicht und sank wieder zurück.

»Ich wusste nicht, was mich erwartet«, sagte Schröder. »Also habe ich mir zwei Möglichkeiten überlegt. Die erste war, mir was auszudenken, ein Trauma oder eine psychische Störung. Aber das hätte er mir nicht abgenommen. Wie gesagt, Schleef ist gut in seinem Job. Er hätte sofort gemerkt, wenn ich ihm was vorspiele.«

»Also hast du die Wahrheit erzählt.«

»Fast. Er weiß natürlich nicht, dass ich Polizist bin.«

»Du bist jetzt also in psychiatrischer Behandlung.«

»Das bin ich.«

Zorn wusste, dass Schröder eine Menge mit sich herumschleppte. Er war als Kind missbraucht worden, hatte seine Eltern kurz nacheinander verloren. Auch von der hässlichen, gezackten Narbe, die quer über Schröders Bauch verlief, wusste Zorn, vor ein paar Jahren wäre er fast erstochen worden. Dinge, von denen Zorn nicht einmal ahnte, wie ein Mensch mit ihnen leben konnte. Sie redeten kaum darüber, zum einen, weil Schröder es nicht wollte, zum anderen, weil Zorn keine Ahnung hatte, wie er Schröder helfen sollte. Also ließ er es auch diesmal sein.

»Ich nehme an«, sagte er stattdessen, »dass ich es bin, der sich die Ermittlungsakte mit der Vergewaltigung noch mal vornehmen darf?«

»Aber sicher doch. Und es wäre gut, wenn du auch mit den Kollegen sprichst, die den Fall damals bearbeitet haben.«

Zorn verdrehte die Augen.

»Es steht mir zwar nicht zu«, seufzte er, »aber darf man fragen …«

»Natürlich darf man das.«

»… was mein werter Vorgesetzter währenddessen zu tun hat?«

»Weiterermitteln.«

»Undercover?«

»*Yes.*«

»Und was genau?«

Schröder sah Zorn mit bedeutungsvoller Miene an.

»Diese Information«, erklärte er ernst, »ist streng vertraulich.«

»Ich werde schweigen wie ein Grab.« Zorn hob feierlich die Hand. »Das schwöre ich bei allem, was mir …«

»Ja?«, fragte Schröder unschuldig.

Zorn, der eigentlich vorgehabt hatte, mit dem Zeige- und Mittelfinger ein V zu bilden, betrachtete seine rechte Hand, blinzelte irritiert und ließ den Stumpf wieder sinken. »Na ja, ich versprech's. Das sollte reichen.«

Schröder schien nicht ganz überzeugt.

»Du wirst es geheim halten?«, fragte er, den Kopf skeptisch geneigt.

»Das werde ich«, nickte Zorn ungeduldig. »Ich werde deine verdeckte Aktion nicht gefährden. Also, was hast du vor?«

Schröder ließ einen Moment verstreichen, um seinen Worten mehr Gewicht zu verleihen.

»Ich gehe …«

»Ja?«

»Zum Grillen.«

Dreiundzwanzig

Benjamin.

»Das geht so nicht weiter.«

Benjamin Bley läuft durch die Wohnung, rastlos wie ein Tiger im Käfig. Seit Tagen hat er nicht richtig geschlafen. Die Stoppeln auf Kinn und Wangen verdichten sich allmählich zu einem rötlichen, wildwuchernden Gestrüpp. Die Wohnung versinkt mehr und mehr im Chaos. In der Küche stapelt sich das schmutzige Geschirr, leere Weinflaschen stehen herum. Im Schlafzimmer verteilen sich Lisbeths Sachen. Irgendwann hat er im Vollrausch begonnen, ihre Kleider aus den Schränken zu räumen und in Müllsäcken zu verstauen. Ein kläglich gescheiterter Versuch, gegen die Erinnerung an seine tote Frau anzukämpfen.

Unter der Heizung liegt ein Papierknäuel. Er hebt es auf, faltet es auseinander. Es ist der Brief, stundenlang hat er über dem verdammten Ding gebrütet, getrunken, nachgedacht, bis er ihn schließlich zusammengeknüllt und in die Ecke geworfen hat. Benjamin Bley streicht das Papier glatt, überfliegt die engbeschriebene Seite zum fünfzigsten, vielleicht auch zum hundertsten Mal.

Ich kenne die Akten. Da ist eine Menge vertuscht worden. Es gab Gründe, nicht nach den Tätern zu suchen, und ich habe Beweise.

Er hat es geglaubt. Anfangs zumindest, als der Schmerz jeden klaren Gedanken verdrängt hat, da hat es ihn dazu getrieben, dem narbengesichtigen Polizisten vor dem Haus aufzulauern und ihn niederzuschlagen. Er brauchte einen Schuldigen, jemanden, dem er die Verantwortung für ihren Tod geben konnte. Benjamin Bley ist weder cholerisch noch psychopathisch veranlagt, er ist ein harmloser Versicherungsangestellter mit früh einsetzendem Haarausfall und Gewichtsproblemen. Tagelang hat er versucht, seine Zweifel im Alkohol zu ertränken, und jetzt, verkatert zwar, aber mit halbwegs klarem Kopf, ist er entschlossen, zu einer Entscheidung zu kommen.

Die stecken alle unter einer Decke, schützen sich gegenseitig. Wenn ich Ihnen meine Beweise präsentiere, werden Sie verstehen, warum das so ist.

Es ist dumm. Es ist naiv, diesen Verschwörungstheorien Glauben zu schenken, absurden Anschuldigungen eines Menschen, der behauptet, ein ehemaliger Polizist zu sein. Ein Mensch, der Geld für seine angeblichen Beweise verlangt. Andererseits …

Ich bin kein Spinner, ich habe handfeste Motive.

Benjamin Bley greift nach seinem Handy. Sinnlos, sich weiter den Kopf zu zerbrechen. Er wird erst Ruhe finden, wenn er Gewissheit hat. Seufzend liest er die Nummer des Prepaidtelefons von dem Brief ab, tippt sie ein und schreibt eine SMS. Die Nachricht besteht aus einem einzigen Wort:

Einverstanden.

Eine knappe Minute später kommt die Antwort.

Ich melde mich. Denken Sie an die 1000 Euro.

Vierundzwanzig

»Okay, Leute.« Marek Schleef sah auf die Uhr. Das verchromte Armband blitzte in der Nachmittagssonne. »Dann lasst uns ablegen.«

Das Boot sah aus wie ein überdimensionaler Donut von drei Metern Durchmesser. Die Gruppe saß im Kreis in der Nussschale, während Marek Schleef noch oben am Anlegesteg stand und in Begriff war, sich zu den anderen zu gesellen.

»Ach«, rief er plötzlich, »du kommst ja doch noch!«

Schleef, der sich noch einmal umgesehen hatte, klang erfreut. Fascho war auf dem Steg erschienen, gemächlich, die Daumen in den Gürtelschlaufen der tiefhängenden Jeans verhakt, kam er herangeschlurft.

»Schön, dass du da bist.« Schleef legte ihm einen Arm um die Schulter. »Wir haben auf dich gewartet.«

Faschos Blick wanderte verdrossen über die Gesichter der im Kahn versammelten Gruppe. Dicht an dicht hockten die Bekloppten im Kreis um einen runden Tisch, der im Zentrum des kleinen Boots verankert war. Aus einem Loch in der Mitte ragte ein zusammengefalteter Sonnenschirm. Pappteller, Plastikgeschirr und ein paar Becher waren auf dem Tisch verteilt.

Hagen lächelte freundlich zu Fascho herauf, er hatte ein albernes, rotweißes Basecap mit dem Logo des örtlichen Fußballvereins über die Glatze gestülpt. Fascho fragte sich kurz, wie er ohne Krücke in den verdammten Kahn gekommen war. Der fette Simon winkte ihm zu, kraulte sich dabei verlegen den Vollbart, als wäre ihm peinlich, dass sein bärenhafter Körper so viel Platz benötigte. Kuno, eingezwängt zwischen Simon und Diethardt, warf ihm einen kurzen, bösartigen Blick aus wässrigen Froschaugen zu, während Diethardt keine Notiz von Fascho nahm. Er war der

Einzige, der eine Schwimmweste trug, und war damit beschäftigt, die Gurte und Reißverschlüsse zu untersuchen, was offensichtlich seine gesamte Aufmerksamkeit in Anspruch nahm.

»Das«, Schleef deutete auf den Platz neben Diethardt, »ist Herr Schröder, unser Neuzugang. Vielleicht setzt du dich neben ihn, dann lernt ihr euch gleich ein bisschen kennen.«

Nun, das tat Fascho bereits, er hatte den dicken Zwerg mit der dämlichen Frisur und dem karierten Hemd gestern vor dem Therapiezentrum gesehen. Herr Schröder, wie Schleef ihn vorgestellt hatte, nickte lächelnd zu ihm auf und rutschte ein wenig zur Seite, um Platz zu machen.

»Hast du dich verletzt?« Schleef hatte Fascho unter der Achsel gegriffen, um ihm ins Boot zu helfen, und dabei die schmutzige Binde um seine Hand bemerkt.

»Finger eingeklemmt«, erwiderte Fascho einsilbig, streifte Schleefs Hand ab und sprang ins Boot. Schleef folgte ihm leichtfüßig. Der winzige Kahn neigte sich bedenklich unter ihrem Gewicht, machte eine Vierteldrehung um die eigene Achse. Fascho hielt sich am Sonnenschirm fest, dann ließ er sich auf die runde Sitzbank neben Herrn Schröder fallen. Dieser hatte sich plötzlich versteift. Bleich, die kurzen Finger im Schoß verkrampft, saß er in dem schwankenden Boot.

»Es klingt ein bisschen verrückt«, flüsterte er Fascho schüchtern zu, »aber ich mag kein Wasser.«

Ein *bisschen*, dachte Fascho, ist ja wohl eindeutig untertrieben.

»Dann wollen wir mal.« Schleef griff nach der Ruderstange des Außenbordmotors, sah aufmunternd in die Runde und deutete auf einen kleinen Grill, der hinter Fascho in einer Aussparung in der runden Bordwand eingelassen war. »Es gibt Steaks, Freunde. Oder Würstchen, wem das lieber ist. Ihr wisst ja, wie's heute abläuft. Keine Regeln, keine ernsten Gespräche. Heute haben wir einfach nur zusammen Spaß.«

Klar doch, dachte Fascho und presste die Lippen aufeinander. Ich kann's kaum erwarten, du erpresserisches Arschloch.

*

Die ersten Minuten verliefen schweigsam. Schröder entspannte sich allmählich, während das Boot gemächlich flussabwärts dümpelte. Schleef saß am Steuer, machte ab und zu eine Bemerkung über das Wetter, vorbeiziehende Kraniche oder in den Uferböschungen brütende Enten. Er hatte den Sonnenschirm über ihnen aufgespannt, ihre Gesichter leuchteten wie reife Äpfel im Licht, das durch den orangefarbenen Stoff schien.

Schröder war nicht sicher, wonach er suchte. Ob er *überhaupt* nach etwas suchte, schließlich gab es kaum Anhaltspunkte. Schröder war ein Polizist, der sich oft von seinem Gespür leiten ließ, diesmal war dieses Gefühl nur vage, und so hatte er beschlossen, die Dinge auf sich zukommen zu lassen. Abzuwarten und genau hinzuschauen. Ich bin ein neugieriger Mensch, hatte er zu Zorn gesagt, und auch das war ein Grund, weshalb er hier war.

Es war Simon Olytsch, der als Erster das Wort ergriff.

»Eigentlich wollten wir ja nicht über uns reden«, sagte er, nachdem er sich umständlich geräuspert hatte. Sein kräftiger Bass übertönte mühelos das eintönige Rattern des Diesels. »Aber ich möchte trotzdem etwas Persönliches sagen, wenn ich darf.«

Ein fragender Blick in die Runde, gefolgt von zustimmendem Gemurmel.

»Ihr wisst ja, dass ich letzte Woche einen schlimmen Rückfall hatte. Ich war wirklich kurz davor, wieder zu trinken, und ich will hier noch einmal sagen, wie dankbar ich bin. Sowohl Marek als auch euch allen. Es hilft mir, mit euch zu sprechen.«

Eine sanfte Brise kräuselte das trübe Wasser. Hagen schob das Basecap aus der Stirn, beugte sich vor und drückte stumm Simons riesige, behaarte Pranke.

»Ich …«, Simon holte tief Luft, sein Bauch presste sich gegen die Kante des runden Tisches. »Heidrun hat heute Morgen angerufen. Wir sind für das Wochenende verabredet, wollen zusammen mit unserer Tochter ins Grüne fahren.«

»Aber das ist doch toll!«, rief Hagen aus.

Simon nickte stumm. Seine dunklen Augen glänzten.

Schröder wusste nichts über die beiden. Die Einzigen, über die er – wenn auch nur spärliche – Informationen hatte, waren Ignaz Stein und Diethardt von Strauch. Schröder hatte es so eingerichtet, dass er zwischen ihnen zu sitzen kam. Der Junge links neben ihm machte einen etwas verwahrlosten Eindruck, er roch nach Schweiß, die Jeans waren schmutzig, das T-Shirt fleckig. Bisher hatte er nichts gesagt, ebenso wie der andere, Diethardt von Strauch. Dieser schien kaum zu registrieren, wo er sich befand. Schröders freundliche Begrüßung hatte er ignoriert. Er hockte, eingezwängt zwischen Schröder und einem dünnen Mann mit hervorquellenden, wässrigen Augen und speckigem Filzhut auf der Bank und untersuchte eingehend seine Schwimmweste. Seine gesamte Erscheinung – die Hakennase, das streng nach hinten gekämmte Haar, der schwarze, an Armen und Beinen etwas zu kurze Anzug um den schlaksigen Körper – erinnerte Schröder an einen Komiker der Monty-Python-Truppe. Es dauerte einen Moment, bis ihm der Name einfiel. John Cleese.

Sie fuhren unter einer eisernen Brücke hindurch, rechts von ihnen lichtete sich das Gestrüpp. Knorrige Weiden säumten das Ufer, dahinter tauchte die Liegewiese mit dem künstlichen See auf. Insekten tanzten in der flirrenden Luft.

»Hat jemand was von Ben gehört?«, fragte Hagen.

»Ich habe gestern Abend mit ihm telefoniert«, sagte Marek Schleef. »Lisbeths Tod hat ihn wirklich schwer mitgenommen.«

Schröder horchte auf. Er wusste, von wem die Rede war. Benjamin Bley, der Mann, der Zorn verprügelt hatte.

»Ich hatte gehofft, dass Ben heute mitkommt.« Schleef ließ das

Ruder los, um eine Mücke zu verscheuchen. »Aber er wollte lieber allein sein. Er ist traurig. Aber er war gefasst. Wir haben lange miteinander gesprochen. Ich soll euch von ihm grüßen.«

Das kann nicht stimmen, dachte Schröder. Zorn war gestern Abend bei ihm, da war der Mann sturzbetrunken.

»Das sollten wir akzeptieren«, sagte Simon.

»Ja«, nickte Marek Schleef. »Wir alle sind freiwillig hier. Niemand wird gezwungen, in der Gruppe mitzumachen.«

Ein leises Schnauben ertönte dicht neben Schröder, gefolgt von ein paar undeutlichen Worten. Schröder war nicht sicher, was der magere Junge links von ihm gemurmelt hatte, es klang wie *wer's glaubt, wird selig, du Arsch.*

Sie erreichten eine Badestelle. Nackte Kinder spielten im Sand, der am Ufer aufgeschüttet worden war, Hunde tobten über die Böschung. Ein Mann in gelbem Trainingsanzug warf einen Stock, ein Labrador hechelte hinterher und stürzte sich mit heraushängender Zunge in die aufspritzenden Fluten.

»Ich weiß nicht, wie's euch geht, aber ich hab Hunger.« Marek Schleef drosselte den Motor, langte hinter sich und holte eine Kühlbox hervor, die an der Außenwand befestigt war. »Zeit, den Grill anzuwerfen. Alles ist vorbereitet, wir brauchen nur noch Feuer.«

Schröder war nicht sicher, an wen die Worte des Psychologen gerichtet waren. Seine Augen waren hinter der Brille nicht zu erkennen, die Sonne spiegelte sich in den runden Gläsern. Schleefs nächste Bemerkung brachte Klarheit.

»Übernimmst du das, Ignaz? Du hast doch bestimmt Feuer, oder?«

*

Der Fluss glitzerte in den Strahlen der tiefstehenden Sonne. Das Boot trieb im Schritttempo dahin, eine dünne Rauchsäule stieg auf, verlor sich über der träge dahinfließenden Strömung. Ignaz Stein hatte Schleefs Aufforderung scheinbar gleichmütig befolgt, doch Schröder hatte die Anspannung in seinen Bewegungen bemerkt, das leichte Zittern der Finger, den flachen Atem, die geblähten Nüstern, mit denen er den Geruch des Benzins regelrecht inhaliert hatte. Jetzt, da das Feuer brannte, richteten sich die kleinen Augen des Jungen immer wieder auf die züngelnden Flammen, als würden sie magisch angezogen.

Hagen, der offensichtlich der Redseligste war, bemühte sich, das Gespräch am Laufen zu halten. Er plauderte über die Vorzüge von Biofleisch und die verschiedensten Sorten von Grillkohle, doch seine Versuche wurden überwiegend mit Schweigen oder einsilbigen Antworten quittiert.

Still, ein wenig schläfrig saß Schröder zwischen den anderen. Freundlich, etwas teilnahmslos, doch hinter den halbgeschlossenen Lidern registrierte er jede Kleinigkeit. Er ahnte, was Marek Schleef mit diesem Ausflug bezweckte, warum sie hier beisammen waren, eingezwängt wie Heringe in der Büchse. Nicht umsonst hatte der Psychologe einen überführten Brandstifter aufgefordert, den Grill zu entzünden. Schleef beobachtete seine Patienten genau, testete ihre Reaktionen in dieser ungewohnten Umgebung, und irgendwann, da war Schröder sicher, würde er selbst an der Reihe sein.

»Früher haben wir oft gerillt«, sagte Hagen. »Wir haben gestritten, Charlotte wollte unbedingt einen Gasgrill. Charlotte«, er wandte sich an Schröder, »war meine Frau. Sie ist bei einem Unfall gestorben.«

»Das tut mir leid.«

»Danke.« Hagen lächelte traurig, seufzte leise und schob das Basecap über der Glatze zurecht. Schröder bemerkte die Krähenfüße um seine Augen. »Herrgott, es scheint Ewigkeiten her zu sein, dabei sind es gerade mal anderthalb Jahre.«

Eine Schwalbe flog dicht an ihnen vorbei, ein pfeilschnelles Geschoss knapp über dem Wasser.

»*Ich* jedenfalls«, sagte Hagen, »finde Holzkohle besser. Die Glut, der Rauch, das hat was Archaisches.«

»Und die Steaks«, nickte Simon, »schmecken auch leckerer.«

Schröder wandte seine Aufmerksamkeit dem Mann neben Simon zu. Er hieß Kuno, erinnerte er sich, ein dürres Männchen mit Filzhut, das trotz der Wärme einen bis zum Hals zugeknöpften Regenmantel trug und neben seinem hünenhaften Nachbarn schmaler wirkte, als er ohnehin schon war. Ebenso wie Diethardt schien er den Gesprächen nicht zu folgen, doch im Gegensatz zu Diethardt, der noch immer mit dem Studium seiner Schwimmweste beschäftigt war, richtete sich seine Aufmerksamkeit unablässig auf Ignaz. Er musterte den Jungen aus hervorquellenden Kugelaugen, drehte einen leeren Pappbecher in den spinnenartigen Fingern und öffnete jetzt zum ersten Mal den Mund. Er sprach stockend, fiel Schröder sofort auf, mit langen Pausen zwischen den Worten.

»Du. Findest. Es. Gut.«

Ignaz, der abwesend in die Glut gestarrt hatte, sah auf.

»Was?«

Kunos vogelartiger Kopf wackelte auf dem dünnen Hals, sein Kinn reckte sich in Richtung Grill.

»Feuer.«

Schröder spürte, wie Ignaz neben ihm erstarrte wie ein ertappter Dieb. Flammende Röte überzog das Gesicht des Jungen.

»Blödsinn.«

»Du. Bist. Pyro…« Kunos Zunge schoss hervor, er suchte angestrengt nach dem nächsten Wort. »Feuerfetischist.«

»Quatsch!« Ignaz verschränkte die Arme vor der Hühnerbrust, sah sich herausfordernd um. »Außerdem«, er deutete auf Schleef, »hat Marek gesagt, dass wir heute über was anderes sprechen und nicht über uns.«

»Das«, nickte Hagen, »stimmt. Du musst nicht reden, wenn du nicht willst.«

Ein Dröhnen hallte über den Fluss, hinter einer Biegung tauchte ein Ausflugsdampfer auf. Gischt schäumte um den Bug, Scheiben blitzten in der Sonne. Niemand achtete darauf, mit Ausnahme von Diethard waren sämtliche Blicke auf Ignaz gerichtet. Auch Schröder hatte den Kopf gewandt, doch aus den Augenwinkeln registrierte er, wie Marek Schleef den Jungen ansah, ein schmales, schwer zu deutendes Lächeln auf den Lippen, die sich plötzlich zu vier lautlosen Worten formten.

Denk an die Bescheinigung.

Ignaz sah mit gesenkten Brauen auf seine Hände, nestelte einen Moment an dem schmutzigen Verband und blickte wieder auf.

»Ich bin erwischt worden«, erklärte er mürrisch. »Die Bull… die Polizei hat mich festgenommen, weil ich ein Feuer gelegt habe.«

Ein paar Sekunden herrschte Schweigen auf dem kleinen Boot.

»Danke für deine Worte, Ignaz«, sagte Hagen feierlich.

Danke für deine Worte, echote die Gruppe.

Der Dampfer kam mit dröhnendem Diesel näher. Schleef legte den Gang ein, um das Boot näher ans Ufer zu steuern. Sein Kopf war flussabwärts gewandt, doch Schröder sah seinen Gesichtsausdruck. Diesmal hatte er keine Probleme, das feine Lächeln auf den Lippen des Psychologen zu deuten. Schleef war zufrieden, hatte erreicht, was er wollte.

Er ist wirklich clever, dachte Schröder. Sperrt seine Patienten wie Laborratten auf engstem Raum zusammen und wartet ab, wie sie aufeinander reagieren.

»Es ist gut, dass du dich öffnest«, sagte Simon zu Fascho. »Mir ist es auch schwergefallen, aber glaub mir, wir sind okay. Selbst er hier«, er legte dem widerstrebenden Kuno seinen mächtigen Arm um die Schulter, drückte ihn kurz an sich und schob ihm dann scherzhaft den Hut in die Stirn, »ist ein guter Kerl. Er hat Probleme, sich auszudrücken, aber er meint's nicht so.«

Kuno warf Ignaz einen Blick zu, der das Gegenteil besagte.

»Wir haben alle Probleme, Ignaz.« Hagen beugte sich vor, zuckte zusammen und rieb das schmerzende Bein. »Aber wenn du Hilfe brauchst, sind wir für dich da.«

»Das Feuer war ein Signal.«

Alle hoben erstaunt die Köpfe, als Diethardt sich plötzlich zu Wort meldete. Seine Haltung blieb unverändert, er saß neben Schröder, das Kinn auf die Brust gesenkt, die Augen auf die Schwimmweste vor seinem Bauch gerichtet.

»Die Landung steht unmittelbar bevor«, erklärte er mit klarer, deutlicher Stimme. Seine Finger tasteten wie große Spinnen über die groben Nähte, untersuchten die Verschlüsse, zogen an den Gurten. »Die Situation spitzt sich zu, meine Damen und Herren. Das Ministerium wird mich demnächst kontaktieren. Die Lage ist ernst«, Diethardt sah auf, »aber ich habe sie unter Kontrolle.«

Ein aufmunterndes Nicken, dann vertiefte sich Diethardt wieder in seine Weste und versank in einer anderen Welt.

Hagen machte eine Bemerkung, doch seine Worte gingen im Dröhnen des Motors unter, mit dem der Ausflugsdampfer an ihnen vorbeizog. Offensichtlich hatte er einen Witz gemacht, Simon stieß ein tiefes, grollendes Gelächter aus. Die rostige Bordwand zog dicht an Schröder vorbei, hinter den runden Fenstern erschien das leere Bordrestaurant, nur eine einsame Gestalt hockte an einem Ecktisch vor einem halbleeren Bierglas. Noch immer schmunzelnd sagte Simon etwas zu Schröder, doch selbst sein kräftiger Bass wurde vom Lärm übertönt. Schröder lächelte zurück, hob entschuldigend die Hände. Plötzlich hob sich das Boot über der Bugwelle des Dampfers, im nächsten Moment stieß Ignaz einen überraschten Schrei aus.

»Spinnst du?«

Er sah Schröder wütend an. Dieser saß käseweiß in der wild schwankenden Nussschale, mit der einen Hand umklammerte er die Tischkante, die Finger der anderen hatten sich tief in den Oberarm des Jungen an seiner Seite verkrallt.

»Ich … Entschuldigung.«

Unterdessen hatte Diethardt die Rettungspfeife entdeckt, die an einem Strick an der Weste befestigt war. Er hielt sie sich vor die Augen, drehte die Pfeife in den Fingern und betrachtete sie aufmerksam von allen Seiten, während das Boot allmählich wieder zur Ruhe kam.

Auch Schröder entspannte sich. Trotzdem dauerte es einen Moment, bis es ihm gelang, die Finger vom Arm seines Nachbarn zu lösen. Er holte tief Luft und schloss einen Moment die Augen. Als er sie wieder öffnete, bemerkte er die verwunderten Blicke der anderen.

»Ich … ich hab ein kleines Problem«, erklärte er, noch immer kreidebleich.

Schleef beugte sich über die Kühltasche zwischen seinen Beinen, kramte Senf, Ketchup und eine Tüte mit Brötchen hervor und begann, das Geschirr auf dem Tisch zu verteilen. Schröder war trotzdem sicher, dass er jedem seiner Worte aufmerksam folgte.

»Mehr möchte ich im Moment nicht sagen. Ich hoffe, Sie nehmen mir das nicht übel.«

Vor ihnen tauchte die steinerne Brücke auf, rechts thronte die alte Burg auf dem steil aufragenden Felsen, spiegelte sich in den gemächlich dahinströmenden Fluten.

»Natürlich nicht«, erklärte Hagen. »Sie haben alle Zeit der Welt, Herr Schröder.«

Ignaz schob den Ärmel seines T-Shirts nach oben, rieb den schmerzenden Oberarm und musterte kopfschüttelnd die halbmondförmigen Abdrücke von Schröders Fingernägeln.

Schleef verteilte die Pappbecher, goss jedem etwas Mineralwasser ein. Das Boot trieb an den steinernen Statuen am Fuße der Brücke vorbei – rechts ein monströses Pferd, links eine Kuh –, und tauchte in den Schatten der Brücke ein, deren Bogen sich majestätisch über den Fluss spannte. Plötzlich gellte ein schriller, ohrenbetäubender Pfiff über das Wasser, vielfach zurückgeworfen vom steinernen Gewölbe der Brücke.

»Äußerst interessant«, murmelte Diethardt, die Rettungspfeife noch immer zwischen den Zähnen. Dann wandte er sich an die anderen, ohne die geringste Notiz von den erschrockenen Gesichtern zu nehmen, holte die Pfeife aus dem Mund und erklärte mit wichtiger Miene: »Das, meine Damen und Herren, ist eine Rettungspfeife. Falls jemand von Ihnen Hilfe benötigt, bitte ich umgehend um Information. Nach eingehendem Studium der Sachlage bin ich nun in der Lage, dieses faszinierende Gerät fachgerecht zu bedienen.«

»Gut zu wissen«, brummte Simon, beugte sich über Kuno und nahm Diethardt die Pfeife aus den Fingern.

»Also dann.« Hagen hob seinen Pappbecher, prostete Schröder zu. »Schön, Sie kennenzulernen, Herr Schröder. Willkommen in der Freakshow.«

Eine Straßenbahn rauschte über die Brücke. Die Betonpfeiler vibrierten bis tief hinab in die uralten Fundamente, während die Gruppe Hagens Worte im Chor wiederholte:

Willkommen in der Freakshow.

Fünfundzwanzig

Marek Schleef.

Es ist dämmrig in dem kleinen Büro. Marek Schleef sitzt gebeugt vor seinem Laptop. Der Monitor taucht sein Gesicht in bläuliches Licht, das seiner Haut die ungesunde Farbe schimmelnden Käses verleiht. Seine schlanken Finger flitzen über die Tastatur:

Bootsausflug anstrengend, aber insgesamt positiv. Hagen auffallend kommunikativ, entwickelt sich zum Wortführer, genießt die neue Rolle. Simon scheint letzte Krise (vorerst!) überwunden zu haben, wirkt optimistisch (Aussicht auf bevorstehenden Ausflug mit Frau & Tochter). Ignaz wider Erwarten doch noch erschienen, erste (geringe) Fortschritte. Hat der Gruppe gegenüber (widerwillig) eingeräumt, dass er ein Feuer gelegt hat. Ansonsten keine Anzeichen v. Selbstreflexion.

Lärm dringt hinter Schleef durch das gekippte Fenster, irgendwo auf einem Balkon gegenüber beschwert sich eine heisere Männerstimme lallend über das Abendessen. Als Antwort ertönt der schrille Wutschrei einer Frau. Geschirr zerschellt auf Beton, gefolgt von der aus vollem Hals gebrüllten Aufforderung, das *blöde Arschloch* könne sich seinen *verdammten Drecksfraß* alleine kochen.

Kuno unverändert instabil (ausgeprägte soziale Phobie, zwanghaft eingeschränkter Wortschatz), weiterhin Symptome von Verfolgungswahn (zunehmend aggressives Verhalten Ignaz gegenüber). Diethardt v. Str. lethargisch, kaum ansprechbar. Zustand (paranoide Wahnvorstellungen) unverändert. Neuzugang wurde von Gruppe überwiegend positiv aufgenommen, allerdings

Schleef sieht auf, wühlt in einem Stapel dünner Akten, zieht einen Hefter mit der Aufschrift *SCHRÖDER* hervor, blättert kurz darin und überfliegt stirnrunzelnd ein paar engbeschriebene Seiten. Dann wendet er sich wieder seinem Laptop zu.

aus therapeutischer Sicht keine wesentlichen neuen Erkenntnisse. Verhalten während der Bootsfahrt (nach dem Ablegen stellenw. Anzeichen von Panik) bestätigt den im Erstgespräch diagnostizierten Verdacht auf Aquaphobie. Ursache (traumatisches Erlebnis, ausgelöst durch Ertrinken des Bruders, bisher nur angedeutet) muss aufgearbeitet werden.

Draußen eskaliert der Streit. Ein Krachen ertönt, als würde ein Fernseher aus dem Fenster geworfen. Kopfschüttelnd lauscht Schleef der zeternden Frau, die wutentbrannt droht, *die verschissenen Bullen* zu rufen, konzentriert sich dann wieder auf seinen Rechner.

Therapieaussichten trotz lückenhafter Angaben (Beruf? Vorname?) nach erster Einschätzung sehr gut (ausgeglichenes Persönlichkeitsbild, hohe Intelligenz), trotzdem indifferenter Gesamteindruck, womöglich tiefer sitzende psychische Störungen, andererseits

Schleefs Finger verharren über der Tastatur. Seine Miene verdüstert sich bei dem Gedanken, der ihm in diesem Moment zum ersten Mal kommt. Sein Blick wandert zur Decke, über den vergilbten Gipskarton hinab zu dem Regal mit den Akten und bleibt schließlich auf dem gerahmten Bild neben dem Motörhead-Plakat hängen.

»Kann es sein«, murmelt Marek Schleef, »dass du aus einem anderen Grund hier bist? Meinetwegen?«

Zweifelnd kaut er auf der Innenseite seiner Wange, steht schließlich auf, läuft ein paar Schritte unschlüssig umher und bleibt vor der gerahmten Urkunde mit seinem Diplom stehen. Er schiebt die Brille in die Stirn, studiert das altmodische Siegel der Universität, die gekritzelten Unterschriften, liest die Worte, als wolle er sich jeden einzelnen Buchstaben einprägen:

HERR MAREK SCHLEEF,
GEBOREN AM 23.9.1980
HAT AM 12.10.2007 DIE DIPLOM-PRÜFUNG
IN PSYCHOLOGIE BESTANDEN.
ES WIRD IHM HIERMIT DER AKADEMISCHE GRAD
DIPLOM-PSYCHOLOGE
VERLIEHEN.

»Nein«, sagt er plötzlich mit fester Stimme. »Niemand ist hinter mir her.«

Er sieht zum Schreibtisch, betrachtet die Patientenakte. Schröders Nachname steht in fetten, mit schwarzem Edding quer über den Einband geschriebenen Buchstaben auf dem gelben Einband.

»Ein Patient, mehr nicht.«

Schleef holt tief Luft.

»Ich darf mich nicht verrückt machen lassen.«

Ein weiterer seufzender Atemzug, dann öffnet er den Schrank, in dem er seine Hemden aufbewahrt. Die Tür schwingt knarrend in den Angeln, Schleef steht vor dem alten Foto, das mit Reißzwecken an der Innenseite befestigt ist.

»Ich … ich hab's für euch getan.«

Seine Stimme zittert, ebenso sein Finger, der zärtlich über die Gesichter auf dem verblassten Bild streicht: Der lachende Junge im Kinderwagen, der daneben kniende Mann mit den blauen Augen, die blonde Frau im grünen Seidenkleid, der etwas abseits stehende Teenager mit dem mürrischen Blick.

»Es tut mir leid. Es tut mir so unendlich leid.«

Die Frau im Haus gegenüber schreit jetzt panisch um Hilfe.

Marek Schleef achtet nicht darauf.

Er sinkt mit der Stirn gegen den Schrank und weint.

Sechsundzwanzig

»Du bist also ein bisschen mit dem Boot durch die Gegend geschippert, hast Würstchen gefuttert und ansonsten nix weiter rausgekriegt.«

Zorn lag daheim auf dem Sofa, in der einen Hand das Telefon, in der anderen ein angebissenes Salamibrot.

»Diese Einschätzung«, erwiderte Schröder am anderen Ende der Leitung, »ist richtig, aber gleichzeitig falsch.«

»Ach.«

»Es stimmt, dass ich kaum mit neuen Erkenntnissen aufwarten kann. Was allerdings kein Wunder ist, schließlich war ich das erste Mal bei einer solchen Veranstaltung. Und was das Essen betrifft«, Schröder klang ein wenig pikiert, »habe ich weder die Würstchen noch die Steaks angerührt. Mir war ziemlich flau im Magen.«

»Ach. Bist du seekrank geworden?«

»In etwa«, beschied Schröder knapp.

»Du Armer.«

»Herzlichen Dank für dein Mitgefühl, Chef. Aber falls es dich tröstet, ich habe nicht ganz umsonst gelitten.«

»Das«, sagte Zorn und biss von seinem Brot ab, »solltest du mir erklären.«

»Marek Schleef hat gelogen.«

»Ach nee.«

»Er hat behauptet, gestern Abend mit Benjamin Bley gesprochen zu haben. Angeblich kommt Bley mit dem Selbstmord seiner Frau zurecht. Er sei zwar niedergeschlagen gewesen, sagt Schleef, aber klar im Kopf.«

»Davon«, erwiderte Zorn kauend, »kann definitiv nicht die Rede sein. Bley war hackedicht.«

»Eben.«

Zorn stemmte sich ein wenig steif aus dem Sofa, ging zum Fenster und schob das Bettlaken, das er als provisorischen Sichtschutz über die Gardinenstange gehängt hatte, beiseite. In den meisten Wohnungen im Block gegenüber brannte Licht. Benjamin Bleys Wohnung allerdings war dunkel.

»Das alles«, sagte Schröder am Telefon, »muss nicht viel bedeuten. Womöglich wollte Schleef die Gruppe nur aufmuntern, ein wenig Optimismus verbreiten.«

Zorn gab ein Brummen von sich, das sowohl Zustimmung als auch Zweifel bedeuten konnte, und sank, den Hörer zwischen Wange und Schulter geklemmt, wieder aufs Sofa.

»Wie war's bei dir?«, fragte Schröder.

»Na ja. Ich hab mich um die Vergewaltigung von Lisbeth Bley gekümmert. Die alten Akten studiert und stundenlang rumtelefoniert, mit den Kollegen, die den Fall damals bearbeitet haben. So, wie's mir mein werter Vorgesetzter befohlen hat.«

»Das«, Schröder überhörte den sarkastischen Unterton, »ist äußerst löblich. Mit welchem Ergebnis, wenn man fragen darf?«

»Mit keinem. Es gab kaum Spuren, die Täterbeschreibung war nicht verwertbar, die Zeugenaussagen waren entweder widersprüchlich oder nutzlos. Selbst die Presse ist eingeschaltet worden, auch das hat nix gebracht. Ich sag's ungern, aber wie's aussieht, haben die damals getan, was sie konnten.«

»Dann hilft uns das also auch nicht weiter in unserem Fall.«

»Ich bin nicht sicher, ob wir überhaupt einen *Fall* haben, Schröder.«

»Vielleicht wird's ja noch einer.«

Zorn stopfte den Rest des Wurstbrots in den Mund, sank schmatzend in die Kissen und legte die Beine hoch.

»Was isst du?«, fragte Schröder.

»Grünen Salat mit Tofu und geröstetem Dinkel.«

»Veralbern kann ich mich alleine.«

Stirnrunzelnd beobachtete Zorn, wie das Bettlaken allmählich von der Gardinenstange rutschte, am Thermostat hängen blieb und schließlich raschelnd vor dem Heizkörper auf den Teppich flatterte.

»Ist Edgar bei dir?«, fragte Schröder.

»Nee. Am Wochenende wieder, Malina fliegt nach Zagreb. Wir könnten mit ihm ins Kino gehen. *Die Minions* vielleicht. Oder wir …«

»Ich muss Schluss machen«, unterbrach Schröder.

»Ach.« Zorn klang enttäuscht. »Warum, wenn man fragen darf?«

»Es klingelt.«

»Bei dir? Zu Hause?«

»Wo«, fragte Schröder, »sollte es sonst klingeln?«

»Ich meine ...«

»Die Sachlage«, erklärte Schröder geduldig, »ist doch ziemlich eindeutig. Du bist daheim, ich ebenfalls. Ich informiere dich, dass es bei mir klingelt. Ich will deine Intelligenz nicht beleidigen, aber die Tatsache, dass es sich dabei um meine Haustür handelt, liegt auf der Hand.«

»Man wird ja wohl noch mal fragen dürfen.« Zorn schniefte beleidigt. »Du kriegst nie Besuch, ausgenommen von mir.«

»Und Edgar.«

»Und wer sollte dich um diese Zeit besu...«

»Das«, unterbrach Schröder, »werde ich in ein paar Sekunden wissen.« Und legte auf.

*

Schröder hatte seine Sandalen übergestreift und lief, das Telefon noch immer in der Hand, über den gepflasterten Weg durch den Garten zum Tor. Zwischen den eisernen Gitterstäben war eine schemenhafte, seltsam verkrümmte Gestalt zu erkennen. Weiter hinten leuchteten die Rücklichter eines Taxis, das im Schritttempo über die tannengesäumte Zufahrt davonholperte. Ein Bewegungsmelder sprang an, Licht flammte in der Dunkelheit auf. Schröder öffnete das Tor und hob verwundert dic Brauen, als er seinen späten Besucher erkannte.

»Ich will nicht lange stören.« Hagen stand, auf die Krücke gestützt, in der Einfahrt, ein schüchternes Lächeln auf den Lippen. »Aber vielleicht hast du ja einen Moment für mich Zeit?«

*

»Scheißding.«

Zorn hockte auf dem Sofa. Auf dem Couchtisch vor ihm standen ein halbes Bier und ein verschmierter Porzellanteller mit den letzten Krümeln des Wurstbrots.

Der Gegenstand, der den Unmut des Hauptkommissars erregte, lag zwischen Feuerzeug und Handy neben der Zigarettenschachtel.

»Mistteil«, knurrte Zorn, den Blick auf seine verhasste Dienstwaffe gerichtet.

Der Schießtest war für nächste Woche angesetzt. Das war ein unangenehmer Termin, schlimmer als ein Besuch beim Zahnarzt, doch Zorn hatte sich irgendwann damit abgefunden. *Augen zu und durch*, hatte er sich im ersten Moment gesagt (obwohl ihm der Gedanke im Nachhinein nicht ganz passend erschienen war). Das Ganze, hatte er sich getröstet, würde höchstens eine halbe Stunde dauern, ein paar Schüsse auf eine dämliche Scheibe, dann war's geschafft, und die ungeliebte Pistole würde bis zu seiner Pension wieder im Tresor verschwinden.

Dann waren die Zweifel gekommen. Was war, wenn er danebenschießen würde? Neuer Termin. Wiederholung des Tests. Schießtraining. Wer wusste schon, wie lange das dauern würde? Wochen vielleicht? Monate? Ständig Kontakt mit diesem hässlichen kleinen Monster?

»Fuck«, murmelte Zorn.

Er nahm die Pistole zwischen Daumen und Zeigefinger und hielt sie am ausgestreckten Arm, als würde sie im nächsten Augenblick in die Luft fliegen. Er hasste das mattschwarze, bedrohlich glänzende Metall der Sig Sauer, das Gewicht, den Geruch nach Eisen und Öl, die Kälte, wenn sich seine Finger um den geriffelten Griff legten.

Herrje, dachte Zorn ein wenig traurig, ich versuche doch wirklich, ein besserer Bulle zu werden. Ich *will* mich ja ändern. Für Edgar. Für Schröder. Für Frieda. Und für mich selbst auch, ein bisschen jedenfalls. Aber warum, verdammt nochmal, muss ich dafür dieses furchtbare Ding in die Hand nehmen?

Zorn verzog angeekelt den Mund, dann warf er die Pistole quer über den Tisch auf den Sessel gegenüber. Er überlegte einen Moment, langte neben sich, warf ein Kissen hinterher und fühlte sich augenblicklich etwas besser, nachdem die Waffe nicht mehr zu sehen war.

*

»Schön hast du's hier.«

Hagen stand gekrümmt in Schröders großem Wohnzimmer. Er trug noch dieselben Sachen wie am Nachmittag, nur das Basecap fehlte. Ein hellblaues Hemd wölbte sich über dem beachtlichen Bauch, die schwarze Hose, tief unter dem Gürtel hängend, schien jeden Moment von den schiefen Hüften zu rutschen. Im Vergleich zu dem massigen Oberkörper wirkten seine Beine verkümmert, kaum in der Lage, Hagens Gewicht zu tragen. Mit einer Hand stützte er sich auf die Krücke, während sein Blick bewundernd durch den Raum wanderte, über die freistehende Küche mit den verchromten Töpfen, den großen Kamin, das breite Ledersofa und schließlich auf dem deckenhohen Fenster verharrte. Draußen flimmerten Lichterketten in den Tannen, Schröder hatte sie für Edgar aufgehängt. Dahinter schimmerte der See in der Dunkelheit.

»Nimm Platz.«

Schröder setzte sich auf das braune Sofa, während Hagen steifbeinig zu einem großen Sessel neben dem Kamin stakste. Einen Moment stand er unschlüssig da, drehte die Krücke in den Fingern und lehnte sie an die Wand.

»Ich werde mich wohl nie an dieses verdammte Ding gewöhnen.«

Er bedachte die Krücke mit einem missmutigen Blick, dann

sank er unbeholfen in den Sessel und stieß ein erleichtertes Seufzen aus. Sein Atem ging schwer, die feisten Wangen waren vor Anstrengung gerötet.

»Wirklich schön hier«, wiederholte er. »Manchmal vielleicht ein bisschen einsam, oder?«

»Ich bin gern allein«, lächelte Schröder.

Sie schwiegen ein paar Sekunden. Hagen rieb verlegen mit der Hand über den grauen, raspelkurzen Haarkranz, der seine Glatze umgab.

»Keine Sorge«, sagt er dann, »ich gehe dir nicht lange auf die Nerven. Das Taxi holt mich in einer Stunde wieder ab.«

Schröders Antwort bestand in einem freundlichen Nicken.

»Ich bin dir heute Nachmittag gefolgt«, begann Hagen. »Das klingt natürlich bekloppt«, er hob beschwichtigend die Hand, als er Schröders verwunderten Blick bemerkte, »aber es ist nun mal so. Eigentlich wollte ich dich direkt nach dem Bootsausflug ansprechen, aber ... ich hab mich nicht getraut. Also hab ich ein Taxi genommen, bin dir hinterhergefahren und hab mich dann noch ein bisschen durch die Gegend kutschieren lassen. Tja, und jetzt bin ich hier.«

Ein schüchternes Lächeln. Schröder nickte Hagen aufmunternd zu, zum Zeichen, dass er fortfahren solle.

»In zwei Jahren werde ich fünfzig. Ich hab Sportwissenschaften studiert, war Dozent an der Uni, musst du wissen. Früher hatte ich ständig Menschen um mich, die Studenten, meine Familie. Jetzt bin ich Invalidenrentner, sitze den ganzen Tag rum und starre an die Decke. Das Einzige, was mir geblieben ist, sind die Termine bei Marek. Und die Gruppentreffen. Um's kurz zu machen«, Hagen sah kurz auf, »du warst mir auf Anhieb sympathisch.«

»Das freut mich.«

Schröder erwiderte Hagens Blick. Er saß auf dem Sofa, die Unterarme auf den stämmigen Oberschenkeln abgestützt und wartete ab. Ein stiller, aufmerksamer Zuhörer.

»Dieser Unfall hat mein Leben verändert.« Hagen streckte das rechte Bein, rieb mit verzerrtem Gesicht den Oberschenkel. »Mit einem Schlag hab ich alles verloren, und falls ich irgendwas daraus gelernt habe, dann eines: dass ich keine Zeit zu verlieren habe. Marek ist ein hervorragender Fachmann, er hilft mir, wo er kann. Aber trotzdem bleibt er mein Psychologe, obwohl er das Gegenteil behauptet. Ich … ich brauche jemanden, mit dem ich reden kann. Keinen Arzt, sondern«, Hagen sah betreten auf seine Hände, »einen Freund. Klar, wir kennen uns nicht, aber … Herrgott, nimm's mir nicht übel, aber ich mag dich halt.«

»Das«, lächelte Schröder, »ist wirklich nett.«

»Nein«, erwiderte Hagen kopfschüttelnd, »es ist *peinlich*. Ich platze hier rein, quatsche dich voll, dabei weiß ich noch nicht mal, wie ich dich anreden soll.«

»Schröder genügt.«

»Und dein Vorname?«

»Den kennt kaum jemand. Und wenn, wird er nicht benutzt.«

»Du …«, Hagen hob die Brauen, »du lässt dich *Schröder* nennen?«

»Na ja.« Schröder zuckte mit den Achseln. »Besser als nichts.«

Hagen legte den Kopf in den Nacken. Sein Lachen war tief, angenehm und entblößte Zähne, die ein wenig zu weiß und regelmäßig waren, um echt zu sein.

»Kann ich dir was anbieten?«, fragte Schröder. »Ein Bier vielleicht?«

»Gern«, nickte Hagen. »Sehr gern, Schröder.«

*

Zorn langweilte sich. Er langte nach seinen Zigaretten, starrte unschlüssig in die Packung, warf sie wieder auf den Couchtisch. Puhlte ein Stück Salami zwischen den Zähnen hervor und überlegte, ob er eine Schallplatte auflegen sollte.

Die Auswahl war nicht sonderlich groß. Bis vor ein paar Jahren noch hatte Claudius Zorn über eine umfangreiche Sammlung verfügt, die er allerdings in einem Anfall von Selbstmitleid zerstört hatte. Im Regal, in dem sich früher seine Schallplatten gestapelt hatten, verteilte sich jetzt Edgars Spielzeug: Legofiguren, Autos, Stifte, Kinderbücher. Neben einer Plastikfeuerwehr lehnte ein knappes Dutzend Platten, drei davon hatte er selbst gekauft (Iggy Pop, Neil Young und ein Pippi-Langstrumpf-Hörspiel für Edgar), ein paar hatte ihm Schröder geschenkt (Klassik natürlich), eine weitere (Pat Metheny, noch eingeschweißt und nie gehört) hatte er von Malina bekommen. Nicht zu vergessen die beiden Metallica-Platten, die Frieda ihm geschenkt hatte.

Zorn seufzte leise, nahm das Handy vom Tisch und wählte ihre Nummer. Anstelle des Freizeichens ertönte die Ansage, die er bereits am Nachmittag gehört hatte.

Der Teilnehmer ist vorübergehend nicht erreichbar. Bitte versuchen Sie …

»Sie ist immer noch sauer«, murmelte Zorn, nachdem er die Verbindung unterbrochen hatte. »Weil ich nicht auf der Party war.«

Das war eine Möglichkeit. Sicher war Zorn nicht, vielleicht wollte sie einfach nur ihre Ruhe?

Sie hat Urlaub, dachte er. Deshalb hat sie ihr Handy ausgemacht, um zur Ruhe zu kommen. Sie hat gesagt, dass sie ein bisschen Abstand braucht. Ich sollte ihr nicht auf die Nerven gehen.

Er legte das Handy wieder auf den Tisch. Nippte an seinem Bier, griff erneut nach dem Telefon.

Oder?

Ich schicke ihr eine Nachricht, beschloss Zorn und tippte auf das grüne SMS-Symbol. Sie soll wissen, dass ich sie vermisse. Dass sie mir fehlt. Wenigstens das muss ich ihr sagen, sie …

Das Telefon entglitt seiner verstümmelten Hand, fiel leise polternd zu Boden. Zorn bückte sich, um es wieder aufzuheben, erstarrte plötzlich mitten in der Bewegung. Langsam richtete er sich wieder auf, die Augen stur auf den Stumpf an seinem rechten Handgelenk gerichtet, als sähe er ihn zum ersten Mal. Vorsichtig bewegte er die beiden verbliebenen Finger, betrachtete die Narben. Die fleischfarbene Vertiefung, wo früher sein Daumen gewesen war. Den Stummel, der anstelle des Zeigefingers aus der vernarbten Haut ragte und Zorn an ein abgeschnittenes Würstchen erinnerte. Nachdenklich, fast verträumt wanderte sein Blick über die verunstaltete Hand, er dachte an Würmer, Maden und andere abstoßende Dinge, und als er die Hand schließlich hob und mit den Fingerspitzen über die Narben auf seinem Gesicht tastete, da fühlte er nichts, weder Trauer noch Wut, auch nicht das übliche Selbstmitleid. Sacht, fast zärtlich wanderten seine Finger über die rissige Wange, das weiße, spinnenförmige Narbengeflecht unter dem Auge, den gezackten Riss, der sich vom Nasenflügel bis hinab zum Kinn zog. Zombies, Frankensteins Monster, Aliens und andere missgestaltete Kreaturen zogen an seinem geistigen Auge vorbei. Auch jetzt fühlte Zorn nichts. Sein Kopf war leer, gleichzeitig ungewohnt klar, und als sich der rationale Teil seines Verstandes zu Wort meldete (ein wenig verschämt, da äußerst selten benutzt), da nickte Claudius Zorn, denn die Erkenntnis war zwar schmerzhaft – *äußerst* schmerzhaft sogar –, aber eindeutig logisch.

»Ich bin ein Freak.« Zorns Blick war noch immer verschleiert, doch sein Tonfall klang nüchtern, klar und entschlossen. »Was will sie von jemandem wie mir?«

Nichts, erwiderte die Logik in seinem Kopf, noch immer ein wenig schüchtern. *Sie ist eine kluge, wunderschöne junge Frau …*

»… und ich bin ein alternder Krüppel, der aussieht, als wäre er mit dem Kopf in eine Druckerpresse geraten.«

Na ja, das ist vielleicht ein bisschen …

»Scheiße, verdammt! Mein Gesicht sieht aus wie 'ne Dose Hackfleisch!«

Du übertreibst, wie immer. Du hast ein paar Narben behalten, aber die fallen kaum auf. Es ist längst nicht so schlimm, wie du dir einbildest. Du bist …

»Halt die Klappe und verzieh dich!«

Jawohl.

»Das ist *meine* Sache, klar?!«

Keine Antwort.

Das war auch nicht nötig, denn Claudius Zorn hatte seine Entscheidung bereits getroffen.

*

»Ich bin jetzt seit einem knappen Jahr dabei.« Hagen drehte das Bierglas in den Händen, betrachtete die aufsteigenden Blasen. »Damals war ich völlig am Boden. Ein paar Monate hatte ich im Krankenhaus gelegen, war bei einem halben Dutzend Psychologen, keiner konnte mir helfen. Versteh mich nicht falsch«, er hob die Hand, ein Ehering blitzte auf, »die haben alle gewusst, was sie tun. Aber Marek ist … anders. Unkonventionell. Ich wette, die meisten seiner Kollegen bezeichnen ihn als Spinner, aber für mich ist er ein Idealist. Diethardt zum Beispiel, jeder andere hätte den armen Kerl längst abgeschrieben, in die Klapse eingewiesen und dort versauern lassen.«

Hagen war in den letzten Minuten mehr und mehr aufgetaut, plauderte jetzt regelrecht drauflos, während Schröder ab und zu einen Einwurf machte. Ansonsten hielt er sich zurück, nippte an seinem Mineralwasser und prägte sich jedes einzelne Wort seines späten Besuchers genau ein.

»Es ist ein ziemlich chaotischer Haufen«, fuhr Hagen fort. »Eine *Freakshow* halt. Es war übrigens Kuno, der den Begriff geprägt hat. Wahrscheinlich war ihm nicht klar, dass ein A in dem Wort enthalten ist, schließlich spricht man's nicht aus. Er sagt nicht viel. Kein Wunder, meistens wird er ja ausgelacht. Niemand von uns weiß, was er mit sich rumschleppt. Aber ich glaube, es ist 'ne ganze Menge.«

Hagen prostete Schröder zu, trank einen Schluck Bier.

»Ich bin gern mit den anderen zusammen. Erst war mir nicht klar, warum das so ist, aber jetzt glaube ich«, Hagen wischte etwas Schaum von den Lippen, »es lenkt mich von meinen Depressionen ab. Ich denke, den anderen geht's genauso. Na ja, bis auf Ignaz Stein. Ich werd nicht ganz schlau aus dem Jungen. Du etwa?«

»Das kann ich nicht sagen«, erwiderte Schröder ausweichend. »Ich hab ihn erst einmal gesehen.«

Ein schrilles Piepsen ertönte. Hagen sah auf seine vergoldete, etwas protzige Armbanduhr, schaltete den Wecker aus, langte ächzend in die Hosentasche und kramte ein gläsernes Arzneifläschchen hervor.

»Gegen die Schmerzen«, erklärte er, schüttete zwei weiße Pillen in die flache Hand und schluckte sie hinunter. »Die helfen recht gut, jedenfalls«, er klopfte sacht auf den Oberschenkel, »was das Körperliche betrifft. Ich wünschte, sie würden auch hier was bewirken.« Hagen deutete auf sein Herz. »Aber das tun sie nicht, leider. Ganz schön melodramatisch, oder?«

»Sehr sogar«, nickte Schröder. »Aber ist das nicht egal, wenn's die Wahrheit ist?«

Darüber dachte Hagen einen Moment nach.

»Stimmt«, sagte er schließlich, beugte sich schnaufend zur Seite und stellte das Fläschchen neben dem Sessel auf die polierten Eichendielen.

»Ich hab dich auf dem Boot beobachtet«, sagte er und richtete sich ächzend wieder auf. »Es geht mich nichts an, welche Probleme du hast. Aber falls du darüber sprechen willst, bin ich da.«

Schröder neigte lächelnd den Kopf.

»Ich weiß das zu schätzen.«

»Du redest nicht gern über dich, oder?«

»Selten. Aber ich bin ein guter Zuhörer.«

»Stimmt, das bist du.« Wieder sah Hagen auf seine Uhr. »In zwanzig Minuten kommt das Taxi. Was meinst du, darf ich dir eine Geschichte erzählen? Es ist keine schöne Geschichte, weiß Gott nicht, und ich fürchte, ich bin ein lausiger Erzähler. Aber vielleicht interessiert es dich, warum ich zu dem geworden bin, der ich jetzt bin.«

»Ich habe Zeit.« Schröder schlug die Beine übereinander und breitete die Arme auf der Sofalehne aus. »Wie gesagt, ich bin ein guter Zuhörer.«

Siebenundzwanzig

Hagen.

Es tut nicht weh.

Im ersten Moment jedenfalls. Als er zu sich kommt, ist sein Kopf leer. Da ist nichts, nur ein flammendes Fragezeichen, umgeben von grellem, flimmerndem Weiß. Und ein schrilles Pfeifen, irgendwo zwischen den Ohren. Wie ein Teekessel, der seit Stunden auf dem Herd steht.

Sein Blick fokussiert sich. Bilder tauchen auf, verschwommen, allmählich klarer werdend. Hagen registriert sie, ohne sich zunächst ihrer Bedeutung bewusst zu werden: Die Windschutzscheibe direkt vor seiner Nase. Halb aus dem Rahmen gerissen, überzogen von einem dichten Netz weißer Risse. Dahinter die Motorhaube, aufgetürmt zu einem irrwitzigen Haufen gefalteten Blechs. Rauch steigt auf. Ein Baumstamm, dicht vor ihm, es scheint, als wachse er direkt aus den qualmenden Trümmern des Motors. Ein armdicker Ast hat sich zwischen den Sonnenblenden in die Frontscheibe gebohrt, ragt schräg über die Mittelkonsole in den Wagen und verschwindet zwischen den Vordersitzen im Rückraum.

Er ist eingeklemmt. Fest, wie in einem Schraubstock. Das Lenkrad presst sich gegen seinen Bauch, der Gurt schneidet tief in den Hals. Seine Beine verschwinden irgendwo unter den gesplitterten Überresten des Armaturenbretts. Er lehnt mit dem Kopf an der Fahrertür, die seltsam nach innen gebogen erscheint. Das Glas ist kühl. Beißender Geruch nach heißem Metall, verbranntem Plastik und siedendem Öl umgibt ihn.

Dies alles registriert Hagen, doch in diesen ersten Sekunden bleibt er seltsam kühl, distanziert. Es ist, als würde sein Hirn in Eiswasser schwimmen.

Er versucht, den Kopf zu bewegen, es gelingt ihm nicht. Seine Augen irren umher, nach links, nach rechts. Er bemerkt die Gestalt auf dem Beifahrersitz, sein Verstand rastet ein. Fast glaubt er zu hören, wie die Rädchen mit einem Knirschen ineinandergreifen und sich ruckelnd in Bewegung setzen.

Charlotte. Er weiß sofort, dass sie tot ist. Das, was von ihr übrig ist, sitzt leblos wie eine Puppe neben ihm, umgeben von Plastiksplittern und den Fetzen des Airbags. Der Gurt verhindert, dass sie zur Seite rutscht. Ihr Kopf ist in einem grotesken Winkel schräg nach hinten geneigt. Der Hals scheint unnatürlich lang, die Haut spannt über dem Kehlkopf, als würde sie jeden Moment reißen. Er sieht ihr Profil, die kleine, etwas nach oben gebogene Nase. Das Haar klebt auf der wächsernen Stirn. Das, was er von ihrem Gesicht erkennen kann, hat die Farbe geronnener Milch. Ihr linkes Auge starrt blicklos nach oben. Das Schiebedach ist aus der Verankerung gerissen, ein Gummistreifen hat sich aus der Dichtung gelöst, pendelt ein paar Zentimeter vor ihrem Gesicht hin und her. Kein Blut, stellt er nüchtern fest. Ihr Genick ist gebrochen, sie muss schnell gestorben sein.

Die Beifahrertür steht offen, hängt schief in den Angeln. Der Rückspiegel ist abgerissen, baumelt an einem Kabel, ein Riss zieht sich über das Glas. Dahinter Gebüsch, vereinzelte Flammen züngeln. Fettiger Rauch steigt träge empor. Graues, trübes Licht. Abenddämmerung.

Die Sitzheizung funktioniert noch, er spürt die Wärme im Rücken. Sein rechter Oberschenkel ist durchnässt, er schafft es, nach unten zu sehen. Seine Augen weiten sich ungläubig, als er den Riss in seiner Anzughose bemerkt. Ein weißer Knochensplitter ragt wie die Spitze eines geborstenen Pfeils schräg aus dem blutgetränkten Stoff.

Noch immer keine Schmerzen. Nur ein plötzlicher Gedanke.

Etwas fehlt. *Jemand* fehlt.

Seine Hände umklammern das Lenkrad. Er versucht, die verkrampften Finger zu lösen, es gelingt ihm nicht. Die Knöchel sind aufgeschürft, ein Glassplitter steckt tief im linken Daumen.

Ein Windstoß weht durch die offene Beifahrertür. Papier raschelt, flattert gegen das Armaturenbrett. Hagen liest die Aufschrift auf dem Prospekt. *GROSSE HERBSTAKTION* steht in Großbuchstaben auf orangefarbenem Hochglanzpapier. *HECKENSCHEREN UNSCHLAGBAR BILLIG!*

Erste, vage Erinnerungsfetzen tauchen auf. Er hat den Prospekt aus dem Baumarkt mitgenommen, sie wollten einen neuen Rasenmäher kaufen. Sogar das Modell fällt ihm ein, er hatte es vorher im Internet herausgesucht, einen Akku-Mäher von Bosch für knapp vierhundertfünfzig Euro. Doch der war ausverkauft gewesen, und so hatte er beschlossen, in das große Gartencenter im Industriegebiet außerhalb der Stadt zu fahren. Charlotte war dagegen gewesen. Es ist bald Winter, hatte sie gesagt, es gibt wichtigere Dinge als deinen verflixten Rasenmäher, außerdem ist es spät, wir müssen noch …

Hagen schluckt, das Lenkrad noch immer fest umklammert.

Da ist er wieder. Dieser Gedanke, dass etwas fehlt.

Seine Zunge fährt im Mund umher, ertastet eine ungewohnte Leere. Er schmeckt Salz, spürt den metallischen Blutgeschmack.

Ein Schneidezahn klebt neben seinem rechten Daumen am Lenkrad, ein weiterer liegt auf der Ablage unter dem Tachometer. Hagen registriert es nur am Rande, sein benebeltes Hirn ist mit einer anderen Frage beschäftigt. Welche das ist, kann er nicht sagen, er weiß nur, dass sie *wichtig* ist.

Sein Blick streift den Ast, der wie eine Lanze durch die zertrümmerte Frontscheibe in den Wagen ragt, folgt dem rissigen Holz, bis es dicht neben seiner Schulter aus seinem Blickfeld verschwindet, und jetzt, drei, vielleicht vier Sekunden, nachdem er zu sich gekommen ist, dämmert ihm allmählich, um welche Frage es sich handelt.

Sie muss noch Hausaufgaben machen, hat Charlotte auf dem Baumarkt gesagt, vielleicht ist es dir entgangen, aber deine Tochter schreibt morgen ihre erste Mathearbeit und …

Eine Ameise krabbelt direkt vor seiner Nase über die harzige Rinde. Hagen riecht den Duft des Waldes nach nassem Moos, feuchter Erde und modernden Pilzen. Im Hintergrund sieht er das verschwommene Profil seiner Frau. Er weiß, dass sie tot ist, doch sein Verstand weigert sich hartnäckig, dieser Tatsache nachzugehen. In diesem Moment ist kein Platz für Trauer, nur nackte Angst vor dem, was ihn auf dem Rücksitz erwartet. Er versucht, den Kopf zu bewegen, und als es nach einem gewaltigen, fast übermenschlichen Kraftakt tatsächlich gelingt, da setzt sein Herzschlag für einen Moment aus.

Zunächst nimmt er nur ihre Augen wahr. Große Murmeln, die ein paar Zentimeter vor dem schmalen, leichenblassen Gesicht in der Luft zu schweben scheinen. Sie sitzt schräg hinter ihm in ihrem Kindersitz, die kleinen Hände auf dem Schoß gefaltet und sieht ihn an. Still, ruhig.

Er erwidert ihren Blick aus hervorquellenden Augen, den Kopf so weit wie möglich nach hinten geneigt. Der Gurt presst ihn gegen den Sitz, die Kopfstütze drückt gegen seine Wange. Alles ist gut, will er ihr sagen, hab keine Angst, Sofie. Es ist nur ein kleiner

Unfall, jeden Moment kommt Hilfe, doch seine Stimme versagt den Dienst, das Einzige, was er herausbringt

kkkkkkchrrrrrrrr

ist ein kehliges Knurren.

Hagen erinnert sich jetzt, wie sie auf dem Parkplatz vor dem Baumarkt in den Wagen gestiegen sind. Er war wütend. Auf Charlotte, die schmallippig auf dem Beifahrersitz Platz genommen hatte. Auf Sofie, die schmollend auf den Rücksitz geklettert war. Und auf sich selbst, schließlich war es ausgemachter Quatsch, wegen eines bescheuerten Rasenmähers zehn Kilometer durch die Pampa zu fahren, samt frustrierter Ehefrau und eingeschnappter Tochter. Genervt hatte er den Motor angelassen, und als er sich nach hinten beugte, um wie immer zu prüfen, ob Sofie ordentlich angeschnallt war, hatte seine achtjährige Tochter gemurmelt, dass sie *keinen Bock auf dieses dämliche Gartencenter* habe. Ein Wort noch, hatte er sie angeherrscht, ein einziges Wort, Fräulein, und ich versohle dir den Hintern. Eine alberne Drohung, schließlich wäre ihm nie in den Sinn gekommen, sein einziges Kind zu schlagen, doch die Stimmung war sofort unter den Gefrierpunkt gesunken. Wortlos hat er den Wagen aus der Stadt in die einbrechende Dämmerung gesteuert, neben ihm Charlotte, die demonstrativ aus dem Seitenfenster gesehen hatte, als studiere sie die vorbeiziehenden Bäume links und rechts der kurvigen Landstraße. Zwölf Jahre waren sie verheiratet, zwölf Jahre, in denen sie oft gestritten hatten, belanglose Zwistigkeiten unter Eheleuten, doch er liebte sie aus tiefstem Herzen. Sie kannte ihn, seine Launen, seine kindische Art, die Hartnäckigkeit, mit der er sich manchmal in Kleinigkeiten verbiss. *Sie* war es, die diese Streitigkeiten für gewöhnlich beendete, er kannte es nicht anders, wartete auf eine Geste, ein Lächeln, doch ihr eisernes, ungewohntes Schweigen ließ seinen Frust weiter wachsen, und als sich Sofie plötzlich hinter ihm zu Wort gemeldet und gefragt hatte, wann sie denn nun endlich mal da seien, da war ihm der Kragen geplatzt. Das, hatte Hagen gebrüllt, würde *Madame* noch früh genug merken, er hatte mit der flachen Hand auf das Lenkrad geschlagen und sich umgewandt. Sofie hatte seinen Blick trotzig erwidert, dann war der Wagen ins Schlingern geraten, und Charlotte hatte ihr Schweigen gebrochen zu einem letzten, gellenden Schrei.

Gleich, wiederholt er, kommt Hilfe, doch mehr als ein Röcheln bringt er auch diesmal nicht zustande, ein Geräusch, als würde ein Strohhalm die letzte Flüssigkeit vom Boden eines Glases saugen.

krrrrrrchhhhhhh

Sie antwortet nicht, sieht ihn nur an. Die blaue Strickmütze ist ein wenig tiefer in die Stirn gerutscht, links und rechts ragen zwei braune, akkurat geflochtene Zöpfe hervor. Alles so, wie Hagen es in Erinnerung hat, auch der Gurt liegt nach wie vor schräg vor ihrem Hals über dem aufgeknöpften Mantel, doch darunter …

Der Schmerz kommt über ihn wie ein hereinbrechendes Gewitter. Gleißende Blitze schießen durch sein zertrümmertes Bein, detonieren in seinem Kopf. Ein Schwall brennender Säure ergießt sich über seinen Körper, er kämpft gegen den Brechreiz, muss husten, bäumt sich auf und erschlafft wimmernd, als sich eine gebrochene Rippe in den Lungenflügel bohrt. Schwärze senkt sich über sein Blickfeld, und für einen Moment hofft er, das Bewusstsein zu verlieren, doch *diesen* Gefallen tut ihm sein gemartertes Hirn nicht. Im Gegenteil, sein Verstand ist klar, jetzt, da der Schock überwunden ist, und als er wieder nach hinten zu seiner Tochter sieht, da nimmt er jede Einzelheit wahr. In unbarmherzigen, gestochen scharfen Bildern.

Den dünnen Blutfaden, der aus ihrem rechten Nasenloch läuft. Die großen, lavendelfarbenen Schatten unter ihren weitaufgerissenen Augen. Die unnatürliche Blässe auf ihrem Gesicht. Den Bluterguss, den der Sicherheitsgurt auf ihrem Hals hinterlassen hat, als er sich tief in ihre Haut gefräst hat. Und den Ast, der zwischen den Vordersitzen nach hinten ragt. Hagen kann das Ende nicht sehen, doch es muss spitz sein. Sehr spitz, sonst hätte sich der Ast nicht so tief in ihren Brustkorb bohren können. Er sieht das bedruckte Sweatshirt unter ihrem geöffneten Mantel, das Holz verschwindet in einem grinsenden knallgelben Lisa-Simpson-Gesicht, umgeben von einem handtellergroßen Ring frischen Blutes.

Er stemmt sich gegen die Fahrertür. Ergebnislos, das Blech ist fest im nach innen geknickten Rahmen verkeilt. Stattdessen ein irrsinniges Stechen in der ausgerenkten Schulter, ein weiteres Heulen in einer kakophonischen Sinfonie der Schmerzen. Hagen stößt ein gequältes Wimmern aus, als er erkennt, dass er gefangen ist. Eingeklemmt in einem rauchenden Haufen Schrott. Nur den Kopf kann er drehen, zumindest ein wenig.

Sie öffnet den Mund. Hören kann er nichts, er muss die Worte von ihren farblosen Lippen ablesen.

Es tut mir so

weh?

Nein. Sie sagt etwas anderes.

Ihr schmales Gesicht schwimmt als blasser Mond im dämmrigen Rückraum des Wagens vor der – seltsamerweise intakten – Heckscheibe, dahinter erkennt er Gestrüpp, ein Gewirr ineinander verschlungener Zweige. Der Wagen ist eine Böschung hinabgerast, von der Landstraße weiter oben nicht zu sehen.

Wieder öffnet sie den Mund. Diesmal versteht er, was seine Tochter ihm sagen will, und sein Herz krampft sich zusammen.

Es tut mir leid, Papa.

Herrgott!, will er rufen, *ich* bin es, der die Schuld trägt! ICH! Du musst dich nicht entschuldigen, du bist ein achtjähriges Kind, du

krrrrrrrchhhhhhhh

kannst nichts dafür!

Die Worte formen sich ausschließlich in seinem Kopf. Das, wird er später feststellen, ist das Schlimmste. Nicht genug, dass er seiner Tochter nicht helfen kann, er ist nicht einmal in der Lage, sein sterbendes Kind zu trösten. Ein achtjähriges Mädchen, das in seiner kindlichen Naivität von der eigenen Schuld überzeugt ist und dessen letzte Worte eine geflüsterte Bitte um Verzeihung sind.

Es dauert lange, bis es vorbei ist.

Dreißig Minuten, in denen er hilflos mit ansieht, wie das Leben allmählich aus ihrem Körper weicht. Dreißig Minuten, jede einzelne zu einer Ewigkeit gedehnt. Dreißig Minuten beobachtet er, wie ihr Atem allmählich flacher wird, während sich das Lisa-Simpson-Sweatshirt auf ihrer mageren Brust mehr und mehr vollsaugt, immer dunkler werdend vom Blut, das als dünnes, stetiges Rinnsal auf ihre im Schoß verkrampften Finger tropft. Dreißig Minuten, in denen sie ihn unverwandt ansieht, aus fiebrigen, angstgeweiteten Augen, die schließlich stumpf werden und sich für immer schließen. Ein Krampf schüttelt ihren kleinen Körper, Blut quillt aus ihrem Mund, ihr Kopf sackt nach vorn.

Dreißig endlose Minuten, in denen Hagen durch die Hölle geht. Doch auch dann ist es noch nicht vorbei, denn es dauert eine weitere Stunde, bis der Wagen entdeckt wird, und als die Tür endlich aufgeschweißt ist und Hagen aus den noch immer rauchenden Trümmern gezogen wird, da tobt er, schreit und schlägt um sich wie ein geiferndes, tollwütiges Tier.

Achtundzwanzig

In dieser Nacht schlief Schröder entgegen seinen sonstigen Gewohnheiten schlecht. Hagen hatte behauptet, ein *lausiger Erzähler* zu sein, doch das, hatte Schröder beim Zuhören schnell festgestellt, war definitiv nicht der Fall. Er träumte von brennenden

Autos und sterbenden Kindern, Vätern, die hilflos dabei zusehen mussten, und wachte immer wieder schweißgebadet auf, bis er sich schließlich seufzend aus dem Bett quälte. Den Rest der Nacht verbrachte er teetrinkend am Fenster, sah hinaus auf den dunklen See und wartete auf den Morgen.

Auch Claudius Zorn schlief schlecht. Er träumte von endlosen, labyrinthischen Gängen, flankiert von riesigen Spiegeln. Ein Monster verfolgte ihn, das hässlichste, abstoßendste Geschöpf, das jemals auf Erden gewandelt war. Zorn rannte panisch um sein Leben, den fauligen Atem seines Verfolgers im Genick, doch es gab keinen Ausweg. Und als er schließlich erschöpft aufgab, da sah er im Spiegel sein vernarbtes Gesicht und erkannte, dass er vor sich selbst auf der Flucht gewesen war. Er schrie im Schlaf, trat um sich, schlug auf sein Spiegelbild ein, und als er kurz vor Morgengrauen erwachte, da hatte er den Traum zwar vergessen, doch sein entstelltes, höhnisch grinsendes Ebenbild (schlimmer, viel schlimmer, als es in Wirklichkeit aussah) sollte ihn den ganzen Tag über verfolgen.

Anderen Menschen blieb dieses Schicksal erspart. Diethardt von Strauch zum Beispiel schlief tief und fest wie ein Baby, ruhiggestellt von den Tabletten, die ihm seine Schwester nach dem Abendessen (Käsebrote, Gurkensalat und Pfefferminztee) gegeben hatte.

Auch Ignaz Stein, genannt Fascho, träumte nicht. Allerdings aus nachvollziehbaren Gründen, er schlief in dieser Nacht nämlich nicht. Er sah sich die Spätvorstellung im Kino an (*Wonderwoman*, ein dämlicher Film, für den fast ein Drittel seines verbliebenen Geldes draufging) und machte sich dann auf den Weg, um den Rest der Nacht in den stinkenden Eingeweiden des verlassenen Wohnblocks zu verbringen. Auf halber Strecke machte er halt, streifte eine Weile durch die Neustadt. Immer wieder sah er sich um, mit unbehaglichen, misstrauischen Blicken, als fühle er sich beobachtet. Schließlich erreichte er den Block, der bis vor kurzem noch sein Zuhause gewesen war. Stundenlang stand er fröstelnd zwischen den Mülltonnen, rauchte eine Zigarette nach der anderen und sah mit hochgezogenen Schultern zu den Fenstern hinauf, hinter denen seine Mutter leise schnarchend in ihrem Bett lag. Die Gestalt, die schräg gegenüber auf der anderen Seite der Magistrale im Schatten eines Hauseingangs stand und ihn beobachtete, bemerkte er nicht.

Kurz vor Morgengrauen schreckte Simon Olytsch auf dem Sofa hoch, nachdem er die halbe Nacht in einem dämmrigen Halbschlaf verbracht hatte. Im Fernseher flimmerte ein Werbespot, eine barbusige Frau mit blonder Perücke sah mit verschleiertem Blick in die Kamera und hauchte zwischen aufgespritzten Lippen hervor, dass sie *extrem geil* sei, wirklich, man müsse jetzt *unbedingt* die unten eingeblendete Nummer anrufen, und zwar sofort. Auf dem Couchtisch lagen ein Kugelschreiber und ein karierter Notizblock. Am Abend hatte Simon begonnen, die Umsätze der letzten Wochen aufzuschreiben, ein Unterfangen, das er bald wieder aufgegeben hatte. Der Laden warf kaum noch etwas ab, bis auf ein paar Meter Antennenkabel und ein gebrauchtes Küchenradio hatte Simon Olytsch so gut wie nichts verkauft, auch die Reparaturaufträge blieben aus. Also hatte er den Stift frustriert zur Seite gelegt, den Fernseher eingeschaltet und eine Weile zugesehen, wie sich eine sächsische Hausfrau bei der 100-Euro-Frage von *Wer wird Millionär?* blamierte. Ganz bei der Sache war er nicht gewesen, seine Aufmerksamkeit galt dem altmodischen Festnetztelefon, und auch jetzt warf er einen Blick auf den Anrufbeantworter in der Hoffnung, dass Heidrun, seine Frau, angerufen und eine Nachricht hinterlassen hatte, während er geschlafen hatte – was natürlich nicht der Fall war. Also tröstete er sich mit dem Gedanken an den bevorstehenden gemeinsamen Ausflug, und als er wenig später mit steifem Nacken in das leere Ehebett sank, spielte ein seliges Lächeln auf seinen bärtigen Lippen.

Alles in allem also eine ereignisarme Nacht. Auch die Polizei hatte wenig zu tun, abgesehen von einem betrunkenen BWL-Studenten, der laut krakeelend in einen Papierkorb vor dem Opernhaus urinierte, und einen Einbruch im städtischen Katasteramt (der sich als Fehlalarm herausstellte, ausgelöst durch eine halbverhungerte Katze) wurden keine besonderen Vorkommnisse verzeichnet.

Dies änderte sich schlagartig, als ein schwarzgekleideter Mann im grauen Morgenlicht in einer Seitenstraße vor einer kleinen Polizeiwache auftauchte. Um genau sieben Uhr neunundzwanzig fiel der erste Schuss, und das, was später als *POLIZISTEN-MASSAKER AM STEINTOR* in die Annalen der örtlichen Presse eingehen sollte, nahm seinen Anfang. Der tödlich getroffene Dienststellenleiter brach leblos auf dem Bürgersteig zusammen, während der Schwarzgekleidete mit gezückter Waffe in die Wache stürmte und drei weitere Beamte erschoss. Dies alles dauerte nicht länger als eine Minute und endete so plötzlich, wie es begonnen hatte, denn als pünktlich um halb acht ein paar hundert Meter weiter auf dem Marktplatz die Glocken schlugen, da richtete der schwarzgekleidete Mann den blutigen Lauf der abgesägten Schrotflinte gegen das eigene Kinn und drückte ab.

Neunundzwanzig

Mittwoch.

»Das ist doch …«

Zorn suchte vergeblich nach den richtigen Worten. Er stand buchstäblich in einem Meer aus Blut, es war überall. Auf den Wänden, den U-förmig verteilten Schreibtischen, den Computermonitoren. Blut tropfte von den vergitterten Fenstern, klebte an den Kaffeetassen mit dem sternförmigen Logo der Polizei, verteilte sich in schmierigen Lachen auf dem abgewetzten Laminatboden. Es war, als habe ein durchgeknallter Maler eimerweise Farbe verschüttet, nein, als wäre die Farbe förmlich *explodiert*. Zorn zählte drei Tote, einer lag verkrümmt halb unter dem Schreibtisch auf dem Boden, ein weiterer war direkt an seinem Platz erschossen worden. Der Oberkörper lag in einer Blutlache auf dem Schreibtisch, Zorn sah nur den Hinterkopf, kurzes, im Nacken rasiertes Haar. Die rechte Hand umklammerte einen Kugelschreiber, daneben stand ein weißer Porzellanteller mit einem angebissenen Donut. Das Blut auf dem Teller sah aus wie Ketchup.

»Herrgott«, murmelte Zorn, »das ist wirklich …«

Sein Mund war trocken, wie mit Staub gefüllt. Er fühlte sich seltsam leicht, schwebend, wie in einem surrealen Film. Sein Blick fiel auf ein Plakat an der Tür, ein Teenager in Uniform strahlte ihm mit erhobenem Daumen entgegen. *NACHWUCHS GESUCHT* stand über dem Bild. *STARTE DURCH UND KOMM INS TEAM!* Darunter prangte das Logo der Polizei, zerfetzt von Dutzenden Einschusslöchern. Die Tür war gesplittert, eine schmierige Masse verteilte sich in klebrigen Schlieren auf dem Holz. Auf der Schwelle krümmte sich das dritte Opfer. Eine Frau, vermutete Zorn, als er den hellblonden Pferdeschwanz bemerkte. Sie lag mit dem Rücken zu ihm in Embryonalstellung in der halboffenen Tür. Wahrscheinlich war sie das letzte Opfer gewesen, sie hatte noch Zeit gefunden, zur Tür zu rennen. Der Schuss hatte sie zwischen die Schulterblätter getroffen, das hellblaue Uniformhemd war zerfetzt, schwarz von Blut. Zorn musste über ihre Leiche gestiegen sein, als er den Raum betreten hatte. Er konnte sich nicht daran erinnern.

»Der Täter liegt hinten«, sagte jemand. Zorn kannte die Stimme, und als er aufsah, bemerkte er, dass Schröder neben ihm stand. Die ganze Zeit schon, sie mussten zusammen hergekommen sein. Auch daran konnte sich Claudius Zorn nicht erinnern.

»Er hat sich auf dem Klo erschossen.«

Schröder deutete auf eine Tür schräg gegenüber. Daneben war ein weiteres Plakat an die Tapete gepinnt, unter einer roten, stilisierten Hand standen die Worte: *STOP! KEINE GEWALT GEGEN POLIZISTEN!*

»Es wird dauern, bis wir ihn identifiziert haben«, sagte Schröder. »Von seinem Gesicht ist so gut wie nichts übrig.«

Rauch waberte in trägen Schwaden durch den Raum. Zorn atmete den Korditgeruch ein, registrierte einen weiteren, vertrauten Duft und bemerkte die Kaffeemaschine auf dem Fensterbrett. Die gläserne Kanne war halbvoll, Kaffee tropfte leise glucksend aus dem Filter.

»Eine Frau in einer Wohnung gegenüber hat alles beobachtet«, fuhr Schröder ruhig fort. »Der Täter ist direkt vor der Tür zusammengebrochen. Die Zeugin ist nicht sicher, aber sie glaubt, er hat um Hilfe gerufen. Das war ein Trick, um in die Wache zu gelangen. Und es hat auch geklappt, ein Kollege ist sofort rausgerannt, um ihm zu helfen. Es ging rasend schnell, sagt die Zeugin. Wahrscheinlich hatte er die Schrotflinte unter seinem Mantel versteckt, er hat den Kollegen erschossen und ist hier rein.«

Draußen, fiel Zorn jetzt ein, lag noch ein Toter. Sie mussten schon eine Weile hier sein, dachte er verwundert und sah zum Fenster. Blaulicht flackerte in der engen Gasse, Uniformierte liefen umher.

»Es gibt bestimmt noch mehr Zeugen.« Zorn lauschte Schröders Worten, ohne ihren Sinn zu erfassen. »Wir haben die Überwachungskameras vor dem Eingang, die Aufzeichnungen müssen geprüft werden.«

Zorn nickte stumm. Noch immer fühlte er sich wie im Traum, gefangen in einer anderen Realität.

»Das …«

Er sah Schröder an.

»Das ist doch alles …«

Schluckte und sagte schließlich das, was er immer sagte:

»Scheiße.«

*

»Bitte, Mama. Bitte.«

Fascho stand weinend im Hausflur. Diesmal waren seine Tränen echt.

»Nein, Ignaz.«

Auch seine Mutter weinte. Ihre Lippen allerdings waren verkniffen, ein dünner Strich über dem Doppelkinn. Sie hatte einen Entschluss gefasst.

»Ich hab Hunger«, bettelte er. »Ich stinke, Mama. Ich weiß doch nicht, wohin!«

Die Nacht war schlimm gewesen. Mit der Angst kam Fascho irgendwie zurecht, auch mit der Einsamkeit, der Kälte und dem Dreck. Selbst dieses Gefühl, verfolgt zu werden, hatte er irgendwie unter Kontrolle. Das war Einbildung, redete er sich ständig ein, ein dämliches Hirngespinst. Das alles war schlimm, doch schlimmer war, was daraus resultierte: Er spürte, dass der rationale, der *gute* Teil in ihm dem Druck nicht mehr lange standhalten würde. Dieses Jucken im Kopf, der Drang, etwas anzuzünden, etwas *Lebendes*, wurde immer stärker.

»Bitte, Mama. Ich … ich mach alles, was du willst.«

Sie schüttelte stumm den Kopf. Mit der einen Hand raffte sie den Morgenmantel vor dem üppigen Busen, die andere klammerte sich um das abgewetzte Türblatt.

»Du musst mich reinlassen, Mama. Weil ich …«

sonst was Schlimmes tue

»… nicht mehr weiterweiß.«

Tränen rannen über Faschos schmales Gesicht, hinterließen helle Furchen auf der schmutzigen Haut. Aus der Wohnung drang der vertraute Geruch nach Instantkaffee und billigem Waschmittel, das Küchenradio dudelte wie immer vor sich hin.

»Du hast mich lange genug belogen.« Ihre Stimme bebte, doch der klirrende, entschlossene Unterton war unüberhörbar. »In ein paar Wochen ist die Verhandlung. Bis dahin will ich, dass du auf dich gestellt bist, dass du nachdenkst. Dann sehen wir weiter.«

Diese dicke, gutgläubige Frau liebte ihn nach wie vor, doch in ihrer Naivität (*Dummheit* war das Wort, das Fascho in Gedanken verwendete, abgrundtiefe *hirnrissige Verblödung*) glaubte sie, zum ersten Mal in ihrem Leben konsequent sein zu müssen.

»Ich … ich hab kaum noch Geld, ich …«

»Du wirst schon irgendwie zurechtkommen.«

»Ich *wohne* hier!«

»Aber *ich* zahle die Miete«, sagte sie kalt. »Du bist kein Kind mehr. Du wirst lernen, Verantwortung zu übernehmen.«

Es fehlte nicht viel, und Fascho hätte sich die Ohren zugehalten. Er wollte dieses Geschwafel nicht hören, er wollte nur eines, in seinem winzigen Zimmer liegen und die Bettdecke über den Kopf ziehen. Ein bisschen Ruhe, damit dieses Jucken aufhörte, dieses Kribbeln irgendwo hinter den Augen, das ihn allmählich wahnsinnig machte.

»Den Schlüssel, Ignaz.«

Er starrte auf ihre ausgestreckte Hand. Die kurzen, wurstartigen Finger, den ausgefransten Ärmel des Morgenrocks.

»Das ist … *ungerecht*!«

Faschos Stimme hallte durch das Treppenhaus.

»Du kriegst ihn irgendwann wieder. Wenn du dich geändert hast.«

»Dämliche Kuh.«

Sie versuchte, sich ihm in den Weg zu stellen, doch er drängte sich an ihr vorbei in die Wohnung. Dann stand er keuchend im Flur, zu keinem klaren Gedanken fähig. Es war ein Drecksloch, doch es war sein Zuhause. Er hatte das gottverdammte *Recht*, hier zu sein.

»Ich will, dass du gehst.«

Rote Flecken blühten auf den feisten Wangen seiner Mutter, doch ihre Stimme war fest. Diese eiserne, noch nie erlebte Ruhe machte Fascho noch wütender.

»Fick dich.«

Ihre Augen weiteten sich. Es war das erste Mal, dass sie ihren Sohn so erlebte, sein anderes Ich. Einen Moment starrte sie in sein aschfahles, zu einer Fratze verzerrtes Gesicht, dann nickte sie nachdenklich.

»Ich ruf die Polizei.«

Sie reckte das fleischige Kinn und wollte an ihm vorbei ins Wohnzimmer. Diesmal war es Fascho, der seiner Mutter den Weg versperrte.

»Das brauchst du nicht«, zischte er. »Ich hau jetzt ab.«

Er stieß sie mit der Schulter beiseite, hörte, wie sie hinter ihm stolperte, doch es war ihm egal. Sein ganzes Leben war sie ihm auf die Nerven gegangen, hatte ihn auf Schritt und Tritt verfolgt mit ihrer Fürsorge, und jetzt, wo er sie tatsächlich brauchte, ließ sie ihn im Stich.

Ein Knacken ertönte in seinem Rücken, es klang wie ein brechender Ast. Kleidung raschelte, er hörte ihr Stöhnen, dann einen dumpfen Aufprall.

Heul nur, dachte Fascho und griff nach der Türklinke. Jetzt ist es zu spät, du fette Gans. Schluss mit der Bettelei, ich komm schon irgendwie klar.

Er riss die Tür auf, kühle Luft wehte ihm aus dem Hausflur entgegen. Die Wut war verflogen, ein triumphierendes Grinsen spielte um seine Lippen. Fascho war überzeugt, dass sie ihn zurückhalten würde. Die Alte hatte geblufft, wie sollte sie allein zurechtkommen? Ohne ihn, ihren Augenstern, ihr über alles geliebtes Herzblatt?

Er wartete einen Moment.

Keine Reaktion. Nur das blecherne Quäken des Radios in seinem Rücken.

Es ist kurz vor halb neun, Leute!, plärrte ein gutgelaunter Morgenmoderator euphorisch. *Zeit für die News! Wir schalten zu Ricky, unserem Außenreporter. Ich höre, er hat Neuigkeiten vom Amoklauf in der Polizeiwache, EXKLUSIVE NEUIGKEITEN, Freunde!*

»Das ist 'ne endgültige Sache.« Fascho wandte sich noch einmal um. »Ich haue jetzt ab, aber denk bloß nicht, dass ich …«

Fascho verstummte.

Zurzeit, ertönte die aufgeregte Stimme des Außenreporters, *geht man hier von drei Toten aus. Aber es ist durchaus denkbar, dass sich die Zahl der Opfer noch erhöht! Angeblich hat sich der Amokläufer selbst gerichtet, aber im Moment stellen sich alle die Frage, wie dieser Irre überhaupt in das Gebäude gelangen konnte. Die Sicherheitsmaßnahmen …*

»Mama?«

Ein ungläubiges Staunen lag auf Faschos Gesicht. Seine Mutter war neben der Garderobe auf den Boden gesackt. Sie lehnte mit dem Rücken an der Wand, die dicken Beine V-förmig ausgestreckt.

… muss jetzt die Frage erlaubt sein, wie die Polizei unsere Bevölkerung schützen will, wenn sie nicht einmal in der Lage ist, sich selbst zu schützen. Die Unsicherheit …

»Mama?«

Die Tür fiel hinter Fascho ins Schloss, er bemerkte es nicht. Sein Blick war wie gebannt auf seine Mutter gerichtet. Sie starrte aus leeren, glasigen Augen an die Decke, ihre Zunge hing aus dem offenen Mund wie ein fleischfarbener Lappen.

»Sag doch was!«

… die Ermittlungen laufen auf Hochtouren. Und damit zurück ins Studio.

Fascho stützte die Hände auf den Knien ab, beugte sich über seine reglose Mutter. Das fettige Haar hing ihm über die Augen, er wischte es mit einer Handbewegung fort. Sein Blick wanderte über die Wand nach oben, landete auf der Garderobe, einer gusseisernen Jugendstil-Imitation, in Kopfhöhe mit Dübeln im Beton verankert. Es gab fünf Haken, vier davon verschwanden unter den billigen Sachen seiner Mutter, Mänteln, Wolljacken und gestrickten Schals. Faschos Aufmerksamkeit richtete sich auf den fünften, der direkt über seiner Mutter aus der Wand ragte. Stirnrunzelnd beäugte er das spitze Ende, registrierte das Haarbüschel auf dem Metall, den hauchdünnen Blutfaden auf der Tapete.

Danke, Ricky!, schrie der Moderator. *Wir machen kurz Werbung! Dranbleiben, Freunde! Kurz nach halb neun kommt das GEHEIME GERÄUSCH! Hundert Euro, nur hier, auf …*

»Mama?«

Fascho langte nach ihrer Schulter. Ein zaghaftes Rütteln.

»Bist du …?«

Er kam nicht dazu, die Frage zu stellen, seine Mutter beantwortete sie selbst. Ihr Doppelkinn sank auf die Brust, er bemerkte das klebrige, blutverschmierte Haar an ihrem Hinterkopf und das Loch, das der Haken in ihren Schädel gebohrt hatte.

Ja, sie war tot.

Mausetot.

Dreißig

»Guten Morgen, Diethardt.«

Elsa von Strauch stand in der Tür, sie hielt ein Tablett in den Händen. Der große, hagere Mann beachtete seine Schwester nicht, er saß hinter einem klobigen, mit Schnitzereien verzierten Schreibtisch aus Nussbaum und las konzentriert in einem dicken Wälzer.

»Zeit für dein Frühstück.«

Sie ging zu ihm, ein dicker Perserteppich dämpfte ihre Schritte. Das Zimmer war groß, trotzdem herrschte eine bedrückende Enge. Hohe Regale, vollgestopft mit Büchern, nahmen die Wände ein, schwere Samtgardinen hingen vor den Fenstern. Gegenüber ein schmales Bett, flankiert von zwei dunklen, ebenso wie der Schreibtisch reichverzierten Schränken aus Nussbaum. Die Einrichtung – ausgenommen das Bett – stammte aus Diethardts Kanzlei, ebenso der Chesterfield-Sessel und die Stehlampe im Bauhausstil.

»Ich hab dir ein Ei gekocht.«

Diethardt reagierte nicht. Stirnrunzelnd kaute er auf einem Mont-Blanc-Füller und beugte sich über seine Lektüre. Das aschblonde Haar war streng nach hinten gekämmt, die Wangen glänzten frisch rasiert. Nur der gestreifte Pyjama unter der Strickjacke mit den Lederflicken an den Ärmeln und die rosafarbene Kinderuhr am Handgelenk störten das Bild einer konzentrierten, in die Arbeit vertieften Respektsperson.

»Und frischen Orangensaft kriegst du auch.«

Der Schreibtisch war übersät mit Zeitschriften, dicken Büchern, unzähligen Blättern, vollgekritzelt mit Diethardts winziger, gestochen scharfer Handschrift. Seufzend betrachtete sie das Chaos, schob mit dem vollen Tablett einen Aktenordner beiseite, trat hinter ihn und massierte ihm sanft die knochigen Schultern.

»Hast du gut geschlafen?«

Elsa von Strauch war jünger als ihr Bruder, eine unscheinbare Frau Mitte vierzig mit Pagenfrisur und braunen Rehaugen. Drei Jahre waren jetzt seit seinem plötzlichen Zusammenbruch vergangen. Ein paar Wochen später, als klarwurde, dass sich sein Zustand kaum ändern würde, hatte sie zuerst ihren Job beim Finanzamt, dann ihre Wohnung gekündigt und war mit ihm zusammengezogen. Die Entscheidung war einfach gewesen. Sie hatte ihre Arbeit nie gemocht, und Geld war genug da, das Konto von Diethardts Kanzlei war prall gefüllt gewesen, dazu kamen die Einnahmen der beiden Mietshäuser, die sie von ihren Eltern geerbt hatten. Abgesehen davon lagen die Dinge auf der Hand: Sie waren eine Familie. Er war ihr Bruder. Egal, ob einflussreicher Anwalt mit einem Dutzend Angestellter oder verwirrter Pflegefall, sie liebte ihn. Auch wenn er sie längst nicht mehr erkannte.

»Na komm, du musst was essen.«

Sanft nahm sie ihm das Buch aus der Hand, klappte es zu. *Vom Nutzen und Nachteil der Historie für das Leben* war in Frakturschrift auf dem vergilbten Einband zu lesen.

»Kluger Mann«, schnarrte Diethardt. »Sehr kluger Mann, dieser Friedrich Nietzsche. Seien Sie so freundlich und machen schnellstmöglich einen Termin mit ihm.«

Er schob die vergoldete Hülle auf den Füller, steckte ihn hinters Ohr, während seine Schwester den Tisch deckte.

»Was meinst du«, fragte sie, »wollen wir nachher ein bisschen rausgehen? Die Sonne scheint, wir könnten …«

»Das Interview mit dem *Handelsblatt*«, unterbrach Diethardt knapp, »sagen wir ab. Ebenso den Empfang beim Kulturdezernenten. Um drei«, er sah auf seine rosafarbene Armbanduhr, »buchen Sie mir bitte einen Flug nach Reykjavik.«

»Natürlich.«

Sie band ihm eine Serviette aus gestärktem Leinen um den Hals.

»Und rufen Sie den amerikanischen Botschafter an. Ich warte immer noch auf die Prozessakten gegen Lee Harvey Oswald. Ich bin nicht sicher, ob ich seinen Fall übernehme, aber …«

Er bemerkte das Marmeladenbrötchen, das seine Schwester ihm vor den Mund hielt, und biss nach kurzem Zögern hinein.

»Heute Mittag«, fuhr er kauend fort, »bestellen Sie mir bitte einen Einzeltisch im Interhotel.«

»Wird erledigt.«

»Und denken Sie an meinen Vortrag bei der Ärztekammer.«

Die nächsten Minuten verbrachten sie schweigend. Gehorsam ließ Diethard sich von seiner Schwester füttern, trank seinen Orangensaft, löffelte sein weichgekochtes Ei. Das zweite Brötchen allerdings aß er nur zur Hälfte.

»Ach komm, Diethardt.«

Störrisch presste er die Lippen aufeinander.

»Noch zwei Happen, bitte.«

»Sie dürfen sich jetzt entfernen.« Er schob ihre Hand fort. »Ich erwarte Sie später zum Diktat.«

Elsa zuckte resigniert die Achseln und band ihm die Serviette ab. Ein prüfender, mütterlicher Blick, dann tupfte sie ihm etwas Ei vom Mundwinkel und räumte das Geschirr wieder auf das Tablett.

»Haben wir nicht was vergessen?« Diethardt wedelte mit den Fingern. »Meine Korrespondenz, wenn ich bitten darf.«

»Sicher doch.«

Sie reichte ihm einen Stapel Briefe, den sie mit dem Tablett hereingebracht hatte. Ein weiterer Teil in einer langen Reihe täglicher Rituale, auf die Diethardt größten Wert legte. Sämtliche Post, die an ihn adressiert war – egal, welchen Absender sie trug –, musste sorgfältig geprüft, analysiert und gegebenenfalls beantwortet werden.

Er lehnte sich mit wichtiger Miene zurück und widmete sich dem dünnen Stapel seiner *Korrespondenz*. Oben lag die Wurfsendung einer Pizzakette, er begutachtete die bunten Aufdrucke auf dem Umschlag, untersuchte die Anschrift hinter dem durchsichtigen Plastikfenster. Schließlich griff er nach einem silbernen Brieföffner, riss energisch den Umschlag auf, faltete einen bunten Hochglanzprospekt auseinander und begann umgehend mit der Lektüre. Eingehend studierte er Preislisten mit Pizzabrötchen, überbackenen Nudeln und Käsebaguettes, brummte nachdenklich, griff nach dem Füller hinter dem Ohr und begann, Notizen über Inhaltsangaben, Zusatzstoffe und künstliche Aromen zu

Papier zu bringen. Dies nahm eine Weile in Anspruch, und als er den Prospekt wieder akribisch im Umschlag verstaute, bemerkte er seine Schwester, die mit dem Tablett in den Händen vor dem Schreibtisch stand.

»Ich brauche Sie dann nicht mehr«, brummte er und nahm eine schreiend bunte Postkarte vom Stapel. »Sie sehen doch, ich habe zu tun.«

Er betrachtete die Vorderseite – ein lachendes, solariumgebräuntes Rentnerpaar vor malerischer Bergkulisse – drehte die Karte um, überflog die Rückseite. *DREI TAGE SCHWARZWALD!,* war dort in fetten Großbuchstaben zu lesen. *BUCHEN SIE JETZT, HERR VON STRAUCH! EINMALIGES, UNSCHLAGBARES ANGEBOT!*

Geschirr klapperte, Elsa ging zur Tür, wandte sich noch einmal um.

»Diethardt?

Er sah auf.

»Ja?«

»Ich hab dich lieb.«

Er blinzelte. Sie war nicht sicher, doch in diesem kurzen Moment schien es, als wäre er wieder da, ihr großer, kluger Bruder. Warmherzig, gebildet, intelligent. So, wie er früher gewesen war.

»Ja. Sehr schön.« Er räusperte sich, legte die Postkarte beiseite und nahm den nächsten Brief vom Stapel. »Wie gesagt, das wäre vorerst alles.«

»Natürlich.«

Sie lächelte traurig. Schloss die Tür hinter sich und bemerkte nicht, wie Diethardt hinter seinem Schreibtisch erbleichte. Mit zitternden Fingern riss er den Umschlag auf, las die maschinengeschriebenen Zeilen unter dem Siegel mit dem Bundesadler. Stumm zunächst, dann begann er, halblaut vor sich hin zu murmeln.

Ich kann Ihnen also mitteilen, dass wir heute den Ort, an dem die Raumschiffe der Invasoren landen werden, genau lokalisiert haben. Sobald wir den konkreten Zeitpunkt wissen, wird ein Mitarbeiter meiner Behörde Sie telefonisch kontaktieren. Dieser Mann ist Ihnen bereits persönlich bekannt. Das Codewort, mit dem er sich Ihnen zu erkennen geben wird, lautet

»Aldebaran dreiundzwanzig«, hauchte Diethartd.

Prägen Sie sich diesen Code genauestens ein. Mein Mitarbeiter arbeitet verdeckt, er wird Ihnen weitere Anweisungen erteilen. Ich muss Sie nicht darauf hinweisen, dass seine wahre Identität unbedingt im Verborgenen bleiben muss.
Der Erfolg dieser Mission hängt einzig und allein von Ihnen ab. Ich lege das Schicksal der Welt in Ihre Hände.

Ehrfürchtig betrachtete Diethardt das Schreiben. **STRENG VERTRAULICH!**, informierte ein roter Stempelabdruck in der rechten oberen Ecke. **NACH LEKTÜRE *UMGEHEND* VERNICHTEN!**

»Sie können sich auf mich verlassen, Frau Ministerin.«

Er zerknüllte den Brief, steckte ihn in den Mund und aß ihn auf.

Einunddreißig

»Es ist schön, deine Stimme zu hören, Heidrun.«

Simon Olytsch stand in seiner Werkstatt, in der einen Hand das Telefon, in der anderen den rauchenden Lötkolben. Er gab sich Mühe, ruhig zu klingen, doch seine tiefe Stimme zitterte vor Aufregung.

»Ist alles okay bei euch?«, fragte er. »Wie geht's Saskia?«

»Gut«, erwiderte Heidrun. »Sie hatte heute Morgen Kopfschmerzen.«

»Schlimm?«

»Fürchterlich sogar. Das hat sie jedenfalls behauptet. Ich hätte ihr das fast abgenommen, aber sie schreibt heute 'ne Englischarbeit. Darauf hatte die junge Dame offensichtlich keine Lust. Du kennst deine Tochter.«

»Sie kann eine hervorragende Schauspielerin sein«, nickte Simon.

Er inhalierte jedes Wort seiner Frau. Es war unwichtig, *was* sie sagte, er genoss dieses Gespräch, dieses Gefühl der Normalität, als wären sie wieder eine Familie.

»Vielleicht sollte ich mal mit ihr reden«, sagte er.

»Nicht nötig. Sie hat eine Weile diskutiert, aber dann ist sie in die Schule gegangen. Unter Protest allerdings.«

Er sah durch den dämmrigen Verkaufsraum zum Schaufenster. Schräg gegenüber wurde der große Buchladen geöffnet. Die Aluminiumgitter glitten nach oben, im nächsten Moment hallte das Glockenspiel über den Markt.

»Ich hab überlegt, dass wir am Samstag in den Freizeitpark an der Autobahn fahren könnten«, sagte er. »Saskia tut zwar immer so erwachsen, aber sie hätte 'ne Menge Spaß. Es gibt eine neue Achterbahn. Und danach gehen wir irgendwo essen. Mexikanisch vielleicht, was meinst du?«

»Das … klingt gut.«

Simon hörte ihr Zögern. Unmerklich nur, doch sein Rücken versteifte sich unter dem blauen Arbeitskittel. Die Finger krampften sich um den Hörer.

»Ich … deshalb hab ich angerufen, Simon. Wegen Samstag, ich wollte noch mal mit dir reden.«

»Wir können auch in den Harz fahren, mit der Seilbahn auf den Berg und dann ein bisschen wandern. Oder …«

Er schlug vor, ins Kino zu gehen oder ins Spaßbad, redete nur, um zu reden. Er spürte, dass etwas nicht stimmte, hatte es von Anfang an geahnt, schließlich hatte sie ihn noch nie im Laden angerufen in den Wochen, seit sie ihn verlassen hatte, schon gar nicht um diese Zeit, morgens um neun.

»… wir mieten ein Motorboot und schippern ein bisschen über den Fluss, Saskia könnte …«

»Simon, ich …«

Nein, dachte er, ich will's nicht hören. Ich *muss* euch sehen, ein paar Stunden nur, dann könnt ihr wieder gehen, aber ich werde das Gefühl haben, dass wir wieder zusammenkommen. Seit Wochen arbeite ich darauf hin, es ist mein einziges Ziel, der Grund, aus dem ich das alles durchhalte, ich …

»Ich wollte dir nicht auf Band sprechen«, sagte Heidrun. »Deshalb hab ich im Laden angerufen, weil ich's dir direkt sagen wollte.«

Ein glatzköpfiger Mann in hellblauer Windjacke stand vor dem Schaufenster und betrachtete gelangweilt die Auslage: Drei Fernseher, ein Stapel Autoradios und das Schild *WIR REPARIEREN ALLES – SCHNELL, ZUVERLÄSSIG UND GÜNSTIG!*, ohne etwas davon wahrzunehmen. Kein Kunde, wusste Simon aus jahrelanger Erfahrung, nur ein Passant, der auf die nächste Straßenbahn wartete. Doch das war im Moment egal.

»Wir sollten den Ausflug verschieben, Simon.«

Seine Knie wurden weich, er stützte sich an der Werkbank ab. Der vertraute Duft schmelzenden Lötzinns stieg ihm in die Nase, er betrachtete den rauchenden Lötkolben wie einen Fremdkörper, legte ihn vorsichtig neben einem geöffneten Kofferradio in die Ablage.

»Es ist besser, wenn wir noch warten«, sagte sie.

Sein Blick wanderte durch die Werkstatt. Röhrenfernseher standen in den Ecken, in den Regalen stapelten sich verstaubte Radios, Kabelrollen, unzählige Kisten mit Widerständen, Kondensatoren und Platinen. Plunder. Schrott. Wertloses Zeug, das keine Sau interessierte.

»Du bist noch nicht so weit.« Sie klang vorsichtig, jedes Wort genau überlegt. »Du brauchst Zeit, und die sollst du auch haben.«

»Ich … bitte, Heidrun, ich …«

werde dich nie wieder schlagen. Nie, nie, nie wieder.

»… hab mich geändert.«

»Das weiß ich«, sagte sie sanft.

Eine Straßenbahn fuhr vorbei. Der Boden vibrierte, Ersatzteile klapperten in den Regalen. Ein Schraubenzieher fiel zu Boden.

»Ist irgendwas passiert?«, fragte er.

Wieder dieses kurze Zögern.

»Nein«, sagte sie dann.

»Warum dann?«

Simons Stimme hatte sich nur ein wenig gehoben, doch er spürte, wie Heidrun am anderen Ende der Leitung zusammenzuckte.

»Ich … Simon, ich glaube einfach, dass wir noch warten sollten.«

Sie hat Angst vor mir, dachte er. Sie hat immer noch Angst.

»Wir dürfen nichts überstürzen«, sagte sie.

Lass ihr Zeit, hatte Marek Schleef gesagt. Setz sie nicht unter Druck. Reden könnt ihr später. Zuerst musst du ihr *zeigen*, dass es dir ernst ist.

»Vielleicht hast du recht«, sagte er und schaffte es, ruhig zu klingen. »Wir verschieben's einfach, es soll sowieso regnen am Wochenende.«

»Ich weiß, wie sehr du an dir arbeitest, Simon.«

Heidruns Worte verschwammen in seinem Kopf, stattdessen meldete sich eine andere Stimme. Simon hatte es lange nicht gehört, dieses hämische, in Reimen gesprochene Flüstern.

Sie verarscht dich, die Fotze, die dumme Sau! Das macht sie schon immer, du weißt es genau!

Sei still, Carlos.

Das kann ich nicht, du dummes Schwein!

»Alles wird gut, Simon.«

Das Miststück LÜGT! Sieh's endlich ein!

»Du bist auf einem guten Weg.«

»Ich … ich muss Schluss machen.« Simon wischte den Schweiß von der Stirn. »Ich hab Kundschaft.«

HAHAHA! Ich lach mich TOT, du dummes Brot!

»Bis später, Simon.«

»Gib Saskia einen Kuss von mir.«

»Sie ruft dich heute Abend an.«

»Toll.«

Sie legten auf. Simon stand mit gesenktem Kopf in der Werkstatt, sein mächtiger Brustkorb hob und senkte sich unter dem Kittel.

Du hättest sie damals totschlagen sollen. Du hättest sie …

»HALT'S MAUL!«

Das Telefon zerschellte krachend an der Wand. Simon hielt sich die Ohren zu, sank neben der Werkbank zu Boden. Carlos war weg, nur das Blut pochte in seinen Schläfen, unterlegt von einem monotonen Geräusch, irgendwo hinter der Stirn.

Die Bombe, sie tickte wieder in seinem Kopf.

Tick tack.

Zweiunddreißig

»Das war 'n Unfall, Mama.«

Fascho hockte zwischen den gespreizten Beinen seiner toten Mutter, wippte auf den Fersen vor und zurück. Sie lehnte unter der Garderobe an der Wand. Ihr Kopf war auf die Brust gesackt, das Doppelkinn verschwand zwischen den Ansätzen ihres Busens, der unter dem Morgenmantel hervorlugte. Sie hatte ihr Haar lange nicht gefärbt, er sah die dunklen Ansätze an den Wurzeln, Schuppen glänzten darin, verteilten sich auf den Schultern.

»Ich hab dich ja nicht mal richtig geschubst.«

Es hatte lange gedauert, bis er den Schock halbwegs verdaut hatte, allmählich erwachte er aus seiner Erstarrung.

»Ich wollte nur rein.«

In der Küche plärrte das Radio. *Oops! I did it again!,* trällerte Britney Spears.

Fascho wischte sich mit dem Handrücken über die feuchten Augen. Mama mochte das Lied, sie waren dazu durch die Wohnung getanzt. Früher, in längst vergangenen Zeiten, als er noch klein gewesen war und seine Mutter dünn.

»Ich bin traurig.«

Das war Fascho, sehr sogar. Klar, seine Mutter war tot, das war echt beschissen, doch die Tränen auf seinen pickligen Wangen galten vor allem ihm selbst. Es war ein unbewusster, kindlicher Impuls gewesen, der ihn hergetrieben hatte, die Hoffnung, dass das, was da mit der Gewalt eines Taifuns auf ihn zusteuerte, im letzten Moment noch aufgehalten werden konnte.

Und nun? Das Gegenteil war der Fall.

»Was soll ich jetzt machen?«

Schniefend griff er nach ihren Fingern, spürte die ungewohnte, seltsam trockene Kälte und zuckte angewidert zurück.

»Ekelhaft.«

Ihre Hand plumpste neben dem fleischigen Oberschenkel auf den Teppich. Ein qualliges Etwas, überzogen von Leberflecken und einem Netz bläulicher Adern. Ihr Ehering blitzte auf, sie hatte ihn nie abgenommen.

Kein Wunder, dachte Fascho, selbst wenn du's gewollt hättest, du hättest das Ding niemals von deinem fetten Wurstfinger gekriegt.

Im Radio wurde das Vormittagsmagazin angekündigt.

Aber vorher, säuselte eine leicht überdrehte Moderatorin, *gibt's die aktuellen Nachrichten und danach sage und schreibe DREI HITS AM STÜCK!*

Faschos Knie schmerzten, das Blut kribbelte in den Waden. Er richtete sich ruckartig auf, spürte, wie ihm schwindlig wurde, verlor das Gleichgewicht und stolperte zunächst über ihr Bein, dann über einen ihrer Filzpantoffeln. Haltsuchend streckte er die Hand aus, seine Finger schlossen sich um den Garderobenhaken, er trat einen Schritt zurück und stieß einen Fluch aus, als er das Haarbüschel bemerkte, das zwischen seinen Fingern klebte.

Aus der Küche drang eine blecherne Fanfare, eine sonore Männerstimme begann die Nachrichten zu verlesen.

Soeben hat sich die Staatsanwaltschaft zur Identität des Amokläufers von heute Morgen geäußert.

»Du bist selbst schuld!«, stieß Fascho hervor und wischte die Hand an der schmutzigen Jeans ab. Sein schmales Gesicht verzerrte sich, erinnerte jetzt mehr denn je an eine Ratte.

Es handelt sich …

»Warum musstest du auch gegen dieses Ding rennen!«

… um einen zweiunddreißigjährigen Angestellten …

»Du solltest mir helfen, Mama!«

… der weder vorbestraft, noch …

»Aber was machst du?«

… anderweitig auffällig geworden ist. Eine Tatsache, welche …

»Du reitest mich immer tiefer in die Scheiße!«

… die Hintergründe der grausamen Bluttat noch rätselhafter …

»Ich wohne genauso hier wie du!«

… erscheinen lässt.

Fascho öffnete die Tür zu seinem Zimmer.

»Ich hab ein Recht, hier zu sein!«

Die Motive des Attentäters ….

»Das ist MEIN ZIMMER!«

... liegen nach wie vor im Dunkeln. Sein Name ist ...

Krachend fiel die Tür hinter Fascho ins Schloss.

*

Kurz nachdem Fascho weinend in sein Zimmer gerannt war, betrat Marek Schleef nur wenige Hundert Meter Luftlinie entfernt sein Büro. Klappernd landete sein Schlüsselbund auf dem Schreibtisch, er kippte das Fenster, streifte im Gehen die dünne Nappalederjacke ab, öffnete den weißen Schrank und verstaute die Jacke auf einem Kleiderbügel. Dies alles geschah schnell. Routinierte, tagtäglich ausgeführte Handlungen. Er betrachtete das Foto, das mit Reißzwecken auf der Innenseite der Schranktür befestigt war, fuhr mit dem Finger über die verblassten Gesichter, flüsterte etwas.

»Ich hab euch lieb.«

Schleef verharrte einen Moment in stiller Andacht, dann schloss er schwungvoll die Tür, ging zum Schreibtisch und startete den Laptop. Plötzlich erstarrte sein ausgestreckter Arm mitten in der Bewegung. Die dunklen Augen verengten sich, richteten sich auf das Ladekabel, dessen Ende ein paar Zentimeter neben dem Laptop auf einem Notizblock lag.

»Das ... das kann nicht sein.«

Schleef griff nach dem Kabel, drehte den Stecker in den Fingern.

»Den hab ich gestern Abend reingesteckt«, murmelte er. »Oder?«

Das Display flackerte auf. Schleef nagte zweifelnd auf der Unterlippe.

»Doch«, nickte er dann. »Der Akku war fast leer. Und jetzt«, er beugte sich über den Rechner, sah auf die Kontrollleiste, »ist er voll.«

Marek Schleef wurde bleich.

»Jemand war hier.«

Durch das Fenster drang Lärm. Das Pärchen im Block gegenüber stritt um ein Bier, wahrscheinlich das letzte. Schleef ignorierte die keifenden, mittlerweile vertrauten Stimmen in seinem Rücken, er stand gebeugt über dem Laptop, die Hände links und rechts auf den Schreibtisch gestützt, den Blick irgendwo ins Leere gerichtet.

»Scheiße.«

Ein Flüstern, kaum hörbar.

»Gottverdammte Scheiße.«

Ein Zischen, deutlich lauter jetzt.

»Was ist das nur für eine dämliche«, Schleef schlug mit der Faust auf den Tisch, »verfickte *SCHEISSE*!«

Er rannte zum Waschbecken neben der Tür, öffnete den Wasserhahn und trank, als wäre er am Verdursten. Als er sich wieder aufrichtete, fiel sein Blick auf den kleinen, ungerahmten Spiegel. Er nahm die Nickelbrille ab, beugte sich über das Waschbecken und studierte sein Ebenbild, als sähe er es zum ersten Mal: die dichten, geschwungenen Brauen über den schwarzen Augen, gerahmt von langen, fast mädchenhaften Wimpern. Die hohen Wangenknochen. Die schmale, etwas gebogene Nase.

»Du weißt, warum er hier war«, sagte er ernst, die Augen in den Spiegel gerichtet. »Egal, wer das war, das war kein Einbrecher. Jedenfalls kein gewöhnlicher.«

Wasser troff von seinem Kinn. Schleef wischte es mit dem Handrücken ab.

»Aber eigentlich war's doch immer klar, oder?«

Er neigte lauschend den Kopf.

»Genau«, nickte er seinem Spiegelbild zu, als habe er eine Antwort erhalten. Ein trauriges, resigniertes Lächeln spielte um seine Lippen. »Irgendwann würden sie dich erwischen. Es war nur eine Frage der Zeit.«

Dreiunddreißig

»Viel haben wir bisher nicht.« Schröder sank seufzend zurück, stieß sich mit den kurzen Beinen ab und rollte mit dem Bürostuhl nach hinten gegen die Wand. »Es gibt kein Motiv, wir wissen nicht, woher er die Schrotflinte hat, und die Zeugenaussagen helfen uns auch nicht viel weiter.«

Die Nachmittagssonne fiel schräg durchs Fenster, Staubflocken tanzten in der stickigen Büroluft.

»Wir haben seinen Namen«, sagte Zorn.

»Ja«, nickte Schröder. »Immerhin.«

Es war Zorn gewesen, der Benjamin Bley auf den Bildern der Überwachungskameras über dem Eingang der Wache erkannt hatte.

»Wir wissen, wie er reingekommen ist«, sagte Schröder. »Aber was genau ist *in* der Wache passiert? Klar, wir können rekonstruieren, wen er wann erschossen hat, aber wir haben keine Ahnung, ob er was gesagt hat. Vielleicht hat er irgendwelche Forderungen gestellt oder …«

Schröder verstummte, schüttelte ratlos den Kopf. Eine Haarsträhne löste sich von seinem kahlen Schädel, er strich sie mit einer fahrigen Handbewegung wieder quer über die Glatze.

»Vielleicht«, sagte Zorn, »finden wir in seiner Wohnung was. Einen Abschiedsbrief oder so.«

Er nahm die Brille ab und musterte den notdürftig mit Heftpflaster geflickten Rahmen. »Es klingt bescheuert«, murmelte er. »Aber irgendwie hab ich das Gefühl, dass ich unheimliches Glück hatte. Dass ich froh sein kann, dass er mir neulich nur eine reingehauen hat.«

Zorn drehte die Brille in den Fingern, die Sonne spiegelte sich in den verschmierten Gläsern.

»Benjamin Bley hat dir die Schuld am Tod seiner Frau gegeben«, sagte Schröder.

»*Uns*«, korrigierte Zorn, »den Bullen. Ich war einfach nur zur falschen Zeit am falschen Ort. Bley war völlig durcheinander, aber das war kein durchgeknallter Irrer, Schröder. Er hat irgendwas von *Informationen* gefaselt, angeblichen Beweisen, dass nach der Vergewaltigung von Lisbeth Bley was vertuscht worden wäre.«

»Da gibt's nichts. Du hast die Ermittlungsakten selbst geprüft.«

»Klar«, nickte Zorn. »Aber Bley war davon *überzeugt.* Genau da liegt das Huhn begraben, wir …«

»Der Hund.«

»Was?«

»Der Hund«, wiederholte Schröder. »Nicht das Huhn.«

»Wie auch immer.« Zorn setzte die Brille wieder auf. »Jedenfalls ist es scheißegal, ob Benjamin Bley recht hatte. Er hat dran geglaubt. Da liegt sein Motiv. Bley war 'n stinknormaler Büroheini, der war kein guter Schütze. Der hat das geplant, der wusste, was er mit 'ner Schrotflinte anrichten würde, wenn er sie nur halbwegs in die richtige Richtung hält. Keine Ahnung, wie er sich das Ding besorgt hat, im Müll gefunden hat er's jedenfalls nicht. Und die Wache hat er sich gezielt ausgesucht, er musste von seiner Wohnung durch die halbe Stadt laufen, um dort hinzukommen.«

Schröder musterte Zorn über den Schreibtisch.

»Das«, sagte er schließlich, »klingt nicht unlogisch, Chef.«

»*Gracias*, Chef.«

»Dann hoffen wir also, dass wir in seiner Wohnung was finden. Etwas von diesen angeblichen Beweisen.«

»Genau«, nickte Zorn.

»Und wenn nicht?«

Zorn, der so gut wie nie von seinem ehemaligen Untergebenen und jetzigen Vorgesetzten nach seiner Meinung befragt wurde – jedenfalls nicht, wenn es um die Arbeit ging –, sah verwundert auf.

»Wir vernehmen diesen Psychologen, Marek Schleef. Das müssen wir sowieso.«

»Warum?«

»Weil …« Zorn schüttelte den Kopf, irritiert von Schröders Begriffsstutzigkeit. »Ich dachte, wir sind uns einig, dass mit dem was nicht stimmt?«

»Nicht stimmen *könnte*«, korrigierte Schröder. »Ansonsten gebe ich dir recht.«

»Benjamin Bley kannte Schleef. Ist doch logisch, dass wir ihn befragen!«

»Und dann?«

»Dann nehmen wir seine Praxis auseinander.«

»Und dann?«

»Verhaften wir ihn.«

»Und dann?«

»Und dann, und dann!«, äffte Zorn Schröder genervt nach. »Dann sehen wir weiter!«

Ein paar Sekunden herrschte Stille im Büro.

»Benjamin Bley war nie bei Schleef in Behandlung«, sagte Schröder dann. »Er hat nur seine Frau begleitet. *Falls* Schleef etwas mit alldem zu tun hat, könnte er immer behaupten, dass er Bley nur flüchtig gekannt hat.«

Darüber musste Claudius Zorn kurz nachdenken.

»Das«, brummte er dann, »klingt nicht unlogisch, Chef.«

»*Gracias*, Chef.«

»Und was sollten wir dann deiner Meinung nach …«

»Im Moment haben wir mehr als genug zu tun.« Schröder krempelte die Ärmel seines karierten Hemds hoch. »Gegen Schleef allerdings haben wir nichts in der Hand. Was ihn betrifft, lassen wir alles so, wie es ist. Vorerst jedenfalls. Ich hab heute Abend einen Termin bei ihm.«

»Du spielst also weiter seinen Patienten.«

»*Yes.*«

»Und behältst ihn im Auge.«

»Besser gesagt«, Schröder formte mit Zeige- und Mittelfinger ein V und deutete auf seine Stirn, »in beiden.«

Vierunddreißig

Es war genau drei Minuten nach sechs, als Simon Olytsch die Altbauwohnung in der Seitengasse neben dem Markt betrat.

»Bin da!« rief er wie immer und streifte die Schuhe ab, »wer noch?«

Er lief durch den dämmrigen Flur, kontrollierte im Vorbeigehen, ob die Tür zum Bad geschlossen war, ging ins Wohnzimmer und sank ächzend aufs Sofa. Die Polster bogen sich unter der Last seines über hundert Kilo schweren Körpers, er saß eine Weile da, den Blick auf die altmodische Schrankwand gerichtet, ohne etwas davon wahrzunehmen.

Es hatte lange gedauert, bis er sich heute Morgen nach Heidruns Anruf halbwegs wieder unter Kontrolle gehabt hatte, und es war ihm nur unter Aufbietung sämtlicher Willenskraft gelungen. Eine halbe Stunde lang war er durch die Werkstatt gelaufen, hin und her, während Carlos unablässig auf ihn eingeredet hatte. Dieses irre Krächzen, ein Geräusch wie aneinanderschleifende Mühlsteine, es machte ihn wahnsinnig. Simon wusste, dass diese Stimme nur in seinem Kopf existierte, doch was nutzte ihm das, wenn er sie tatsächlich *hörte*?

Er hatte die Atemübungen gemacht, die Marek Schleef ihm beigebracht hatte, sie hatten ein wenig geholfen. Dann war Kundschaft erschienen – es war um zehn gewesen, erinnerte sich Simon, die Glocken am Markt hatten geschlagen. Ein spindeldürrer, schwerhöriger Rentner kam mit einem rostigen, kaputten Toaster, den er vor fünfzehn Jahren hier im Laden gekauft hatte. Es dauerte eine weitere halbe Stunde, in der Simon dem begriffsstutzigen Greis geduldig erklärte, dass die Garantiezeit des Geräts abgelaufen sei, abgesehen davon sei er nicht darauf spezialisiert, Küchengeräte zu reparieren, und als der Alte schließlich mit einem mürrischen Brummen aus dem Laden geschlichen war, da stellte Simon unendlich erleichtert fest, dass auch Carlos verschwunden war.

Er war nach hinten gegangen, hatte die Werkstatt gefegt und die Reste des Telefons, das er nach Heidruns Anruf gegen die Wand geschmettert hatte, vom Boden geklaubt. Die folgende Stunde verbrachte er mit der Reparatur, und als das geschafft war, hatte er Marek Schleef angerufen.

Du bist enttäuscht, hatte Marek gesagt. Du fühlst dich von Heidrun abgelehnt, das macht dich wütend. Das ist normal, doch du darfst nicht zulassen, dass dich die Wut kontrolliert. Denn mit der Wut übernimmt auch Carlos die Kontrolle, vergiss das nicht. Der Ausflug ist nur verschoben, ihr werdet ihn später machen, freu dich einfach darauf.

Nach dem Telefonat ging es Simon viel besser, obwohl er das Gefühl hatte, dass Marek anders geklungen hatte als sonst. Unkonzentriert, abwesend, fast gereizt. Sicher war Simon allerdings nicht, und selbst wenn, sagte er sich später, konnte er ihm daraus keinen Vorwurf machen. Schleef war sein Therapeut, doch vor allem war er ein Mensch, auch er hatte gute und schlechte Tage, und heute schien – zum ersten Mal, seit Simon ihn kannte – Letzteres der Fall zu sein.

Simon griff nach der Fernbedienung, schaltete den Fernseher ein. Im Lokalsender lief ein Werbespot für das Spaßbad am Stadtrand. *Drei neue Rutschen!*, verkündete eine leicht sächselnde Männerstimme und versprach *jede Menge Action, Fun und gute Laune für die Kleinen!* Simon schaltete den Ton stumm, stemmte sich aus den Polstern, ging zum Fenster und sah hinaus in die Dämmerung.

»Ich schaffe das«, murmelte er.

Sein Atem kondensierte an der Scheibe. Er malte mit dem Zeigefinger ein Herz in den milchigen Fleck und beobachtete, wie es allmählich wieder verschwand. Als er sich umwandte, fiel sein Blick auf den Fernseher, das Lächeln unter dem struppigen Vollbart erstarb.

Der Werbeblock war zu Ende, stattdessen war eine sehr blonde Moderatorin eingeblendet worden, die vor der noch immer abgesperrten Polizeiwache stand und mit weitaufgerissenen Kugelaugen aufgeregt in ein Mikrophon mit dem Logo des Lokalsenders plapperte. Dutzende Schaulustige drängten sich an den Absperrbändern, Blitzlichter flackerten, Uniformierte liefen umher.

Simon, der nichts von den morgendlichen Ereignissen mitbekommen hatte, beobachtete, wie die Kamera auf eines der vergitterten Fenster zoomte, um einen Blick ins Innere der Wache zu erhaschen. Doch die fünf Beamten, die seit Stunden mit der Spurensicherung beschäftigt waren, blieben den Blicken verborgen. Stirnrunzelnd, die buschigen Augenbrauen gesenkt, las Simon das Schriftband am unteren Bildrand: *ATTENTÄTER RICHTET SICH SELBST – MOTIV IM DUNKELN – TERRORISTISCHER HINTERGRUND AUSGESCHLOSSEN – POLIZEI ARBEITET AUF HOCHTOUREN*

Er griff nach der Fernbedienung, um den Ton anzustellen. In diesem Moment schrillte das Telefon, er stieß einen leisen Schrei aus. Der Schreck saß so tief, dass ihm die Fernbedienung aus den Fingern glitt. Instinktiv, der jahrelangen Gewohnheit folgend, langte er nach dem Hörer, und als er abhob, formte sich ein Gedanke in seinem Kopf, der im Bruchteil einer Sekunde zu einem gleißenden Blitz der Gewissheit wurde.

Er wurde kreidebleich. Wie in Trance hob er den Hörer, ein riesiger Mann mit der Statur eines Bären und den geweiteten Augen eines verängstigten Kindes.

Simon Olytsch wusste, wer anrief.

Carlos. Er war wieder da.

*

»Also«, begann Marek Schleef. »Worüber willst du reden?«

»Ich weiß nicht.« Schröder hob etwas schüchtern die Schultern. »Das ist unser zweites Gespräch, ich … ich muss mich wohl erst mal dran gewöhnen.«

Schleef hatte die beiden cordbezogenen Sessel vor den Schreibtisch gerückt, die Plastikstühle stapelten sich neben dem Waschbecken an der Wand. Er hatte die Beine übereinandergeschlagen, drehte die Brille am Bügel zwischen den Fingern und ließ Schröder nicht aus den Augen. Dieser saß gebeugt auf der Sesselkante, die Unterarme auf den Knien abgestützt. Sein Bauch wölbte sich über der Cordhose, als trüge er einen Medizinball unter dem karierten Hemd.

»Du wirkst ein bisschen angespannt«, sagte Schleef.

»Das bin ich auch.«

Schröder hob kurz den Kopf, lächelte verlegen und sah dann wieder auf seine Hände. Schleef musterte ihn eine Weile.

»Ich halte dich für einen äußerst intelligenten Menschen«, stellte er dann fest. »Jemanden, der sein Leben lang unterschätzt wurde. Aber du hast gelernt, damit umzugehen. Du bist es gewohnt, deine Probleme für dich zu behalten.«

Das war eine Feststellung, keine Frage. Schröder antwortete trotzdem.

»Ja.«

»Und allein zu lösen.«

»Ja.«

»Hast du jemanden, mit dem du reden kannst?«

»Nein.«

»Keine Freunde?«

Schröder sah lange schweigend zu Boden. Schleef öffnete schon den Mund, um die Frage zu wiederholen, doch Schröder kam ihm zuvor.

»Doch«, murmelte er. »Es gibt da jemanden.«

»Weiß er, was er dir bedeutet?«

»Ich …« Schröder schien unsicher, dann nickte er. »Doch, er weiß es. Wir reden nicht drüber, aber das müssen wir auch nicht.«

»Und warum bist du überzeugt, dass du mit *mir* über deine Probleme reden kannst?«

»Das bin ich nicht«, sagte Schröder mit einem traurigen Lächeln. »Ganz und gar nicht. Aber ich hoffe es.«

*

»… ich hatte *wirklich* Kopfschmerzen! Und es war absolut oberfies von Mama, mich trotzdem in die Schule zu schicken! Als ob ich wegen 'ner blöden Englischarbeit schwänzen würde!«

Simon Olytsch stand im Wohnzimmer, den Telefonhörer am Ohr und lauschte der Stimme seiner Tochter.

»Wie ist es …«, seine Stimme versagte, er schluckte, setzte noch einmal an. »Wie ist es denn gelaufen, Saskia?«

»Ganz okay. Ich meine, ich *hasse* Englisch, und Frau Wittenbecher kann mich definitiv nicht leiden, das sagen alle aus meiner Klasse, selbst Heidi sagt das, und die ist ja nun wirklich die *ab-solute* Streberin, aber ich … sag mal, ist alles okay, Papa?«

»Klar«, schluchzte Simon und wischte sich über die tränenden Augen. »Ich … ich hab nur ein bisschen Schnupfen.«

Er weinte. Nicht, weil er traurig war, sondern vor Glück. Er war sicher gewesen, absolut sicher, dass Carlos am anderen Ende der Leitung sein würde, und als sich anstelle der verhassten, dämonischen Stimme seine Tochter gemeldet hatte, da war die Erleichterung so groß gewesen, so mächtig, dass sie ihm zunächst den Atem geraubt und ihn dann in Tränen hatte ausbrechen lassen.

»… außerdem ist es doof, dass ich immer noch um acht ins Bett muss!«, beschwerte sich Saskia. »Mama behandelt mich echt wie ein Baby! Dabei bin ich fast *zwölf*! Die anderen gehen frühestens um halb neun ins Bett! *Frü-hes-tens*, Papa! Ist das nicht krass?«

»Ja«, erwiderte Simon und fragte sich, wie er nur so dumm hatte sein können. Heidrun hatte gesagt, dass Saskia anrufen würde. Es gab keine Monster, die manchmal in Versen redeten und manchmal Französisch, keine Dämonen hinter den Spiegeln, keine Geister mit albernen spanischen Vornamen. Carlos war Fiktion, ein dunkler Teil seines Bewusstseins, *das* war es, was Simon akzeptieren musste, doch er war nicht real, verdammt nochmal! Wie unsagbar dämlich musste man sein, wenn man glaubte, dass dieses Ding zum Telefon greifen konnte und …

»Papa?«

»Ja?«

»Du hörst mir überhaupt nicht zu!«

»Doch, mein Schatz. Entschuldige, was hast du gesagt?«

*

»Du hättest den Ausflug nicht mitmachen müssen«, sagte Marek Schleef. »Ich hab gesehen, wie sehr du dich auf dem Boot gequält hast.«

»Es war fürchterlich«, nickte Schröder.

»Trotzdem hast du's getan. Soll ich dir sagen, warum?« Schleef setzte die Brille auf, verschränkte die Finger im Schoß. »Weil du einen unglaublich starken Willen hast.«

»Damit könnten Sie … ich meine, damit könntest *du* recht haben«, korrigierte sich Schröder und hob entschuldigend die Hände. »Ich hab immer noch Probleme, meinen … *Therapeuten* zu duzen.«

»Weißt du, was ich glaube?« Schleef erwiderte Schröders Lächeln nicht. »Du brauchst gar keinen Therapeuten. Okay, das sage ich zu allen. Selbst Diethardt erzähle ich, dass er nicht krank ist. Das ist Teil meiner Behandlung, es hilft, ihr Selbstwertgefühl zu steigern. Man kann das als Lüge bezeichnen, aber in deinem Fall«, Schleef beugte sich vor und sah Schröder direkt in die Augen, »ist es die Wahrheit. Du brauchst weder ärztliche Hilfe noch eine Therapie. Du bist viel zu klug für irgendwelche psychologischen Ratschläge. Du brauchst allenfalls einen Zuhörer, jemanden, dem du alles erzählen kannst. Die richtigen Schlüsse wirst du sowieso allein ziehen. Weißt du, was ich mich neulich gefragt habe? Ob du womöglich aus einem anderen Grund zu mir gekommen bist.«

Schröder hob den Kopf.

»Das verstehe ich nicht.«

»Wirklich nicht?«

Ihre Blicke trafen sich.

»Nein«, sagte Schröder. »Ich wüsste nicht, was ich sonst hier zu suchen hätte.«

Sekunden vergingen. Erst fünf, dann zehn. Schleef musterte Schröder mit ausdrucksloser Miene. Zwanzig Sekunden. Dreißig. Schröder hielt dem prüfenden Blick des Psychologen stand, ohne mit der Wimper zu zucken.

»Okay.« Schleef lehnte sich zurück, schlug die Beine wieder übereinander. »Dann werde ich den Mund halten, zuhören und ab und zu eine Frage stellen.«

»Gut.«

»Du bist hier wegen einer Aquaphobie. Bisher hast du's nur angedeutet, aber wenn ich dich richtig verstanden habe«, Schleef langte nach hinten und knipste die kleine Lampe auf dem Schreibtisch an, »wurde deine Angst vor dem Wasser durch ein traumatisches Erlebnis in deiner Jugend ausgelöst. Einen Unfall, bei dem dein älterer Bruder ertrunken ist und du selbst ebenfalls fast gestorben wärst.«

Schröder blinzelte, nickte dann. Seine pausbäckigen Wangen glänzten im schmalen Kegel der Lampe in Schleefs Rücken, dessen Gesicht jetzt im Halbschatten lag. Nur der Umriss war noch zu erkennen, die nach allen Seiten abstehenden Locken ließen seinen Kopf riesig erscheinen.

»Gibt's etwas, worüber du noch reden willst? Deine Arbeit vielleicht?«

»Ist das wichtig?«

»*Du* bestimmst, was wichtig ist. Hier muss niemand mehr von sich preisgeben, als er will. Eins allerdings würde ich gern wissen.« Schleef lächelte, seine weißen, sorgfältig gepflegten Zähne leuchteten im Halbdunkel auf. »Ich kann mir nicht vorstellen, dass jemand wie du einfach nur Schröder genannt wird.«

»Na ja.« Schröder zuckte die Achseln. »Es ist aber so.«

»Was ist mit deinem Vornamen? Ist er dir peinlich?«

»Überhaupt nicht. Es gibt einfach niemanden mehr, der ihn benutzt.«

»Dann kannst du ihn auch verraten, oder?«

»Sicher doch.«

Und Schröder tat es.

*

»… alle haben jetzt ein Handy!«, beschwerte sich Saskia. »Selbst Clarissa hat eins zum Geburtstag gekriegt, und die Eltern sind wirklich *verdammt arm*!«

»Tatsächlich?«, fragte Simon.

Er hatte keine Ahnung, wovon seine Tochter redete. Das war auch egal, Hauptsache, er hörte ihre Stimme. Simon badete regelrecht in ihren Worten, der Sinn erschloss sich ihm nicht.

»Die lachen mich schon aus, Papa, ich bin die Einzige in der Klasse ohne Handy! Mama meint, das würde mich nur ablenken, dabei geht's auch um die Schule, es gibt 'ne WhatsApp-Gruppe für die Hausaufgaben, aber Mama denkt, ich würde nur rumchatten oder bei Facebook posten, aber da kann ich mich gar nicht anmelden, jedenfalls nicht ohne Zustimmung der Eltern, obwohl alle, wirklich *alle* einen Account haben! Das ist so was *von ab-solut* unfair! Kannst du nicht …«

»Ich rede mit Mama.«

»Versprochen?«

»Ja, mein Schatz.«

»Okay.«

»Saskia?«

»Ja?«

»Es … es ist so schön, deine Stimme zu hören. Ich … ich hab dich unglaublich lieb.«

»Ich dich auch, aber weißt du, ein Handy wäre echt wichtig. Es muss ja kein iPhone sein, ein Samsung reicht auch, von mir aus auch ein gebrauchtes, aber …«

Er lauschte dem altklugen, sprunghaften Geplapper seiner Tochter, hoffte, dass sie nicht aufhören würde. Alles war gut, solange er ihre Stimme hörte.

»… langsam könntet ihr euch echt wieder vertragen. Mama meint, du brauchst *Ruhe*, weil du *Probleme* hast, aber ich hab hier nicht mal ’n eigenes Zimmer, jedenfalls kein richtiges! Jeden Tag ’ne halbe Stunde mit der Straßenbahn in die Schule! Das ist ätzend, Papa!«

»Alles wird gut, Saskia. Wir … ich krieg das hin.«

»Okay.«

»Ich bin so froh, dass du angerufen hast, ich …«

»Ich muss jetzt Schluss machen. Mama hat Nudeln gekocht, wir essen gleich.«

»Dann … grüß Mama von mir.«

»Mach ich. Tschüss, Papa.«

Simon wollte nicht, dass es schon vorbei war. Nicht jetzt, sie hatten ja kaum miteinander gesprochen. Er öffnete den Mund, um etwas zu sagen, irgendetwas, doch da hatte seine Tochter schon aufgelegt.

*

»Dein Bruder hieß Rüdiger?«

»Ja.«

»Und du gibst dir die Schuld an seinem Tod?«

»Seit über zwanzig Jahren.«

»Warum?«

»Weil es logisch ist.« Schröder klang sachlich, ruhig. Jedes Wort, jede Silbe war genau überlegt. »Rüdiger war älter als ich. Und er war stärker. Wir beide waren am Ertrinken, doch er wusste, dass es nur einer von uns beiden schaffen würde. Also hat er sich geopfert. Er würde noch leben, wenn ich nicht gewesen wäre. Deshalb bin ich schuld.«

»Dir ist klar, dass das absurd ist?«

»Natürlich ist es das.« Schröder schüttelte resigniert den Kopf. »Aber so sind nun mal die Fakten. Er ist gestorben, damit ich leben konnte. Das ist die Wahrheit.«

»Es ist *deine* Wahrheit«, sagte Schleef.

»Nicht nur. Auch die meines Vaters.«

»Er macht dir Vorwürfe?«

»Jetzt nicht mehr.«

»Warum?«

»Er ist tot.«

»Was ist mit deiner Mutter?«

»Sie ist kurz nach ihm gestorben.«

»Du hast deine Eltern sehr geliebt?«

»Natürlich.« Schröder hob den Kopf. Seine blauen Augen funkelten im Schein der Lampe. »Das tut jeder Mensch.«

»Ich hab meine Eltern nicht gekannt.«

Schleef beugte sich kurz vor. Sein Gesicht, ein bleiches Oval, tauchte aus dem Dunkel und verschwand wieder im Schatten.

»Das … tut mir leid«, murmelte Schröder.

»Wie ist dein Vater gestorben?«

»Er war dement. Als es zu Ende ging, da …«, Schröder räusperte sich kurz, »da hat er kaum noch jemanden erkannt. Er lebte in seiner eigenen Realität. Aber er war von meiner Schuld überzeugt. Sein Verstand war getrübt, und das«, er seufzte leise, »machte es noch schlimmer.«

Schleef wartete schweigend, dass Schröder fortfuhr. Was dieser nach einer Weile auch tat.

»Ich habe keine Probleme, in eine Schwimmhalle zu gehen«, sagte er. »Oder in eine Badewanne. Von mir aus auch in die Ostsee. Das macht mir keine Angst, solange das Wasser klar ist. Doch wenn es trüb ist, wenn ich den Grund nicht sehen kann, dann kommt die Panik. Dass Rüdiger auftaucht und mich in die Tiefe zieht. Dahin, wo ich hingehöre.«

Schröder verstummte. Dachte über seine Worte nach.

»Natürlich ist das absurd«, murmelte er dann. »Es ist irrational und unlogisch. Aber es ist hier drin.« Er tippte sich mit einem gequälten Lächeln an die kahle Stirn. »Es ist meine Überzeugung, das Resultat einer klaren Analyse der Fakten.«

Schleef hob die Hand. Das verchromte Armband seiner Digitaluhr blitzte auf.

»Wir sollten Schluss machen«, sagte Schröder, dem Schleefs kurzer Blick auf die Uhr nicht entgangen war. »Ich denke, für heute habe ich genug erzählt.«

»Wie fühlst du dich jetzt?«

»Ich weiß nicht.« Schröder hob ratlos die Schultern. Der Blick, mit dem er Schleef ansah, war traurig und müde. »Besser jedenfalls nicht.«

*

Wie lange Simon Olytsch noch dastand, das Telefon am Ohr, den Kopf andächtig lauschend geneigt, würde er später nicht sagen können. Als er den Hörer irgendwann sinken ließ, da fühlte er sich stark, gekräftigt wie nach einem entspannenden Bad in heißem, duftendem Wasser. Die Stimme seiner Tochter hallte noch immer in seinem Kopf, er lauschte dem tröstenden Echo und war sicher, dass er es schaffen würde.

Die Zeit stand einen Moment still, und alles war gut.

Doch draußen drehte sich die Welt weiter.

Die Nacht brach an.

Fünfunddreißig

»Du machst dir keine Notizen?«, fragte Schröder und nahm seine graue Windjacke vom Garderobenhaken. Zuvor hatte er wie nebenbei das Licht eingeschaltet, und als die Neonröhren in Schleefs Praxis aufflammten, war die konzentrierte, intime Spannung einem unverbindlichen Geplauder gewichen. Nach außen hin blieb Schröder der pummelige, pausbäckige Mann mit leichten psychischen Problemen, doch im selben Augenblick, als er das Licht eingeschaltet hatte, da hatte er auch einen Schalter im Kopf umgelegt und war vom Patienten (oder wie immer man es auch bezeichnen wollte) zu dem geworden, der er eigentlich war: zum Polizisten.

»Im Moment«, Schleef deutete auf seine Schläfe, »ist alles hier abgespeichert. Später«, er wies auf den Laptop, »schreib ich alles in Ruhe auf. Du bist zwar nicht mein … *Patient*, aber 'ne Akte hast du trotzdem, wie jeder andere. Ordnung muss sein, findest du nicht?«

Schröder antwortete nicht sofort, er war mit seiner Jacke beschäftigt. Sein Doppelkinn presste sich gegen die Brust, während er umständlich versuchte, den Reißverschluss vor dem Kugelbauch zu schließen.

»Sicher doch«, murmelte er abwesend.

Stirnrunzelnd zerrte er an dem scheinbar klemmenden Verschluss, gleichzeitig arbeitete sein Verstand hinter der kahlen Stirn auf Hochtouren.

Es war richtig gewesen, die Wahrheit zu sagen. Schröder hatte eine Menge erlebt, Schicksalsschläge, die tonnenschwer auf seiner Seele lasteten. Er hatte sich entschlossen, einen Teil davon preiszugeben. Marek Schleef war ein scharfsinniger, hochintelligenter Mann, alles, was er während des Gesprächs gesagt hatte, war zutreffend gewesen. Einiges davon (*du hast einen extrem starken Willen, eigentlich brauchst du gar keinen Therapeuten)* verbuchte Schröder als Schmeichelei, Bestandteil der psychologischen Aufbauarbeit, andere Dinge hingegen *(du bist es gewohnt, unterschätzt zu werden, du redest mit niemandem über deine Probleme)* konnte nach so kurzer Zeit nur ein außergewöhnlich guter Beobachter feststellen.

Schröder war unschlüssig, was er als Nächstes tun sollte. Er brauchte Zeit, um seine Gedanken zu ordnen, ein paar Sekunden nur, mehr nicht.

»Dämliches Ding.«

Er zerrte am Reißverschluss, während Fragen im Abstand von Sekundenbruchteilen durch seinen Kopf rasten

Nimmt er mir meine Geschichte ab?

gefolgt von ebenso blitzschnellen Antworten.

Ja. Du hast die Wahrheit erzählt. Aber du musst vorsichtig sein.

Schröder nestelte ungeschickt an seiner Jacke, gleichzeitig feuerte sein Verstand aus allen Rohren.

Warum bin ich hier? Weil du ihn verdächtigst. Können das nicht Zufälle sein? Du glaubst nicht an Zufall. Weil es zu viele Verbindungen gibt? Ja. Welche? Vier Menschen, entweder tot oder straffällig geworden: Lisbeth Bley. Benjamin Bley. Ignaz Stein. Diethardt von Strauch. Alle bei ihm in Behandlung. Das ist alles? Ja. Was genau sollte er getan haben? Das weißt du nicht. WARUM sollte er überhaupt was getan haben? Das weißt du nicht. Wo ist sein Motiv? Du bist hier, um es rauszufinden.

»Verflixt und … zugenäht!«, keuchte Schröder. Die Jacke spannte über seinem Bauch, mit der einen Hand zog er den Bund nach unten, die andere zerrte am Verschluss. Aus den Augenwinkeln registrierte er eine Bewegung. Schleef hatte hinter dem Schreibtisch Platz genommen und sah ihn an.

Was weiß ich über ihn? Hochgradig intelligent. Was noch? Brillanter Analytiker. Was treibt ihn an? Das weißt du nicht. Was ist er für ein MENSCH? Auch das weißt du nicht. Warum? Er weiß genau, wie man andere manipuliert. Und mich könnte er ebenfalls manipulieren? Natürlich. Wie finde ich raus, was er verbirgt? Du musst …

»Kann man irgendwie behilflich sein?«

Schleef saß hinter dem Schreibtisch, er hatte das Kinn in die Hände gestützt, seine Augen funkelten belustigt hinter den runden Brillengläsern.

»Ich … ich hab's gleich«, ächzte Schröder.

Du weißt, dass er neulich gelogen hat. Wegen Benjamin Bley? Ja, Bley war betrunken, doch Schleef hat das Gegenteil behauptet.

»Es ist so … ärgerlich!«, schnaufte Schröder.

Bist du sicher, dass das eine Lüge war?

»Das Ding ist nagelneu!« Ein kräftiger, natürlich erfolgloser Ruck. »Vorgestern gekauft und heute kaputt!«

»Dann hast du noch Garantie.« Schleef klappte den Laptop auf. »Bring sie einfach zurück.«

»Vielleicht tu ich das.«

Weiß er, dass Bley sich heute Morgen erschossen hat? Natürlich, sein Name steht in allen Zeitungen. Soll ich ihn fragen, ob er Bley in der letzten Zeit gesprochen hat? Nein, selbst wenn, er würde es abstreiten, und jetzt hör mit dieser albernen Slapsticknummer auf, weißt du eigentlich, wie du aussiehst? Ein dicker, glatzköpfiger Zwerg, der so tut, als wäre sein Reißverschluss kaputt! Das ist mir egal, seit wann interessiert mich, was die Leute über mich denken? Vielleicht solltest du allmählich damit anfangen? Ich denke aber nicht dran! Ich lasse mir von niemandem vorschreiben … Schluss jetzt, ES REICHT!

»Na bitte, geht doch!«

Rasselnd glitt der Reißverschluss nach oben. Schröder schob die Unterlippe vor, reckte das Kinn und schloss die Jacke bis zum Hals.

»Was lange währt, wird endlich gut«, murmelte Schleef abwesend, den Blick auf das Display seines Computers gerichtet.

»Genau.«

Schröder strich den dünnen Stoff über dem Bauch glatt, sein Blick wanderte durch das grellerleuchtete Büro: den grauen, zerschlissenen Teppich. Die schmucklosen Regale. Den billigen Kleiderschrank. Das kleine Waschbecken, darüber ein paar farblose Fliesen und ein rahmenloser, an einer Ecke gesplitterter Spiegel. Blitzschnell registrierte Schröder die Einzelheiten, speicherte jedes noch so kleine Detail ab.

Was will er in diesen schäbigen Räumen? Dumme Frage, er arbeitet hier! Aber warum hat er keine Praxis in der Innenstadt? Weil es ihn nicht interessiert! Es geht ihm nicht um Erfolg, es geht ihm um die Menschen! Dann wäre er ein Idealist? Ein barmherziger Samariter? Ja, auch das wäre möglich. Er braucht keine Anerkennung, keine Öffentlichkeit. Aber könnte es auch sein …

Schröder runzelte die Stirn.

… dass er die Öffentlichkeit MEIDET?

Zweifelnd betrachtete er Schleef, der noch immer mit seinem Laptop beschäftigt war. Die schlanken Finger flitzten geübt über die Tastatur.

Warum sollte er das tun?

»Was meinst du«, murmelte Schleef, ohne vom Display aufzusehen, »sollen wir gleich einen neuen Termin machen?«

Er fällt hier nicht auf.

»Klar«, lächelte Schröder.

Was immer er tut, hier hat er seine Ruhe.

»Ich guck mal im Kalender.« Schleef drückte eine Tastenkombination. »Dauert ’nen Moment.«

»Lass dir Zeit, Marek.«

Oder irre ich mich?

Schröders Blick fiel auf die gerahmte Urkunde an der Wand. Er trat näher, verschränkte die Hände hinter dem Rücken und studierte die verschnörkelten Buchstaben auf Schleefs Diplom.

Was treibt diesen Menschen an?

Er hörte, wie das Klappern der Tastatur hinter ihm verstummte. Auch das Knirschen des Leders entging Schröder nicht, als Marek Schleef sich im Sessel aufrichtete und den Kopf hob, nachdem er einen freien Termin gefunden hatte. Selbst die kurze, nicht länger als eine halbe Sekunde andauernde Stille registrierte Schröder, doch er maß ihr keine weitere Bedeutung bei, und so bemerkte er nicht, was tatsächlich in seinem Rücken geschah.

Neugierig, den Kopf ein wenig geneigt, betrachtete Schröder die Urkunde, während Schleef sich hinter ihm spannte wie ein alarmiertes Raubtier. Argwohn, Misstrauen und Unsicherheit spiegelten sich in seinem Blick. Dies alles geschah innerhalb kürzester Zeit, ein Wimpernschlag, ein kaum merkliches Innehalten nur, dann hatte Marek Schleef sich wieder unter Kontrolle.

»Wie sieht's morgen bei dir aus?«

»Sehr gerne.« Schröder wandte sich um. »Am Nachmittag wäre gut.«

Ahnt er was?

»Um drei?«

»Per-*fekt*!«, strahlte Schröder.

Vielleicht. Du musst vorsichtig sein.

Schleef erwiderte sein Lächeln, deutete seufzend auf die Papiere auf seinem Schreibtisch – *ich würde ja gern noch ein bisschen mit dir plaudern, aber du siehst ja, ich hab zu tun* –, und klappte den Laptop zu.

»Dann …« Schröder klopfte die Jackentaschen nach seinem Schlüssel ab, »sehen wir uns morgen.«

Da war noch was.

»So machen wir's.«

Schleef blätterte zerstreut in seinem abgegriffenen Notizbuch.

Er sagte, dass er seine Eltern nie gekannt hat.

»Da … da wäre noch eine Sache.« Schröder nestelte verlegen am Kragen der Windjacke. »Mein Vorname. Es wäre besser, wenn er unter uns bleibt.«

Marek Schleef hob verwundert die Brauen.

»Ich habe vorhin zwar das Gegenteil behauptet, doch um ehrlich zu sein, er ist mir tatsächlich ein bisschen peinlich.«

Schleef legte seinen Stift beiseite.

»Abgemacht«, nickte er, hob die Hand und verschloss mit Daumen und Zeigefinger einen unsichtbaren Reißverschluss vor den Lippen. »Ich werde schweigen wie ein Grab.«

»Gut«, seufzte Schröder erleichtert und griff nach der Klinke. »Dann hab noch einen schönen Abend.«

»Den wünsch ich dir auch«, erwiderte Schleef. »Bis morgen, Hannibal.«

Sechsunddreißig

Fascho stand am Fenster und sah hinaus in die Dunkelheit. Sein Gesicht war verquollen, das Haar verschwitzt, die Augen gerötet. Stunden waren vergangen, seit er verängstigt und wütend in sein Zimmer gestürmt war. Er hatte sich im Bett verkrochen und die Decke über den Kopf gezogen, schluchzend hatte er dagelegen, die Knie an die Brust gezogen, er hatte nicht denken wollen, nichts sehen, nichts hören. Irgendwann war er eingeschlafen, und als er wieder zu sich kam, da war es dunkel gewesen. Zunächst hatte er geglaubt, einen schlimmen Traum gehabt zu haben, doch dieser kurze, tröstende Moment war schnell vorbei gewesen.

Er sah hinab auf die vierspurige Magistrale, ein Anblick, der ihm seit frühester Kindheit vertraut war: schräg gegenüber das hell erleuchtete Multiplexkino. Die Lichterketten an der grauen Fassade des Einkaufszentrums. Weiter rechts die Baracke mit der flackernden Reklame der Spielhalle. Dahinter die düsteren Umrisse des verlassenen Wohnblocks.

»Was mach ich jetzt?«, murmelte Fascho.

Er sank mit der Stirn gegen das Fenster, spürte das kühle Glas auf der Haut. Lange stand er so da, stierte aus leeren Augen hinaus, die rissigen Lippen bewegten sich in einem stummen Selbstgespräch.

Draußen rauschte eine Straßenbahn vorbei, die Scheibe vibrierte an seiner Stirn. Fascho zuckte zusammen, holte tief Luft. Sein Blick wanderte über die drohend in die Nacht aufragende Fassade des leerstehenden Wohnblocks. Angst spiegelte sich in seinen Augen. Unsicherheit. Zweifel. Er fischte das Handy aus der Hosentasche, rief die Nummer von Marek Schleef auf.

Fascho starrte auf das Display, nagte unschlüssig an der Unterlippe. Später – in einem letzten, klaren Moment, kurz vor seinem Tod –, sollte er feststellen, dass er in diesen Minuten die Chance gehabt hätte, das Kommende zu verhindern.

»Scheiß drauf.«

Er tat es nicht.

»Scheiß auf alles.«

Das Handy fiel zu Boden. Plastik splitterte, als Fascho das Telefon mit dem Absatz zertrat. Als er zur Tür sah, flackerten seine Augen bei dem Gedanken an den Anblick, der ihn im Flur erwartete, doch sein Mund war verkniffen, das spitze Kinn entschlossen nach vorn gereckt.

Ignaz Stein, genannt Fascho, hatte eine Entscheidung getroffen.

*

»Möchtest du ’n Bier?«

»Nee«, wehrte Zorn ab. »Ich muss noch fahren.«

Er saß in dem bequemen Ledersessel neben dem Kamin, während Schröder hinter dem holzverkleideten Küchentresen mit ein paar Töpfen hantierte. Die Verandatür stand offen, kühle, nach Kiefern duftende Luft strömte ins Haus. Draußen schimmerte der See in der Dunkelheit.

»Und?«, fragte Zorn. »Wie war’s bei Schleef?«

Schröder ließ sich Zeit mit der Antwort. Nur das rhythmische Klackern eines japanischen Messers durchbrach die Stille, mit dem er in atemberaubender Geschwindigkeit ein Bund Lauchzwiebeln zerkleinerte.

»Wir haben viel geredet«, sagte er schließlich.

»Worüber?«

klackklackklackklackklack

»Über Rüdiger zum Beispiel.«

»Das gefällt mir nicht.« Zorn schüttelte skeptisch den Kopf. »Du weißt, dass ich diese Psychofuzzis nicht leiden kann, aber …«

»Natürlich weiß ich das. Ebenso wie Optiker, Friseure oder …«

klackklackklack

»… Versicherungsvertreter.«

»Ich mein’s ernst, Schröder. Muss es wirklich sein, dass du diesem Typen dein Herz ausschüttest? Einem *Verdächtigen*?«

»Wir brauchen Informationen.«

»Trotzdem musst du dich nicht gleich bei dem auf die Couch legen!«

»Ich sitze. Er hat keine Couch. Und abgesehen davon …«

klackklackklack

»… würde er sofort merken, wenn man ihm was vorspielt. Schleef ist ein Profi, der lässt sich nicht manipulieren.«

»Aber was ist«, fragte Zorn »wenn er *dich* manipuliert?«

Das Klackern verstummte. Schröder verharrte plötzlich, den Blick auf das Schneidebrett gerichtet.

»Das wird nicht passieren«, murmelte er. »Ich weiß genau, was ich ihm erzähle. Es … es ist wirklich nicht einfach, darüber zu sprechen. Aber ich komme damit klar.«

Zorn wusste, wie Schröders Bruder ums Leben gekommen war. Er wusste, wie sehr Schröder darunter litt. Zorn wusste auch, dass er mit diesem Wissen der Einzige war. Bisher jedenfalls.

Das sanfte Rauschen der Kiefern drang durch die Tür. Schröder stand wie versteinert am Tresen und starrte auf die gehackten Zwiebeln.

»Bist du sicher?«, fragte Zorn leise.

Zunächst hatte er sich gewundert, warum Schröder abends um neun angerufen und ihn so spät noch zum Essen eingeladen hatte. Zorn hatte geglaubt, sie würden über die Arbeit reden, doch als ihre Blicke sich trafen, da wurde ihm klar, dass es um etwas anderes ging. Schröder wollte überhaupt nicht reden. Er wollte einfach nicht allein sein.

»Klar bin ich sicher.«

Schröder klang wie immer. Trotzdem nahm Zorn ihm die Worte nicht ab, denn als Schröder sich wieder seinem Schneidebrett zuwandte, bearbeitete er die Zwiebeln doppelt heftig.

KLACKKLACKKLACKKLACK

*

»Du lässt mir keine Wahl, Mama.«

Fascho stand in der Tür zu seinem Zimmer. Wütend sah er hinaus in den Flur, aus entzündeten, zu schmalen Schlitzen verkniffenen Augen. Die Leiche seiner Mutter lehnte unverändert unter der Garderobe, so, wie er sie vor ein paar Stunden zurückgelassen hatte: die dicken Beine gespreizt, die Füße mit den Zehen nach oben, das Kinn nach vorn auf die Ansätze des Busens gesunken. Die rosige Haut war verblasst, hatte das gräuliche Hellblau ihres ausgewaschenen Morgenmantels angenommen.

»Oder was glaubst du, soll ich den Bullen erzählen?«, zischte Fascho. »Dass es ein Unfall war? Dass du zu blöd bist, geradeaus zu laufen? Dass du über deine eigenen fetten Beine gestolpert bist? Denkst du, die nehmen mir das ab?«

In der Küche lief noch immer das Radio.

Oh! Think twice!, jammerte Phil Collins. *It's just another day for you and me in paradise!*

»Jetzt«, sagte Fascho, »ist alles egal. Ich hab nichts mehr zu verlieren.«

*

»Was gibt's eigentlich?«

Zorn, der sich schließlich doch ein Bier aus dem Kühlschrank geholt hatte, saß mit ausgestreckten Beinen im Sessel, drehte die Flasche in den Händen und sah zu, wie Schröder mit flinken, routinierten Bewegungen hinter dem Tresen durch den Küchenbereich wuselte.

»Kartoffelsuppe.«

Zorn mochte keine Suppe, er aß lieber Fleisch. Das wusste Schröder natürlich, und so wartete er einen Moment, um Zorn Gelegenheit zu einer abschätzigen Erwiderung zu geben, doch dieser begnügte sich mit einem resignierten Seufzen.

»Keine Sorge.« Schröder wischte schwungvoll mit einem karierten Geschirrtuch über die Arbeitsplatte. »Die Suppe ist *nicht* vegetarisch. Es gibt Kalbsbockwurst dazu, aber wenn dir das nicht reicht, kann ich noch frisches Gehacktes anbraten.«

»Ich krieg's schon irgendwie runter. Hauptsache«, Zorn hob seine Bierflasche, »ich hab was zum Nachspülen.«

Der würzige Duft frischer Kräuter mischte sich mit dem Geruch heißer Kartoffeln. Zorn liebte Schröders Essen, doch er behauptete seit Jahren das Gegenteil. Ein Außenstehender hätte Zorns ständige Nörgelei vermutlich als vorhersehbar und ermüdend empfunden, doch so verschieden Zorn und Schröder auch waren, sie hatten ihre eigene, spezielle Art der Kommunikation, und wenn sie aneinandergerieten, dann taten sie dies – zumindest die meiste Zeit über –, um sich ihre Zuneigung zu bekunden.

Schröder beugte sich über den brodelnden Topf. Dampfschwaden umwaberten sein gerötetes, rundes Gesicht, Wasser kondensierte in blitzenden Tropfen auf seiner Glatze. Er nahm einen großen Holzlöffel, spitzte die Lippen, kostete mit einem leisen Schlürfen, schnalzte genießerisch mit der Zunge und stand einen Moment mit geschlossenen Augen da.

»Rosmarin fehlt«, murmelte er. »Und eine kleine Prise …«

»Ich hab seine Bankauszüge geprüft«, sagte Zorn.

»Wie meinen?«

Schröder, den dampfenden Löffel noch immer vor dem Mund, riss überrascht die Augen auf.

»Benjamin Bley.« Zorn trank einen Schluck Bier. »Er hat insgesamt zweitausend Euro abgehoben, an einem Geldautomaten gegenüber vom Zoo. Das Tageslimit liegt bei der Hälfte. Er war zweimal dort, gestern Abend und dann noch einmal heute Morgen um zwei.«

Schröder, der mental noch immer bei seiner Suppe war, sah Zorn ein wenig verdattert an. Im Topf ertönte ein lautes Blubbern, er schrak zusammen, drehte das Gas runter.

»Ich hab heute Nachmittag ein bisschen rumtelefoniert«, erklärte Zorn. »Aber das können wir natürlich auch morgen besprechen, ich will dich nicht überfordern. Nicht, dass dir deine Brühe noch anbrennt.«

»*Suppe*«, korrigierte Schröder etwas pikiert, riss ein Stück Küchenrolle ab und trocknete sich die Hände ab. »Und was unsere Arbeit betrifft: Ich bin durchaus in der Lage, dir geistig zu folgen und gleichzeitig zu kochen.«

»Fein«, nickte Zorn. »Aber vergiss den Rosmarin nicht.«

*

Fascho stand mit gespreizten Beinen im Flur, stützte die Hände auf den Oberschenkeln ab und beugte sich über seine tote Mutter.

»Scheiße.« Er schnüffelte, verzog das Gesicht. »Du fängst an zu stinken.«

In der Küche plärrte das Radio.

Hinterm Horizont geht's weiter!, sang Udo Lindenberg, *ein neuer Tag!*

»Ich wollte aufhören, Mama. Heute früh, da wollte ich's noch beenden. Ich wollte dir alles erzählen. Na ja«, Faschos Grinsen erinnerte an das Zähnefletschen einer Hyäne, »*fast* alles.«

Hinterm Horizont, immer weiter!, drang der nölige Gesang aus der Küche, *zusammen sind wir stark!*

»Bisher war's nur Brandstiftung, aber jetzt«, er beugte sich weiter vor, senkte die Stimme zu einem Flüstern, »ist es viel, viel mehr, Mama.«

Du und ich, das war einfach unschlagbar!

Sein Mund war nun dicht an ihrem Ohr. Ihr Haar kitzelte ihn in der Nase.

Ein Paar wie Blitz und Dooooo-nner!

»Die werden mir nie im Leben abnehmen, dass es ein Unfall war.«

Das mit uns ging so tief rein!

»Es ist echt ätzend, Mama.«

Das kann nie zu Ende sei-ei-ein!

»Seit ich klein war, bist du mir auf den Sack gegangen.«

Denn zwei wie wir, die dürfen sich nie verlieeeeeern!

»Und jetzt«, Fascho richtete sich auf, »wo ich dich *einmal* gebraucht hätte, da haust du dir deinen blöden Schädel ein!«

Er schürzte vorwurfsvoll die Lippen, griff nach dem Gürtel und zog die Jeans über die mageren Hüften. Seine Handflächen hinterließen feuchte Abdrücke auf den schmutzigen Oberschenkeln.

»Ich muss mich verpissen«, sagte er, lauter jetzt. »Alles, was jetzt passiert, ist *deine* Schuld, nicht meine.«

Er nickte, um das Gesagte noch einmal zu bekräftigen, machte einen übertrieben großen Schritt über ihre ausgestreckten Beine und langte nach dem gedrechselten Schlüsselbrett, das unter einem geflochtenen Kranz aus getrockneten Blumen an der Wand hing.

»Es wird bestimmt ’ne Weile dauern, bis die dich finden. Dann bin ich längst über alle Berge. Aber vorher«, er nahm den Kellerschlüssel vom Haken, »muss ich noch was erledigen. Und weißt du, was?«

Fascho öffnete die Wohnungstür, warf einen letzten Blick auf seine tote Mutter und grinste ihr zum Abschied zu.

»Das wird richtig geil.«

*

»Die Frage ist, was Bley mit so viel Bargeld wollte«, sagte Zorn. »Bei seiner Leiche haben wir nichts gefunden.«

»Was ist mit seiner Wohnung?« Schröder strich mit dem Messer gewürfelte Möhren vom Schneidebrett in den verchromten Topf.

»Nichts, bisher jedenfalls. Es wird dauern, bis sie alles durchsucht haben, wahrscheinlich bis morgen Abend. Ich hab denen gesagt, sie sollen die Bude auf den Kopf stellen.«

Schröder brummte zustimmend, ging hinter dem Tresen in die Hocke und öffnete eine Schublade. Töpfe klapperten, dann kam er wieder zum Vorschein und stellte eine gusseiserne Pfanne auf den Herd.

»Wir haben sein Handy gecheckt.« Zorn nippte an seinem Bier. »Bley hat es in den letzten Tagen kaum benutzt, aber Marek Schleef hat ein paarmal versucht, ihn zu erreichen.«

»Ach.« Schröder, der stirnrunzelnd das Etikett einer Flasche Olivenöl studiert hatte, sah auf. »Vorgestern auch?«

»*Yes*«, nickte Zorn. »Aber Bley ist nicht rangegangen.«

»Dann«, murmelte Schröder, »hat Schleef tatsächlich gelogen, als er behauptet hat, mit ihm gesprochen zu haben.«

Nachdenklich verteilte er das Öl in der Pfanne.

»Die letzte Nachricht, die Bley verschickt hat, war ’ne SMS«, sagte Zorn. »An ein Prepaidhandy, ein paar Stunden vor seinem Amoklauf. Die Nummer können wir nicht zuordnen, er hat nur ein Wort geschrieben.«

»Das wäre?«

»Einverstanden.«

Schröder kippte einen Teller geschnittener Würstchen in die Pfanne. Ein Zischen ertönte, Fett spritzte umher, Dampf stieg in dichten Schwaden auf.

»Bley könnte mit dem Geld die Schrotflinte bezahlt haben. Und über das Prepaidhandy«, Schröder hob die Stimme, um das Brutzeln zu übertönen, »hatte er Kontakt zum Verkäufer.«

»Das hab ich auch überlegt.« Zorn puhlte am Etikett seiner Flasche. »Dann wäre er allerdings ordentlich über den Tisch gezogen worden, auf dem Schwarzmarkt kostet so’n Ding höchstens die Hälfte.«

Schröder, der heftig in der zischenden Pfanne rührte, sah auf. Zorn bemerkte das Erstaunen in seinen Augen, lehnte sich in den Sessel und schlug die Beine übereinander.

»Ich hab ein bisschen recherchiert«, erklärte er bescheiden.

Schröder schob anerkennend die Unterlippe vor, dann widmete er sich wieder seiner Pfanne.

»Was wäre«, Zorn legte den Kopf in den Nacken und trank den Rest seines Bieres, »wenn Bley das Geld für was anderes gebraucht hätte? Irgendwas hat ihn dazu getrieben, erst vier Polizisten und dann sich selbst umzubringen. Diese *Beweise*, von denen er geredet hat. Vielleicht hat er die ja gekauft?«

»Warum sollte er das tun?« Schröders Stimme drang durch den Dunst, unterlegt vom geschäftigen Klappern des Geschirrs. »Wir haben's geprüft. Es gibt diese angeblichen Beweise nicht. Und wenn, sind sie nichts wert.«

»*Wir* wissen das.«

Schröder schob die Pfanne vom Gas. Schlagartig wurde es still, nur die Suppe blubberte leise vor sich hin. Dampf trieb in trägen Schwaden nach oben, allmählich tauchte sein Gesicht darin auf, ein geröteter, verschwommener Kreis.

»Das stimmt.«

»Es ist völlig egal, ob diese Beweise echt sind«, sagte Zorn. »Benjamin Bley war überzeugt davon, nur das zählt. Was auch immer das für …«, Zorn dehnte die Stimme, »*Informationen* sind, die müssen ihm glaubhaft erschienen sein. Irgendjemand muss sie ihm gegeben haben. Und womöglich wollte dieser … *Jemand* dafür bezahlt werden.«

Das Blubbern im Topf wurde lauter, der Deckel klapperte auf dem Topf. Schröder achtete nicht darauf, sein Blick war abwesend ins Leere gerichtet.

»Darüber«, murmelte er, »hab ich noch nicht nachgedacht. Aber es klingt logisch. Angenommen …«

»Deine Soße brennt an.«

»*Suppe*«, korrigierte Schröder und schob hastig den Topf von der Flamme.

»Es klingt nicht nur logisch«, Zorn drehte die Flasche in den Händen, »es *ist* logisch. Und bevor du fragst: Ja, ich bin von allein draufgekommen. Obwohl ich Innendienst hab.«

Er musterte die leere Flasche und warf einen zweifelnden Blick auf Schröders Kühlschrank, einen knallroten, mannshohen Edelstahl-Koloss im Fünfziger-Jahre-Stil mit verchromten Griffen.

»Angenommen, es war tatsächlich so.« Schröder trocknete die Hände an einem hellblauen Geschirrtuch, das er anstelle einer Schürze um die ausladenden Hüften geschlungen hatte. »Jemand füttert Benjamin Bley bewusst mit falschen Informationen. Warum tut er das?«

»Er will, dass Bley durchdreht.«

»Warum?«

»Keine Ahnung.« Zorn zuckte die Achseln. »Im Moment geht's nicht ums *Warum*, sondern um's *Wie*.«

»Du hast recht.«

»Schon wieder? *Gracias*, Chef.«

»*De nada*«, murmelte Schröder wie immer, doch er klang abwesend.

»Benjamin Bley war ein harmloser Kerl. Der hat nie in seinem Leben einer Fliege was zuleide getan, bis heute Morgen jedenfalls. Warum …«

»*Mooooment!*«, unterbrach Zorn gedehnt. »Ich will ja nicht kleinlich erscheinen, aber er hat mir neulich eine reingehauen. Ich bin zwar keine Fliege, aber …«

»Du weißt, was ich meine.«

Schröder stand gebeugt über dem Herd, die Hände links und rechts auf den Tresen gestützt. Eine Strähne hatte sich von der verschwitzten Glatze gelöst, pendelte wie ein Bindfaden vor seinem Gesicht.

»Wie hat er das geschafft?«, überlegte er laut. »Wer ist dazu in der Lage, einen harmlosen Durchschnittsmenschen dazu zu bringen, ein solches Blutbad anzurichten?«

»Jemand, der sich auskennt«, sagte Zorn.

»Richtig«, nickte Schröder.

»Jemand, der genau weiß, wie man andere manipuliert.«

Wieder senkte Schröder zustimmend den Kopf.

»Ein Profi«, fuhr Zorn fort. »Einer, der nichts anderes tut. Weil es sein Job ist.«

»Genau.« Schröder öffnete den Deckel, sah in den Topf, schnupperte, schloss ihn wieder. »Bis hierhin ist alles logisch. Eine klare, in sich schlüssige Gedankenkette, oder?«

Zorn nickte stumm.

»Wenn wir jetzt weiterdenken«, stellte Schröder fest, »die nächsten, ebenso logischen Schlüsse ziehen, dann landen wir zwangsläufig bei einem Namen.«

»Zunächst«, sagte Zorn, »landen wir bei einem Psychologen.«

»Einem, der Benjamin Bley gut kannte.«

»Der also genau wusste, wie man diesen Mann manipuliert.«

Die Haarsträhne pendelte weiter vor Schröders Nase, er versuchte vergeblich, sie aus seinem Gesichtsfeld zu pusten, und strich sie mit einer kurzen Handbewegung hinter das Ohr.

»Ja«, sagte er. »Es *klingt* logisch. Aber es ist reine Spekulation, durch keinerlei Fakten gestützt. Ein Gedankenspiel, ein äußerst reizvolles, gebe ich zu, aber es basiert ausschließlich auf Vermutungen. Trotzdem werden wir diesen Gedanken im Hinterkopf behalten.«

»Wie du meinst.« Zorn stellte die Flasche neben dem Sessel auf den Boden. »Und wie machen wir jetzt weiter?«

»So, wie's geplant ist. Ich schneide den Knoblauch und du«, Schröder griff nach dem Messer, deutete mit der Spitze auf Zorn, »kannst schon mal den Tisch decken.«

*

Ein Schlüssel drehte sich im Schloss. Die Tür zum Wäschekeller wurde aufgerissen, Fascho trat ein, schlug die Tür hinter sich zu. Das Blatt prallte gegen den Rahmen, schwang wieder auf. Er achtete nicht darauf, zielstrebig lief er quer durch den Raum, die Gummisohlen seiner zerschlissenen Stoffschuhe knirschten auf dem Beton. Das Kellerfenster unter der Decke war gekippt, orangefarbenes, durch die verdreckte Scheibe gedämpftes Laternenlicht drang herein. Fascho schob mit dem Fuß einen alten Wäschekorb beiseite, blieb vor einer Reihe klobiger, seit Jahren nicht mehr benutzter Waschmaschinen stehen und sah hinauf zu den Heizungsrohren, drei dicken, parallel verlaufenden Strängen knapp unter der Decke. Die Plastikverkleidung war brüchig, teilweise geplatzt, Dämmwolle quoll zwischen den Ritzen hervor. Er stellte sich auf die Zehenspitzen, langte nach oben und hatte sofort gefunden, was er gesucht hatte. Ein kräftiger Ruck, Staubflocken, Mörtelbrocken und Fetzen der Dämmwolle rieselten herab. Fascho verzog das Gesicht, zog noch einmal. Die graue Umhängetasche fiel in seine ausgebreiteten Arme, und obwohl er gewusst hatte, wie schwer sie war, entglitt sie seinen Händen und landete scheppernd auf dem Boden.

»Mist«, krächzte Fascho.

Er ging vor der Tasche in die Hocke. Behutsam tasteten seine Finger über den groben, prall gefüllten Stoff. Zu Bruch, da war er sicher, war nichts gegangen, die Dinge, die er in der Tasche verwahrte, seine *Utensilien*, waren stabil. Solides, hitzebeständiges Metall. Ein paar davon (die Lötlampe womöglich) hatten vielleicht etwas abbekommen, aber das war unwichtig. Es gab andere Dinge, die er benutzen konnte. Mehr als genug.

Fascho streifte den Riemen über die Schulter, richtete sich auf. Die Tasche pendelte klirrend an seiner Hüfte. Er langte hinter eine der Waschmaschinen, zog einen Baseballschläger hervor.

Dann ging er zur Tür, ohne sich noch einmal umzusehen, und als er den Keller verließ, tat er dies in der festen Überzeugung, diesen Raum nie wieder zu betreten. Der Hund, den er hier unten gequält hatte, war nur ein Vorgeschmack gewesen.

Kinderkram.

Aber das war vorbei.

Siebenunddreißig

Kurz vor Mitternacht. Zorn lag rauchend in einem Korbstuhl auf Schröders Terrasse, sah auf den stillen, im silbernen Mondlicht schimmernden See. Im Haus war Schröder mit dem Abwasch beschäftigt, durch die geöffnete Verandatür hörte er ihn mit dem Geschirr klappern. Warmes Licht drang durch die großen Fenster, fiel in trapezförmigen Streifen auf den Terrassenboden.

Zorn stieß den Rauch durch die Nase aus, unterdrückte ein Rülpsen. Das Essen hatten sie größtenteils schweigend verbracht, einen Kommentar hatte sich Zorn wie immer verkniffen, allerdings hatte er zwei volle Teller verputzt und danach noch den Topf ausgekratzt.

Schröder erschien in der Tür, griff sich seufzend an den Steiß, streckte ausgiebig den Rücken und drückte Zorn eine Bierflasche in die Hand.

»Ich muss noch …«

»Alkoholfrei«, sagte Schröder und nahm neben Zorn Platz.

Zorn hob die Brille an, warf einen skeptischen Blick auf das hellblaue Etikett. Spitzte die Lippen, trank einen winzigen Schluck und stellte die Flasche auf den niedrigen Gartentisch zwischen ihnen.

»Und?«, fragte Schröder nach einer Weile.

»Was, und?«

»Schmeckt's?«

»Geht so.«

Zorn sank zurück, räkelte sich ein wenig und legte die Füße auf den Tisch. Schröder wollte es ihm gleichtun, allerdings ohne Erfolg. Missmutig betrachtete er seine kurzen, stämmigen Beine, seine Sandalen, die ein paar Zentimeter von der Tischkante entfernt in der Luft schwebten.

»Rutsch ein Stück vor«, sagte Zorn.

Das tat Schröder.

So lagen sie eine Weile da, legten die Hände in den Schoß und sahen verträumt in die Nacht. Zorn lauschte dem Rauschen der Kiefern, dem Zirpen der Grillen und fragte sich, wann er all diese Geräusche zuletzt bewusst wahrgenommen hatte.

»Hast du was von Frieda gehört?«, fragte Schröder schließlich.

»Nein.«

»Das ist schade.«

Zorn drehte die Zigarette zwischen Daumen und Zeigefinger, betrachtete den dünnen, senkrecht aufsteigenden Rauchfaden.

»Sie fehlt mir. Ich will nicht, dass sie weggeht.«

»Hast du ihr das gesagt?«

»Sie weiß es.«

Ein Käuzchen schrie. Noch etwas, das Zorn seit Ewigkeiten nicht gehört hatte.

»Ich lasse sie ’ne Weile in Ruhe.«

»Und dann?«

»Dann sehen wir weiter.«

Die Nacht war sternenklar. Irgendwo blinkten die Positionslichter eines Flugzeuges. Die schmale Sichel des Mondes hing fahl zwischen den Zweigen der Kiefern.

»Weißt du, was ich glaube?«

»Nein«, sagte Schröder. »Das weiß ich nicht.«

»Das ist so was wie Schicksal. Es gibt Menschen, die bleiben ihr Leben lang allein. Wir beide, du und ich, gehören dazu. Guck uns an, Schröder, wir sind total unterschiedlich, trotzdem …«, Zorn überlegte einen Moment, »mögen wir uns. Wir sind ständig zusammen, obwohl wir doch Einzelgänger sind. *Das* ist es, was uns verbindet. Deshalb sitzen wir jetzt hier. Weil wir zu zweit besser allein sein können.«

Die Zigarette war bis auf den Filter heruntergebrannt. Zorn zerdrückte den Stummel zwischen den Fingern, seufzte leise.

»Ich rede ganz schönen Schwachsinn, oder?«
Darüber dachte Schröder sehr, sehr lange nach.
»Ja, vielleicht«, sagte er dann. »Vielleicht auch nicht.«

Achtunddreißig

Frieda Borck.

Der Rücken tut weh. Der Nacken ist steif. Die Arme kribbeln, die Muskeln sind steinhart und verspannt. Die Handgelenke, mit Kabelbindern über ihrem Kopf an das Heizungsrohr gefesselt, schmerzen. Das Plastik gräbt sich in die Haut, schneidet die Blutzufuhr ab. Ihre Finger sind taub, die Hände hängen wie krallenartige Fremdkörper an den Gelenken.

Sie weiß nicht, was geschehen ist. Keine Ahnung, wer sie niedergeschlagen hat. Wie sie hierhergekommen ist. Seit wann sie hier ist. Lange wahrscheinlich, den schmerzenden Armen und dem brennenden Durst zufolge, müssen es Stunden sein.

Sie öffnet die Augen. Nach ein paar Sekunden schälen sich die ersten Bilder aus der Dunkelheit: Ein Zimmer, der Boden übersät mit Müll und Unrat. Keine Möbel. Schräg gegenüber eine Matratze auf dem Boden, darauf eine zerknüllte Decke. Die Zimmertür hängt schief in den Angeln, das Holz ist zerkratzt, die Farbe gesplittert. Die Tapete hat sich gelöst, rollt sich in schmutzigen Streifen an den Wänden, dazwischen schimmert blanker Beton. In einer Ecke ein Berg klammer Lumpen, in einer anderen die Trümmer einer alten Schrankwand.

Eine verlassene Neubauwohnung. Wahrscheinlich der Unterschlupf eines Obdachlosen, darauf deuten die leere Weinflasche mit der halb heruntergebrannten Kerze auf dem Boden und die große, prall gefüllte Umhängetasche auf der Matratze.

Kühle Nachtluft streift ihren Kopf. Sie lehnt an der Heizung direkt unter dem Fenster. Die Scheibe ist kaputt, Glasscherben liegen links und rechts neben ihr auf dem Boden.

Sie könnte um Hilfe rufen, müsste es sogar, es ist momentan ihre einzige Chance. Trotzdem tut sie es nicht, sie ahnt, nein, sie *weiß*, dass es sinnlos ist. Die Stille um sie herum ist gespenstisch, kein Laut dringt durch die geborstene Scheibe. Es ist Nacht, doch etwas *müsste* sie hören, eine Straßenbahn, ein Auto, Schritte, streitende oder betrunkene Menschen. Aber da ist absolut nichts, nur ein weit entferntes Rauschen. Wo immer sie auch sein mag, hier, an diesem gottverlassenen, nach Urin und Schimmel stinkenden Ort, könnte sie sich die Seele aus dem Leib schreien, niemand würde sie hören. Abgesehen davon wäre sie kaum dazu in der Lage, ihre Kehle ist ausgedörrt, mehr als ein Krächzen brächte sie kaum zustande.

Spar deine Kräfte. Dreh nicht durch. Bleib ruhig.

Sie hat Angst, natürlich. Und sie ist verwirrt, doch hinter ihrem zarten, zerbrechlichen Äußeren steckt eine willensstarke Frau. Vorsichtig prüft sie die Fesseln, bewegt die Handgelenke. Nichts. Es tut weh, die Kabelbinder schneiden immer tiefer ins Fleisch. Sie ballt die Hände zu Fäusten, entspannt sie wieder. Noch einmal. Und noch einmal. Das hilft ein wenig, das Blut zirkuliert wieder in den Fingern.

Sie winkelt die Beine an, stemmt die Füße gegen den Boden und richtet sich ein wenig auf. Der Druck in den Handgelenken lässt nach, die verkrampften Nackenmuskeln lockern sich. Ihr Rücken presst sich gegen den rostigen Heizkörper, sie rutscht weiter nach hinten, ein Stück noch, um das Gewicht von den Fesseln zu nehmen. Ihre Füße scharren über den verdreckten Boden, Glasscherben klirren unter den hohen Absätzen ihrer Schuhe, braune Pumps mit kleinen silbernen Schnallen. Die trägt sie eigentlich zur Arbeit, doch dort, fällt ihr jetzt ein, kann es nicht passiert sein, auch nicht auf dem Heimweg. Sie hat Urlaub, demnächst tritt sie ihren neuen Job an.

Allmählich kehrt die Erinnerung zurück.

Sie saß in ihrer leeren Wohnung, allein zwischen ausgeräumten Schränken und gestapelten Umzugskartons. Die Decke ist ihr auf den Kopf gefallen, sie wollte raus, ein bisschen an die frische Luft, und weil sie keine Lust hatte, die sandfarbenen Leinenslipper mit den flachen Absätzen aus dem Karton mit den Schuhen zu kramen, hat sie die unbequemen Pumps übergestreift und ist eine Weile ziellos durch die Stadt gelaufen. Irgendwann ist sie auf dem Markt gelandet, und als sie mit schmerzenden Knöcheln an einer Straßenbahnhaltestelle vorbeilief, fiel ihr das Plakat für den neuesten Johnny-Depp-Film auf. Ein infantiler Piratenfilm, uninteressant, doch tausendmal besser, als daheim auf den gepackten Koffern zu sitzen, allein, von Zweifeln geplagt, die falsche Entscheidung getroffen zu haben. Also ist sie mit der Straßenbahn in die Neustadt gefahren, um sich im Multiplexkino die Spätvorstellung anzusehen, und als sie in der Bahn über die Magistrale rumpelte, da hat sie kurz überlegt, ihn anzurufen.

Er mag diese Filme. Knalliges, in ihren Augen hirnloses Actiongedöns, vor ein paar Tagen noch hat er ihr vorgeschlagen, gemeinsam hinzugehen. Kein Wunder, er ist ein Kindskopf. Ein großer, launischer Junge, der nicht weiß, was er will. Eigentlich hatte sie beschlossen abzuwarten, bis er sich endlich zu ihr bekennt, eine klare, eindeutige Entscheidung trifft, doch sie vermisst ihn, und als die Bahn an seinem Wohnblock vorbeirauschte, da hat sie aus dem Fenster hinauf zu seiner Wohnung im vierzehnten Stockwerk gesehen, und in diesem Moment, da hätte sie ihn angerufen, doch ihr Handy lag mit leerem Akku auf der Waschmaschine, das Ladegerät irgendwo versteckt in einem der Umzugskartons zwischen Sat-Receiver, DVD-Player, Fernbedienungen und Lautsprecherkabeln.

Sicherlich, denkt sie und dreht die Handgelenke in den Fesseln, das hätte gegen ihre Prinzipien verstoßen, aber scheiß drauf, sie wäre jetzt nicht hier – wo immer dieses *hier* auch sein mag. Sie weiß noch, dass sie eine Station zu früh ausgestiegen ist, sie ist selten in der Neustadt, es fällt ihr schwer, die ellenlangen, gesichtslosen Betonquader auseinanderzuhalten. Dann ist sie mit brennenden Füßen über einen Parkplatz gestöckelt, es war dunkel, erinnert sie sich noch, ein bisschen unheimlich, doch Angst hatte sie nicht, es war …

Sie horcht auf.

Ein Knallen. Kaum zu erahnen, das Echo eines Echos. Als würde eine Tür zugeschlagen, irgendwo weit unter ihr. Lauschend hält sie den Atem an.

Nein. Da ist nichts.

Nur dieses entfernte Rauschen.

Oder?

Sie hebt das Kinn. Stößt einen leisen Wehlaut aus, als ihr Hinterkopf gegen den Heizkörper prallt. Nicht sonderlich heftig, doch es tut höllisch weh. Kein Wunder, der Schlag muss derb gewesen sein, sonst hätte sie wohl kaum das Bewusstsein verloren.

Tap Tap Tap

Sie kann nicht genau einordnen, was sie da hört. Ein rhythmisches Scharren. Dumpf, verhallt, weit aus der Tiefe. Als würde jemand …

Tap Tap Tap

… als würde jemand eine Treppe hinaufsteigen.

Tap Tap Tap

Schritte.

Tap Tap Tap

Schritte in einem Treppenhaus. Weit, weit unter ihr. Das Gebäude muss riesig sein, es …

Ihre Zunge fährt über die trockenen Lippen. Sie ahnt jetzt, wo sie ist. Irgendwo in einer der oberen Etagen der monströsen Ruinen mitten in der Neustadt. Sie ist daran vorbeigelaufen, bevor sie niedergeschlagen wurde.

Tap Tap Tap

Sie zerrt an den Fesseln über ihrem Kopf. Das Rohr ist fest im

Beton verankert, nur der Heizkörper klappert in der Halterung. Ein weiterer Versuch, ebenso sinnlos. Die Schritte

Tap Tap Tap

kommen näher. Nicht sonderlich schnell. Aber zielstrebig. Sie stemmt die Fersen in den Boden, krümmt sich, hebt das Becken, zieht sich an den Fesseln nach oben und schwebt jetzt halb in der Luft, hängt mit ihrem gesamten Gewicht an den Fesseln. Das ist nicht viel – zweiundsechzig Kilo, als sie das letzte Mal auf der Waage stand –, und auch dieser Versuch scheitert, doch als sie keuchend erschlafft, läuft Blut in dünnen Fäden an ihren Unterarmen entlang, die Kabelbinder haben sich wie Drahtseile tief in die Haut unterhalb der Handgelenke gefressen.

Tap Tap Tap

Ihr Puls rast. Schweiß glänzt auf ihrer Stirn, tropft von der Nase. Ihre Augen flackern, sie beißt die Zähne zusammen.

Versuch's noch mal. Vergiss die Schmerzen. Du musst hier raus. Jetzt. Sofort. Streng dich an! Es *muss* einfach funktionieren! Es *MUSS*! Er ist bald da! Los, mach schon, es …

Tap Tap Tap

Sie sinkt zurück. Ein tiefer, keuchender Atemzug.

Stopp. Panik hilft dir nicht weiter. Reiß dich zusammen. Du brauchst einen klaren Kopf.

Tap Tap Tap

Egal, wer da kommt, er hat das Treppenhaus verlassen, ist jetzt draußen auf dem Flur. Nähert sich. Dreck knirscht unter weichen Gummisohlen.

Tap Tap Tap

Plötzlich

TAP TAP

Stille.

Komm schon, denkt Frieda Borck.

Sie schließt die Augen. Wischt das verschwitzte Gesicht am Oberarm ab.

Na los, du hinterhältiges Arschloch.

Ein Knarren. Die Tür schwingt auf. Ein schmächtiges Bürschchen erscheint. Das Gesicht liegt im Schatten.

»Ich war 'n bisschen frische Luft schnappen. Du hast dich hoffentlich nicht gelangweilt.«

Sie kennt diese Stimme. Woher genau, kann sie im ersten Moment nicht sagen. Der typische Tonfall eines Teenagers kurz nach dem Stimmbruch, schnarrend wie eine klemmende Schublade.

»Ich hab deinen Brief gekriegt, Frau Staatsanwältin.«

Er kommt einen Schritt näher. Jetzt erkennt sie ihn.

»Es ist echt 'ne fiese Nummer, dass du mich in den Knast schicken willst«, sagt Fascho. »Ich war ziemlich sauer auf dich. Nee«, korrigiert er sich, »ich *bin* sauer. Obwohl du's mir einfach gemacht hast. Du bist mir direkt in die Arme gelaufen.«

Er setzt sich im Schneidersitz auf die Matratze. Greift nach der großen Umhängetasche. Sie ist schwer, ein Klirren ertönt, als er sie auf dem Boden abstellt.

»Du hast mich zu dieser«, er senkt spöttisch die Stimme, »*Verhandlung* eingeladen. Weißt du was? Du kriegst deinen Willen. Wir machen deine beschissene Verhandlung.«

Ein Grinsen. Schiefe gelbliche Zähne schimmern im Schatten.

»Aber nach meinen Regeln.«

ZWEITER TEIL

Donnerstag.

Neununddreißig

Zwei Uhr morgens.

Schröder stand mit einem Lappen hinter dem Küchentresen und machte sauber. Die Arbeitsplatte war blitzblank gewienert, doch Schröder bearbeitete das geölte Teakholz mit verbissener Konzentration. Zorn war vor über einer Stunde gefahren, und Schröder konnte nicht schlafen.

Aus der Stereoanlage drang ein Klavierkonzert von Händel. Die perlenden Klänge mischten sich mit dem Schleifen des Lappens auf der Arbeitsplatte und Schröders gepresstem Atem. Plötzlich hielt er inne, der Lappen landete mit einem leisen Klatschen in der Spüle. Er lief zum Tisch, wischte im Gehen die Hände an der Cordhose trocken, nahm sein Handy und wählte eine Nummer.

»Ich bin's«, sagte er, nachdem die Ansage auf der Mailbox verklungen war. »Es ist spät, ich weiß. Zorn sagt, dass du deine Ruhe willst, aber ich mach mir ein bisschen Sorgen, Frieda. Sei so gut und melde dich, wenn du das abhörst, ja?«

Er unterbrach die Verbindung. Ging auf die Terrasse, holte Zorns Bierflasche und den vollen Aschenbecher vom Tisch, stellte die Flasche auf den Tresen, leerte den Aschenbecher. Schloss die Verandatür, blies die Kerze auf dem Esstisch aus und strich die Tischdecke glatt. Richtete sich seufzend auf. Runzelte die Stirn, als er die Dreckkrümel bemerkte, die Zorns schmutzige Stiefel auf den Dielen vor dem Sessel hinterlassen hatten, schob den Sessel wieder an seinen ursprünglichen Platz neben dem Kamin. Stutzte. Bückte sich und griff nach dem Glasfläschchen, das unter dem Sessel gelegen hatte.

Schröder betrachtete die Aufschrift auf dem weißen Etikett: *OXYCODRON*. Ein Schmerzmittel, Hagen musste die Tabletten neulich hier vergessen haben. Achselzuckend verstaute er die Flasche in der Hosentasche, lief zum Bad, um sich die Zähne zu putzen, erstarrte plötzlich, blieb mitten im Raum stehen.

Ein paar Sekunden vergingen.

»Komisch.«

Er griff in die Hosentasche, fischte das Arzneifläschchen wieder heraus. Drehte es in den kurzen Fingern, lauschte dem leisen Klappern. Schraubte den Verschluss auf, kippte ein paar Tabletten in die flache Hand. Musterte die weißen, kreisrunden Pillen.

Das Klavierstück war zu Ende. Ein majestätischer, getragener Schlussakkord drang aus der Stereoanlage, dann herrschte Stille.

»Komisch«, wiederholte Schröder nachdenklich. »Äußerst komisch.«

*

Marek Schleef hatte es eilig. Die Eingangstür des Therapiezentrums fiel hinter ihm ins Schloss, er lief die Treppe hinauf ins Obergeschoss, nahm zwei Stufen auf einmal. Seine Schritte hallten durch das leere Gebäude. Er bog nach rechts in den Flur, schaltete im Laufen das Licht ein und kramte mit der anderen Hand den Schlüssel aus der engen Hosentasche seiner Jeans. Neonlicht flackerte über ihm auf, er passierte den verwaisten Empfangstresen und blieb vor seinem Büro stehen. Die Schlüssel lagen griffbereit in seiner Hand, doch er benutzte sie nicht, sondern sah zunächst nach oben.

»Scheiße.«

Ein unterdrückter, zwischen zusammengepressten Zähnen hervorgestoßener Fluch. Schleef nahm die Nickelbrille ab, trat dicht an die Tür und musterte die obere Ecke. Das Haar, das er mit Speichel zwischen Türblatt und Rahmen geklebt hatte, war verschwunden. Ein uralter, abgeschmackter Trick aus verstaubten Agentenfilmen, doch er hatte funktioniert.

Jemand war hier gewesen.

Er sank neben der Tür auf den Boden, verbarg das Gesicht in den Händen.

»Denk nach.« Ein Flüstern, dumpf zwischen zitternden Fingern hervorgepresst. »Los, verdammt. Denk nach.«

Als er aufsah, war jegliche Farbe aus seinem Gesicht gewichen.

»Irgendwann mussten sie dahinterkommen.«

Schleef betrat das Büro. Als er ein paar Minuten später wieder ging, trug er eine schwere Reisetasche über der Schulter. Er hatte seinen Laptop eingepackt, ein paar Bücher, sein Notizbuch, frische Hemden und das vergilbte Foto, das an der Innenseite der Kleiderschranktür gehangen hatte. Zwei unbenutzte Paar weißer Turnschuhe schwangen in einer Plastiktüte an seiner Seite, unter dem linken Arm klemmte die gerahmte Diplomurkunde. Er verließ den gedrungenen Plattenbau, warf den Rahmen mitsamt der Urkunde im Vorbeigehen in eine Mülltonne und verschwand in der Nacht, ohne sich noch einmal umzusehen.

*

Er schlief.

Frieda Borck hörte die tiefen, regelmäßigen Atemzüge des Jungen. Er lag auf der Seite, den Kopf neben der Tasche auf die Matratze gebettet, die schmutzige Decke bis zum Hals hochgezogen. Ein schutzloses Bündel im diffusen Licht, wehrlos, verletzlich. Allerdings nur dem Anschein nach, denn nichts davon traf zu. Absolut nichts.

Er hatte noch eine Weile geredet, wirres, zusammenhangloses Zeug. Irgendwann hatte er erklärt, er sei müde, hatte sich in die Decke gerollt und war sofort eingeschlafen.

Vorsichtig drehte sie den Kopf, erst nach links, dann nach rechts.

Die Schultern knackten in den Gelenken, ihre Halswirbel knirschten wie morsches Treibholz. Die Hände hingen über ihrem Kopf in den Fesseln, nutzlose, krallenartige Gebilde. Jegliches Gefühl war aus den Fingern gewichen, doch ihr Rücken, die Arme, jeder Muskel, jede Sehne brannte wie Feuer. Die Schmerzen waren schlimm, aber der Durst, das wusste sie, würde bald schlimmer werden.

Bisher hatte sie nichts gesagt, kein Wort. Sie war ihm ausgeliefert. Worte waren ihre einzige Chance. Jedes einzelne davon musste genau überlegt sein, im richtigen Moment ausgesprochen werden. Wann genau das war, würde sich zeigen. Sie musste ruhig bleiben. Ihre Schmerzen, die Angst, nichts davon durfte er spüren. Bisher hatte er sich ihr nicht genähert, und sie ahnte, warum.

Auch er hatte Angst.

Ignaz Stein war jung, fast noch ein Kind. Seine Drohungen, die wilden Verwünschungen, all dieses unablässige Gerede hatte geklungen, als wolle er sich selbst Mut zusprechen. Was immer er auch vorhatte, seine Entschlossenheit war gespielt gewesen, zumindest ein Teil davon.

Oder?

Ein Knacken, irgendwo weit unten in der Tiefe des riesigen Hauses. Wahrscheinlich ein Fenster, das gegen den morschen Rahmen klapperte. Vielleicht auch ein Tier. Ein herrenloser Hund. Oder eine streunende Katze.

Frieda Borck schloss die Augen.

Egal, was es war. Es war kein Mensch. Niemand verirrte sich in diesen leerstehenden Turm. Sie war allein hier oben. Hilfe würde nicht kommen.

Dann hilf du mir, lieber Gott. Hilf mir.

Der Junge bewegte sich im Schlaf, drehte sich auf die andere Seite. Die Decke schlang sich um seine dünnen Beine, er strampelte sich frei, zog die Knie an die Brust. Er zuckte zusammen, murmelte im Traum. Seine Hand tastete suchend über die Matratze, fand die Tasche, die Finger schlossen sich um die Henkel. Augenblicklich entspannte er sich, wie ein Kind, das im Schlaf Trost durch seinen Teddy gefunden hat.

Was hast du da drin?

Ihre Nase lief, sie wischte den Schleim am Oberarm ab, roch den Schweiß unter ihren Achseln. Frieda Borck war eine gepflegte junge Frau, sie achtete penibel auf ihr Äußeres. Im Moment allerdings war ihr das egal. Scheißegal.

Ich habe Angst, dachte Frieda Borck. Ich hab so fürchterliche Angst.

Draußen graute der Morgen.

Vierzig

Simon Olytsch.

»Das … das kann nicht sein.«

Er hat geduscht. Dampf wabert in dichten Wolken durch das Bad. Wassertropfen glitzern wie Diamanten in seinem dunklen Bart, dem dichten Haar auf der breiten Brust, rinnen in perlenden Strömen über den dicken Bauch, die muskulösen Arme, die massigen Oberschenkel. Steif steht er vor dem Waschbecken, die weit aufgerissenen Augen wie paralysiert auf den beschlagenen Spiegel gerichtet.

»Nein.«

Ein Flüstern.

»Bitte nicht.«

Brüchig, wie das Rascheln abgestorbenen Herbstlaubs.

»Das … das …«

Seine Stimme versagt.

Ein einsamer Glockenschlag dringt vom Markt herüber. Halb

sechs. Simon ist zeitig aufgestanden, früher als sonst. Es gab eine Menge, worum er sich heute kümmern wollte: die Wohnung aufräumen, den Laden in Ordnung bringen, die Buchhaltung erledigen. Dinge, die ihm normalerweise nicht liegen, weiß Gott nicht, doch er hatte ja beschlossen, sein Leben zu ändern, *richtig* zu ändern. Sicherlich, Heidrun hatte den Ausflug abgesagt, das war ein Rückschlag gewesen, er hatte gezweifelt, doch später hatte er mit seiner Tochter gesprochen, und dieses Telefonat hatte ihm Kraft gegeben. Nein, er würde die Hoffnung nicht aufgeben. Du darfst dich nicht treiben lassen, hatte Marek gesagt, du musst um die beiden kämpfen, und genau das hatte Simon sich vorgenommen, als er am Abend zuvor ins Bett gegangen war. Als der Wecker klingelte, da war er optimistisch gewesen, voller Tatendrang. Er ist ins Bad gegangen, hat gepinkelt (im Sitzen, Heidrun mag es nicht, wenn er's im Stehen tut), dann hat er den Kissenbezug vom Spiegel über dem Waschbecken gestreift, und als er die Zähne putzte, da hat er sich unwohl gefühlt, doch er hat sich gezwungen, in den Spiegel zu schauen. Da ist niemand, hat er sich gesagt, kein Monster, kein Carlos, es ist nur Glas über einer dünnen Aluminiumschicht. Es existieren keine Geister hinter den Spiegeln, sie sind ausschließlich in meinem Kopf. Ein wenig mulmig war ihm dennoch zumute, kein Wunder, hat er gedacht, du brauchst Zeit, ein Schritt nach dem anderen. Er ist unter die Dusche gegangen, und es war, als würde das heiße Wasser die letzten Zweifel abwaschen, er fühlte sich stark, mutig, doch jetzt, eine knappe Minute später, ist alles anders.

Das Handtuch entgleitet seinen Fingern, landet mit einem Klatschen auf den nassen Fliesen. Er bemerkt es nicht, steht einfach nur da und starrt in den Spiegel. Die Umrisse seines breiten Oberkörpers sind schemenhaft auf dem milchigen Glas zu erkennen, doch es ist etwas anderes, das seinen Herzschlag aussetzen lässt. Ein Wort, in Großbuchstaben mit dem Finger schräg auf die beschlagene Scheibe geschrieben.

PROST!

Rechts unten in der Ecke ein Zeichen.

☺

Sein Mund steht offen, sein Blick, fragend, etwas dümmlich, gleitet nach unten. Er greift nach der Wodkaflasche, die jetzt neben dem Zahnputzbecher auf dem Waschbecken steht. Es ist heiß im Bad, doch die Flasche ist eiskalt, als käme sie direkt aus dem Tiefkühlfach. Das geriffelte Glas brennt in seinen geröteten Fingern. Sein Daumen streicht über das Etikett, auch das tiefblaue Hochglanzpapier ist beschlagen.

Die Schrift auf dem Spiegel verblasst allmählich, Kondenswasser läuft in dünnen Fäden am Glas herab. Plötzlich klingelt das Telefon, ein schrilles Läuten gellt durch die Stille, doch Simon erschrickt nicht. Er lauscht einen Moment, dann nickt er, als habe er damit gerechnet. Wie in Trance geht er ins Wohnzimmer, den Kopf gesenkt, die Flasche baumelt an seiner Seite. Dampf steigt von seinem nackten Körper auf, die bloßen Füße hinterlassen feuchte Abdrücke auf den Dielen. Er greift nach dem Hörer. Das Läuten verstummt, als habe jemand mit dem Hammer auf das Telefon geschlagen.

HALLO KUMPEL!, kreischt Carlos.

»Hallo«, murmelt Simon.

HAST DU MEIN GESCHENK GEKRIEGT?

»Ja.«

FREUST DU DICH?

Simon steht vor dem Fernseher, steif wie ein Roboter. Seine Augen sind leer.

ICH! HAB! DICH! WAS! GEFRAGT!

»Ja«, flüstert Simon.

IM GANZEN SATZ, WENN ICH BITTEN DARF!

»Ich … ich freue mich.«

Sehr gut! Astrein! Supidupi-Spitzenklasse!

Carlos klingt zufrieden.

Schön, wenn mein compañero sich freut!

Ich hab weder Kosten noch Mühe gescheut!

Ein Wassertropfen löst sich aus Simons dampfendem Haar, läuft über die Stirn und bleibt an der Nasenspitze hängen.

Das ist echt guter Stoff, mon ami. Derselbe, den ich dir neulich vor die Tür gestellt habe. Du hast mein schönes Präsent einfach ins Klo gekippt, und das war ungehörig, du verfetteter Schwanzlutscher. EXTREM ungehörig! Also koste gefälligst, weil du mich sonst

Pause.

BELEIDIGST!

Die Stimme überschlägt sich, klingt wie *Spongebob-Schwammkopf* bei einem Wutanfall. Simon zuckt zusammen, doch sein Blick bleibt leer.

Komm schon, Kumpel.

Ein öliges Kichern. Lockend, einschmeichelnd.

Trink, trink, Brüderlein trink!

Carlos beginnt zu singen.

Lass doch die Sorgen ZU HAUUUUUUUS!

Eine perfekte Hans-Albers-Imitation.

Meide den Kummer und meide den Schmerz!

Dann ist das Leben ein Scherz!

Simon hebt die Flasche.

ASTREIN, ALTER!, kreischt es aus dem Hörer. *HAU WECH DIE SCHEISSE!*

Der schwarze Bart sträubt sich. Simons Zunge fährt über die wulstigen Lippen.

Auf dein Wohl, Genosse!

»Genau«, haucht Simon.

Seine Finger krallen sich um die Flasche. Das Etikett verschwindet unter seiner behaarten Pranke, mit der freien Hand presst er den Hörer ans Ohr, lauscht der blechernen, triumphierenden Stimme.

Cheers, my friend!

Simon legt den Kopf in den Nacken.

A votre santé!

Schließt die Augen.

Skål!

Setzt die Flasche an …

Jamas!

… und trinkt.

Na zdarowje!

Tiefe, gierige Schlucke.

Salute!

Als er die Flasche keuchend absetzt, ist sie zur Hälfte leer.

Wie jetzt? Ist das alles?, dringt es spöttisch aus dem Hörer. Es klingt jetzt, als wäre Bruce Willis am Telefon. *Mehr hast du nicht drauf, Schweinebacke?*

»O doch«, knurrt Simon.

Er schnappt nach Luft. Trinkt weiter, hastig wie ein Verdurstender. Schnaps trieft aus seinen Mundwinkeln, strömt über das bärtige Kinn auf den breiten, behaarten Brustkorb.

Nicht übel, Schweinebacke.

Japsend ringt Simon nach Atem, sieht sich mit fiebrig glänzenden Augen um.

Und? Geht's dir besser?

»Nein.«

Kein Wunder. Wie lange warst du trocken?

»Ich …« Simon schwankt einen Schritt vor. Eine Pfütze hat sich um seine Füße gebildet, die nackten Sohlen patschen auf dem nassen Teppich. »Sechs Monate, neun Tage und …«

Egal, du hast's verkackt, Schweinebacke.

Ein Lachen. Cool, überlegen, typisch Bruce Willis.

Ich bin enttäuscht von dir. Wahnsinnig enttäuscht von dir. Aber eigentlich, die Stimme wird lauter, *war's von Anfang an klar.*

Simon umklammert das Telefon. Das Spiralkabel spannt über

seinem mächtigen Bauch. Lauter, immer lauter dringen die Worte aus dem Hörer, werden schneller, höher, steigern sich in einem dissonanten Crescendo.

SCHEISS DRAUF!, bellt Carlos. *TRINK!*

Das tut Simon. Wischt mit dem Unterarm die ölig glänzenden Lippen ab. Schwankt vor. Wieder zurück. Schwerfällig wie ein angeschossener Bär.

Lecker, oder?

Keine Antwort, stattdessen ein dröhnendes Rülpsen.

Also bitte! Wo bleiben deine Manieren, du Drecksau?

Haltsuchend rudert Simons Arm durch die Luft. Die Flasche in seiner Hand streift das Regal. Sammeltassen klirren, ein Bild poltert auf den Teppich.

»Ich … ich …«

Halt die Fresse und hör zu.

Simon starrt auf den Boden, fixiert mit glasigen Augen das Bild. Ein Foto von Saskia, aufgenommen am Tag ihrer Einschulung. Sie hält eine Zuckertüte im Arm, ihr Lächeln entblößt eine Zahnlücke.

Du wirst verarscht, Amigo. Und zwar nach Strich und Faden.

Simon stolpert nach vorn. Glas platzt knirschend unter seinem nacktem Fuß. Er stiert auf das Foto seiner Tochter. Der vergoldete Gipsrahmen ist gesplittert, ein Riss zieht sich diagonal über die Scheibe.

»Ich … ich will doch nur mein Kind sehen.«

VERGISS ES!

Ein schrilles Keifen.

Die Schlampe lügt, erklärt die krächzende Stimme. Ruhiger jetzt, sachlich. *Die hat den Ausflug verschoben, weil sie Zeit schinden will. Die plant was, die will mit Saskia verschwinden. Sie hat kein Recht dazu, du bist der Vater. Was hast du denn Schlimmes gemacht? Nichts, ein bisschen geschubst hast du sie! Die hat nicht mal geblutet! Die hat dich jetzt lange genug verarscht! Wie lange willst du dir das noch gefallen lassen? Irgendwann muss doch mal Schluss sein!*

»Ja«, nickt Simon. »Irgendwann … muss Sch-schluss sein.«

Seine Zunge ist schwer.

Was bist du, 'ne Memme oder ein Mann?

»Ein Mann.«

Was macht ein Mann?

»T-trinken.«

Simon reißt den Arm hoch. Gurgelnd rinnt der Wodka in seine Kehle.

Gut?

»Sehr gut.«

Was meinst du? Zeigen wir der Fotze, wo der Hammer hängt?

»Ja.«

Lauter!

»Ja!«

NOCH lauter!

»JA!«

ICH KANN DICH NICHT VERSTEHEN!

»WIR ZEIGEN'S IHR!«, brüllt Simon. Er verliert das Gleichgewicht, torkelt breitbeinig nach vorn. Zwei ungelenke Schritte, das Spiralkabel spannt sich hinter ihm, reißt das Telefon aus der Schrankwand. »WIR ZEIGEN DER FOTZE, WO DER HAMMER HÄNGT!«

Simon prallt mit dem Schienbein gegen den Couchtisch, den Hörer noch immer ans Ohr gepresst. Hinter ihm landet das Telefon klirrend auf dem Teppich.

Keine Sorge, kichert Carlos. *Ich bin noch da, compañero.*

»Ich weiß«, lallt Simon. »Das bist du doch immer.«

Einundvierzig

Sieben Uhr fünfzehn.

»Du bist schon hier?«, krächzte Zorn mit belegter Stimme und tapste verschlafen zum Fenster. Schröder, der konzentriert in seinen Monitor gestarrt hatte, hob den Kopf, sah sich blinzelnd im Büro um.

»Ja«, sagte er nach einer Weile. »Das bin ich wohl.«

Zorn nahm die Kanne aus der Kaffeemaschine, musterte das fleckige Glas, zwängte sich hinter Schröder an der Wand entlang zum Waschbecken. Dieser starrte noch immer nachdenklich vor sich hin.

»Irgendwie ...«, Schröder kratzte sich den kahlen Kopf, »erscheint's mir logisch. Ich bin reingekommen, hab mich hingesetzt und den Rechner eingeschaltet. Danach hab ich mich nicht mehr von der Stelle bewegt. Wo sollte ich also sonst sein?«

Ein kurzes Achselzucken, er wandte sich wieder seinem Rechner zu. Hinter ihm plätscherte der Wasserhahn, dann schlurfte Zorn mit der Kanne zurück zum Fenster, machte sich an der Kaffeemaschine zu schaffen und stieß ein missmutiges Brummen aus.

»Filter sind alle.«

»Ach je«, murmelte Schröder, ohne den Blick von seinem Monitor zu wenden. »Du könntest dir ja einen Tee ...«

»*Könnte* ich. Ich will aber nicht.« Zorn schob die Kanne in die Maschine, Wasser schwappte auf das Fensterbrett. »Ich bin müde. Ich muss wach werden. Dazu brauche ich Kaffee, und keine fermentierte Brühe.«

Schröder antwortete nicht. Seine Finger wanderten flink über die Tastatur, er las etwas auf dem Monitor, schüttelte den Kopf, drückte die Enter-Taste, las weiter. Zorn lehnte mit vor der Lederjacke verschränkten Armen an der Heizung und sah ihm eine halbe Minute lang zu. Schließlich siegte die Neugier.

»Was machst du?«

»Ermitteln«, brummte Schröder abwesend.

»Und was genau … *ermittelst* du?«

»Ein Verkehrsunfall.« Schröder beugte sich vor, seine blauen Augen wanderten über den Bildschirm. »Vor zirka anderthalb Jahren. Irgendwo hier in der Gegend. Ein Schwerverletzter. Zwei Tote, eine Frau und ein kleines …«

Schröder stutzte. Zorn schien Luft für ihn zu sein, er überflog ein paar Zeilen, scrollte kopfschüttelnd nach unten.

»Ein kleines …*was*?«, fragte Zorn.

»Mädchen.«

»Aha.«

Zorn streckte sich, schob mit der verstümmelten Hand das Haar aus der Stirn. Er studierte die verbliebenen Finger, bewegte den einen, dann den anderen, runzelte die Stirn und begann, am Nagel des kleinen Fingers zu knabbern.

»Komisch«, murmelte Schröder nach einer Weile. Er stützte das Doppelkinn in die Hände und sah über den Rand seines Monitors auf Zorns leeren Stuhl.

»*Total* komisch«, nickte Zorn ernst und spuckte ein Stück Fingernagel aus.

Das Telefon klingelte.

Schröder griff nach dem Hörer und meldete sich. Er lauschte ein paar Sekunden mit gesenktem Kopf.

»Stopp«, unterbrach er plötzlich und richtete sich auf. »Wiederholen Sie das. *Wie* heißt das Opfer?«

Die Tür öffnete sich, ein Streifenbeamter erschien. Zorn winkte ihn mit einer beiläufigen Handbewegung wieder hinaus.

»Nein«, sagte Schröder ins Telefon. »Ich komme selbst.«

Er legte auf, nahm seine Windjacke vom Haken und wandte sich an Zorn.

»Ich muss weg.«

»Das«, nickte Zorn, »habe ich bemerkt. Darf man fragen …«

»Später.«

Die Tür fiel hinter Schröder ins Schloss.

Ein paar Sekunden vergingen.

»Na gut«, seufzte Zorn und kratzte sich an der vernarbten Wange. »Dann halt später. Ich hab ja Zeit, schließlich hab ich Innendienst. Mit mir kann man's ja machen, ich bin hier ja bloß die Putzfrau und …«

Schwungvoll wurde die Tür wieder aufgerissen, Schröder kam zurück, fischte im Gehen etwas aus der Tasche seiner zerbeulten Cordhose.

»Bevor ich's vergesse. Das hier«, er drückte seinem verdutzten ehemaligen Vorgesetzten ein Fläschchen in die Hand, »müsste dringend ins Labor.«

»Was ist das?«

»Schmerztabletten.«

»Aha.«

»Ich will wissen, was da drin ist.« Schröder war bereits wieder unterwegs nach draußen. »Sag denen, dass es dringend ist. Ich brauch das Ergebnis so schnell wie möglich.«

Ratlos betrachtete Zorn die kleine Arzneiflasche. Dann fiel ihm noch etwas ein.

»Bring Kaffee mit!«, rief er Schröder nach.

Doch der war schon längst verschwunden.

*

Schlagartig, von einem Moment auf den anderen, kam sie zu sich. Was genau sie geweckt hatte, konnte sie nicht sagen, doch sie wusste sofort, wo sie war, obwohl ihre Augen noch geschlossen waren. Die stechenden Schmerzen und die ausgedörrte Kehle waren real, sie hatte nicht geträumt.

Sie öffnete die verklebten Augen. Die Sonne schien über ihr durch das Fenster, milchiges, durch das verschmierte Glas gefiltertes Licht fiel auf ihre ausgestreckten Beine. Scherben blitzten zwischen stinkendem Unrat und staubigem Schutt.

Sie musste eine Weile geschlafen haben. Nein, kein Schlaf, ein unruhiges, nervöses Dahindämmern. Schlaf war erholsam. Von *Erholung* konnte definitiv nicht die Rede sein.

Der Junge bewegte sich unter der Decke. Ein ersticktes Wimmern erklang, er zuckte zusammen, rief leise nach seiner Mutter.

Du hast Angst, dachte Frieda Borck. Was immer du gerade träumst, es ist ein schlechter Traum. Gut so.

Ihre verkrusteten Mundwinkel verzogen sich zu einem befriedigten Grinsen. Es war das erste Mal in ihrem Leben, dass sie diese bösartige, hämische Schadenfreude empfand. Kein gutes Gefühl, weiß Gott nicht, aber es half, die eigene Angst zu verdrängen.

Ein Rascheln war zu hören, irgendwo unter dem stinkenden Lumpenberg in der Ecke. Sie nahm eine Bewegung wahr. Etwas löste sich aus dem Schatten, huschte pfeilschnell quer durch den Raum, verschwand hinter einem schimmligen Karton, flitzte direkt auf sie zu. Winzige Krallen klackerten auf staubigem Beton. Sie verzog angewidert das Gesicht, versteifte sich.

Eine Ratte.

Fett. Groß. Geradezu *riesig*, fast wie ein Katzenjunges. Struppiges, schmutzverklebtes Fell. Langer fleischfarbener Schwanz. Eine feuchte, spitz zulaufende Schnauze, schnuppernd nach vorn gereckt. Schwarze, drahtige Barthaare vibrierten über den Stoff der verschmutzten Jeans, als das Tier an ihrem Oberschenkel schnüffelte.

Frieda Borck sog zischend den Atem ein. Übelkeit stieg in ihr auf, der Drang, mit den Beinen zu strampeln, war schier unbändig. Ihre Zähne knirschten aufeinander, es war so *eklig*, so …

Hör auf mit diesem verdammten Mädchenkram. Reiß dich zusammen, es ist nur ein Tier!

Sie schluckte. Versuchte, das Brennen in der Kehle zu ignorieren. Die Ratte sah zu ihr auf, die schwarzen Knopfaugen blitzten. Nein, da war keine Gefahr, eher so etwas wie … Intelligenz. Ein letztes neugieriges Schnüffeln, dann huschte das Tier davon.

Der Junge wälzte sich auf die andere Seite, zog Arme und Beine an den Bauch, die Decke bis an den Hals, und blieb in Embryonalstellung liegen. Das Haar klebte an seinem Gesicht. Fettige Strähnen von undefinierbarer Farbe, ähnlich wie das Fell der Ratte.

Du bist das Tier, dachte Frieda Borck. Du bist es, auf den ich mich konzentrieren muss. Du bist die Ratte.

Ignaz Stein bewegte sich nicht. Nur seine Pupillen zuckten nervös hinter den geschlossenen Lidern.

Noch schlief er.

Noch.

Zweiundvierzig

Neun Uhr zehn.

Die Tür öffnete sich lautlos, Elsa von Strauch erschien auf der Schwelle. Ihr Bruder reagierte nicht, er saß hinter dem eindrucksvollen Schreibtisch und beugte sich über die Rätselseite eines *Benjamin-Blümchen*-Comics.

»Benjamin und Otto«, las Diethardt halblaut vor, »haben viel zu viele Dinge mit an den Strand genommen. Male die Punkte grün an, wenn du glaubst, das brauchen sie unbedingt am Strand. Male sie rot an, wenn du denkst, das brauchen sie nicht.«

Stirnrunzelnd betrachtete er die bunte Zeichnung. Der Mont-Blanc-Füller blitzte in seinen Fingern.

»Interessante Problemstellung. Ungewöhnlich, aber *äußerst* interessant.«

Elsa kam näher. Lächelnd beobachtete sie ihren Bruder, dessen Blick unter gesenkten Brauen prüfend über die Kinderzeitung wanderte. Er sah fast wie früher aus, wenn er über einem komplizierten juristischen Problem gebrütet hatte.

»Hm«, brummte Diethardt nachdenklich.

Er hatte einen guten Tag. Das Frühstück hatte er komplett aufgegessen, danach hatte er sich selbst die Zähne geputzt. Sogar das Rasieren hatte er ohne Murren über sich ergehen lassen.

»Diethardt?«

»Jetzt nicht.« Er würdigte seine Schwester keines Blickes. »Sie sehen doch, ich habe zu arbeiten.«

»Hier ist ein Anruf für …«

»Eine Bratpfanne.« Diethardt schüttelte den Kopf, die Augen noch immer auf die Zeitung gerichtet. »Was für ein ausgemachter Quatsch. Welcher vernunftbegabte Mensch benutzt schon eine *Bratpfanne* am Strand?«

Schwungvoll hob er den Stift, malte mit gespitzten Lippen ein Kreuz, lehnte sich zufrieden zurück und begutachtete das Ergebnis. Stutzte dann.

»Moment. Hier steht«, er beugte sich vor, »male die Punkte *grün* an. Das hier«, er fixierte den Füller in seiner Hand, »ist blau.«

Brummend sah er unter der Zeitung nach, schob einen Duden beiseite, hob einen Papierstapel an. Dann bemerkte er seine Schwester, seine Miene verdüsterte sich.

»Ich vermisse meine Stifte«, erklärte er streng. »Sowohl die grünen als auch die roten. Ich habe *mehrfach* darum gebeten, meine Schreibutensilien in Ordnung zu halten. Ich will umgehend die Büroleiterin sprechen. Die Dame ist mit sofortiger Wirkung gekündigt. Nein«, Diethardt seufzte, griff sich an die Schläfe, »streichen Sie das. Eine schriftliche Abmahnung sollte reichen. Vorerst jedenfalls, aber ich möchte nicht … was ist das?«

Verdutzt betrachtete er das Telefon, das ihm Elsa entgegenhielt.

»Ein Anruf für dich«, sagte sie. »Ein ehemaliger Kollege.«

Misstrauisch beäugte Diethardt das graue Plastikding in der Hand seiner Schwester. Es dauerte ein paar Sekunden, bis ihm klarwurde, dass es sich um das schnurlose Mobilteil des Telefons handelte. Ein paar weitere vergingen, bis er begriff, was Elsa von ihm wollte.

»Danke«, schnarrte er und griff nach dem Telefon. »Sie dürfen sich jetzt entfernen. Bleiben Sie in der Nähe, ich brauche Sie nachher zum Diktat.«

*

»Warum hast du das getan, Simon?«

Schröder stellte die Frage bereits zum dritten Mal. Auch jetzt reagierte Simon Olytsch nicht. Teilnahmslos hockte er auf der Pritsche, die Unterarme auf die mächtigen Oberschenkel gestützt und starrte zwischen den Handschellen hinab auf das graue Linoleum.

Ein uniformierter Beamter stand wartend in der Tür. Schröder nickte ihm zu, zum Zeichen, dass er gehen solle. Die dicke Zellentür schloss sich mit einem dumpfen Knall.

»Wie viel wiegst du?« Schröder lehnte sich mit dem Rücken an die geflieste Wand. »Hundertzwanzig Kilo? Deine Frau liegt auf der Intensivstation. Ich war bei ihr. Sie ist nicht mal halb so schwer wie du.«

Die Luft in der winzigen Untersuchungszelle wurde allmählich stickig. Schröder roch den sauren, schnapsgetränkten Atem des bulligen Mannes. Den Schweiß. Und noch etwas. Einen herben, gleichzeitig süßlichen Duft, seltsam und unwirklich an diesem Ort. Duschbad.

»Du hast ihr vor dem Haus aufgelauert und bist über sie hergefallen. Sie hat eine schwere Gehirnerschütterung. Du hast ihr beide Arme gebrochen. Den Unterkiefer. Drei Rippen. Du hast sie fast umgebracht, Simon. Du hättest es *getan*, wenn man dich nicht zurückgehalten hätte. Vier Menschen haben dich festgehalten, kräftige erwachsene Männer. Trotzdem wolltest du nicht aufhören. Warum, Simon?«

Keine Reaktion.

»Sie ist deine Frau. Die Mutter deines Kindes.«

Langsam hob Simon Olytsch den Kopf. Es war das erste Mal, dass er Schröder ansah. Überraschung spiegelte sich in seinen trüben Augen, er zwinkerte verwirrt.

»Du hast recht, wir kennen uns«, sagte Schröder ruhig. »Ich bin Polizist. Neulich haben wir zusammen einen Ausflug gemacht, aber ich kann dir versichern, dass wir heute weder über das Wetter plaudern noch gemeinsam grillen werden.«

*

Diethardt war aufgesprungen, als hätte ihn eine Tarantel in den dürren Hintern gestochen. Stocksteif stand er hinter dem Schreibtisch, die linke Hand stramm an der Hosennaht, die rechte presste das Telefon ans Ohr.

»Wiederholen Sie das Kennwort!«, bellte der Anrufer.

»Al … Aldebaran dreiundzwanzig.«

»Die Verteidigungsministerin hat Sie informiert, dass Sie kontaktiert werden?«

»Ja.« Diethardt räusperte sich. »Ich wusste nicht, dass Sie … dass du …«

»*Keine* Namen!«, drang es scharf aus dem Hörer. »Die Person, als die Sie mich zu kennen glauben, *existiert nicht*! Es hat Jahre gedauert, diese Identität aufzubauen, und Sie werden unsere Mission nicht scheitern lassen, indem Sie meine Tarnung auffliegen lassen! Bestätigen Sie das!«

»Na … natürlich.«

»Wir befinden uns in der Endphase«, beschied der Anrufer barsch. »Ich wurde angewiesen, Ihnen die finalen Instruktionen zu geben. Ich weiß nicht, warum die Ministerin ausgerechnet *Sie* mit dieser Mission betraut, aber es ist nicht meine Aufgabe, diese Entscheidung zu hinterfragen. Ich erhalte Befehle, und diese Befehle führe ich aus. Die Invasion beginnt morgen früh, kurz nach Sonnenaufgang, und zwar exakt um fünf Uhr achtunddreißig Ortszeit. Genau zu diesem Zeitpunkt werden Sie in Aktion treten. Zwei Stunden vorher erhalten Sie von mir die notwendige Ausrüstung.«

Diethardt schluckte. Einmal. Zweimal. Sein Adamsapfel wanderte im dünnen Hals auf und ab wie ein gefangener Grashüpfer. Diese Stimme, sie klang so anders, als er sie kannte. Militärisch, befehlsgewohnt, streng.

»Wir werden diesen außerirdischen Arschlöchern den Hintern versohlen.«

Ein wenig vulgär.

»Uhrenvergleich.«

Gleichzeitig irgendwie …

»Es ist jetzt exakt neun Uhr siebzehn, richtig?«

… hypnotisch.

»Ja«, hauchte Diethardt, den Blick auf die rosafarbene Kinderuhr an seinem Handgelenk gerichtet. Früher hatte er eine Rolex getragen, doch er konnte sich weder an die Uhr erinnern noch an den Menschen, der er damals gewesen war.

»Sie werden meine Anweisungen befolgen«, sagte der Anrufer. »Jedes Mal, wenn Sie auf Ihre Uhr sehen, werden Sie sich an jedes einzelne meiner Worte erinnern. Sie werden an Ihre Mission denken. Wiederholen Sie das.«

»Ich … ich werde an meine Mission denken.«

»Sie haben eine schöne Uhr.«

»O ja«, nickte Diethardt ernst.

Er liebte seine Uhr. Die großen Plastikzeiger leuchteten im Dunkeln, in der Mitte prangte ein grinsendes Clownsgesicht.

»Sehen Sie Ihre Uhr?«

Diethardt stierte aus glasigen Augen auf das bunte Zifferblatt.

»Ja.«

»Sie werden alles vergessen. Es gibt nur noch Sie. Und mich. Und unseren gemeinsamen Auftrag. Niemand wird jemals davon erfahren. Wiederholen Sie das.«

»Niemand«, murmelte Diethardt, »wird davon erfahren.«

»Kann ich mich auf Sie verlassen? Kann sich die Ministerin auf Sie verlassen? Kann sich die *Menschheit* auf Sie verlassen?«

Diethards knochiger Körper straffte sich.

»Ja«, erklärte er mit fester Stimme.

»Dann hören Sie mir jetzt genau zu.«

Das tat Diethardt.

*

»Eigentlich«, erklärte Schröder, »bin ich ein geduldiger Mensch, Simon. Momentan habe ich allerdings weder Lust noch Zeit, darauf zu warten, bis du nüchtern bist.«

Olytsch gab ein paar wirre, gestammelte Laute von sich. Es klang wie das Brummen eines in die Enge getriebenen Bären.

»Ich habe eine Menge Fragen«, sagte Schröder. »Die meisten davon werde ich dir später stellen, aber es gibt eine, die du mir sofort beantworten wirst.«

Er beugte sich vor, bis ihre Gesichter nur noch ein paar Zentimeter voneinander entfernt waren.

»Warum«, fragte er leise, »hast du das getan?«

Simon öffnete den Mund, brachte ein paar unzusammenhängende Konsonanten zustande. Der Gestank, der Schröder entgegenschlug, war atemberaubend, doch er verzog keine Miene.

»Wer hat dich dazu gebracht, Simon?«

Olytsch kratzte sich am Bart. Bemerkte die Handschellen um seine Gelenke, starrte mit einem dümmlichen, überraschten Ausdruck auf seine Hände, ließ die Arme wieder sinken.

»War es Marek?«, fragte Schröder.

Keine Antwort.

Schröder griff unter Simons Kinn, zwang ihn, ihm in die Augen zu sehen.

»Hat er mit dir gesprochen? War er bei dir?«

»N… nnnein«, lallte Simon. »Er … er … hat mmmich …«

»… angerufen?«

Ein kaum merkliches Nicken.

»Wann war das?«

»I… ich …«

Simon verdrehte die Augen. Die Pupillen wanderten nach oben, bis nur noch das Weiße zu sehen war. Er sackte nach hinten, Schröder schnappte ihn am Kragen, zog ihn dicht zu sich heran.

»*Wann* hat Marek dich angerufen?«

»Nicht Marek«, nuschelte Simon. Seine Augen fielen zu, das Kinn sank auf die Brust. Kraftlos hing er an Schröders ausgestrecktem Arm.

»Wer dann?«

Schröder hob die Hand, um Simon ins Gesicht zu schlagen. Dieser hob plötzlich den Kopf.

»Carlos«, sagte er, noch immer mit schwerer Zunge, doch Schröder verstand jedes Wort. »Carlos hat gesagt, dass ich's tun soll.«

Dreiundvierzig

Neun Uhr fünfundzwanzig.

Sieht aus wie ein Pferd, dachte Frieda Borck.

Sie starrte auf den Wasserfleck über der Tür, eine dunkle Stelle auf dem blanken Beton, inmitten von schimmelnden Tapetenfetzen.

Vielleicht auch ein Flugzeug.

Sie kniff die entzündeten Augen zusammen.

Oder eine Blume?

Quatsch. Keine Blume. Nie im Leben ist das ’ne Blume.

Ihr Hintern war taub. Behutsam verlagerte sie das Gewicht erst auf die eine, dann auf die andere Seite. Kein Unterschied. Keine Entlastung.

Doch, es ist ein Pferd. Ein galoppierendes Pferd.

Sie blinzelte, den Blick stur hinauf auf die gegenüberliegende Wand gerichtet.

Vergiss die Schmerzen. Konzentrier dich auf das, was du siehst. Denk nicht an den Durst. Die Angst. Die volle Blase. Lange hältst du das nicht mehr durch, irgendwann *musst* du pinkeln, aber du wirst dich zusammenreißen. Du wirst nicht jammern, du wirst auch nicht betteln, und niemals, verdammt nochmal, wirst du in deiner eigenen, stinkenden Pisse liegen und um dein Leben flehen, denn das …

Norwegen. Genau, das sind die Umrisse von Norwegen.

Nee. Du bist ’ne Niete in Geographie. Das könnte *alles* sein. Timbuktu. Rügen. Lateinamerika oder sonst was. Los, konzentrier dich! Du wirst dich nicht unterkriegen lassen! Du wirst dich wehren! Du wirst …

Das ist ein Gesicht. Ein Profil, wie einer von diesen alten Scherenschnitten. Ein glatzköpfiger Mann, ein bisschen pummelig, kleine Stupsnase. Das ist … das ist Schröder. Wieso bin ich nicht gleich drauf gekommen?

Sie starrte wie hypnotisiert auf den Fleck. Das Bild verschwamm vor ihren Augen, sie zwinkerte, eine Träne löste sich und rollte über ihre blasse Wange.

Könntest du bitte herkommen, Schröder? Bald? Klar, ihr habt keinen Grund, nach mir zu suchen, Claudius denkt, ich will meine Ruhe, und die *wollte* ich ja auch. Aber du bist Polizist, der beste, den ich kenne, also unternimm gefälligst was und …

»… hol mich hier raus, Schröder. Hol mich bitte hier raus, ja?«

Sie erschrak vor dem Klang ihrer eigenen Stimme. Ein halblautes Murmeln, das Krächzen einer Greisin. Ihre Zähne gruben sich in die verschorfte Unterlippe, sie sah zur Seite.

Der Junge hatte sich nicht bewegt. Er lag mit angewinkelten Beinen da, die schmutzigen Turnschuhe lugten unter der Decke hervor. Nur eine Kleinigkeit war anders.

Seine Augen waren offen. Teerfarbene Löcher, direkt auf die gefesselte Frau gerichtet. Kein Blinzeln, keine Regung. Ein ausdrucksloses Starren.

Ihre Blicke trafen sich.

Sie hatte keine Ahnung, wie lange er sie schon ansah.

Das war eigentlich auch egal.

Er war wach.

*

»Er hatte zwei Komma zwei Promille im Blut«, seufzte Schröder und rieb sich die Augen. »Es wird Stunden dauern, bis er halbwegs vernehmungsfähig ist.«

Die Vormittagssonne tauchte das Büro in grelles Licht. Zorn rollte seinen Stuhl nach hinten in den Schatten und schlug die Beine übereinander.

»Du kennst diesen Typen also.«

»*Kennen«,* widersprach Schröder, »ist übertrieben. Ich habe ein paar Stunden mit ihm auf dem Boot verbracht, mehr nicht. Ich weiß, dass er Alkoholiker ist und dass seine Frau ihn verlassen hat.«

»Fakt ist, dass Ulytsch …«

»*O*-lytsch.«

»… bei Schleef in Behandlung ist.«

»Ja.«

Sie schwiegen einen Moment.

»Er muss völlig von Sinnen gewesen sein«, murmelte Schröder.

»Es wird Wochen dauern, bis seine Frau aus dem Krankenhaus entlassen wird. Ich hab das Jugendamt informiert, die kümmern sich um seine Tochter. Heute Nachmittag«, er sah auf die Uhr, »hab ich einen Termin bei Schleef. Bis dahin …«

»Vergiss es.«

Schröder hob den Kopf.

»Wie meinen?«

»Ich sagte«, wiederholte Zorn, »*vergiss es*. Du wirst nicht zu Marek Schleef gehen, jedenfalls nicht alleine. Schluss mit diesem In-flagranti-Scheiß.«

Schröder blinzelte verdutzt. Es kam oft vor, *sehr* oft sogar, dass Claudius Zorn ihm widersprach, doch die Art, wie er es diesmal tat – ruhig, überlegt, keinen Widerspruch duldend –, war neu und äußerst verwirrend. Trotzdem konnte er nicht umhin, seinen ehemaligen Vorgesetzten zu korrigieren.

»Undercover.«

Sonderlich überzeugend klang er nicht.

»Scheiß drauf, Schröder.« Zorn rollte aus dem Schatten nach vorn. »Wir haben fünf Vorfälle, und alle haben mit Marek Schleef zu tun. Erstens«, er begann, an den Fingern abzuzählen, »Lisbeth Bley, die Selbstmord begeht. Zweitens ihr Mann, der Amok läuft und sich ebenfalls umbringt. Drittens der Kerl, der in eine Kirche einbricht, dieser …«

»Diethardt von Strauch.«

»Viertens wäre da …«

Zorn betrachtete seine verletzte Hand, registrierte die fehlenden Finger. Schüttelte konsterniert den Kopf und verlor kurz den Faden.

»Ignaz Stein«, half Schröder. »Der Brandstifter.«

»Genau, das wäre«, Zorn nahm die andere Hand zu Hilfe, »der vierte. Simon Olytsch ist jetzt der Fünfte im Bunde. Fünf Menschen, Schröder, alle psychisch angeknackst und bei Schleef in Behandlung.«

»Es gibt noch jemanden, einen sechsten.«

Zorn, der sich in Rage geredet hatte, achtete nicht auf Schröders Einwurf.

»Du hast jetzt lange genug den Bekloppten gespielt, Schröder. Ich will nicht, dass du dich alleine mit dem triffst.«

»Machst du dir Sorgen um mich?«

»Allerdings.« Zorn schob trotzig das Kinn vor. »Hast du 'n Problem damit?«

Schröder schüttelte lächelnd den Kopf.

»Und was«, fragte er, »schlägst du vor?«

»Wir knöpfen uns Schleef vor. Er ist der Einzige, den wir befragen können. Simon Olytsch«, Zorn stand auf und begann, durch das Büro zu laufen, »pennt besoffen in seiner Zelle, Benjamin Bley liegt seit gestern im Kühlhaus. Der Mann hat ein verdammtes Blutbad angerichtet, das halbe Präsidium ist seit über vierundzwanzig Stunden auf den Beinen, trotzdem haben wir keine Ahnung, was da los war. Wir drehen uns im Kreis, wir stehen da wie die letzten Idioten, Schröder, wir …«

»Okay.«

»… schnappen uns Schleef und nehmen ihn auseinander. Erst sein Büro, dann die Wohnung. Du weißt schon, das volle Programm. Verhaftung, Hausdurchsuchung, das …«

»Stimmt.«

»… hätten wir schon längst machen sollen, wir … äh, was hast du gesagt?«

Zorn blieb wie angewurzelt stehen.

»Du hast recht«, sagte Schröder.

»Ich hab …*was*?«

»Ich sagte «, wiederholte Schröder ruhig, »dass du recht hast. Und zwar in allen Punkten.«

Sein Blick wanderte zum Fenster. Er kniff von der Sonne geblendet die Augen zusammen, während Zorn auf der anderen Seite des Schreibtischs in seinen Stuhl sank.

»Echt?«, fragte er verdattert. »Ich hab doch sonst nie …«

»Doch, doch. Du hast viel öfter recht, als du glaubst. Du hältst dich für einen schlechten Polizisten, aber das bist du nicht.«

»Verarsch mich nicht, Freundchen, ich …«

»Das war mein Ernst«, unterbrach Schröder barsch und stand auf. »Ich fahre jetzt zu Schleef, wir haben genug Zeit vertrödelt.«

»Aber nicht alleine!«

»Dann«, Schröder deutete mit dem Kinn auf das Festnetztelefon, »ruf mir 'ne Streife.«

»Sehr wohl, Chef.« Zorn langte nach dem Hörer, hielt plötzlich inne. »Kann ich mitkommen?«

»Du hast Innendienst.« Schröder schüttelte bedauernd den Kopf. »Apropos, was macht eigentlich der Schießtest?«

»Der«, brummte Zorn, »ist in Arbeit.«

»Fein. Was sagt das Labor wegen der Tabletten?«

»Die melden sich.«

»Frag noch mal nach, ja?«

»Weißt du, was ich glaube?«

»Nein«, erwiderte Schröder, »das weiß ich nicht.«

»Du hast geschwindelt.« Zorn sank zurück in die Lehne. »Von wegen, ich wäre ein guter Bulle und so. *Wenn* das so wäre, dann würdest du mir sagen, was es mit diesen Tabletten auf sich hat. Woher du die hast und …«

»Ich sag's dir, wenn wir das Laborergebnis haben. Versprochen. Und jetzt«, Schröder wies auf das Telefon, »ruf die Kollegen an, ja?«

Nachdenklich betrachtete Zorn den Hörer.

»Na gut«, seufzte er schließlich und fügte mit einem strengen Blick auf Schröder hinzu: »Aber nur, wenn ihr Kaffee mitbringt.«

Vierundvierzig

Ignaz, genannt Fascho.

Da sitzt sie, die versnobte Kuh. Die Beine angewinkelt, den Rücken an die Heizung gelehnt, die Hände über dem Kopf an das Rohr gefesselt. Ihre Designerklamotten sind verdreckt, die blaue Seidenbluse am Kragen zerrissen, Blut trocknet auf den Ärmeln der kurzen Wolljacke. Die schwarzen Röhrenjeans sind staubig, Mörtel klebt an den Knien. Ja, da sitzt sie, die hochnäsige Fotze mit ihren hochhackigen Schuhen, es sind dieselben, in denen sie neulich durch ihr Büro gestöckelt ist und ihm erklärt hat, dass er in den Knast müsse. Jetzt hockt sie vor ihm im Dreck, diese adrette, nach Veilchen duftende Tussi, hilflos, wehrlos, ausgeliefert.

Alles so, wie er's wollte.

Trotzdem fühlt Fascho sich unwohl. Etwas stimmt nicht.

Zum einen ist da die Ahnung (Befürchtung? Gewissheit?), dass jemand ihm auf den Fersen ist. Es war anstrengend, die Alte hier hochzubringen, obwohl sie so dürr ist. Doch Fascho ist alles andere als kräftig, wahrscheinlich wiegt er noch weniger als diese blasierte Dreckskuh. Siebzehn verschissene Stockwerke hat er sie geschleppt, ständig musste er anhalten, um wieder zu Atem zu kommen. Einmal hat er geglaubt, Schritte zu hören, irgendwo weiter unten, ein paar Etagen tiefer. Sicher ist er nicht gewesen, schließlich hat er kaum was gehört außer dem eigenen, schweren Atem. Er hat sie oben an die Heizung gefesselt, hat gewartet, bis sich sein Puls wieder halbwegs beruhigt hatte, und ist dann zurück zum Treppenhaus geschlichen, um endlich Gewissheit zu haben. Zwei Stunden hat er neben einem rostigen Feuerlöscher im Dreck gekauert, zwei geschlagene Stunden lang hat er gefroren im kalten, nach Morast stinkenden Luftzug, der das Treppenhaus hinaufzog wie durch einen gigantischen Schornstein.

Dann hat er's gehört. Das Atmen. Das Rascheln von Kleidung. Das leise Scharren, Schuhsohlen auf verdrecktem Beton. Drei, vielleicht vier Stockwerke tiefer. Vor Angst hätte sich Fascho fast in die Hose gekackt, doch dann hat er überlegt, dass der Kerl genauso viel Schiss haben musste wie er selbst, sonst würde er sich nicht verstecken. Trotzdem hat er sich nicht runtergetraut.

Ignaz Stein ist ein Lügner. Ein Brandstifter, der ein wehrloses Tier zu Tode gequält hat. Er hat seine tote Mutter beschimpft, hat eine Frau in seine Gewalt gebracht und plant, sie ebenso zu foltern, wie er es mit dem kleinen Hund getan hat. Keine Frage, Ignaz Stein ist ein böser Mensch.

Vor allem aber ist er ein Feigling.

Also ist er irgendwann mit klopfendem Herzen zurück in sein Versteck geschlichen, und jetzt, viele Stunden später, ist er nicht mehr sicher, ob er sich seinen Verfolger nur eingebildet hat. Keine Gewissheit. Nur dieses verschissene, nervenaufreibende Gefühl.

Das ist das eine, was Fascho stört.

Das andere sind ihre Augen.

Die Schminke ist verlaufen, Wimperntusche läuft ihre Wangen hinab, klebt an den Nasenflügeln. Das ist es nicht, was ihn stört, im Gegenteil, das ist *gut*, sehr gut sogar. Es ist ihr Blick. Die Art, wie sie ihn ansieht.

Sie hat keine Angst.

Fascho richtet sich auf, winkelt die Beine im Schneidersitz an. Seine Hand streicht über die Tasche, der grobe Stoff kitzelt an seinen Fingern. Er spürt ein Kribbeln, wie einen leichten Stromschlag.

»Wir lassen uns Zeit«, sagt er.

Sie fragt nicht, was er mit ihr vorhat. Warum sie hier ist. Was er von ihr will. Sie schweigt. Sieht ihn nur an.

Er greift nach dem Reißverschluss. Fascho interessiert sich nicht für Geschichte, geschweige denn für Mythologie. Doch er ist nicht dumm, er kennt die Geschichte von der Büchse der Pandora. Als sie geöffnet wurde, kam das Böse in die Welt. Genau das hat er jetzt vor.

Er holt die Lötlampe hervor, dreht sie wie eine Pistole in den Fingern. Die blaue Gaskartusche hat eine kleine Delle, etwas Farbe ist abgeplatzt. Wahrscheinlich, als ihm die Tasche aus den Händen geglitten ist, gestern, als er sie aus dem Waschraum geholt hat. Egal, denkt er und drückt auf den Piezozünder, Hauptsache, sie funktioniert. Das tut sie. Fauchend erwacht die Lötlampe zum Leben, und als die blaue, zehn Zentimeter lange Flamme aus der Düse schießt, bekommt er augenblicklich eine pochende Erektion.

Er hebt den Kopf. Sie sieht ihm ruhig in die Augen. Das fauchende Ding in seiner Hand scheint sie nicht zu interessieren. Das missfällt Fascho, aber er ist noch längst nicht fertig.

Er schaltet die Lampe aus, stellt sie vor sich auf den Boden. Vorfreude, erklärt er, sei die schönste Freude, und greift in die Tasche. Er holt seine Sachen hervor, breitet sie vor sich aus. Eins nach dem anderen, jedes wird ausgiebig von allen Seiten gemustert. Dann liegen sie vor ihm in einem blitzenden, sorgfältig arrangierten Halbkreis.

Messer. Nadeln. Zangen. Feuerzeuge. Ein gasbetriebener Lötkolben. Dosen mit Brennpaste. Ein kleiner Schraubstock. Kerzen. Ein Campingkocher. Flaschen mit Brennspiritus. Ein Bügeleisen. Kneifzangen. Rasiermesser. Ein Päckchen Kohleanzünder. Schraubenzieher. Angelhaken. Ein halbes Dutzend Scheren.

Fascho verstaut das Bügeleisen wieder in der Tasche.

»Kein Strom«, sagt er.

Und grinst.

Ihre Blicke treffen sich.

»Ich will was trinken«, sagt sie.

Keine Bitte, sondern eine Forderung. Mühsam zwischen trockenen Lippen hervorgepresst, aber definitiv *keine* Bitte.

Rotz glänzt unter ihrer Nase. Die Hände hängen wie tote Spinnen über ihrem Kopf. Die Kabelbinder schneiden tief in die Handgelenke, kein Wunder, er hat sie fest angezogen. Blut klebt in geronnenen Streifen an ihren Unterarmen. Sie muss höllische Schmerzen haben. Aber sie zeigt es nicht.

Noch nicht, denkt Fascho.

Abwarten.

»Du hältst noch ’ne Weile durch«, sagt er. »Mindestens zwei Tage.«

Er langt nach einem Skalpell. Fährt mit dem Daumen über die bläulich schimmernde Klinge. Sie hat geglüht, als er den Hund damit bearbeitet hat. Später hat er Stunden im Wäschekeller verbracht und das Messer poliert. Das Blut und die Fellreste waren leicht zu entfernen gewesen, doch durch das Erhitzen hat das Metall seinen Glanz verloren. Stumpf ist es geworden und grau. Aber immer noch scharf. Scharf wie ein Rasiermesser.

Er nimmt das Skalpell in die andere Hand, dreht es zwischen den Fingern. Neigt den Kopf, scheinbar in die Betrachtung des Messers vertieft. Doch unter den gesenkten Lidern sind seine Augen unablässig auf die gefesselte Frau gerichtet.

Sie sieht zu ihm herüber. Das Skalpell ignoriert sie, auch seine anderen Sachen würdigt sie keines Blickes, sie scheinen Luft zu sein.

Was soll die Scheiße? Sie soll Angst haben. Sie *muss* Angst haben! Sie soll betteln, um Hilfe rufen. Sonst ist es sinnlos.

Sie öffnet den Mund, als habe sie seine Gedanken gelesen.

Wenn sie verdurste, sagt sie, wird er keinen Spaß mit ihr haben. Und das wolle er doch. Seinen Spaß, oder?

Fascho springt auf. Zwei große Schritte, dann steht er über ihr, das Skalpell auf ihre Kehle gerichtet.

»Du kannst mich mal, du Fotze.«

Kein Zucken, kein Zurückweichen. Im Gegenteil, sie richtet sich auf, reckt ihm das Kinn entgegen. Ihre Augen sind leer. Keine Angst. Nicht mal Wut. Nur Gleichgültigkeit.

Ein paar Sekunden vergehen.

»Weißt du was?« Fascho lässt das Messer sinken. »Ich hab auch Durst. Und meine Kippen sind alle. Ich geh jetzt runter und hole was zu trinken, drüben bei *McDonald's.* Kann ein bisschen dauern, bis ich wiederkomme, aber ich bring 'nen Becher Cola mit. Anderthalb Liter, mit Strohhalm und ganz viel Eis. Mama hat's mir immer verboten, zu viel Zucker, hat sie gesagt. Aber das«, er zuckt grinsend die Achseln, »ist ja jetzt nicht mehr wichtig.«

Er geht zur Tür, dreht sich noch einmal um.

»Du darfst zugucken, wenn ich trinke. Versprochen.«

Fünfundvierzig

Zehn Uhr fünfzehn.

»Danke, meine Herren. Ich brauche Sie dann nicht mehr.«

Schröder nickte den Uniformierten zu und verstaute den Dietrich, mit dem er Schleefs Bürotür geöffnet hatte, in der Cordhose. Die beiden verschwanden im Flur. Er lauschte ihren schweren Schritten, seufzte resigniert und fischte umständlich das Handy aus der Innentasche seiner Windjacke.

»Ich bin in seinem Büro«, sagte er, bevor Zorn sich melden konnte. »Der Vogel ist ausgeflogen.«

»Was ist mit seiner …«

»… Wohnung? Da waren wir auch. Schickes Apartment übrigens, mit Dachterrasse und Blick auf den Dom. Aber leider niemand da.«

»Scheiße.«

Schröder sah sich in dem leeren Büro um. Runzelte die Stirn, als er das helle Viereck an der Wand bemerkte, wo die gerahmte Urkunde mit Schleefs Diplom gehangen hatte.

»Sieh bitte noch mal nach, was wir über ihn haben.«

»Aber das hab ich doch schon!«, protestierte Zorn.

»Tu's noch mal, ja?« Schröder warf einen flüchtigen Blick in den Kleiderschrank. »Nimm dir seinen kompletten Lebenslauf vor.«

Draußen knallten Autotüren. Irgendwo kreischte eine Frauenstimme, dass sie sich gefälligst *verpissen* sollten, *die blöden Bullenschweine*. Der Streifenwagen brauste mit aufheulendem Motor davon. Schröder wandte sich dem Schreibtisch zu.

»Sein Laptop ist weg.«

»Vielleicht braucht er den ja noch.«

Schröder stand hinter Schleefs ledernem Bürosessel, drehte ihn einmal um die eigene Achse, nahm Platz und wippte ein paarmal auf und ab, als wolle er die Federung prüfen.

»Hast du was von Frieda gehört?«, fragte er.

Pause.

»Nee«, seufzte Zorn.

»Das gefällt mir nicht.«

»Ich fahre nach Dienstschluss bei ihr vorbei.«

»Gut.« Schröder stützte die Ellbogen auf den Schreibtisch. »Was macht Olytsch?«

»Liegt besoffen in seiner Zelle und pennt.«

Schröders Hand strich über die polierte Tischplatte. Er nahm einen Kugelschreiber, legte ihn wieder an seinen Platz. Klappte ein Notizbuch auf, blätterte durch leere Seiten. Betrachtete den Stapel mit den dünnen Patientenakten.

»Gibt's was Neues von Benjamin Bley?«, fragte er.

»Die Spurensicherung ist noch auf der Wache. Von denen hören wir frühestens morgen was. Und dann haben wir ungefähr zwei Millionen Zeugenaussagen, jeder will was anderes gesehen haben.«

»Seine Wohnung?«

»Nix.«

»Ich sehe mich hier noch ein bisschen um.«

Schröder bückte sich und zog eine Schublade auf. Kramte ein Päckchen Reißzwecken hervor, einen schwarzen Edding, eine verstaubte Bon-Jovi-CD.

»Was glaubst du, das du findest?«, fragte Zorn.

»Keine Ahnung. Schleefs Musikgeschmack jedenfalls ist gewöhnungsbedürftig. Gelinde gesagt.«

»Wie darf ich das ...«

»Komisch«, unterbrach Schröder.

»Sein *Musikgeschmack*?«

»Nee. Er hat sein Handy hier liegen lassen.«

Schröder drehte ein schwarzes Blackberry in den kurzen Fingern.

»Das«, sagte Zorn am Telefon, »ist tatsächlich komisch. Warum nimmt er den Laptop mit, lässt aber das Handy ...«

»Moment.« Schröders Daumen wanderte über die Tastatur. »Das ist nicht von Schleef. Es gibt keine Kontakte, keine Anrufe. Nur ...«

»Nur *was*?«

»Ein paar Kurznachrichten. Genauer gesagt«, Schröder starrte auf das Display, »zwei.«

Ein paar Sekunden vergingen.

»Schröder? Bist du noch dran?«

»Hol die Akte von Benjamin Bley. Auf dem Deckblatt steht seine Handynummer.«

Zorns Schnaufen drang aus dem Hörer, gefolgt von Schritten und leisem Papierrascheln.

»Null, eins, sieben, sechs, acht, sechs ...«

... zwei«, unterbrach Schröder, »und viermal die drei.«

»Darf man fragen, woher du ...«

»Ein paar Stunden vor seinem Amoklauf hat Benjamin Bley eine SMS verschickt. An ein Prepaidhandy, du erinnerst dich wahrscheinlich?«

»Dunkel«, brummte Zorn. »Sehr dunkel. Du wirst es nicht glauben, aber ich hab mir sogar gemerkt, *was* er geschrieben hat. Wahrscheinlich, weil's nur ein einziges Wort war: *Einverstanden.*«

»Korrekt«, nickte Schröder. »Genauso steht's hier auf dem Display.«

»Du meinst«, Zorn sog scharf die Luft ein, »er hat die Nachricht an Marek Schleef geschickt?«

»Nein«, korrigierte Schröder. »An ein Prepaidhandy, das offensichtlich in Schleefs Besitz war. Bley hat eine Antwort bekommen, die hat er gelöscht. *Ich melde mich«,* las Schröder vom Display ab, *»denken Sie an die 1000 Euro.«*

»Ich hab's gewusst!« Ein Krachen ertönte, als Zorn am anderen Ende der Leitung triumphierend mit der Faust auf den Tisch schlug. »Bley ist manipuliert worden! Schleef hat ihm diese angeblichen Beweise untergejubelt, und er hat ihm die Knarre verkauft!«

»Möglich«, nickte Schröder. »Und jetzt sei bitte so gut und schreib Marek Schleef zur Fahndung aus.«

»Wird umgehend erledigt, *commandante.*«

*

Einschätzung nach erstem Einzelgespräch noch immer problematisch. Indifferentes Persönlichkeitsbild: Hochintelligent, ausgesprochen empathisch. Erkennbar depressive Tendenzen, insges. psychisch stabil.

Schröder saß hinter Schleefs Schreibtisch und las in seiner Patientenakte. Er hatte das Kinn in die Hände gestützt, seine blauen Augen wanderten unter den gesenkten Brauen über den Computerausdruck.

Probleme, eigene soziale Kontakte aufzubauen. Daraus resultierend extrem enge Bindung an Familie. Verlust der Bezugspersonen (Eltern) nicht verarbeitet. Tod des Bruders Auslöser einer ausgeprägten Aquaphobie in Verbindung mit leichter, vermutl. chronischer Depression (dysthymische Störung?). Hohe emotionale Intelligenz, gleichzeitig gestörte Selbstwahrnehmung (Schuldgefühle). Deutliche Hinweise (Bindungsunfähigkeit, vermindertes Selbstwertgefühl) auf unbewältigtes Kindheitstrauma, womöglich

»Das reicht.«

Der Hefter schloss sich mit einem leisen Knall.

Schröder betrachtete die Akte, als wäre sie toxisch verseucht. Ein kreisrunder Kaffeefleck prangte unter seinem mit dickem Filzschrift geschriebenen Nachnamen auf dem grauen Pappdeckel. Er schob den Hefter mit den Fingerspitzen weg, die Berührung schien ihm unangenehm zu sein.

Nein, er wollte das nicht lesen. Nicht etwa, weil Marek Schleef es geschrieben hatte, ein Mann, der seit ein paar Minuten auf der Fahndungsliste stand, ein Mann, dem Schröder sich – widerwillig und auch nur teilweise – geöffnet hatte. Schröder wollte es aus einem anderen Grund nicht lesen.

Es war die Wahrheit.

Über ihn, Schröder. Seine Einsamkeit, seine Trauer. Kühl und trocken analysiert. Schmerzhafte Worte. Unbarmherzige Worte. Aber jedes einzelne stimmte.

»Das geht niemanden was an.«

Trotzig presste Schröder die Lippen aufeinander und wandte sich wieder seiner Arbeit zu. Er nahm die Patientenakten vom Stapel, betrachtete die Deckblätter, legte sie nacheinander rechts neben sich auf den Tisch. Lisbeth Bley. Ignaz Stein. Diethardt von Strauch. Hagen. Kuno. Die letzte Akte war von Simon Olytsch, Schröder schlug sie auf, strich das Papier glatt und begann zu lesen.

*

Zorn hatte seinen Rechner gestartet. Der Sessel wippte vor und zurück, sein Blick war auf einen Punkt irgendwo an der Wand gegenüber hinter Schröders leerem Platz gerichtet, während die Festplatte mit einem emsigen Surren ihre Tätigkeit aufnahm.

Er hatte die Fahndung nach Schleef eingeleitet. Einleiten *lassen*, ein paar Anrufe hatten genügt, um die Suche auf den Weg zu bringen. Die andere Sache, die ihm sein *werter Vorgesetzter* soeben aufgetragen hatte, war wesentlich komplizierter. Sie wussten so gut wie nichts über Marek Schleef. Ein sechsunddreißigjähriger Psychologe mit eigener Praxis. Es gab keine Webseite, keine Registrierung auf Facebook, kaum Werbung im Netz. Zorn wusste nicht, wo er ansetzen sollte, doch Schröder hatte recht. Irgendetwas *musste* zu finden sein.

PLING

Der Bildschirm flackerte auf.

Zorn streckte die Arme nach vorn, verhakte die Finger ineinander und ließ die Gelenke knacken. Sein Blick fiel auf das Handy neben der Tastatur. Ein kurzes Zögern.

»Scheiß drauf.«

Zorn tippte eine SMS ein.

Geht's dir gut? Ich vermisse dich.

Er schickte die Nachricht an Frieda. Holte tief Luft wie ein Boxer, der den Gongschlag für die erste Runde hört, und machte sich an die Arbeit.

*

Es war still in Marek Schleefs Büro. Ab und zu drang gedämpfter Lärm durch das Fenster in Schröders Rücken, das Knallen einer Autotür, ein lachendes Kind, das lallende Grölen eines Betrunkenen. Papier raschelte, Schröder blätterte Simon Olytschs Akte um, las ein paar Zeilen. Stutzte und sah auf. Blinzelte kurz. Beugte sich wieder über die Akte und überflog den letzten Absatz noch einmal.

Erste Symptome bereits in frühester Kindheit. Paranoide Wahnvorstellungen, die sich nach O.s Angaben als Stimmen manifestieren, von O. als »Carlos« bezeichnet.

»Carlos«, murmelte Schröder und griff zum Handy.

*

»Ich hab hier zu arbeiten«, knurrte Zorn, »das wird aber nix, wenn du mich alle paar Minuten anrufst.«

»Lass Olytschs Telefon überprüfen«, erklärte Schröder knapp. »Festnetz, Handy, alles, was auf ihn angemeldet ist.«

»Dürfte man erfahren, warum?«

»Er ist heute Morgen womöglich angerufen worden.«

Zorn setzte zu einer weiteren spitzen Bemerkung an, doch Schröder ließ ihn nicht zu Wort kommen.

»Simon Olytsch leidet unter Wahnvorstellungen. Er hört Stimmen. Viel hab ich nicht aus ihm rausgekriegt, als ich ihn vorhin befragt habe. Nur, dass ihn jemand angerufen hat. Ein gewisser Carlos. Exakt dieser Name taucht in seiner Patientenakte auf. Es gibt jetzt zwei Möglichkeiten: Entweder es handelt sich um das Gefasel eines psychisch Kranken, der obendrein betrunken war. Oder dieses Telefonat hat stattgefunden und Olytsch wurde gezielt manipuliert. Kannst du mir bis hierhin folgen?«

»Durchaus«, brummte Zorn.

Ganz sicher war er nicht.

»Der Anrufer«, fuhr Schröder fort, »hat den Zusammenbruch provoziert. Er muss Olytsch haargenau kennen. Momentan fällt mir nur eine Person ein, die dazu in der Lage wäre.«

»Mir auch«, sagte Zorn. »Sein Therapeut.«

Sechsundvierzig

Zehn Uhr fünfundfünfzig.

Schwerfällig tapste Fascho das Treppenhaus hinauf, die Cola gluckste im Becher. Die Treppe folgte den zerkratzten Wänden, sechs Stufen, dann ein Absatz, weiter ging es im rechten Winkel bis zum nächsten Absatz. Bereits nach wenigen Schritten wurde Faschos Atem schwer, er begann zu keuchen, seine pickligen Wangen röteten sich. Scheiße, dachte Fascho, es war definitiv einfacher gewesen, diese verkackten Treppen hinabzusteigen. Keine Sau hatte sich für ihn interessiert, als er über den trostlosen Platz hinüber zum Einkaufszentrum gegangen war, vorbei an Obstständen, Würstchenbuden und überquellenden Papierkörben. Auf dem Rückweg war's genauso gewesen. Die waren alle gleich, guckten entweder ins Leere, auf ihre Füße oder in ihre Handys, latschten im Schatten der gewaltigen Ruine umher, ohne Notiz davon zu nehmen, und als Fascho durch die Lücke geschlüpft und wieder hinter dem schiefen Bretterzaun verschwunden war, da war es, als hätte er nie existiert.

Er griff nach dem Geländer. Der schmutzige Handlauf klebte an seinen Fingern.

Sechs Stufen. Absatz. Vierteldrehung. Sechs Stufen. Absatz. Vierteldrehung. Keuchen. Pause. Weiter. Sechs Stufen. Nächste Etage. Flur. Drei Schritte. Vierteldrehung. Sechs Stufen. Absatz. Scheiße.

Was soll das eigentlich? Was mache ich hier? Latsche sinnlos durch die Gegend, mit 'nem dämlichen *Colabecher* in der Hand? Warum?

Fascho stützte die Unterarme auf dem Geländer ab, sah hinab in die Tiefe, ein quadratischer, gähnender Schlund.

Die steuert dich. Die will Zeit schinden. Die wusste genau, wie du reagieren würdest. Die hat *Durst*? Scheiße, na und? Was wirst du machen, wenn du oben bist? Stellst dich vor die hin und nuckelst an deinem Strohhalm wie ein Viertklässler, der seinen Kumpel ärgern will? Ätsch bätsch, guck mal, was ich hier habe!

»Kinderkram«, murmelte Fascho.

Faulige Luft schlug ihm entgegen. Vier Etagen weiter unten türmte sich ein Müllberg auf dem Boden des Treppenhauses. Geborstene Ziegelsteine lagen zwischen verstaubten Bierkästen, Lumpen quollen aus geplatzten Müllsäcken, die Konturen eines Damenfahrrades glänzten im Zwielicht.

Gib's zu, dachte Fascho. Du hattest Schiss. Deshalb bist du noch mal abgehauen. Weil du dich nicht getraut hast, es durchzuziehen. Aber jetzt ist Schluss. Du hast sie in der Hand. Du kannst mit ihr machen, was du willst. Alles.

Er steckte den Strohhalm in den Mund. Dann trank er, langsam, genüsslich, und stellte sich dabei vor, was er zuerst mit ihr anstellen würde. Ausziehen würde er sie nicht, nein, verdammte Scheiße, er würde die Lötlampe nehmen und ihr die teuren Klamotten vom Leibe brennen, bei den Beinen anfangen und sich dann langsam nach oben arbeiten, bis sie nackt war, die Schlampe, nackt und mit blasiger, dampfender Haut. Danach würde er sich ihre dämliche Tussenfrisur vornehmen, nicht mit der Schere, nee, mit dem Benzinfeuerzeug, erst die Haare auf dem Kopf, dann die Augenbrauen.

Der Strohhalm schlurfte über den Boden des Bechers. Fascho stieß einen dröhnenden Rülpser aus, das Echo hallte durch das Treppenhaus wie ein Kanonenschuss.

Ein guter Plan, dachte Fascho. Ein *geiler* Plan.

Die fleckige Jeans beulte sich über dem Hosenstall. Er würde sich Zeit lassen, und wenn es dunkel war, dann würde er verschwinden. Mit dem Zug an die Ostsee, dann weiter nach Schweden. Vielleicht auch in den Süden, nach Italien. Egal, Hauptsache weg aus diesem verschissenen Land. Kanada, fiel ihm ein, Kanada war riesig, da gab's endlose Wälder, keine Sau würde dort nach ihm suchen, er würde frei sein, ein Gesetzloser, ein *Outlaw*. Die Vorstellung gefiel Fascho, ein Grinsen teilte seine schmalen Lippen, erstarb wieder.

Scheiße. Er brauchte Geld. Wenigstens für den Anfang, um abzuhauen.

Fascho zerknickte den Becher in den Fingern. Schräg gegenüber klaffte eine viereckige Öffnung in der Wand, eine eiserne Klappe hing schief in rostigen Angeln. Ein übelriechender Luftzug entströmte dem Loch, schlimmer als der, der Fascho aus der Tiefe entgegenwehte. Daneben hing ein Zettel, mit Reißzwecken an der Wand befestigt. MÜLLSCHLUCKER DEFEKT!, stand in verblassten, kaum noch zu entziffernden Großbuchstaben auf dem vergilbten Papier. BITTE **NICHT** BENUTZEN! **RATTENGEFAHR!!!!!!!**

Egal, dachte Fascho. Cola tropfte aus dem zerknickten Becher, lief über seine schmutzigen Finger. Irgendwas wird mir schon einfallen. Ich gehe jetzt da hoch und nehm sie mir vor, und zwar …

»Scheiße, bin ich blöd!«

Faschos Kichern schepperte durch das Treppenhaus, zurückgeworfen von den mit Graffiti und unzähligen Kritzeleien verschmierten Wänden.

Die Tussi da oben war reich. Eine wie die ging nie ohne Kohle aus dem Haus, die hatte garantiert was dabei. Wahrscheinlich sogar 'ne Geldkarte, überlegte Fascho und beugte sich über den Handlauf. Das schiefe Geländer vibrierte unter seinem Gewicht in den rostigen Schrauben. Einen Tausender würde er abheben können, und die Geheimzahl, die würde kein Problem sein, sie würde ihn *anbetteln*, sie ihm verraten zu dürfen.

Guter Plan. Geiler Plan.

Er öffnete die Finger und beobachtete, wie der Colabecher in die Tiefe segelte und mit einem dumpfen Klatschen auf dem zerbeulten Gestell eines Kinderwagens landete.

Kein Zögern mehr, keine Zweifel. Ignaz Stein war entschlossen, *fest* entschlossen, es jetzt zu Ende zu bringen. Ein blutiges, erbarmungsloses Gemetzel, das Abschlachten eines Menschen, den irrwitzigen Traum eines Psychopathen. Ein letztes Mal meldete sich das Kind in seinem Verstand (als wolle es sich verabschieden), Fascho folgte dem Impuls, stellte sich auf die Zehenspitzen und neigte sich weiter über das Geländer, um in die Tiefe zu spucken. Er spitzte die Lippen, atmete tief ein und erstarrte, als sein Blick auf den Absatz zwei Etagen unter ihm fiel.

Scheiße.

Zuerst sah Fascho die Schuhe. Braune, spitz zulaufende Lederslipper. Eine dunkle Hose, den Saum eines Mantels. Der Rest wurde durch die Treppe verdeckt.

Faschos Finger krallten sich in den Handlauf.

Da war er.

Stand reglos da unten. Einfach so.

Der Typ, der ihn die ganze Zeit verfolgt hatte.

*

»Das kapier ich nicht«, brummte Zorn.

Er saß über die Tastatur gebeugt und blinzelte kurzsichtig auf den Bildschirm. Ungelenk tippte er mit den Zeigefingern ein paar Buchstaben ein, schob die Brille in die Stirn, sah noch einmal auf den Rechner und griff dann kopfschüttelnd nach seinem Handy.

»Ich störe nur ungern«, sagte er, bevor Schröder sich melden konnte, »und ich weiß auch nicht, was das zu bedeuten hat. Ich gucke gerade auf der Seite der Bundesärztekammer. Da gibt's 'ne Liste mit sämtlichen in Deutschland zugelassenen Psychotherapeuten. Marek Schleef ist nicht dabei.«

»Hm.«

»Was«, fragte Zorn, »bedeutet *hm*?«

»Warte kurz.«

Schritte drangen durch den Hörer, als Schröder durch Schleefs Büro ging.

»Was machst du, Schröder?«

»Ich stehe vor seiner Diplomurkunde. Beziehungsweise der Wand, wo sie bis gestern noch gehangen hat.«

»Was bitte schön hat das mit seiner …«

»Psst! Ich versuche, mich zu erinnern, was da draufstand.«

Zorn schniefte beleidigt.

»Und?«, fragte er nach einer Weile, »erinnerst du dich?«

»*Yes*.«

»Und jetzt?«

»Jetzt wirst du was überprüfen.«

*

Komm schon. Los, komm schon.

Fascho stand hinter einem Mauervorsprung. Er hatte schnell reagiert, war einfach weitergegangen, als wäre nichts geschehen. Mit schweren Schritten hatte er die nächste Etage erreicht, sogar gepfiffen hatte er, und als er den nächsten Absatz erklomm, da hatte er plötzlich kehrtgemacht und war lautlos zurück in den Hausflur gehuscht.

Er lehnte mit klopfendem Herzen an der Wand. Rechts und links dehnte sich der Hausflur, ein hundert Meter langer, düsterer Tunnel, flankiert von einer endlosen Reihe Türen. Die meisten standen offen, trübes Tageslicht fiel in schmutzigen Streifen aus den verlassenen Wohnungen.

Eine Minute verging. Noch eine.

Fascho lauschte mit angehaltenem Atem. Seine Umrisse spiegelten sich in der verschmierten Tür des Fahrstuhls direkt gegenüber. Das Schild mit den Rufknöpfen war herausgerissen, baumelte an den Drähten unter dem Rahmen.

Na los. Komm.

Ein Knistern drang herauf. Stoff raschelte, gefolgt von Schritten. Unwillkürlich begann Fascho zu zählen. Sechs auf den Stufen, zwei auf dem Absatz, etwas leiser, heller.

Fascho presste sich mit dem Rücken gegen die Wand. Putz rieselte hinter ihm herab. Schales Licht drang aus dem Treppenhaus in den Flur, er sah den Schatten über den Boden vorbeihuschen. Zählte vier weitere Schritte, lugte um die Ecke.

Eigentlich wollte er abhauen. Warten, bis das Arschloch auf der nächsten Etage war, und dann nach unten verschwinden. Doch als er sah, wen er vor sich hatte, änderte sich alles. Die Verblüffung ließ ihn seine Angst vergessen, er trat aus dem Schatten, die Scherben einer Neonröhre barsten unter seinen Schritten. Fascho starrte seinen Verfolger mit großen Augen an.

»Du?«

*

Schröder war in Begriff, Marek Schleefs Büro zu verlassen. Er saß hinter dem Schreibtisch und verstaute das Prepaidhandy in der abgewetzten Aktentasche auf seinem Schoß. Seine Patientenakte lag vor ihm, er bedachte sie mit einem missmutigen Blick, seufzte und stopfte sie ebenfalls in die Tasche.

»Das geht niemanden was an.«

Die restlichen Patientenakten würde er später durchgehen. Nach der Notiz über *Carlos* in Simon Olytschs Akte war er auf keine konkreten Hinweise mehr gestoßen. Marek Schleef hatte seine Patienten knapp und akribisch analysiert, persönliche Anmerkungen oder gar Anhaltspunkte, dass er einen von ihnen manipuliert hätte, waren Schröder nicht aufgefallen.

Die Aktentasche klappte zu, das alte Messingschloss rastete klickend ein. Schröder sah sich noch einmal um. Zögerte, als ihm noch etwas einfiel, und sank wieder zurück, nachdem er sich bereits halb aus dem Sessel gestemmt hatte. Mit einem leisen Ächzen beugte er sich über die Lehne und öffnete die untere Schublade, die er noch nicht untersucht hatte. Ein Kugelschreiber rollte ihm klappernd entgegen, er schob ihn beiseite, griff nach einem schmalen, in schwarzes Rindsleder gebundenen Terminplaner, blätterte kurz durch die Seiten und verstaute ihn dann in der Jackentasche. Dabei fiel sein Blick auf ein Notizbuch, das unter dem Terminplaner gelegen hatte, ebenfalls in matt glänzendes Leder gebunden. Schröder öffnete den Gummizug, klappte das Buch auf und hob überrascht den Kopf.

»Was um alles in der Welt hat das zu bedeuten?«

*

»Dämlicher Spast«, knurrte Fascho. »Glaubst du, ich hab Schiss vor dir?«

Nein, Angst hatte er nicht. Warum auch? Scheiße, wieso sollte er *Angst* haben vor diesem glubschäugigen Schwachmaten, diesem dürren Hänfling in seinem dämlichen Regenmantel und dem sinnlosen Filzhut? Diesem stotternden Vollhonk, der kein gerades Wort herausbrachte, weil er – haha! – kein A aussprach?«

»Warum rennst du mir nach, du Pfeife?«

Kuno stand einen Absatz über ihm. Ausdruckslos sah er aus hervorquellenden Augen auf Fascho hinab.

»Ich hab dich was *gefragt*!«

»Du. Wirst. Ihr. Nichts. Tun.«

Dieses idiotische, stockende Gelaber. Wie ein kaputtes Spielzeug, eine von diesen sprechenden Actionfiguren.

»*Wem* soll ich nichts tun, du Spinner?«

Fascho konnte nicht anders, er stellte sich dumm. Ein kindlicher Reflex seines naiven Verstandes, obwohl er natürlich wusste, was gemeint war. Jemand war ihm gefolgt, als er die Alte hier hochgeschleppt hatte, und dieser *Jemand* war Kuno gewesen, die Matschbirne hatte ihn beobachtet.

Kuno kam langsam die Treppe herab. Auf der vorletzten Stufe blieb er stehen, knapp zwei Meter entfernt. Er war kleiner, als Fascho ihn in Erinnerung hatte. Obwohl er weiter oben stand, befanden sich ihre Köpfe auf gleicher Höhe. Fascho bemerkte die grauen Schläfen unter dem Filzhut, die Krähenfüße um die wässrigen Augen, die ihn unverwandt anstarrten.

Das war irgendwie … unangenehm, bedrohlich. Fascho sah zur Seite, sein Blick streifte die Wand. *FICKEN IST GEIL!*, war in krakeliger Kinderschrift unter einem stilisierten weiblichen Geschlechtsteil in den bröckelnden Mörtel geritzt.

»Du. Wirst. Ihr. Nichts. Tun.«

»Leck mich.«

Über ihnen flog eine Taube auf, flatterte durch das Treppenhaus und verschwand durch eine geborstene Fensterscheibe.

»Und jetzt?«, schnaubte Fascho. »Was willst du machen? Die Bullen rufen?«

Kuno schüttelte den Kopf.

»Ist. Bereits. Geschehen.«

*

Die Vormittagssonne strahlte hinter Schröder durchs Fenster, spiegelte sich auf seinem kahlen Hinterkopf, schimmerte auf dem ledernen Einband des Notizbuchs in seinen Händen. Kopfschüttelnd klappte er das Buch wieder auf. Betrachtete, was auf der ersten Seite zu lesen war.

Es ist meine Schuld.Verzeiht mir.

Eindeutig Schleefs Handschrift. Steile, akkurat gesetzte Buchstaben, mit schwarzem Füller geschrieben. Jeder einzelne akribisch zu Papier gebracht. Wie ein Gemälde.

»Was soll das?«

Schröder blätterte durch die Seiten. Es waren mindestens hundert, vielleicht mehr. Jede einzelne vollgeschrieben, von oben bis unten, in winzigen, sorgfältigen Buchstaben. Zwei Sätze, in endloser Folge aneinandergereiht. Hundertfach. Nein, tausendfach. Schleef musste Stunden damit verbracht haben, dieses Buch vollzuschreiben. Tage womöglich, vielleicht sogar Wochen. Diese Zeilen waren für niemanden bestimmt, ausschließlich für Schleef selbst, das war eine Art …

»Buße«, sagte Schröder leise.

Grübelnd hielt er das Buch in den Händen und fragte sich, welcher Sinn sich hinter all diesen eng beschriebenen Seiten verbarg.

Es ist meine Schuld. Verzeiht mir. Es ist meine Schuld. Verzeiht mir.

Siebenundvierzig

Kuno.

Er hat es von Anfang an gewusst. Etwas stimmt nicht mit diesem Jungen. Die Aura, die er verströmt, ist deutlich zu spüren. Das Böse dringt aus jeder einzelnen Pore. Ein übelriechender Nebel, wie Reizgas aus einer defekten Lüftung.

»Du bluffst«, sagt der Junge.

Keine Antwort.

Kuno Graff ist jetzt zweiundfünfzig. Seit Jahrzehnten lebt er allein, das tut er schon immer. Das stört ihn nicht weiter, es lässt sich nicht ändern. Sein Wissen, diese *Gabe*, isoliert ihn von anderen Menschen.

»Fick dich«, sagt der Junge. »Fick dich, du Spast.«

Er ist wütend. Und er hat Angst. Auch das erkennt Kuno, aber es ist nichts Besonderes, jeder würde es sehen. Kuno sieht tiefer.

Es fing an, als er ein Kind war. Sein Vater hieß Caspar, ein freundlicher Ingenieur, der weder seinem Sohn noch seiner Frau jemals etwas zuleide getan hatte. Ein stiller, etwas schüchterner Mann, der an einem lauen Frühlingsabend noch einmal losging, weil die Butter alle war. Wie immer gab er seinem neunjährigen Sohn einen Kuss, wuschelte ihm durchs Haar und versprach augenzwinkernd, eine Tafel Schokolade mitzubringen. Doch Caspar Graff ging nicht in den Tante-Emma-Laden vorn an der Kreuzung, auch nicht in die Kaufhalle zwei Straßen weiter. Er stieg in seinen Wolga, und als er kurz darauf mit Vollgas über den Bahnhofsvorplatz raste, da fräste sich der bullige Wagen durch die Menschenmenge wie durch welkes Getreide, hinterließ acht Tote und zwei Dutzend Verletzte, bevor er mit siebzig Stundenkilometern gegen einen Laternenmast prallte.

Fürsorglicher Gatte und treusorgender Ehemann steht auf dem Grabstein. Das entspricht auch der Wahrheit. Niemand hat eine Erklärung gehabt.

Niemand. Bis auf Kuno.

Kuno, der es immer gesehen hatte. Kuno, der noch zu klein war, um es erklären zu können. Diese Aura, die seinen Vater umgab. Dieses Flimmern um seinen Kopf, wie flirrende Luft auf einer überhitzten Landstraße. Dieser Geruch nach Ozon und überlasteten Stromkabeln. Es sind keine dumpfen Vorahnungen. Es ist real. Kuno kann es sehen. Er kann es schmecken. Er riecht es.

»Du *BLUFFST*!«, schreit der Junge.

Seine Stimme überschlägt sich. Er ist blass, die Pickel auf seinen bleichen Wangen scheinen zu glühen. Kuno sieht seine Aura, stärker als jemals zuvor. Rauch steigt aus den Haaren, wirbelt in schwarzen, fettigen Schwaden um den Kopf des Jungen.

Er hat es nur seiner Mutter erzählt. Damals, kurz nach der Beerdigung seines Vaters. Sie hat ihn zum ersten Mal in seinem Leben geschlagen. Du bist krank, hat sie geweint. Du bist irre. Verrückt bist du.

Seitdem schweigt Kuno. Es ist besser so.

Der Junge will sich vorbeidrängen, Kuno versperrt ihm wortlos den Weg. Er wiegt nicht mehr als sechzig Kilo, trotzdem weicht Ignaz zurück.

»Wichser!«

Eine Mischung aus Schreien und Schluchzen. Der Rauch um den Kopf des Jungen verdichtet sich, das verzerrte Gesicht verschwindet in einer rußigen Wolke.

Die Aura manifestiert sich in unterschiedlichen Formen. Beim zweiten Mal hat Kuno sie als zarten Nebel wahrgenommen. Weiße, an Trockeneis erinnernde Wirbel hatten den Kopf seines Sportlehrers umweht, einen untersetzten, stark behaarten Mann mit dröhnender Stimme. Es dauerte fünfzehn Jahre, bis Harald Maaz endlich angezeigt wurde, und als er dann vor Gericht stand, da hatte er mehr als zwei Dutzend Mädchen missbraucht, keines davon älter als zwölf.

Bei Adam Pavlak, dem unscheinbaren Rentner, der plötzlich verschwand, nachdem er jahrelang im Haus schräg gegenüber gewohnt hatte, waren es die Augen gewesen, ein giftiges grün phosphoreszierendes Leuchten. Später las Kuno in der Zeitung, dass Pavlak Euthanasiearzt in Auschwitz gewesen war, er war vom Mossad nach Israel verschleppt und dort gehängt worden. Jahrzehntelang hatte *die Bestie im weißen Kittel* unerkannt in Deutschland gelebt. Niemand hatte auch nur geahnt, dass der freundliche Herr Pavlak Tausende Menschen auf dem Gewissen hatte.

Niemand. Nur Kuno.

»Du bluffst«, sagt der Junge zum dritten Mal. »Wenn du tatsächlich bei den Bullen warst, wieso sind die dann nicht längst hier?«

Einmal, vor über dreißig Jahren, ist Kuno ebenfalls zur Polizei gegangen. Damals hat er als Aushilfe in einem staatlichen Getränkegroßhandel gearbeitet, tagsüber an der Kasse, nachts stapelte er Kisten. Der Filialleiter war ein freundlicher Herr gewesen, der zwei Monate später in Rente ging. Sein Nachfolger, Karl Schlamann, war ebenfalls nett zu Kuno. Die Aura war stark – nicht ganz so stark wie bei dem Jungen, aber unübersehbar –, ein orangefarbener, nach fauligen Eiern riechender Dunst war von Schlamanns breiten Schultern aufgestiegen, die Haut dampfte unter dem blauen Arbeitskittel wie nach einem heißen Bad. Noch am selben Tag hatte Kuno seine Kündigung geschrieben und war zur nächsten Polizeiwache gegangen.

Ich weiß nicht, ob er's schon getan hat, sagte er zu dem übergewichtigen Wachtmeister in der speckigen Uniform, vielleicht geschieht es auch später. Ich weiß nicht mal, *was* passieren wird, aber es ist böse. Abgrundtief böse. Ich sehe die Zeichen. Ich weiß, das klingt verrückt, aber ich bin der Einzige, der sie erkennt.

Nein, hatte der dicke Polizist mit gedehnter Stimme erwidert, das klingt *überhaupt nicht verrückt.* Sie haben uns einen äußerst wichtigen Dienst erwiesen, junger Mann, hatte er mit ernster Miene erklärt und so getan, als würde er ein Formular ausfüllen.

Als Kuno gegangen war, hatte er das Kichern in seinem Rücken gehört.

Am nächsten Tag wurde auf einer Mülldeponie am Stadtrand ein abgetrennter Frauenkopf entdeckt. Den verwesten Torso stellte die Polizei drei Monate später in Karl Schlamanns Keller sicher, zusammen mit drei weiteren Leichen, deren zerstückelte Überreste in einem Wandschrank gefunden wurden.

»Wichser!«

Der Junge tritt wütend gegen das Geländer. Die Metallstäbe vibrieren mit einem dissonanten Surren, Rost und blätternde Farbe rieseln in die Tiefe.

Kuno schweigt. So, wie er es auch später getan hat, als er im Krankenhaus als Pfleger gearbeitet hat und Barbara Brahms traf, die Stationsschwester mit den rotschimmernden Pupillen und den brennenden Händen. Kuno wusste nicht, dass sie ihre bettlägerigen Patienten totspritzte, er sah nur ihre Aura. Niemand, das war ihm damals klargeworden, würde ihm glauben. Also schwieg er, hängte den Krankenhauskittel an den Nagel und ging.

»Du verarschst mich.« Wieder kommt der Junge näher, ein verschlagenes Grinsen auf dem Gesicht. »Die Bullen würden dir nie im Leben glauben. Du kriegst ja nicht mal 'n grades Wort raus.«

Es ist jetzt zehn Jahre her, dass Kuno es herausgefunden hat. Das, was all diese Menschen verband: seinen Vater. Den pädophilen Lehrer. Den KZ-Mörder. Den Serienkiller. Die mörderische Krankenschwester.

Sie alle haben etwas gemeinsam.

Caspar Graff. Harald Maatz. Adam Pavlak. Karl Schlamann. Barbara Brahms.

Es sind ihre Namen.

Alle aus ein und demselben Vokal bestehend.

Die Erkenntnis hat Kuno damals wie ein Blitz getroffen. Eine logische Verbindung, einfach, von bestechender Klarheit. Noch logischer war es ihm erschienen, diesen Buchstaben, dieses Zeichen des Bösen, nicht mehr zu verwenden. Er weiß, wie absurd es anderen erscheint. Er weiß auch, wie sich sein Gestammel anhört. Aber es ist ihm egal. Die Menschen halten ihn sowieso für verrückt.

Kuno strafft den schmächtigen Körper. Der Kragen des dünnen Regenmantels scheuert am Hals, er ignoriert das Jucken, konzentriert sich. Sein Denken ist präzise wie bei jedem anderen Menschen. Nur die Worte dauern länger, er muss genau überlegen, welches er auswählt.

»Du. Benötigst. Hilfe.«

»Wer sagt das? *Du*?«

Kuno nickt schweigend.

Ja kann er nicht sagen.

Der Junge lacht auf. Ein durchdringendes Scheppern entweicht seinen rissigen Lippen, steigt, klirrend von den Wänden zurückgeworfen, das Treppenhaus empor und verliert sich weit über ihnen im stinkenden Labyrinth des verlassenen Hauses.

»Ich fass es nicht.« Ein weiteres Kichern. Leiser jetzt, doch ebenso boshaft. »Erst rennt er mir tagelang hinterher, dann labert er irgendwas von den Bullen, und jetzt erzählt mir dieser hirnamputierte Spacko, dass ich …«

Der Junge verstummt.

Ein gespenstischer Schrei weht herab. Geisterhaft, weit entfernt, doch sie hören es beide. Der ängstliche Ruf einer Frau.

»Tu. Ihr. Nichts. Gib. Sie. Frei.«

»Klar, das könnte ich machen.« Der Junge zuckt die Achseln. »Aber was machst du, wenn ich nicht *will*?«

Seine Aura ist jetzt stärker, als Kuno sie jemals wahrgenommen hat. Flammen züngeln aus den fettigen Haaren empor, glühende Kohlen leuchten in den leeren Augenhöhlen.

»Du. Musst. Ihr. Nicht. Weh. Tun.«

»Ich will aber«, grinst der Junge.

»Nein«, sagt Kuno.

»Doch«, sagt der Junge.

Qualm entströmt seinem Mund. Zarte, kreisrunde Kringel, ausgestoßen im Rhythmus der Worte wie Zigarrenrauch. Der Gestank nach brennendem Plastik und verwesendem Fleisch raubt Kuno den Atem, doch er weicht nicht zurück.

»Gib's zu«, sagte der Junge. »Die Bullen haben keine Ahnung.«

»Ich. Bin. Dort. Gewesen.«

Das stimmt. Kuno weiß allerdings nicht, ob sie seine Nachricht verstanden haben.

»Aber warum«, der Junge hebt in einer theatralischen Geste scheinbar ratlos die Arme, »bist du dann hier?«

Weil Kuno nichts mehr zu verlieren hat. Vor vier Monaten hat er die Diagnose bekommen. Leukämie. Mit etwas Glück, hat der Arzt gesagt, bleiben ihm noch ein paar Jahre. Die Nachricht hat Kuno nicht sonderlich schwer getroffen, sein Leben ist ihm egal. Doch er ist nachdenklich geworden. Vielleicht, hat er gedacht, sollte ich es noch einmal versuchen. Jemanden finden, der mir glaubt.

Niemand, das wusste er, würde ihm freiwillig zuhören, also suchte er jemanden, der es aus beruflichen Gründen tat. Es war Marek Schleef, der Kuno geeignet erschienen war, nachdem er zuvor vier weitere Psychologen aufgesucht hatte. Auch Schleef, das hatte Kuno schnell bemerkt, glaubte ihm nicht, doch er hörte ihm zu, und irgendwann, das hatte Kuno zumindest gehofft, würde er Schleef von der Wahrheit überzeugen können. Doch die Zeit drängte, und als er dann auf den Jungen getroffen war und dessen Aura bemerkt hatte, so stark, dass er fast aus Schleefs Büro gerannt wäre, da hatte Kuno erkannt, dass die Zeit reif war. Jahrzehntelang hatte er geschwiegen, und jetzt, wo sein Leben vorbei war, würde er etwas unternehmen. Es zumindest versuchen.

Kuno konzentriert sich. Schließt die Augen. Öffnet den Mund.

»Ich. Bin. Hier. Weil. Ich. Dich. Holen. Will.«

»*Was*?«

»Du. Musst. Dich. Freiwillig. Stellen.«

Die Augen des Jungen weiten sich. Seine Überraschung ist echt.

»Ich soll mit dir zu den Bullen gehen? *Freiwillig*?«

Kuno senkt zustimmend das Kinn.

»Was ist, wenn ich keinen Bock habe?«

Der Junge kommt näher.

»Was machst du dann, Glubschauge?«

Seine Hand schnellt nach oben. Kuno zuckt nicht zurück. Reglos lässt er geschehen, dass ihm der Hut vom Kopf geschlagen wird.

»Sag's mir.«

Der Filzhut landet zwischen ihnen auf dem Treppenabsatz.

»Haust du mir eine rein?«

Der Junge tritt auf den Hut. Erst mit dem einen, dann mit dem anderen Fuß. Die Krempe platzt mit einem leisen Knirschen.

»Na los«, zischt der Junge.

Die Haut über dem spitzen Rattengesicht verschwimmt. Kuno erkennt den Schädel dahinter, eine grinsende, dämonische Fratze. Höllische Hitze schlägt ihm entgegen, als stünde er vor einem geöffneten Backofen.

»Es. Ist. Deine. Letzte. Möglichkeit.«

Kuno tritt von der Treppe. Bückt sich, klaubt den Hut vom Boden. Richtet sorgfältig den zerbeulten Filz, wischt Staub und getrockneten Taubendreck von der Krempe.

»Du. Solltest. Sie. Nutzen.«

Ruhig sieht er zu dem Jungen auf, der jetzt am Geländer lehnt, die Arme vor der mageren Brust verschränkt.

»Fick dich«, kichert er. »Fick dich, du Spast.«

Kuno setzt den Hut wieder auf.

Er hat geahnt, dass es nicht funktionieren würde. Niemand ist in der Lage, den Jungen umzustimmen. Kuno hat es trotzdem versucht. Als er herkam, hatte er zwei Möglichkeiten im Kopf. Die erste hat nicht geklappt. Also entscheidet er sich für die zweite.

»Ich hab dir ein Angebot gemacht«, sagt er ruhig. »Du hast es abgelehnt. Es ist deine Entscheidung, jetzt allerdings musst du die Konsequenzen tragen.«

Kuno spricht fließend, ohne das geringste Stocken. Es ist das erste Mal seit Jahrzehnten, dass er die Worte nicht auswählt. Es ist jetzt unwichtig.

»Huch!«, ruft der Junge aus. »Es *sprich*t! Hosianna! Ein Wunder ist geschehen!«

Lachend wirft er den Kopf in den Nacken. Flammen züngeln aus seinem geöffneten Mund. Dichter Rauch umhüllt seinen schmächtigen Körper, steigt, vom Luftzug des Treppenhauses erfasst, in wirbelnden Wolken nach oben.

Ich bin der Einzige, der es sehen kann, denkt Kuno. Kein Mensch auf der Welt kann ihn aufhalten. Nur ich.

»Glubschauge kann tatsächlich reden!« Grinsend lehnt der Junge am Geländer, die Hände seitlich auf den Handlauf gestützt. »Los, sag mal was. Irgendwas mit A. Nicht, dass du's wieder verlernst.«

Keine Antwort.

»Sag mal … Arschloch.«

Schweigend zieht Kuno den Schlips gerade.

»Ach, komm schon!«, drängelt der Junge. »*Aaaaarsch*-loch!«

Kuno ordnet den Regenmantel. Hebt den Hut, streicht das graue Haar über den Schläfen nach hinten und setzt ihn wieder auf.

»Ich werde nie wieder reden«, sagt er leise. »Und du auch nicht.«

Kuno springt vor. Er prallt mit der Schulter gegen die Brust des Jungen, schlingt die Arme um seine Hüften und verkrallt die Finger in seinem Rücken. Der Junge schreit auf. Seine Arme rudern haltsuchend umher. Die Beine strampeln in der Luft. Kuno hält ihn fest umklammert, schmiegt sich an ihn wie ein zärtlicher Liebhaber.

»Du hattest die Wahl«, flüstert Kuno. »Ich selbst hatte nie eine.«

Eng umschlungen kippen sie über das Geländer.

Und fallen.

Es ist richtig, denkt Kuno.

Wind braust in seinen Ohren.

Ja. Es ist richtig. All die Jahre hat er geschwiegen, tatenlos hat er zugesehen, endlich ergibt sein Leben einen Sinn, er

Bumm.

Achtundvierzig

Elf Uhr fünfundfünfzig.

Sie war nicht religiös. Glaubte weder an Gott noch an andere höhere Mächte. Ein Mensch, davon war sie immer überzeugt gewesen, durfte sich einzig und allein auf sich selbst verlassen, alles andere waren Ausreden, um von der eigenen Trägheit abzulenken. In diesem Glauben war Frieda Borck aufgewachsen, so war sie erzogen worden. Vertrau auf dich selbst, hatte ihr Vater, der Richter, gesagt. Vertrau deinen Instinkten, deiner Intelligenz und deiner Kraft.

Bisher hatte sie sich immer daran gehalten.

Jetzt hatte sie keine Kraft mehr. Nur Angst.

Sie hatte ihn gehört. Weit, weit entfernt, irgendwo aus einer der unteren Etagen, doch es war unzweifelhaft seine Stimme gewesen. Dieses Knarren, dieses typische, irgendwie mitleiderregende Gekrächz eines Teenagers kurz nach dem Stimmbruch, das in absurdem Gegensatz zu seiner Bosheit stand, war unverwechselbar. Er war nicht allein gewesen, seine Worte waren an jemanden gerichtet gewesen, und als ihr das klarwurde, da hatte sie ihre letzten Reserven mobilisiert, sie hatte gebrüllt, was ihre entkräfteten Lungen hergaben, doch nichts war passiert. Nichts.

Sie hatte geglaubt, einen Schrei zu hören, dann einen dumpfen Aufprall, aber sicher war sie nicht. Wie lange das jetzt her war, wusste sie ebenfalls nicht. Jegliches Zeitgefühl war verloren, sie trieb durch einen stinkenden Tunnel aus nackter, purer Angst.

Ihre Augen waren geschlossen. Ihr Atem ging flach. Blut tropfte aus einer frischen Wunde an ihrem Hinterkopf, sie war gegen die Heizung geprallt, als sie sich aufgebäumt und ein letztes Mal um Hilfe gerufen hatte. Eine Windböe fegte durch das geborstene Fenster, wirbelte getrockneten Taubenkot auf. Irgendwo in einer anderen Realität läutete eine Kirchenglocke.

Nein, sie glaubte nicht an Gott.

Ein tonloses Murmeln drang aus ihren rissigen Lippen.

Frieda Borck betete.

*

»Ich danke Ihnen.« Zorn saß mit schief gelegtem Kopf hinter dem Schreibtisch, der Hörer des Festnetztelefons klemmte zwischen Ohr und Schulter. »Ich danke Ihnen wirklich sehr.«

Schröder erschien im Büro. Zorn gab ihm mit einer Handbewegung zu verstehen, dass er mit einem äußerst wichtigen Telefonat beschäftigt sei.

»Nicht doch, Frau Bratmann. *Ich* habe zu danken.«

Schweigend stellte Schröder die Aktentasche ab, öffnete den Reißverschluss seiner Windjacke und hängte sie an die Garderobe, ohne sich seine Verwunderung über Zorns ungewohnt freundlichen Tonfall anmerken zu lassen.

»O doch«, erklärte Zorn förmlich. »Sie haben der Polizei einen *äußerst wichtigen* Dienst erwiesen.«

Die Windjacke rutschte vom Haken und landete auf dem

Papierkorb, dieser kippte mit einem Poltern um. Zorn quittierte die Störung mit einem strengen Blick, woraufhin Schröder mit den Lippen ein lautloses *Entschuldigung* formte und auf Zehenspitzen zu seinem Platz tänzelte.

»Nein«, widersprach Zorn gedehnt und nahm den Hörer in die Hand, »das ist *nicht* selbstverständlich, Frau Bratmann. Früher vielleicht, aber jemand in Ihrem Alter … was?!« Er riss überrascht die Augen auf. »Wir sind uns ja leider noch nicht begegnet, aber Ihrer Stimme nach hätte ich Sie *höchstens* auf Anfang dreißig geschätzt, Frau Bratmann.«

Ein Geräusch drang aus dem Hörer. Es klang wie das verlegene Kichern einer älteren Dame.

»Also«, beendete Zorn das Gespräch, »noch einmal herzlichen Dank. Sie sind so nett und schicken mir die Unterlagen mit der Post in die Dienststelle. Wie gesagt: Wenn es bis morgen nicht besser wird, sollten Sie mit Nero zum Tierarzt gehen.«

Schwungvoll knallte Zorn den Hörer auf die Gabel. Sammelte sich einen Moment, dann wandte er sich an Schröder, der mittlerweile gegenüber Platz genommen hatte.

»Ihr Cockerspaniel«, erklärte er ernst. »Nero hat Blähungen, der Arme.«

»Herrje.«

Sie sahen sich an.

»Kann es sein«, fragte Schröder, »dass du gerade *geflirtet* hast?«

»Nein«, widersprach Zorn, »ich habe gearbeitet. Es ging um die Bestätigung eines Verdachtsmoments, und um diese zu bekommen, habe ich meinen unwiderstehlichen, bezaubernden Charme eingesetzt. Du kennst mich«, er senkte bescheiden die Stimme, »ich bin mit allen Wassern gewaschen. Ich weiß halt, wie ich an Informationen komme.«

»Jaja, so kenne ich dich«, brummte Schröder, hob seine Aktentasche auf den Schoß, kramte zunächst das Prepaidhandy, danach Schleefs Terminplaner und das Notizbuch hervor, legte die Sachen seelenruhig auf den Tisch und musterte sie eingehend, während Zorn mit vor der Brust verschränkten Armen herausfordernd zu ihm hinüberstarrte.

»Na los!«, blaffte Zorn schließlich. »Frag schon!«

»Also gut«, seufzte Schröder, sank resigniert zurück und verschränkte ebenfalls die Arme vor dem karierten Hemd. »Mit wem hast du gerade telefoniert?«

Zorn ließ ein paar Sekunden verstreichen.

»Vor einer guten Stunde«, sagte er dann, »hast du mir am Telefon einen Auftrag erteilt. Du erinnerst dich?«

»Dunkel«, nickte Schröder, »sehr dunkel. Wenn ich mich recht entsinne, ging es um Marek Schleefs Diplom. Ich hatte dich gebeten, die Universität zu kontaktieren, bei der diese Urkunde ausgestellt wurde.«

»Was ich auch getan habe.«

»Sehr löblich.«

»Cordula Bratmann«, erklärte Zorn nach einer bedeutungsvollen Pause, »ist Chefsekretärin bei der Verwaltungsleitung der psychologischen Fakultät. Ich hab insgesamt dreimal mit ihr telefoniert. Zuerst musste ich ihr meine Festnetznummer geben, dann hat sie zurückgerufen, war aber immer noch nicht sicher, dass ich Bulle bin. Also hab ich sie ein bisschen vollgequasselt und ihr sogar noch 'ne Mail geschickt, bis sie schließlich gesagt hat, dass sie in ihren Listen guckt und mich zurückruft. Es hat nicht mal 'ne Stunde gedauert, Schröder. *Eine* Stunde!«, Zorn hob die verstümmelte Hand, »für Informationen, die wir sonst erst nach Tagen bekommen hätten!«

Er sah Schröder mit großen Augen an. Dieser wusste natürlich, was Zorn jetzt erwartete, diesmal tat er ihm den Gefallen.

»Welche Informationen?«, fragte er pflichtschuldig.

»Der gute Marek Schleef ist weder Psychologe noch sonst was in der Art. Er hat zwar studiert, aber nach vier Semestern abgebrochen. Der Kerl ist 'n Hochstapler. Keine Ahnung, wie der an die Zulassung für seine Praxis gekommen ist. Er muss ’ne Menge Papiere gefälscht haben, aber das kriegen wir noch raus. Darf ich jetzt eine rauchen gehen?«

»Aber sicher doch«, nickte Schröder. »Du hast es dir redlich verdient.«

*

»Du kannst die Jacke anlassen, Chef.«

»Warum?«, fragte Zorn, die Klinke noch in der Hand. Kalter Tabakdunst drang aus seinem Mund wie aus einem überquellenden Aschenbecher.

»Das Krankenhaus hat angerufen«, sagte Schröder. »Heidrun Olytsch ist ansprechbar, wir können sie befragen.«

»Du meinst, *ich* soll sie befragen.«

»Ja. Und mach jetzt bitte keine schalen Scherze über deinen Innendienst, dass du nicht im Freien arbeiten darfst, beziehungsweise …«

»Das«, unterbrach Zorn, »hatte ich nicht vor.«

Er wandte sich zum Gehen, Schröder hielt ihn zurück.

»Weißt du, was ich mich die ganze Zeit über frage?«

»Nee.« Zorn drehte sich wieder um. »Das weiß ich nicht.«

»Marek Schleef hat alle hinters Licht geführt.« Schröder schob seinen Sessel zurück, streckte die kurzen Beine. »Wir wissen, dass er keinen Abschluss hat. Er ist weder ausgebildeter Therapeut noch Psychologe. Wir wissen also, was er *nicht* ist. Aber was«, seufzte Schröder, »ist er dann?«

»Ein Arschloch?«, schlug Zorn achselzuckend vor.

»Sehr zielführende Bemerkung«, murmelte Schröder. »Herzlichen Dank auch.«

»Gern geschehen, Chef. Man hilft, wo man kann.«

Schröder atmete tief ein, plusterte die Pausbacken auf und stieß die Luft geräuschvoll wieder aus.

»Es ist jetzt«, er sah auf die Uhr, »viertel nach zwölf. Länger als eine Stunde wirst du wohl nicht brauchen. Wir sollen uns kurz fassen, sagt der Arzt, Heidrun Olytsch steht unter starken Schmerzmitteln. Deinen …«, Schröder hob unmerklich die Brauen, »*Charme* wird sie also kaum registrieren, aber es wäre gut, wenn du sie schonend befragst. Die Frau steht unter Schock, sei bitte sensibel.«

»Aber das«, erklärte Claudius Zorn zackig, »bin ich doch immer!«

Er machte auf dem Absatz kehrt und ging.

*

»Ich will Sie nicht lange stören, Frau Olytsch.«

Zorn saß auf einem Stuhl am Kopfende des Krankenbetts. Er hatte Mühe, das Gesicht der zierlichen Frau im schummrigen Halbdunkel zu erkennen, ihre bleichen Züge verschwammen auf den schneeweißen Laken. Sie sah zum Fenster, betrachtete die halbgeschlossenen Jalousien aus dunklen, müde glänzenden Augen, und als sie schließlich den Mund öffnete, glaubte Zorn im ersten Moment, sich verhört zu haben.

»Wie geht's Simon?«

Sie wurde verprügelt, dachte Zorn. So schwer, dass sie fast ins Koma gefallen wäre. Und als sie wieder zu sich kommt, gilt ihr erster Gedanke dem Dreckschwein, das ihr das angetan hat.

»Er … wir haben Ihren Mann in Gewahrsam genommen«, wich er aus. »Im Moment ist er nicht ansprechbar.«

Zorn hatte gehofft, in absehbarer Zeit kein Krankenhaus mehr betreten zu müssen. Er hasste den Geruch nach Desinfektionsmitteln und scharfen Reinigern, das Piepsen der Überwachungsgeräte, das stille, trotzdem geschäftige Treiben auf den langen Fluren, das fade Essen. O ja, er hasste es, lange genug hatte er so verbracht, in einem ähnlichen monströsen Bett wie die misshandelte Frau vor ihm, unfähig, sich zu bewegen, ohne Privatsphäre, ohne Ruhe und (was wohl am schlimmsten war) ohne Zigaretten.

»Er ist kein böser Mensch.«

Ihre brüchige Stimme riss ihn aus seinen Gedanken.

»Können Sie …«, Zorn räusperte sich, »können Sie mir sagen, was genau heute Morgen passiert ist?«

Wieder wanderte ihr Blick zum Fenster. Zorn bemerkte die Blutergüsse auf ihrer Wange, vier violette, in einer Reihe verlaufende Punkte. Seine Knöchel, dachte Zorn und biss die Zähne aufeinander, da hat er sie mit der Faust getroffen, dieses verfluchte Stück Scheiße.

»Das war nicht Simon«, murmelte Heidrun Olytsch. »Das war … ein Tier.«

»Er war betrunken.«

Sie nickte stumm, die Augen noch immer an Zorn vorbei zum Fenster gerichtet. Ihre Finger strichen über die Decke auf ihrem Bauch. Eine Nadel ragte aus dem Handrücken unter einem Pflaster hervor, der Infusionsschlauch schlängelte sich auf dem weißen Laken wie ein durchsichtiger Regenwurm.

»Simon liebt mich.« Sie nickte, als wolle sie sich selbst von der Wahrheit ihrer Worte überzeugen. »Er ist nicht böse.«

Das sehe ich anders. Scheiße, das sehe ich *verdammt* anders, dachte Zorn, sprach es aber nicht aus.

»Simon ist psychisch krank«, fuhr Heidrun Olytsch mit etwas festerer Stimme fort. »Ich dachte, er sei auf dem Weg der Besserung. Aber ich habe mich geirrt. Sonst hätte er wohl kaum wegen einer solchen Kleinigkeit die …«, sie schloss einen Moment die Augen, »Beherrschung verloren.«

Zorn horchte auf.

»Was meinen Sie mit *Kleinigkeit*?«

»Wir wollten am Wochenende ein paar Stunden ins Grüne fahren, ein erster Versuch, damit wir uns wieder näherkommen. Ich wusste ja, dass es ihm wichtig ist, aber dass er …«

Sie verstummte. Kämpfte offensichtlich mit den Tränen, doch ihre Augen blieben trocken. Schweigend wartete Zorn, dass sie fortfuhr, und dachte dabei, dass diese schmale, unscheinbare Frau wahrscheinlich hundertmal stärker war als der bärenhafte Kerl, der sie vor ein paar Stunden beinahe totgeprügelt hätte.

»Er hat geschrien, dass ich ihm unsere Tochter vorenthalten würde. Dabei hatte ich den Ausflug nur verschoben, Herr Schleef meinte ...«

»Sie kennen Marek Schleef?«

Heidrun Olytsch schrak zusammen, überrascht von der Heftigkeit, mit der Zorn sie unterbrochen hatte.

»Nicht persönlich«, sagte sie. »Er hat mich angerufen.«

»Wann?«

»Vorgestern. Er sagte, dass Simon Fortschritte mache, aber mehr Zeit brauche, und hat mir deshalb geraten, das Treffen zu verschieben.« Sie wollte sich aufrichten, sank sofort wieder zurück, die Lippen zu einem Strich verzogen. »Ich verstehe nicht«, murmelte sie und presste die Hand auf die schmerzenden Rippen, »ist das denn wichtig?«

»Nein«, log Zorn. »Wahrscheinlich nicht.«

Was hatte Schröder vor ein paar Minuten im Büro über Schleef gesagt? Wir wissen nur, was er *nicht* ist. Nun, dachte Zorn, ich weiß, was er ist.

Ein kranker, pathologischer Lügner. Klar, er hat keinen Abschluss, aber er weiß genau, wie man Menschen steuert. Das ist es, was er tut. Er treibt sie systematisch in den Wahnsinn. Es macht ihm Spaß.

»Sie müssen sich ausruhen«, sagte er, erhob sich und stand einen Moment unschlüssig vor ihrem Bett. Später würde er sich fragen, was ihn dazu getrieben hatte, sich noch einmal zu ihr zu setzen und ihre Hand zu ergreifen – womöglich lag es am fortschreitenden Alter und einsetzender Senilität, vielleicht hatte der stechende Geruch der Desinfektionsmittel seinen sonst so mürrischen Geist sediert. Was immer es auch war, es veranlasste Claudius Zorn, ein paar Minuten stumm bei einer wildfremden, misshandelten Frau zu sitzen und ihre Hand zu halten, und als er Heidrun Olytsch dann sagte, dass er ihr Kraft wünsche und hoffe, dass sie wieder gesund werde, da klangen die Worte nicht sonderlich originell, doch sie gehörten zu den besten, die Claudius Zorn in seinem bisherigen Leben ausgesprochen hatte.

Denn sie kamen von Herzen.

*

Es geschah äußerst selten, dass etwas Schröder die Sprache verschlug.

Einer dieser raren Momente ereignete sich fünf Minuten nach eins. Die Tür wurde nach einem kurzen Klopfen geöffnet, und als Schröder erkannte, wer da in aller Seelenruhe in sein Büro spaziert kam, da klappte ihm buchstäblich die frisch rasierte Kinnlade herunter, seine Augen weiteten sich zu blauen, im Sonnenlicht blitzenden Glasmurmeln, der Kugelschreiber entglitt seinen Fingern.

»Du?«, stotterte er, während der Kugelschreiber in einem Halbkreis über den Schreibtisch rollte und neben ihm auf den Boden fiel.

»Ja«, sagte Marek Schleef nur. »Ich.«

Neunundvierzig

Ignaz, genannt Fascho.

Guck nicht so. Dämliches Scheißvieh.

Er sieht nur den Kopf zwischen den Gitterstäben. Eine graugetigerte Katze, auf dem Absatz zwei Etagen über ihm. Sie starrt zu ihm hinab. Aus gelben, ausdruckslosen Raubtieraugen glotzt dieses verdammte Vieh nach unten, als gäbe es nichts Besseres zu tun.

Er liegt auf dem Rücken, umgeben vom Müll, der sich im Laufe der Jahre auf dem Boden des Treppenhauses angesammelt hat. Ein übelriechender Berg aus geplatzten Müllsäcken, verwesenden Abfällen und wild ineinander verkeiltem Schrott. Faschos Hinterkopf ruht auf einem verbogenen Wäschetrockner, der braune Gummigriff eines Fahrradlenkers ragt zwischen seinen gespreizten Beinen hervor.

Scheiße, denkt Fascho. Verdammte Scheiße.

Er muss weggetreten sein, allerdings nur kurz. Dreck wirbelt noch immer empor, eine Wolke aus Mörtel, pulverisierter Taubenscheiße und Betonstaub kitzelt in seiner Nase, hängt über ihm im dämmrigen Zwielicht des Treppenhauses. Licht dringt in schräg hereinfallenden Streifen durch die Fenster auf den Etagen. Es ist, als würde er durch ein umgedrehtes Fernrohr in einen Tunnel sehen, die Treppe zieht sich wie ein kubistisches Schneckenhaus in immer kleiner werdenden Quadraten nach oben. Ein surreales, schwindelerregendes Bild.

Fascho hat keine Schmerzen. Er ist einfach nur genervt. Regelrecht *angepisst* ist er. Zum einen natürlich von dieser ätzenden Katze, die ihre räudige Visage zwischen die Gitterstäbe steckt und auf ihn runtergafft. Zum anderen ist da Glubschauge, der sich noch immer an ihn klammert wie ein verdammter Schwuler, er liegt halb auf ihm drauf, dieser Penner, den Arm um Faschos Hals gelegt, als wolle er sichergehen, dass Fascho brav liegen bleibt. Scheiße, der Vollidiot geht Fascho auf den Sack, und zwar gewaltig. Lass mich los, schreit er, runter von mir, verpiss dich, Arschloch! Die Worte formen sich ausschließlich in seinem Kopf, das, was zwischen seinen Lippen hervordringt, erinnert an das Zischen einer pneumatischen Tür. Wütend richtet Fascho sich auf, will Glubschauge beiseiteschieben, runter, weg von ihm, aber auch das gelingt nicht. Sein Hirn verschickt die Befehle, doch weder Arme noch Beine reagieren, es ist, als habe sein Körper unterhalb des Halses aufgehört zu existieren. Nur den Kopf kann Fascho noch bewegen, und als er es tut, da starrt ihm Kuno entgegen, das Gesicht nur ein paar Zentimeter entfernt. Seine Wange ruht in Faschos Armbeuge, sein Blick – glasig, aus starren, milchigen Glubschaugen – hat sich nicht verändert.

Verpiss dich, sagt Fascho. Verpiss dich, du

krrrrrrrchhhhhhh

Wichser.

Glubschauge liegt auf der Seite, ein mit brauner Rostschutzfarbe verschmiertes Waschbecken in seinem Rücken verhindert, dass er nach hinten rutscht. Staub bedeckt sein wächsernes Gesicht, klebt in den Nasenlöchern, den Falten um die Mundwinkel. Die Schneidezähne schimmern zwischen den halbgeöffneten Lippen. Etwas ist komisch. Zunächst denkt Fascho, es wäre das gesplitterte Ende eines kaputten Besenstiels. Dann erkennt er den Schriftzug VÖLKL und registriert, dass das, was unterhalb des Ohres seitlich aus Kunos Hals ragt, ein zerbrochener Skistock ist. Blut glänzt auf dem geborstenen Fiberglas, strömt pulsierend den Hals entlang, färbt den Hemdkragen, durchnässt den Regenmantel.

Der glotzt genauso wie vorher, denkt Fascho. Mit dem Unterschied, dass er jetzt *tatsächlich* tot ist.

Hinter Glubschauge lehnt ein eisernes Bettgestell an der grobverputzten Wand. Eine rostige Stahltür hängt schief in den Angeln, dahinter gähnt die schwarze Leere des Kellerflurs. Dämmwolle hängt in Fetzen von den Heizungsrohren unter der Decke, Spinnweben bewegen sich sacht im modrigen Luftzug, der aus den labyrinthischen Tiefen heranweht.

Du bist selbst schuld, sagt Fascho. Warum legst du dich auch mit mir an, du

brrrrrzllllgggggggrrrrmf

Penner.

Zwischen ihnen liegen die Überreste einer Plastikfeuerwehr. Als Fascho den Kopf dreht und nach oben sieht, hinterlässt das linke Hinterrad einen runden Abdruck auf seiner Wange.

Die Katze starrt nach unten. Die Ohren zucken kaum merklich, der zerzauste Schwanz bewegt sich über den bröckelnden Beton, streicht über einen Feuerlöscher, der neben ihr auf dem Absatz liegt. Der vordere Teil ragt über die Kante, der schwarze Gummischlauch baumelt vier Meter über Faschos Kopf in der stickigen Luft.

Von hier oben erinnert das Bild an einen uralten Film: Zwei reglose Gestalten, über und über mit Staub bedeckt. Die eine mit ausgebreiteten Armen auf dem Rücken liegend, die andere wie schlafend in die Armbeuge geschmiegt, wie Quasimodo und Esmeralda in der Schlussszene des Glöckners von Notre-Dame.

Wird Zeit, dass ich hier verschwinde, denkt Fascho. Ich ruhe mich kurz aus, dann hau ich ab.

Kunos Haar kitzelt in seiner Nase. Fascho verzieht angeekelt das Gesicht, riecht Glubschauges Rasierwasser und etwas anderes, einen stechenden Gestank, der zwischen seinen Beinen emporsteigt, und weiß, dass er definitiv *nicht* hier verschwinden wird, er liegt hier unten in seiner Scheiße, in seiner eigenen, gottverdammten Scheiße, er kann es riechen, klar, aber er *spürt* es nicht, ebenso, wie er keine Schmerzen spürt und auch nicht das Gewicht von Glubschauges Kopf auf dem Arm. Verfluchter Mist, Fascho ist zehn Meter in die Tiefe gefallen, zehn verdammte Meter, aber er fühlt absolut nichts, nicht mal ein Kribbeln, und das wird auch so bleiben, denn das Geräusch, das er beim Aufprall gehört hat, dieses Knacken, das war kein berstendes Holz gewesen, nein, es war seine eigene, verschissene Wirbelsäule, die da gebrochen ist wie ein Streichholz, und jetzt ist er vom Hals abwärts gelähmt, liegt hier mit vollgeschissener Hose im Dreck, riecht, schmeckt und sieht alles, doch bewegen kann er nur noch seinen verdammten Kopf.

Das ist ungerecht, denkt Fascho, der rattengesichtige Junge mit den engstehenden Augen, den Aknepusteln und dem Überbiss. Es ist einfach nur ungerecht, denkt der kleine, ständig schwitzende Außenseiter, der sein erbärmliches Leben vom ersten Augenblick an gehasst hat, der nie gelernt hat, Verantwortung zu übernehmen, und die Schuld für sein kümmerliches Dasein niemals bei sich selbst, sondern immer bei anderen gesucht hat.

Er schafft es, den Kopf ein wenig zu heben. Sein linker Fuß ist in einem unnatürlichen Winkel zur Seite gespreizt, als wäre er mit einem Vorschlaghammer aus dem Gelenk geschlagen worden. Der Fahrradlenker schimmert zwischen seinen Beinen. Eine Kellerassel huscht über die rostige Klingel und verschwindet unter einem Eimer mit längst getrockneter Wandfarbe. Daneben liegt der Colabecher, den Fascho hinuntergeworfen hat, der blauweiß gestreifte Strohhalm steckt noch immer im durchsichtigen Plastikdeckel.

Ich bin im Arsch. *Ich bin einfach nur im Arsch.*

Er sinkt zurück, stößt mit dem Hinterkopf gegen den Wäschetrockner, der klappernd beiseiterutscht. Fascho sieht den Staub, der in schimmernden Punkten über ihm durch den Treppenschacht tanzt, und denkt an das Miststück, das ihm diese ganze Scheiße eingebrockt hat, an das, was er mit ihr vorhatte. Klar, Glubschauge hat ihm einen Strich durch die Rechnung gemacht, aber der Arsch hat gekriegt, was er verdient, und die eingebildete Kuh, die wird ebenfalls kriegen, was sie verdient. Fascho weiß, dass er hier lebendig nicht rauskommen wird, aber der Gedanke, dass sie dort oben genauso verrecken wird wie er hier unten, erfüllt ihn mit einer tiefen, grimmigen Befriedigung. Er stellt sich vor, wie sie bibbernd an der Heizung hockt, schlotternd vor Panik, schließlich glaubt sie immer noch, dass er jeden Moment zurückkommen wird. Weh tun kann Fascho ihr nicht mehr, aber er kann ihr Angst machen, soll sie sich doch in die Hose scheißen, warum soll's ihr besser gehen als ihm selbst?

Ein leises Klicken ertönt über ihm, die Katze streckt sich, ihre Krallen graben sich in den Beton. Ein Staubfaden weht herab, rieselt wie Puder auf Faschos Gesicht. Er schließt die Augen, sammelt all seine Kraft, und als er den Mund öffnet, da ist seine Kehle wieder frei, und sämtlicher Hass, der sich in Faschos knapp achtzehnjährigem Leben aufgestaut hat, entlädt sich in einem einzigen, weit durch das Treppenhaus gellenden Schrei.

»ICH BIN GLEICH BEI DIR, DU FOTZE!«

Die Katze ergreift blitzartig die Flucht. Fascho sieht nicht, dass ihr geschmeidiger Körper den Feuerlöscher streift, seine Augen sind noch immer geschlossen, seine Gedanken bei der Frau, die er siebzehn Etagen weiter oben an ein Heizungsrohr gefesselt hat und die jetzt glaubt, dass er jeden Moment kommt und endlich, endlich mit ihr tut, was er schon immer wollte, nein, *musste*, aber jetzt ist es zu spät, verdammte Scheiße, er …

Fascho hört das Poltern. Öffnet die Augen und begreift augenblicklich, was in den nächsten Sekunden geschehen wird.

»Nein.«

Der Feuerlöscher rollt über die Kante. Kiesel knirschen unter dem zerkratzten Stahl, langsam, wie in Zeitlupe kippt der Feuerlöscher über den Abgrund, schwebt einen Moment mit baumelndem Schlauch vier Meter über Faschos Kopf in der Luft. Und stürzt in die Tiefe.

»Mama«, murmelt Fascho.

Er vermisst sie nicht. Er trauert auch nicht um sie, ihren Tod hat er seit Stunden vergessen. Doch jetzt, im Angesicht des eigenen Todes wird er wütend, weil sie nicht da ist. Einmal, ein einziges Mal hätte er sie *wirklich* brauchen können, aber nein, sie musste sich ja ihren blöden Schädel an einem Garderobenhaken einschlagen. Dämliche Kuh.

Fascho versucht nicht, seinen gelähmten Körper zum Ausweichen zu bringen. Er sieht nach oben, spürt, wie Kunos Haar an seinem Hals kitzelt, beobachtet, wie der Feuerlöscher eine halbe

Drehung vollführt und wie ein Torpedo auf ihn zurast, ärgert sich, dass dieses Scheißding ausgerechnet seinen Kopf treffen wird, die einzige Stelle, an der er etwas fühlt. Es wird weh tun, denkt er (zu Recht), sein Schädel wird platzen wie eine Melone. Viel mehr als Brei, denkt Fascho (ebenfalls zu Recht), wird nicht von seinem Kopf übrig bleiben.

Dann bohrt sich das zehn Kilo schwere Geschoss in Faschos schmales Gesicht und während sein Schrei

Ich bin gleich bei dir, du Fotze!

allmählich in den weit verzweigten Fluren verhallt, gilt sein letzter Gedanke dem einzigen Menschen, der ihm jemals etwas bedeutet hat: sich selbst.

Es ist unfair, denkt Ignaz, genannt Fascho. Es ist verdammt unfair.

Dann ist es vorbei.

Fünfzig

Frieda Borck.

Eine Spinne.

Irgendwo, weit, weit hinten in ihrem Verstand ertönt eine Stimme und sagt, dass sie Spinnen hasst. Dass sie sich vor ihnen ekelt, vor allem, wenn sie groß sind. Und groß ist dieses haarige Ding auf ihrem Knöchel. Sehr groß sogar.

Aber es ist ihr egal.

Sie liegt vor der Heizung wie eine verstaubte Gliederpuppe. Die Beine gespreizt, der Oberkörper ab der Hüfte in einem rechten Winkel geknickt, die Hände baumeln wie Vogelkrallen über dem Kopf in den Fesseln.

Sie hat geträumt. Von Claudius. Edgar. Und Schröder natürlich.

Sie waren auf seiner Terrasse. Sonne. Der See. Erdbeerkuchen. Sie hat nichts gegessen. Aber getrunken hat sie. Klares, kühles Wasser. Schröder hat es aus dem Kühlschrank geholt. Edgar hat geschaukelt. Zorn und Schröder haben gestritten, ob er ein Eis essen dürfe. Sie selbst hat nichts gesagt. Hat ihnen zugesehen. Gelächelt hat sie. Und getrunken. Eiskaltes Wasser. Das Glas war beschlagen. Perlen sind aufgestiegen. Zorn wollte ihr einen Kuss geben, doch das ging nicht. Sie musste trinken. Trinken. Trinken.

Etwas hat sie geweckt. Ein Schrei. Es war der Junge. Ich bin gleich bei dir, hat er gerufen. Wahrscheinlich ein Teil ihres Traumes.

Ihr Kinn ist auf die Brust gesackt. Das Haar ist verfilzt. Dreck. Mörtel. Verkrustetes Blut. Ihre Augen sind glasig. Sie starrt auf die Spinne auf ihrem Knöchel. Ein Weberknecht. Sieben lange, vibrierende Beine. Eins fehlt.

Egal.

Einundfünfzig

Dreizehn Uhr zwanzig.

»Eigentlich wollte ich zu Kommissar Zorn«, sagte Marek Schleef. »Er hatte mir seine Visitenkarte gegeben. Dass ich hier auf dich treffe, hat mich mindestens genauso überrascht wie dich.«

Bleich und übernächtigt saß er Schröder gegenüber. Seine unrasierten Wangen schimmerten bläulich. Neonlicht spiegelte sich in seinen runden Brillengläsern und in den verchromten Beinen der Plastikstühle, die an der Wand neben der gepolsterten Tür des Verhörzimmers aufgereiht waren.

»Du behauptest also, dass du verfolgt wirst«, sagte Schröder.

»Ja.«

»Dass jemand in dein Büro eingebrochen ist.«

»Ja.«

»Dass du aus Angst vor diesem Verfolger untergetaucht bist.«

»Ja.«

»Wo?«

»Ich habe mir ein Zimmer genommen, in einer Pension am Botanischen Garten.«

»Und du glaubst, dass ich es bin, der dich verfolgt hat.«

»Ja.«

Schröder, der Schleef keine Sekunde aus den Augen gelassen hatte, sah einen Moment auf die polierte Tischplatte zwischen ihnen.

»Ich hab geahnt, dass mit dir was nicht stimmt«, sagte Schleef ruhig. »Deine Geschichte war nicht gelogen, aber mir war von Anfang an klar, dass mehr dahintersteckt. Irgendwas …«

»Das hier«, unterbrach Schröder, »ist ein Verhör und keine Therapiestunde. *Ich* stelle die Fragen. Und ich erwarte Antworten.«

»Deswegen bin ich hier.« Schleef krempelte erst den einen, dann den anderen Hemdsärmel nach oben. »Um reinen Tisch zu machen. Sämtliche Papiere, die ich für meine Zulassung eingereicht habe, waren gefälscht.«

»Das wissen wir.«

»Mir war immer bewusst, dass ich irgendwann auffliegen würde«, seufzte Schleef. »Dass es jetzt durch dich passiert, macht mir die Sache leichter.«

»Falls das ein Kompliment sein sollte, lege ich keinen besonderen Wert darauf.«

»Das«, nickte Schleef, »verstehe ich gut. Mir ist klar, was du von mir halten musst. Allerdings solltest du wissen, dass ich genau weiß, was ich tue. Man braucht keinen Abschluss, um ein guter Psychologe zu sein, ich behaupte sogar das Gegenteil. Die Leute schmücken sich mit irgendwelchen akademischen Titeln, aber in

Wahrheit«, Schleef schüttelte den Kopf, »haben sie keine Ahnung, worum es wirklich geht.«

»Im Gegensatz zu dir.«

»Weil ich es selbst erlebt habe.« Schleef überhörte die Ironie. »Ich weiß, wie es ist, wenn man psychisch am Ende ist. Ich wäre damals fast draufgegangen, musste mein Studium abbrechen. Aber ich habe gelernt, mir selbst zu helfen. Ich habe sämtliche Bücher gelesen, alles, was an der Universität gelehrt wird. Ich behaupte nicht, dass da nur Unsinn steht. Aber es reicht nicht, wenn man sich das Hirn mit diesem theoretischen Zeugs zukleistert.«

Schleef klang ruhig und souverän, als säße er nicht in einem Verhörraum, sondern in dem eindrucksvollen Ledersessel seiner Praxis. Das harte Neonlicht ließ ihn älter erscheinen, tiefe Schatten furchten seine markanten Züge. Schröder bemerkte die Krähenfüße um die dunklen Augen, die grauen Strähnen in den dichten Locken über den Schläfen.

»Ich weiß, wie es ist«, wiederholte Schleef. »Nicht, weil ich drüber gelesen habe. Ich hab's *erlebt*. Ich war ein psychisches Wrack, ich bin selbst durch diese Hölle gegangen, und ich weiß, wie man wieder rauskommt. Und nachdem mir das gelungen ist, konnten es auch andere schaffen. Ich bin ein Scharlatan, ein Betrüger. Aber ich hab's nicht für mich getan. Ich wollte helfen.«

Er nahm die Brille ab, massierte mit Daumen und Zeigefinger die Nasenwurzel. Eine manierierte, gekünstelt wirkende Geste, als wolle er Schröder Gelegenheit geben, ein Frage zu stellen. Was dieser allerdings nicht tat.

»Ich habe zwei Menschen auf dem Gewissen«, fuhr Schleef fort, nachdem er tief Luft geholt hatte. »Die Einzigen, die mich jemals geliebt haben. Ich war noch ein Kind, niemand hat mir einen Vorwurf gemacht. Trotzdem hat es mich um ein Haar in den Wahnsinn getrieben. Ich erzähle dir das nicht, weil ich Mitleid erwarte. Es gibt eine Verbindung zwischen uns, ein traumatisches Erlebnis in unserer Kindheit. Ich weiß, wie du dich fühlst, ich …«

»Stopp.«

Ein Wort nur, kaum mehr als ein Flüstern. Doch es drang aus Schröders Mund wie ein Pistolenschuss.

»Ich hab's genauso verdrängt wie du«, fuhr Schleef unbeirrt fort. »Aber das bringt nichts, es wird dich irgendwann auffressen. In meinem Fall waren es die Schuldgefühle. Du hast es nicht ausgesprochen, aber ich glaube …«

»Stopp.«

»… dass du als Kind sexuell missbraucht wurdest. Du musst dich …«

Ein Knall peitschte durch den Verhörraum, als Schröder mit der Faust auf den Tisch hieb. Schleef fuhr erschrocken zusammen, als wäre ein Knallfrosch unter seinem Stuhl explodiert.

Zwei Sekunden vergingen, dann hatte Schröder sich wieder unter Kontrolle. Die vollen, kreidebleich gewordenen Wangen färbten sich wieder rosig. Nur seine Augen blitzten wie blaue Eiskristalle. Als er weitersprach, siezte er Schleef.

»Ich bin Polizist. Und nicht Ihr Patient. Das war ich nie und werde es auch nie sein. Egal, was ich Ihnen erzählt habe, es geht niemanden etwas an. Falls jemals etwas davon an die Öffentlichkeit dringt, mache ich Ihnen die Hölle heiß. Haben wir uns verstanden?«

»Natürlich.« Schleef, der sich ein wenig gefangen hatte, setzte die Brille wieder auf. »Trotzdem glaube ich …«

»Herr Schleef«, unterbrach Schröder sanft, »zum allerletzten Mal: Ich bin nicht hier, um mich von Ihnen therapieren zu lassen. Ich bin ein geduldiger Mensch, und es geschieht wirklich selten, dass ich die Contenance verliere. Ich verabscheue körperliche Gewalt, in meinen Augen bedeutet die bloße Androhung derselben nichts anderes als den Triumph der Dummheit über den Geist, aber allmählich«, er beugte sich vor, legte die Unterarme auf den Tisch und faltete die Hände, »habe ich es satt. In meiner Jugend habe ich sehr viel Sport getrieben. Man sieht's mir nicht an«, Schröder gestattete sich ein feines Lächeln, »aber ich war ein ziemlich erfolgreicher Ringer. Zugegeben, das ist lange her, aber sollten Sie auch nur noch ein einziges Wort über meinen seelischen Zustand verlieren, wäre ich durchaus in der Lage, Ihnen Ihr selbstverliebtes Grinsen aus dem Gesicht zu schlagen.«

Schleef blinzelte verwirrt, setzte zu einer Antwort an. Schröder ließ es nicht dazu kommen.

»Sie wollen reinen Tisch machen. Das finde ich sehr löblich. Ich sollte Sie allerdings informieren, dass Sie zur Fahndung ausgeschrieben sind. Nicht etwa wegen Urkundenfälschung oder Vorspiegelung falscher Tatsachen, diesen Aufwand betreiben wir nur bei wesentlich ernsteren Delikten. Ihr Gerede über Sinn oder Unsinn einer psychologischen Ausbildung interessiert mich nicht, es sind Ausreden, das Geschwätz eines Hochstaplers. In einem allerdings haben Sie recht, Herr Schleef. Sie wissen eine Menge. Jemand wie Sie braucht keine Zertifikate oder irgendwelche Abschlüsse, um sein Ziel zu erreichen.«

»Ich verstehe nicht, was …«

»Sie werden verdächtigt, Ihre Patienten beeinflusst zu haben. Anstatt ihnen zu helfen, haben Sie diese Menschen systematisch in den Wahnsinn getrieben.«

Schleef erstarrte. Nur die hektisch pulsierende Ader an seiner Schläfe verriet, was in ihm vorging.

»Warum hätte ich das tun sollen?«

»Gute Frage«, lächelte Schröder, doch seine Stimme klang eisig. »Vielleicht, weil's Ihnen Spaß macht?«

*

»Er streitet alles ab«, seufzte Schröder.

Zorn schirmte sein Feuerzeug mit der flachen Hand ab und zündete sich eine Zigarette an.

»Wundert dich das?«

»Nee.«

Sie saßen im Schatten einer alten Kastanie auf einer Bank vor dem Präsidium. Die Windschutzscheiben der Streifenwagen blitzten in der Sonne.

»Heidrun Olytsch sagt, dass Schleef sie vor ein paar Tagen angerufen hat.« Zorn stieß den Rauch durch die Nase aus. »Er hat ihr geraten, diesen Familienausflug zu verschieben. Ich glaube, das war der Grund, warum Simon Olytsch ausgerastet ist.«

»Das«, nickte Schröder, »glaube ich auch.«

Ein Blatt löste sich über ihnen aus den Zweigen, trudelte gemächlich durch die laue Luft und landete auf Schröders Kopf. Zorn beugte sich hinüber, zupfte es mit spitzen Fingern von der Glatze. Eine Haarsträhne löste sich aus ihrer ursprünglichen Position, Zorn klemmte die Zigarette in den Mundwinkel, strich die Strähne mit der flachen Hand wieder an ihren angestammten Platz, begutachtete sein Werk fachmännisch mit schief gelegtem Kopf, nickte zufrieden und lehnte sich wieder zurück.

»Wir müssen diesen Anruf überprüfen«, sagte er.

»Sicher doch.« Schröder, der den frisurtechnischen Eingriff seines ehemaligen Vorgesetzten teilnahmslos über sich ergehen lassen hatte, zuckte die Achseln. »Aber ich ahne, worauf das hinausläuft. Schleef wird behaupten, Heidrun Olytsch weder zu kennen noch jemals mit ihr telefoniert zu haben. Und ich wette, der Anruf wurde mit einem Prepaidhandy geführt.«

»Und zwar von einem, das wir in seinem Schreibtisch gefunden haben.«

»Schleef hat angeblich keine Ahnung, wie es dorthin gekommen ist.«

»War ja klar.« Die Zigarette wippte in Zorns Mundwinkel, er kniff ein Auge gegen den auftsteigenden Rauch zusammen. »Und die Nachricht an Benjamin Bley hat er natürlich auch nicht geschrieben.«

»Nein.«

»Und er hat absolut keinen Schimmer, warum Bley gestern Amok gelaufen ist.«

»Nein.«

»Und die Waffe hat er ihm auch nicht verkauft.«

»Nein.«

»Er hat ihm gar nichts verkauft.«

»Das«, seufzte Schröder, »behauptet er.«

»Warum zum Teufel ist er überhaupt zu uns gekommen?«

»Um reinen Tisch zu machen.«

»Ich lach mich tot.«

Sie schwiegen einen Moment.

»Haha«, machte Zorn.

»Er hat mir eine Geschichte erzählt«, sagte Schröder.

»Das kann er bestimmt gut.«

»O ja«, nickte Schröder. »Das kann er.«

Zweiundfünfzig

Marek Schleef.

»Ach komm, Marek. Iss dein Würstchen.«

Die blonde Frau lächelt ihm zu. Sie ist wunderschön, findet Marek. Er soll *Mama* zu ihr sagen, sie sind jetzt seine Familie, hat sie gesagt. Der Mann, der ihm am Tisch gegenübersitzt und sich gerade ein Bier eingießt, ist sein Papa. Das findet der kleine Marek gut. Hannes, sein neuer Papa, gefällt ihm, er hat tiefblaue, strahlende Augen, und er ist nett. Viel netter als Constantin, der rechts neben Marek sitzt und mürrisch in ein Salamibrot beißt. Der dicke Junge mit den blonden Stoppelhaaren und dem Bronski-Beat-T-Shirt ist jetzt sein großer Bruder. Er ist zwölf, und er mag Marek nicht, das hat Marek sofort gemerkt. In den zwei Monaten, seit sie Marek aus dem Heim geholt haben, hat er kaum ein Wort zu ihm gesagt. Aber als sie sich vorhin alle zum Abendbrot versammelt haben, sich an den Händen fassten und *Piep, piep, piep! Guten Appetit!* gerufen haben, da hat Constantin Mareks kleine Finger so fest gedrückt, dass er fast aufgeschrien hätte.

»Möchtest du Ketchup?«, fragt Mama.

Marek schüttelt den Kopf. Die schwarzen Locken stehen wie Korkenzieher nach allen Seiten. Er ist jetzt drei, eigentlich zu groß für den Hochstuhl, die Lehnen kneifen ein bisschen an den Beinen. Aber er beschwert sich nicht. Sie haben den Stuhl extra für ihn angeschafft, er will sie nicht traurig machen.

Papa trinkt einen Schluck Bier.

»Wollen wir nachher Pippi Langstrumpf gucken?«

Marek nickt und beißt in sein Würstchen. Er hat keinen Hunger, und Pippi Langstrumpf mag er eigentlich nicht, die Geschichten sind viel zu kompliziert für einen Dreijährigen. Aber er möchte, dass seine neuen Eltern zufrieden mit ihm sind, es gefällt ihm, wenn sie lächeln. Was sie auch tun.

Es ist ein warmer, strahlender Sommerabend. Die Gläser blitzen im Licht der tiefstehenden Sonne auf dem gedeckten Tisch. Draußen fliegen Hummeln durch den Garten. Irgendwo in der Nachbarschaft dröhnt ein Rasenmäher. Besteck klappert leise. Die wunderschöne Frau halbiert eine Tomate, legt ein Stück auf Mareks bunten Barbapapa-Teller.

»Iss, mein Schatz.«

Marek gehorcht. Nein, er hat wirklich keinen Hunger. Vor ein paar Minuten hat er sich heimlich in die Küche zum Kühlschrank geschlichen und drei Scheiben Mortadella auf einmal verschlungen. Er wusste, dass es gleich Abendessen geben wird, der Tisch im Wohnzimmer war schon gedeckt, aber er konnte sich einfach nicht beherrschen. Die Tatsache, jederzeit an etwas zu essen zu kommen, ist neu für Marek. Im Heim gab es drei Mahlzeiten, mehr nicht. Morgens, mittags, abends. Marek ahnt, dass es nicht richtig war, und das, was er danach in der Küche gemacht hat, das war auch nicht richtig, denkt er kauend und überlegt, ob er es ihnen sagen soll. Aber dann hören sie bestimmt auf, ihn anzulächeln, vielleicht schimpfen sie sogar. Also schweigt er lieber, und als seine neue Mama ihn fragt, ob er zum Nachtisch einen Joghurt wolle, da nickt er so heftig, dass ihm die Locken in die Stirn fliegen. Zärtlich streicht sie ihm das widerspenstige Haar hinter die Ohren, sagt, dass er ihr Goldschatz sei, ihr süßer, allerliebster Spatz.

Constantin verdreht genervt die Augen und greift mit verkniffenem Mund nach seinem Limoglas. Nein, er kann Marek wirklich nicht leiden, aber irgendwann wird er seinen neuen kleinen Bruder liebhaben. Das hat Mama jedenfalls zu Papa gesagt, neulich im Garten. Sie haben auf der Veranda in der Sonne gesessen, haben Kaffee getrunken und miteinander gesprochen, während Marek in der neuen Sandkiste gespielt hat. Wir müssen Geduld haben, hat Mama leise zu Papa gesagt, Constantin ist eifersüchtig, er betrachtet den Kleinen als Eindringling. Die Situation ist schwer für einen Zwölfjährigen, aber er wird bald merken, dass wir ihn genauso lieben wie zuvor. Das meiste hat Marek nicht verstanden, dass er *adiptiert* sei zum Beispiel, aber er glaubt jetzt, dass sein wortkarger Bruder irgendwann bessere Laune bekommen und vielleicht sogar eines Tages mit ihm spielen wird.

Er beißt in sein Würstchen. Kaut langsam, mit geschlossenem Mund. So, wie man's ihm im Heim beigebracht hat. Die wunderschöne Frau sieht ihm mit glänzenden Augen zu, ihr Haar leuchtet in der Abendsonne wie feingesponnenes Gold. Draußen bellt ein Hund. Der junge Mann mit den blauen Augen reicht Marek einen Apfelschnitz.

Sie sind nett.

Marek mag seine neuen Eltern.

Die anderen – die *echten* – hat er nie kennengelernt. Er weiß nicht, dass seine Mutter ihn schon vor seiner Geburt zur Adoption freigegeben hat. Dass sie sechzehn war, als Marek zur Welt kam, nachdem ihr eigener Vater sie seit ihrem zwölften Lebensjahr missbraucht hatte, und dass sie vor zwei Jahren tot in einem Abrisshaus gefunden wurde, abgemagert auf vierzig Kilo. Die Spritze mit dem tödlichen Cocktail aus Kokain und verunreinigtem Heroin steckte noch in ihrem Unterarm.

Mareks neuer Papa nippt an seinem Bier, zwinkert ihm über den Rand des Glases zu. Marek, der nicht weiß, dass sein leiblicher Vater gleichzeitig sein Großvater ist, zwinkert zurück. Versucht es zumindest, allerdings schafft er es nur, beide Augen zusammenzukneifen, was mit fröhlichem Gelächter quittiert wird.

Constantin schiebt seinen Stuhl zurück, steht schwerfällig auf. Papa sieht fragend zu ihm auf.

»Ich bin fertig «, knurrt Constantin und deutet auf seinen leeren Teller.

»Und jetzt?«, fragt Papa.

»Gehe ich Pac Man spielen.«

Trotzig schiebt er das fleischige Kinn vor. Die feisten Wangen sind gerötet. Ein kurzer, feindseliger Blick zu Marek, dann watschelt er davon im typischen, schwankenden Gang eines übergewichtigen Teenagers. Sein Vater öffnet den Mund, um ihn zurückzuhalten. Die blonde Frau greift seine Hand. *Lass ihn*, formt sie lautlos mit den Lippen.

Die Wohnzimmertür schließt sich mit einem Knall.

Einen Moment herrscht Stille.

»Bist du satt?«, fragt Papa.

»Ja«, piepst Marek.

Er spricht nicht viel. Im Heim hat er so gut wie nie geredet. Jetzt tut er's manchmal. Sie freuen sich über jedes seiner Worte. Das gefällt dem kleinen Marek.

»Dann«, Papa lehnt sich zurück, »gehe ich eine rauchen.« Er ignoriert den missbilligenden Blick seiner Frau, klopft auf die Zigarettenschachtel in der Brusttasche seines hellblauen Hemdes. »Ich geh in die Küche«, sagt er, gibt ihr einen Kuss auf die Wange und steht auf.

Marek sitzt auf seinem Hochstuhl, das halbe Würstchen noch immer in der kleinen Faust. Seine Miene verdüstert sich, als ihm einfällt, dass sie's jetzt merken werden. Nicht das mit dem Kühlschrank, sondern das andere, was er danach gemacht hat.

»Und ich«, sagt Mama, »hol dir jetzt deinen Joghurt. Erdbeere oder Banane?«

»*Ehr*-beere«, piepst Marek.

Sie lacht. Steht auf, beugt sich über ihn und vergräbt das Gesicht in seinem Haar. Sie duftet nach frischer Seife und den Blumen draußen im Garten. Marek wird diesen Geruch nie vergessen.

Er hört ihre Schritte in seinem Rücken, sieht über die Schulter nach hinten. Sein neuer Papa steht vor der geschlossenen Küchentür, eine Hand auf der Klinke, in der anderen ein silbernes Gasfeuerzeug. Eine Zigarette wippt in seinem Mundwinkel, als er eine übertriebene Verbeugung andeutet und seiner Frau mit einer schwungvollen Armbewegung gutgelaunt den Vortritt lässt.

Marek wendet sich wieder um. O ja, denkt er, sie werden ihn ausschimpfen, aber verhauen werden sie ihn nicht. Sie sind lieb zu ihm, außerdem gibt es hier keinen geflochtenen Teppichklopfer wie den, den sie immer im Heim benutzt haben, wenn er eingepullert hat oder geweint oder schmutzige Finger hatte oder eine Rotznase, oder heimlich eine Steckdose untersucht hat. Man spielt nicht mit Dingen, die man nicht kennt, das haben sie ihm im Heim eingebläut, und die Knöpfe, die er vorhin am Küchenherd gedreht hat, die sind bestimmt genauso verboten wie die damals die Steckdose. Aber er war neugierig, also hat er's gemacht, und als er das Zischen gehört hat und dieser komische Geruch in seine Nase stieg, da hat er nicht gewusst, wie er's wieder zum Aufhören kriegt und ist lieber rausgegangen, hat die Küchentür hinter sich zugemacht, und obwohl er's dann nicht mehr gehört hat, wusste er, dass es noch da war, dieses unheimliche Zischen hinter der geschlossenen Tür, die jetzt schwungvoll hinter ihm geöffnet wird.

Seine kleinen Finger krampfen sich um das angebissene Würstchen. Er hört, wie seine neue Mama etwas sagt, *Riechst du das*?, ruft sie, der schrille Klang ihrer Stimme lässt Marek zusammenzucken. Vielleicht, denkt er und duckt sich ängstlich in seinen Hochstuhl, haben sie ja *doch* einen Teppichklopfer, er hört das Klicken, mit dem sein neuer Papa das Feuerzeug einschaltet, dann explodiert die Welt und versinkt in Flammen.

Dreiundfünfzig

Vierzehn Uhr vierzig.

»Sein Stiefbruder ist unverletzt geblieben«, sagte Schröder. »Er war in seinem Kinderzimmer im Keller, als das Gas explodiert ist. Schleef selbst hat sechs Monate im Krankenhaus gelegen, danach ist er wieder ins Heim gekommen. Später hat er das Studium begonnen. Er wollte Psychologe werden, um sich selbst zu heilen.«

»Du glaubst ihm?«, fragte Zorn.

»Er hat mir die Narben auf seinem Rücken gezeigt.«

»Wir prüfen das trotzdem.«

»*Naturalmente.*«

Die Kastanie bewegte sich sacht im Wind. Die Sonne strahlte über ihnen durch die Blätter, tauchte ihre Gesichter in ein pastellartiges, flaschengrün schimmerndes Farbenspiel.

»Schleef ist jedenfalls noch genauso verdächtig wie vorher«, sagte Zorn.

Schröder nickte schweigend.

»Eigentlich noch mehr.« Die Zigarettenkippe segelte zwischen Zorns Beinen zu Boden. Kies knirschte, als er sie unter seinem

Stiefel zermalmte. »Jeder ordentliche Psychopath, der was auf sich hält, hatte 'ne schlimme Kindheit. Ein Trauma oder so. Das gehört sozusagen dazu.«

»Du hältst Schleef für einen Psychopathen?«

»Wie nennst du jemanden, der psychisch Kranke grundlos in den Wahnsinn treibt?«

Schröder bückte sich, klaubte die Überreste von Zorns Zigarette aus dem Kies und warf sie kommentarlos in einen Papierkorb neben der Bank.

»Schleef bestreitet das«, sagte er und säuberte die Finger an der Cordhose. »Er ist freiwillig zu uns gekommen.«

»Weil er clever ist. Er weiß, dass wir ihn nicht lange festhalten können. Wir haben nichts gegen ihn in der Hand außer ein paar Indizien.«

Eine Krähe ließ sich über ihnen in den Zweigen nieder, sah aus glänzenden Knopfaugen auf sie herab.

»Buh!«, machte Zorn.

Die Krähe flatterte davon.

»Nicht, dass sie dir noch auf die Glatze kackt«, erklärte Zorn ernst, als er Schröders erschrockenen Blick bemerkte.

»*Gracias*. Sehr fürsorglich.«

»*De nada*, Schröder.«

»Was meinst du?« Schröder nickte in Richtung Präsidium. Die verglaste Fassade funkelte im Sonnenlicht wie ein gigantisches Ufo. »Wollen wir was essen?«

»Keinen Hunger.«

Schröder sah auf seine Uhr.

»Die Kantine macht gleich zu.«

»Besser ist das.«

»Es gibt Königsberger Klöpse.«

»Jetzt«, brummte Zorn, »hab ich erst recht keinen Hunger mehr.«

Schröder holte tief Luft.

»Ich eigentlich auch nicht.«

Ein Windstoß fegte über den Parkplatz. Eine Zeitung flatterte vorüber und verschwand hinter einem Mannschaftswagen.

»Wollen wir trotzdem reingehen?«, fragte Schröder.

»Warum?«

»Na ja.« Schröder kratzte sich am Kinn. »Vielleicht, um ein bisschen zu arbeiten?«

Darüber musste Zorn einen Moment nachdenken.

»Okay«, sagte er dann.

Schröder bedankte sich artig und ging voraus. Als er das Präsidium betrat, drückte ihm der Pförtner einen braunen Briefumschlag in die Hand mit der Bemerkung, dass dieser vor ein paar Stunden von einem äußerst komischen Kauz abgegeben worden sei. Bisher habe sich niemand von den Herrschaften in den oberen Stockwerken für zuständig erklärt, klar, schließlich gingen täglich Dutzende Anzeigen von irgendwelchen Spinnern ein. Aber Ordnung, fügte der Pförtner augenzwinkernd hinzu, müsse schließlich sein, vielleicht wären die Herren Kommissare ja so gnädig, sich um die Sache zu kümmern, und würden das Schreiben irgendwo abheften.

*

»Kapierst du das, Schröder?«

Sie standen über den Schreibtisch gebeugt. Vor ihnen lag der Inhalt des Umschlags, eine mit schwarzem Filzstift gezeichnete Skizze und ein doppelt gefaltetes DIN-A4-Blatt, beschrieben in ungelenken, nach hinten geneigten Buchstaben, als habe ein Schulkind die Nachricht verfasst:

HIERMIT WIRD DIE ÖRTLICHE POLIZEI VON MIR OFFIZIELL ÜBER EINE ENTFÜHRUNG INFORMIERT. DER SCHULDIGE IST FEUERFETISCHIST UND

BEREITS EINGESPERRT GEWESEN. OPFER IST EINE WEIBLICHE PERSON. ICH WERDE MICH SELBST KÜMMERN VIELLEICHT WIRD ES NICHT GELINGEN. DESWEGEN MUSS DIESER VERGESSENE ORT (GROSSE RUINE) VON DER POLIZEI UNTERSUCHT WERDEN.

»Sieht aus, als hätte ein Spinner das geschrieben«, sagte Zorn.

Schröder antwortete nicht. Er las den Brief ein zweites, dann ein drittes Mal. Zorn wurde ungeduldig, öffnete den Mund, doch plötzlich richtete Schröder sich auf und griff nach dem Telefon.

»Kein Spinner«, erklärte er knapp und drückte auf eine Kurzwahltaste.

»Wen rufst du an?«, fragte Zorn.

»Den Pförtner.«

»Warum …«

»Beschreiben Sie den Mann!«

Es dauerte einen Moment, bis Zorn begriff, dass Schröder nicht mit ihm, sondern mit dem Pförtner am anderen Ende der Leitung sprach.

»Ich bin nicht sicher, welche Konsequenzen das für Sie haben wird«, sagte Schröder, nachdem er einen Moment gelauscht hatte. »Aber die Tatsache, dass Sie einen hilfesuchenden Menschen einfach in die Wüste geschickt haben, nur, weil er nicht in Ihr persönliches Raster passt, werden Sie noch bereuen, Kollege.«

Krachend wurde der Hörer aufgelegt.

»Vollidiot«, knurrte Schröder.

»Hast du gerade …«

»Allerdings, ich habe *Vollidiot* gesagt.«

»Respekt«, murmelte Zorn verblüfft.

»Das hier«, Schröder drückte dem verdatterten Zorn den Brief in die Hand, »liest sich durchaus ungewöhnlich, das bestreite ich nicht. Aber die Wortwahl und die komplizierte Ausdrucksweise haben einen Grund.«

»Das ist mir klar, Schröder. Sonst wärst du wohl kaum so ausgetickt.«

»Lies.«

»Hab ich schon.«

»Lies noch mal.«

Das tat Zorn.

»Und?«, fragte Schröder. »Fällt dir was auf?«

»Nee.«

»Es fehlt ein Buchstabe. Der Schreiber benutzt kein A. Deshalb die ungelenken Formulierungen. Eine psychische Zwangshandlung, ein harmloser Tick. Das steht zumindest in Marek Schleefs Akten, und ich kenne den Mann, der genau wegen dieser Störung bei Schleef in Behandlung ist. Sein Name ist Kuno, den Nachnamen weiß ich nicht. Nach der Beschreibung des Pförtners ist er heute Morgen hier gewesen. Kannst du mir bis hierhin folgen?«

Das konnte Claudius Zorn. Allerdings nur mit Mühe.

»Er behauptet, eine Frau wäre entführt worden«, fuhr Schöder fort. »Den Täter bezeichnet er als *Feuerfetischisten*. Genau dieses Wort hat er in Bezug auf Ignaz Stein benutzt, um die Bezeichnung *pyroman* zu umschreiben. Das alles kann natürlich Einbildung eines verwirrten Menschen sein, aber falls nicht, hat Ignaz Stein eine Frau in seiner Gewalt, und zwar hier.« Schröder deutete auf die Skizze. »Das, was auf diesem Plan markiert wurde, ist einer der leerstehenden Wohntürme in der Neustadt. Und jetzt klapp die Kinnlade wieder hoch und schick eine Streife dorthin, ja?«

Schröder wandte sich zur Tür.

»Ich gehe in der Zeit einen Klops essen.«

*

Am Nachmittag frischte der Wind merklich auf. Eine steife Brise fegte allerlei Unrat über die Magistrale, das riesige Johnny-Depp-Plakat blähte sich an der Fassade des Multiplexkinos. Staub wirbelte zwischen den Verkaufsständen rund um den verlassenen Wohnturm, Sonnenschirme flatterten im Wind. Sechzig Meter weiter oben wehte der Wind wesentlich stärker, zerrte an den maroden Fenstern, pfiff in jaulenden Böen durch die geisterhaften Flure.

Frieda Borck hatte das Bewusstsein verloren. Reglos lag sie im Dreck, wie ein vergessenes, achtlos weggeworfenes Spielzeug. Ihre zierliche Gestalt war mittlerweile von einer Staubschicht bedeckt, es schien, als wolle das Haus sie allmählich in Besitz nehmen. Ihr Oberkörper war halb zur Seite gesackt, die Fesseln verhinderten, dass sie gänzlich zu Boden sank. Sie war nicht schwer, weiß Gott nicht, doch ihr Gewicht reichte aus, dass sich die Kabelbinder nach und nach immer tiefer in ihre Handgelenke gruben. Die verschorften Wunden rissen wieder auf, Blut strömte in dünnen, pulsierenden Bahnen die Unterarme entlang, tropfte von ihren Ellbogen in den Staub. Ein Rinnsal, wie Wasser aus einem undichten Hahn.

Tropf.

Langsam zunächst.

Tropf. Tropf. Tropf.

Doch die Abstände wurden kürzer.

Tropftropftropftropftropf.

Vierundfünfzig

Sechzehn Uhr zwanzig.

»Trink deinen Tee, Diethardt.«

Elsa klang besorgt. Seit Stunden saß ihr Bruder jetzt hinter dem Schreibtisch und starrte wie hypnotisiert auf das Zifferblatt mit dem Clownsgesicht seiner Plastikarmbanduhr. Auf ihre Fragen, wer ihn angerufen habe, war keine Reaktion erfolgt. Die Tageszeitung, die er gewöhnlich nach dem Frühstück mit wichtiger Miene von der ersten bis zur letzten Seite studierte, lag unbeachtet neben dem *Benjamin-Blümchen*-Heft. *MOTIVE DES ATTENTÄTERS NOCH VÖLLIG IM DUNKELN!* stand in fetten Buchstaben auf dem Titelblatt. Darunter waren vier Schwarzweißfotos mit den Porträts der ermordeten Polizisten abgedruckt.

»Er wird doch sonst kalt.«

Sie berührte ihn sacht an der Schulter.

Er murmelte etwas, ohne aufzusehen.

»Was sagst du?«

»Jedesmal, wenn ich auf die Uhr sehe«, wiederholte er mit monotoner Stimme, »werde ich mich an meine Mission erinnern.«

»Ich verstehe dich nicht.«

Diethardt hob den Kopf. Sah sie an und lächelte. Die Fältchen um seine Augen vertieften sich zu einem dichten, spinnenartigen Netz.

»Das musst du auch nicht, Elsa«, sagte er sanft.

Ihre Augen weiteten sich. Ihr Mund öffnete sich in einem Ausdruck des ungläubigen Staunens. Es war Monate, wenn nicht sogar Jahre her, dass er sie erkannt, bei ihrem Namen genannt hatte.

»Diethardt, ich …«

Ihre Stimme versagte.

»Sei bitte so lieb und lass mich allein.«

Er klang wie früher. Ruhig, überlegt, beherrscht. Trotzdem, etwas stimmte nicht. Sein Blick. Klar und gleichzeitig leer, aus großen, weitaufgerissenen Augen.

»Ich erwarte einen wichtigen Anruf.«

Diethardt beugte sich wieder über die Uhr an seinem Handgelenk. Ohne das Zifferblatt aus den Augen zu lassen, tastete er über den Schreibtisch, seine langen Finger schlossen sich um den Hörer des Festnetztelefons.

Als sie das Zimmer verließ, war sie nicht sicher, ob sie sich freuen sollte. Sie drückte die Tür leise ins Schloss, dachte an die Worte ihres Bruders.

Jedesmal, wenn ich auf die Uhr sehe, werde ich mich an meine Mission erinnern.

Nein. Das alles gefiel ihr nicht.

*

»Papa muss arbeiten.«

»Arbeiten?«

»Ja«, sagte Zorn ins Telefon. »Aber wir sehen uns morgen, Edgar.«

»Sprochen?«

»*Ver*-sprochen«, nickte Zorn.

»Ögi auch?«

»Klar doch. Was meinst du, wollen wir alle in den Zoo gehen? Den kleinen Elefanten besuchen?«

Ein Grinsen huschte über Zorns vernarbtes Gesicht, als der Jubelschrei seines kleinen Sohnes durch den Hörer drang.

»Ich hab dich lieb, mein Edgar.«

»Hab dich auch lieb, Papa.«

»Gibst du mir noch mal Mama?«

Die Bürotür wurde aufgerissen, Schröder kam herein.

»Sorry«, sagte Zorn ins Telefon, »ich schaff's heute wirklich nicht, Malina. Ist es okay, wenn ich ihn morgen hole?«

»Hast du Stress?«, fragte sie.

»Das«, erwiderte er, »kann man so sagen. Hier ist so ziemlich die Hölle los und ...« Zorn verstummte, als er Schröders ernstes Gesicht sah. »Ich muss Schluss machen, Malina. Ich hole ihn morgen aus dem Kindergarten ab.«

Er beendete das Gespräch.

»*Hölle*«, erklärte Schröder. »trifft es ganz gut.«

»Wieso? Hast du die Klopse nicht vertragen?«

»Ich musste die Hälfte stehen lassen.«

»Du Armer.« Zorn legte das Handy auf den Schreibtisch, las die Uhrzeit vom Display ab. »Darf man fragen, wo du dich die letzten anderthalb Stunden rumgetrieben hast?«

»Ich hab zwei Leichen identifiziert.«

»Verarsch mich nicht, Schröder. Wir haben wirklich genug …«

»Die Streife hat mich angerufen. Ich war gerade beim zweiten Klops. Die waren übrigens ganz lecker. Bis auf die Kapern, falls dich das interessiert.«

»Tut es nicht.«

»Sie haben tatsächlich was gefunden.« Schröder lehnte sich neben der Tür an die Wand. »Zwei Tote, auf dem Boden des Treppenhauses. Der Beschreibung nach hab ich geahnt, um wen es sich handelt, aber ich wollte sichergehen und hab sie mir angeguckt. Kuno, der heute Morgen den Brief abgegeben hat, war ziemlich leicht zu identifizieren. Bei Ignaz Stein war es nicht so einfach, sein Gesicht ist von einem Feuerlöscher zertrümmert worden.«

»*Fuck*«, murmelte Zorn.

»Ich verabscheue Vulgärausdrücke«, seufzte Schröder. »Aber momentan fällt mir kein passenderes Wort ein, um die Situation zu beschreiben.«

Fünfundfünfzig

Sechzehn Uhr vierzig.

»Ein Pyromane, der ausgerechnet durch 'nen *Feuerlöscher* ums Leben kommt. Das ist irgendwie …«, Zorn schüttelte den Kopf, »schräg.«

»Es ist traurig«, korrigierte Schröder. »Der Junge war nicht mal achtzehn.«

Er stand am Fenster, sah hinunter auf den Parkplatz. Die große Kastanie bog sich im Wind, ein paar Blätter trudelten gemächlich auf die Dächer der Streifenwagen. Der Nachmittag war diesig geworden, Schleierwolken trieben über den Himmel.

»Wie's aussieht, sind die beiden aus großer Höhe gestürzt«, sagte Schröder. »Die Spurensicherung hat keine Hinweise auf eine dritte Person gefunden, aber die haben auch erst angefangen. Das Gebäude ist riesig, es kann Tage dauern, bis es komplett durchsucht ist.«

»Simon Olytsch ist vorhin aufgewacht.« Zorn trat neben Schröder ans Fenster. »Er hatte 'nen Filmriss, konnte sich nicht erinnern, was er heute Morgen mit seiner Frau angestellt hat. Einer der Wärter hat's ihm erzählt. Olytsch hat 'nen Tobsuchtsanfall gekriegt, sie mussten ihm ein Beruhigungsmittel geben, und jetzt«, Zorn stieß geräuschvoll die Luft aus, »pennt er wieder. Es wird dauern, bis er vernehmungsfähig ist.«

»Was ist mit Benjamin Bley?«

»Der«, erklärte Zorn, »liegt mit zerschossenem Gesicht in der Pathologie. Wir können's versuchen, aber ich kann mir nicht vorstellen, dass wir ein halbwegs vernünftiges Wort aus ihm rauskriegen.«

Schröder warf ihm einen kurzen Seitenblick zu. Zorn wurde augenblicklich ernst.

»Ich hab mir die Bilder aus den Überwachungskameras noch mal angeguckt«, sagte er. »Bley ist in die Wache gestürmt, hat um sich geschossen und ist dann nach hinten verschwunden, wo er sich umgebracht hat. Das Ganze hat nur ein paar Sekunden gedauert. Drei Leute befragen seit gestern die Zeugen, rausgekommen ist dabei nix.«

Schröder kaute nachdenklich auf der Unterlippe.

»Wie sagtest du vorhin so schön?«, fragte er nach einer Weile.

»*Fuck*?«, schlug Zorn vor.

»Genau«, nickte Schröder. »Das meinte ich.«

Ein Uniformierter lief über den Parkplatz. Ein Windstoß blies ihm die Mütze vom Kopf. Zorn und Schröder beobachteten, wie er vergeblich versuchte, die davonrollende Mütze zu greifen, und schließlich mit wehendem Schlips und fliegenden Rockschößen gebückt zwischen den Streifenwagen verschwand.

»Was ist mit Schleef?«, fragte Zorn. »Sollten wir den nicht noch mal vernehmen?«

»Sicherlich«, seufzte Schröder. »Aber das mach ich später. Im Moment kann ich diesen Menschen einfach nicht ertragen.«

Es klopfte. Ein junger Beamter trat ein, blieb vor den Schreibtischen stehen.

»Das soll ich hier abgeben«, sagte er ein wenig unsicher und hielt ihnen einen braunen Umschlag entgegen. »Kommt aus dem Labor.«

Zorn deutete wortlos auf Schröder, der neben ihm an der Heizung lehnte. Dieser bedankte sich höflich, setzte sich an den Schreibtisch und zog ein paar Formulare aus dem Umschlag.

»Sie dürfen sich dann entfernen«, erklärte Zorn dem jungen Mann und wedelte mit den gespreizten Fingern der gesunden Hand in Richtung Tür. »Wir brauchen Sie vorerst nicht mehr.«

Der junge Mann gehorchte umgehend.

»Was ist das?«, fragte Zorn, nachdem sich die Tür nahezu lautlos geschlossen hatte.

»Ein Laborbericht«, murmelte Schröder zerstreut, den Blick auf die engbeschriebenen Seiten gerichtet.

»Das«, erwiderte Zorn, »ist mir klar. Schließlich bin *ich* es gewesen, den du heute früh mit irgendwelchen Pillen ins Labor geschickt hast, ohne auch nur ein Wort zu sagen, wo du die Dinger her hast. Ich spiele wirklich gerne den Laufburschen, aber langsam … sag mal, hörst du mir überhaupt zu?«

Keine Reaktion.

»Ich hab dich was gefr…«

Schröder hob nur die Hand. Mit der anderen stützte er den

Kopf ab, während er sich weiter über den Bericht beugte. Als er schließlich zurücksank und zu Zorn aufsah, tat er dies mit einem seltsam verträumten, abwesenden Ausdruck in den himmelblauen Augen.

»Was sagt dir der Begriff *Placebo*?«

Diesmal war es Zorn, der nicht reagierte. Er wusste, dass Schröder keine Antwort erwartete. Er hatte eine Vermutung gehabt, diese schien sich bestätigt zu haben. Jetzt dachte er nach. Entrückt starrte er ins Leere, die kahle, sonst spiegelglatte Stirn furchte sich in tiefen Falten, während sein Verstand mit Dingen beschäftigt war, deren Sinn Claudius Zorn in den meisten Fällen nur erahnen konnte. Und so wunderte er sich nicht, als Schröder plötzlich schwungvoll eine Schublade seines Schreibtischs öffnete, Marek Schleefs Terminplaner herausholte und eifrig zu blättern begann, bis er auf etwas gestoßen war.

»Sehr gut«, nickte Schröder. »Noch knapp zwei Stunden Zeit.«

Zorn lehnte frustriert an der Heizung und begann, in einer Mischung aus Resignation und Fatalismus seine Fingernägel zu säubern, während Schröder zur Tür ging und hastig seine Windjacke überstreifte.

»Ich bin im Archiv«, sagte er.

»Fein«, sagte Zorn.

Mehr nicht.

Irgendwann würde Schröder es ihm erklären. Jetzt war der feine Herr offensichtlich in Eile, und von allein – das wusste Zorn aus jahrelanger, leidvoller Erfahrung – würde er sowieso nicht drauf kommen, er war einfach nicht in der Lage, Schröders intellektuellen Fähigkeiten auch nur ansatzweise zu folgen. Es war sinnlos. In etwa so sinnlos wie der Versuch, eine startende Concorde mit einem rostigen Dreirad zu verfolgen.

»Ach ja.« Schröder war bereits auf dem Flur, sein pausbäckiges Gesicht erschien noch einmal in der Tür. »Sei so gut und gib unten Bescheid, die sollen Marek Schleef laufen lassen.«

»Was?!«

»Er ist unschuldig«, sagte Schröder.

Und schloss die Tür.

*

»Haben Sie meine Anweisungen verstanden?«

»Ja«, nickte Diethardt. »Das habe ich.«

»Die Ministerin verlässt sich auf Sie!«, bellte der Anrufer. »Ist Ihnen das bewusst?«

»Das ist es.«

»Sie sind in der Lage, Ihre Wohnung unbemerkt zu verlassen?«

»Jawohl.«

»Sie kennen den Treffpunkt?«

»Jawohl.«

»Uhrenvergleich!«, befahl der Anrufer.

»Siebzehn Uhr einundvierzig.«

»Was geschieht, wenn Sie auf Ihre Uhr sehen?«

»Ich … ich werde mich an meine Mission erinnern.«

»Wiederholen Sie das!«

»Ich werde mich an meine Mission erinnern.«

Sechsundfünfzig

Achtzehn Uhr vierundzwanzig.

Die Sonne stand tief über der Neustadt. Der Wind hatte nachgelassen, der Himmel klarte wieder auf. Vereinzelte Wolken trieben über das allmählich verblassende Blau nach Westen. Die Fenster in den Plattenbauten öffneten sich nach und nach, Männer in weißen Unterhemden und Frauen mit geblümten Kittelschürzen legten Kissen in die Fensterbretter, rauchten und sahen aus trüben Augen hinab auf die Straßen.

Der Platz im Zentrum war belebt. Stimmengewirr hallte zwischen den drei langgestreckten Baracken wider, aus einem Kofferradio dröhnte ein mit hektischem Technobeat unterlegter Schlager von Jürgen Drews. Auf der Wiese neben dem Skaterpark grillte eine türkische Großfamilie. Drei Teenager schlurften mit hängenden Schultern vorbei, bedachten den schnauzbärtigen Mann am Grill mit stummen, feindseligen Blicken und gingen weiter zum Spielplatz. Dort setzten sie sich auf eine Bank, ließen eine Weinflasche kreisen und ignorierten die beiden kleinen Mädchen, die in kurzen Hosen lachend durch den aufspritzenden Sand tobten. Tagsüber gehörte der Spielplatz den Kleinen, nach Einbruch der Dunkelheit wurde er von Dealern, obdachlosen Flaschensammlern und gelangweilten Halbwüchsigen bevölkert. Jetzt, kurz vor halb sieben, mischten sich die Gruppen, und es schien unklar, ob die einen zu lange geblieben oder die anderen zu früh gekommen waren.

Neonlicht flammte hinter den Scheiben des Discounters auf. Ein glatzköpfiger, korpulenter Mann humpelte, auf eine Krücke gestützt, an den aufgereihten Einkaufswagen vorbei. Sein Gesicht war vor Anstrengung gerötet, seine Augen stur zu Boden gerichtet. Unbeholfen stieg er die Stufen zum Therapiezentrum hinauf, lehnte die Krücke an das Geländer und machte Anstalten, die Klingel zu betätigen. Er bemerkte die angelehnte Tür, zögerte verwundert, stemmte sich mit der Schulter dagegen und trat schnaufend ein. Es dauerte lange, bis er die Treppe zum Obergeschoss erreicht hatte, und als er über den leeren Flur zu Marek Schleefs Büro humpelte, da keuchte er, und ein Schweißfilm glänzte auf seiner kahlen Stirn.

»Marek?«

Auch die Bürotür war nur angelehnt. Zögernd humpelte er hinein, bemerkte die leergeräumten Regale, die offenen Schränke.

Der Sessel hinter dem Schreibtisch war zum Fenster gedreht, die hohe Lehne zeigte zur Tür. Plötzlich schwang der Sessel herum.

»Hallo, Hagen«, sagte Schröder freundlich. »Schön, dass du pünktlich bist.«

*

Er lehnte an der Heizung und rauchte. Das war natürlich verboten, streng verboten sogar, aber Claudius Zorn war nervös. Außerdem hatte er das Fenster hinter sich gekippt, die meisten Kollegen im Präsidium hatten Feierabend, und Schröder, das ahnte Zorn, würde so schnell nicht wiederkommen. Wo immer er sich jetzt auch herumtreiben mochte.

Etwas stimmte nicht. Es war nur ein Gefühl, trotzdem spürte Zorn, dass etwas fehlte. Sie übersahen etwas. Aber was?

Er neigte den Kopf, blies den Rauch aus dem Mundwinkel in die hereinbrechende Dämmerung. Ein Luftzug wehte den Qualm zurück ins Büro, ein Zettel flatterte vom Schreibtisch und segelte zu Boden. Zorn hob ihn auf, es war der Brief, den Kuno am Morgen an der Pforte abgegeben hatte.

Hiermit wird die örtliche Polizei von mir offiziell über eine Entführung informiert, las Zorn. *Opfer ist eine weibliche Person.*

Zorn blinzelte, der Zigarettenrauch stieg ihm in die Augen. Etwas Asche fiel herab, landete direkt auf Schröders Tastatur. Zorn ignorierte es, obwohl er wusste, dass Schröder ihm wahrscheinlich die Hölle heißmachen würde.

Scheiß drauf.

Er nahm seine Lederjacke und verließ das Büro.

Siebenundfünfzig

Achtzehn Uhr dreiunddreißig.

»Ich wusste weder deinen Nachnamen noch deine Adresse«, sagte Schröder. »Es hätte wohl eine Weile gedauert, dich aufzuspüren, aber zum Glück«, er holte Schleefs Terminplaner aus der Innentasche seiner Windjacke, »hatte ich das hier. Ihr habt einen Termin, und wie ich sehe, hast du ihn wahrgenommen.«

»Ich …« Hagen blinzelte verwirrt. »Ich verstehe nicht, was hier los ist.«

»Das glaube ich dir.« Schröder sah lächelnd zu Hagen auf. »Zunächst ging's mir genauso.«

Hagen streckte sich, noch immer auf die Krücke gestützt, presste die freie Hand gegen den Steiß und sah sich mit schmerzverzogenem Gesicht nach einer Sitzgelegenheit um. Schröder betrachtete ihn mit ausdrucksloser Miene.

»Lass den Quatsch, Hagen.«

»Ich verstehe nicht, was …«

»Das bemerktest du bereits.«

Ihre Blicke trafen sich.

»Du hast mir eine wirklich herzzerreißende Geschichte erzählt«, sagte Schröder kalt. »Wie sie gestorben sind, deine Frau und deine kleine Tochter. Charlotte und Sofie, richtig? Seltsamerweise hat es in den letzten fünf Jahren nirgendwo hier in der Gegend einen Autounfall gegeben, bei dem zwei Menschen mit diesen Vornamen ums Leben gekommen sind. Übrigens auch keinen Schwerverletzten, der Hagen hieß und … hör auf mit diesem Schmierentheater!«

Schröder hatte die Stimme nur ein wenig gehoben. Hagen, der schwerfällig auf die an der Wand gestapelten Stühle zugehumpelt war, blieb erschrocken stehen.

»Ich erzähle dir jetzt ebenfalls eine Geschichte«, erklärte Schröder ruhig. »Im Gegensatz zu deiner ist es die Wahrheit. Vor ein paar Jahren wäre ich beinahe erstochen worden. Glücklicherweise bin ich relativ schnell wieder auf die Beine gekommen, aber ich musste monatelang Schmerzmittel nehmen. Oxycodron, um genau zu sein. Das Mittel dürfte dir geläufig sein, schließlich stand der Name auf dem Fläschchen, das du neulich bei mir vergessen hast. Meine Pillen waren grün. Deine waren weiß. Das konnte sich natürlich im Laufe der Jahre geändert haben. Und es war durchaus möglich, dass du die Namen deiner angeblichen Familie geändert hast, als du mir deine Geschichte erzählt hast. Zu diesem Zeitpunkt konnte ich also nicht sicher sein, also dachte ich mir Folgendes.« Schröder faltete die Hände auf dem Tisch. »Wenn der Unfall eine Lüge war, dann gab es auch keine Verletzung. Und wenn es *die* nicht gab, wozu braucht Hagen dann ein Schmerzmittel? Also hab ich's prüfen lassen. Das Labor hat keinerlei Wirkstoffe gefunden, aber das muss ich dir wohl nicht extra sagen.«

Hagen hatte schweigend zugehört. Seine Haltung hatte sich nicht verändert, er krümmte sich über die Krücke wie eine großes, dickleibiges Reptil.

»Du bist Polizist?«, fragte er.

»Seit über zwanzig Jahren.«

Hagens Augen verengten sich.

»Ursprünglich war ich Marek Schleef auf der Spur, aber wie's der Zufall so will«, Schröder hob lächelnd die Schultern, »bin ich bei dir gelandet.«

»Was immer Marek auch angestellt haben mag.« Kopfschüttelnd humpelte Hagen zur Wand, lehnte die Krücke an den Schrank und langte nach dem obersten Stuhl auf dem Stapel. »Ich weiß es nicht, will es auch nicht wissen, aber ich frage mich«, schnaufend zerrte er an den verhakten Metallbeinen, »was das alles mit mir zu tun haben soll. Wo ist Marek eigentlich?«

»In einer Untersuchungszelle. Das heißt«, korrigierte sich Schröder, »mittlerweile sollte er wieder auf freiem Fuß sein. Wir beide wissen, dass er unschuldig ist.«

Breitbeinig kam Hagen zurückgehinkt, stellte den Stuhl vor den Schreibtisch und setzte sich mit einem erleichterten Seufzen.

»Tu mir einen Gefallen«, erklärte Schröder sanft. »Lass endlich diese alberne Komödie, du beleidigst meine Intelligenz.«

Hagen erwiderte Schröders Lächeln.

»Ich habe absolut keine Ahnung, wovon du sprichst.«

»Als du mich neulich besucht hast, da wolltest du meine Schwachstellen ausloten. Herausfinden, wie du mich manipulieren kannst. Ebenso wie die anderen.«

»Weshalb um alles in der Welt sollte ich so etwas tun?«

Schröder ignorierte die Frage.

»Bis vor ein paar Stunden hatten wir nur Schleef in Verdacht. Niemand außer ihm hatte das nötige Wissen. Heute Morgen hat er behauptet, dass jemand hier eingebrochen sei. Gestohlen wurde nichts. Im Gegenteil, ich wette, du hast penibel darauf geachtet, deine Spuren zu verwischen. Es ging dir einzig und allein um Informationen. Du hast die Patientenakten gelesen.«

Ratlos, wie in stummer Verzweiflung, hob Hagen die Hände. Er saß breitbeinig auf dem Stuhl, die Hemdknöpfe schienen jeden Moment über dem dicken Bauch aus den Nähten zu platzen.

»Ich bewundere deine Phantasie, aber das ist wirklich …«

»*Du* warst es, der all diese Telefonate geführt hat«, unterbrach Schröder. »Mit Simon Olytsch, den du mit dieser *Carlos*-Nummer in den Wahnsinn getrieben hast. Du hast seine Frau angerufen und dich als Schleef ausgegeben. Was du mit Lisbeth Bley angestellt hast, werden wir noch rauskriegen, und auch, wie du's geschafft hast, ihren Mann so weit zu treiben, dass er vier Polizisten ermordet hat. Wir werden dir nachweisen, dass du den Verdacht auf Marek Schleef lenken wolltest, indem du dieses Prepaidhandy genau hier«, Schröder klopfte mit dem Knöcheln auf die Tischplatte, »in seiner Schublade deponiert hast.«

»Ach Gott«, seufzte Hagen. »Was kommt als Nächstes?«

»Das Handy wird gerade untersucht. Womöglich finden sich Fingerabdrücke darauf. *Deine* Fingerabdrücke.«

»Sicher doch.«

Ein mitleidiges Lächeln huschte über Hagens breites, noch immer gerötetes Gesicht.

»Du hast recht«, murmelte Schröder. »Dafür bist du zu clever.« Er faltete die Hände unter dem Doppelkinn und musterte Hagen eine Weile. »Du weißt viel mehr, als in den Patientenakten steht. Du hast die Sitzungen belauscht, richtig? Hast du Handschuhe getragen, als du die Wanzen installiert hast?«

Ein blitzartiges, alarmiertes Zucken der Augen in Richtung Decke, dann hatte Hagen sich wieder unter Kontrolle. Stumm, die großen Hände zwischen den Knien gefaltet, lächelte er Schröder an.

»Ich *weiß*, dass du's getan hast«, sagte Schröder. »Ich werd's dir auch nachweisen. Ich frage mich nur, warum du diese alberne Maskerade aufgeführt hast. Was dich dazu getrieben hat, all diese Existenzen zu zerstören. Sagst du's mir?«

Schweigen.

»Wie du meinst«, seufzte Schröder. »Wir können dieses Gespräch hier zu Ende führen oder auf der Wache.« Er lehnte sich zurück, hob die Hüften und langte hinter sich. »Ich benutze dieses Ding nur ungern«, sagte er, und es klang, als wolle er sich für die Pistole entschuldigen, die er aus dem Gürtel gezogen hatte, »aber in Anbetracht dessen, was du getan hast, sollte ich wohl auf Nummer Sicher gehen, Hagen.«

Die Waffe funkelte in Schröders kurzen Fingern.

»Wobei ich nicht glaube, dass dies dein richtiger Name ist. Deine wahre Identität werden wir bald klären, es …«

Schröder verstummte, als Hagens massiger Körper urplötzlich emporschnellte und wie ein angreifender Stier über den Schreibtisch auf ihn zuflog.

Achtundfünfzig

Neunzehn Uhr fünf.

Vier Scheinwerfer mit insgesamt acht Kilowattstunden Leistung tauchten die unteren sechs Etagen des Treppenhauses in gleißendes Licht. Es war, als würde ein Sience-Fiction-Film gedreht, dachte Zorn, der ganz unten neben der halboffenen Tür zu den Kellergängen lehnte und zusah, wie drei Männer in weißen Schutzanzügen den aufgehäuften Müll untersuchten. Schweigend bückten sie sich über den Unrat, Staub wirbelte wie künstlicher Trockennebel zwischen ihnen empor.

Zorn hob fröstelnd die Schultern, kalte, modrige Luft umwehte ihn. Einer der Männer kam vorsichtig heruntergeklettert. Breitbeinig, mit rudernden Armen tapste er auf Zorn zu.

»Keine Hinweise auf eine dritte Person«, sagte er. Mit seiner dicken Hornbrille und der um das glatte Gesicht festgezurrten weißen Kapuze erinnerte er Zorn an Woody Allen, als dieser in einem seiner frühen Filme ein verängstigtes Spermium gespielt hatte.

»Ich weiß«, sagte Zorn. »Schröder hat's vorhin erzählt.«

»Wo ist der eigentlich?«

»Schröder?« Zorn zuckte die Achseln. »Ermitteln, nehme ich an.«

»Wir haben Kampfspuren gefunden. Oben auf dem Absatz zur vierten Etage.«

Unwillkürlich hob Zorn den Kopf, stieß eine leise Verwünschung aus und schloss geblendet die Augen. Es war, als hätte er in dic Flutlichter eines landenden Ufos geblickt.

»Sie haben miteinander gerangelt und sind dann zusammen übers Geländer gestürzt«, sagte das Spermium. »Einer der beiden hatte kein Gesicht mehr. Der sah aus wie … na ja, seien Sie froh, dass die Leichen längst abtransportiert sind.«

Das war Zorn natürlich.

Wie aus dem Nichts tauchte plötzlich eine uniformierte Gestalt hinter Zorn auf, gefolgt von einer weiteren. Zorn gelang es nur mit Mühe, einen spitzen Schrei zu unterdrücken, während die beiden Beamten gebeugt aus dem Keller gestapft kamen, ihre Taschenlampen unter die Achseln klemmten und sich eine Zigarette anzündeten, nachdem sie halbherzig versucht hatten, den Staub von den verdreckten Uniformen zu klopfen.

»Und?«, fragte Zorn nach einer Weile.

»Nüscht«, sagte der eine.

»Keine Menschenseele.« Der andere schüttelte den Kopf. Eine Spinnwebe baumelte am Schild seiner Uniformmütze. »Nur Dreck, Ratten und Scheiße.«

»Na dann«, Zorn deutete nach oben, »ab in die nächste Etage.«

Der eine sah schweigend auf seine Uhr.

»Wir haben fast 'ne Stunde gebraucht, bis wir mit dem Keller durch waren«, sagte der andere. Sein Gesicht verschwand unter einer dicken Dreckkruste. »Der verdammte Kasten hat achtzehn Etagen. Wenn wir die alle durchsuchen sollen, dann dauert das ja bis … also das dauert dann …«

Er paffte stirnrunzelnd an seiner Zigarette.

»Achtzehn Stunden«, half der eine.

»Genau«, nickte der andere.

»Wir suchen nach einem möglichen Entführungsopfer«, sagte Zorn.

»Hier ist niemand«, sagte der eine. »Wir haben uns die verdammten Lungen aus dem Leib gebrüllt. Null Reaktion.«

»Trotzdem«, beharrte Zorn. »Wir müssen …«

»*Gar nüscht* müssen wir«, erklärte der andere gedehnt. »Ich kenne dich, Zorn. Du bist 'n hochnäsiges Arschloch, aber du hast hier überhaupt nix zu melden. Wir haben längst Feierabend. Und wenn wir Überstunden machen sollen, dann soll dein Chef uns das sagen.«

als ich volljährig wurde. Bis dahin hieß ich Constantin Schleef. Marek würde sich womöglich als meinen Stiefbruder bezeichnen, aber in Wahrheit ist er der Mörder meiner Eltern.«

*

Vielleicht spinne ich ja auch, dachte Zorn.

Er stand keuchend auf dem Flur des dritten Stockwerks. Zwei Etagen hatte er bereits durchsucht, jeweils zwanzig Wohnungen mit insgesamt sechzig Zimmern. Alles in allem, hatte er ausgerechnet, musste er über tausend Zimmer kontrollieren. Falls jemand hier war, falls *sie* hier war, dann war sie in etwa so leicht zu finden wie die sprichwörtliche Nadel im verdammten Heuhaufen.

Scheiße, dachte Zorn.

Frieda kannte Ignaz Stein. Er ist gefährlich, hatte sie zu Zorn gesagt. Sie hatte ihn unter Druck gesetzt. Vielleicht hatte er's ihr heimzahlen wollen und sie in seine Gewalt gebracht.

Vielleicht. Vielleicht auch nicht.

Er nahm sein Handy. Die Uhrzeit auf dem Display zeigte zwei Minuten vor acht. Hier oben hatte er wieder Empfang, er drückte die Wahlwiederholung.

Der Teilnehmer ist im Moment nicht …

Das Handy verschwand in der Jackentasche.

Womöglich sitzt sie jetzt irgendwo am Strand und guckt in die untergehende Sonne, dachte Zorn. Kann sein. Vielleicht ist sie auch irgendwo hier.

Die beiden Uniformierten waren längst weg. Die Spurensicherung mittlerweile auch. Zorn hatte angeordnet, die Scheinwerfer im Treppenhaus anzulassen und um eine Taschenlampe gebeten, mit der er jetzt in den Flur der dritten Etage leuchtete. Der Strahl huschte wie ein Lichtschwert über die Wände, streifte die schier endlose Reihe der Wohnungstüren. Zorn sah den Fahrstuhlschacht, ein gähnendes Loch. Daneben einen Vogelkäfig. Eine modernde

Teppichrolle. Verstaubte Bierkästen. Ein zerfetztes Ledersofa. Überall Müll, so weit das Auge reichte.

Es stank. Es war ein bisschen unheimlich.

Scheiß drauf.

Weiter. Los, weiter.

*

»Ich war immer in seiner Nähe. Hab ihn beobachtet, fast zwanzig Jahre lang. Zwanzig verdammte Jahre, kannst du dir das vorstellen?«

Hagen, wie Schröder Constantin Schleef noch immer in Gedanken nannte, saß rittlings vor ihm auf dem Stuhl. Er wirkte freundlich, redete in aufgeräumtem, lockerem Plauderton. Doch hinter dieser Fassade lauerte etwas anderes. Der Tod. Schröder würde sterben, das hatte Hagen längst beschlossen.

»Marek ist ein Hochstapler, wusstest du das?«

Tief und gleichmäßig atmete Schröder durch die Nase. Das Klebeband spannte über den Lippen, es juckte fürchterlich. Doch er zuckte mit keiner Wimper.

»Ich hätte ihn anzeigen können«, fuhr Constantin Schleef fort. »Ich hätte ihn natürlich auch töten können, aber damit hätte ich ihm nur einen Gefallen getan. Jedenfalls bis vor ein paar Jahren noch. Er hat genauso gelitten wie ich, er hat sein Studium abgebrochen, er hat gesoffen, er war völlig am Ende. Aber dann hat er diese Praxis aufgemacht, und er hatte *Erfolg*!«

Hagen (nein, Constantin, verbesserte sich Schröder) klang entrüstet. Er schwang sich aus dem Stuhl, vergrub die Hände in den Hosentaschen und sah kopfschüttelnd auf Schröder hinab.

»Ich *musste* was tun«, erklärte er und hob die Schultern. »Dieser Mensch hat mein Leben kaputt gemacht. Also habe ich seins zerstört.«

Neunundfünfzig

Hagen (Constantin Schleef).

»Ach komm, Marek. Iss dein Würstchen.«

Constantin beobachtet, wie seine Mutter diesem Bastard ein Butterbrot schmiert. Es ist zum Kotzen, wie sie ihn ansieht. Verschlingt diesen kleinen Scheißer geradezu mit den Augen, wie er da in seinem Hochstuhl sitzt und in das beschissene Würstchen beißt. Der ist gerade mal drei, denkt Constantin und nimmt sich eine Scheibe Salami, aber der kleine Wichser ist clever. Er weiß genau, dass er nur mit den Augen zu klimpern braucht, damit sie ihn *noch süßer* finden.

Constantin tut so, als wäre er mit seinem Teller beschäftigt, doch unter den gesenkten Lidern registriert er genau, wie sein Vater dem Bastard über den Abendbrottisch hinweg zuzwinkert, während seine Mutter fragt, ob er Ketchup will. Er selbst ist Luft für seine Eltern.

Es ist zum Kotzen.

Seit sie dieses kleine Arschloch aus dem Heim geholt haben, hat sich alles geändert. Constantin ist nur noch zweite Wahl. Die tun zwar so, als ob er ihnen noch wichtig wäre, aber es ist eine einzige, große Verarsche. Das Fahrrad, das er sich zum Geburtstag gewünscht hat, hat er zwar bekommen, aber Scheiße, anstelle eines neuen BMX-Rads haben sie ihm ein gebrauchtes Bonanzarad geschenkt, wahrscheinlich für zwanzig Mark beim Trödler gekauft. Er, Constantin, fährt jetzt mit dieser uralten Karre durch die Gegend, während sie dem Bastard alles in den Arsch schieben: die Sandkiste, die sie ihm draußen in den Garten gestellt haben. Das Spielzeug, mit dem sie Constantins altes Zimmer vollgestopft haben, selbst ein Hochbett hat Papa da reingebaut, nachdem Constantin in den Keller gezogen ist. Klar, Constantin hat schon seit einem Jahr gebettelt, in das leerstehende Zimmer neben der Garage ziehen zu dürfen. Dort unten haben sie ihn weniger unter Kontrolle, stundenlang kann er da Pac Man spielen, ohne dass sie's mitkriegen. Trotzdem. Sie haben ihn abgeschoben.

Die Abendsonne scheint Constantin ins Gesicht, er kneift die Augen zusammen. Die Terrassentür ist angelehnt, irgendein Nachbar wirft den Rasenmäher an.

Papa nippt an seinem Bier. Du bist mein Goldschatz, sagt Mama und streicht dem kleinen Bastard die ach so niedlichen Locken hinter die Ohren.

Constantin lässt genervt das Buttermesser fallen, verdreht die Augen. Sein Vater bemerkt es, wirft ihm einen warnenden Blick zu. *Reiß dich zusammen*, formt er lautlos mit den Lippen. Bierschaum klebt in seinem Mundwinkel.

Marek ist jetzt dein Bruder, hat er neulich zu Constantin gesagt. Nichts hat sich geändert, wir sind immer noch eine Familie. Wir werden glücklich sein.

Du lügst, hat Constantin gerufen. Du lügst!

Sein Vater ist ernst geworden. Deine Mutter hat sich immer einen Bruder für dich gewünscht, hat er gesagt. Aber sie kann keine Kinder mehr bekommen. Du wirst bald dreizehn, du bist alt genug. Du hast gesehen, wie traurig sie in den letzten Jahren war. Jetzt ist sie glücklich. Wir müssen das akzeptieren.

Der kleine Wichser sitzt kauend in seinem Hochstuhl. Hier, sagt Mutter und legt ihm ein Apfelstück auf den bekloppten Barbapapa-Teller. Iss, mein Schatz.

Ich hasse ihn, denkt Constantin. Ich wünschte, er wäre tot.

Als er das Wohnzimmer verlässt, hält ihn niemand zurück. Kein Wunder, denkt er, es ist ihnen egal. Also sieht er sich nicht noch einmal um, und das Letzte, was er von seinen Eltern hört, bevor sie in Stücke gerissen werden, ist ihr Lachen, als der Bastard irgendwas Witziges macht. Constantin knallt die Tür hinter sich zu, geht hinunter in sein Zimmer und denkt dabei, dass er sie nie wieder sehen will. Nie, nie wieder.

Was auch geschehen wird.

Abgesehen von einem geplatzten Trommelfell und dem Tinnitus, der ihn sein Leben lang begleiten wird, bleibt Constantin unverletzt; im Gegensatz zu Marek, der monatelang mit schweren Rückenverbrennungen im Krankenhaus liegen und danach wieder in sein ursprüngliches Heim geschickt werden wird. Zu dieser Zeit wird Constantin bereits in einem katholischen Waisenhaus leben. Er kommt erst spät in die Pubertät, und die sechs Kerle, mit denen er sich das Zimmer teilen muss, werden den übergewichtigen Jungen mit dem farblosen Stoppelhaar, dem Pausbackengesicht und der Piepsstimme *Schweinchen* nennen, sie werden ihn wie einen Sklaven halten und in den folgenden fünf Jahren Dinge mit ihm tun, die weit über die Vorstellungskraft eines normal heranwachsenden Teenagers hinausgehen. Ende der neunziger Jahre, lange, nachdem Constantin volljährig ist und entlassen wurde, wird das Heim in die Schlagzeilen geraten, nachdem bekannt wird, dass Dutzende Kinder sowohl von den Insassen als auch vom Personal misshandelt und vergewaltigt wurden. Kurz darauf wird das Heim geschlossen, und als in den folgenden zehn Jahren sechs ehemalige Insassen und ein katholischer Priester nach und nach unter mysteriösen Umständen ums Leben kommen, da erkennt niemand, dass man es weder mit Unfällen noch mit Selbstmorden zu tun hat, und auch nicht, dass es sich bei den Toten um Constantins frühere Zimmergenossen und seinen Erzieher handelt.

Dies alles wird Constantins vollste Aufmerksamkeit in Anspruch nehmen, und als es nach jahrelanger akribischer Planung endlich vollbracht ist, da bleibt nur noch eine Sache zu tun. Constantin nimmt eine neue Identität an und wird zu Hagen, um sich nach über dreißig Jahren endlich um den Menschen zu kümmern, der seine Strafe von allen am meisten verdient.

Den Bastard.

Sechzig

Einundzwanzig Uhr zehn.

»Ich hatte einen Plan. Einen wirklich, wirklich guten Plan.«

Constantin saß auf der Schreibtischkante. Er hatte den Sessel mit dem geknebelten Schröder in seine Richtung gedreht, umklammerte mit den Händen die Tischkante und ließ die Beine in der Luft baumeln. Die Nacht war angebrochen, er hatte die kleine Schirmlampe neben sich eingeschaltet. Sein Schatten schwebte an der Wand wie das Monster in einem uralten Frankenstein-Stummfilm.

»Ich hab mir immer Zeit gelassen«, sagte er. »Geduld spielt eine wichtige Rolle. Jetzt ist es genau anders, ich muss die Sache beschleunigen. Und das«, er drohte Schröder spielerisch mit dem Zeigefinger, »ist deine Schuld. Schließlich könnten deine Kollegen jederzeit auftauchen. Ich nehme an, du wirst mir nicht sagen, ob du mit jemandem gesprochen hast?«

Fragend sah er auf Schröder hinab. Dieser erwiderte seinen Blick, schüttelte schließlich langsam den Kopf.

»Wenn, dann wären sie wahrscheinlich längst hier. Aber egal.« Constantin rutschte vom Schreibtisch, stopfte das Hemd in den Gürtel, zog die Hose über den Bauch. »Du ahnst wahrscheinlich, dass ich dir keine Gewalt antun werde, jedenfalls«, ein Augenzwinkern, »nicht direkt. Das habe ich bisher nie getan.« Er ging um den Schreibtisch, nahm den Hörer von Marek Schleefs Festnetztelefon. »Fakt ist«, er wählte mit flinken Fingern eine Nummer, »dass ich keine Zeit zu verlieren habe.«

Schröder hörte das leise Tuten des Rufzeichens. Constantin hielt wartend das Telefon ans Ohr, wischte mit der freien Hand über die Schreibtischplatte und betrachtete seine Finger, als wolle er prüfen, ob Staub zu entdecken sei.

»Planänderung!«, bellte er urplötzlich ins Telefon.

Schröder zuckte zusammen. Er war fest entschlossen, keinerlei Anzeichen von Angst oder Unsicherheit zu zeigen. Trotzdem weiteten sich seine Augen, auch seine Finger, die sich für den Bruchteil einer Sekunde in die Lehne krallten, entgingen Constantin nicht und wurden mit einem befriedigten Schmunzeln registriert.

»Kann ich auf Sie zählen?«

Constantins barsche Worte waren in den Hörer gerichtet, doch seine Augen blickten mit einem amüsierten Funkeln auf den gefesselten Schröder hinab.

»Gut«, nickte er, nachdem der Angerufene offensichtlich bejaht hatte. »Dann hören Sie mir jetzt genau zu. Vorher will ich noch eins von Ihnen wissen.«

Constantin nahm den Hörer ans andere Ohr.

»Woran denken Sie, wenn Sie auf Ihre Uhr sehen?«

*

»Verdammter Mist!«

Zorn war gegen ein eisernes Bettgestell gestoßen. Fluchend rieb er das schmerzende Schienbein, während der Strahl der Taschenlampe durch den stockfinsteren Raum huschte. Eine aufgeschlitzte Matratze lag am Boden, die Sprungfedern ragten aus dem schimmelnden Bezug. Durch die halbgeöffnete Tür eines Kleiderschranks quollen zerquetschte Plastikflaschen. Daneben hing ein vergilbtes Plakat an der Wand. *BACKSTREET BOYS TOUR 1996* las Zorn unter den kaum noch erkennbaren Umrissen der Bandmitglieder.

Der Gestank war fürchterlich. Zorn holte das Handy hervor, las die Uhrzeit auf dem Display. Einundzwanzig Uhr neunundvierzig. Eine nackte Glühbirne baumelte über seinem Kopf. Er stieß mit dem Fuß gegen die Überreste eines Plattenspielers, verstaute das Telefon wieder in der Lederjacke, ertastete dabei seine Zigaretten.

Jetzt nicht. Keine Zeit zu rauchen.

Weiter.

*

Während Claudius Zorn schweißüberströmt den Hausflur des siebten Stockwerks entlanghastete, strich zehn Etagen über ihm eine Katze in entgegengesetzter Richtung durch den Gang. Es war dieselbe, die ein paar Stunden zuvor über einen Feuerlöscher gesprungen war, welcher daraufhin in die Tiefe gestürzt und einem Teenager namens Ignaz Stein das Gesicht zertrümmert hatte.

Geschmeidig schlich die Katze über den Flur. Das Fell war struppig wie ein mottenzerfressener Teppich, die Farbe erinnerte an die Oberfläche eines verschlammten Tümpels. Das linke Ohr war zerfetzt, das Auge darunter von einem milchigen Schleier überzogen. Das Tier umrundete ein geborstenes Aquarium, lief zu einer der Wohnungstüren und verharrte mit erhobenem Schwanz auf der Schwelle.

Die Katze war hungrig. Unmöglich zu sagen, was genau sie hier hinaufgelockt hatte, womöglich der Geruch, vielleicht auch das leise, für das menschliche Gehör kaum wahrnehmbare Geräusch. Lautlos schlich sie hinein, sprang auf die Matratze in der Ecke, drehte sich einmal um die eigene Achse, sprang wieder hinunter. Sie ignorierte die in einem Halbkreis aufgereihten Metallgegenstände, den Bunsenbrenner, die Messer, den tragbaren Gaskocher, starrte aus geisterhaft schimmernden Augen zum Fenster.

Die verschmutzte Gestalt, die mit über den Kopf erhobenen Armen an der Heizung lehnte, war in der Dunkelheit kaum zu erahnen. Schnurrend kam die Katze näher, rieb sich mit gekrümmtem Rücken an den ausgestreckten Beinen und begann, die Flüssigkeit aufzulecken, die von den Ellbogen tropfte und links und rechts neben der Gestalt in öligen Lachen allmählich im Staub versickerte. Dann sprang sie mit einem eleganten Satz auf den Bauch der Gefesselten, machte es sich auf den Oberschenkeln bequem, leckte das verschmierte Maul und wartete mit zuckenden Ohren auf eine Liebkosung. Als diese ausblieb, sprang das Tier auf, streckte sich noch einmal und schnürte mit federnden Schritten davon.

Die Gestalt vor der Heizung rührte sich nicht.

Es war still. Bis auf dieses leise Geräusch.

Tropf. Tropf.

*

»Er ist pünktlich«, schmunzelte Constantin.

Schritte näherten sich auf dem Flur. Constantin baute sich hinter dem Schreibtisch auf, stemmte die geballten Fäuste auf die Tischplatte und zwinkerte Schröder zu.

»Zeit, ein bisschen Theater zu spielen.«

Jemand betrat das Büro.

»Haben Sie alles?«, bellte Constantin, den Blick über Schröders Kopf hinweg zur Tür gerichtet.

»Jawohl.«

Schröder erkannte Diethardts Stimme sofort. Constantin winkte ihn mit einer knappen Handbewegung herein.

»Dieser Mann«, er deutete auf den geknebelten Schröder, »ist einer der führenden Köpfe der Gegenseite. Wir werden uns nicht mit Nebensächlichkeiten aufhalten. Wichtig ist nur, dass ich ihn außer Gefecht gesetzt habe!«

Diethardt kam zögernd näher. Er hatte sich sorgfältig herausgeputzt, das Haar war streng nach hinten gegelt, die Wangen frisch rasiert. Der Anzug kam offensichtlich gerade aus der Reinigung, goldene Manschettenknöpfe blitzten unter den etwas zu kurzen Ärmeln des schwarzen Jacketts. Die Riemen eines alten Wanderrucksacks aus grünem Leinen gruben sich tief in seine schmalen Schultern. Sein hagerer Oberkörper krümmte sich unter dem Gewicht, so dass er aussah wie eine schlaksige, aufrecht gehende Schildkröte. Als er erkannte, wer da an den Bürosessel gefesselt war, weiteten sich seine Augen in ungläubigem Erstaunen.

»Das … das ist doch …«

»*Keine* Namen!«, befahl Constantin barsch. »Ich dulde keine Diskussion! Was glauben Sie, warum sich dieser Mensch hier eingeschlichen hat? Er wollte uns ausschalten, Sie und mich! Er ist einer von *ihnen,* verdammt nochmal!«

Diethardt räusperte sich verwirrt. Es klang, als würde eine Tüte Popcorn in seinem Hals zertreten.

»Abstellen!«

Constantin deutete auf den Rucksack. Diethardt gehorchte augenblicklich, und während er seine Last umständlich an die Wand lehnte, kam Constantin leichtfüßig um den Schreibtisch, legte Schröder von hinten die Hände auf die Schultern und beugte sich über die Lehne zu ihm hinab.

»Man muss ihre Schwachstellen kennen«, hauchte er Schröder ins Ohr. »Dann tun sie alles, was man will. Ist das nicht toll? Vorsicht, verdammt!«

Die letzten Worte, in militärischer Strenge hervorgepresst, waren an Diethardt gerichtet. Dieser zuckte zusammen, wandte sich unsicher um.

»Ich werde diesen Mann«, Constantin trommelte mit den Fingern auf die Lehne über Schröders kahlem Kopf, »den zuständigen Organen zuführen. Das bedeutet, dass Sie die Mission im Alleingang beenden werden! Uhrenvergleich!«

Diethardt schob den Jackettärmel hoch.

»Zweiundzwanzig Uhr elf.«

»Woran«, bellte Constantin, »denken Sie, wenn Sie auf Ihre Uhr sehen?«

»An … an meine Mission.«

»Genau zwanzig Minuten nach Mitternacht werden Sie die Waffe zünden! Eine Viertelstunde vorher begeben Sie sich aus dem Gefahrenbereich, doch bis dahin«, Constantin senkte die Stimme, *»bleiben Sie hier vor Ort!«*

»Jawohl!«

»Den Zünder«, Constantin deutete auf den Rucksack, »finden Sie in der Seitentasche. Ebenso einen persönlichen Brief der Ministerin.«

Diethardt neigte das Kinn in einem ehrfürchtigen Nicken. Dabei fiel sein Blick auf Schröder. Dessen Mund war unter dem Klebeband verborgen, doch seine Augen fixierten ihn mit einem stummen, warnenden Funkeln. Diethardt runzelte irritiert die Stirn, als Schröder unmerklich den Kopf schüttelte, doch Constantins strenge Stimme riss ihn aus seinen Gedanken.

»Noch Fragen?«

Diethardt legte die Hände an die Hosennaht.

»Nein!«

Constantin, dem Schröders stumme Warnung nicht entgangen war, beugte sich über die Lehne. Als er weitersprach, klang er, als habe er nichts mitbekommen, doch seine kräftigen Daumen gruben sich mit gewaltigem Druck in Schröders Schulterblätter.

»Sehr gut«, stellte er zufrieden fest, während Schröder vor Schmerzen die Luft anhielt. »Dann wäre jetzt nur noch eine Sache zu klären.«

Constantin lockerte seinen Griff, tätschelte wie beiläufig Schröders Wange, langte hinter sich und nahm die Pistole vom Schreibtisch.

»Dieser Mann«, er strich mit der linken Hand über Schröders kahlen Schädel, während sich die Finger der rechten um den Lauf von Schröders Waffe schlossen, »gefährdet unsere Mission. Sind wir uns in diesem Punkt einig?«

Zweifel lag in Diethardts Augen, sein Blick flatterte unentschlossen zu Schröder.

»Sehen Sie mich gefälligst an!«

Diethardt gehorchte.

»Ich habe Ihnen eine Frage gestellt!«, blaffte Constantin.

»Jawohl!«

»Dann«, eine blitzschnelle Bewegung, der Griff der Pistole sauste gegen Schröders Schläfe, »werden wir das jetzt ändern.«

Erschrocken sprang Diethardt zurück und stierte aus großen Augen auf Schröder hinab, der leblos, mit auf die Brust gesacktem Kinn im Sessel hing.

»Das … Sie können doch nicht …«

»Ich habe soeben einen aktenkundigen Spion unschädlich gemacht«, zischte Constantin. »Die Ministerin ist über diesen Vorgang informiert. Sie wollen mich doch nicht etwa daran hindern, diesen Schädling in Gewahrsam zu nehmen?«

»Na… natürlich nicht«, stotterte Diethardt.

»Dann helfen Sie mir gefälligst, den Gefangenen in meinen Wagen zu verfrachten!«

Einundsechzig

(Der dicke) Schröder.

Das ist also das Ende, denkt er.

Er jammert nicht. Bettelt auch nicht um sein Leben. Das hat er auch nicht vor. Der kleine, übergewichtige Mann mit der sanften Stimme und dem rosigen Gesicht wirkt unscheinbar, harmlos, doch nur die wenigsten wissen, dass sich hinter dieser Fassade ein eiserner Wille verbirgt, gepaart mit einem messerscharfen Verstand. Schröder ist klug. Klug genug, um zu wissen, wenn etwas sinnlos ist. Nein, er wird nicht um sein Leben betteln. Jetzt, wo er weiß, mit wem er es zu tun hat. Wozu Constantin fähig ist.

Er öffnet die Augen. Der Vollmond steht direkt über ihm. Bleich wie ein entzündetes, kränklich leuchtendes Furunkel. Wolken jagen nach Westen, dunkle, wie von Ruß geschwärzte Fetzen.

»Du weißt, es hat nichts mit persönlicher Abneigung zu tun«, sagt Constantin.

Der Fluss schiebt sich träge nach Norden, umspült Schröders Kinn, den Hals. Ohren, Mund und Nase ragen knapp aus dem Wasser. Sein Haar, dünne, rötliche Strähnen, hat sich von der Glatze gelöst, treibt neben seinem Kopf in der Strömung wie rostfarbene Algen.

Das, wiederholt Schröder in Gedanken, ist also das Ende. Es kommt ein bisschen früh. Ich hätte gern eine Familie gehabt, eine eigene. Kinder. Zwei oder drei. Und Freunde hatte ich auch nicht. Obwohl, ich hatte Edgar. Und ich hatte *ihn*. Ich habe ihm nie gesagt, was er mir bedeutet. Vielleicht hätte ich das tun sollen.

Nein, das war nicht nötig. Er weiß es.

Constantin sitzt auf dem Stamm einer umgestürzten Trauerweide am Ufer. Schröders Pistole liegt neben ihm, der Lauf blitzt im fahlen Mondlicht. Er hält einen Ast in den Händen, malt mit dem angespitzten Ende Muster in den feuchten Sand.

»Du kennst meine Identität«, sagt er. »Ich kann dich nicht überleben lassen.«

Das weiß ich, denkt Schröder. Erzähl mir was, das ich nicht weiß.

Das tut Constantin. Schröder erfährt von der Laube, die Constantin hier draußen im unbewohnten Norden der Stadt gepachtet hat, irgendwo hinter ihm im Dickicht verborgen. Dass das, was zwischen den Eisenstäben links und rechts neben Schröders Kopf gespannt ist, keine Klaviersaite ist, sondern ein Sägeblatt.

»Zwanzig Zentimeter gehärteter Stahl«, erklärt Constantin. »Gewellte Zähne, mit Molybdän verstärkt.«

Schröder atmet gepresst durch die Nase, die Lippen fest zusammengekniffen. Reglos liegt er auf dem Rücken, die Beine ausgestreckt, die gefesselten Hände über dem Kugelbauch gefaltet.

Sein Geist ist klar, er konzentriert sich allein auf das Luftholen. Einatmen. Ausatmen. Den Mund gespitzt wie ein Fisch, der Blick der himmelblauen Augen ist leer, wie nach innen gerichtet.

Das Wasser ist kalt.

Bisher, sagt Constantin, habe er noch nie jemanden persönlich getötet. Er hebt die Stimme, um das Rauschen des Wehrs zu übertönen. Auch Schröder, fährt er lächelnd fort, wird nicht von seiner Hand sterben.

Er bückt sich, hebt einen Stein auf.

Glucksend landet der Stein im Wasser, nur wenige Zentimeter neben Schröders Kopf. Erschrocken kneift er die Augen zusammen, versteift sich. Seine Hacken graben sich in den weichen Ufersand, er hebt den Kopf. Sofort presst sich der gezackte Draht gegen seine Kehle, reflexartig will er die Arme heben, um nach seinem Hals zu greifen. Erfolglos, das Klebeband um seine Handgelenke ist mehrfach um die Gürtelschlaufen seiner Cordhose geschlungen, die Hände sind fest auf dem Bauch fixiert.

Ein kleiner Vorgeschmack, erklärt Constantin.

Schröder sinkt zurück. Schließt die Augen. Ignoriert den brennenden Schmerz an der Kehle. Die Kälte. Fühlt das Wasser, das an seinem Kopf entlangströmt, über den Hals, den Mund. Spürt den bitteren, schlammigen Geschmack, eklig und unangenehm, ebenso wie Constantins Blick. Kalt, gleichzeitig belustigt sieht er auf ihn hinab.

Die anderen, sagt Constantin, seien entweder von eigener Hand oder durch die eines Mitmenschen gestorben. In Schröders Fall wird es das steigende Wasser sein. Bei den anderen geschah es, um Rache an Marek zu nehmen. Schröders Tod hat andere Ursachen. Sicherlich, Constantin hat Gründe, wütend auf Schröder zu sein, schließlich hat dieser ihn hinters Licht geführt, aber Constantin hat Verständnis dafür. Schröder ist Polizist, er hat nur seine Arbeit gemacht. Doch der Mensch ist ein Tier, er denkt zuerst an die eigene Existenz.

Selbsterhaltungstrieb, erklärt Constantin. Ich muss mich schützen.

Schröder atmet wieder durch die Nase. Ein. Aus. Wieder ein. Nicht betteln. Ruhig bleiben. Konzentrieren.

Constantin sagt, dass er keine Wahl habe. Im Gegensatz zu Schröder, dieser könne selbst entscheiden, wie er sterbe. Entweder der Fluss tue es.

»Oder du machst es selbst. Eine heftige Kopfbewegung, und du bringst es zu Ende. Kurz«, fügt Constantin mit einem leisen Lachen hinzu, »schmerzlos wahrscheinlich nicht. Aber es wird schnell gehen.«

Schröder hört Constantins Schritte am Ufer, spürt die Erschütterung im weichen Boden. Er könnte den Kopf ein wenig heben, ein klein wenig Spielraum hat er, bis er den gezackten Draht an seiner Kehle fühlt. Dann würde er Constantin direkt vor seinen Füßen stehen sehen. Er tut es nicht. Seine Augen bleiben geschlossen.

Etwas kitzelt an seinem Ohr. Wasser schwappt über sein Gesicht, dringt in die Nase. Er wehrt sich gegen den Würgereiz. Kämpft gegen den Drang, den Kopf zu heben. Ruhig bleiben. Atmen.

»Oh«, lächelt Constantin. »Es geht schneller, als ich dachte.«

Ja, denkt Schröder. Bald ist es vorbei.

Irgendwo bellt ein Hund.

Zweiundsechzig

Dreiundzwanzig Uhr vierzig.

Diethardt hatte an Marek Schleefs Schreibtisch Platz genommen. Mit zitternden Fingern öffnete er den Briefumschlag, den er auf Constantins Anweisung hin aus dem Rucksack geholt hatte, und begann umgehend im Lichtkegel der Schreibtischlampe zu lesen.

Wie Sie sehen, verzichte ich in diesem Schreiben auf das offizielle Briefpapier meines Ministeriums. Ich schreibe Ihnen diese Zeilen von Hand, Diethardt – ich darf Sie doch Diethardt nennen? –, um Ihnen auf diesem Wege meine Hochachtung zu versichern. Mehr noch, der Begriff »Zuneigung« mag in Anbetracht der Tatsache, dass wir uns nicht persönlich kennen, fehl am Platze erscheinen, doch nach allem, was ich von meinem Mitarbeiter über Sie erfahren habe, ist er mittlerweile mehr als zutreffend.
Es ist eine schwere Bürde, die ich Ihnen aufgeladen habe, Diethardt. Bald werden die Invasoren landen. Ja, ich habe Angst, das gebe ich Ihnen gegenüber gerne zu. Ich kann allenfalls erahnen, wie Sie sich jetzt fühlen – einsam im Auge des sich anbahnenden Sturms, allein auf sich selbst gestellt –, doch zweifeln Sie nicht! Sie werden diese Aufgabe meistern! Bleiben Sie stark und bedenken Sie stets: Meine Gedanken sind bei Ihnen.

Stets die Ihre.

Diethardt hauchte einen Kuss auf die Unterschrift, die nur aus dem Vornamen bestand. Andächtig faltete er den Brief zusammen, legte ihn vor sich auf den Schreibtisch und glättete das Papier mit der Hand. Er schob den Jackettärmel hoch, löste die Plastikuhr vom Handgelenk und legte sie neben den Zünder, den er mit dem Brief der Ministerin in der Seitentasche des Rucksacks gefunden hatte. Ein schwarzes, schmuckloses Kästchen, etwa so groß wie eine Zigarettenschachtel mit einem Drucknopf auf der Oberseite, darunter eine rote Leuchtdiode, blinkend wie ein winziges Auge.

Die Verteidigungsministerin würde zufrieden sein. Diethardt hatte sich an die Anweisungen gehalten, er hatte klug und listig gehandelt, wie es ihm aufgetragen worden war. Diese Frau, die ihn wusch, ihm das Essen brachte und manchmal unverständliche

Dinge zu ihm sagte, hatte nicht bemerkt, wie er sich aus der Wohnung schlich. Den Rucksack hatte er an der vereinbarten Stelle gefunden – schräg gegenüber auf der anderen Straßenseite, versteckt im Gebüsch hinter einem Trafohäuschen. Er war schwer gewesen, doch Diethardt hatte ihn zu Marek Schleefs Praxis geschleppt, so, wie es

sprich seinen Namen nicht aus, er ist geheim

der strenge Mann am Telefon befohlen hatte. Diethardt hatte geholfen, den bewusstlosen *Verräter* auf dem Rücksitz des Autos zu verstauen, danach hatte ihm der Mann ohne Namen auf die Schulter geklopft und gesagt, dass er ab jetzt auf sich selbst gestellt sei, und dass er jetzt stark sein müsse. Dieselben Worte, die ihm die Ministerin geschrieben hatte.

Ja, Diethardt würde stark sein.

Er betrachtete das Clownsgesicht auf dem Zifferblatt. Die bunten Zeiger standen auf eine Viertelstunde vor Mitternacht.

»Ich werde an meine Mission denken.«

Noch fünfunddreißig Minuten.

*

»Ich hab's mir nicht einfach gemacht«, sagte Constantin. »Allein, dich aus dem Auto durch den Wald und dann weiter hier runterzuverfrachten, war ziemlich anstrengend, mein Lieber.«

Er saß auf der umgestürzten Weide, die Ellbogen auf die breiten Oberschenkel gestützt. Der Mond leuchtete fahl auf Schröders Pistole in seinen Händen.

»Die Geschichte, die du Marek erzählt hast, war wirklich herzergreifend. Der Tod deines Bruders, deine Angst vor dem Wasser. Das war einfach *zu* gut, um gelogen zu sein. Und als wir den Ausflug gemacht haben«, ein leises Kichern, »da hast du dir fast in die Hosen gemacht.«

Der Mond verschwand hinter einer Wolke. Tauchte auf und

verschwand wieder wie das zwinkernde Auge eines blinden Zyklopen. Schatten jagten über Schröders bleiches Gesicht, der stumm im Wasser lag. Kopf und Oberkörper von den schlammigen Fluten umspült, die Beine ausgestreckt auf dem ansteigenden Ufer, die gefesselten Hände über dem gewölbten Bauch gefaltet, als wäre er zum Begräbnis aufgebahrt.

»Das, was wir hier machen, nennt sich Konfrontationstherapie. Man stellt sich seinen Ängsten, um sie zu überwinden. Es ist das Letzte, was du in deinem Leben tun wirst, deine finale Erfahrung sozusagen. Wie gesagt, ich will mich nicht an dir rächen. Im Gegenteil, ich tue dir einen Gefallen. Du scheidest therapiert aus dem Leben, das ist doch irgendwie tröstlich, findest du nicht?«

Keine Reaktion.

»Es gibt einen weiteren Grund. Willst du ihn hören?«

Eine Welle schwappte über Schröders Gesicht. Er hielt mit zusammengekniffenen Augen die Luft an.

»Ich verstehe ja, dass du nicht reden willst«, seufzte Constantin. Er legte die Pistole neben sich auf den Baumstamm, faltete die Hände unter dem Kinn und betrachtete Schröder aus kalten, interessierten Augen. »Aber wenigstens den Kopf schütteln könntest du, wobei«, verbesserte er sich grinsend, »das ja auch nicht ganz einfach ist. Es sei denn, du willst dir die Kehle durchschneiden.«

Schräg gegenüber am anderen Ufer erhob sich ein Kranich aus den schwankenden Ästen einer Weide. Constantin beobachtete, wie der große Vogel mit schwerem Flügelschlag über den Fluss auf ihn zusegelte, kurz den Mond verdunkelte wie ein urzeitliches Reptil und schließlich über seinem Kopf in der Dunkelheit verschwand.

»Man wird denken, Marek hätte dich auf dem Gewissen«, sagte er, wieder an Schröder gewandt. »So wie die anderen auch. *Das*, mein Lieber, ist der zweite Grund.«

Constantin sah auf seine Hände.

»Ich glaube, du bist wirklich der Einzige, der Bescheid weiß«, fuhr er fort. Leiser jetzt, als spräche er zu sich selbst. »Und wenn nicht«, er zuckte die Achseln, schlug mit den flachen Händen auf die Schenkel, »dann eben nicht. So oder so, in ein paar Stunden bin ich verschwunden. Du hast meine Pläne geändert. Durchkreuzt hast du sie nicht.«

Er trat ans Ufer und sah mit hinter dem Rücken verschränkten Händen flussaufwärts wie ein Tourist, der auf das nächste Boot wartet. Ruhig strömte das Wasser dahin, schimmerte im Mondlicht wie geronnene Milch.

»Vielleicht muss ich ein wenig nachhelfen«, murmelte Constantin mit einem prüfenden Blick auf den zu seinen Füßen ausgestreckten Schröder. »Das würde ich wirklich nur ungern tun, aber warten wir's erst mal ab. Vielleicht entschließt du dich ja doch noch, die Sache selbst in die Hand zu nehmen.«

Er versetzte Schröder mit der Fußspitze einen Tritt gegen die Wade, ein leichter, fast spielerisch wirkender Stups. Auch jetzt reagierte Schröder nicht, er lag im Wasser, still wie ein kleiner, meditierender Mönch.

»Wie gesagt, wir haben jede Menge Zeit. Du kannst in Ruhe nachdenken, während ich«, Constantin griff in die Hosentasche, holte ein Handy hervor, »ein kurzes Telefonat führe.«

*

Neun Minuten vor Mitternacht.

Diethardt starrte wie gebannt auf seine Armbanduhr. Noch vierzehn Minuten, dann musste er aufbrechen. Er würde den Zünder nehmen und den *Gefahrenbereich verlassen*, so, wie es ihm aufgetragen worden war. Um null Uhr zwanzig musste er den Zünder betätigen, keine Sekunde zu früh, zu spät durfte er allerdings auch nicht sein, das hatte ihm der Mann, dessen Namen er nicht aussprechen durfte, noch einmal gesagt, die Außerirdischen waren …

Das Klingeln kam so unerwartet, dass Diethardt mit einem erschrockenen Ausruf aus dem Sessel fuhr. Zunächst konnte er das Geräusch nicht zuordnen, dann fiel sein Blick auf das Festnetztelefon neben der Schreibtischlampe. Diethardts Schneidezähne blitzten auf, er nagte an der Unterlippe, betrachtete das läutende Telefon in einer Mischung aus Argwohn und Zweifel.

Was jetzt?

*

»Ich … ich würde dich niemals um diese Zeit anrufen, wenn es nicht wirklich dringend wäre.«

Constantin stand zehn Meter vom Ufer entfernt auf der Böschung. Die Stimme, die er zum Telefonieren benutzte, war die, die er als Hagen eingesetzt hatte. Etwas höher, stockend, ein wenig unsicher.

»Natürlich«, sagte er und schniefte, als kämpfe er mit den Tränen. »Aber du musst mir glauben. Ich brauche deine Hilfe. Sofort.«

*

»W… *wer* spricht dort?«

Diethardt stand kerzengerade hinter dem Schreibtisch. Sein Oberkörper verschwand im Schatten, vor ihm glänzte die polierte Tischplatte im Lichtkegel der nach unten gerichteten Lampe.

»Sie haben mich verstanden«, sagte die Frau am Telefon streng.

Ihre Stimme klang anders, als er es aus dem Fernsehen kannte. Kühl und befehlsgewohnt zwar, trotzdem irgendwie … *anders*. Aber das musste nicht viel bedeuten. Schließlich hatte er noch nie in seinem Leben mit ihr gesprochen. Geschweige denn, dass sie ihn angerufen hätte.

»Natürlich, Frau Ministerin«, erklärte Diethardt zackig.

»Sie müssen die Mission abbrechen. Und zwar *unverzüglich*, verstehen Sie?«

*

»Danke. Du weißt gar nicht, wie dankbar ich dir bin.«

Es klang, als würde Hagen weinen. Doch Hagen hatte nie existiert, er war nur eine Hülle, eine perfekt einstudierte Rolle, und als Constantin das Gespräch beendete, da schluchzte er noch einmal zum Abschied, verstaute das Telefon in der Anzughose und blieb für einen Moment auf der Böschung stehen. Ein paar Zweige hatten sich in seinem weißen Hemd verfangen. Feuchter Ufersand klebte an seinen Schuhen. Er schloss die Augen und hob den Kopf wie jemand, der an einem Sommertag das Gesicht in die wärmende Sonne hält. Doch es war der Mond, der Constantins Haut in ein bläuliches, totes Licht tauchte, und als er die Augen wieder öffnete, da glänzten seine Pupillen wie flüssiger Teer. Das Grinsen, das allmählich auf seinem Gesicht erschien, sah aus, als sei es mit einem rostigen Messer in die Mundwinkel geschnitten worden.

»Sehr gut«, murmelte Constantin. »Sehr, sehr gut.«

*

»Ein Beamter ist unterwegs, er wird jeden Moment bei Ihnen eintreffen und Sie aus dem Gebäude begleiten! Schluss jetzt, keine Widerrede!«

Die kleine Frau zitterte so heftig, dass es ihr erst beim zweiten Versuch gelang, das Telefonat mit bebenden Fingern zu beenden. Mit einem tiefen Seufzer sank sie in die Lehne des Streifenwagens, sammelte sich kurz und wandte sich dann an den Polizisten hinter dem Steuer.

»Ich weiß wirklich nicht, was er da drin treibt.« Elsa von Strauch deutete durch die Windschutzscheibe auf die graue, mit Graffiti verschmierte Rückwand des Therapiezentrums. »Aber ich danke Ihnen, dass Sie mitgekommen sind.«

»Keine Ursache«, erwiderte der Mann am Steuer, ein freundlicher Mittvierziger mit breitem Gesicht und rostfarbenem Schnauzbart. »Es wär trotzdem ganz nett, wenn Sie mir das alles noch mal erklären würden. Bisher hab ich nur die Hälfte kapiert. Wenn's hochkommt.«

»Ich versteh's doch auch nicht«, seufzte sie und sah aus dem Fenster in die Dunkelheit. »Mein Bruder ist psychisch krank, aber er ist ein harmloser, friedlicher Mensch. Heute Morgen hat er einen Anruf bekommen, und danach war er … völlig verändert. Diethardt hat seit Jahren nicht mehr telefoniert, und als der zweite Anruf kam, habe ich von einem anderen Mobilteil mitgehört. Das …«, sie schüttelte den Kopf, »das war wie in einem schlechten Science-Fiction-Film.«

»Außerirdische«, nickte der Polizist ernst. »Geheime Mission. Ein Auftrag der Verteidigungsministerin.«

»Klingt ziemlich dämlich, oder?«

»Nicht doch. Höchstens ein bisschen«, er imitierte mit der flachen Hand einen Scheibenwischer vor dem Gesicht, *»plemplem.«*

Sie knetete verlegen die Hände im Schoß. Dann bemerkte sie, dass der Polizist sie ansah, und als sie sein Lächeln schüchtern erwiderte, da wirkte die blasse, ungeschminkte Frau einen Augenblick wie ein junges Mädchen.

»Diethardt wollte sich wegschleichen. Er ahnt nicht, dass ich ihn ständig im Auge habe, also bin ich ihm gefolgt. Er hat diesen Rucksack hergeschleppt, ich habe eine Weile hier draußen gewartet, und als er nicht wiederkam, da bin ich zur Polizei gegangen. Ich …«, sie hob hilflos die schmalen Schultern, »ich wusste einfach nicht, was ich machen sollte.«

»Die Nummer mit der Verteidigungsministerin war nicht schlecht.«

»Es war ein Versuch«, erwiderte Elsa achselzuckend. »Ich kann nur hoffen, dass das alles ein schlechter Scherz ist. Doch wer immer auch dahintersteckt, er weiß genau, wie mein Bruder zu lenken ist. Also mache ich dieses Spiel mit, auf mich würde Diethardt nicht hören. Nicht in seiner jetzigen Verfassung.«

»Mal sehen, ob er auf *mich* hört.«

Der Polizist langte hinter sich, nahm seine Uniformmütze vom Rücksitz, öffnete die Fahrertür und wollte aussteigen. Elsa hielt ihn am Arm zurück.

»Danke«, sagte sie.

»Kein Problem. Wir hatten sowieso nichts zu tun, und außerdem«, er stemmte sich schnaufend aus dem Sitz, »ist es allemal besser, als die ganze Nacht rumzusitzen und mit den Kollegen Karten zu spielen.«

»Tun Sie mir einen Gefallen?«, bat sie. »Er ist wie ein Kind. Seien Sie nicht grob zu ihm, ja?«

»Versprochen.«

Der rothaarige Polizist nickte ihr zu, schob die Mütze in den Nacken, schloss die Tür und verschwand in der Dunkelheit.

*

Er war einer von ihnen. Das erkannte Diethardt sofort.

»Kommen Sie«, sagte der Mann freundlich. »Wir machen einen kleinen Ausflug, okay?«

Er hatte sich als Polizist verkleidet. Sein Gesicht verschwand im Schatten der Uniformmütze, der rötliche Schnauzbart erinnerte an ein Walross. Ein jovialer, netter Beamter, der jetzt auf ihn zukam und mit einer einladenden Geste zur Tür deutete.

»Wollen wir? Die …«, eine kurze Pause, »*Ministerin* erwartet Sie.«

Tiefe, beruhigende Stimme. Ein Lächeln. Nein, diese Maskerade würde Diethardt von Strauch nicht täuschen. Nicht ihn. Auch der Anruf war nicht echt gewesen, das wusste Diethardt jetzt.

Ich muss klug sein. Klug und listig.

Er sah wie nebenbei auf die Armbanduhr. Die schwarzen Clownsaugen blitzten im Schein der Schreibtischlampe. Drei Minuten vor Mitternacht. Drei Minuten, dann musste er die Gefahrenzone verlassen.

»Wir sollten die Frau Ministerin nicht warten lassen, finden Sie nicht?«

Der Mann war kräftig, viel kräftiger als Diethardt. Widerstand war zwecklos. Aber auch nicht nötig. Ein übertriebenes Gähnen, gleichzeitig ein unauffälliger Griff nach dem Zünder, dieser verschwand in der Tasche des Jacketts.

»Natürlich nicht«, sagte Diethardt.

Klug sein. Listig sein.

Er kam um den Schreibtisch herum. Der Feind legte ihm einen Arm um die Schulter, wollte ihn zur Tür führen.

»Ach!« Diethardt schlug sich mit der Hand an die Stirn. »Ich habe was vergessen!«

Er machte sich los, ging zurück und griff nach der Armbanduhr. Noch zwei Minuten. Etwas zu früh, aber das ging in Ordnung.

Der Feind stand wartend auf der Schwelle. Keinerlei Anzeichen von Ungeduld. Der Rucksack lehnte in der Ecke an der Wand, ein undeutlicher Schemen im Schatten. Diethardt zwang sich, nicht hinzusehen. Er schlenderte betont langsam zur Tür, verstaute im Gehen die Uhr in der Tasche. Seine Finger schlossen sich um den Zünder.

Genau zwanzig Minuten nach Mitternacht würde er die Bombe zünden. In zweiundzwanzig Minuten, das war der Plan. So hatte es ihm der Mann, dessen Namen Diethardt nicht aussprechen durfte, eingeschärft.

Doch dieser Mann, den Diethardt früher als Hagen gekannt

hatte, dieser Mann, der in Wahrheit Constantin hieß, hatte andere Pläne. Er hatte die Patienten seines Stiefbruders systematisch in den Wahnsinn getrieben, sein Hauptziel, ihren Tod, hatte er nicht immer erreicht. Constantin hatte im Verborgenen handeln müssen, und so war Simon Olytsch zwar im Gefängnis gelandet, doch er hatte überlebt.

Bei Diethardt von Strauch sollte es anders sein. Sein Tod war fest eingeplant.

»Das Licht«, sagte Diethardt. »Ich muss noch das Licht ausschalten.«

Er machte auf dem Absatz kehrt. Der Uniformierte ließ es geschehen, doch Diethardt entging nicht, dass er genervt mit den Augen rollte. Wieder ging Diethardt zum Schreibtisch, und als sein Blick auf den Rucksack fiel, spielte ein zufriedenes Lächeln um seinen schmalen Mund. Es war ihm verboten worden, in den Rucksack zu sehen, denn *hätte* er es getan, dann wäre ihm womöglich aufgefallen, dass der Sprengsatz mit einem Zeitzünder verkabelt war.

Die Bombe, die war echt. Der Zünder in Diethardts Tasche nicht.

Dreiundsechzig

Mitternacht.

Der Krampf kam wie aus dem Nichts. Schröder wehrte sich gegen den Schüttelfrost, doch sein steif gefrorener Körper gehorchte ihm nicht. Er presste die Kiefer aufeinander, um nicht mit den Zähnen zu klappern, die Beine allerdings zappelten im Ufersand wie bei einem epileptischen Anfall. Seine Finger, längst taub geworden, verkrampften sich ineinander, Wasser drang ihm in die Augen, die

Nase, den Mund. Er spürte, wie sich der Draht in seine Kehle bohrte, kämpfte mit aller Kraft gegen die Panik.

Entspann dich. Er will, dass du leidest. Dagegen kannst du nichts tun, aber du *wirst ruhig bleiben*. Du wirst nicht betteln. Tu ihm diesen Gefallen nicht.

Ein tiefer, gieriger Atemzug. Noch einer. Besser.

»Marek hatte recht. Du hast einen unglaublich starken Willen.«

Schröder öffnete die Augen einen winzigen Spalt. Constantin stand breitbeinig am Ufer, er hatte die Arme vor der breiten Brust verschränkt und betrachtete ihn mit schief gelegtem Kopf. Das Hemd war halb aus dem Gürtel gerutscht, Sand klebte an den Knien seiner dunklen Hose.

»Dein Tod ist übrigens erst der Anfang.«

Constantin sah auf die Uhr, das Messingarmband funkelte. Hinter ihm ertönte ein leises Rascheln. Zweige bewegten sich, ein paar Kieselsteine rollten die Böschung hinab. Ein Marder vielleicht. Oder eine streunende Katze.

»Es ist noch nicht vorbei.«

Der Mond stand direkt über Schröder, so hell, dass er fast blendete. Keine Wolken mehr. Sterne funkelten. Die Positionslichter eines Flugzeugs blinkten auf.

»Zehn«, sagte Constantin.

Schröder schloss die Augen. Brackiges Wasser schwappte über seine Lider. Er hatte keine Ahnung, was das bedeutete.

Wollte es auch nicht wissen.

»Neun.«

*

»So, da sind wir.«

Der rothaarige Polizist hatte Diethardt untergehakt, ließ ihn jetzt los und öffnete die hintere Tür des Streifenwagens. Elsa war ausgestiegen, sie hatte beobachtet, wie die beiden näher gekommen waren. Diethardt hatte sich widerstandslos führen lassen, jetzt stand er mit hängenden Schultern da wie ein großes, schlaksiges Insekt und sah abwesend zu Boden.

Irgendwo über ihnen wurde ein Fenster zugeknallt. Vom Spielplatz drang Stimmengewirr herüber, ein paar Jugendliche stritten um einen Joint.

»Jetzt«, sagte der Polizist, »machen wir eine kleine Spazierfahrt.«

Er drückte Diethardt sanft in den Wagen, gleichzeitig gab er Elsa zu verstehen, dass sie ebenfalls einsteigen solle. Diethardt versteifte sich plötzlich, als sein Blick über das Dach auf Elsa fiel. Nichts ließ darauf schließen, dass er seine Schwester erkannte, doch die Art, wie er sie ansah, ließ sie zurückweichen. Fröstelnd trat sie einen Schritt zurück, als sie das Funkeln in den Augen ihres Bruders bemerkte. Elsa war es gewohnt, dass Diethardt in seinen eigenen Universen lebte, doch in der Welt, in der er jetzt war, gab es nur eines.

Hass. Blanken, abgrundtiefen Hass.

*

»Acht.«

Schröder schluckte. Sein Adamsapfel hob sich nur ein wenig, doch es reichte, dass sich die Zacken des Laubsägeblatts wieder in seinen Kehlkopf pressten. Blut lief seinen Hals entlang, wurde davongetragen vom trüben Wasser des Flusses.

»Sieben.«

Constantin richtete sich auf. Stellte sich auf die Zehenspitzen und drehte sich in einer eleganten Pirouette einmal um die eigene Achse. Sein Schatten, der sich im Mondlicht neben ihm auf dem hellen Sand abzeichnete, tat es ihm gleich.

»Sechs.«

*

Etwas stimmt nicht, dachte Elsa.

Sie schloss die Beifahrertür, betrachtete ihren Bruder im Rückspiegel. Im schräg hereinfallenden Laternenlicht wirkte sein Gesicht noch kantiger, die Nase warf einen scharfen Schatten auf die bleiche Wange. Er war wieder abgetaucht, irgendwo in einer anderen Realität. Seine Lippen bewegten sich in einem lautlosen Selbstgespräch.

Der Streifenwagen schwang sacht in der Federung, als der Polizist neben ihr hinter dem Steuer Platz nahm.

»Alles in Ordnung«, murmelte er, lächelte ihr beruhigend zu und beugte sich vor, um den Wagen zu starten. Sie griff nach seinem Arm.

»Warten Sie.«

*

»Fünf.«

Constantin breitete die Arme aus, tänzelte mit gesenktem Kopf und gestreckten Armen am Ufer umher. Seine Finger schnipsten, als wolle er einen Sirtaki aufführen. Sand wirbelte unter seinen Füßen auf.

»Vier.«

Ein Käuzchen schrie, als wolle es ihm antworten.

*

»Dieser Rucksack«, sagte Elsa leise. »Er ist damit reingegangen, und ich frage mich, wo dieses Ding jetzt ist. Ich … ich meine, ich weiß nicht, was da drin war, aber irgendwie glaube ich …«

»Okay.« Der Polizist öffnete die Tür, schwang sich ächzend hinaus. »Ich guck nach. Aber nur«, er stützte den Unterarm auf das Wagendach und beugte sich zu ihr, »wenn Sie mit mir essen gehen.«

Er flirtet mit mir, dachte Elsa. Wie lange ist es her, dass mich zuletzt ein Mann angesehen hat? Zwanzig Jahre?

»Gern«, murmelte sie und spürte, wie ihr die Röte ins Gesicht schoss.

Er nickte, als habe er keine andere Antwort erwartet. Ein kurzer, prüfender Blick nach hinten, wo Diethardt apathisch auf dem Rücksitz hockte und offensichtlich nichts davon mitbekam, was um ihn herum geschah.

»Ich bin übrigens Kurt«, sagte der Polizist, trommelte mit den Fingern auf das Autodach und schloss die Tür.

*

»Drei.«

Constantin streckte den Rücken, hob den Kopf und schloss die Augen. Ein Dirigent, der sein Orchester vor dem Eröffnungstakt zur Konzentration auffordert.

»Zwei.«

Ein seliges, zufriedenes Lächeln, noch immer mit geschlossenen Augen.

»Eins. Und …«

Die Arme senkten sich.

»… bitte.«

*

Elsa beobachtete, wie der Polizist mit wiegenden Schritten auf den Betonflachbau zulief. Ihr Bruder hockte hinter ihr auf dem Rücksitz, seine Lippen bewegten sich noch immer in einem tonlosen Selbstgespräch.

Ich bin klug. Ich bin listig. Klug und listig.

Elsa bekam nichts davon mit.

Kurt, dachte sie. Ein schöner Name.

Dann kam der Blitz. Sie sah, wie der Polizist buchstäblich in Stücke gerissen wurde, und während sein Kopf in die eine und der Rest seines Körpers in die andere Richtung verschwand, brauste der Feuersturm heran und begrub ihre Welt in tosenden Flammen.

Vierundsechzig

Null Uhr zwei.

Es ist Krieg, dachte Zorn. Das ist ein gottverdammter Krieg.

Er stand irgendwo in der zwölften Etage und stierte mit schreckgeweiteten Augen durch eine verschmutzte Fensterscheibe nach unten. Der Platz mit dem Therapiezentrum war von hier oben aus nicht zu erkennen, doch Zorn sah die Flammen, deren Widerschein auf den Fassaden der Häuser gegenüber der Magistrale flackerte, und den Rauch, eine dunkle, senkrecht hinter dem Multiplexkino in den Nachthimmel ragende Säule, die sich allmählich über der Stadt ausbreitete und den Mond verdeckte. Um diese Zeit herrschte kaum Verkehr auf der vierspurigen Schnellstraße, nur ein Lieferwagen schlich im Schritttempo am Kino vorbei, wahrscheinlich starrte der Fahrer ebenso gebannt wie Zorn aus dem Fenster. Rauchende Trümmer verstreuten sich auf der Fahrbahn, Funken flogen umher. Zorn sah, wie ein plötzlich auftauchendes Taxi ungebremst in das Heck des Lieferwagens raste. Es dauerte einen Moment, bis das Geräusch des Aufpralls zu ihm empordrang, ein dumpfer, trockener Knall, nicht sonderlich laut, doch es genügte, um den schockierten Hauptkommissar aus seiner Erstarrung zu lösen. Auf der Gegenspur flackerte Blaulicht auf, der erste Feuerwehrwagen raste heran. Zorn stolperte los, hetzte mit fliegendem Puls über den endlosen Flur, und während er dem irrlichternden Strahl der Taschenlampe in seiner verschmutzten Hand folgte, wurde ihm allmählich klar, warum er eigentlich hier war. Er wurde langsamer, erreichte das Treppenhaus und blieb keuchend auf dem Absatz stehen.

Was, verdammt nochmal, soll ich jetzt machen?

*

Constantin hockte auf dem umgestürzten Weidenstamm und lauschte mit geneigtem Kopf dem entfernten Geheul der Sirenen, die Hände zwischen den Knien gefaltet, die Stirn leicht gerunzelt, als säße er in einem Konzertsaal bei der Aufführung einer Bruckner-Sinfonie. Ein Knattern ließ ihn aufhorchen, drei Hubschrauber donnerten mit im Mondlicht blitzenden Rotoren über den Fluss in Richtung Neustadt.

»Dieses«, sagte er mit einem zufriedenen Lächeln, »war der erste Streich. Doch der zweite folgt sogleich.«

Die Worte waren an Schröder gerichtet, der jetzt seit anderthalb Stunden mit blaugefrorenen Gliedern und bleichem, wie mit Wachs überzogenem Gesicht im Fluss lag. Als keine Reaktion folgte, langte Constantin nach unten, griff einen Kieselstein und warf ihn direkt neben Schröders Kopf in den Fluss. Schröder kniff wortlos Augen und Mund zusammen, verzweifelt bemüht, kein Wasser zu schlucken. Constantin betrachtete ihn mit dem kühlen, distanzierten Blick eines Wissenschaftlers beim Studium einer Laborratte, wandte sich achselzuckend um, sah über die Schulter die von dichtem Gestrüpp überwucherte Böschung hinauf, dann mit einem leisen Seufzen auf seine Armbanduhr.

»Er lässt sich ganz schön Zeit.«

*

Denk nach. Denk nach, verdammt nochmal!

Zorn stand im Treppenhaus und rang nach Luft. Der Nachhall der Detonation klingelte noch in seinen Ohren, er schüttelte den Kopf, um die Gedanken zu klären.

Du bist hier, weil du nach

Frieda

jemandem suchst. Wahrscheinlich ist es Spinnerei, schließlich rennst du seit Stunden durch diesen verdammten Klotz, trotzdem könnte hier jemand

Frieda, es könnte Frieda sein

festgehalten werden.

Er leuchtete nach oben. Der Strahl der Taschenlampe folgte dem Geländer in die Höhe, huschte über die rostigen Stäbe und verlor sich in der Dunkelheit.

Sechs Etagen noch.

Scheiße, seufzte Zorn. Das dauert Stunden.

In der Ferne heulte die erste Sirene auf, irgendwo antwortete die nächste. Drei, vier weitere fielen ein, ein anschwellender, klagender Chor, eine kakophonische Sinfonie der Apokalypse.

Da unten herrscht das absolute Chaos, dachte Zorn, leckte den Schweiß von der Oberlippe und ließ die Lampe sinken. Die brauchen jetzt jeden Mann. Da draußen gibt's Verletzte, wahrscheinlich auch Tote. Mir bleibt keine Wahl, ich muss denen helfen, es ist … was, um alles Welt ist *das*, verdammt?

Er nahm hastig die Brille ab, wischte die fleckigen Gläser an der Jacke ab, setzte sie wieder auf und starrte zu Boden. Die Spuren, die sich vor ihm im Staub abzeichneten, bogen nach rechts in den Etagenflur und stammten von seinen eigenen, verdreckten Stiefeln. Ebenso die, die wieder zurück auf den Absatz führten. Aber das war nicht alles.

Zorn richtete die Lampe wieder auf die Treppe, die weiter nach oben führte. Er hatte die Stufen noch nicht betreten, doch auch dort waren frische Spuren zu erkennen, selbst das Profil zeichnete sich ab, ein Beweis, dass kürzlich jemand hinaufgegangen war.

»Claudius Zorn«, murmelte der noch immer schwer atmende Hauptkommissar, »du bist wirklich der dümmste, unfähigste Bulle, der jemals über diese Erde gewandelt ist.«

Ein Hubschrauber donnerte mit dröhnenden Turbinen vorbei. Zorn registrierte es nur am Rande, er holte tief Luft, nahm die Taschenlampe in die andere Hand und folgte den Spuren von Ignaz Stein.

Fünfundsechzig

Claudius Zorn.

Ich komme zu spät. Herrgott, ich komme zu spät.

Sie ist tot, denkt er, weinend vor ihr im Dreck kniend, doch dann spürt er ihren Puls, schwach nur, aber ihr Herz schlägt noch. Er überlegt gar nicht erst, einen Krankenwagen zu rufen, die sind jetzt alle unterwegs, da draußen ist die Hölle los. Also nimmt er sie auf die Arme, und als er sie wie ein schlafendes Kind zum Treppenhaus trägt, da redet er unaufhörlich auf sie ein. Alles wird gut, sagt er, Stufe für Stufe nehmend, ich bin hier, Frieda, ich bring dich zum Arzt. Ihr Kopf ruht an seiner Brust, ihr Haar kitzelt sein Kinn. Sein Bein tut weh, es ist, als würden die gerade erst verheilten Knochen bei jedem Schritt noch einmal brechen. Wir sind gleich da, sagt er und wundert sich, wie leicht sie ist. Er spürt ihr Gewicht kaum, sie ist so zart, so zerbrechlich. Auch als er ihren schlaffen Körper vorsichtig in den Volvo hievt, plappert er weiter, es hat lange gedauert, entschuldigt er sich, ich war bekloppt, ich hätte oben anfangen sollen, nach dir zu suchen. Und die Pfeifen von der Spurensicherung, sagt er, legt mit fliegenden Fingern den

Gang ein und rast mit durchdrehenden Reifen los, die können sich auf was gefasst machen, das kannst du mir glauben, diese Idioten haben nicht mitgekriegt, dass wir einfach nur den Fußspuren hätten folgen müssen, ich meine, wieso heißen die *Spuren*sicherung, wenn sie nicht mal in der Lage sind, die Spuren zu finden? Er braust mit Vollgas in Richtung Krankenhaus und redet, redet immer weiter gegen die Panik an. Er weiß, dass sie ihn nicht hört, sie hängt neben ihm in den Sicherheitsgurten wie eine Stoffpuppe, doch er kann nicht anders, die Worte sprudeln hervor, unzusammenhängend, wirr, unterbrochen von schluchzenden, tiefen Atemzügen. Denen ziehe ich die Hammelbeine lang, sagt er und starrt durch die verschmutzte Windschutzscheibe, echt, das mach ich, verlass dich drauf. Der Volvo ist über und über mit Staub bedeckt, der sich nach der Explosion allmählich über die Stadt senkt wie ein Leichentuch. Gleich sind wir da, sagt Zorn und tritt das Gas bis zum Anschlag durch, obwohl er kaum etwas sieht. Irgendwo muss er seine Brille verloren haben, aber hauptsächlich liegt es an den Tränen, die über sein Gesicht laufen und helle Furchen auf den schmutzigen Wangen hinterlassen. Er biegt mit quietschenden Reifen zur Notaufnahme ab, sieht, wie ihr Kopf neben ihm gegen das Beifahrerfenster sinkt. Du musst durchhalten, sagt er, wenn du jetzt stirbst, dann kriegst du richtig Ärger, mit mir, mit Edgar und mit Schröder natürlich auch. Er springt aus dem Volvo, ignoriert das schmerzende Bein, die Krankenwagen, die Sanitäter, die immer weitere Verletzte in die Notaufnahme bringen, staubige, blutüberströmte Gestalten, manche liegen wimmernd auf Bahren, die notdürftig in die überfüllten Gänge geschoben wurden, andere sitzen auf Stühlen, auf dem Boden, starren aus glasigen Augen ins Leere. Zorn trägt Frieda durch das Chaos, schreit um Hilfe, und als er einen Arzt sieht, da rennt er zu ihm, drückt ihm die leblose Frieda in die Arme und droht, ihm das verdammte Genick zu brechen, wenn er sich nicht augenblicklich um sie kümmere. Später wird Zorn sich nicht an alles erinnern können, er verliert die Nerven und kommt erst wieder zu sich, als ein anderer, wesentlich jüngerer Arzt vor ihm steht und müde erklärt, dass die junge Frau außer Gefahr sei. Sie habe eine Menge Blut verloren, sei völlig dehydriert, ihr Zustand sei kritisch gewesen, jetzt aber stabil. Zorn kommt nicht dazu, sich zu bedanken, denn als er es tun will, ist der Arzt bereits wieder verschwunden.

Dann klingelt sein Handy. Es dauert eine Weile, bis der Anrufer den erschöpften Hauptkommissar überzeugt hat, und als Claudius Zorn schließlich zu seinem Wagen hastet, ist es dreißig Minuten nach Mitternacht.

Sechsundsechzig

Schröder.

Ein Ast bricht mit einem trockenen Knacken. Noch einer. Steine rieseln die Böschung hinab. Das Gebüsch teilt sich. Zwei Sekunden Stille, dann ein erschrockener Ausruf. Schritte knirschen im Kies, nähern sich hastig im aufspritzenden Wasser. Wellen schlagen über Schröders Gesicht zusammen. Er bäumt sich auf. Ein Husten verkrampft seinen stämmigen Körper, sein Gesicht versinkt unter Wasser. Jemand kniet direkt neben ihm, er hört ein Keuchen, ganz nah an seinem Kopf. Der Mann sagt etwas. Schröder kennt diese Stimme, sie gehört nicht zu Constantin, es ist jemand anderes, doch er kommt nicht dazu, sie ihrem Besitzer zuzuordnen. Eine Hand schiebt sich unter seinen Hinterkopf, eine weitere unter seine Taille. *NICHT!* ruft er. *NEIN, UM HIMMELS WILLEN!,* doch er bringt nur ein ersticktes Gurgeln zustande. Im nächsten Moment wird er emporgehoben. Der Schmerz ist schlimmer als alles, was er bisher in seinem Leben erfahren hat. Wie ein glühendes Messer gräbt sich das Sägeblatt in seinen Hals, er schreit auf, spürt, wie der andere loslässt, nachdem er endlich, endlich registriert hat, dass er Schröder nicht hilft, sondern ihn umbringt. Jetzt versucht er verzweifelt, die Stäbe neben Schröders Hals zu lockern. Plötzlich ein Knall, etwas peitscht direkt neben Schröders Ohr ins Wasser.

Dann Stille.

Siebenundsechzig

Null Uhr zweiunddreißig.

»Der nächste Schuss geht in seinen Kopf. Der übernächste in deinen.« Constantin war aus dem Schatten einer Trauerweide getreten, Schröders Pistole rauchte noch in seiner Hand. »Oder wär's dir andersrum lieber? Zuerst du, dann er?«

Die Sirenen verstummten nach und nach. Irgendwo, weit entfernt und kaum zu vernehmen durch das Rauschen des Wehrs, jaulte noch eine letzte wie ein verlassener, klagender Wolf.

»Jetzt guck nicht so blöd!«, blaffte Constantin. »Ich hab dir vorhin am Telefon gesagt, dass ich deine Hilfe brauche. Das hast du eben getan. Die Polizei wird dich für seinen Mörder halten, wenn man«, er deutete mit dem Pistolenlauf auf die Stäbe neben Schröders Hals, »deine Fingerabdrücke sichergestellt hat. Und jetzt komm ans Ufer, du versaust dir noch deine schicken Turnschuhe, Marek.«

*

»Er ertrinkt«, sagte Marek Schleef.

»Das«, nickte Constantin, »ist der Plan.«

Marek Schleef stand neben Schröder im Fluss. Das Wasser, schwarz, im Mondlicht glänzend wie dickflüssiges Öl, reichte ihm bis zu den Waden. Die Jeans war durchnässt, das Hemd klebte an seinem Körper. Er sah hinab zu Schröder, der stocksteif im Wasser lag, aus weitaufgerissenen Augen in den Nachthimmel starrte und mit tiefen, geräuschvollen Zügen durch die Nase atmete. Nichts deutete darauf hin, dass er etwas von seiner Umgebung mitbekam, seine Konzentration galt einzig und allein dem nächsten Atemzug.

Constantin stand drei Meter entfernt am sandigen Ufer, die eine Hand in der Hosentasche, in der anderen die Pistole. Mücken umtanzten seine bullige Gestalt im fahlen, unwirklichen Licht.

»Willst du …« Er unterbrach sich, schlug mit der flachen Hand auf die Glatze, klaubte eine Mücke aus den raspelkurzen Stoppeln über dem Ohr und setzte noch einmal an. »Willst du nicht wissen, warum …«

»Nein«, unterbrach Marek Schleef. »Ich will *nicht* wissen, warum du plötzlich laufen kannst. Auch nicht, warum du mich hergelockt hast. Das interessiert mich einen Dreck, solange er hier am Ertrinken ist.«

Ein Windstoß rauschte in den Weiden flussabwärts. Die tiefhängenden Zweige schwangen über dem Wasser, Wellen kräuselten die Oberfläche, kamen näher und schwappten leise glucksend ans Ufer. Ein dünnes, zufriedenes Grinsen erschien auf Constantins Lippen, als Schröders Gesicht unter der trüben Oberfläche verschwand. Dann tauchte er blinzelnd wieder auf, reckte das Kinn so weit wie möglich nach oben, während sich der Draht unbarmherzig gegen seinen Kehlkopf presste.

»Ich werde ihn jetzt hier rausholen«, sagte Marek Schleef.

»Wie du meinst.« Constantin betrachtete scheinbar interessiert seine Finger, zwischen denen er die Überreste der Mücke zerrieb. Gleichzeitig hob er die andere Hand und richtete die Pistole wie beiläufig auf Marek Schleefs Brust. »Wenn du ihn anrührst, knallt's. Ursprünglich hatte ich andere Pläne, aber du kannst mir glauben«, er ließ die Finger sinken und hob den Kopf, »es wird mir ein Vergnügen sein, dir deine dämliche Brille aus der Visage zu schießen.«

Schröder bäumte sich auf, winkelte die kurzen Beine an. Die Hacken seiner Ledersandalen scharrten über den Sand, hinterließen dunkle, wie mit dem Lineal gezogene Furchen, die sich allmählich mit Wasser füllten. Sein Gesicht war wieder unter der Oberfläche verschwunden, nur die kahle Stirn ragte noch aus dem Fluss. Marek Schleef sah seine Augen, weitaufgerissen in stummer Verzweiflung. Der Mund öffnete sich, Blasen stiegen zwischen den Lippen empor.

»Beeindruckender Kerl. Er hat nicht eine Sekunde gebettelt.«

Marek Schleef ignorierte Constantins Worte.

»Entspann dich«, sagte er ruhig zu Schröder, als dessen Kopf wieder an der Oberfläche erschien. »Versuch's zumindest, ja?«

Ihre Blicke trafen sich.

Schröders nasses Gesicht glänzte im Mondschein wie Elfenbein. Schlammfarbenes Wasser umspülte seine Wangen, lief an den Augenwinkeln herab, als weine er. Seine Lippen, blaugefroren und gekrümmt wie tote Blutegel, bewegten sich, formten drei stumme Worte.

Ich kann nicht mehr.

»Du schaffst das«, sagte Marek Schleef. »Halte noch ein bisschen durch.«

»Für einen Hochstapler«, grinste Constantin, »liegt dir ziemlich viel an deinen Patienten. Wahrscheinlich war's deshalb so einfach, dich übers Ohr zu hauen. Du hast mir diesen ganzen Blödsinn abgekauft, hast mich nicht mal *erkannt*, in Wahrheit …«

»Halt die Klappe, Hagen.«

»Ich bin nicht Hagen. Ich bin …«

»Es *interessiert* mich nicht! Wie oft soll ich's noch sagen?«

Marek Schleef hob den Kopf. Die runden Brillengläser reflektierten das Mondlicht, unmöglich zu sagen, ob sein Blick auf Constantin oder die Böschung hinter ihm gerichtet war. Ein paar Sekunden vergingen.

»Mist«, murmelte er kopfschüttelnd und wandte sich ab. »Verdammter Mist.«

Schröders Bauch ragte wie eine kleine, karierte Insel aus dem Wasser, gekrönt von den gefesselten, schlaff ineinander verschlungenen Händen. Der Kopf oberhalb der Eisenstangen war verschwunden, stattdessen schimmerte ein bleiches Oval knapp unter der Wasseroberfläche.

»Scheiß drauf, dann knall mich eben ab.«

Breitbeinig watete Schleef durch das aufspritzende Wasser, beugte sich über Schröder und rüttelte mit beiden Händen an den Stäben.

»Bist du sicher, Marek?«

»Du kannst mich mal«, keuchte Schleef, mit aller Kraft an den rostigen Stangen ziehend. »Ich werde nicht rumstehen und zugucken, wie jemand neben mir elend ersäuft.«

»Wie du meinst.«

Constantin hob die Waffe.

»Angenehme Reise in die Hölle, verdammter Bastard.«

Dann krachte ein Schuss.

Achtundsechzig

Null Uhr achtundfünfzig.

»Mach was, verdammt!«

Es war Zorn, der da sprach. Schröder hatte die Augen geschlossen, doch er kannte die Stimme. Natürlich, er kannte sie besser als jede andere auf der Welt. Er konnte ihn riechen, die Zigaretten, den Geruch der Lederjacke. Schröder hatte keine Ahnung, wo er war, geschweige denn, was Zorn hier wollte. Das Letzte, woran er sich erinnerte, war Marek Schleef, der bleich und bis auf die Haut durchnässt im Mondlicht gestanden und ihn angesehen hatte. Entspann dich, hatte er gesagt, und obwohl Schröder gewusst hatte, dass die Worte anders gemeint gewesen waren, hatte er genau das getan. Er hatte keine Kraft mehr gehabt, Ruhe war das Einzige gewesen, wonach ihn verlangt hatte, und so hatte er sich zurücksinken lassen und gehofft, dass es schnell vorbeigehen würde. Was auch der Fall gewesen war. Die Kälte, die Schmerzen, die Angst waren plötzlich verschwunden, als hätte der Fluss sie aus seinem Körper gespült. Und die Stille, erinnerte sich Schröder, die Stille war unglaublich schön gewesen.

»Er atmet.«

Marek Schleefs Stimme. Dicht neben Schröder, rechts von ihm.

»Das sehe ich auch!« Zorn, von der anderen Seite. »Ich bin nicht blind!«

Er klang wütend. Das war er nicht, er hatte Angst. Wie immer versuchte Zorn, seine Gefühle hinter einer schroffen Fassade zu verbergen.

Etwas Schweres wurde über Schröder ausgebreitet, Zorn deckte ihn mit seiner Lederjacke zu. Finger tasteten vorsichtig über Schröders Gesicht. Schröder öffnete die Augen einen Spalt. Die beiden knieten links und rechts neben ihm am Ufer. Schröder sah ihre Köpfe, genau zwischen ihnen den Mond, ebenso bleich wie ihre nassen Gesichter.

»Er hat die Augen auf«, sagte Schleef.

»Auch das«, knurrte Zorn, »sehe ich. Wie gesagt, ich bin nicht blind.«

Er beugte sich über Schröder. Schweigend nahm er sein Gesicht in die Hände. Schröder spürte seine kalten, zitternden Finger. Ein Tropfen löste sich, landete auf Schröders Lippen. Er stammte nicht aus Zorns Haar, das in klatschnassen Strähnen ein paar Zentimeter über Schröders Kopf pendelte, denn als er mit der Zunge darüber fuhr, schmeckte es salzig.

*

»Wieso hast du nicht auf mich gewartet?«, fragte Zorn.

»Das hab ich«, sagte Schleef. »Lange genug sogar. Sollte ich einfach zusehen, wie er ertrinkt?«

Vorsichtig hob er das Taschentuch, das er über Schröders Hals gebreitet hatte, und betrachtete stirnrunzelnd die klaffende Wunde unter dem Kehlkopf.

»Er blutet weniger«, murmelte er.

Zorn, der eifersüchtig Schleefs kleinste Bewegung überwachte, beruhigte sich etwas. Es hatte gedauert, bis er endlich die Zentrale erreicht hatte. Sie würden Verstärkung schicken, den nächsten freien Krankenwagen auch, hatte ein völlig überlasteter Beamter versprochen, allerdings erst, nachdem Zorn nicht sonderlich originell damit gedroht hatte, ihm die Scheiße aus dem uniformierten Arsch zu prügeln.

»Ist er tot?«, fragte Schleef, noch immer über Schröder gebeugt.

»Nee.«

Zorn hob den Kopf. Constantin lag ein paar Meter neben ihnen im Uferkies auf dem Bauch, das Gesicht ihnen zugewandt. Die Kugel hatte ihn nach vorn geschleudert, er war über den umgestürzten Baumstamm gestolpert und wie ein gekeulter Stier zu Boden gegangen. Seine Augen waren geschlossen, die Arme ruhten schlaff neben dem Körper, die Unterschenkel lagen auf dem Baumstamm, so dass die Beine leicht nach oben gewinkelt waren.

»Nee«, wiederholte Zorn leise und betrachtete den kreisrunden Blutfleck, der sich in Höhe des rechten Schulterblatts auf dem hellen Hemdstoff abzeichnete. »Selbst wenn, wär's mir scheißegal.«

Schröder lag still am Boden, während Schleef behutsam die Wunde reinigte. Er schwieg, doch seine Augen, die wie bei einem

Tennismatch zwischen Zorn und Schleef hin- und herwanderten, bewiesen, dass er das Gespräch verfolgte.

»Darf man fragen«, Schleef sah kurz auf, »warum du so lange gebraucht hast?«

»*Du* hast gesagt, dass du niemanden über den Notruf erreichst!«

»Deshalb«, nickte Schleef, »habe ich *dich* angerufen.«

»Und ich«, verteidigte sich Zorn, »musste noch mal nach Hause, meine Knarre holen. Du hast gesagt, dass es gefährlich ist!«

»Womit ich offensichtlich nicht ganz unrecht hatte.« Sorgfältig glättete Schleef das blutgetränkte Taschentuch, faltete es in der Mitte und breitete es über die Wunde. »Ihr habt mich verdächtigt, all diese Menschen manipuliert zu haben. Das klang logisch, weil ich in euren Augen der Einzige war, der die Mittel dazu hatte. Ich war's aber nicht. Ist dir kalt?«

Die Frage war an Schröder gerichtet. Dieser senkte bejahend die Lider.

»Sollen wir dir die nassen Klamotten ausziehen?«

Ein stummes Kopfschütteln.

»Es konnte also nur jemand sein, der Zugang zu meiner Praxis hatte«, sagte Schleef, wieder an Zorn gewandt, allerdings, ohne ihn anzusehen. »Und deshalb«, er nahm Schröders Hände und wärmte sie zwischen seinen Handflächen, »lag es nahe, dass es sich um einen meiner Patienten handelt.«

»Deiner *ehemaligen* Patienten«, korrigierte Zorn.

»Im Endeffekt«, Schleef ignorierte den Einwurf, »blieben nur Diethardt«, er deutete mit dem Kopf über die Schulter auf den reglosen Constantin, »oder er übrig. Ausschlussverfahren, reine Logik.«

»Ach!«, blaffte Zorn. »Bist du jetzt auch noch *Bulle*? Hast du da auch 'nen Abschluss? Ist der leichter zu fälschen als deine beschissene Psychologenurkunde?«

Auch jetzt ließ Schleef sich nicht aus der Ruhe bringen. Er hielt

Schröders durchweichte Finger in den Händen und massierte sie sanft.

»Besser?«

Schröder nickte Schleef zu. Ein schmales, dankbares Lächeln erschien auf seinen blutleeren Lippen. Zorn spürte einen kindischen Stich der Eifersucht in der Magengegend. Ein weiterer folgte, als Schleef Schröders Lächeln erwiderte, bevor er sich schließlich an Zorn wandte.

»Ich wusste einfach, dass was nicht stimmt.«

»Und warum«, Zorns Augen verengten sich, »hast du das nicht gleich gesagt?«

»Warum?« Schleef, der Zorns Sticheleien bisher in stoischer Gelassenheit über sich ergehen lassen hatte, ließ Schröders Hände sinken. »Weil ich vielleicht erst mal ein bisschen nachdenken musste?«

Er richtete sich auf. Seine Augen funkelten hinter der Brille. Wasser lief über die runden Gläser, blitzte in kleinen Perlen zwischen den widerspenstigen Locken, tropfte von der markanten Nase auf Zorns Lederjacke, die sich über Schröders Bauch wölbte.

»Ich bin Hochstapler, aber deswegen kein verdammter *Hellseher*!«, rief er. »Dieses Arschloch«, sein Zeigefinger schoss vor, richtete sich zitternd auf Constantin, »hat mich mitten in der Nacht herbestellt. Ich weiß bis jetzt nicht, was dahintersteckt. Wenn ich dich nicht angerufen hätte, wäre ich jetzt tot. Okay, das wäre in deinen Augen kein großer Verlust gewesen ...«

»Stimmt!«

»... aber Hannibal«, Schleef deutete auf Schröder, »wäre jetzt ebenfalls tot!«

»Hanni... *wer*?!«

»Hör einfach auf, mir auf die Nerven zu gehen, und erzähl mir nicht, ich hätte einen Fehler gemacht! Ich hab genug Scheiße gebaut, aber die werd ich allein ausbaden!«

»Da steckst du auch drin! Und zwar«, Zorn, noch immer irritiert über Schleefs unerwarteten Ausbruch, suchte einen Moment nach den richtigen Worten, »bis zum Hals! Mindestens!«

Ihre Stimmen hallten vom gegenüberliegenden Ufer wider, verklangen allmählich im eintönigen Rauschen des Wehrs.

»Seit wann«, murmelte Schleef nach einer Weile, »duzen wir uns eigentlich?«

»Keine Ahnung«, brummte Zorn. »Du hast jedenfalls angefangen.«

»Wahrscheinlich, weil du mir das Leben gerettet hast.«

Zorn bemerkte die Gänsehaut auf Schleefs gebräunten Unterarmen. Schleef war völlig durchnässt, das dünne Hemd klebte an seinem Körper. Er musste frieren wie ein Schneider, ließ es sich jedoch nicht anmerken.

»War nicht mit Absicht«, knurrte Zorn.

»Danke.«

»Bitte. Ich kann dich trotzdem nicht leiden. Und du«, Zorn wandte sich streng an Schröder, der sich mit einem leisen Krächzen bemerkbar gemacht hatte, »bist gefälligst still. Du musst dich schonen.«

Schleef nahm Schröders Hand und kontrollierte den Puls, während Zorn die Jacke seitlich unter Schröders Körper feststopfte, bis dieser zwischen ihnen lag wie ein eingemummeltes Baby.

»Wie du wieder rumrennst«, murmelte Zorn kopfschüttelnd und begann, die Haarsträhnen neben Schröders Kopf aus dem Sand zu klauben, um sie dann eine nach der anderen wieder quer über die Glatze zu legen. »Echt jetzt, man kann dich keinen Moment aus den Augen lassen … was ist denn?«

Schröder hatte die Hand gehoben und deutete stumm nach vorn. Zorns Blick folgte dem aufgequollenen Zeigefinger und landete bei Constantin, der nach wie vor reglos am Ufer lag. Mit dem Unterschied, dass jetzt seine Augen geöffnet waren.

Neunundsechzig

Ein Uhr achtundzwanzig.

»Wir kennen uns nicht.« Zorn war neben Constantin in die Hocke gegangen, seine Pistole baumelte mit dem Lauf nach unten zwischen den gespreizten Knien in den Fingern. »Mein Name ist Zorn. Ich bin Polizist und hab Sie vorhin über den Haufen geschossen.«

Constantin stöhnte auf. Speichel glänzte auf seinem Kinn, Kies klebte an seiner Wange, dem kurzgeschorenen Haarkranz über den Ohren.

»Ich will mich bei Ihnen entschuldigen.«

Zorn sank neben Constantin auf den Hintern, lehnte sich gegen den umgestürzten Baum, zog die Beine an und sah nachdenklich nach oben. Der Mond war weitergezogen, stand über dem anderen Ufer und warf silberne Streifen auf den schwarzen, langsam vorbeiziehenden Fluss.

»Ich hasse dieses Ding.« Zorn hob die Waffe, kniff ein Auge zusammen und starrte mit dem anderen in die Mündung. »Eigentlich darf ich's gar nicht benutzen. Ich hab nämlich Innendienst. Gucken Sie mal.« Er hielt Constantin die rechte Hand vor das Gesicht und wedelte mit den verbliebenen Fingern. »Sehen Sie? Ich bin *Invalide*.«

Constantin gab ein Blubbern von sich. Sein linkes Auge war im Sand verborgen, das rechte folgte Zorns Fingern, die sich vor seiner Nase hin und her bewegten.

»Eigentlich bin ich Linkshänder. Ich schieße also genauso gut wie vorher. Besser gesagt«, ein kurzes Kichern, »genauso schlecht. Er weiß das natürlich.«

Die Finger wedelten noch einmal, richteten sich dann auf Schröder, der zehn Meter weiter am Ufer lag, wie eine Mumie in

Zorns Jacke eingepackt. Schleef kniete neben ihm, er hatte seine Hand genommen und redete leise auf ihn ein.

»Trotzdem hat er mich zum Schießtraining verdonnert. Danach muss ich 'nen Test absolvieren. Das macht er nur, um mich zu ärgern. Der ärgert mich ständig, müssen Sie wissen. Soll ich Ihnen was verraten?«

Zorn blickte sich um, als wolle er sichergehen, nicht belauscht zu werden. Dann näherte er sich dem keuchenden, mit schmerzverzerrtem Gesicht im Sand liegenden Constantin, sah ihn mit großen Augen an und flüsterte: »Ich bin nicht hingegangen. Zum Schießtraining, meine ich. Hab's einfach geschwänzt.«

Constantin zog die Beine an, seine Finger verkrallten sich im Kies.

»Tut ganz schön weh, oder?« Zorn reckte das Kinn, warf einen prüfenden Blick auf das Hemd und den Blutfleck auf der Schulter, der nur unmerklich größer geworden war. »Das ist aber auch ein Scheißtag heute«, fuhr er, weiter gelassen dahinplaudernd, fort. »Erst diese Frau. Stundenlang bin ich durch die Gegend gerannt und hab nach ihr gesucht. Sie heißt Frieda, der Name wird Ihnen nichts sagen.«

Constantin winkelte die Arme an und versuchte, sich aufzurichten.

»Sie wär fast gestorben. Aber jetzt«, Zorn stieß ihn mit einer beiläufigen Armbewegung zurück in den Sand, den Blick nachdenklich in den Nachthimmel gerichtet, »liegt sie im Krankenhaus. Und dann«, murmelte er kopfschüttelnd, während Constantin mit einem dumpfen Stöhnen wieder zu Boden plumpste, »fliegt auch noch die halbe Stadt in die Luft. Man könnte meinen, das wäre genügend Scheiße für einen Tag, aber nein, ich krieg diesen Anruf, komme hierher«, Zorn wischte etwas Sand von den verschmutzten Knien, »und sehe diesen ganzen Schlamassel. Ich will mich nicht rausreden, aber verständlich ist es schon, dass man da ein bisschen überreagiert, oder?«

Zorn ging wieder in die Hocke, wippte auf den Fersen vor und zurück. Wasser gluckste in seinen nassen Stiefeln. Constantin lag stöhnend auf der Seite, die Arme um die angezogenen Knie geschlungen.

»Ich hab dieses Ding noch nie in meinem Leben auf einen Menschen gerichtet«, sagte Zorn im Tonfall eines Mannes, der einem Vertrauten sein Herz ausschüttet. Die Waffe pendelte zwischen Daumen und Zeigefinger der gesunden Hand. »Ich hatte immer Schiss davor. Die Gelegenheit hat sich auch nie ergeben, aber vorhin, da *musste* ich sie ja benutzen. Aber was mach ich? Ich krieg's einfach nicht auf die Reihe. Echt, ich versteh's nicht.« Zorn hob in einer ratlosen Geste die Arme. »Ich stand höchstens zehn Meter hinter Ihnen. Kaum Wind, helles Mondlicht, ideale Verhältnisse also. Klar, ich hatte den ganzen Tag nichts gegessen und war völlig außer Puste. Scheiß Raucherei, Sie wissen schon. Aber trotzdem, ich hab mich angestrengt, ich hab genau gezielt, ich *wollte* Ihren Kopf treffen, ich schwör's, ich schwör's hoch und heilig! Ich wollte Ihren Schädel in tausend Stücke zertrümmern und Ihr krankes Hirn durch die Gegend spritzen sehen, das müssen Sie mir glauben! Aber nee«, ein resigniertes Seufzen, »ich ballere daneben und treffe nur Ihre Schulter.«

Zorn sank zurück gegen den Baumstamm, schob mit der Stiefelspitze ein paar Kiesel hin und her.

»Peinlich, oder?«

Ein verlegener Seitenblick hinab zu Constantin, der jetzt die Augen geschlossen hatte. Zorn wischte ihm etwas Sand von der Wange. Constantin zuckte zurück, als hätte ein Skorpion ihn berührt.

»Vielleicht«, murmelte Zorn, »lag's ja an der Hektik. Ich weiß nicht, wie Sie reagieren würden, wenn Sie mit ansehen müssten, wie ein psychopathischer Spast gerade dabei ist, den wichtigsten Menschen auf der Welt zu ersäufen wie 'ne räudige Katze. Ich meine, da zielt man doch nicht auf die *Schulter*! Aber es kann schon mal vorkommen, dass einem vor Aufregung die Hände zittern.«

Zorn plusterte die Backen, stieß geräuschvoll die Luft aus. Langte neben sich, griff in den Sand und sah zu, wie er zwischen seinen Fingern zu Boden rieselte.

»Oder es lag an der Brille. Die hab ich nämlich verloren.« Zorn verstummte, überlegte einen Moment. »Nee, das ist auch keine Entschuldigung.«

Er sah nach rechts. Marek Schleef saß im Schneidersitz neben Schröders ausgestreckter Gestalt unter den sanft schwingenden Ästen einer Trauerweide. Er bemerkte Zorns in einer stummen Frage gehobene Augenbrauen und nickte ihm zu, als Zeichen, dass alles in Ordnung sei.

»Das muss natürlich unter uns bleiben«, wandte sich Zorn wieder an Constantin, die Stimme zu einem vertraulichen Flüstern gesenkt. »Er darf auf keinen Fall erfahren, dass ich nicht richtig getroffen habe.« Der Pistolenlauf schimmerte matt, als Zorn mit der Waffe hinüber zu Schröder deutete. »Wenn er das nämlich mitkriegt, schickt er mich sofort zum Schießtraining, und darauf hab ich absolut keinen Bock. Also, kein Wort. Einverstanden?«

Zorn sank auf die Knie und hielt ein Ohr dicht an Constantins Mund, als warte er auf eine Antwort. Diese bestand aus einem gepressten Keuchen.

»Sehr gut«, nickte Zorn, als habe er eine Bestätigung erhalten, tätschelte zufrieden Constantins Wange und ging mit knackendem Knie wieder in die Hocke.

»Andererseits …« Zorns Miene verdüsterte sich. »Vielleicht hat er ja recht? Was ist, wenn ich den Schießtest versaue? Wenn ich genauso danebenballere wie eben? Was meinen Sie, sollte ich lieber doch noch ein bisschen üben? Sicherheitshalber?«

Constantins Augen öffneten sich. Kurz nur, einen winzigen Spalt, doch Zorn registrierte die Wut, mit der er zu ihm aufsah.

»Angenommen, du ziehst hier ’ne Nummer ab«, sagte Zorn und

ging unvermittelt zum Du über. »Spielst hier den sterbenden Schwan, um mir plötzlich an die Kehle zu gehen und dann abzuhauen. Ich meine das jetzt nur theoretisch«, beteuerte er mit großen Augen, »aber es *könnte* ja sein.«

Er stemmte sich ungelenk wie ein alter Mann in die Höhe, warf dabei einen Blick über die Schulter. Schleef lehnte am Stamm der Trauerweide, Schröders Kopf ruhte auf seinem Schoß. Zorn biss die Zähne zusammen, als er den kleinen Mann, den er um ein Haar für immer verloren hätte, dort liegen sah. Das Bild verschwamm, Zorn blinzelte, dann hatte er sich wieder gefangen und wandte sich erneut an Constantin.

»Wenn du abhaust, würdest du mir sogar 'nen Gefallen tun. Nee«, verbesserte er sich, *»zwei.* Hier drin«, er hob die Pistole, »sind noch sechs Schuss. Oder waren's neun?« Zorn kratzte sich mit dem Lauf an der Schläfe. »Egal«, stellte er schließlich fest. »Ob ich nun drei oder vier Versuche brauche, dir das Hirn wegzublasen, ist nicht so wichtig. Was zählt, ist das Erfolgserlebnis, und ich würde echt mit 'nem besseren Gefühl in diesen dämlichen Test gehen.«

»Fick dich.«

Ein Knurren, hervorgepresst zwischen schmerzverkniffenen Lippen.

»Das ist noch nicht alles«, fuhr Zorn gutgelaunt fort. »Wie's aussieht, hast du 'ne Menge Menschen auf dem Gewissen. Denk mal an die Vernehmungen: Warum du das alles gemacht hast, wie du's angestellt hast, bei jedem Einzelnen. Das wird ein ellenlanges Gequatsche, und wahrscheinlich«, Zorn verdrehte die Augen, »wird die Scheiße an mir hängenbleiben. Ich hab keine Lust auf dein Gelaber, deine Ausreden. Es ist mir egal, ob du 'ne schwere Kindheit hattest oder nicht mehr alle Latten am Zaun, wahrscheinlich ist es beides. Du hast es *getan*. Warum? Auch das ist mir Wurst.«

Zorn holte tief Luft. Es geschah selten, dass er so viel auf einmal sprach. Er zupfte den klammen Jeansstoff vom Hintern, ging wieder in die Hocke.

»Das, was du mit Schleefs Patienten angestellt hast, ist schlimm genug. Dafür gehörst du in den Knast. Bei ihm«, Zorn deutete in Schröders Richtung, »verhält es sich ein bisschen anders.«

Irgendwo heulte ein Motor auf.

»Das«, zischte Zorn, »ist Schröder. *Schröder*, verstehst du? Jeder, der ihm zu nahe kommt, der ihm auch nur ein einziges Haar krümmt, der gehört nicht in den Knast. Der gehört in die *Hölle*.«

Blaulicht flammte zwischen den Bäumen auf. Huschte in irrlichternden Streifen über das Ufer, flackerte über Zorns verzerrtes Gesicht, als dieser aufstand und einen Schritt zurücktrat. Feuchter Sand schmatzte unter seinen Stiefeln. Die Waffe hob sich, schwenkte in einer stummen Herausforderung erst nach links, dann nach rechts.

Komm schon, hau ab.

Ein gedämpftes Knallen von oben. Eine Autotür wurde zugeschlagen. Noch eine. Und noch eine. Zorn schien es nicht zu bemerken, seine Aufmerksamkeit galt Constantin, der sich zu seinen Füßen auf die Seite wälzte und mit zitternden Fingern nach der Schulter tastete.

Zorn reckte das Kinn. Lächelte.

Na los. Tu mir den Gefallen.

Constantin sah zu ihm auf, aus trüben geröteten Augen. Schritte erklangen hinter der Böschung. Dazu Stimmengewirr, allmählich näher kommend. Zweige zerbarsten unter schweren Stiefeln. Jetzt endlich horchte Zorn auf, lauschte einen Moment und runzelte die Stirn wie jemand, der gegen seinen Willen gestört wird.

»Zu spät«, seufzte er achselzuckend.

Das Gebüsch teilte sich. Drei Uniformierte kamen die Böschung herabstolpert, gefolgt von zwei Sanitätern.

»Na ja«, murmelte Zorn. »War nur ein Vorschlag.«

Er machte kehrt. Stutzte und wandte sich wieder um.

»Du hast es so gewollt«, knurrte er. »Wir sehen uns im Verhörraum. Aber eins sag ich dir.« Er hob den Zeigefinger, wedelte drohend zu Constantin hinab. »Das wird definitiv *kein* Zuckerschlecken. Festnehmen!«, befahl er barsch, ohne die Beamten eines Blickes zu würdigen, und stapfte steifbeinig davon, den Oberkörper nach links geneigt, um den schmerzenden Fuß so wenig wie möglich zu belasten.

Marek Schleef stand neben der Trauerweide am Ufer. Er hatte den Sanitätern Platz gemacht, die eine Trage im Gras abgelegt hatten und sich jetzt über Schröder beugten, um ihn für den Transport vorzubereiten. Die Reflektionsstreifen auf den Rücken ihrer orangefarbenen Westen blitzten hinter den tief herabhängenden Zweigen.

»Seid gefälligst …«

… *vorsichtig!,* hatte Zorn den Sanitätern zurufen wollen, doch die Worte endeten in einem erstickten Schrei, als der erschöpfte Hauptkommissar auf dem glitschigen Boden ausrutschte und wild mit den Armen rudernd versuchte, das Gleichgewicht zu halten. Die Pistole entglitt seinen Fingern, landete polternd auf dem nassen Kies.

Zorn hob sie auf. Bedachte sie mit einem scheelen, angewiderten Blick.

»Ich hab's immer gesagt«, brummte er und lief weiter.

Die Waffe pendelte neben seinem Oberschenkel. Ein beiläufiges, ansatzloses Schlenkern des Handgelenks. Metall schimmerte im Mondlicht. Die Pistole flog in einem eleganten Bogen durch die Luft, drehte sich ein paarmal um sich selbst …

»Verdammtes Scheißding.«

… und verschwand mit einem gedämpften Gluckser im Fluss.

Blubb.

LETZTER TEIL

Samstag. Acht Tage später.

Siebzig

»Ich hol mir was zu trinken. Soll ich dir was mitbringen?«

Schröder schüttelte stumm den Kopf. Zorn hievte sich aus dem Korbstuhl, stieß mit dem Kopf gegen den Sonnenschirm und stand einen Moment blinzelnd in der prallen Sonne, bis er die kochend heißen Verandadielen unter den nackten Füßen spürte und hastig auf Zehenspitzen durch die Glastür in Schröders Haus tippelte.

Es war der erste heiße Tag des Jahres, für Zorns Begriffe eindeutig *zu* heiß. Er genoss die angenehme Kühle, sah aus dem großen Fenster und fühlte sich unwillkürlich an eine Kitschpostkarte erinnert, als sein Blick in den abschüssigen Garten und die aufgereihten Kiefern weiter unten an Schröders Grundstückgrenze fiel. Unter den ausladenden Zweigen der rechten stand der Liegestuhl mit der im Schatten schlafenden Frieda, zwanzig Meter weiter links wippte Edgar mit wehenden Haaren in seiner blauen Plastikschaukel. Zwischen den beiden blitzte der See durch die Bäume, als stünde das Wasser in Flammen. Direkt vor dem Fenster saß Schröder auf der Veranda mit dem Rücken zu Zorn unter dem Sonnenschirm, nur der obere Teil seines Strohhuts ragte über die Lehne des Korbstuhls.

Zorn ging zum Kühlschrank, den er am frühen Morgen noch schnell gefüllt hatte, bevor er mit Edgar ins Stadtkrankenhaus gefahren war. In der letzten Woche war er jeden Tag dort gewesen, hatte zunächst Frieda, dann Schröder besucht, der eine Etage tiefer gelegen hatte. Die Ärzte hatten Frieda noch eine Weile beobachten wollen, doch sie hatte darauf bestanden, zusammen mit Schröder entlassen zu werden, und so hatte Zorn vorgeschlagen, den ersten Tag in Freiheit (wie er es genannt hatte) gemeinsam zu verbringen. Er hatte Schröders Schlüssel stibitzt, war einkaufen gegangen und dann hergefahren, um den beiden einen angemessenen Empfang zu bereiten.

Zorn ging vor dem Kühlschrank in die Hocke und betrachtete zufrieden seine Einkäufe: ein Stapel mit eingeschweißter Wurst (Salami, Lyoner, gegrillte Putenbrust), daneben ein weiterer Stapel mit verschiedenen Käsesorten (ebenfalls eingeschweißt). Drei Tafeln Schokolade (Ritter Sport), eine Flasche Ketchup, zwei Packungen Wiener Würstchen und im Gemüsefach – schließlich achtete Schröder auf seine Ernährung – ein Bund Radieschen, ein Plastikschälchen mit Weintrauben, zwei Birnen und eine Stange Sellerie (die Schröder, als Zorn sie mit stolzgeschwellter Brust präsentiert hatte, mit einem anerkennenden Lächeln quittiert hatte).

Zorn schnappte sich eine Cola, die er neben einem Sixpack Orangennektar deponiert hatte, stieß die Kühlschranktür mit der Hacke zu und trank in gierigen Zügen direkt aus der Flasche. Dabei fiel sein Blick auf den Tulpenstrauß auf dem Esstisch (noch immer in Folie verpackt) und die Girlande, die er in der Schreibwarenabteilung besorgt und mit Reißzwecken an der Decke befestigt hatte. Offensichtlich musste er in der Hektik in das falsche Fach gegriffen haben, denn anstelle von *HERZLICH WILLKOMMEN* ergaben die über dem Tisch baumelnden Buchstaben aus rosafarbenem Stanniolpapier einen anderen Sinn:

HAPPY BIRTHDAY

Ach du Scheiße, dachte Zorn und setzte die Flasche ab. Vielleicht hätte ich doch lieber Luftballons aufhängen sollen.

Er kam nicht dazu, sich weiter über diesen peinlichen Fauxpas zu ärgern, denn eh er sich's versah, entfuhr ihm ein dröhnender Rülpser, so laut, dass die deckenhohen Scheiben vibrierten. Erschrocken hielt er die Hand vor den Mund, sah hinaus in den sonnendurchfluteten Garten und stellte beruhigt fest, dass Edgar nichts mitbekommen hatte und unbeirrt weiterschaukelte. Auch die schlafende Frieda reagierte nicht. Nur Schröders zerfranste Hutkrempe bewegte sich über der Lehne in einem missbilligenden Kopfschütteln.

Als Zorn kurz darauf mit einem übertriebenen Ächzen wieder neben Schröder in den Korbsessel plumpste, tat er so, als wäre nichts geschehen, und stellte erleichtert fest, dass Schröder es ebenso hielt. Dieser langte neben sich nach einem Stapel Tageszeitungen, den er aus dem überquellenden Briefkasten geholt hatte, nahm die oberste und faltete sie umständlich auseinander.

»Also ich finde«, Zorn deutete auf den Verband um Schröders Hals, »das solltest du immer tragen. Steht dir irgendwie. Macht dich viel …«, er unterdrückte ein weiteres Aufstoßen, rieb die prickelnde Nase, »schlanker. Ich behaupte jetzt nicht, dass du zu dick bist, aber du siehst definitiv besser aus, um den Hals und so. Wesentlich straffer. Du weißt schon, wegen dem Kinn.«

»Wegen *des* Kinns«, krächzte Schröder und breitete die Zeitung auf dem Schoß aus.

»Deine Korinthen kannst du später kacken. Im Moment hast du Sprechverbot, du Klugscheißer.«

Schröder verschwand schweigend hinter der Zeitung. Die ersten Tage hatte er sich nur flüsternd verständigen können. Mittlerweile ging es besser, doch das Rasseln in seiner Stimme erinnerte noch immer an das Geräusch eines heißgelaufenen Icecrushers.

Ein leises Juchzen drang herauf. Edgar beugte sich über die Lehne und versuchte, einen vorbeiflatternden Schmetterling zu fangen. Zorns Brauen senkten sich besorgt, als er das Knarren vernahm, mit dem die Kiefer über seinem schaukelnden Sohn in der flirrenden Luft schwankte.

»Keine Angst«, flüsterte Schröder. »Ihm kann nichts passieren.«

»Du hast gut reden.«

Zorn sah beiseite, um Schröder einen missmutigen Blick zu-

zuwerfen, doch anstelle des vertrauten, pausbäckigen Gesichts flatterte die Titelseite der Zeitung ein paar Zentimeter vor seinen Augen. *ERSTE HITZEWELLE DES JAHRES!,* las Zorn. *LIEGT'S AM WETTER ODER AM KLIMAWANDEL?* Das Hauptthema der letzten Tage hatte offensichtlich an Zugkraft verloren, die Schlagzeile über dem Foto im unteren Teil war wesentlich kleiner abgedruckt. Das Bild zeigte die Explosionsstelle: Eine verhärmte Frau stand zwischen den rußgeschwärzten Fassaden der Hochhäuser vor dem bis auf die Grundmauern abgebrannten Discounter und deutete mit traurigem Blick auf den Spielplatz, dessen einziges Überbleibsel – ein grotesk verbogenes Klettergerüst – hinter den Trümmern des Therapiezentrums in die Höhe ragte. *HIER STARB MEIN GELIEBTER ROCCO*, stand unter dem Foto. Zorn musste den Kopf neigen, um den Artikel entziffern zu können und erfuhr, dass die verhärmte Frau Renate B. hieß, bei der Post arbeitete, seit siebzehn Jahren allein lebte und dass es sich bei Rocco um einen reinrassigen Labradorwelpen handelte, der am Nachmittag vor der Explosion unter ungeklärten Umständen aus der gemeinsamen Erdgeschosswohnung ausgebüxt war.

Zorn runzelte die schweißnasse Stirn und sank kopfschüttelnd zurück. Eine Woche lang hatte die Explosion die Schlagzeilen beherrscht. Abgesehen von der Tatsache, dass es sich um eine Bombe handelte, waren bisher keinerlei Informationen an die Presse gegangen, also hatte sich diese zunächst an die ums Leben Gekommenen gehalten und ausführlich über jedes einzelne der neun Todesopfer berichtet. Danach waren die Verletzten ins Visier genommen worden, angefangen mit Bülent C., einem Dönerbetreiber, der dreizehn Stunden nach der Explosion aus den Trümmern seines Imbisses geborgen wurde und seitdem, wie es hieß, *tapfer um sein Leben kämpfte.* Über vierzig weitere Menschen waren zu Schaden gekommen, doch auch dieses Thema erschöpfte sich allmählich, und je leichter die Verletzungen, desto kleiner wurden die Schlagzeilen. Dies hatte sich geändert, als über die *wundersame Rettung* eines Geschwisterpaars berichtet wurde, das nur wenige Meter vom Explosionsort entfernt gewesen und nahezu unverletzt geblieben war. Auch hier hatte die Presse kaum Informationen, man wusste nur, dass sich Diethardt und Elsa von S. in einem Streifenwagen befunden hatten und so vor der Wucht der Detonation geschützt worden waren.

»Wann kommst du eigentlich wieder?«, fragte Zorn. »Ins Büro, meine ich.«

»Montag«, krächzte es hinter der Zeitung.

»Echt? Du kannst ruhig noch 'ne Weile zu Hause bleiben.«

In der letzten Woche hatten sie kaum über die Arbeit geredet. Kurz nachdem Schröder im Krankenhaus aufgewacht war, hatte er sich Zettel und Stift bringen lassen und in einem vierseitigen *Memorandum* (wie er es bezeichnet hatte) aufgeschrieben, wie die Zusammenhänge lagen und Anweisungen gegeben, wie Zorn weiter vorgehen solle. Später hatte er natürlich immer wieder wissen wollen, wie Zorn vorankam, doch dieser hatte nur barsch erklärt, dass Schröder sich schonen müsse, er selbst habe alles im Griff.

Schluss, aus, Ende der Diskussion.

»Im Moment«, sagte Zorn, »kannst du sowieso nix machen.«

Die Zeitung senkte sich ein paar Zentimeter. Zunächst erschien Schröders Hutkrempe über dem Rand, dann seine Augen, die sich fragend auf Zorn richteten.

»Constantin Schleef verweigert die Aussage«, erklärte Zorn. »Der hat bisher keinen Mucks gesagt. Na ja«, korrigierte er sich mit einem freudlosen Lachen, »*fast* jedenfalls. Er hat über seinen Pflichtverteidiger Anzeige gegen mich erstattet. Wegen Körperverletzung und Amtsmissbrauch.«

Schröder faltete die Zeitung zusammen und strich sie auf den Oberschenkeln glatt.

»Du musst …« Er räusperte sich, setzte noch einmal an. »Du

musst dir deswegen keine Sorgen machen«, sagte er und klang, als würde er beim Sprechen in eine defekte Blockflöte pusten. »Du hattest keine Wahl, du musstest schießen. Marek Schleef wird deine Aussage bestätigen.«

»Ach. Woher willst du das wissen?«

»Er war vorgestern bei mir.«

»Im Krankenhaus?«

Schröder neigte zustimmend das Kinn.

Wieder spürte Zorn diesen unsinnigen, infantilen Druck der Eifersucht, während Schröder mit schleppender Stimme berichtete, dass Marek Schleef sich in allen Punkten für schuldig bekennen werde, seine Hilfe bei den Ermittlungen gegen seinen Stiefbruder angeboten habe und später nach Neuseeland auswandern wolle, um sich dort eine neue Existenz aufzubauen (was Claudius Zorn, wie er sagte, einen *gottverdammten Scheißdreck* interessierte).

»Er hat mit Diethardt von Strauch gesprochen.« Schröder schob die Unterlippe vor und lockerte mit dem Daumen den schweißgetränkten Verband um den Hals. »Anscheinend geht es ihm besser. Er kann sich an kaum etwas erinnern, aber er weiß zumindest, wer er ist und erkennt seine Schwester. Womöglich durch den Schock, meint Marek Schleef. Die Bombe ist ja unmittelbar in seiner Nähe detoniert.«

Von der Badestelle am anderen Ufer drang entferntes Lachen herüber. Wasser platschte, gefolgt von einem empörten Kinderschrei. Zorn richtete sich alarmiert auf und stellte beruhigt fest, dass der Ruf nicht von seinem Sohn stammte. Edgar hing mit gestreckten Beinchen in der Sitzschale, die kleinen Fäuste umklammerten den Sicherungsbügel zwischen den Seilen. Er hatte den Kopf in den Nacken gelegt und schaukelte mit geschlossenen Augen gemächlich hin und her.

»Sag mal …« Plötzlich fiel Zorn etwas ein. »Wie hat der dich neulich genannt? Habakuk?«

Schröders Augen weiteten sich unter der Hutkrempe.

»*Wer* hat mich *wie* genannt?«

»Marek Schleef. Vielleicht hat er auch Holofernes gesagt.«

»Das«, murmelte Schröder, »kann ich mir nicht vorstellen.«

»Stimmt.« Zorn schüttelte den Kopf. »Es war was anderes.«

Eine Hummel näherte sich mit einem tiefen Brummen.

»Hassan?«, überlegte Zorn laut. »Oder Herkules?«

Die Hummel kreiste ein paarmal über ihren Köpfen wie ein winziger Hubschrauber und verschwand wieder in der flimmernden Hitze.

»Oder Hesekiel?«

Schröder kramte kommentarlos ein weißes Stofftaschentuch aus der Hose und tupfte sich den Schweiß von der Glatze, während Zorn mit gefurchter Stirn in die Sonne blinzelte und angestrengt nachdachte.

»Jedenfalls fing's mit H an. Und es war 'n altmodischer Name. Was Antikes, wie'n römischer Feldherr. Herodes vielleicht? Herakles? Nee«, er massierte sich kopfschüttelnd die Schläfen, »das war's auch nicht.«

Ein paar Sekunden vergingen.

»Ich hab's!«, stieß Zorn plötzlich hervor. »Nosferatu!«

»Seit wann«, fragte Schröder, »ist Nosferatu ein römischer Feldherr?«

»Das ist doch jetzt egal!«

»Und wo bitte schön ist in Nos-fe-ra-tu ein H?«

»Homunkulus?«

»Wie meinen?«

»Hektor?« Zorn zermarterte sich weiter das Hirn. »Hamlet? Oder …«

»Hannibal.«

»Genau!« Zorn ballte triumphierend die Faust. »Er hat dich Hannibal genannt.«

Irgendwo am anderen Ufer dröhnte ein Kofferradio auf.

»Mit dem Feldherren«, erklärte Schröder, »lagst du übrigens richtig. Allerdings war Hannibal kein Römer. Der kam aus Karthago.«

»Aha«, sagte Zorn.

Sie sahen sich an. Schröders blasse Haut reagierte wie bei allen rothaarigen Menschen empfindlich auf die Sonne. Während Zorns vernarbtes Gesicht bereits von einer leichten Bräune überzogen war, hatten sich winzige Sommersprossen um Schröders Nase gebildet, die seine ohnehin schon kindlichen Züge noch unschuldiger erscheinen ließen, als sie von Natur aus waren.

»Seit wann«, fragte Zorn, »heißt du mit Vornamen …«

»Tarnung«, unterbrach Schröder.

»Ach.«

»Teil meiner verdeckten Ermittlung.«

»Aha.«

»Verschleierungstaktik. Zum Schutz meiner Identität.«

»Weil du in fla…«

»*Undercove*r.«

»… genau, weil du undercover unterwegs warst.«

Zorn dachte einen Moment nach.

»Also das«, er tätschelte Schröders Unterarm, »war wirklich pfiffig. Schleef hätte bloß deinen vollen Namen googeln müssen und sofort rausgekriegt, dass du Bulle bist.«

»Stimmt. Abgesehen von der Tatsache, dass ich mich lieber als Polizisten bezeichnen würde.«

Schröder sank ermattet in die Lehne, das Sprechen hatte ihn angestrengt. Zorns Blick wanderte über die Terrasse hinunter zu seinem schaukelnden Sohn, dann weiter nach rechts, wo Frieda noch immer schlafend unter der Kiefer lag. Die Sonne blitzte über ihr durch die Zweige, huschte in pfeilschnellen Strahlen über ihre zierliche Gestalt. Sie war blass, fast durchscheinend, und von hier oben erschien es Zorn unmöglich zu sagen, ob ihre Haut heller war oder das weiße, ärmellose Sommerkleid, das er auf Friedas Bitte hin aus einer Umzugskiste in ihrer Wohnung geholt und ihr zusammen mit ein paar anderen Sachen ins Krankenhaus gebracht hatte.

»Hannibal«, murmelte Zorn kopfschüttelnd. »Darauf muss man erst mal kommen. Echt jetzt«, er wandte sich an Schröder, der den Hut über das Gesicht gezogen und die Hände über dem Kugelbauch gefaltet hatte, »du bist ein so was von verdammt cleverer Hund.«

»Das bin ich«, drang es gedämpft durch die Maschen des Strohhuts. »Und jetzt erzähl mir, wie weit du in der letzten Woche gekommen bist.«

*

»Alles können wir ihm bis jetzt nicht nachweisen«, beendete Zorn seinen Bericht und wedelte eine vorwitzige Mücke aus seinem Gesichtsfeld. »Aber es ist 'ne ganze Menge.«

In der Laube, die Constantin Schleef oberhalb des Wehrs am Fluss gemietet hatte, waren sie auf einen Laptop gestoßen. Zunächst hatte man die Fotos, die Benjamin Bley in eindeutiger Pose mit einer unbekannten Frau zeigten, für echt gehalten. Dann stellte sich heraus, dass es sich um Fotomontagen handelte, man fand das Programm, mit dem Constantin Schleef die Bilder manipuliert und später vom Rechner seines Stiefbruders an Lisbeth Bley geschickt hatte, und zwar kurz, bevor sie Selbstmord begangen hatte. Mit demselben Programm waren die angeblichen Briefe aus dem Verteidigungsministerium erstellt worden, die ebenfalls auf Marek Schleefs Laptop geladen und in seinem Büro ausgedruckt worden waren, um den Verdacht auf ihn zu lenken.

In einem Extraordner stieß man auf die »Beweise«, mit denen Benjamin Bley, Lisbeths Witwer, manipuliert worden war. Constantin war mit verblüffender Präzision vorgegangen. Die Dokumente bewiesen nicht nur, dass Lisbeth Bleys Vergewaltigung vertuscht worden war, sondern lieferten obendrein noch den Grund: Es waren drei Polizisten gewesen, die nach einer Betriebsfeier betrunken über Lisbeth Bley hergefallen waren. Es gab interne Mails, handschriftlich verfasste Gesprächsprotokolle, geheime Anweisungen, die selbst ein Fachmann erst auf den zweiten Blick als Fälschungen erkannte. Auch die Audiodatei, auf der zwei Polizisten über die Tat redeten und sich gegenseitig Vorwürfe machten, wirkte authentisch, als wäre das Gespräch heimlich mitgeschnitten worden, und war nach Aussage eines Tontechnikers hochprofessionell hergestellt worden.

»Wir haben einen Umschlag mit Bargeld gefunden«, sagte Zorn. »Genau zweitausend Euro, die Summe, die Benjamin Bley kurz vor seinem Amoklauf abgehoben hat. Seine Fingerabdrücke sind auf dem Umschlag. Der war übrigens ungeöffnet, Constantin hatte wahrscheinlich nie vor, die Kohle auszugeben. Er hat das Geld nur gefordert, um das Ganze realistischer wirken zu lassen.«

Die Sonne war weitergezogen. Zorn rückte seinen Liegestuhl wieder in den Schatten des Sonnenschirms und saß jetzt so dicht neben Schröder, dass sich ihre Ellbogen beinahe berührten.

»Wir wissen noch nicht, wie er an die Schrotflinte gekommen ist. Die kann er schon vor Monaten besorgt haben. Wundern würd's mich nicht, wenn man bedenkt, wie lange er das alles geplant hat. Wir wissen auch nicht, wie er die Geldübergabe angestellt hat, schließlich kannte ihn Benjamin Bley. Wahrscheinlich hat er 'ne konspirative Nummer abgezogen, erst das Geld irgendwo deponieren lassen und dann seine«, Zorn dehnte die Stimme, »*Beweise* und die Schrotflinte in einem Papierkorb abgelegt. In der Laube hat er sich …«

Zorn verstummte. Edgar hatte den Sicherungsbügel nach oben geschoben, stieß sich mit gestreckten Beinchen ab und landete nach einem kurzen Flug auf allen vieren im Gras.

»Er hat sich in der Laube 'ne kleine Werkstatt eingerichtet«, fuhr Zorn fort, nachdem er sich blinzelnd vergewissert hatte, dass

Edgar unversehrt geblieben war. »Wir haben Werkzeug gefunden, Pläne und das Material, mit dem er die Bombe gebastelt hat.«

Edgar hatte sich aufgerichtet und begutachtete mit ernster Miene, wie weit er gesprungen war. Die Schaukel pendelte direkt vor seiner Nase, also ging er ein paar Meter rückwärts, nickte zufrieden und wischte sich ein paar Kiefernnadeln von den Handflächen.

»Constantin hat so was wie'n Tagebuch geführt. Krudes Zeug, das meiste dreht sich um seinen Stiefbruder. Ich hab noch nicht alles gelesen, aber es ist echt krass, wie ein Mensch einen anderen derart hassen kann.«

Edgar stakste derweil breitbeinig zur Schaukel zurück und zählte halblaut seine Schritte, um den Abstand zu messen.

»Wir haben ihn am Arsch«, sagte Zorn.

»*Yes*«, nickte Schröder. »Das haben wir.«

»Zweiundzwölfzig!«, verkündete Edgar mit stolzgeschwellter Hühnerbrust.

»Astrein!«

Zorn hielt seinem Sohn den hochgestreckten Daumen entgegen.

»Das war gute Arbeit.« Schröder schob den Hut in den Nacken. »Sehr gute Arbeit, Chef.«

»Ich kann auch clever sein, wenn ich will«, erklärte Zorn bescheiden.

Edgars Sandalen knirschten auf dem Kies, als der Kleine schnaufend den schmalen Weg hoch zur Terrasse kam.

»Sag mal ...« Zorn kratzte sich im Nacken. »Was den Schießtest betrifft. Meinst du, ich muss den wirklich machen?«

»Nicht, wenn's nach mir ginge.« Schröder hob die Schultern. »Meiner Meinung nach hast du den Test bereits mit Bravour bestanden.«

»Vielleicht könntest du als mein Vorgesetzter ein gutes Wort für mich einl...«

»*Zwei*undzwölfzig, Ögi!«, krähte Edgar.

»Rekord!«, lächelte Schröder. »Weltrekord sogar!«

»Psst!«, machte Zorn mit einem besorgten Blick auf die schlafende Frieda.

Schon auf der Fahrt vom Krankenhaus hierher waren ihr immer wieder die Augen zugefallen, doch Edgar hatte sie nicht zur Ruhe kommen lassen. Zorn hatte den Kindersitz vom Beifahrersitz nehmen und auf der Rückbank befestigen müssen, da Edgar unbedingt zwischen Schröder und Frieda sitzen wollte. Unterwegs hatte er pausenlos auf die beiden eingeplappert, überglücklich, sie bei sich zu haben, und als sie dann angekommen waren, da hatte Edgar *sooofort* baden gehen wollen und Zorns Einwand, dass Ögi und Frieda müde seien und sich erst mal ein bisschen ausruhen müssten, mit einem mürrischen Augenrollen quittiert. Die anstehende Diskussion hatte Claudius Zorn mit der Drohung beendet, dass sein Sohn natürlich gerne ebenfalls ein Stündchen Mittagsschlaf machen könne, wenn er hier weiter rumstreiten wolle.

»Wir hätten Frieda viel eher finden können«, knurrte Zorn. »Du kennst mich, ich bin wirklich nicht nachtragend …«

»Überhaupt nicht.«

»… aber man müsste den beiden Pfeifen, die unbedingt pünktlich Feierabend machen mussten, mal ordentlich den Marsch blasen. Und der Spurensicherung auch. Die behaupten zwar, sie hätten sich zuerst auf die beiden Leichen konzentriert und die Fußspuren nur bis in die vierte Etage verfolgt, weil da der Kampf stattgefunden hat, später wären sie angeblich weiter nach oben …«

Zorn wurde unterbrochen. Edgar kam schweratmend herbeigetapst, hüpfte auf Schröders Schoß und sah seinen Vater mit großen Augen an. Er schwieg, doch die unausgesprochene Bitte stand wie mit Leuchtbuchstaben auf seine schweißnasse Stirn geschrieben.

»Gleich«, sagte Schröder und wischte ihm das klebrige Haar aus dem Gesicht, »gehen wir baden. Wir brauchen deinen Schwimmring, kommst du mit?«

Er deutete über die Schulter ins Haus.

»Sollten wir nicht warten, bis …« Zorn runzelte unschlüssig die Stirn, sah hinüber zu Frieda und stellte fest, dass sie wach war.

*

Im ersten Moment glaubte sie, sich wieder in ihrem Traum zu befinden. Frieda konnte sich noch genau daran erinnern, an die Bilder, die ihr durch den Kopf gegangen waren, als sie halbverdurstet und kurz vor dem Verbluten gefesselt unter der Heizung gelegen und von Schröders Haus geträumt hatte. Selbst die Perspektive stimmte: die holzverkleidete Fassade vor dem strahlend blauen Himmel, die großen, im gleißenden Licht schimmernden Fenster, die Terrasse mit dem gelben Sonnenschirm und den im Wind flatternden Fransen, darunter Zorn, neben ihm Schröder mit Edgar auf dem Schoß. In ihrem Traum hatten die beiden gestritten, ob Edgar ein Eis bekommen solle, sie selbst, erinnerte sie sich, hatte ununterbrochen getrunken. Sie sah, wie Schröder mit Edgar ins Haus ging, während Zorn über den Plattenweg zu ihr hinabgeschlendert kam. Unwillkürlich griff sie nach der Wasserflasche neben dem Liegestuhl und leerte sie in einem Zug. Im Traum war das Wasser eiskalt gewesen. Jetzt war es lauwarm, doch es schmeckte köstlich.

»Hi«, sagte Zorn, ging neben ihr in die Hocke, verschränkte die Arme auf ihren Oberschenkeln und sah zu ihr auf. Schweiß glänzte in den Fältchen um seine Augen, auf den feinen, spinnennetzartigen Narben auf seiner Wange.

»Hi«, sagte sie.

»Der feine Herr«, Zorn deutete über die Schulter nach oben, »will baden.«

»Dann sollten wir dem feinen Herrn seinen Wunsch erfüllen.«

»Ich hab deinen Bikini eingepackt. Den roten mit den gelben Streifen. Hat 'ne Weile gedauert, bis ich ihn gefunden hab, und ich fürchte, du musst die Hälfte deiner Umzugskartons noch mal neu packen.«

Er sah sie an, ein schiefes, entschuldigendes Grinsen auf den Lippen. Bisher hatte er das Thema nicht angesprochen, und sie war ihm dankbar dafür. Die nächsten zwei Wochen war sie krankgeschrieben, und bis dahin, hatte er ihr betont beiläufig angeboten, könne sie bei ihm wohnen. Zwei Wochen waren eine lange Zeit, und darüber, was danach kam, wollte sie zurzeit nicht nachdenken. Im Moment waren andere Dinge wichtig.

»Krieg ich noch eine?«

Sie hielt ihm die leere Flasche entgegen.

»Mit oder ohne Sprudel?«

Frieda dachte an ihren Traum. An die Perlen, die in dem eiskalten, beschlagenen Glas nach oben gestiegen waren.

»Mit.«

»Sehr wohl, Madame.«

Zorn griff nach der Flasche. Sie sah die Abschürfungen auf seinen Knöcheln, er hatte sich die Finger an den rauen Wänden zerschrammt, als er sie siebzehn Stockwerke hinab zu seinem Auto getragen hatte.

Er richtete sich auf. Sein Knie reagierte mit einem leisen Knacken, sein Gesicht tauchte aus dem Schatten der Kiefer, doch er blinzelte nicht.

»Frieda?«

»Ja?«

»Ich bin nicht sicher, ob ich's dir jemals gesagt habe. Falls nicht, wird's langsam höchste Zeit. Ich liebe dich.«

»Ich weiß«, sagte sie. »Ich weiß.«

*

»Fertig, Ögi!«

Edgar kam aus dem Bad geflitzt, seine nackten Füße patschten über die Fliesen. Mit der einen Hand umklammerte er den Minions-Schwimmring um seine Hüften, in der anderen hielt er eine neongrüne Wasserspritzpistole.

»Bin gleich so weit, Ede.«

Schröder stand vor dem Esstisch und verstaute zwei Handtücher in einem großen Weidenkorb. Er hatte ein geblümtes Hawaiihemd übergestreift und die braune Cordhose gegen eine knielange Leinenhose getauscht.

»Cool, oder?«, sagte Edgar und deutete auf die über Schröders Glatze baumelnde Girlande.

»*Total* cool«, bestätigte Schröder ernst.

»Hat Papa aufgehängt.«

»Hat er gut gemacht. Er ist ein toller Girlandenaufhänger.«

»Hast du deine Badehose?« Edgar stellte sich auf die Zehenspitzen und warf einen prüfenden Blick in den Korb.

»Ich brauch keine.«

»Badest du *nackig*?«

»Nee.« Schröder ging in die Hocke und band die Schnur von Edgars mit blauen Haifischen gemusterter Badehose zu einer Schleife. »Ich guck euch zu, okay?«

»Hast du Angst?«

»Ein bisschen.«

»Ich pass auf dich auf«, erklärte Edgar ernst.

»Das weiß ich.« Schröder nahm das Gesicht des Kleinen in die Hände. »Das machst du doch immer.«

Er gab dem Jungen einen Kuss auf die Stirn, richtete sich auf und sah aus dem Fenster. Zorn hockte vor Frieda und unterhielt sich mit ihr. Über ihren Köpfen schwankten die Kiefern sacht im lauen Wind.

»Kommst du?«

Edgar klang ungeduldig.

»Klar.«

Schröder griff nach dem Korb. Dabei fiel sein Blick auf die halbgeöffnete Aktentasche auf dem Küchentresen. Er zögerte kurz, dann trat er näher und zog seine Patientenakte aus der Tasche. Nachdenklich musterte er den grauen, an den Rändern zerknickten Einband, den verblassten Kaffeefleck unter seinem Nachnamen, den Marek Schleef in Großbuchstaben mit einem schwarzen Edding quer über die Pappe geschrieben hatte.

»Komm, Ögi!«

Edgar stand in der Terrassentür, den Schwimmring fast bis unter das Kinn gezogen. Sein Schatten fiel schräg auf die geschliffenen Holzdielen, hinter ihm flatterte der Sonnenschirm vor dem wolkenlosen Himmel.

»Bin gleich so weit«, murmelte Schröder.

Ein Ratschen ertönte, als die Akte in der Mitte entzweigerissen wurde.

»Das brauch ich nicht mehr.«

Schröders Worte waren an Edgar gerichtet, doch dieser flitzte bereits mit wehenden Haaren über die Terrasse auf seinen Vater zu, der mit Frieda an der Hand den Plattenweg heraufkam.

Zuerst landete die eine, dann die andere Hälfte der Akte im Mülleimer. Schröder lief zum Esstisch, während Claudius Zorn draußen im Garten in die Hocke ging, um seinen Sohn in Empfang zu nehmen. Edgar dachte allerdings nicht daran, sondern sprang stattdessen in Friedas ausgestreckte Arme.

Zorn legte den Kopf in den Nacken und lachte.

Ein Kuckuck schrie.

Schröder nahm den Korb und ging hinaus in die Sonne.

Fragen an Hauptkommissar Zorn und Hauptkommissar Schröder

Herr Schröder, haben Sie den Undercover-Einsatz gut überstanden?

Schröder: Na ja. Ich würde sagen …

Zorn: Ihm geht's gut. Sie sehen doch: Er ist frisch geduscht, rasiert, die Frisur sitzt perfekt. Und zugenommen hat er auch ein bisschen.

Schröder: Echt? Findest du?

Trotzdem, wir haben uns große Sorgen um ihn gemacht. Warum haben Sie Ihren Kollegen nicht von Anfang an mehr unterstützt, Herr Zorn?

Zorn: Ich wollte ja, aber ich durfte nicht.

Weil Sie Innendienst hatten?

Zorn: Genau. Wer Innendienst hat, darf außerhalb geschlossener Räume nicht ermitteln. Sonst würde es ja …

Schröder: … Außendienst heißen.

Trotzdem sind Sie Schröder zu Hilfe geeilt.

Zorn: Wissen Sie, manchmal musst du dich einfach entscheiden. Gerade als Bull…, äh, als Polizist. Wenn du merkst, dass ein Kollege in der Klemme ist, da denkst du nicht nach, ob du Innendienst hast oder so. Da hilfst du dem, auch wenn du dich strafbar machst.

Das sind ja ganz neue Töne. So selbstlos kennen wir Sie gar nicht.

Schröder: Im Grunde genommen ist er ein hervorragender Polizist. Er redet nur nicht drüber.

Zorn: Ich stehe halt ungern im Mittelpunkt.

Schröder: Weil du zu bescheiden bist.

Zorn: Na ja … das kann schon sein.

Schröder: Bescheiden, intelligent und äußerst mutig.

Zorn: Ach komm, Schröder …

Schröder: Jemand mit deinen Fähigkeiten, deiner Kombinationsgabe, deinem messerscharfen Verstand, deiner Empathie …

Zorn: Empa… *was*?!

Schröder: … der *musste* einfach Polizist werden. Du kannst gar nicht anders. Du bist dazu geboren, Verbrecher zu fangen.

Zorn: Soweit würde ich jetzt nicht gehen, aber … sag mal, wieso grinst du eigentlich so? Verarschst du mich etwa?

Sieht ganz danach aus, wenn die Bemerkung gestattet ist.

Schröder: Nicht doch, Chef! Das würde ich niemals …

Huch! Wo ist er denn auf einmal hin?

Schröder: Keine Ahnung. Rauchen, nehme ich an.